MW01153727

דער צוריקקער
פֿון דעם קיניק

וואָס איז דער דריטער טייל

פֿון

דער האַר פֿון די פֿינגערלעך

דזשיי. ר. ר. טאָלקין

איבערזעצונג פֿון

בעריש גאָלדשטיין

פֿאַר די אייניקלעך

ISBN-13 978-1517654474
ISBN-10 1517654475

Originally published in the English language by HarperCollins Publishers Ltd. under the title *The Lord of the Rings* by J.R.R. Tolkien.

דער האַר פֿון די פֿינגערלעך

דרײַ פֿינגערלעך פֿאַר די עלף־קיניגן אין די טאָלן,
זיבן פֿאַר די שרעטל־לאָרדן אין די זאַלן פֿון שטיין,
נײַן פֿאַר די בשׂר־ודמס וועמענס גורל איז צו פֿאַלן,
איינס פֿאַר דעם בעל־חושך אויפֿן פֿינצטערן טראָן
אין מאָרדאָר, אינעם לאַנד פֿונעם בייזן שאָטן.
איין פֿינגערל איבער אַלע צו הערשן, אַלע צו געפֿינען,
איין פֿינגערל זיי צו זאַמלען, אינעם פֿינצטערניש צו בינדן
אין מאָרדאָר, אינעם לאַנד פֿונעם בייזן שאָטן.

אינהאַלט

קאָנספּעקט

דאָס איז דער דריטער טייל פֿון *דער האַר פֿון די פֿינגערלעך*.

אינעם ערשטן טייל, *די חבֿרותא פֿון דעם פֿינגערל*, דערציילט מען ווי **ג**אַנדאַלף דער **ג**ראָ האָט אַנטדעקט אַז דאָס פֿינגערל וואָס **פֿ**ראָדאָ דער **ה**אָביט פֿאַרמאָגט איז אויף אַן אמת דאָס **א**יינציקע **פֿ**ינגערל, הערשער איבער די אַלע **פֿ**ינגערלעך פֿון **ש**ליטה. אין אים האָט מען איבערגעגעבן ווי **פֿ**ראָדאָ מיט זײַנע באַלייטערס זײַנען אַנטלאָפֿן פֿון זייער היים, פֿון דעם שטילן **ק**אַנטאָן, נאָכגעיאָגט פֿון שרעק פֿון די **ש**וואַרצע **ר**ײַטערס פֿון **מ**אָרדאָר, ביז סוף־כּל־סוף, מיט דער הילף פֿון **אַ**ראַגאָרן, דער **ו**ואַנדערער פֿון **ע**ריאַדאָר, זײַנען זיי געקומען דורך סכּנת־נפֿשות אין דעם **ה**ויז פֿון **ע**לראָנד אין **ר**יוונדעל.

דאָרט איז פֿאָרגעקומען דער גרויסער **ר**אָט פֿון **ע**לראָנד, וואָס האָט באַשלאָסן בײַ זיך צו פּרוּוון צעשטערן דאָס **פֿ**ינגערל, און האָט באַשטימט **פֿ**ראָדאָ פֿאַר דעם **פֿ**ינגערל־**ט**רעגער. די **ב**אַלייטערס פֿון דעם **פֿ**ינגערל האָט מען דעמאָלט אויסגעקליבן, די וואָס זאָלן אים העלפֿן אויף זײַן זוכעניש: אָנצוקומען אויב ס'איז אים געלונגען ביז דעם **ב**אַרג פֿון **פֿ**ײַער אין **מ**אָרדאָר, דאָס לאַנד פֿון דעם **ש**ונא אַליין, דער איינציקער אָרט ווו ס'איז מיגלעך צו צעשטערן דאָס **פֿ**ינגערל. אין דער דאָזיקער **ח**בֿרותא זײַנען געווען **אַ**ראַגאָרן און **ב**אָראָמיר דער זון פֿון דעם **ה**אַר פֿון **ג**אָנדאָר, ווי פֿאַרטרעטערס פֿון **מ**ענטשן; **ל**עגאָלאַס זון פֿון דעם **ע**לף־**ק**יניג פֿון **כ**מאַרנע־**וו**אַלד, פֿאַר די **ע**לפֿן; **ג**ימלי בן־**ג**לוין פֿון דעם **ע**לנטן **ב**אַרג, פֿאַר די **ש**רעטלעך; **פֿ**ראָדאָ מיט זײַן משרת **ס**אַמוויַיז, און זײַנע צוויי קרובֿים **מ**עריאַדאָק און **פּ**ערעגרין, פֿאַר די **ה**אָביטס; און **ג**אַנדאַלף דער **ג**ראָ.

די **ב**אַלייטערס זײַנען געפֿאָרן בסוד ווײַט פֿון **ר**יוונדעל אין דעם **צ**פֿון, ביז זיי זײַנען פֿאַרשטערט געוואָרן אינעם פּרוּוו אַריבערצוגיין איבערן הויכן אַריבערגאַנג פֿון **ק**אַראַדראַס ווינטערצײַט, און דערנאָך, געפֿירט פֿון **ג**אַנדאַלף דורך דעם באַהאַלטענעם טויער, זײַנען זיי אַרײַן אין די ריזיקע **ג**רובן פֿון **מ**אָריע, זוכנדיק אַ וועג אונטער די בערג. דאָרט איז **ג**אַנדאַלף אַראָפּגעפֿאַלן אין אַ פֿינצטערן תּהום אַרײַן אין אַ קאַמף מיט אַן אימהדיקן שד פֿון דער אונטערוועלט. אָבער **אַ**ראַגאָרן, איצט נתגלה געוואָרן ווי דער באַהאַלטענער יורש פֿון די אַנטיקע **מ**לכים פֿון דעם **מ**ערבֿ, האָט געפֿירט די חבֿרותא ווײַטער פֿון דעם **מ**יזרח־**ט**ויער פֿון **מ**אָריע, דורך דעם **ע**לפֿישן לאַנד פֿון **ל**אָריען, און אַראָפּ מיט דעם גרויסן **ט**ײַך **אַ**נדויִן, ביז די **פֿ**אַלן פֿון **ר**אַוראָס. זיי זײַנען שוין געוווּר געוואָרן אַז שפּיאָנען האָבן באַוואַכט זייער נסיעה, און אַז דאָס באַשעפֿעניש **ג**אָלום, וואָס האָט אַ מאָל פֿאַרמאָגט דאָס **פֿ**ינגערל און האָט נאָך אַלץ געגלוסט דערנאָך, איז נאָכגעגאַנגען זייער שפּור.

איצט האָבן זיי געמוזט באַשליסן צי זיי זאָלן זיך נעמען מיזרח צו קיין **מ**אָרדאָר, צי גיין מיט **ב**אָראָמיר ווי אַ הילף פֿאַר **מ**ינאַס **ט**יריט, הויפּטשטאָט פֿון **ג**אָנדאָר, אין דער קומעדיקער מלחמה, צי צעטיילן זיך. ווען ס'איז קלאָר געוואָרן אַז דער

פֿינגערל־**ט**רעגער איז באַשטאַנען וויַיטער צו גיין אויף דער האָפֿענונגסלאָזער נסיעה אינעם לאַנד פֿון דעם **ש**ונא, האָט **ב**אָראָמיר געפּרוּווט כאַפּן דאָס **פֿ**ינגערל בגוואַלד. דער ערשטער טייל האָט זיך געענדיקט מיט **ב**אָראָמיר אַ קרבן געוואָרן צו דעם פֿאַרנאַרעכץ פֿון דעם **פֿ**ינגערל; מיטן אַנטלויף און פֿאַרשווינדונג פֿון **פֿ**ראָדאָ און דעם משרת **ס**אַמוויַיז; און מיט דעם צעוואַרפֿן זיך פֿון די איבעריקע פֿון דער **ח**בֿרותא צוליב אַ פּלוצעמדיקן אָנפֿאַל פֿון אָרק־סאָלדאַטן, עטלעכע באַדינערס פֿון דעם **ב**על־**ח**ושך פֿון **מ**אָרדאָר, עטלעכע פֿון דעם פֿאַררעטער **ס**אַרומאַן פֿון **א**יסענהויף. דאָס **ז**וכעניש פֿון דעם **פֿ**ינגערל־**ט**רעגער האָט שוין אויסגעזען ווי דורכגעפֿאַלן.

אינעם צווייטן טייל (**ב**יכער **ד**רײַ און **פֿ**יר), **ד**י **צ**ווײ **ט**ורעמס, האָט מען דערציילט די מעשׂים פֿון דער גאַנצער פּאַרטיע נאָכן צעגיין זיך פֿון דער **ח**בֿרותא פֿון דעם **פֿ**ינגערל. **ב**וך **ד**רײַ האָט באַשריבן די תּשובֿה און טויט פֿון **ב**אָראָמיר, און זײַן לוויה אין אַ שיפֿל איבערגעגעבן די **פֿ**אַלן פֿון **ר**אַוראָס; די פֿאַרכאַפּונג פֿון **מ**עריאַדאָק און **פּ**ערעגרין פֿון אָרק־סאָלדאַטן, וואָס האָבן זיי געטראָגן קיין **א**יסענהויף איבער די מיזרחדיקע פּליינען פֿון **ר**אָהאַן; און די יאָג נאָך זיי פֿון **א**ראַגאָרן, **ל**עגאָלאַס, און **ג**ימלי.

די **ר**ײַטערס פֿון **ר**אָהאַן האָבן זיך דעמאָלט באַוויזן. אַ ראָטע רײַטערס, געפֿירט פֿון **ע**אָמער דעם **מ**אַרשאַל, האָט אַרומגערינגלט די אָרקס אויף די גרענעצן פֿון דעם **וו**אַלד פֿון **פֿ**אַנגאָרן און זיי צעשטערט, נאָר די האָביטס זײַנען אַנטלאָפֿן אין וואַלד אַרײַן און דאָרט אָנגעטראָפֿן **ב**וימבאָרד דעם **ע**נט, דעם בסודיקן בעל־הבית פֿון **פֿ**אַנגאָרן. מיט אים האָבן זיי געזען דאָס אַנטוועקן פֿון גרימצאָרן אין די **ב**יימער־**ל**ײַט און זייער מאַרש אויף **א**יסענהויף.

דערווײַל האָבן **א**ראַגאָרן מיט די באַלייטערס זיך אָנגעטראָפֿן אויף **ע**אָמער בײַם צוריקקער פֿון דער שלאַכט. ער האָט זיי פֿאַרזאָרגט מיט פֿערד, האָבן זיי געריטן צו דעם וואַלד. דאָרט, אין מיטן זוכן אומזיסט נאָך די האָביטס, האָבן זיי געטראָפֿן **ג**אַנדאַלף נאָך אַ מאָל, צוריק פֿון טויט, איצט דער **וו**ײַסער **ר**ײַטער, נאָר נאָך אַלץ פֿאַרשלייערט אין גראָ. מיט אים האָבן זיי געריטן איבער **ר**אָהאַן צו די זאַלן פֿון **ק**יניג **ט**עאָדען פֿון דעם **מ**אַרק, ווו **ג**אַנדאַלף האָט אויסגעהיילט דעם אַלטן קיניג און אים געראַטעוועט פֿונעם כּישוף פֿון **ש**לאַנגצונג, זײַן בייזן עצה־געבער און בסודיקן אַלייִרטן פֿון **ס**אַרומאַן. דעמאָלט האָבן זיי געריטן מיט דעם קיניג און זײַן מחנה אַנטקעגן די אַרמייען פֿון **א**יסענהויף, אַנטייל גענומען אינעם פֿאַרצווייפֿלטן נצחון בײַ דעם **ה**אָרנשלאָס. פֿון דאָרט האָט **ג**אַנדאַלף זיי געפֿירט קיין **א**יסענהויף און זיי האָבן געפֿונען די גרויסע פֿעסטונג צעשטערט פֿון די **ב**יימער־**ל**ײַט, מיט **ס**אַרומאַן און **ש**לאַנגצונג באַלעגערט אינעם שטאַרקן טורעם פֿון **א**רטאַנק.

אינעם מדובר פֿאַר דער טיר זײַנער האָט זיך **ס**אַרומאַן אָפּגעזאָגט פֿון תּשובֿה, האָט אים **ג**אַנדאַלף אַראָפּגעזעצט און צעבראָכן זײַן שטעקן, אים איבערגעלאָזט צו דער וואַכיקייט פֿון די **ע**נטן. אַרויס דורך אַ הויכן פֿענצטער האָט **ש**לאַנגצונג אַראָפּגעוואָרפֿן אַ שטיין אויף **ג**אַנדאַלף, אָבער עס האָט אים ניט געטראָפֿן, האָט

פֿערעגרין אים אויפֿגעהויבן. דאָס האָט זיך אַרויסגעוויזן פֿאַר איינעם פֿון די דרײַ פֿאַרבלײַבנדיקע *פּאַלאַנטירי*, די זעענדיקע שטיינער פֿון נומענאָר. שפּעטער די נאַכט איז פּיפּין געפֿאַלן אונטער דעם צוצי פֿון דעם שטיין. ער האָט דאָס געגנבֿעט און זיך אין אים אײַנגעקוקט, און אַזוי איז ער אַנטפּלעקט געוואָרן צו סאַוראָן. דאָס בוך האָט זיך געענדיקט מיטן אָנקום פֿון אַ נאַזגול איבער די פּליינען פֿון ראָהאַן, אַ פֿינגערל־שד אויף אַ פֿלײַענדיק פֿערד, אַן אָנזאָג פֿון נאָענטער מלחמה. גאַנדאַלף האָט איבערגעגעבן דעם *פּאַלאַנטיר* צו אַראַגאָרן און מיט פּיפּין האָט געריטן אַוועק קיין מינאַס טיריט.

בוך פֿיר האָט זיך געווענדט צו פֿראָדאָ און סאַמווײַז, איצט פֿאַרלוירן אין די טריבע בערגלעך פֿון דעם עמין מויִל. עס באַשרײַבט ווי זיי זײַנען אַנטלאָפֿן פֿון די בערגלעך און ווי סמיאַגאָל־גאָלום האָט זיי איבערגעיאָגט, און ווי פֿראָדאָ האָט געצאַמט גאָלום און שיִער ניט בײַגעקומען זײַן בייזקייט, אַזוי אַז גאָלום האָט זיי געפֿירט דורך די טויטע זומפּן און די צעשטערטע לענדער ביז דעם מאָראַנאָן, דעם שוואַרצן טויער פֿון דעם לאַנד פֿון מאָרדאָר אין דעם צפֿון.

אין דעם אָרט איז געווען אוממיגלעך אַרײַנצוקומען, האָט פֿראָדאָ אָנגענומען גאָלומס עצה: גיין זוכן אַ "בסודיקן אײַנגאַנג" וואָס ער האָט געקענט, ווײַט אַוועק אויף דרום אין די בערג פֿון שאָטן, די מערבֿדיקע מויערן פֿון מאָרדאָר. בײַם פֿאָרן אַהין זײַנען זיי פֿאַרכאַפּט געוואָרן פֿון אַ ראָטע אויסקוקערס פֿון די מענטשן פֿון גאָנדאָר, אָנגעפֿירט פֿון פֿאַראַמיר, דעם ברודער פֿון באָראָמיר. פֿאַראַמיר האָט אַנטפּלעקט דעם מהות פֿון זייער זוכעניש, נאָר ער האָט אויסגעהאַלטן קעגן דעם נסיון וואָס האָט צעקלאַפּט באָראָמיר, און ער האָט זיי ווײַטער געשיקט אויפֿן לעצטן עטאַפּ פֿון זייער נסיעה קיין ציריט אונגאָל, דער שפּינס אַריבערגאַנג, כאָטש ער האָט זיי געוואָרנט אַז ס'איז אַן אָרט פֿון סכּנת־נפֿשות, וועגן וואָס גאָלום האָט זיי ניט געקלערט אַלץ וואָס ער ווייסט דערוועגן. פּונקט בײַם אָנקום בײַ דעם שיידוועג ווען זיי האָבן זיך גענומען אויפֿן וועג קיין דער גרויליקער שטאָט מינאַס מאָרגול, איז אַ גרויס פֿינצטערניש אַרויס פֿון מאָרדאָר, באַדעקט די אַלע לענדער. דעמאָלט האָט סאַוראָן אַרויסגעשיקט זײַן ערשטע אַרמיי, אָנגעפֿירט פֿון דעם שוואַרצן קיניג פֿון די פֿינגערל־שדים: די מלחמה פֿון דעם פֿינגערל האָט זיך אָנגעהויבן.

גאָלום האָט די האָביטס געפֿירט אויף אַ בסודיקן וועג וואָס מײַדט אויס מינאַס מאָרגול, און אינעם פֿינצטערניש זײַנען זיי סוף־כּל־סוף אָנגעקומען קיין ציריט אונגאָל. דאָרט איז גאָלום צוריק צו זײַן בייזן שטייגער און האָט געפּרוווט זיי פֿאַרראַטן צו דעם שוידערלעכן היטער פֿון דעם אַריבערגאַנג, שעלאָב. דאָס איז אים דורכגעפֿאַלן צוליב דער גבֿורה פֿון סאַמווײַז, וואָס האָט צוריקגעהאַלטן זײַן אָנפֿאַל און פֿאַרוווּנדיקט שעלאָב.

דער צווייטער טייל ענדיקט זיך מיט די ברירות פֿון סאַמווײַז. פֿראָדאָ, אײַנגעשטאָכן פֿון שעלאָב, ליגט טויט, ווי עס האָט אויסגעזען: דאָס זוכעניש מוז זיך ענדיקן אין קאַטאַסטראָפֿע אָדער סאַמווײַז מוז איבערלאָזן דעם האַר. נאָך אַ ווײַלע

נעמט ער צו דאָס **פֿ**ינגערל און פּרוּווט ווײַטער גיין איינער אַליין אויף דעם **ז**וכעניש אָן האָפֿענונג. נאָר פּונקט ווען ער האַלט בײַם אַריבערגיין אַרײַן אינעם לאַנד פֿון **מ**אָרדאָר, קומען אָרקס אַרויף פֿון **מ**ינאַס **מ**אָרגול און אַראָפּ פֿונעם טורעם פֿון **צ**יריט **א**ונגאָל, וואָס באַוואַכט די הייך פֿונעם אַריבערגאַנג. באַהאַלטן פֿון דעם **פֿ**ינגערל איז **ס**אַם געוווּיר געוואָרן פֿונעם אַמפּערניש צווישן די אָרקס אַז **פֿ**ראָדאָ איז ניט טויט, נאָר פֿאַרטויבט. צו שפּעט יאָגט ער זיך נאָך זיי, אָבער די אָרקס טראָגן דעם קערפּער פֿון **פֿ**ראָדאָ אַראָפּ דורך אַ טונעל וואָס פֿירט צו דעם הינטערטויער פֿון זייער טורעם. **ס**אַמווײַז פֿאַלט אין חלשות פֿאַר אים איידער ער מאַכט זיך צו מיט אַ טראַסק.

אָט דאָס, דער דריטער און לעצטער טייל, וועט באַשרײַבן די אַנטקעגנדיקע סטראַטעגיעס פֿון **ג**אַנדאַלף און **ס**אַוראָן, ביז דער לעצטער קאַטאַסטראָפֿע און דעם סוף פֿון דעם גרויסן פֿינצטערניש. מיר נעמען זיך ערשט צוריק צו די געשעענישן פֿון דער שלאַכט אין דעם **מ**ערבֿ.

מינאס טיריט

EMYN MUIL
DEAD MARSHES
DAGORLAD
(Battle Plain)
N
S
W
NINDALF
or
Wetwang
Morannon
(Ash Mountains)
ERED LITHUI
UDÛN
Isenmouthe
North
ITHILIEN
THE GREAT RIVER
ANÓRIEN
CAIR ANDROS
Morgai
Plateau of GORGOROTH
ORODRUIN
Mt Doom
The Dark Tower
BARAD-DÛR
DRUADAN FOREST
Cirith Ungol
MORDOR
Minas Tirith
LOSSARNACH
EMYN ARNEN
EPHEL DUATH (Mountains of Shadow)
NURN
Crossings of Erui
River ERUI
River CELOS
R. SIRITH
River SIRITH
ANDUIN
South ITHILIEN
Pelargir
Crossings of Poros
RIVER POROS
The Harad Road

ROHAN
Entwade
Snowbourn
FOLDE
EASTFOLD
River ENTWASH
MOUTHS of
ENTWASH
FENMARCH
MERING STREAM
Halifirien
FIRIEN WOOD
Falls of Rauros
DEAD MARSHES
NINDALF
or
Wetwang
THE GREAT RIVER
ANÓRIEN
CAIR ANDROS
DRUADAN FOREST
Calenhad
Erelas
Nardol
Tarlang's Neck
LAMEDON
River CIRIL
Calembel
GONDOR
RINGLO
River
Ethring
River CELOS
SIRITH
LOSSARNACH
MINAS TIRITH
Crossings of Erui
LEBENNIN
River ERUI
River SIRITH
River GILRAIN
River SERNI
Dor-en-Ernil
Linhir
Pelargir
South ITHILIEN
ETHIR ANDUIN
Mouths of Anduin
Belfalas
RIVER POROS
ANDUIN

בוך פֿינף

קאַפּיטל איינס

מינאַס טיריט

פּיפּין האָט געקוקט אַרויס פֿונעם אָפּדאַך פֿון **ג**אַנדאַלפֿס מאַנטל. ער האָט זיך געוווּנדערט צי ער איז וואַך צי שלאָפֿט נאָך, נאָך אַלץ אינעם גיכן חלום וואָס האָט אים לאַנג אַנטוויקלט זינט דעם אָנהייב פֿונעם גרויסן פֿאָר. די פֿינצטערע וועלט האָט געהאַלטן אין לויפֿן פֿאַרבײַ מיט דער ווינט זינגענדיק הויך אין די אויערן. ער האָט נאָר געקענט זען די דרייענדיקע שטערן און, ווײַט אַוועק אויף רעכטס, ריזיקע שאָטנס אַקעגן דעם הימל ווו די בערג אין דעם **ד**רום האָבן מאַרשירט פֿאַרבײַ. שלעפֿעריק האָט ער געפּרוּווט רעכענען די צײַטן און עטאַפּן פֿון זייער נסיעה, נאָר זײַן זכּרון איז געווען מיד און אומקלאָר.

עס איז געווען דער ערשטער פֿאָר, שרעקלעך גיך אָן שום אָפּהאַלט, און דערנאָך באַגינען האָט ער געזען אַ בלאַסן גלאַנץ גאָלד, זײַנען זיי געקומען צו דער שטילער שטאָט און דעם גרויסן לײדיקן הויז אויפֿן בערגל. און קוים זײַנען זיי דאָרט אָנגעקומען ווען דער באַפֿליגלטער שאָטן איז נאָך אַ מאָל איבער זיי, האָבן די לײַט פֿאַרוועלקט מיט שרעק. נאָר **ג**אַנדאַלף האָט גערעדט צאַרטע דיבורים צו אים, האָט ער געשלאָפֿן אין אַ ווינקל, מיד אָבער אומרויִק, מטושטש געוווּסט פֿון מענטשן[1] גייענדיק אַהין און צוריק און רעדן און פֿון **ג**אַנדאַלף אַרויסגעבנדיק באַפֿעלן. און דערנאָך נאָך אַ מאָל רײַטן, רײַטן אין דער נאַכט אַרײַן. איצט איז די צווייטע, ניין, די דריטע נאַכט זינט ער האָט געקוקט אין דעם **ש**טיין. און מיט דעם אָ גרויליקן געדאַנק איז ער אויסגעטשוכעט געוואָרן און געציטערט, איז דער קלאַנג פֿונעם ווינט אָנגעפֿילט געוואָרן מיט דראָענדיקע קולער.

עס האָט זיך אָנגעצונדן אַ ליכט אין הימל, אַ בראַנד געלער פֿײַער הינטער פֿינצטערע באַריערן. **פּ**יפּין האָט געהויערט צוריק, דערשראָקן אויף אַ רגע, האָט ער זיך געוווּנדערט אין וואָס פֿאַר אַ גרויליק לאַנד אַרײַן האָט **ג**אַנדאַלף אים געטראָגן. ער האָט געריבן די אויגן און דערמיט האָט ער געזען אַז ס'איז די לבֿנה הייבנדיק זיך אַרויף איבער די מיזרחדיקע שאָטנס, איצט שיִער ניט גאַנץ. איז די נאַכט נאָך ניט אַלט געווען און די פֿינצטערע נסיעה וועט ווײַטער גיין אויף שעהען. ער האָט אַ ריר געטאָן און גערעדט.

"ווו זײַנען מיר, **ג**אַנדאַלף?" האָט ער געפֿרעגט.

"אין דער מלוכה פֿון **ג**אָנדאָר," האָט דער מכשף געענטפֿערט. "דאָס לאַנד פֿון **אַ**נאָריען גייט נאָך פֿאַרבײַ."

עס איז שטיל געווען אַ ווײַלע. און דעמאָלט, "וואָס איז דאָס?" האָט **פּ**יפּין פּלוצעם אויסגערופֿן, כאַפּנדיק אויף **ג**אַנדאַלפֿס מאַנטל. "קוקט נאָר! פֿײַער, רויטער פֿײַער! צי זײַנען פֿאַראַן דראַקאָנען אין דעם אָ לאַנד? גיט אַ קוק, ס'איז נאָך איינער!"

ווי אַן ענטפֿער האָט **ג**אַנדאַלף געשריגן אויף אַ קול צו זײַן פֿערד. "ווײַטער, **ש**אָטנפֿאַקס! מיר מוזן זיך אײַלן. ס'איז ניט קיין צײַט. זעט נאָר! די שײַנטורעמס פֿון **ג**אָנדאָר

---

[1] אָפּֿט ניצט **ט**אָלקין "people" אָדער "men" פֿאַר פּאַרשוינען אין אַלגעמיין, ניט ווי דער נאָמען פֿון דער גזע פֿון **מ**ענטשן, פֿונאַדערגעשיידט פֿון, למשל, **ע**לפֿן צי **ש**רעטלעך – איבערזעצערס הערה

ברענען, רופֿן אַרויס הילף. מלחמה איז אָנגעצונדן געוואָרן. זעט, דאָרט איז דער פֿײַער אויף אַמאָן דין, און פֿלאַם אויף אײַלענאַך, און ווײַטער גייען זיי גיך מערבֿ צו: נאַרדאָל, ערעלאַס, מין־רימאָן, קאַלענהאַד, און די האַליפֿיריען אויף די גרענעצן פֿון ראָהאַן."

נאָר שאָטנפֿאַקס האָט אָפּגעשטעלט דאָס שפּאַנען, געגאַנגען פּאַמעלעכער, און דערנאָך אויפֿגעהויבן דעם קאָפּ און געהירזשעט. און אַרויס פֿונעם פֿינצטערניש איז געקומען דאָס הירזשען פֿון אַנדערע פֿערד ווי אַן ענטפֿער, און באַלד האָט זיך געלאָזט הערן דאָס לישען פֿון טלאָען, און דרײַ רײַטערס זײַנען צוגעקומען און פֿאַרבײַ ווי פֿליִענדיקע גײַסטער אונטער דער לבֿנה, פֿאַרשוווּנדן געוואָרן אין דעם מערבֿ אַרײַן. דעמאָלט האָט שאָטנפֿאַקס זיך צונויפֿגענומען און אַוועקגעשפּרונגען, האָט די נאַכט געשטראָמט איבער אים ווי אַ רעוועדיקער ווינט.

פּיפּין איז נאָך אַ מאָל שלעפֿעריק געוואָרן און האָט קוים אַכט געלייגט אויף גאַנדאַלפֿס באַשרײַבונגען פֿון די מינהגים פֿון גאָנדאָר, און ווי דער לאָרד פֿון דער שטאָט האָט געהייסן בויען שײַנטורעמס אויבן אויף די ווײַטערע בערגלעך פּאַזע ביידע גרענעצן פֿון דער גרויסער קייט, מיט וואַכפּאָסטן אין די אָ ערטער ווו פֿרישע פֿערד זײַנען אַלע מאָל גרייט צו טראָגן זײַנע שליחים קיין ראָהאַן אין דעם צפֿון אָדער קיין בעלפֿאַלאַס אין דעם דרום. "ס'איז שוין אַ לאַנגע צײַט זינט מען האָט אָנגעצונדן די שײַנטורעמס פֿון דעם צפֿון," האָט ער געזאָגט, "און אין די אַנטיקע טעג פֿון גאָנדאָר האָט מען זיי ניט באַדאַרפֿט, וואָרן זיי האָבן פֿאַרמאָגט די זיבן שטיינער." פּיפּין האָט זיך אומרויִק גערירט.

"שלאָפֿט נאָך אַ מאָל און האָט ניט קיין מורא!" האָט גאַנדאַלף געזאָגט. "וואָרן איר גייט ניט ווי פֿראָדאָ קיין מאָרדאָר, נאָר קיין מינאַס טיריט, און דאָרט וועט איר אַזוי זיכער זײַן ווי אַבי וווּ אויף דער וועלט די טעג. אויב גאָנדאָר גייט אונטער, אָדער דאָס פֿינגערל איז פֿאַרכאַפּט געוואָרן, וועט דער קאַנטאָן זײַן ניט קיין מיקלט."

"איר האָט מיך ניט געטרייסט," האָט פּיפּין געזאָגט, נאָר פֿונדעסטוועגן איז שלאָף איבער אים געקראָכן. די לעצטע זאַך וואָס ער האָט געדענקט איידער ער איז אַרײַן אין אַ טיפֿן חלום איז געווען אַ בליק אויף הויכע ווײַסע בערג, שימערירנדיק ווי שווימענדיקע אינדזלען איבער די וואָלקנס בעת זיי כאַפּן די ליכט פֿון דער מערבֿ־גייענדיקער לבֿנה. ער האָט זיך געוווּנדערט ווו פֿראָדאָ איז, צי איז ער שוין אין מאָרדאָר, אָדער טויט, און ער האָט ניט געוווּסט אַז פֿראָדאָ פֿון ווײַט אַוועק קוקט אויף דער זעלבער לבֿנה בעת זי גייט אונטער הינטער גאָנדאָר פֿאַרן פֿאַרטאָג.

פּיפּין האָט זיך אויפֿגעכאַפּט אין מיטן אַ קלאַנג פֿון קולער. נאָך אַ טאָג פֿון באַהאַלטן און אַ נאַכט פֿון רײַטן זײַנען גיך פֿאַרבײַ. ס'איז געווען גראָ: דער קאַלטער באַגינען איז געקומען, און פֿרעסטלדיקע גראָע נעפּלען זײַנען געווען אַרום זיי. שאָטנפֿאַקס איז געשטאַנען און געפּאַרעט מיט שווייס, נאָר ער האָט שטאָלץ געהאַלטן דעם נאַקן און האָט באַוויזן ניט קיין סימנים פֿון מידקייט. אַ סך הויכע מענטשן, שווער באַמאַנטלט, זײַנען לעבן אים געשטאַנען, און הינטער זיי אינעם נעפּל האָט זיך דערזען אַ מויער פֿון שטיין. טיילוויַיז צעשטערט, האָט זיך געדאַכט, נאָר שוין איידער די נאַכט איז פֿאַרבײַ האָט מען געקענט הערן דעם קלאַנג פֿון אײַלנדיקער אַרבעט: דאָס שלאָגן פֿון האַמערס, דאָס קלינגען פֿון קעלניעס, און דאָס סקריפּען פֿון רעדער. שטורקאַצן און פֿלאַמען האָבן טעמפּ געגליט דאָ און דאָרט אינעם נעפּל. גאַנדאַלף האָט געהאַלטן אין רעדן מיט די מענטשן וואָס האָבן אים פֿאַרשטעלט דעם

וועג, און בעת ער האָט זיך צוגעהערט איז **פּ**יפּין געוואָרן געווויר אַז מע רעדט וועגן אים אַליין.

"באמת קענען מיר אײַך, **מ**יטראַנדיר," האָט געזאָגט דער ראָש פֿון די מענטשן, "און איר קענט די פּאַראָלן פֿון די **ז**יבן **ט**ויערן און זײַט פֿרײַ פֿאָרויס צו גיין. אָבער מיר קענען ניט אײַער באַלייטער. וואָס איז ער? אַ שרעטל אַרויס פֿון די בערג אין דעם **צ**פֿון? מיר ווילן אַז ניט קיין פֿרעמדע זאָלן קומען אינעם לאַנד אַרײַן איצט, סײַדן זיי זײַנען מאַכטיקע שלאַכטלײַט וועמענס בטחון און הילף קענען מיר געטרויען."

"איך וועל פֿאַר אים קאַווירן פֿאַר דעם זיצאָרט פֿון **ד**ענעטאָר," האָט **ג**אַנדאַלף געזאָגט. "און וואָס שייך גבֿורה, קען מען דאָס ניט רעכענען לויטן וווּקס. ער איז געווען דורך מער שלאַכטן און סכּנה ווי איר, **א**ינגאָלד, כאָטש איר זײַט צוויי מאָל אַזוי הייך, און איצט קומט ער פֿונעם שטורעמען אויף **א**יסענהויף, וואָס דערוועגן האָבן מיר ידיעות, און אַ שווערע מידקייט איז אויף אים; אַניט וואָלט איך אים אויפֿוועקן. ער הייסט **פּ**ערעגרין, גאָר אַ גבֿורהדיקער מענטש."

"מענטש?" האָט **א**ינגאָלד געזאָגט מיט ספֿק, און די אַנדערע האָבן זיך צעלאַכט.

"מענטש!" האָט **פּ**יפּין געשריגן, איצט גאָר אויפֿגעהעצט. "מענטש! לגמרי ניט! איך בין אַ האָביט, און ניט מער גבֿורהדיק ווי איך בין אַ מענטש, אַחוץ אפֿשר צײַטנווײַז אין אַ נויט. לאָזט ניט אַז **ג**אַנדאַלף זאָל אײַך אָפּנאַרן!"

"אַ סך פֿון די וואָס טוען אויף גרויסע מעשׂים מעגן ניט מער זאָגן," האָט **א**ינגאָלד געזאָגט. "נאָר וואָס איז אַ האָביט?"

"אַ **ה**אַלבלינג," האָט **ג**אַנדאַלף געענטפֿערט. "ניין, ניט דער וואָס מען האָט וועגן אים גערעדט," האָט ער צוגעגעבן ווען ער האָט דערזען דעם וווּנדער אין די פּנימער פֿון די מענטשן. "ניט ער, נאָר איינער פֿון זײַנע קרובֿים."

"יאָ, און איינער וואָס איז מיט אים געפֿאָרן," האָט **פּ**יפּין געזאָגט. "און **ב**אָראָמיר פֿון אײַער שטאָט איז מיט אונדז געווען, און ער האָט מיך געראַטעוועט אין די שנייען אין דעם **צ**פֿון, און צום סוף איז ער דערהרגעט געוואָרן בײַם פֿאַרטיידיקן מיך פֿאַר אַ סך שׂונאים."

"שטיל!" האָט **ג**אַנדאַלף געזאָגט. "נײַעס וועגן אָט דעם טרויער זאָל מען ערשט אָנזאָגן דעם פֿאָטער."

"מע האָט דאָס שוין געטראָפֿן," האָט **א**ינגאָלד געזאָגט, "וואָרן עס זײַנען געווען מאָדנע סימנים דאָ לעצטנס. נאָר איצט גייט גיך אַרײַן! ווײַל דער **ל**אָרד פֿון **מ**ינאַס **ט**יריט וועט להוט זײַן צו זען אַבי וועמען מיט ידיעות וועגן זײַן זון, צי ער איז אַ מענטש צי —"

"האָביט," האָט **פּ**יפּין געזאָגט. "קיין סך דינסט קען איך ניט אָנבאָטן אײַער לאָרד, נאָר וואָס איך קען טאָן, וואָלט איך טאָן, אין אָנדענק פֿאַר **ב**אָראָמיר דעם גיבור."

"פֿאָרט געזונט!" האָט **א**ינגאָלד געזאָגט, און די מענטשן האָבן געמאַכט אַ וואַרע פֿאַר **ש**אָטנפֿאַקס און ער איז דורך אַן ענגן טויער אינעם מויער. "זאָלט איר ברענגען גוטע עצות צו **ד**ענעטאָר אין זײַן נויט, און צו אונדז אַלע, **מ**יטראַנדיר!" האָט **א**ינגאָלד אויסגעשריגן. "נאָר איר קומט מיט ידיעות פֿון צער און סכּנה, לויט אײַער שטייגער, זאָגט מען."

"וואָרן איך קום זעלטן סײַדן מע דאַרף מײַן הילף," האָט געענטפֿערט **ג**אַנדאַלף. "און וואָס שייך עצות, וואָלט איך אײַך זאָגן אַז ס'איז צו שפּעט צו רעכט צו מאַכן דעם מויער פֿון

דעם **פּ**עלענאָר. דער קוראַזש וועט איצט זײַן די בעסטע פֿאַרטיידיקונג קעגן דעם שטורעם וואָס איז נאָענט – דאָס און אַזאַ האָפֿענונג וואָס איך ברענג. מחמת ניט אַלע פֿון די ידיעות וואָס איך ברענג זײַנען בייזע. נאָר לאָזט איבער די קעלניעס און פֿאַרשאַרפֿן די שווערדן!"

"די אַרבעט וועט פֿאַרטיק זיין פֿאַרן אָוונט," האָט **א**ינגאָלד געזאָגט. "אָט דאָס איז דער לעצטער טייל פֿונעם מויער וואָס מיר גרייטן אויף פֿאַרטיידיקונג: אָט דעם אָרט וועט מען מסתּמא ניט אָנפֿאַלן, וואָרן ער שטייט פּנים־אל־פּנים מיט די פֿרײַנד אין **ר**אָהאַן. צי ווייסט איר וואָס טוט זיך מיט זיי? צי וועלן זיי ענטפֿערן דעם אײַנרוף, מיינט איר?"

"יאָ, זיי וועלן קומען. נאָר זיי האָבן באַקעמפֿט אַ סך שלאַכטן הינטער אײַך. ניט דער דאָזיקער וועג און ניט קיין אַנדער וועג קוקן מער ניט קיין זיכערקייט. זײַט וואַכיק! אָן **ג**אַנדאַלף **ש**טורעמקראָ וואָלט איר שוין געזען אַ מחנה שׂונאים אַרויס פֿון **א**נאָריען און ניט קיין **ר**ײַטערס פֿון **ר**אָהאַן. וואָס וועט אפֿשר נאָך אַלץ געשען. פֿאָרט געזונט און שלאָפֿט ניט!"

גאַנדאַלף איז איצט אַרײַן אינעם ברייטן לאַנד הינטער דעם **ר**אַמאַס **ע**כאָר. אַזוי האָבן די מענטשן פֿון **ג**אָנדאָר גערופֿן דעם אויסנווייניקסטן מויער וואָס זיי האָבן געהאַט געבויט מיט אַ סך טירחה, נאָך דעם וואָס **א**יטיליען איז געפֿאַלן אונטערן שאָטן פֿון דעם **ש**ׂונא. אויף אַ דרײַסיק מײַלן אָדער מער האָט עס געפֿירט פֿון די פֿיס פֿון די בערג און ווידער צוריק, אײַנגערינגלט אין זײַן פּלויט די פֿעלדער פֿון דעם **פּ**עלענאָר: שיינע און גיביקע פּאַשעס אויף די לאַנגע שיפּועים און טעראַסעס פֿאַלנדיק צו די טיפֿן פֿון דעם **א**נדויִן. בײַם ווײַטסטן פּונקט פֿון דעם **ג**רויסן **ט**ויער פֿון דער **ש**טאָט, אויף צפֿון־מיזרח, איז דער מויער ווײַט צוועלף מײַלן, און דאָרט אַרויס פֿונעם פֿאַרקרימטן ברעג האָט ער אַראָפּגעקוקט אויף די לאַנגע פּלאַטשיקעס לעבן דעם טײַך, און די מענטשן האָבן דאָס געמאַכט הויך און שטאַרק, וואָרן דאָרט, אויף אַ באַמויערטן הויכוועג איז דער שליאַך געקומען פֿון די איבערפֿאָרן און בריקן פֿון **א**ָסגיליאַט דורך אַ באַוואַכטן טויער צווישן די באַפֿעסטיקטע טורעמס. בײַם נאָענטסטן פּונקט איז דער מויער געווען דרײַ מײַלן פֿון דער **ש**טאָט, אויף דרום־מיזרח. דאָרט האָט זיך דער **א**נדויִן, אין אַ ברייטן אויסבייג אַרום די בערגלעך פֿון **ע**מין **א**ַרנען אין **ד**רום **א**יטיליען, זיך גענומען שאַרף מערבֿ צו, האָט דער אויסנווייניקסטער מויער זיך אויפֿגעהויבן אויפֿן סאַמע קאַנט און דערונטער זײַנען געלעגן די דאָקן און לאַנדונג־ערטער אויף דעם **ה**אַרלאָנד פֿאַר שיפֿלעך וואָס קומען טײַך־אַרויף פֿון די דרומדיקע לענדער.

די פּאַשעס זײַנען געווען רײַכע, ברייט געאַקערטע, מיט אַ סך סעדער, און פֿערמעס מיט ברענויוונס און שפּײַכלערס, אַרומצוימונגען און סאַרײַען, און אַ סך ריטשקעלעך ריזלענדיק דורך דעם גרין פֿון די הויכלענדער אַראָפּ ביז דעם **א**נדויִן. פֿאָרט זײַנען נאָר געווען אַ געציילטע פּאַסטעכער און פֿאַרמערס וואָס האָבן דאָרט געוווינט, און ס'רובֿ לײַט פֿון **ג**אָנדאָר האָבן געוווינט אין די זיבן קרײַזן פֿון דער **ש**טאָט, אָדער אין די הויכע טאָלן אויף די באַרג־גרענעצן, אין **ל**אָסאַרנאַך, אָדער ווײַטער אויף דרום אין שיינעם **ל**עבענין מיט זײַנע פֿינף גיכע שטראָמען. דאָרט האָט געוווינט אַ פֿאַרהאַרטעוועט פֿאָלק צווישן די בערג און דעם ים. מע האָט זיי געהאַלטן פֿאַר מענטשן פֿון **ג**אָנדאָר, נאָר מיט צעמישט בלוט, און צווישן זיי זײַנען געווען נידעריקע טונקעלע לײַט וועמענס גבֿוירערס זײַנען מערסטנס געקומען פֿון די פֿאַרגעסענע מענטשן וואָס האָבן געוווינט אין די שאָטנס פֿון די בערגלעך אין די **פֿ**ינצטערע **י**אָרן פֿאַרן אָנקום פֿון די מלכים. נאָר ווײַטער, אינעם גרויסן לאַנד פֿון **ב**עלפֿאַלאַס, האָט געוווינט **פּ**רינץ **א**ימראַהיל אין זײַן פּאַלאַץ **ד**אָל **א**מראָט לעבן דעם ים, איז

ער געווען פֿון די הויכע לײַט, און זײַנע לײַט אויך, הויכע מענטשן און שטאָלצע, מיט ים־גראָע אויגן.

איצט, נאָך דעם וואָס **ג**אַנדאַלף האָט אַ היפּש ביסל צײַט געריטן, איז די טאָגליכט געוואַקסן אינעם הימל, האָט **פּ**יפּין זיך גערירט און געקוקט אַרויף. אויף לינקס איז געלעגן אַ ים מיט נעפּל, הייבנדיק זיך אויף ביז אַ וויסטן שאָטן אין דעם **מ**יזרח, נאָר אויף רעכטס האָבן גרויסע בערג אויפֿגעהויבן די קעפּ, פֿירנדיק פֿון דעם מערבֿ ביז אַ שטאָציקן און פּלוצעמדיקן סוף, גלײַך ווי אינעם שאַפֿן פֿון דעם לאַנד האָט דער **ט**ײַך געפּלאַצט דורך אַ גרויסן באַריער און אויסגעשניטן אַ מאַכטיקן טאָל ווי אַן אָרט פֿון שלאַכט און דעבאַטע אין די קומעדיקע צײַטן. און דאָרט ווו די **ו**וײַסע **ב**ערג פֿון **ע**רעד **נ**ימראַיס האָבן זיך געענדיקט האָט ער געזען, ווי **ג**אַנדאַלף האָט צוגעזאָגט, די טונקעלע מאַסע פֿון **ב**אַרג **מ**ינדאָלויִן, די טיפֿע לילאַ שאָטנס אין זײַנע הויכע טאָלכלעך, און זײַן הויך פּנים אַלץ ווײַסער אינעם אָנקומעדיקן טאָג. און אויף זײַן פֿאָרויס־געשטעקטן קני איז געווען די **ב**אַוואַכטע **ש**טאָט, מיט אירע זיבן מויערן פֿון שטיין אַזוי שטאַרק און אַלט אַז ס'האָט אויסגעזען ניט געבויט נאָר אויסגעשניטן פֿון ריזן פֿון די ביינער פֿון דער ערד.

בעת **פּ**יפּין האָט געגאַפֿט מיט חידוש זײַנען די מויערן געגאַנגען פֿון הויכן גראָ צו ווײַס, אַ ביסל פֿאַררייטלט אינעם באַגינען, און מיט אַ מאָל איז די זון געקראָכן איבערן מיזרחדיקן שאָטן און אַרויסגעשאָסן אַ שטראַל וואָס האָט געשלאָגן אויפֿן פּנים פֿון דער **ש**טאָט. דעמאָלט האָט **פּ**יפּין געשריגן אויף אַ קול, וואָרן דער **ט**ורעם פֿון **ע**קטעליאָן, שטייענדיק הויך אינעווייניק פֿונעם אייבערשטן מויער, האָט געשײַנט אַקעגן דעם הימל, שימערירט ווי אַ נאָגל פּערל און זילבער, הויך און שיין און שטאַלטיק, און זײַן שפּיץ האָט געפֿינקלט ווי געשאַפֿן פֿון קריסטאַלן, און ווײַסע פֿאָנען האָבן זיך געעפֿנט און געפֿלאַטערט פֿון די פֿאַראַפּעטן אינעם פֿרימאָרגן־ווינטל, און הויך און ווײַט אַוועק האָט ער געהערט אַ קלאָר קלינגען ווי פֿון זילבערנע טרומייטן.

אַזוי האָבן **ג**אַנדאַלף און **פּ**ערעגרין געריטן צו דעם **ג**רויסן **ט**ויער פֿון די **מ**ענטשן פֿון **ג**אָנדאָר ביַים אויפֿגאַנג פֿון דער זון, און די אײַזערנע טירן זײַנע האָבן זיך צוריקגעקײַקלט פֿאַר זיי.

"**מ**יטראַנדיר! **מ**יטראַנדיר!" האָבן מענטשן געשריגן. "איצט ווייסן מיר אַז דער שטורעם איז טאַקע נאָענט!"

"עס איז שוין דאָ אויף אײַך," האָט **ג**אַנדאַלף געזאָגט. "איך האָב געריטן אויף זײַנע פֿליגלען. לאָמיך פֿאַרבײַ! איך מוז קומען פֿאַר אײַער **ל**אָרד **ד**ענעטאָר, בעת עס בלײַבט זײַן פֿאַרוואַלטונג. אַבי וואָס וועט איצט געשען, זײַט איר געקומען צום סוף פֿון דעם **ג**אָנדאָר וואָס איר האָט געקענט. לאָמיך פֿאַרבײַ!"

דעמאָלט האָבן די מענטשן זיך צוריקגעצויגן פֿאַרן באַפֿעל אין זײַן קול און האָבן אים ווײַטער ניט אויסגעפֿרעגט, כאָטש זיי האָבן געגאַפֿט מיט חידוש אויף דעם האָביט וואָס זיצט פֿאַר אים און אויף דעם פֿערד וואָס טראָגט אים. וואָרן די מענטשן פֿון דער **ש**טאָט האָבן קוים געניצט פֿערד, האָבן זיי זיי זעלטן געזען אין די גאַסן, אַחוץ נאָר די געריטן פֿון די שליחים פֿון זייער לאָרד. און זיי האָבן געזאָגט: "זיכער איז דאָס איינס פֿון די גרויסע פֿערד פֿון דעם **ק**יניג פֿון **ר**אָהאַן? אפֿשר וועלן די **ר**אָהירים קומען אונדז צו פֿאַרשטאַרקן." נאָר **ש**אָטנפֿאַקס איז שטאָלץ געגאַנגען אַרויף אויפֿן לאַנגן שלענגלדיקן וועג.

לויטן שטייגער פֿון מינאַס טיריט איז ער געבויט געוואָרן אויף זיבן פֿלאַכן, יעדן אײַנגעשניטן אינעם בערגל אַרײַן, און אַרום יעדן האָט מען געשטעלט אַ מויער, און אין יעדן מויער איז געווען אַ טויער. נאָר די טויערן זײַנען ניט געווען אין איין ריי: דער גרויסער טויער אין דעם שטאָט־מויער איז געווען בײַם מיזרחדיקן פּונקט פֿונעם קרײַז, נאָר דער צווייטער קוקט האַלב־דרום צו, און דער דריטער האַלב־צפֿון צו, און אַזוי ווײַטער אַהין און צוריק בײַם גיין אַרויף, אַזוי אַז דער ברוקירטן וועג וואָס איז אויפֿגעשטיגן צו דעם ציטאַדעל האָט זיך געדרייט ערשט אין איין ריכטונג און דערנאָך אין אַ צווייטער איבערן פּנים פֿונעם בערגל. און יעדעס מאָל וואָס ער גייט פֿאַרבײַ די ליניע פֿון דעם גרויסן טויער, גייט ער דורך אַ טונעל אַ ריזיקער מאַסע שטיין וועמענס אומגעהײַערער אַרויסגעשטעקטער גוף האָט צעטיילט די אַלע קרײַזן פֿון דער שטאָט אין צווייען אַחוץ דעם ערשטן. וואָרן טיילווײַז צוליב דעם אוראַלטן פֿורעמען פֿונעם בערגל, טיילווײַז צוליב דעם מאַכטיקן בקיאות און טירחה פֿון אַ מאָל, איז געשטאַנען אויף הינטן אינעם ברייטן הויף הינטער דעם טויער אַ הויכער באַסטיאָן פֿון שטיין, זײַן קאַנט אַזוי שאַרף ווי אַ שיפֿס קיל, מיטן פּנים צום מיזרח. אַרויף האָט עס זיך אויפֿגעהויבן, ביזן הייך אַפֿילו פֿונעם אייבערשטן קרײַז, און דאָרט געקריינט מיט אַ פּאַראַפּעט, אַזוי אַז די אין דעם ציטאַדעל האָבן געקענט, ווי מאַטראָסן אין אַ שיף ווי אַ באַרג, קוקן אַראָפּ אויף דעם טויער זיבן הונדערט פֿוס אונטן. דער אײַנגאַנג פֿון דעם ציטאַדעל קוקט אויך מיזרח צו נאָר איז אײַנגעשניטן געוואָרן אינעם האַרץ פֿונעם שטיין; פֿון דאָרט איז אַ לאַנגער לאָמפּ־באַלויכטענער שיפּוע געלאָפֿן אַרויף ביזן זיבעטן טויער. אַזוי קומען מענטשן סוף־כּל־סוף צו דעם הויכן הויף און דעם פּלאַץ פֿון דעם פֿאָנטאַן צופֿוסנס פֿון דעם ווײַסן טורעם: הויך און שטאַלטיק, דרײַ הונדערט פֿיס פֿונעם פֿונדאַמענט ביזן שפּיץ, ווו די פֿאָנע פֿון די פֿאַרוואַלטערס שוועבט איין טויזנט פֿיס איבערן פּליין.

אַ שטאַרקער ציטאַדעל איז ער טאַקע געווען, ניט פֿאַרכאַפּט צו ווערן פֿון אַ מחנה שׂונאים, אויב ס'בלײַבט אינעווייניק אַ באַוואָפֿנטער, סײַדן עפּעס אַ שׂונא וואָלט געקענט קומען פֿון הינטן, קריכן אַרויף אויף די נידעריקערע זוימען פֿון מינדאָלויִן, און אַזוי אָנקומען אויפֿן ענגן אַקסל וואָס פֿאַרבינדט דאָס בערגל פֿון וואַך מיטן באַרג גופֿא. נאָר אָט דער אַקסל, וואָס הייבט זיך אויף ביז דער הייך פֿונעם פֿינפֿטן מויער, איז פֿאַררינגלט געווען מיט גרויסע מויערן פּונקט ביזן תּהום וואָס הענגט איבער איבערן מערבֿדיקן עק, און אין דעם דאָזיקן אָרט זײַנען געשטאַנען די הײַזער און קופּאָל־קבֿרים פֿון אַמאָליקע קיניגן און לאָרדן, שטיל אויף אייביק צווישן דעם באַרג און דעם טורעם.

פּיפּין האָט געגאַפֿט מיט וואַקסנדיקן חידוש אויף דער גרויסער שטיינערנער שטאָט, גרעסער און פּראַקטיקער ווי אַבי וואָס ער האָט געזען אין אַ חלום, גרעסער און שטאַרקער ווי איסענהויף, און אַ סך שענער. פֿאָרט אין דער אמתן איז עס אַלץ מער פֿאַרפֿוילט געוואָרן יאָר נאָך יאָר, און שוין האָט עס געפֿעלט אַ העלפֿט פֿון די מענטשן וואָס וואָלטן דאָרט גרינג געקענט וווינען. אין יעדן גאַס זײַנען זיי פֿאַרבײַ עפּעס אַ גרויס הויז צי הויף, וואָס איבער די טירן און בויגן־טויערן האָט מען אײַנגעשניטן אַ סך שיינע אותיות אין מאָדנע און אוראַלטע פֿאָרמען: נעמען, האָט פּיפּין געטראָפֿן, פֿון גרויסע מענטשן און קרובֿים וואָס האָבן דאָרט אַ מאָל געוווינט, נאָר איצט זײַנען זיי שטיל, ניט קיין טראָט האָט געקלונגען אויף די ברייטע טראָטואַרן, ניט קיין קול האָט מען געהערט אין די זאַלן, ניט קיין פּנים האָט געקוקט אַרויס פֿון טיר צי ליידיקן פֿענצטער.

סוף־כּל־סוף זײַנען זיי אַרויס פֿונעם שאָטן פֿון דעם זיבעטן טויער, און די וואַרעמע זון וואָס שײַנט אַראָפּ הינטערן טײַך, בעת **פֿ**ראָדאָ איז אַרומגעגאַנגען אין די פּאָליאַנעס פֿון **א**יטיליען, האָט דאָ געגליט אויף די גלאַטע מויערן און באַוואָרצלטע זײַלן, און דעם גרויסן בויגן מיטן שליסלשטיין אײַנגעשניטן אינעם געשטאַלט פֿון אַ באַקריינט און קיניגלעכן קאָפּ. **ג**אַנדאַלף האָט אָפּגעזעסן, וואָרן קיין פֿערד לאָזט מען ניט אַרײַן אין דעם **צי**טאַדעל, און **ש**אָטנפֿאַקס האָט סובֿל געווען אַוועקגעפֿירט ווערן נאָך אַ ווייכן וואָרט פֿונעם האַר.

די **ש**ומרים בײַם טויער זײַנען באַמאַנטלט אין שוואַרץ, מיט קאַסקעס פֿון אַ מאָדנע פֿאָרעם, הויך אויבן מיט לאַנגע באַקן־שיצערס ענג אויפֿן פּנים, און איבער די באַקן־שיצערס זײַנען אײַנגעפֿאַסט געווען די ווײַסע פֿליגלען פֿון ים־פֿייגל, נאָר די קאַסקעס האָבן געגלאַנצט מיט אַ זילבערנעם פֿלאַם, וואָרן זיי זײַנען טאַקע פֿון *מיטריל* געשאַפֿן, אַלט־ירושות פֿון דער גדולה פֿון אַלטע טעג. אויף די שוואַרצע מאַנטלען זײַנען אויסגעהאַפֿט געווען אין ווײַס אַ בוים בליִענדיק ווי שניי אונטער אַ זילבערנער קרוין און פֿיל־שפּיציקע שטערן. אָט דאָס איז געווען די ליוורעע פֿון די יורשים פֿון **ע**לענדיל, וואָס קיינער האָט דאָס ניט געטראָגן אין גאַנץ **ג**אָנדאָר, אַחוץ די **ש**ומרים פֿון דעם **צי**טאַדעל פֿאַר דעם **ה**ויף פֿון דעם **פֿ**אָנטאַן ווו אַ מאָל איז דער **ו**ווײַסער **ב**וים געוואַקסן.

עס האָט זיך שוין אויסגעוויזן אַז נײַעס וועגן זייער אָנקום איז געגאַנגען פֿאַר זיי, און תּיכּף האָט מען זיי אַרײַנגעלאָזט, שטיל און אָן אויספֿרעגן. גיך האָט **ג**אַנדאַלף געשפּאַנט איבערן ווײַס־ברוקירטן הויף. דאָרט האָט זיך געשפּילט אַ זיסער פֿאָנטאַן אין דער פֿרימאָרגן־זון, און אַ שטח העלער גרין איז אַרום אים געלעגן, נאָר אין דער מיט, אָנגעבויגן איבערן לוזשע, איז אַראָפּגעהאַנגען אַ טויטער בוים, און די פֿאַלנדיקע טראָפּנס האָבן טרויעריק געטריפֿט פֿון די ליידיקע און צעבראָכענע צווײַגן צוריק אינעם קלאָרן וואַסער.

פּיפּין האָט אַ קוק געטאָן דערויף בײַם לויפֿן נאָך **ג**אַנדאַלף. עס האָט אויסגעזען טרויעריק, האָט ער געטראַכט, און ער האָט זיך געוווּנדערט ווי אַזוי דער טויטער בוים איז געבליבן אין אָט דעם אָרט ווו אַלץ אַנדערש איז געווען גוט צוגעזען.

זיבן שטערן און זיבן שטיינער און איין ווײַסער בוים.

די ווערטער וואָס **ג**אַנדאַלף האָט געמורמלט אונטער דער נאָז זײַנען אים צוריק אין מוח. און דעמאָלט האָט ער זיך געפֿונען בײַ די טירן פֿונעם גרויסן זאַל אונטערן גלאַנצנדיקן טורעם, און נאָך דעם מכשף איז ער פֿאַרבײַ די הויכע שטילע טיר־וועכטערס אַרײַן אין די קילע אָפּהילכנדיקע שאָטנס אין דעם הויז פֿון שטיין.

זיי זײַנען אַראָפּ אין אַ ברוקירטן פּאַסאַזש, לאַנג און ליידיק, און בײַם גיין האָט **ג**אַנדאַלף ווייך גערעדט מיט **פּ**יפּין. "זײַט אָפּגעהיט מיט אײַערע ווערטער, **ה**אַר **פּ**ערעגרין! איצט איז ניט די צײַט פֿאַר האָביט־שקאָצישקייט. **ט**עאָדען איז אַ גוטהאַרציקער זקן. **ד**ענעטאָר איז אַן אַנדער מין מענטש, שטאָלץ און סובטיל, אַ מענטש פֿון ווײַט אַ גרעסערן אָפּשטאַם און שליטה, כאָטש מע רופֿט אים ניט קיין קיניג. נאָר ער וויל מיט אײַך רעדן דאָס מערסטע און אײַך אַ סך אויספֿרעגן, ווײַל איר קענט אים דערציילן וועגן זײַן זון **ב**אָראָמיר. ער האָט אים שטאַרק געליבט, צו פֿיל אפֿשר, און אַלץ מער ווײַל זיי זײַנען געווען אַזוי ניט־ענלעך. נאָר מיטן תּירוץ פֿון דער אָ ליבע וועט ער האַלטן פֿאַר גרינגער זיך צו דערוויסן וואָס ער וויל פֿון אײַך פֿריִער ווי פֿון מיר. דערציילט אים ניט מער ווי איר דאַרפֿט, און לאָזט

אין אַ זײַט דעם ענין פֿון פֿראָדאָס גאַנג. דערמיט וועל איך האַנדלען מיט דער צײַט. און זאָגט גאָרנישט ניט וועגן אַראַגאָרן דערצו, סײַדן איר מוזט.

"פֿאַר וואָס ניט? וואָס איז דער מער מיט שפּרײַזער?" האָט פּיפּין געשעפּטשעט. "ער האָט בדעה געהאַט אַהערקומען, יאָ? און באַלד וועט ער אַליין אָנקומען סײַ ווי.

"אפֿשר, אפֿשר," האָט גאַנדאַלף געזאָגט. "כאָטש אויב ער קומט איז אַ סבֿרא אַז ס'וועט זײַן אין אַן אופֿן וואָס קיינער ריכט זיך ניט דערויף, ניט דענעטאָר אַפֿילו. עס וועט זײַן בעסער אַזוי. ווייניקסטנס זאָל ער קומען ניט אָנגעזאָגט פֿון אונדז."

גאַנדאַלף האָט זיך אָפּגעשטעלט פֿאַר אַ הויכער טיר פֿון פּאָלירטן מעטאַל. "זעט נאָר, האַר פּיפּין, ס'איז קיין צײַט ניט אײַך צו לערנען די געשיכטע פֿון גאָנדאָר, כאָטש ס'וואָלט בעסער געווען, אויב איר האָט זיך עפּעס דערוועגן געלערנט, ווען איר זײַט נאָך געווען פֿאַרנומען מיט פֿויגל־נעסטן און זיך מאַכן פֿאַר אַן אָפּציִער אין די וועלדער פֿון דעם קאַנטאָן. טוט וואָס איך בעט! ס'איז קוים קלוג אַז מע ברענגט ידיעות וועגן דעם טויט פֿון זײַן יורש צו אַ מאַכטיקן לאָרד צו רעדן צו פֿיל פֿונעם אָנקום פֿון דעם וואָס זאָל ער קומען וועט פֿאָדערן דעם קיניגרײַך. צי איז דאָס אײַך גענוג?"

"קיניגרײַך?" האָט פּיפּין פֿאַרחידושט געזאָגט.

"יאָ," האָט גאַנדאַלף געזאָגט. "אויב איר זײַט אומגעגאַנגען די אַלע טעג מיט פֿאַרמאַכטע אויערן און שלאָפֿנדיקן מוח, איצט וואַכט אויף!" ער האָט געקלאַפּט אויף דער טיר.

די טיר האָט זיך געעפֿנט נאָר קיינעם האָט מען ניט געקענט זען וואָס עפֿנט איר. פּיפּין האָט געקוקט אַרײַן אין אַ גרויסן זאַל. ער איז באַלויכטן געווען מיט טיפֿע פֿענצטער אין די ברייטע דורכגאַנגען אויף ביידע זײַטן, הינטער די רייען הויכע זײַלן וואָס האָבן אויפֿגעהאַלטן דעם דאַך. ריזיקע איינציקע שטיינער פֿון שוואַרצן מאַרמער, האָבן זיי זיך אויפֿגעהויבן ביז גרויסע קעפּ אויסגעשניטן מיט אַ סך מאָדנע פֿיגורן פֿון חיות און בלעטער, און ווײַט אויבן אין שאָטן האָט געבלאַנקט דער ברייטער קופּאָל טעמפּ גאָלד, אײַנגעשניטן מיט פֿליסנדיקע אוזאָרן פֿון אַ סך פֿאַרבן. ניט קיין בילדער צי מעשה־טעפּעכער, ניט קיין זאַכן פֿון אויסגעוועבטן שטאָף אָדער פֿון האָלץ האָט מען געזען אין אָט דעם לאַנגן פֿײַערלעכן זאַל, נאָר צווישן די זײַלן איז געשטאַנען אַ שטילע קאָמפּאַניע הויכע געשטאַלטן אויסגעשניטן פֿונעם קאַלטן שטיין.

מיט אַ מאָל האָט פּיפּין זיך דערמאָנט אין די אויסגעטעסעטע שטיינער פֿון אַרגאָנאַט, און אָפּשײַ איז אויף אים געפֿאַלן, קוקנדיק אויף דער עווניו פֿון קיניגן שוין לאַנג געשטאָרבן. בײַם ווײַטערן עק אויף אַ טריבונע מיט אַ סך טרעפּלעך האָט מען געשטעלט אַ הויכן טראָן אונטער אַ באַלדאַכין פֿון מאַרמער געפֿורעמט ווי אַ באַקרײנטער קאַסקע; הינטער אים האָט מען אויסגעשניצט אויף דער וואַנט אַ בילד פֿון אַ בליִענדיקן בוים, אײַנגעפֿאַסט מיט איידלשטיינער. נאָר דער טראָן איז געווען ליידיק. צופֿוסנס פֿון דער טריבונע, אויפֿן נידעריקסטן טרעפּל, ברייט און טיף, איז געווען אַ שטיינערנע שטול, שוואַרץ און ניט באַפּוצט, און דערויף איז געזעסן אַ זקן גאַפֿנדיק אויפֿן אייגענעם שויס. אין דער האַנט איז געווען אַ ווײַסע רוט מיט אַ גאָלדענער סקיפּקע. ער האָט ניט געקוקט אַרויף. פֿײַערלעך האָבן זיי געשפּאַנט איבערן לאַנגן דיל צו אים צו, ביז זיי זײַנען געשטאַנען דרײַ שפּאַנען פֿון זײַן פֿוסבענקל. דעמאָלט האָט גאַנדאַלף גערעדט.

"אַ גרוס, **ל**אָרד און **פֿ**אַרוואַלטער פֿון **מ**ינאַס **ט**יריט, **ד**ענעטאָר בן־**ע**קטעליאָן! איך בין אָנגעקומען מיט עצות און ידיעות אין אָט דער פֿינצטערער שעה."

דערמיט האָט דער זקן געקוקט אַרויף. **פּ**יפּין האָט געזען זײַן אויסגעשניצט פּנים מיט די שטאָלצעביינער און הויט ווי העלפֿאַנדביין, און די לאַנגע אויסגעבויגענע נאָז צווישן די טונקעלע טיפֿע אויגן, און עס האָט אים דערמאָנט ניט אַזוי פֿיל אין **ב**אָראָמיר נאָר אין **א**ראַגאָרן. "פֿינצטער טאַקע איז די שעה," האָט דער זקן געזאָגט, "און אין אַזעלכע צײַטן זייט איר זיך נוהג צו קומען, **מ**יטראַנדיר. נאָר כאָטש די אַלע סימנים זאָגן פֿאָרויס אַז דער גורל פֿון **ג**אָנדאָר קומט נעענטער, איז מיר דאָס פֿינצטערניש קלענער ווי דאָס אייגענע פֿינצטערניש. מע האָט מיר געזאָגט אַז איר האָט מיט זיך געבראַכט עמעצן וואָס האָט געזען מײַן זון שטאַרבן. צי איז דאָס ער?"

"יאָ, ער איז," האָט **ג**אַנדאַלף געזאָגט. "איינער פֿון די צוויי. דער אַנדערער איז מיט **ט**עאָדען פֿון **ר**אָהאַן און וועט אפֿשר קומען שפּעטער. **ה**אַלבלינגען זײַנען זיי, ווי איר זעט, אָבער ער איז ניט דער וואָס דערוועגן האָבן די סימנים גערעדט."

"כאָטש נאָך אַלץ אַ **ה**אַלבלינג," האָט **ד**ענעטאָר פֿאַרביסן געזאָגט. "און קוים האָב איך ליב דעם נאָמען, זינט די דאָזיקע פֿאַרשאָלטענע ווערטער האָבן פֿאַרצרהט אונדזערע ראָטן און אַוועקגעצויגן מײַן זון אויף דעם ווילדן גאַנג צום טויט. **ב**אָראָמיר מײַנער! איצט דאַרפֿן מיר דיך. **פֿ**אַראַמיר האָט געזאָלט גיין אין זײַן אָרט."

"ער וואָלט געגאַנגען," האָט **ג**אַנדאַלף געזאָגט. "זײַט ניט אומיורשרדיק אין אײַער צער! **ב**אָראָמיר האָט דעם גאַנג געפֿאָדערט און האָט ניט געלאָזט הערן אַז אַן אַנדער זאָל אים טאָן. ער איז געווען אַ באַפֿעלערישער מענטש און האָט נוטה געווען נעמען וואָס ער וויל. איך בין ווײַט מיט אים געפֿאָרן און זיך אַ סך דערוווּסט פֿון זײַן געמיט. נאָר איר רעדט פֿון זײַן טויט. צי האָט איר באַקומען ידיעות דערוועגן איידער מיר זײַנען אָנגעקומען?"

"איך האָב דאָס באַקומען," האָט **ד**ענעטאָר געזאָגט, און לייגנדיק אַוועק זײַן רוט האָט ער אויפֿגעהויבן פֿונעם שויס דעם חפֿץ וואָס דערויף האָט ער געהאַלטן אין קוקן. אין יעדער האַנט האָט ער געהאַלטן איין העלפֿט פֿון אַ גרויסן האָרן, צעשפּאָלטן אין דער מיט: אַ ווילד־אָקס־האָרן אַרומגעבונדן מיט זילבער.

"דאָס איז דער האָרן וואָס **ב**אָראָמיר האָט שטענדיק געטראָגן!" האָט **פּ**יפּין אויסגעשריגן.

"פֿאַר וואָר," האָט **ד**ענעטאָר געזאָגט. "און נאָך דער ריי האָב איך אים געטראָגן, און אַזוי האָט געטאָן דער עלטסטער זון פֿון אונדזער הויז, ווײַט צוריק אין די פֿאַרשווווּנדענע יאָרן אַרײַן פֿאַרן אונטערגאַנג פֿון די קיניגן, זינט **וו**אָראָנדיל, דער פֿאָטער פֿון **מ**אַרדיל, איז געגאַנגען אויף געיעג נאָך די ווילדע אָקסן פֿון **א**ראַוו אין די ווײַטע פֿעלדער פֿון **ר**הון. איך האָב אים געהערט בלאָזן שוואַך אויף די צפֿונדיקע קאַנטן מיט דרײַצן טעג צוריק, האָט דער **ט**ײַך אים מיר געבראַכט, צעבראָכן: ער וועט מער ניט קלינגען." ער האָט זיך אָפּגעשטעלט און ס'איז געקומען אַ שווערע שטילקייט. פּלוצעם האָט ער פֿינצטער געקוקט אויף **פּ**יפּין. "וואָס זאָגט איר דערצו, **ה**אַלבלינג?"

"דרײַצן, דרײַצן טעג," האָט **פּ**יפּין זיך געוואַקלט. "יאָ, איך מיין אַז דאָס איז ריכטיק. יאָ, איך בין לעבן אים געשטאַנען ווען ער האָט געבלאָזן דעם האָרן. אָבער קיין הילף איז ניט געקומען, נאָר מער אָרקס."

"אַזוי," האָט **ד**ענעטאָר געזאָגט, קוקנדיק שאַרף אויף **פּ**יפּינס פּנים. "איר זײַט דאָרט געווען? זאָגט מיר מער! פֿאַר וואָס איז ניט קיין הילף געקומען? און ווי אַזוי זײַט איר אַנטלאָפֿן, און פֿאָרט ער ניט, אַזאַ שטאַרקער מענטש וואָס ער איז געווען און נאָר אַקעגן אָרקס?"

פּיפּין האָט זיך גערייטלט און פֿאַרגעסן דעם פּחד. "דעם מאַכטיקסטן מענטש מעג איין פֿײַל דערהרגענען," האָט ער געזאָגט, "און **ב**אָראָמיר איז געווען דורכגעשטאָכן מיט אַ סך. ווען איך האָב אים דאָס לעצטע מאָל געזען איז ער געזונקען לעבן אַ בוים און געצופּט אַ שוואַרץ־באַפֿעדערטן פֿײַל פֿון זײַן זײַט. דעמאָלט בין איך געפֿאַלן אין חלשות און פֿאַרכאַפּט געוואָרן. איך האָב אים מער ניט געזען, און איך ווייס מער ניט. נאָר איך גיב אָפּ כּבֿוד זײַן אָנדענק, וואָרן ער איז גאָר גבֿורהדיק געווען. ער איז געשטאָרבן אונדז צו ראַטעווען, מײַן קרובֿ **מ**עריאַדאָק און מיך, אָפּגעטשאַטעוועט אין די וועלדער פֿון די שלאַכטלײַט פֿון דעם **ב**על־**ח**ושך, און כאָטש ער איז געפֿאַלן און ס'איז אים ניט געראָטן, בין איך נאָך אַלץ דאַנקבאַר."

דעמאָלט האָט **פּ**יפּין געקוקט אויף דעם זקן פּונקט אין די אויגן אַרײַן, וואָרן דער שטאָלץ האָט זיך אין אים מאָדנע גערירט, נאָך אַלץ באַליידיקט פֿון דעם ביטול און חשד אין אָט דעם קאַלטן קול. "ניט קיין סך דינסט, אָן ספֿק, וועט אַזאַ גרויסער לאָרד פֿון **מ**ענטשן זיך ריכטן געפֿינען אין אַ האָביט, אַ האַלבלינג פֿון דעם צפֿונדיקן **ק**אַנטאָן; נאָר ווי עס איז, וועל איך דאָס אָנבאָטן ווי אַן אָפּצאָל פֿאַר מײַן חובֿ." צוקנדיק דעם מאַנטל אין אַ זײַט האָט **פּ**יפּין אַרויסגעצויגן זײַן קליינע שווערד און זי געלעגן בײַ **ד**ענעטאָרס פֿיס.

אַ בלאַסער שמייכל, ווי דאָס בלאַנקען פֿון אַ קאַלטער זון אויף אַ ווינטער־אָוונט, איז אַריבער דעם אַלטנס פּנים, נאָר ער האָט אַראָפּגעלאָזט דעם קאָפּ און אַרויסגעשטעקט די האַנט, לייגנדיק אין אַ זײַט די שטיקער האָרן. "גיט מיר דעם וואָפֿן!" האָט ער געזאָגט.

פּיפּין האָט זי אויפֿגעהויבן און אים דערלאַנגט דאָס הענטל. "פֿון וואַנען איז דאָס געקומען?" האָט **ד**ענעטאָר געזאָגט. "גאָר אַ סך יאָרן ליגן אויף איר. זיכער איז דאָס אַ שאַרף געשאַפֿן פֿון אונדזערע אייגענע אין דעם **צ**פֿון טיף אינעם עבֿר?"

"זי איז אַרויס פֿון די קויפּן וואָס ליגן אויף די גרענעצן פֿון מײַן לאַנד," האָט **פּ**יפּין געזאָגט. "נאָר בלויז בייזע גײַסטער וווינען איצט דאָרט, וועל איך ניט ווילּיק זאָגן מער וועגן זיי."

"איך זע אַז מע שפּינט מאָדנע מעשׂיות וועגן אײַך," האָט **ד**ענעטאָר געזאָגט, "און נאָך אַ מאָל זעט מען אַז דער אויסזע מעג זאָגן ליגנס וועגן דעם מענטש – אָדער דעם האַלבלינג. איך נעם אָן אײַער דינסט. וואָרן איר זײַט ניט דערשראָקן פֿון ווערטער, און איר רעדט העפֿלעך, כאָטש מאָדנע מעג זײַן דער קלאַנג בײַ אונדז אין דעם **ד**רום. און מיר וועלן דאַרפֿן אַלע העפֿלעכע, צי גרויסע צי קליינע, אין די קומעדיקע טעג. שווערט זיך צו מיר איצט!"

"נעמט דאָס הענטל," האָט **ג**אַנדאַלף געזאָגט, "און רעדט נאָך דעם **ל**אָרד, צי איר זײַט באַשטימט דערויף." "איך בין," האָט **פּ**יפּין געזאָגט.

דער זקן האָט די שווערד געלייגט אויפֿן שויס און **פּ**יפּין האָט געשטעלט אַ האַנט אויפֿן הענטל, און גערעדט פּאַמעלעך נאָך **ד**ענעטאָר:

"דאָ שווער איך געטרײַשאַפֿט און דינסט צו **ג**אָנדאָר און צו דעם **ל**אָרד און פֿאַרוואַלטער פֿון דער מלוכה, צו רעדן און צו שווײַגן, צו טאָן און צו וואַרטן, צו קומען און

צו גיין, אין דוחק צי שפֿע, אין שלום צי מלחמה, בײַם לעבן צי שטאַרבן, פֿון דער דאָזיקער שעה אָן, ביז באַפֿרײַט פֿון מײַן לאָרד, אָדער גענומען פֿון טויט, אָדער פֿון עק וועלט. אַזוי זאָג איך, **פּ**ערעגרין בן־**פּ**אַלאַדין פֿון דעם **ק**אַנטאָן פֿון די **ה**אַלבלינגען."

"און דאָס הער איך, **ד**ענעטאָר בן־**ע**קטעליאָן, **ל**אָרד פֿון **ג**אָנדאָר, **פֿ**אַרוואַלטער פֿון דעם **ה**ויכן **ק**יניג, און איך וועל דאָס ניט פֿאַרגעסן, ניט פֿאַרלאָזן באַלוינען וואָס איז געגעבן: געטרײַשאַפֿט מיט ליבע, גבֿורה מיט כּבֿוד, פֿאַרראַט מיט נקמה." מיט דערמיט האָט **פּ**יפּין באַקומען צוריק זײַן שווערד, זי אַוועקגעשטעלט אין דער שייד.

"און איצט," האָט **ד**ענעטאָר געזאָגט, "מײַן ערשטער באַפֿעל פֿאַר אײַך: רעדט און שווײַגט ניט! דערציילט מיר אײַער גאַנצע מעשׂה, און אַלץ וואָס איר קענט געדענקען וועגן **ב**אָראָמיר, מײַן זון. זעצט זיך אַוועק און הייבט אָן שוין!" בײַם רעדן האָט ער אַ קלאַפּ געטאָן אויף אַ קליינעם זילבערנעם קלינגבלעך לעבן דעם פֿוסבענקל, און תּיכּף זײַנען משרתים געקומען פֿאָרויס. **פּ**יפּין האָט געזען אַז זיי זײַנען געשטאַנען אין אַלקערס אויף ביידע זײַטן טיר, ניט צו דערזען ווען ער מיט **ג**אַנדאַלף זײַנען אַרײַנגעקומען.

"ברענגט ווײַן און עסן און שטולן פֿאַר די געסט," האָט **ד**ענעטאָר געזאָגט, "און זעט אַז קיינער זאָל אונדז ניט שטערן אויף איין שעה."

"מער צײַט האָב איך ניט, וואָרן עס איז דאָ אַ סך צוצוזען," האָט ער געזאָגט צו **ג**אַנדאַלף. "אַ סך אפֿשר וויכטיקער, נאָר פֿאָרט מיר ניט אַזוי דרינגלעך. אפֿשר קענען מיר זיך רעדן נאָך אַ מאָל סוף טאָג."

"און פֿריִער, לאָמיר האָפֿן," האָט **ג**אַנדאַלף געזאָגט. "וואָרן איך האָב ניט געריטן אַהער פֿון **א**יסענהויף, כּמעט זיבעציק שאָק מײַלן, אַזוי גיך ווי דער ווינט, נאָר אײַך צו ברענגען נאָר איין קליינער שלאַכטמאַן, ווי העפֿלעך ער זאָל ניט זײַן. צי איז אײַך ווייניק וואָס **ט**עאָדען האָט געקעמפֿט אין אַ גרויסער שלאַכט, און וואָס **א**יסענהויף איז איבערגעקערט געוואָרן, און וואָס איך האָב צעבראָכן דעם שטעקן פֿון **ס**אַרומאַן?"

"עס איז מיר אַ סך. אָבער שוין ווייס איך גענוג וועגן די אָ מעשׂים פֿאַר די אייגענע עצות אַנטקעגן דער סכּנה פֿון דעם **מ**יזרח." ער האָט געווענדט די טונקעלע אויגן אויף **ג**אַנדאַלף, און איצט האָט **פּ**יפּין באַמערקט אַן ענלעכקייט צווישן די צוויי, האָט ער געשפּירט די שפּאַנונג צווישן זיי, שיִער ניט ווי ער זעט אַ ליניע טליִענדיקער פֿײַער געצויגן פֿון אויג צו אויג, וואָס וועט אפֿשר מיט אַ מאָל אויפֿפֿלאַמען.

דענעטאָר האָט טאַקע אויסגעזען מער ווי אַ גרויסער מכשף ווי **ג**אַנדאַלף, מער קיניגלעך, שענער, און שטאַרקער, און עלטער. פֿאָרט דורך עפּעס אַ חוש אַנדערש פֿון ראיה האָט **פּ**יפּין דערזען אַז **ג**אַנדאַלף פֿאַרמאָגט די גרעסערע שליטה און די טיפֿערע חכמה, און אַ פֿאַרשלייערטן מאַיעסטעט. און ער איז געווען עלטער, גאָר אַ סך עלטער. "וויפֿל עלטער?" האָט ער זיך געוווּנדערט, און דעמאָלט האָט ער דאָס געהאַלטן פֿאַר מאָדנע, וואָס ער האָט דערוועגן פֿריִער ניט געטראַכט. **ב**וימבאָרד האָט עפּעס געזאָגט וועגן מכשפֿים, נאָר דעמאָלט אַפֿילו האָט ער ניט געהאַלטן **ג**אַנדאַלף פֿאַר אַזוינעם. וואָס איז **ג**אַנדאַלף געווען? אין וואָסערער ווײַטער צײַט און אָרט איז ער געקומען אַרײַן אין דער וועלט, און ווען וועט ער זי איבערלאָזן? דעמאָלט איז זײַן קלערן איבערגעהאַקט געוואָרן, האָט ער געזען אַז **ד**ענעטאָר און **ג**אַנדאַלף קוקן זיך נאָך אַלץ אין די אויגן, גלײַך ווי יעדער לייענט דעם צווייטנס מוח. נאָר ס'איז געווען **ד**ענעטאָר וואָס האָט ערשט אַראָפּגעלאָזט דעם בליק.

"יאָ," האָט ער געזאָגט, "וואָרן כאָטש די **ש**טיינער זײַנען פֿאַרלוירן געגאַנגען, ווי מע זאָגט, האָבן די לאָרדן פֿון **ג**אָנדאָר נאָך אַלץ שאַרפֿערע ראיה ווי קלענערע לײַט, און צו זיי קומען אַ סך ידיעות. אָבער איצט זעצט זיך אַוועק!"

דעמאָלט זײַנען געקומען מענטשן מיט אַ שטול און אַ נידעריקן טאַבורעט, און איינער האָט געבראַכט אַ טאַץ מיט אַ זילבערנעם קרוג און כּוסות, און ווײַסע לעקעכער. **פּ**יפּין האָט זיך אַוועקגעזעצט, נאָר ער האָט ניט געקענט נעמען די אויגן אַוועק פֿון דעם אַלטן לאָרד. צי ס'איז טאַקע אַזוי אָדער האָט ער זיך דאָס בלויז פֿאָרגעשטעלט, אַז ווען ער רעדט פֿון די **ש**טיינער איז אַרײַן אין זײַנע אויגן אַ שײַן געווענדט אויף **פּ**יפּינס פּנים?

"איצט דערציילט מיר אײַער מעשׂה, לײַבקנעכט מײַנער," האָט **ד**ענעטאָר געזאָגט, האַלב גוטהאַרציק, האַלב אין חוזק. "וואָרן די ווערטער פֿון איינעם וואָס האָט זיך באַפֿרײַנדט מיט מײַן זון זײַנען מיר טאַקע אָנגעלייגט."

פּיפּין האָט קיין מאָל ניט פֿאַרגעסן די דאָזיקע שעה אינעם גרויסן זאַל אונטערן דורכדרינגלעכן אויג פֿון דעם **ל**אָרד פֿון **ג**אָנדאָר, געשטאָכן פֿון צײַט צו צײַט פֿון זײַנע פֿאַרשײַטע פֿראַגעס, און די גאַנצע צײַט וויסיק פֿון **ג**אַנדאַלף לעבן אים, קוקנדיק און זיך צוהערנדיק, און (אַזוי האָט **פּ**יפּין געפֿילט) האַלטנדיק אין צוויק אַ וואַקסנדיקן גרימצאָרן און אומגעדולד. ווען די שעה איז פֿאַרטיק און **ד**ענעטאָר האָט נאָך אַ מאָל געקלאַפּט אויפֿן קלינגבלעך, האָט זיך **פּ**יפּין געפֿילט אויסגעמאַטערט. "ס'קען ניט זײַן שפּעטער ווי נײַן אַ זייגער," האָט ער געטראַכט. "איצט קען איך עסן דרײַ פֿרישטיקן נאָך אַנאַנד."

"פֿירט דעם **ל**אָרד **מ**יטראַנדיר צו דער וווינונג גרייט פֿאַר אים," האָט **ד**ענעטאָר געזאָגט, "און זײַן באַלייטער מעג בלײַבן מיט אים דערווײַל, אויב ער וויל. נאָר זײַט וויסן אַז איך האָב אים אײַנגעשוווירן צו מײַן דינסט, זאָל מען אים רופֿן **פּ**ערעגרין בן־**פּ**אַלאַדין און אים לערנען די קלענערע פּאַראָלן. לאָזט די **ק**אַפּיטאַנען וויסן אַז זיי זאָלן זיך באַווײַזן דאָ פֿאַר מיר, אַזוי גיך ווי מיגלעך נאָכן קלינגען פֿון דער דריטער שעה.

"און איר, **ל**אָרד **מ**יטראַנדיר, זאָלט אויך קומען, ווי און ווען איר ווילט. קיינער זאָל אײַך ניט אָפּהאַלטן פֿון קומען צו מיר אַבי ווען, אַחוץ בעת די עטלעכע שעהען שלאָף. לאָזט אײַער צאָרן פֿאַר אַן אַלטנס טיפּשות אַוועקלויפֿן און דערנאָך קומט צוריק פֿאַר מײַן טרייסט!"

"טיפּשות?" האָט **ג**אַנדאַלף געזאָגט. "ניין, מײַן לאָרד, ווען איר זײַט אַן עובֿר־בטל, וועט איר שטאַרבן. איר קענט אַפֿילו ניצן אײַער צער ווי אַ מאַנטל. צי האַלט איר אַז איך פֿאַרשטיי ניט אײַער ציל אינעם אויספֿרעגן אויף אַ שעה איינעם וואָס ווייסט דאָס ווייניקסטע, בעת איך זיץ אין אַ זײַט?"

"אויב איר פֿאַרשטייט דאָס, זײַט צופֿרידן," האָט **ד**ענעטאָר אָפּגעענטפֿערט. "דער שטאָלץ וואָלט טאַקע טיפּשות זײַן וואָס זאָגט זיך אָפּ פֿון הילף און עצות אין אַ נויט, נאָר איר טיילט אויס אַזעלכע מתּנות לויט די אייגענע כּוונות. נאָר מע טאָר ניט מאַכן דעם **ל**אָרד פֿון **ג**אָנדאָר פֿאַר אַ מכשיר פֿאַר די צוועקן פֿון אַנדערע מענטשן, אַבי די ווערט. און צו אים איז ניט פֿאַראַן קיין העכערער ציל אויף דער וועלט ווי זי שטייט איצט, ווי דעם גוטן פֿון **ג**אָנדאָר; און די הערשאַפֿט פֿון **ג**אָנדאָר, מײַן לאָרד, געהערט צו מיר און צו קיינעם אַנדערן ניט, סײַדן דער קיניג זאָל קומען נאָך אַ מאָל."

"סײַדן דער קיניג זאָל קומען נאָך אַ מאָל?" האָט גאַנדאַלף געזאָגט. "נו, מײַן לאָרד פֿאַרוואַלטער, ס'איז אײַער עובֿדה צו זען אַז עפּעס אַ קיניגרײַך זאָל בלײַבן זאָל דאָס פֿאַרקומען, וואָס נאָר אַ געציילטע איצט זיך ריכטן דערויף. אין אָט דער עובֿדה וועט איר קריגן די אַלע הילף וואָס איר ווילט בעטן. נאָר דאָס וועל איך זאָגן: איך הערש ניט איבער קיין מלוכות, ניט גאָנדאָר, ניט קיין אַנדערע, גרויסע צי קליינע. נאָר די אַלע ווערדיקע זאַכן וואָס שטייען איצט אין סכּנה ווי די וועלט גייט און שטייט, די זאַכן זײַנען מײַן אַחריות. און פֿון מײַנט וועגן, וועל איך ניט אין גאַנצן דורכפֿאַלן אין מײַן עובֿדה, כאָטש גאָנדאָר זאָל אונטערגיין, אויב ס'איז פֿאַראַן עפּעס וואָס וועט קומען דורך דער אָ נאַכט וואָס קען נאָך אַלץ וואַקסן שיין אָדער אַרויסברענגען פּרוכט צי בלומען אין די קומעדיקע טעג. וואָרן איך בין אויך אַ פֿאַרוואַלטער. צי האָט איר ניט געוווּסט?" און דערמיט האָט ער זיך געדרייט און געשפּאַנט אַרויס פֿונעם זאַל מיט פּיפּין לויפֿנדיק בײַ דער זײַט.

גאַנדאַלף האָט ניט געקוקט אויף פּיפּין אָדער גערעדט ניט קיין איינציק וואָרט צו אים בײַם גיין. זייער פֿירער האָט זיי געבראַכט פֿון די טירן פֿונעם זאַל און דערנאָך זיי געפֿירט איבער דעם הויף פֿון דעם פֿאָנטאַן אַרײַן אין אַ געסל צווישן הויכע בנינים פֿון שטיין. נאָך עטלעכע אויסדרייען זײַנען זיי געקומען צו אַ הויז נאָענט צום מויער פֿונעם ציטאַדעל אויף דער צפֿונדיקער זײַט, ניט ווײַט פֿונעם אַקסל וואָס בינדט דאָס בערגל מיט דעם באַרג. אינעווייניק, אויפֿן ערשטן גאָרן איבערן גאַס, אַרויף אויף אַ ברייטער אויסגעשניצטער טרעפּ, האָט ער זיי געוויזן אַ שיינעם צימער, ליכטיק און לופֿטיק, מיט שיינע פֿירהאַנגען פֿון טעמפּ שײַנענדיק ניט־באַפּוצט גאָלד. עס האָט נאָר אַ ביסל מעבל, בלויז אַ קליינער טיש, צוויי שטולן און אַ בענקל, נאָר אויף ביידע זײַטן זײַנען געווען אַלקערס הינטער פֿירהאַנגען און גוט־אויסגעבעטע געלעגערס אינעווייניק, מיט כּלים און באַסיינען פֿאַרן וואַשן. עס זײַנען געווען דרײַ הויכע ענגע פֿענצטער וואָס קוקן אויף צפֿון איבערן גרויסן אויסדריי אין דעם אַנדויִן, נאָך אַלץ פֿאַרנעפּלט, צו דעם עמין מויִל און ראַוראָס צו, ווײַט אַוועק. פּיפּין האָט געמוזט שטיין אויפֿן בענקל כּדי אַרויסצוקוקן איבער דער טיפֿער שטיינערנער פֿענצטערברעט.

"צי זײַט איר אין כּעס אויף מיר, גאַנדאַלף?" האָט ער געזאָגט, ווען זייער פֿירער איז אַרויס און האָט פֿאַרמאַכט די טיר. "איך האָב געטאָן דאָס בעסטע וואָס איך האָב געקענט."

"טאַקע האָט איר!" האָט גאַנדאַלף געזאָגט, און זיך פּלוצעם צעלאַכט; איז ער געקומען און געשטאַנען לעבן פּיפּין, געשטעלט אַן אָרעם אויף דעם האָביטס פּלייצעס, און געשטאַרט דורכן פֿענצטער. פּיפּין האָט אַ בליק געוואָרפֿן מיט חידוש אויפֿן פּנים איצט אַזוי נאָענט צו דעם אייגענעם, וואָרן דער קלאַנג פֿון אָט דעם געלעכטער איז געווען פֿריילעך און גליקלעך. כאָטש אינעם מכשפֿס פּנים האָט ער ערשט נאָר געזען ליניעס פֿון זאָרג און צער, אָבער מיט אַ טיפֿערן קוק האָט ער דערזען אַז אינעווייניק איז געווען אַ גרויסער פֿרייד: אַ פֿאָנטאַן פֿון הילולא גענוג שטאַרק צו ברענגען געלעכטער צו אַ גאַנץ קיניגרײַך, זאָל ער דאָס אַרויסלאָזן.

"טאַקע האָט איר געטאָן דאָס בעסטע," האָט געזאָגט דער מכשף, "און איך האָף אַז ס'וועט זײַן אַ לאַנגע צײַט איידער איר געפֿינט זיך אין אַזאַ קלעם נאָך אַ מאָל צווישן צוויי אַזעלכע געפֿערלעכע אַלטע מענטשן. נאָר דער לאָרד פֿון גאָנדאָר האָט זיך דערוווּסט מער פֿון אײַך ווי איר האָט אפֿשר געטראָפֿן, פּיפּין. איר האָט ניט געקענט באַהאַלטן דעם פֿאַקט אַז באָראָמיר האָט די קאָמפּאַניע ניט געפֿירט פֿון מאָריע, און אַז צווישן אײַך איז געווען איינער

פֿון הויכן כּבֿוד וואָס קומט קיין מינאַס טיריט, און ער טראָגט אַ באַרימטע שווערד. מע טראַכט אַ סך וועגן די מעשׂיות פֿון די אַלטע טעג אין גאָנדאָר, און דענעטאָר האָט לאַנג געטראַכט וועגן דעם גראַם און די ווערטער *איסילדורס חורבן*, זינט באָראָמיר איז אַוועק.

"ער איז ניט ווי אַנדערע מענטשן פֿון הײַנטיקע טעג, פּיפּין, און אַבי וואָס זאָל זײַן זײַן אָפּשטאַם פֿון דור צו דור, דורך עפּעס אַ צופֿאַל לויפֿט אין אים שיִער ניט ריין דאָס בלוט פֿון מערבֿנעס, ווי אויך אינעם צווייטן זון, פֿאַראַמיר, כאָטש ניט אין באָראָמיר וואָס ער האָט דאָס בעסטע ליב. ער האָט אַ ווײַטע ראיה. ער קען דערזען, זאָל ער דאָס ווילן טאָן, אַ סך וואָס גייט דורך די מוחות פֿון מענטשן, אַפֿילו די וואָס וווינען ווײַט אַוועק. ס'איז שווער אים אָפּצונאַרן און סכּנהדיק דאָס צו פּרוּוון.

"געדענקט דאָס! וואָרן איר זײַט איצט געשוואָרן צו זײַן דינסט. איך ווייס ניט ווי אַזוי דאָס איז אײַך אײַנגעפֿאַלן, אין קאָפּ צי אין האַרצן, דאָס צו טאָן. נאָר ס'איז וווּל געטאָן. איך האָב דאָס ניט געשטערט, וואָרן אַ ברייטהאַרציקע טוּונג זאָל ניט דערשטיקט ווערן מיט קאַלטע עצות. עס האָט אָנגערירט זײַן האַרץ און דערצו (מעג איך זאָגן) איז געפֿעלן זײַן הומאָר. און ווייניקסטנס זײַט איר איצט פֿרײַ אַרומצוגיין ווי איר ווילט אין מינאַס טיריט – ווען איר זײַט פֿרײַ פֿון דיזשור. וואָרן ס'איז דאָ אַ צווייטע זײַט צו דעם ענין. איר שטייט אונטער זײַן באַפֿעל און ער וועט דאָס ניט פֿאַרגעסן. בלײַבט אָפּגעהיט נאָך אַלץ!"

ער האָט געשוויגן און אַ זיפֿץ געגעבן. "נו, ס'טויג ניט דומען אויף וואָס וועט קומען מאָרגן. פֿאַר איין זאַך איז זיכער אַז מאָרגן וועט ברענגען ערגערס ווי הײַנט, אויף אַ סך קומעדיקע טעג. און ס'איז מער ניט וואָס איך קען טאָן דאָס צו העלפֿן. די שאַכברעט איז גרייט און די פֿיגורן באַוועגן זיך. איין פֿיגור וואָס איך וויל שטאַרק געפֿינען איז פֿאַראַמיר, איצט דער יורש פֿון דענעטאָר. איך מיין אַז ער איז ניט אין דער שטאָט, אָבער מיר האָט געפֿעלט די צײַט קלײַבן ידיעות. איך מוז גיין, פּיפּין. איך מוז גיין צו אָט די לאָרדנס ראָט, זיך דערוויסן וואָס איך קען. נאָר דער שׂונא האָט דעם גאַנג, און ער האַלט בײַם עפֿענען זײַן גאַנצן שפּיל. און פּיאָנען וועלן מסתּמא זען אַזוי פֿיל דערפֿון ווי אַבי ווער, פּערעגרין בן־פּאַלאַדין, זעלנער פֿון גאָנדאָר. שאַרפֿט אײַער שווערד!"

גאַנדאַלף איז געגאַנגען צו דער טיר און דאָרט זיך געדרייט. "איך מוז זיך אײַלן, פּיפּין," האָט ער געזאָגט. "טוט מיר אַ טובֿה ווען איר גייט אַרויס. איידער איר רוט, אויב איר זײַט ניט צו מיד. גייט געפֿינען שאָטנפֿאַקס און זעט ווי ער איז באַהויזט. אָט די לײַט זײַנען גוטהאַרציק מיט חיות, וואָרן זיי זײַנען אַ גוט און קלוג פֿאָלק, נאָר זיי האָבן ווייניקער בקיאות מיט פֿערד ווי אַנדערע."

מיט דערמיט איז גאַנדאַלף אַרויס, און אין מיטן גיין איז געקומען דער טאָן פֿון אַ קלאָרן זיסן גלאָק קלינגענדיק אין אַ טורעם פֿונעם ציטאַדעל. דרײַ קלעפּ האָבן געקלונגען, ווי זילבער אין דער לופֿטן, און אַן אויפֿהער: די דריטע שעה זינט די זון איז אויפֿגעגאַנגען.

נאָך אַ מינוט איז פּיפּין געגאַנגען צו דער טיר און אַראָפּ מיט די טרעפּ און געקוקט זיך אַרום אויף דער גאַס. די זון האָט איצט וואַרעם און העל געשײַנט, און די טורעמס און הויכע הײַזער האָבן געוואָרפֿן לאַנגע שאַרפֿע שאָטנס מערבֿ צו. הויך אין דער בלאָער לופֿט האָט באַרג מינדאָלויִן אויפֿגעהויבן זײַן ווײַסע קאַסקע און שנייִיקן מאַנטל. באַוואָפֿנטע מענטשן זײַנען געגאַנגען אַהין און צוריק אויף די גאַסן פֿון דער שטאָט, גלײַך ווי זיי גייען בײַם קלאַפּן פֿון דער שעה צו נײַע פּאָסטן און דיזשור.

"נײַן אַ זייגער וואָלטן מיר דאָס רופֿן אין דעם **ק**אַנטאָן," האָט **פּ**יפּין געזאָגט צו זיך אַליין אויף אַ קול. "פּונקט די צײַט פֿאַר אַ שיינעם פֿרישטיק בײַ אַן אָפֿענעם פֿענצטער אין דער פֿרילינג־זונענשײַן. און ווי עס גלוסט זיך מיר פֿרישטיק! צי עסן אָט די לײַט דאָס, אָדער איז עס שוין פֿאַרטיק? און ווען עסן זיי וועטשערע, און וווּ?"

באַלד האָט ער באַמערקט אַ מענטש, באַקליידט אין שוואַרץ און ווײַס, קומען צו אים צו אויף דער ענגער גאַס פֿון דער מיט פֿון דעם ציטאַדעל. **פּ**יפּין האָט זיך עלנט געפֿילט, און האָט באַשלאָסן בײַ זיך צו רעדן ווען דער מענטש גייט פֿאַרבײַ, אָבער ס'איז ניט נייטיק געווען. דער מענטש איז דירעקט צו אים געקומען.

"צי זײַט איר **פּ**ערעגרין דער **ה**אַלבלינג?" האָט ער געזאָגט. "איך האָב געהערט אַז איר זײַט באַשווירן צו דעם דינסט פֿון דעם **ל**אָרד און פֿון דער **ש**טאָט. ברוך־הבאָ!" ער האָט די האַנט אַרויסגעשטעקט און **פּ**יפּין האָט זי גענומען.

"איך הייס **ב**ערעגאָנד בן־**ב**אַראַנאָר. איך בין פֿרײַ פֿון דיזשור דעם אינדערפֿרי, האָט מען מיך געשיקט אײַך צו לערנען די פּאַראָלן, און צו דערקלערן אַ טייל פֿון די סך זאַכן וואָס איר אָן ספֿק ווילט וויסן. און פֿון מײַנט וועגן וויל איך זיך אויך לערנען עפּעס וועגן אײַך. וואָרן קיין מאָל פֿריִער האָבן מיר ניט געזען אַ האַלבלינג אין אָט דעם לאַנד און כאָטש מיר האָבן געהערט גלימלעך וועגן זיי, נאָר ווייניק וועגן זיי קומט אַרײַן אין די אַלע מעשׂיות אונדזערע. און דערצו זײַט איר אַ פֿרײַנד פֿון **מ**יטראַנדיר. צי קענט איר אים גוט?"

"נו," האָט **פּ**יפּין געזאָזט. "איך האָב געוווּסט *פֿון* אים דאָס גאַנצע קורצע לעבן מײַנס, ווי מע מעג זאָגן, און לעצטנס בין איך ווײַט געפֿאָרן מיט אים. נאָר ס'איז דאָ אַ סך צו לייענען אין דעם דאָזיקן בוך, און איך קען ניט טענהן אַז איך האָב געזען מער ווי אַ זײַטל צוויי. פֿאָרט האָב איך אים געקענט אַזוי גוט ווי אַלע אַחוץ אַ געציילטע. **אַ**ראַגאָרן איז געווען דער איינציקער אין אונדזער **ח**בֿרותא, מיין איך, וואָס האָט אים טאַקע גוט געקענט."

"**אַ**ראַגאָרן?" האָט **ב**ערעגאָנד געזאָגט. "ווער איז ער?"

"אָ," האָט **פּ**יפּין געשטאַמלט, "ער איז געווען אַ מענטשן וואָס איז מיט אונדז אומגעגאַנגען. איך מיין אַז ער איז איצט אין **ר**אָהאַן."

"איר זײַט געווען אין **ר**אָהאַן, האָב איך געהערט. ס'איז דאָ אויך אַ סך וואָס איך וויל אײַך דערוועגן פֿרעגן, ווײַל מיר האָבן געלייגט די קליינע האָפֿענונג וואָס בלײַבט אונדז אויף זײַנע לײַט. נאָר איך פֿאַרגעס מײַן גאַנג, וואָס איז געווען ערשט צו ענטפֿערן וואָס איר ווילט פֿרעגן. וואָס ווילט איר וויסן, **ה**אַר **פּ**ערעגרין?"

"אום, נו," האָט **פּ**יפּין געזאָגט, "אויב איך מעג דאָס זאָגן, איז גאָר אַ ברענענדיקע פֿראַגע אין מוח איצט, נו, וואָס טוט זיך דאָ מיט פֿרישטיק און דאָס אַלץ? איך מיין, וואָס זײַנען די מאָלצײַט־צײַטן, אויב איר פֿאַרשטייט מיך, און וווּ איז דער עסצימער, אויב ס'איז טאַקע פֿאַראַן עפּעס אַזוינס? און אַכסניות? איך האָב געקוקט נאָר קיין איינציקע האָב איך ניט געזען בײַם רײַטן אַהער, כאָטש איך בין געהאַט אויפֿגעמונטערט מיט דער האָפֿענונג פֿון אַ טרונק אייל באַלד ווי מיר זײַנען געקומען צו די הײַזער פֿון קלוגע און הייפֿישע לײַט."

בערעגאָנד האָט אויף אים ערנסט געקוקט. "אַן אַלטער וועטעראַן, זע איך," האָט ער געזאָגט. "מע זאָגט אַז מענטשן וואָס גייען אויף מלחמה קוקן שטענדיק אַרויס אויף דער נאָענטסטער האָפֿענונג פֿאַר עסן און געטראַנק, כאָטש איך אַליין בין ניט קיין פֿאָרער. צי דען האָט איר הײַנט ניט געגעסן?"

"נו, יאָ, העפֿלעך גערעדט, יאָ," האָט **פּ**יפּין געזאָגט. "אָבער ניט מער ווי אַ כּוס ווײַן און אַ ווײַס לעקעך צוויי, צוליב דער גוטהאַרציקייט פֿון אײַער לאָרד. נאָר ער האָט מיר געבראָכן דעם מוח מיט אַ שעה אויספֿרעגן, און דאָס איז הונגעריקע אַרבעט."

בערעגאָנד האָט געלאַכט. "ביים טיש מעגן קליינע לײַט אויפֿטאָן די גרעסערע מעשׂים, זאָגן מיר. נאָר איר האָט זיך אָפּגעפּאַסט אַזוי גוט ווי אַלע אין דעם **צ**יטאַדעל, און מיט גרעסערן כּבֿוד. אָט דאָס איז אַ פֿעסטונג און אַ וואַכטורעם און איצט שטייט אין אַ האַלטונג פֿון מלחמה. מיר כאַפּן זיך אויף פֿאַר דער זון און עסן אַ ביסן אין דער גראָער ליכט, און גייען אויף דיזשור אין די עפֿענעדיקער שעה. נאָר זײַט ניט פֿאַרצווייפֿלט!" ער האָט נאָך אַ מאָל געלאַכט מיט אַ בליק אויפֿן שאָקירטן חידוש אויף **פּ**יפּינס פּנים. "די וואָס האָבן געהאַט *שווערע* אַרבעט נעמען עפּעס זיך צו פֿאַרשטאַרקן אין מיטן אינדערפֿרי. און דערצו איז אָנבײַסן האַלבן טאָג אָדער אַ ביסל שפּעטער ווי די אַרבעט דערלאָזט. און די מענטשן קלײַבן זיך צוזאַמען אויף וואַרמעס, און אַבי וואָס פֿאַר פֿאַרווײַלונג וואָס איז נאָך געבליבן, אום דער שעה פֿון זונאונטערגאַנג.

"קומט! מיר וועלן גיין אַרום אַ ווײַלע און דערנאָך געפֿינען אונדז אַ ביסל כּיבוד, און עסן און טרינקען אויפֿן פֿאַראַפּעט און קוקן איבער דעם שיינעם פֿרימאָרגן."

"וואַרט נאָר!" האָט **פּ**יפּין פֿאַררייטלט געזאָגט. "באַגער, אָדער הונגער, לויט אײַער העפֿלעכקייט, האָט עס געטריבן אַרויס פֿון מוח. נאָר **ג**אַנדאַלף, **מ**יטראַנדיר ווי איר רופֿט אים אָן, האָט מיך געבעטן צוזען זײַן פֿערד – **שׂ**אָטנפֿאַקס, אַ גרויס פֿערד פֿון **ר**אָהאַן, ווי דאָס אויג אין קאָפּ ביי דעם קיניג, האָב איך געהערט, כאָטש ער האָט עס געגעבן צו **מ**יטראַנדיר צוליב זײַן דינסט. איך מיין אַז זײַן נײַער האַר האָט דאָס חיה מער ליב ווי ער האַלט פֿון ס'רובֿ מענטשן, און אויב זײַן לײַטזעליקייט האָט אַ ווערט פֿאַר אָט דער שטאָט, וועט איר האַנדלען מיט **שׂ**אָטנפֿאַקס מיט דרך־ארץ, מיט גרעסערער גוטהאַרציקייט ווי איר האָט געהאַנדלט מיט דעם אָ האָביט, אויב דאָס איז מיגלעך."

"האָביט?" האָט **ב**ערעגאָנד געזאָגט.

"אַזוי רופֿן מיר זיך אַליין," האָט **פּ**יפּין געזאָגט.

"עס פֿרייט מיך דאָס צו לערנען," האָט **ב**ערעגאָנד געזאָגט, "וואָרן איצט קען איך זאָגן אַז מאָדנע אַקצענטן שטערן ניט שיינע דיבורים, און האָביטס האָבן שיינע צינגער. נאָר קומט! איר וועט מיך פֿאָרשטעלן צו דעם גוטן פֿערד. איך האָב ליב חיות, און זעלטן זייען מיר זיי אין דער אָ שטיינערנער שטאָט, וואָרן מײַן פֿאָלק זײַנען געקומען פֿון די באַרג־טאָלן, און פֿריִער פֿון **א**יטיליען. אָבער האָט קיין מורא ניט! דאָס אָנקוקן וועט זײַן קורץ, בלויז אַ שטיקל העפֿלעכקייט, און דערנאָך צו די שפּײַזאַרניעס."

פּיפּין האָט געפֿונען אַז **שׂ**אָטנפֿאַקס איז געווען גוט באַהויזט און געפּאַשעט. וואָרן אינעם זעקסטן קרײַז, אין דרויסן פֿון די מויערן פֿונעם ציטאַדעל, זײַנען געווען עטלעכע שיינע שטאַלן ווו מע האַלט אַ פּאָר גיכע פֿערד, פּונקט לעבן די וווינונגען פֿון דעם **ל**אָרדס רײַטערס: שליחים שטענדיק גרייט צו גיין מיט אַ דרינגלעכן באַפֿעל פֿון **ד**ענעטאָר אָדער זײַנע הויפּט־קאַפּיטאַנען. אָבער איצט זײַנען די אַלע פֿערד און רײַטערס אַרויס און אַוועק.

שׂאָטנפֿאַקס האָט געהירזשעט ווען **פּ**יפּין איז אַרײַן אינעם שטאַל און דעם קאָפּ געדרייט. "גוט מאָרגן!" האָט **פּ**יפּין געזאָגט. "**ג**אַנדאַלף וועט קומען אַזוי גיך ווי מיגלעך. ער

איז פֿאַרנומען, אָבער שיקט גרוסן, און איך זאָל זען צי אַלץ איז גוט בײַ דיר און אַז דו רוסט, האָף איך, נאָך דײַנע לאַנגע טירחות."

שאָטנפֿאַקס האָט געמאַכט מיטן קאָפּ און געטופּעט. נאָר ער האָט געלאָזט **ב**ערעגאָנד אָנרירן צאַרט זײַן קאָפּ און גלעטן די גרויסע פֿלאַנקען.

"ער זעט אויס ווי ער איז להוט אויף אַ פֿאַרמעסט, און ניט ווי נאָר וואָס געקומען פֿון אַ גרויסער נסיעה," האָט **ב**ערעגאָנד געזאָגט. "ווי שטאַרק און שטאָלץ איז ער! וווּ איז זײַן געשפּאַן? ס'מוז זײַן רײַך און שיין."

"ס'איז ניט פֿאַראַן עפּעס רײַך צי שיין גענוג פֿאַר אים," האָט **פּ**יפּין געזאָגט. "ער וויל דאָס ניט טראָגן. צי ער וויל אײַך טראָגן, טראָגט ער אײַך; און אויב ניט, נו, קיין מושטוק, קיין צײַמל, קיין בײַטש, קיין רימען וועט אים ניט צאַמען. אַדיע, **ש**אָטנפֿאַקס! האָב געדולד. ס'קומט אַ שלאַכט."

שאָטנפֿאַקס האָט אויפֿגעהויבן דעם קאָפּ און געהירזשעט, אַזוי אַז דער שטאַל איז געטרייסלט געוואָרן און זיי האָבן פֿאַרשטעלט די אויערן. דערנאָך זײַנען זיי אַוועק נאָך אָנפֿילן דעם זשאָלעב.

"און איצט צו אונדזער זשאָלעב," האָט **ב**ערעגאָנד געזאָגט, און ער האָט **פּ**יפּין געפֿירט צוריק אינעם ציטאַדעל, צו אַ טיר אין דער צפֿונדיקער זײַט פֿונעם גרויסן טורעם. דאָרט זײַנען זיי אַראָפּ מיט אַ לאַנגער קילער טרעפּ אַרײַן אין אַ ברייטער אַלעע באַלויכטן מיט לאָמפּן. עס זײַנען געווען לוקעס אין די ווענט בײַ דער זײַט און איינער פֿון זיי איז געווען אָפֿן.

"דאָס איז דער סקלאַד און שפּײַזאַרניע פֿון מײַן קאָמפּאַניע פֿון דער **וו**אַך," האָט **ב**ערעגאָנד געזאָגט. "אַ גרוס, **ט**אַרגאָן!" האָט ער גערופֿן דורך דער לוקע. "ס'איז נאָך אַלץ פֿרי, נאָר אָט איז אַ נײַ־געקומענער וואָס דער **ל**אָרד האָט גענומען אין דינסט. ער האָט לאַנג און ווײַט געריטן מיט אַן ענגן גאַרטל, און האָט שווער געאַרבעט דעם אינדערפֿרי, איז ער הונגעריק. גיט אונדז וואָס איר האָט!"

דאָרט האָבן זיי באַקומען ברויט, און פּוטער, און קעז און עפּל: די לעצטע פֿונעם ווינטער־זאַפּאַס, צעקנייטשט נאָר געזונט און זיס; און אַ לעדערנעם לאָגל פֿון נײַעם אייל, און הילצערנע טעלער און כּוסות. זיי האָבן דאָס אַלץ געשטעקט אין אַ געפֿלאָכטענעם קויש און זײַנען געקראָכן צוריק אין דער זון, און **ב**ערעגאָנד האָט **פּ**יפּין געבראַכט צו אַן אָרט בײַ דעם מיזרחדיקן עק פֿונעם גרויסן אַרויסגעשטעקטן פּאַראַפּעט וווּ ס'איז געווען אַ שיספֿענצטער אין די מויערן מיט אַ שטיינערנער שטול אונטער דער פֿענצטערברעט. פֿון דאָרט האָבן זיי געקענט קוקן אויף דעם אינדערפֿרי פֿון דער וועלט.

זיי האָבן געגעסן און געטרונקען, און גערעדט פֿריִער וועגן **ג**אָנדאָר און זײַן שטייגער און מינהגים, און דערנאָך וועגן דעם **ק**אַנטאָן און די מאָדנע לענדער וואָס **פּ**יפּין האָט געזען. און כּסדר בײַם רעדן איז **ב**ערעגאָנד אַלץ מער פֿאַרחידושט געוואָרן, און געקוקט מיט גרעסערן ווונדער אויף דעם האָביט, מאַכנדיק מיט די קורצע פֿיס זיצנדיק אויף דער שטול, אָדער שטייענדיק אויף די שפּיץ פֿוס־פֿינגער כּדי צו קוקן איבער דער פֿענצטערברעט אויף די לענדער אונטן.

"איך וועל ניט האַלטן בסוד פֿון אײַך, האַר **פּ**ערעגרין," האָט **ב**ערעגאָנד געזאָגט, "אַז צו אונדז זעט איר אויס שיִער ניט ווי איינער פֿון אונדזערע קינדער, אַ בחור פֿון נײַן זומערן

מער־וויניקער. און פֿאָרט האָט איר סובֿל געווען סכּנות און געזען וווּנדערס וואָס נאָר אַ געציילטע פֿון אונדזערע זקנים וואָלט זיך געקענט באַרימען דערמיט. איך האָב געמיינט אַז ס'איז געווען אַ קאַפּריז פֿון אונדזער לאָרד אָנצונעמען פֿאַר זיך אַן איידלן פּאַזש, לויטן שטייגער פֿון די קיניגן פֿון אַ מאָל, זאָגט מען. אָבער איך זע אַז ס'איז ניט אַזוי און זײַט מיר מוחל די נאַרישקייטן מײַנע."

"איך בין אײַך מוחל," האָט פּיפּין געזאָגט. "כאָטש איר זײַט ניט אין גאַנצן אומגערעכט. איך בין נאָך קוים מער ווי אַ בחור לויט דער רעכענונג פֿון די אייגענע לײַט, ס'איז נאָך פֿיר יאָרן איידער איך בין 'אין דער עלטער,' ווי מע זאָגט אין דעם קאַנטאָן. נאָר זאָרגט זיך ניט מיט מיר. קומט און גיט אַ קוק און זאָגט מיר וואָס איך קען זען."

די זון האָט געהאַלטן אין גיין אַרויף און די נעפּלען אינעם טאָל אונטן האָבן אָנגעהויבן זיך אויפֿהייבן. די לעצטע פֿון זיי האָבן אַוועקגעשוועבט, פּונקט איבער די קעפּ, אין דרימען ווײַסע וואָלקנס געטראָגן אויפֿן שטאַרקנדיקן ווינטל פֿון דעם מיזרח, וואָס האָט איצט געפֿלאַטערט און געצויגן אויף די פֿאָנען און ווײַסע פֿאָנעס אויפֿן ציטאַדעל. ווײַט אונטן אינעם טאָל, אַ פֿופֿצן מײַלן ווי ס'שפּרינגט אַן אויג, האָט זיך געלאָזט זען דער גרויסער טײַך, גראָ און בלישטשענדיק אַרויס פֿונעם צפֿון־מערבֿ און דרייענדיק זיך אין אַ מאַכטיקן קער דרום צו און דערנאָך מערבֿ צו נאָך אַ מאָל, ביז אַרויס פֿון אויגנגרייך אין אַ נעפּל־שלייער און שימער, וואָס ווײַט הינטער אים איז געלעגן דער ים איין הונדערט פֿופֿציק מײַלן אַוועק.

פּיפּין האָט געקענט זען דעם גאַנצן פּעלענאָר ליגנדיק פֿאַר אים, באַשפּרענקלט אין דער ווײַטן מיט פֿערמעס און קליינע מויערן, שײַערס און חיה־סאַרײַען, נאָר אין ערגעץ ניט האָט ער ניט געקענט זען קיין פֿיך צי אַנדערע חיות. אַ סך וועגן און סטעשקעס זײַנען אַריבער איבער די גרינע פֿעלדער, און ס'איז געווען אַ סך פֿאַרקער: וואָגנס אין רייען גייענדיק צו דעם גרויסן טויער צו, און אַנדערע גייענדיק אַרויס. פֿון צײַט צו צײַט קומט אַ רײַטער, וואָס שפּרינגט אַרויס פֿונעם זאָטל און לויפֿט אין דער שטאָט אַרײַן. נאָר ס'רובֿ פֿאַרקער איז אַרויס אויפֿן הויפּטוועג וואָס דרייט זיך דרום צו און דערנאָך, דרייענדיק זיך שאַרפֿער ווי דער טײַך, זיך געדרייט אַרום די בערגלעך און אַרויס פֿון אויגנגרייך. ס'איז געווען ברייט און גוט ברוקירט, און פּאַזע דעם מיזרחדיקן קאַנט איז געלאָפֿן אַ ברייטער גרינער רײַטן־סטעשקע, און הינטער איר אַ מויער. אויף דער אָ סטעשקע האָבן רײַטערס אַהין און אַהער געריטן, אָבער דער גאַנצער וועג האָט אויסגעזען ווי דערשטיקט מיט גרויסע פֿאַרדעקטע וואָגנס גייענדיק דרום צו. אָבער פּיפּין האָט באַלד דערזען אַז אַלץ איז גוט אײַנגעאָרדנט: די וואָגנס גייען אין דרײַ רייען, אַ גיכע געצויגן פֿון פֿערד; אַ צווייטער, מער פּאַמעלעך, גרויסע וואָגנס מיט שיינע דעקונגען פֿון אַ סך פֿאַרבן, געצויגן פֿון אָקסן; און פּאַזע דעם מערבֿדיקן קאַנט פֿונעם וועג, אַ סך קלענערע פֿורן געשלעפּט פֿון טאָפּטשענדיקע מענטשן.

"אָט דאָס איז דער וועג צו די טאָלן פֿון טומלאַדן און לאָסאַרנאַך און די באַרג־שטעטלעך, און ווײַטער קיין לעבענין," האָט בערעגאָנד געזאָגט. "דאָרט פֿאָרן אַוועק די לעצטע פֿון די וואָגנס וואָס טראָגן אַוועק צו זיכערקייט די אַלטע, די קינדער, און די פֿרויען וואָס מיט זיי מוזן גיין. זיי מוזן אַלע זײַן אַוועק פֿון דעם טויער און לאָזן ליידיק דעם וועג אַ דרײַ מײַלן פֿאַרן האַלבן טאָג; אַזוי איז געווען דער באַפֿעל. ס'איז אַ טרויעריקע נייטיקייט." ער האָט אַ זיפֿץ געטאָן. "נאָר אַ געציילטע, אפֿשר, פֿון די וואָס זײַנען איצט צעשיידט וועלן זיך נאָך אַ מאָל טרעפֿן. און אַלע מאָל זײַנען געווען צו ווייניקע קינדער אין

דער אָ שטאָט, נאָר איצט זײַנען קיינע ניטאָ – אַחוץ אַ פּאָר יונגע בחורים וואָס ווילן ניט אָפּגיין און וועלן אפֿשר געפֿינען עפּעס אַ גאַנג צו טאָן; דער זון מײַנער איז איינער פֿון אַזוינע."

אַ ווײַלע זײַנען זיי שטיל געווען. **פּ**יפּין האָט אומרויִק געשטאַרט מיזרח צו, גלײַך ווי ער ריכט זיך זען אויף אַ רגע טויזנטער אָרקס אין אַ פֿלייץ איבער די פֿעלדער. "וואָס קען איך זען דאָרט?" האָט ער געפֿרעגט, טײַטלענדיק אַראָפּ אויף דער מיט פֿונעם גרויסן אויסדריי אין דעם **אַ**נדויִן. "צי איז דאָס אַ צווייטע שטאָט אָדער וואָס איז עס?"

"דאָס איז געווען אַ שטאָט," האָט **ב**ערעגאָנד געזאָגט, "די הויפּט־שטאָט פֿון **ג**אָנדאָר, וואָס צו איר איז דאָס דאָ געווען בלויז אַ פֿעסטונג. וואָרן דאָס איז דער חורבן פֿון **אָ**סגיליאַט אויף ביידע זײַטן פֿון דעם **אַ**נדויִן, וואָס די שׂונאים אונדזערע האָבן מיט לאַנג צוריק פֿאַרכאַפּט און פֿאַרברענט. אָבער מיר האָבן זי צוריקגענומען אין די טעג פֿונום יוגנט פֿון **ד**ענעטאָר, ניט דאָרט צו וווינען נאָר צו האַלטן ווי אַן אַוואַנפּאָסט, און איבערצובויען די בריק ווי אַ רוטע פֿאַר כּלי־זיין. און דעמאָלט זײַנען געקומען די **ב**ייזע **ר**ײַטערס אַרויס פֿון **מ**ינאַס **מ**אָרגול."

"די **ש**וואַרצע **ר**ײַטערס?" האָט **פּ**יפּין געזאָגט און געעפֿנט די אויגן, ברייט און פֿינצטער מיט אַ נײַ־דערוועקטן פּחד.

"יאָ, זיי זײַנען געווען שוואַרץ," האָט **ב**ערעגאָנד געזאָגט, "און איך זע אַז איר ווייסט עפּעס וועגן זיי, כאָטש איר האָט זיי ניט דערמאָנט אין אַלע אײַערע מעשׂיות."

"איך ווייס פֿון זיי," האָט **פּ**יפּין ווייך געזאָגט, "נאָר איך וועל פֿון זיי ניט רעדן איצט, אַזוי נאָענט, אַזוי נאָענט." ער האָט אויפֿגעהערט רעדן און אויפֿגעהויבן די אויגן איבער דעם **ט**ײַך, און ס'האָט אים אויסגעזען ווי ער האָט נאָר געקענט זען אַ ריזיקן און דראָענדיקן שאָטן. אפֿשר איז דאָס געווען בערג וואָס לאָזן זיך דערזען בײַם קאַנט פֿון אויגנגרייך, די געצאַקנטע קאַמען זייערע פֿאַרווייכערט פֿון כּמעט זעכציק מײַלן נעפּלדיקע לופֿט; אפֿשר איז דאָס בלויז אַ וואַנט פֿון וואָלקנס און הינטער איר ווידער אַ טיפֿערע מראַקע. נאָר אין מיטן קוקן אַפֿילו האָבן די אויגן זײַנע געזען אַז די מראַקע וואַקסט און קלײַבט זיך צונויף, גאָר גאָר פּאַמעלעך הייבנדיק זיך אַרויף אויסצודישען די געגנטן פֿון דער זון.

"אַזוי נאָענט צו **מ**אָרדאָר?" האָט **ב**ערעגאָנד שטיל געזאָגט. "יאָ, דאָרט ליגט ער. זעלטן דערמאָנען מיר דעם נאָמען, נאָר מיר האָבן אַלע מאָל געוווינט אין אויגנגרייך פֿון דעם אָ שאָטן: אַ מאָל שוואַכער און ווײַטער אַוועק, אַ מאָל נעענטער און פֿינצטערער. איצט וואַקסט עס און ווערט מער פֿאַרפֿינצטערט, און דערפֿאַר וואַקסן אויך אונדזער פּחד און אומרו. און די **ב**ייזע **ר**ײַטערס האָבן מיט ווייניקער פֿון אַ יאָר צוריק געוווּנען צוריק די איבערפֿאָרן, און דערהרגעט אַ סך פֿון די בעסטע אונדזערע. ס'איז געווען **ב**אָראָמיר וואָס האָט סוף־כּל־סוף געטריבן דעם שׂונא צוריק פֿון דעם דאָזיקן מערבֿדיקן ברעג, און מיר האַלטן נאָך די נעענטערע העלפֿט פֿון **אָ**סגיליאַט. אויף אַ קורצער ווײַלע. נאָר מיר וואַרטן איצט אויף אַ נײַעם אָנפֿאַל דאָרט. אפֿשר דער הויפּט־אָנפֿאַל פֿון דער קומעדיקער מלחמה."

"ווען?" האָט **פּ**יפּין געזאָגט. "צי קענט איר טרעפֿן? וואָרן איך האָב געזען די שײַנטורעמס נעכטן בײַ נאַכט און די שליחים, און **ג**אַנדאַלף האָט געזאָגט אַז דאָס איז אַ סימן אַז די מלחמה האָט זיך אָנגעהויבן. ער האָט אויסגעזען ווי אין אַ פֿאַרצווייפֿלט אײַלעניש. אָבער איצט זעט אויס אַז אַלץ גייט מער פּאַמעלעך נאָך אַ מאָל."

"נאָר צוליב דעם וואָס אַלץ איז איצט שוין צוגעגרייט," האָט בערעגאָנד געזאָגט. "ס'איז נאָר דער טיפֿער אָטעם פֿאַרן שפּרונג."

"אָבער פֿאַר וואָס האָט מען אָנגעצונדן די שײַנטורעמס נעכטן בײַ נאַכט?"

"עס איז טאַקע צו שפּעט שיקן נאָך הילף ווען מע זיצט שוין באַלעגערט," האָט בערעגאָנד געענטפֿערט. "אָבער איך קען ניט די עצות פֿון דעם לאָרד און די קאַפּיטאַנען זײַנע. זיי האָבן אַ סך מיטלען צונויפֿצוקלײַבן ידיעות. און דער לאָרד דענעטאָר איז ניט ווי אַנדערע מענטשן: ער זעט ווײַט. עטלעכע זאָגן אַז ווען ער זיצט איינער אַליין אין זײַן הויכער קאַמער אין דעם טורעם בײַ נאַכט, און ווענדט די מחשבֿות אַהין און אַהער, קען ער לייענען אַ שטיקל פֿון דער צוקונפֿט, און ער וועט צײַטנווײַז זוכן אַפֿילו דעם מוח פֿון דעם שונא, מיט אים ראַנגלען. און אַזוי איז עס אַז ער איז אַלט, אויסגעריבן פֿאַר דער צײַט. נאָר ווי דאָס זאָל ניט זײַן, איז מײַן לאָרד פֿאַראַמיר אַוועק, הינטער דעם טײַך אויף עפּעס אַ סכּנהדיקן גאַנג, און ער האָט אפֿשר געשיקט נײַעס.

"נאָר אויב איר ווילט וויסן וואָס האָט אָנגעצונדן די שײַנטורעמס לויט מיר, איז דאָס געווען די ידיעה געקומען נעכטן בײַ נאַכט פֿון לעבענין. ס'איז דאָ אַ גרויסער פֿלאָט וואָס קומט נאָענט צו די לעפֿצונגען פֿון דעם אַנדויִן, מיט אַ מאַנשאַפֿט פֿון די פּיראַטן פֿון אומבאַר אין דעם דרום. שוין אַ לאַנגע צײַט האָבן זיי ניט געהאַט קיין מורא פֿאַר דער שטאַרקייט פֿון גאָנדאָר, האָבן זיי זיך אַליִירט מיט דעם שונא און איצט האָבן זיי אויפֿגעטאָן מעשׂים פֿון זײַנט וועגן. וואָרן דער דאָזיקער אָנפֿאַל וועט ציִען אַוועק אַ סך פֿון דער הילף וואָס מיר האָבן געזאָלט קריגן פֿון לעבענין און בעלפֿאַלאַס, וווּ די לײַט זײַנען פֿאַרהאַרטעוועט און פֿילצאָליק. אַלץ מער גייען אונדזערע געדאַנקען צפֿון צו ראָהאַן, און אַלץ מער פֿרייען מיר זיך מיט די ידיעות פֿון נצחון וואָס איר ברענגט.

"און פֿאָרט" – ער האָט זיך אָפּגעשטעלט און אויפֿגעשטאַנען, זיך אַרומגעקוקט, אויף צפֿון, מיזרח, און דרום – "די טוּונגען אין איסענהויף זאָלן אונדז וואָרענען אַז מיר זײַנען איצט געכאַפּט אין אַ גרויסער נעץ און סטראַטעגיע. מער ניט איז דאָס קיין אַמפּערניש בײַ די איבערפֿאָרן, אָנפֿאַלן פֿון איטיליען און פֿון אַנאָריען, איבערפֿאַלן און רויבן. דאָס איז אַ גרויסע מלחמה לאַנג געפּלאַנעוועט, און מיר זײַנען אין איר נאָר איין שטיק, מילא וואָס דער שטאָלץ זאָל זאָגן. חפֿצים באַוועגן זיך אין דעם ווײַטן מיזרח הינטער דעם אינלאַנדישן ים, מעלדט מען, און אויף צפֿון אין כמאַרנע־וואַלד און ווײַטער, און אויף דרום אין האַראַד. און איצט וועלן די אַלע מלוכות פּרובירט ווערן, צו שטיין צי פֿאַלן – אונטער דעם שאָטן.

"נאָר, האַר פּערעגרין, האָבן מיר דעם דאָזיקן כּבֿוד: שטענדיק לײַדן מיר ס'רובֿ פֿון דער הויפּט־שׂינאה פֿון דעם בעל־חושך, וואָרן אָט די שׂינאה קומט אַרויס פֿון די טיפֿן פֿון דער צײַט און איבער די טיפֿן פֿון דעם ים. דאָ וועט פֿאַלן די שווערסטע קלאַפּ פֿונעם האַמער. און דערפֿאַר איז מיטראַנדיר אַהערגעקומען אין אַזאַ אײַלעניש. ווײַל אויב מיר פֿאַלן, ווער וועט בלײַבן שטיין? און, האַר פּערעגרין, צי זעט איר אַבי וואָס פֿאַר אַ האָפֿענונג אַז מיר וועלן בלײַבן שטיין?"

פּיפּין האָט ניט געענטפֿערט. ער האָט געקוקט אויף די גרויסע מויערן, און די טורעמס און די בראַווע פֿאָנעס, און אויף דער זון אינעם הויכן הימל, און דערנאָך אויף דער וואַקסנדיקער מראַקע אין דעם מיזרח, און ער האָט געטראַכט פֿון די לאַנגע פֿינגער פֿון דעם אָ שאָטן: פֿון די אָרקס אין די וועלדער און די בערג, דער פֿאַרראַט פֿון איסענהויף, די פֿייגל מיט בייזע אויגן, און די שוואַרצע רײַטערס אויף די געסלעך פֿון דעם קאַנטאָן אַפֿילו – און

פֿון דער באַפֿליגלטער אימה, די נאַזגול. ער האָט אַ שוידער געגעבן, און האָפֿענונג האָט עפּעס בליאַקירט. און פּונקט דעמאָלט האָט זיך די זון געוואַקלט און אומקלאָר געוואָרן, גלײַך ווי אַ פֿינצטערער פֿליגל איז זי פֿאַרבײַ. קוים צו דערהערן האָט ער געמיינט אַז ער האָט געכאַפּט, הויך און ווײַט אויבן אין הימל, אַ געשריי, שוואַך, נאָר האַרץ־רײַסנדיק, רוצחיש און קאַלט. ער איז ווײַס געוואָרן און געהויערט לעבן דעם מויער.

"וואָס איז דאָס געווען?" האָט בערעגאָנד געפֿרעגט. "צי האָט איר אויך עפּעס געפֿילט?"

"יאָ," האָט פּיפּין געמורמלט. "ס'איז אַ סימן פֿון אונדזער אונטערגאַנג און דער שאָטן פֿון גורל, אַ בייזער רײַטער פֿון דער לופֿטן."

"יאָ, דער שאָטן פֿון גורל," האָט בערעגאָנד געזאָגט. "איך האָב מורא אַז מינאַס טירית וועט פֿאַלן. ס'קומט די נאַכט. די סאַמע וואַרעמקייט פֿון מײַן בלוט פֿילט מיר ווי אַוועקגעגנבֿעט."

אַ ווײַלע זײַנען זיי געזעסן צוזאַמען מיט אַראָפּגעלאָזטע קעפּ און האָבן ניט גערעדט. דעמאָלט האָט פּיפּין מיט אַ מאָל געקוקט אַרויף און דערזען אַז די זון שײַנט נאָך און די פֿאָנען האַלטן נאָך אין שטראָמען אינעם ווינטל. ער האָט זיך געטרייסלט. "עס איז פֿאַרבײַ," האָט ער געזאָגט. "ניין, מײַן האַרץ וועט נאָך ניט פֿאַלן אין ייִאוש. גאַנדאַלף איז געפֿאַלן און צוריקגעקומען און איז מיט אונדז. אפֿשר וועלן מיר שטיין, אויף איין פֿוס אפֿשר, אָדער ווייניקסטנס געלאָזט נאָך אויף די קני."

"ווויל גערעדט!" האָט בערעגאָנד געשריגן, און ער איז אויפֿגעשטאַנען און געשפּאַנט אַהין און צוריק. "ניין, כאָטש אַלץ מוז מיט דער צײַט קומען אין גאַנצן צו אַ סוף, וועט גאָנדאָר נאָך ניט אונטערגיין. ניט אַפֿילו זאָלן די מויערן פֿאַרכאַפּט ווערן פֿון אַ הפֿקרדיקן שׂונא וואָס וועט שאַפֿן אַ הײַפֿל פּאַדלע פֿאַר זיי. ס'זײַנען פֿאַראַן נאָך אַנדערע פֿעסטונגען און בסודיקע אופֿנים אַנטלויפֿן אין די בערג אַרײַן. האָפֿענונג און גע‌דעכעניש זאָלן בלײַבן לעבן אין עפּעס אַ באַהאַלטענעם טאָל ווו ס'איז גרין דאָס גראָז."

"אַלץ איינס, ווינטש איך אַז עס וואָלט שוין פֿאַרטיק זײַן, צי גוטס צי בייזס," האָט פּיפּין געזאָגט. "איך בין גאָר ניט קיין שלאַכטמאַן און האָב פֿײַנט אַפֿילו דעם געדאַנק פֿון שלאַכט, אָבער דאָס וואַרטן אויפֿן קאַנט פֿון איינער וואָס פֿון איר קען איך זיך ניט אויסדרייען איז דאָס ערגסטע פֿון אַלץ. אַזאַ לאַנגער טאָג פֿילט מיר שוין! איך וואָלט גליקלעכער זײַן אויב מיר וואָלטן ניט געמוזט שטיין און אָנקוקן, טוען גאָרנישט ניט, שלאָגן ערשט ערגעץ ניט. קיין זעץ וואָלט מען ניט געמאַכט אין ראָהאַן, מיין איך, אויב ניט צוליב גאַנדאַלף."

"אַ, דערמיט האָט איר אָנגעטאַפּט אַ ווונד וואָס אַ סך פֿילן!" האָט בערעגאָנד געזאָגט. "נאָר דער מצבֿ וועט זיך אפֿשר בײַטן ווען פֿאַראַמיר איז צוריק. ער איז דרייסט, דרייסטער ווי אַ סך האַלטן, וואָרן די טעג איז שווער צו גלייבן אַז אַ קאַפּיטאַן קען זײַן קלוג און געלערנט אין די מגילות פֿון וויסן און געזאַנג, ווי ער איז, און אויך אַ שווערברעכיקער מיט אַ גיכן מוח אויף אַ שלאַכטפֿעלד. נאָר אַזוי איז פֿאַראַמיר. ניט אַזוי הפֿקרדיק אָדער גײַציק ווי באָראָמיר, נאָר ניט ווייניקער צילוויסיק. פֿאָרט וואָס דען קען ער טאַקע טאָן? מיר קענען ניט אָנפֿאַלן די בערג פֿון – פֿון יענער מלוכה. אונדזער גרייך איז פֿאַרקירצט געוואָרן, קענען

מיר ניט אָנפֿאַלן איידער עפּעס אַ שׂונא קומט אינעווייניק דערפֿון. דעמאָלט מוז אונדזער האַנט זײַן אַ שווערע!" ער האָט אַ קלאַפּ געטאָן אויפֿן הענטל פֿון זײַן שווערד.

פּיפּין האָט אויף אים געקוקט: הויך און שטאָלץ און איידל, ווי די אַלע לײַט וואָס ער האָט שוין געזען אין דעם אָ לאַנד, און מיט אַ בלישטש אין זײַן אויג ווען ער טראַכט פֿון שלאַכט. "אוי! די אייגענע האַנט פֿילט מיר אַזוי לײַכט ווי אַ פֿעדער," האָט ער געטראַכט, נאָר גאָרנישט ניט געזאָגט. "אַ פּיאָן האָט **ג**אַנדאַלף געזאָגט? אפֿשר, נאָר אויף דער פֿאַלשער שאַכברעט."

אַזוי האָבן זיי גערעדט ביז די זון איז אין איר הייך, און מיט אַ מאָל האָבן די מיטאָג־גלאָקן געקלונגען, איז געקומען אַן אויפֿריר אינעם ציטאַדעל, וואָרן אַלע אַחוץ די וועכטערס גייען עסן.

"צי ווילט איר מיט מיר קומען?" האָט **ב**ערעגאָנד געזאָגט. "איר מעגט זיך צובינדן צו מײַן עסן־ראָטע הײַנט. איך ווייס ניט צו וועלכער קאָמפּאַניע מע וועט אײַך באַשטימען, אָדער דער **ל**אָרד וועט אײַך אפֿשר האַלטן אונטער זײַן אייגענעם באַפֿעל. נאָר איר וועט זײַן באַגריסט. און ס'וועט זײַן גוט וואָס איר טרעפֿט זיך מיט אַזוי פֿיל מענטשן ווי מיגלעך, בעת ס'איז נאָך אַלץ צײַט."

"ס'וועט מיך פֿרייען צו קומען," האָט **פּ**יפּין געזאָגט. "איך פֿיל זיך עלנט, דעם אמת זאָגנדיק. איך האָב איבערגעלאָזט דעם בעסטן פֿרײַנד הינטן אין **ר**אָהאַן, האָב איך ניט געהאַט קיינעם מיט וועמען צו רעדן צי זיך צו וויצלען. אפֿשר קען איך זיך טאַקע צובינדן צו אײַער קאָמפּאַניע? צי זײַט איר דער קאַפּיטאַן? אויב אַזוי, קענט איר מיך אָננעמען אָדער רעדן פֿאַר מיר?"

"ניין, ניין," האָט **ב**ערעגאָנד געלאַכט, "איך בין ניט קיין קאַפּיטאַן. קיין אַמט האָב איך ניט, קיין ראַנג, קיין טיטל, בין איך נאָר אַ פּשוטער שלאַכטמאַן אין דער **ד**ריטער **ק**אָמפּאַניע פֿון דעם **צ**יטאַדעל. נאָר, **ה**אַר **פּ**ערעגרין, צו זײַן נאָר אַ שלאַכטמאַן פֿון דער **וו**אַך פֿון דעם **ט**ורעם פֿון **ג**אָנדאָר איז געהאַלטן פֿאַר כּדאַי אין דער **ש**טאָט, און אַזעלכע מענטשן באַקומען כּבֿוד אינעם לאַנד."

"וואָס איז ווײַט איבער מיר," האָט **פּ**יפּין געזאָגט. "פֿירט מיך צוריק צו אונדזער צימער און אויב **ג**אַנדאַלף איז ניט דאָרט, וועל איך גיין וווּהין איר ווילט – ווי אײַער גאַסט."

גאַנדאַלף איז ניט געווען אין דער וווינונג און האָט ניט געשיקט קיין בשׂורה, איז **פּ**יפּין געגאַנגען מיט **ב**ערעגאָנד און פֿאַרגעשטעלט געוואָרן צו די מענטשן פֿון דער **ד**ריטער **ק**אָמפּאַניע. און ס'האָט זיך געדאַכט אַז **ב**ערעגאָנד האָט באַקומען אַזוי פֿיל כּבֿוד דערפֿון ווי זײַן גאַסט, וואָרן **פּ**יפּין איז געווען גוט אײַנגענומען. ס'איז שוין געווען אַ סך רייד אינעם ציטאַדעל וועגן **מ**יטראַנדירס באַלייטער און זײַן לאַנגער פּריוואַטער טרעפֿונג מיט דעם **ל**אָרד, און גלימלעך האָבן געזאָגט אַז אַ **פּ**רינץ פֿון די **ה**אַלבלינגען איז געקומען פֿון דעם **צ**פֿון אָנצובאָטן געטרײַשאַפֿט צו **ג**אָנדאָר און פֿינף טויזנט שווערדן. און עטלעכע האָבן געזאָגט אַז ווען די **ר**ײַטערס זאָלן קומען פֿון **ר**אָהאַן, וועט יעדער ברענגען הינטער זיך אַ האַלבלינג־שלאַכטמאַן, אפֿשר קליין נאָר גבֿורהדיק.

כאָטש **פּ**יפּין, צום באַדויערן, האָט געמוזט צעשטערן די אָ צוזאָגנדיקע מעשׂה, האָט ער ניט געקענט פּטור ווערן פֿון זײַן נײַעם ראַנג, נאָר פּאַסיק, האָבן די מענטשן געהאַלטן, פֿאַר

אײנעם באַפֿרײַנדט פֿון **ב**אָראָמיר און אָפּגעגעבן כּבֿוד פֿון דעם **ל**אָרד **ד**ענעטאָר, האָבן זיי אים געדאַנקט פֿאַרן קומען צווישן זיי און האָבן זיך שטאַרק צוגעהערט צו זײַנע רייד און מעשׂיות פֿון די ווײַטערע לענדער, און אים געגעבן אַזוי פֿיל עסן און אייל וואָס ער האָט געקענט וועלן. טאַקע איז די איינציקע צרה געווען "אָפּגעהיט" צו בלײַבן לויט **ג**אַנדאַלפֿס עצה, און ניט לאָזן די צונג מאַכן פֿרײַ לויטן שטייגער פֿון אַ האָביט צווישן פֿרײַנד.

נאָך אַ ווײַלע איז **ב**ערעגאָנד אויפֿגעשטאַנען. "אַדיע אַ ווײַלע!" האָט ער געזאָגט. "איך בין אויף דיזשור איצט ביזן זון־אונטערגאַנג, ווי די אַלע אַנדערע דאָ, מיין איך. נאָר אויב איר זײַט עלנט, ווי איר זאָגט, אפֿשר ווילט איר אַ פֿריילעכן פֿירער אַרום דער **ש**טאָט? מײַן זון וועט גערן גיין מיט אײַך. אַ גוטער בחור, מעג איך זאָגן. אויב דאָס געפֿעלט אײַך, גייט אַראָפּ ביזן נידעריקסטן קרײַז און פֿרעגט נאָך דעם **א**לטן **ג**אַסטהויז אין דעם **ר**אָט **צ**עלערדיין, די **ל**אָמפּנמאַכערס **ג**אַס. איר וועט אים דאָרט געפֿינען מיט אַנדערע בחורים וואָס בלײַבן אין דער **ש**טאָט. אפֿשר זײַנען דאָ זאַכן וואָס ס'איז כּדאַי זיי צו זען בײַ דעם **ג**רויסן **ט**ויער פֿאַרן פֿאַרמאַכן."

ער איז אַרויס און באַלד זײַנען די אַלע אַנדערע נאָך אים. דער טאָג איז נאָך געווען אַ שיינער, כאָטש ס'איז נעפּלדיק געוואָרן און הייס פֿאַר מאַרץ, אַפֿילו אַזוי ווײַט אויף דרום. **פּ**יפּין האָט זיך געפֿילט שלעפֿעריק, אָבער די קוואַרטיר איז אים געווען אומעטיק, האָט ער באַשלאָסן אַראָפּגיין אַרומקוקן די **ש**טאָט. ער האָט גענומען אַ פּאָר ביסנס וואָס ער האָט אָפּגעשפּאָרט צו **ש**אָטנפֿאַקס, וואָס האָט זיי לײַטזעליק אָנגענומען, כאָטש דאָס פֿערד, האָט זיך געדאַכט, האָט ניט קיין דוחק געהאַט. דערנאָך איז ער אַרומגעגאַנגען אויף אַ סך שלענגלדיקע וועגן.

מענטשן האָבן אָפּט געגאַפֿט אַז ער איז פֿאַרבײַ. פּנים־אל־פּנים זײַנען זיי אים געווען ערנסט העפֿלעך, אים סאַלוטירט לויטן שטייגער פֿון **ג**אָנדאָר, מיט אַראָפּגעלאָזטן קאָפּ און די הענט אויף דער ברוסט, נאָר הינטער זיך האָט ער געהערט אַ סך רופֿן, אַז די אין דרויסן האָבן צוגערופֿן די אַנדערע קומען זען דעם **פּ**רינץ פֿון די **ה**אַלבלינגען, דעם באַלײַטער פֿון **מ**יטראַנדיר. אַ סך האָבן גערעדט עפּעס אַן אַנדער שפּראַך פֿון דעם **א**לגעמיינעם **ל**שון, נאָר באַלד איז ער געוווּיר געוואָרן וואָס איז דער טײַטש פֿון *__ע__רניל אי __פּ__עריאַנאַט*, און האָט געוווּסט אַז זײַן טיטל איז געגאַנגען פֿאַר אים אין דער **ש**טאָט אַרײַן.

סוף־כּל־סוף איז ער געקומען דורך באַבויגנטע גאַסן און אַ סך שיינע אַלעעס און טראָטואַרן ביזן נידעריקסטן און ברייטסטן קרײַז, און דאָרט האָט מען אים געוויזן דעם וועג צו דער **ל**אָמפּנמאַכערס **ג**אַס, אַ ברייטן וועג פֿירנדיק צו דעם **ג**רויסן **ט**ויער צו. דאָרט האָט ער געפֿונען דאָס **א**לטע **ג**אַסטהויז, אַ גרויסן בנין פֿון גראָען באַוועטערטן שטיין מיט צוויי פֿליגלען פֿירנדיק צוריק פֿון דער גאַס, און צווישן זיי אַן ענגע לאָנקע, וואָס הינטער איר איז געווען דאָס פֿיל־באַפֿענצטערטע הויז, מיט אַ גאַניק מיט זײַלן אויף דער גאַנצער ברייט אויף פֿאָרנט און אַ טרעפּ אַראָפּ ביזן גראָז. ייִנגלעך האָבן געשפּילט צווישן די זײַלן, די איינציקע קינדער וואָס **פּ**יפּין האָט געזען אין **מ**ינאַס **ט**יריט, האָט ער זיך אָפּגעשטעלט אויף זיי צו קוקן. באַלד האָט איינער אים דערזען, און מיט אַ געשריי איז ער געשפּרונגען איבערן גראָז אין דער גאַס אַרײַן, און עטלעכע אַנדערע נאָך אים. דאָרט איז ער געשטאַנען פֿאַר **פּ**יפּין און אויף אים געקוקט פֿון קאָפּ ביז די פֿיס.

"אַ גרוס!" האָט געזאָגט דער בחור. "פֿון וואַנען קומט איר? איר זײַט אַ פֿרעמדער אין דער **ש**טאָט."

"דאָס בין איך געווען," האָט **פּ**יפּין געזאָגט, "נאָר מע זאָגט אַז איך בין געוואָרן אַ מענטש פֿון **ג**אָנדאָר."

"אָ, גייט, גייט!" האָט דער בחור געזאָגט. "אין דעם פֿאַל זײַנען מיר דאָ אַלע מענטשן. אָבער ווי אַלט זײַט איר, און ווי הייסט איר? איך בין אַלט שוין צען יאָר, און באַלד וועל איך זײַן פֿינף פֿוס אין דער הייך. איך בין העכער ווי איר. אָבער מײַן פֿאָטער איז אַ **ש**ומר, אײנער פֿון די העכסטע. וואָס איז אײַער פֿאָטער?"

"אויף וועלכער פֿראַגע זאָל איך ערשט ענטפֿערן?" האָט **פּ**יפּין געזאָגט. "מײַן פֿאָטער באַאַרבעט די לענדער אַרום **ו**וײַסקוואַל נאָענט צו **ט**וקבאָראָ אין דעם **ק**אַנטאָן. איך בין אַלט כּמעט נײַן־און־צוואַנציק, בין איך עלטער ווי איר, כאָטש איך בין בלויז פֿיר פֿוס אין דער הייך און וועל מסתּמא ניט מער וואַקסן אַחוץ פֿון דער זײַט."

"נײַן־און־צוואַנציק!" האָט דער בחור געזאָגט מיט אַ פֿײַף. "איז, איר זײַט טאַקע זייער אַלט! אַזוי אַלט ווי מײַן פֿעטער **י**אָרלאַס. פֿאָרט," האָט ער צוגעגעבן מיט האָפֿענונג, "וועט איך זיך אַז איך וואָלט קענען אײַך שטעלן מיטן קאָפּ אַראָפּ אָדער אַוועקלייגן אויפֿן רוקן."

"אפֿשר וואָלט איר קענען, אויב איך דאָס דערלאָזט," האָט **פּ**יפּין געזאָגט מיט אַ געלעכטער. "און אפֿשר וואָלט איך קענען טאָן דאָס זעלבע מיט אײַך; מיר קענען עטלעכע ראַנגלערײַ־קונצן אין מײַן קליין לאַנד. ווו, לאָמיך אײַך זאָגן, מע האַלט מיך פֿאַר אויסערגעוויינטלעך גרויס און שטאַרק, און איך האָב קיין מאָל ניט דערלאָזט אַז מע זאָל מיך איבערקערן אויפֿן קאָפּ. איז, זאָל עס קומען צו אַ פּרווו און גאָרנישט אַנדערש וועט ניט טויגן, וועל איך אײַך אפֿשר מוזן דערהרגענען. וואָרן ווען איר זײַט עלטער, וועט איר זיך לערנען אַז אַ מענטש איז ניט אַלע מאָל פּונקט ווי ער זעט אויס, און כאָטש איר מעגט מיך האַלטן פֿאַר אַ ווייכן פֿרעמד־בחור און גרינגן רויב, לאָמיך אײַך וואָרענען: דאָס בין איך ניט, איך בין אַ האַלבלינג, האַרט, דרייסט, און שאַלקהאַפֿטיק!" **פּ**יפּין האָט אָנגעטאָן אַזאַ פֿאַרביסענע מינע אַז דער בחור האָט זיך אַ שפּאַן צוריקגעצויגן, נאָר ער איז תּיכּף צוריק מיט צוגעבײַלטע פֿויסטן און אַ ליכט פֿון שלאַכט אין די אויגן.

"נײַן!" האָט **פּ**יפּין געלאַכט. "גלייבט ניט אויך וואָס אַ פֿרעמדער זאָל זאָגן וועגן זיך אַליין! איך בין קוים אַ קעמפֿער. נאָר אויף יעדן פֿאַל וואָלט העפֿלעכער זײַן אַז דער אַרויסרופֿער זאָל זאָגן ווער ער איז."

דער בחור האָט זיך שטאָלץ אויפֿגעצויגן. "איך בין **ב**ערגיל בן־**ב**ערעגאָנד פֿון די **ש**ומרים," האָט ער געזאָגט.

"אַזוי האָב איך געמיינט," האָט **פּ**יפּין געזאָגט, "ווײַל איר זעט אויס ווי דער פֿאָטער. איך קען אים און ער האָט מיך געשיקט אײַך צו געפֿינען."

"איז, פֿאַר וואָס האָט איר דאָס ניט תּיכּף געזאָגט?" האָט **ב**ערגיל געזאָגט, און מיט אַ מאָל איז אַ מינע פֿון צער איבער זײַן פּנים. "זאָגט מיר ניט אַז ער האָט געביטן די מיינונג, און וועט מיך אַוועקשיקן מיט די מיידלעך! אָבער נײַן, די לעצטע וואָגנס זײַנען שוין אַוועק."

"זײַן בשׂורה איז ניט אַזוי שלעכט ווי דאָס, כאָטש אפֿשר ניט גוט," האָט **פּ**יפּין געזאָגט. "ער זאָגט אַז אויב ס'געפֿעלט אײַך בעסער ווי שטעלן מיך קאַפּויער, מעגט איר מיך באַווײַזן

די **ש**טאָט אַ ווײַלע, מיך פֿרייען אין מײַן עלנטקייט. ווי אַ צוריקצאָל קען איך אײַך דערציילן מעשׂיות פֿון ווײַטע לענדער."

בערגיל האָט געפּאַטשט מיט די הענט און געלאַכט מיט פֿאַרלײַכטערונג. "אַלץ איז גוט," האָט ער אויסגעשריגן. "קומט דען! מיר האָבן בדעה געהאַט גיין צו דעם **ט**ויער אַ קוק צו טאָן. מיר וועלן גיין איצט."

"וואָס טוט זיך דאָרט?"

"די קאַפּיטאַנען פֿון די **ו**וײַטערע **ל**ענדער זאָלן קומען אַרויף מיט דעם דרומדיקן וועג פֿאַר דער שקיעה. קומט מיט אונדז, וועט איר זען."

בערגיל האָט זיך אַרויסגעוויזן פֿאַר אַ גוטן חבֿר, דעם בעסטן זינט ער איז אַוועק פֿון **מ**ערי, און באַלד האָבן זיי געלאַכט און גערעדט פֿריילעך בײַם גיין אַרום אויף די גאַסן, מאַכנדיק זיך ניט וויסנדיק פֿון די אַלע בליקן פֿון די אַנדערע. אין גיכן האָבן זיי זיך געפֿונען אין אַ געדראַנג גייענדיק צו דעם **ג**רויסן **ט**ויער צו. דאָרט איז **פּ**יפּין געוואַקסן אין די אויגן פֿון **ב**ערגיל, וואָרן ווען ער האָט אַרויסגערעדט זײַן נאָמען און דעם פּאַראָל האָט דער שומר אים סאַלוטירט און געלאָזט פֿאַרבײַ, און ווי אַ צוגאָב האָט ער דערלאָזט דער באַלייטער מיט אים צי גיין.

"דאָס איז גוט!" האָט **ב**ערגיל געזאָגט. "מיר בחורים מעגן מער ניט גיין דורך דעם **ט**ויער אָן אַ דערוואַקסענעם. איצט וועלן מיר בעסער זען."

הינטער דעם **ט**ויער איז געווען אַ מאַסע מענטשן לענג־אויס דעם קאַנט פֿונעם וועג און פֿונעם גרויסן ברוקירטן שטח ווו די אַלע וועגן קיין **מ**ינאַס **ט**יריט קומען דורך. די אַלע אויגן האָבן זיך געווענדט אויף דרום, און באַלד האָט אַ מורמל געלאָזט זיך הערן: "דאָרט אַוועק איז שטויב! זיי קומען!"

פּיפּין און **ב**ערגיל האָבן זיך פֿאָרויס צוגערוקט ביזן פֿאָרנט פֿונעם עולם און געוואַרט. הערנער האָבן געבלאָזן אין דער ווײַטן און דער קלאַנג פֿון וויוואַטן האָט זיך צו זיי צו געקײַקלט ווי אַ צונויפֿקלײַבנדיקער ווינט. דעמאָלט איז געקומען אַ הילכיקער בלאָז פֿון אַ טרומייט, און אומעטום אַרום האָבן די לײַט געשריגן.

"**פֿ**אָרלאָנג! **פֿ**אָרלאָנג!" האָט **פּ**יפּין געהערט די מענטשן רופֿן. "וואָס זאָגן זיי?" האָט ער געפֿרעגט.

"**פֿ**אָרלאָנג איז געקומען," האָט **ב**ערגיל געענטפֿערט, "אַלטער **פֿ**אָרלאָנג דער **ד**יקער, דער **ל**אָרד פֿון **ל**אָסאַרנאַך. דאָרט וווינט מײַן זיידע. הוראַ! אָט איז ער. גוטער אַלטער **פֿ**אָרלאָנג!"

בראָש פֿון דער ריי איז געקומען צו גיין אַ גרויס פֿערד מיט דיקע אבֿרים און דערויף איז געזעסן אַ מענטש מיט ברייטע פּלייצעס און אַ גרויסן בויך, נאָר אַלט, מיט אַ גראָער באָרד, כאָטש באַקליידט אין פּאַנצער מיט אַ שוואַרצער קאַסקע און מיט אַ לאַנגער שווערער שפּיז. הינטער אים האָט שטאָלץ מאַרשירט אַ שטויביקע ריי מענטשן, גוט באַוואָפֿנט און מיט גרויסע שלאַכט־העק אין די הענט; מיט פֿאַרביסענע פּנימער זײַנען זיי געווען, און קורצער און אַ ביסל טונקעלער ווי די אַנדערע מענטשן וואָס **פּ**יפּין האָט געזען אין **ג**אָנדאָר.

"**פֿ**אָרלאָנג!" האָבן מענטשן געשריגן. "געטרײַ האַרץ, געטרײַער פֿרײַנד! **פֿ**אָרלאָנג!" נאָר ווען די מענטשן פֿון **ל**אָסאַרנאַך זײַנען פֿאַרבײַ האָבן זיי געמורמלט: "אַזוי ווייניק! צוויי

הונדערט, וואָס איז דאָס? מיר האָבן געהאַפּט אויף צען מאָל אַזוי פּיל. דאָס וועט זײַן די נײַע ידיעות פֿון דעם שוואַרצן פּלאַט. זיי שאַנעווען בלויז אַ צענטל פֿון זייער כּוח. פֿאָרט איז יעדעס שטיקל אַ הילף."

און אַזוי זײַנען די קאָמפּאַניעס געקומען און באַגריסט געוואָרן און אויפֿגעמונטערט, דורך דעם **ט**ויער, מענטשן פֿון די **ו**ויַיטערע **ל**ענדער געקומען צו מאַרשירן צו פֿאַרטיידיקן די **ש**טאָט **ג**אָנדאָר אין אַ פֿינצטערער שעה, נאָר אַלע מאָל צו ווייניק, אַלע מאָל ווייניקער ווי דאָס האָפֿן האָט געוואָלט און די נויט געפֿאָדערט. די מענטשן פֿון **ר**ינגלאָ **ט**אָל הינטערן זון פֿון זייער **ל**אָרד **ד**ערוואָרין שפּאַנענדיק צו פֿוס: דרײַ הונדערטער. פֿון די הויכלענדער פֿון **מ**אָרטאָנד, דעם גרויסן **ש**וואַרצוואָרצל **ט**אָל, דער הויכער **ד**ויִנהיר מיט די זין, **ד**ויִלין און **ד**ערופֿין, מיט פֿינף הונדערט פֿײַלן־בויגערס. פֿון די **אַ**נפֿאַלאַס, דעם **ל**אַנגשטראַנד ווײַט אַוועק, אַ לאַנגע ריי מענטשן פֿון אַלערליי מינים, יעגערס און פּאַסטעכער און מענטשן פֿון קליינע דערפֿער, קוים אויסגעריכט אַחוץ פֿון די געזינדער פֿון **ג**אָלאַסגיל, זייער לאָרד. פֿון **ל**אַמעדאָן, עטלעכע פֿאַרביסענע בערגל־לײַט אָן קאַפּיטאַנען. פֿישער פֿון די **ע**טיר, אַ הונדערט אָדער מער, גענומען פֿון די שיפֿן. **ה**ירלויִן דער **ה**עלער פֿון די **ג**רינע **ב**ערגלעך פֿון **פּ**ינאַט **ג**עלין, מיט דרײַ הונדערט גאַלאַנטע גרין־באַקליידטע מענטשן. און דער לעצטער און שטאָלצסטער, **א**ימראַהיל, **פּ**רינץ פֿון **ד**אָל **אַ**מראָט, קרובֿ פֿון דעם **ל**אָרד, מיט באַגילטע פֿאָנעס מיטן צייכן פֿון דער **ש**יף און דעם **ז**ילבערנעם **ש**וואַן, און אַ ראָטע ריטערס אין פֿול געשפּאַן, רײַטנדיק אויף גראָע פֿערד, און הינטער זיי זיבן הונדערט באַוואָפֿנטע מענטשן, הויך ווי לאָרדן, מיט גראָע אויגן און טונקעלע האָר, זינגענדיק בײַם קומען.

און דאָס איז געווען אַלץ, ניט מער ווי דרײַ טויזנט סך־הכּל. מער וועט ניט קומען. די געשרייען און דער קלאַנג פֿון די פֿיס זײַנען אַרײַן אין דער **ש**טאָט און אָפּגעשטאָרבן. די צוקוקערס זײַנען אַ ווײַלע שטיל געשטאַנען. שטויב איז געהאַנגען אין דער לופֿטן, וואָרן דער ווינט איז געשטאָרבן און דער אָוונט שווער געוואָרן. שוין איז נאָענט געקומען די שעה פֿון פֿאַרמאַכן, איז די רויטע זון געגאַנגען הינטער **מ**ינדאָלויִן. אַ שאָטן איז אַראָפּ אויף דער **ש**טאָט.

פּיפּין האָט אַרויפֿגעקוקט, און ס'האָט זיך אים געדאַכט אַז דער הימל איז אַש־גראָ געוואָרן, גלײַך ווי אַ ריזיקע מאַסע שטויב און רויך איז איבער זיי געהאַנגען, און די ליכט איז געקומען טעמפּ דורך. נאָר אין דעם **מ**ערבֿ האָט די שטאַרבנדיקע זון אָנגעצונדן דעם גאַנצן רויך, און איצט איז **מ**ינדאָלויִן געשטאַנען שוואַרץ אַקעגן אַ ברענענדיקן זשאַרע באַפּלעקט מיט האָלעוועשקעס. "אַזוי ענדיקט זיך אַ שיינער טאָג אין גרימצאָרן!" האָט ער געזאָגט, פֿאַרגעסנדיק דעם בחור בײַ דער זײַט.

"טאַקע וועט עס, אויב איך בין ניט צוריק פֿאַר די שקיעה־גלעקער," האָט **ב**ערגיל געזאָגט. "קומט! אָט הערט זיך דער טרומייט פֿאַרן פֿאַרמאַכן דעם **ט**ויער."

האַנט אין האַנט זײַנען זיי צוריק אין דער **ש**טאָט, די לעצטע דורך דעם **ט**ויער איידער מע פֿאַרמאַכט אים, און ווען זיי זײַנען געקומען אין דער **ל**אָמפּנמאַכערס **ג**אַס, האָבן די אַלע גלעקער אין די טורעמס פֿײַערלעך געקלונגען. ליכט זײַנען געשפּרונגען אין אַ סך פֿענצטער, און פֿון די הײַזער און קאַזאַרמעס פֿון די סאָלדאַטן פּאַזע וועגט איז געקומען דער קלאַנג פֿון געזאַנג.

"אַדיע אויף אַ ווײַלע," האָט **ב**ערגיל געזאָגט. "ברענגט מײַנע באַגריסונגען דעם פֿאָטער מײַנעם, און גיט אים אַ דאַנק פֿאַר דער געזעלשאַפֿט ער האָט געשיקט. קומט נאָך אַ מאָל, באַלד, בעט איך אײַך. שיִער ניט ווינטש איך אַז ס'קומט ניט קיין מלחמה, וואָלטן מיר געהאַט פֿריילעכע צײַטן. מיר וואָלטן אפֿשר געפֿאָרן קיין **ל**אָסאַרנאַך, צו דעם הויז פֿון מײַן זיידע. ס'איז גוט דאָרט צו זײַן פֿרילינגצײַט, די וועלדער און פֿעלדער אָנגעפֿילט מיט בלומען. נאָר אפֿשר וועלן מיר אַהינפֿאָרן צוזאַמען מיט דער צײַט. זיי וועלן קיין מאָל ניט איבערקערן אונדזער **ל**אָרד, און מײַן פֿאָטער איז גאָר אַ גבֿורהדיקער. גייט געזונט און קומט געזונט!"

זיי האָבן זיך געזעגנט און **פּ**יפּין האָט זיך געאײַלט צוריק צום ציטאַדעל צו. עס האָט אויסגעזען ווי ווײַט אַוועק, איז ער הייס געוואָרן און זייער הונגעריק, און די נאַכט איז אַראָפּגעפֿאַלן גיך און פֿינצטער. קיין איינציקער שטערן האָט ניט געשטאָכן דעם הימל. ער איז געקומען שפּעט צום מיטאָג אינעם עסצימער, און **ב**ערעגאָנד האָט אים וואַרעם באַגריסט, אים אַוועקגעזעצט בײַ דער זײַט כּדי צו הערן ידיעות וועגן דעם זון. נאָכן מאָלצײַט איז **פּ**יפּין געבליבן אַ ווײַלע, און דערנאָך איז ער אַוועק, וואָרן אַ מאָדנער אומעט איז אויף אים געווען, און איצט האָט ער שטאַרק געוואָלט זיך זען נאָך אַ מאָל מיט **ג**אַנדאַלף.

"צי קענט איר געפֿינען דעם וועג?" האָט **ב**ערעגאָנד געזאָגט בײַ דער טיר פֿונעם קליינעם זאַל אויף דער צפֿונדיקער זײַט פֿונעם ציטאַדעל, וווּ זיי זײַנען געהאַט געזעסן. "ס'איז אַ שוואַרצע נאַכט, און אַלץ שוואַרצער זינט ס'זײַנען געקומען באַפֿעלן אַז מע זאָל אָפּטונקלען די ליכט אין דער **ש**טאָט, און קיינער זאָל ניט שײַנען אַרויס פֿון די מויערן. און איך קען אײַך לאָזן וויסן פֿון נאָך אַ באַפֿעל: אויף מאָרגן פֿרי אין דער פֿרי וועט מען אײַך צורופֿן צו דעם **ל**אָרד **ד**ענעטאָר. איך האָב מורא אַז איר זײַט ניט באַשטימט פֿאַר דער **ד**ריטער **ק**אָמפּאַניע. פֿאָרט קענען מיר האָפֿן זיך נאָך אַ מאָל טרעפֿן. אַדיע, און שלאָפֿט בשלום!"

די וווינונג איז געווען פֿינצטער אַחוץ אַ קליינעם לאַמטערן געשטעלט אויפֿן טיש. **ג**אַנדאַלף איז דאָרט ניט געווען. די מראַקע איז אַראָפּ נאָך שווערער אויף **פּ**יפּין. ער איז אַרויפֿגעקראָכן אויפֿן באַנק און געפּרווּווט קוקן אַרויס דורכן פֿענצטער, אָבער ס'איז ווי קוקן אַרײַן אין אַ לוזשע טינט. ער איז אַראָפּ און פֿאַרמאַכט דעם לאָדן און זיך אַוועקגעלייגט אויפֿן בעט. אויף אַ ווײַלע איז ער געלעגן, זיך צוגעהערט נאָך קלאַנגען פֿון **ג**אַנדאַלפֿס צוריקקער, און דעמאָלט איז ער אַרײַן אין אומרויִקן שלאָף.

אין דער נאַכט איז ער אויפֿגעוועקט געוואָרן פֿון אַ ליכט, האָט ער געזען אַז **ג**אַנדאַלף איז צוריק און האָט געשפּאַנט אַהין און צוריק אינעם צימער הינטערן פֿאָרהאַנג פֿונעם אַלקער. ס'זײַנען געווען ליכט אויפֿן טיש און מגילות פּאַרמעט. ער האָט געהערט ווי דער מכשף האָט אַ זיפֿץ געגעבן און געמורמלט: "ווען וועט **פֿ**אַראַמיר קומען צוריק?"

"גוט מאָרגן!" האָט **פּ**יפּין געזאָגט און געשטעקט דעם קאָפּ אַרום פֿאָרהאַנג. "איך האָב געמיינט אַז איר האָט מיך אין גאַנצן פֿאַרגעסן. עס פֿרייט מיך גאָר וואָס איר זײַט צוריק. עס איז געווען אַ לאַנגער טאָג."

"אָבער די נאַכט וועט צו קורץ זײַן," האָט **ג**אַנדאַלף געזאָגט. "איך בין אַהער צוריקגעקומען, וואָרן איך דאַרף אַ ביסל שלום, איינער אַליין. שלאָפֿן זאָלט איר, אין אַ בעט בעת ס'איז אײַך נאָך מיגלעך. בײַם זונאויפֿגאַנג וועל איך אײַך נעמען נאָך אַ מאָל צו דעם **ל**אָרד **ד**ענעטאָר. ניין, ווען ס'קומט דער אײַנרוף, ניט בײַם זונאויפֿגאַנג. דאָס **פֿ**ינצטערניש האָט זיך אָנגעהויבן. עס וועט ניט קומען קיין קאַיאָר."

קאַפּיטל צוויי

דער אָפּפֿאָר פֿון דער גראָער קאָמפּאַניע

גאַנדאַלף איז אַוועק, און די לישענדיקע טלאָען פֿון **ש**אָטנפֿאַקס זײַנען פֿאַרלוירן געגאַנגען אין דער נאַכט, ווען **מ**ערי איז צוריק צו **אַ**ראַגאָרן. ער האָט געהאַט נאָר אַ לײַכט בינטל, ווײַל ער האָט פֿאַרלוירן זײַן פּאַק בײַ **פּ**אַרט **ג**אַלען, און אַלץ וואָס ער האָט געהאַט איז עטלעכע ניצלעכע זאַכן וואָס ער האָט אויפֿגענומען פֿונעם וראַק אין **א**יסענהויף. **ה**אַסופֿעל איז שוין אָנגעזאָטלט געווען. **ל**עגאָלאַס און **ג**ימלי מיט זייערע פֿערד זײַנען נאָענט געשטאַנען.

"איז, פֿיר פֿון דער **ח**בֿרותא בלײַבן נאָך," האָט **אַ**ראַגאָרן געזאָגט. "מיר וועלן ווײַטער רײַטן צוזאַמען. נאָר מיר וועלן ניט גיין בלויז מיט זיך אַליין, ווי איך האָב געמיינט. דער קיניג האָט באַשלאָסן בײַ זיך תּיכּף אָפּצופֿאָרן. זינט דעם אָנקום פֿון דעם באַפֿליגלטן שאָטן וויל ער גיין צוריק צו די בערגלעך אונטער דער דעקונג פֿון נאַכט."

"און דערנאָך וווּהין?" האָט **ל**עגאָלאַס געזאָגט.

"איך קען נאָך ניט זאָגן," האָט **אַ**ראַגאָרן געענטפֿערט. "וואָס שייך דעם קיניג, וועט ער גיין צו דעM צונויפֿרוף וואָס ער האָט קאָמאַנדירט אין **ע**דאָראַס, אין פֿיר נעכט אַרום. און דאָרט, מיין איך, וועט ער הערן ידיעות פֿון מלחמה, וועלן די **ר**ײַטערס פֿון **ר**אָהאַן גיין אַראָפּ קיין **מ**ינאַס **ט**יריט. נאָר וואָס שייך מיר און די וואָס ווילן גיין מיט מיר ..."

"איך, פֿאַר איינעם!" האָט **ל**עגאָלאַס אויסגערופֿן. "און **ג**ימלי מיט אים!" האָט געזאָגט דאָס **ש**רעטל.

"נו, פֿאַר זיך אַליין," האָט **אַ**ראַגאָרן געזאָגט, "איז אַלץ פֿינצטער פֿאַר מיר. איך מוז אויך גיין אַראָפּ קיין **מ**ינאַס **ט**יריט, נאָר איך זע נאָך ניט דעם וועג. ס'קומט נאָענט, אַ שעה שוין לאַנג צוגעגרייט."

"לאָזט מיך ניט איבער אויף הינטן!" האָט **מ**ערי געזאָגט. "איך בין נאָך ניט זייער ניצלעך, אָבער איך וויל ניט מע זאָל מיך אַוועקשטעלן אין אַ זײַט, ווי באַגאַזש צוריקצוקריגן ווען אַלץ איז פֿאַרטיק. איך מיין אַז די **ר**ײַטערס ווילן זיך מיט מיר איצט ניט זאָרגן. כאָטש, אַוודאי, האָט דער קיניג געזאָגט אַז איך זאָל זיצן מיט אים ווען ער איז צוריק אין דער היים און אים דערציילן אַלץ וועגן דעם **ק**אַנטאָן."

"יאָ," האָט **אַ**ראַגאָרן געזאָגט, "און אײַער וועג ליגט מיט אים, מיין איך, **מ**ערי. נאָר ריכט זיך ניט אויף קיין פֿריילעכקייט בײַם סוף. ס'וועט לאַנג געדויערן איידער **ט**עאָדען זיצט באַקוועם נאָך אַ מאָל אין **מ**עדוסעלד. אַ סך האָפֿענונגען וועלן ווערן פֿאַרדאַרט אין אָט דעם ביטערן פֿרילינג."

באַלד זײַנען אַלע גרייט געווען פֿאַרן אָפּפֿאָר: פֿיר־און־צוואַנציק פֿערד, מיט **ג**ימלי הינטער **ל**עגאָלאַס, און **מ**ערי אויף פֿאָרנט פֿון **אַ**ראַגאָרן. באַלד האָבן זיי גיך געריטן דורך דער נאַכט. זיי זײַנען ניט לאַנג פֿאַרבײַ די קופּעס בײַ די **א**יבערפֿאָרן פֿון דעם **א**יסען ווען אַ **ר**ײַטער האָט געריטן צו זיי פֿונעם עק ריי.

"מײַן לאָרד," האָט ער געזאָגט צו דעם קיניג, "עס זײַנען רײַטערס הינטער אונדז. ווען מיר זײַנען אַריבער איבער די איבערפֿאָרן האָב איך געמיינט אַז איך האָב זיי געהערט. איצט זײַנען מיר זיכער. זיי יאָגן אונדז איבער, רײַטנדיק שווער."

טעאָדען האָט תּיכּף געהייסן אַן אָפּהאַלט. די **ר**ײַטערס האָבן זיך אַרומגעדרייט און געכאַפּט די שפּיזן. **אַ**ראַגאָרן איז אַראָפּ פֿון פֿערד און געשטעלט **מ**ערי אויף דער ערד, און ציִענדיק אַרויס די שווערד איז ער געשטאַנען לעבן דעם קיניגס סטרעמען. **ע**אָמער מיט זײַן אָרדינאַנס האָבן אויף הינטן געריטן. **מ**ערי האָט זיך נאָך מער געפֿילט ווי אומנייטיקער באַגאַזש ווי פֿריִער און ער האָט זיך געוווּנדערט וואָס זאָל ער טאָן אויב ס'קומט אַ קאַמף. אויב דעם קיניגס קליינע לײַבוואַך איז פֿאַרכאַפּט געוואָרן און געפֿאַלן אַ קרבן אָבער ער איז אַנטלאָפֿן אינעם פֿינצטערניש אַרײַן – איינער אַליין אין די ווילדע פֿעלדער פֿון **ר**אָהאַן מיט קיין אָנווונק פֿון ווו ער איז אין די אַלע מײַלן אָן אַ סוף? "ס'טויג ניט!" האָט ער געטראַכט. ער האָט אַרויסגעצויגן די שווערד און ענג געמאַכט דעם גאַרטל.

די אַראָפּגייענדיקע לבֿנה איז פֿאַרשטעלט געוואָרן פֿון אַ גרויסן זעגלענדיקן וואָלקן, אָבער מיט אַ מאָל האָט זי אַרויסגעריטן קלאָר. דעמאָלט האָבן זיי אַלע דערהערט דעם קלאַנג פֿון טלאָען און אין דער זעלבער רגע האָבן זיי דערזען פֿינצטערע געשטאַלטן קומענדיק גיך אויף דער סטעשקע פֿון די איבערפֿאָרן. די לבֿנהליכט האָט געבלישטשעט דאָ און דאָרט אויף די שפּיצן פֿון שפּיזן. וויפֿל זײַנען די נאָכיאָגערס האָט מען ניט געקענט זאָגן, נאָר ס'האָט זיך געדאַכט אַז זיי זײַנען ווייניקסטנס ניט קלענער אין צאָל ווי דעם קיניגס באַלייטערס.

ווען זיי זײַנען נאָך אַ פֿופֿציק שפּאַנען אַוועק האָט **ע**אָמער געשריגן הויך אויף אַ קול: "האַלט! האַלט! ווער רײַט אין **ר**אָהאַן?"

די נאָכיאָגערס האָבן פּלוצעם אָפּגעשטעלט די פֿערד. אַ שטילקייט איז געקומען דערנאָך און דעמאָלט, אין דער לבֿנהשײַן האָט זיך געלאָזט זען אַ רײַטער וואָס זיצט אָפּ און קומט פּאַמעלעך פֿאָרויס. זײַן האַנט האָט זיך ווײַס באַוויזן, מיט דער דלאָניע פֿאָרויס ווי אַ צייכן פֿון שלום, אָבער דעם קיניגס לײַט האָבן געכאַפּט די כּלי־זיין. צען שפּאַנען אַוועק האָט זיך דער מענטש אָפּגעשטעלט. ער איז געווען אַ הויכער, אַ פֿינצטערער שטייענדיקער שאָטן. דעמאָלט האָט זײַן קלאָר קול אויסגעקלונגען.

"**ר**אָהאַן? **ר**אָהאַן, האָט איר געזאָגט? אַ פֿרייענדיק וואָרט. מיר זוכן דאָס דאָזיקע לאַנד אין אײַלעניש פֿון ווײַט אַוועק."

"איר האָט עס געפֿונען," האָט **ע**אָמער געזאָגט. "ווען איר זײַט געווען אַריבער איבער די איבערפֿאָרן דאָרט זײַט איר אַרײַנגעקומען. נאָר דאָס איז די מלוכה פֿון **ט**עאָדען דעם קיניג. קיינער זאָל דאָ רײַטן אָן זײַן דערלויבעניש. ווער זײַט איר? און וואָס איז דאָס אײַלעניש?"

"**ה**אַלבאַראַד **ד**ונאַדאַן, **וו**אַנדערער פֿון דעם **צ**פֿון בין איך," האָט אויסגערופֿן דער מענטש. "מיר זוכן **אַ**ראַגאָרן בן־**אַ**ראַטאָרן און מיר האָבן געהערט אַז ער איז געווען אין **ר**אָהאַן."

"און איר האָט אים אויך געפֿונען!" האָט **אַ**ראַגאָרן אויסגעשריגן. געבנדיק די לייצעס צו **מ**ערי איז ער פֿאָרויס געלאָפֿן און געהאַלדזט דעם נײַגעקומענעם. "**ה**אַלבאַראַד!" האָט ער געזאָגט. "פֿון די אַלע פֿרייַדן איז דאָס קוים זיך דערוויף צו ריכטן!"

מערי האָט געגעבן אַ זיפֿץ פֿון פֿאַרלײַכטערונג. ער האָט געמיינט אַז דאָס איז עפּעס אַ לעצט שטיקל קונץ פֿון **ס**אַרומאַן, אָפּצוטשאַטעווען דעם קיניג מיט נאָר אַ פּאָר מענטשן אַרום אים, אָבער ס'האָט זיך אויסגעוויזן אַז ס'וועט ניט נייטיק זײַן שטאַרבן בײַם פֿאַרטיידיקן **ט**עאָדען, נאָך ניט על־כּל־פּנים. ער האָט די שווערד געשטעלט צוריק אין שייד.

"אַלץ איז גוט," האָט **אַ**ראַגאָרן געזאָגט, דרייענדיק זיך צוריק. "אָט זײַנען עטלעכע פֿון מײַנע אייגענע פֿון דעם ווײַטן לאַנד ווו איך האָב געוווינט. נאָר פֿאַר וואָס זײַנען זיי געקומען און וויפֿל זיי זײַנען, זאָל **ה**אַלבאַראַד דאָס דערקלערן."

"איך האָב דרײַסיק מיט מיר," האָט **ה**אַלבאַראַד געזאָגט. "דאָס זײַנען די אַלע קרובֿים וואָס מיר האָבן געקענט גיך זאַמלען, נאָר די ברידער **ע**לאַדאַן און **ע**לראָהיר האָבן מיט אונדז געריטן, ווילן זיי גיין אויף מלחמה. מיר האָבן געריטן אַזוי גיך ווי מיר האָבן געקענט ווען מיר האָבן באַקומען אײַער אײַנרוף."

"אָבער איך האָב אײַך ניט אײַנגערופֿן," האָט **אַ**ראַגאָרן געזאָגט, "אַחוץ ווי אַ ווונטש. די געדאַנקען מײַנע האָבן זיך אָפֿט געווענדט צו אײַך און זעלטן מער ווי הײַנט בײַ נאַכט, אָבער איך האָב ניט אָפּגעשיקט קיין וואָרט. אָבער קומט! אַלע אַזעלכע ענינים מוזן וואַרטן. איר האָט אונדז געפֿונען רײַטנדיק גיך אין סכּנה. רײַט מיט אונדז איצט, אויב דער קיניג גיט זײַן דערלויב."

טעאָדען האָט זיך טאַקע דערפֿרייט מיט די אָ נײַעס. "ס'איז גוט!" האָט ער געזאָגט. "אויב די אָ קרובֿים זײַנען ווי ניט איז ענלעך צו אײַך, מײַן לאָרד **אַ**ראַגאָרן, וועלן דרײַסיק אַזעלכע ריטערס זײַן אַ כּוח ניט צו מעסטן אין צאָל."

דעמאָלט זײַנען די **ר**ײַטערס ווידער אין וועג אַרײַן און **אַ**ראַגאָרן האָט אַ ווײַלע געריטן מיט די **ד**ונעדיין, און ווען זיי האָבן גערעדט וועגן ידיעות פֿון דעם **צ**פֿון און פֿון דעם **ד**רום, האָט **ע**לראָהיר צו אים געזאָגט:

"איך ברענג אײַך אַ בשׂורה פֿון מײַן פֿאָטער: *די טעג זײַנען קורץ. אויב דו מוזסט זיך אײַלן, געדענק די* ***ט****ויטע* ***וו****עגן.*"

"שטענדיק האָבן די טעג מײַנע מיר געפֿילט צו קורץ אויסצופֿירן וואָס איך וויל," האָט **אַ**ראַגאָרן געענטפֿערט. "נאָר טאַקע גרויס מוז זײַן מײַן נויט אײדער איך נעם דעם דאָזיקן וועג."

"דאָס וועט מען באַלד זען," האָט **ע**לראָהיר געזאָגט. "אָבער לאָמיר מער ניט רעדן פֿון אַזעלכע ענינים אויפֿן אָפֿענעם וועג!"

און **אַ**ראַגאָרן האָט געזאָגט צו **ה**אַלבאַראַד: "וואָס איז דאָס וואָס איר טראָגט, קרובֿ?" וואָרן ער האָט באַמערקט אַז אַנשטאָט אַ שפּיז האָט ער געטראָגן אַ הויכן שטעקן, עפּעס ווי אַ פֿאָנענמאַסט, נאָר ס'איז געווען ענג אײַנגעוויקלט אין אַ שוואַרץ טוך אַרומגעבונדן מיט אַ סך רימענס.

"עס איז אַ מתּנה וואָס איך ברענג אײַך פֿון דער **ד**אַמע פֿון **ר**יווענדעל," האָט **ה**אַלבאַראַד געענטפֿערט. "זי האָט עס בסוד געשאַפֿן און ס'איז געווען לאַנג אין דער שאַפֿונג. אָבער זי האָט אײַך אויך געשיקט אַ בשׂורה: *די טעג זײַנען איצט קורץ. אָדער אונדזער האָפֿענונג קומט אָדער אַלע האָפֿענונגען ענדיקן זיך. דערפֿאַר שיק איך אײַך וואָס איך האָב געשאַפֿן פֿאַר אײַך. זאָל עס אײַך גוט אָפּגיין, עלפֿשטיין!*"

און **אַ**ראַגאָרן האָט געזאָגט: "איצט ווייס איך וואָס איר טראָגט. האַלט עס נאָך אַ ווײַלע פֿאַר מיר!" און ער האָט זיך געדרייט און געקוקט אויף דעם **צ**פֿון אונטער די גרויסע שטערן, און דערנאָך איז ער שטיל געוואָרן און האָט מער ניט גערעדט במשך פֿון דער נסיעה די נאַכט.

די נאַכט איז אַלט געוואָרן און ס'איז געוואָרן גראָ אין דעם **מ**יזרח ווען זיי האָבן סוף־כּל־סוף געריטן פֿון דעם **ט**יף־**ט**אָל און געקומען צוריק צו דעם **ה**אָרנשלאָס. דאָרט האָבן זיי געזאָלט בלײַבן און רוען אַ קורצע ווײַלע און זיך עצהן.

מערי האָט געשלאָפֿן ביז **ל**עגאָלאַס און **ג**ימלי האָט אים אויפֿגעוועקט. "די זון איז הויך," האָט **ל**עגאָלאַס געזאָגט. "די אַלע אַנדערע זײַנען שוין וואַך און טויִק. קומט, **ה**אַר **פּ**וילער, און גיט אַ קוק אויף אָט דעם אָרט בעת מעגט!"

"ס'איז געוועזן דאָ אַ שלאַכט מיט דרײַ נעכט צוריק," האָט **ג**ימלי געזאָגט, "און דאָ האָבן **ל**עגאָלאַס און איך זיך געשפּילט אין אַ פֿאַרמעסט וואָס איך האָב געוווּנען מיט נאָר איין איינציקן אָרק. קומט און זעט ווי ס'איז געווען! און עס זײַנען דאָ היילן דאָ, **מ**ערי, וווּנדערלעכע היילן! זאָלן מיר גיין זיי צו זען, **ל**עגאָלאַס, מיינט איר?"

"ניין! ס'איז ניט קיין צײַט," האָט געזאָגט דער **ע**לף. "פֿאַרשטערט ניט דעם וווּנדער מיט אײַלעניש! איך האָב אײַך געגעבן וואָרט מיט אײַך צוריקצוקומען אַהער, זאָל קומען אַ טאָג פֿון שלום און פֿרײַהייט נאָך אַ מאָל. נאָר איצט איז כּמעט האַלבער טאָג, די צײַט פֿאַר עסן, און דערנאָך פֿאָרן מיר אָפּ נאָך אַ מאָל, האָב איך געהערט."

מערי איז אויפֿגעשטאַנען מיט אַ גענעץ. די פּאָר שעהען שלאָף זײַנען אים קוים גענוג געווען, איז ער מיד און זייער פֿאַראומערט. ער האָט געבענקט נאָך **פּ**יפּין, און זיך געפֿילט ווי בלויז אַן עול, בעת די אַלע אַנדערע האָבן געהאַלטן אין מאַכן פּלענער פֿאַר גיכקייט אין אַ געשעפֿט וואָס ער פֿאַרשטייט ניט אין גאַנצן. "ווו איז **אַ**ראַגאָרן?" האָט ער געפֿרעגט.

"אין אַ הויכער קאַמער אין דעם **ש**לאָס," האָט **ל**עגאָלאַס געזאָגט. "ער האָט ניט גערוט, ניט געשלאָפֿן, מיין איך. ער איז אַהינגעגאַנגען מיט עטלעכע שעהען צוריק, האָט ער געזאָגט אַז ער דאַרף אַלץ איבערטראַכטן און נאָר זײַן קרובֿ, **ה**אַלבאַראַד, איז מיט אים געגאַנגען; אָבער עפּעס אַ פֿינצטערער ספֿק צי זאָרג זיצט אויף אים."

"זיי זײַנען אַ מאָדנע גרופּע, די נײַ־געקומענער," האָט **ג**ימלי געזאָגט. "קרעפֿקע מענטשן זײַנען זיי, און פּריציש, און די **ר**ײַטערס פֿון **ר**אָהאַן זייען אויס שיִער ניט ווי בחורים לעבן זיי, וואָרן זיי זײַנען מענטשן פֿאַרביסן אין מינע, מערסטנס אויסגעריבן ווי פֿאַרוועטערטע שטיינער, ווי אַפֿילו **אַ**ראַגאָרן אַליין; און זיי שווײַגן."

"נאָר פּונקט ווי **אַ**ראַגאָרן זײַנען זיי העפֿלעך ווען זיי רעדן," האָט **ל**עגאָלאַס געזאָגט. "און צי האָט איר באַמערקט די ברידער **ע**לאַדאַן און **ע**לראָהיר? ניט אַזוי טריב איז זייער געצײַג ווי בײַ די אַנדערע, זײַנען זיי אַזוי שיין און גאַלאַנט ווי **ע**לף־**ל**אָרדן, וואָס איז קיין חידוש ניט אין די זין פֿון **ע**לראָנד פֿון **ר**יוונדעל."

"פֿאַר וואָס זײַנען זיי געקומען? האָט איר געהערט?" האָט **מ**ערי געפֿרעגט. ער האָט שוין אָנגעטאָן די קליידער און געוואָרפֿן דעם גראָען מאַנטל אויף די פּלייצעס, זײַנען די דרײַ צוזאַמען אַרויס צו דעם צעשטערטן טויער צו פֿון דעם **ש**לאָס.

"זיי האָבן זיך אָפּגערופֿן אויף אַן אײַנרוף, ווי איר האָט געהערט," האָט גימלי געזאָגט. "אַ בשׂורה איז געקומען צו ריוונדעל, זאָגן זיי: *אַראַגאָרן דאַרף די קרובֿים. זאָלן די דונעדיין רײַטן צו אים אין ראָהאַן!* נאָר פֿון וואַנען איז די אָ בשׂורה געקומען ווייסן זיי איצט ניט אויף געוויס. גאַנדאַלף האָט זי אָפּגעשיקט, טרעף איך."

"ניין, גאַלאַדריעל," האָט לעגאָלאַס געזאָגט. "צי האָט זי ניט גערעדט דורך גאַנדאַלף וועגן דער יאַזדע פֿון דער גראָער קאָמפּאַניע פֿון דעם צפֿון?"

"יאָ, אָט האָט איר דאָס," האָט גימלי געזאָגט. "די דאַמע פֿון דעם וואַלד! זי האָט געלייענט אַ סך הערצער און וועלענישן. נו, פֿאַר וואָס האָבן מיר ניט געוווּנטשן נאָך עטלעכע פֿון אונדזערע אייגענע קרובֿים, לעגאָלאַס?"

לעגאָלאַס איז געשטאַנען פֿאַר דעם טויער און געווענדט די העלע אויגן אַוועק אויף צפֿון און מיזרח, איז זײַן שיין פּנים געווען באַזאָרגט. "איך מיין אַז ניט קיין סך וועלן קומען," האָט ער געענטפֿערט. "ס'איז זיי ניט נייטיק רײַטן נאָך מלחמה; מלחמה מאַרשירט שוין אויף די לענדער זייערע."

אַ ווײַלע זײַנען די דרײַ באַלייטערס געגאַנגען צוזאַמען, רעדנדיק וועגן יעדן פּרט פֿון דער שלאַכט, זײַנען זיי אַראָפּ פֿונעם צעבראָכענעם טויער פֿאַרבײַ די קופּעס פֿון די געפֿאַלענע אויף דער לאָנקע לעבן דעם וועג, ביז זיי זײַנען געשטאַנען אויף העלמס דאַמבע און געקוקט אין דעם טיף־טאָל אַרײַן. דאָס טויט־הויכלאַנד איז שוין דאָרט געשטאַנען, שוואַרץ און הויך און שטיינערדיק, און ס'האָבן זיך קלאָר געלאָזט זען דאָס גרויסע צעטרעטן און אײַנקריצן פֿון די הואָרנס. די טונקלאַנדער און אַ סך מענטשן פֿונעם גאַרניזאָן אין שלאָס האָבן געהאַלטן אין אַרבעטן אויף דער דאַמבע אָדער אין די פֿעלדער און אַרום די צעשלאָגענע מויערן אויף הינטן. נאָר אַלץ האָט אויסגעזען מאָדנע שטיל: אַ מידער טאָל וואָס רוט נאָך אַ גרויסן שטורעם. באַלד האָבן זיי זיך צוריקגעדרייט און געגאַנגען צום מיטאָג אינעם זאַל פֿון דעם שלאָס.

דער קיניג איז שוין דאָרט געווען, און באַלד ווי זיי זײַנען אַרײַן האָט ער מערי צוגערופֿן און האָט געהייסן שטעלן אַ בענקל פֿאַר אים בײַ דער זײַט. "דאָס איז ניט ווי איך וואָלט געוואָלט," האָט טעאָדען געזאָגט, "וואָרן דאָס איז גאָר ניט ווי מײַן שיין הויז אין עדאָראַס. און אײַער פֿרײַנד, וואָס זאָל דאָ אויך זײַן, איז אַוועק. נאָר ס'וועט אפֿשר לאַנג געדויערן איידער מיר, איר און איך, זיצן בײַ דעם הויכן טיש אין מעדוסעלד: ס'וועט ניט זײַן קיין צײַט פֿאַר סעודות ווען איך בין דאָרט נאָך אַ מאָל. אָבער קומט נאָר! עסט און טרינקט און לאָמיר זיך שמועסן בעת ס'איז מיגלעך. און דערנאָך וועט איר מיט מיר רײַטן."

"מעג איך טאַקע?" האָט מערי געזאָגט, מיט חידוש און מיט פֿרייד. "דאָס וועט זײַן פּראַכטפֿול!" ער האָט קיין מאָל פֿריִער ניט געפֿילט אַזוי דאַנקבאַר פֿאַר אַבי וואָס פֿאַר אַ גוטהאַרציקייט מיט ווערטער. "איך האָב מורא אַז איך בין נאָר אַ מניעה פֿאַר אַלע," האָט ער געשטאַמלט, "נאָר איך וויל טאָן אַבי וואָס איך קען, ווייסט איר."

"דאָס ספֿק איך ניט," האָט געזאָגט דער קיניג. "איך האָב געפֿאָדערט גרייטן פֿאַר אײַך אַ גוטן בערגל־פֿאָני. ער וועט אײַך טראָגן אַזוי גיך ווי אַבי אַ פֿערד אויף די וועגן מיר וועלן נעמען. וואָרן איך וועל רײַטן פֿון דעם שלאָס אויף באַרג־סטעשקעס, ניט אויפֿן פֿליין, און אַזוי וועלן מיר קומען צו עדאָראַס דורך געטערקויפּ ווּו די דאַמע עאָווין וואַרט אויף מיר."

איר וועט זײַן מײַן אַדיוטאַנט אויב איר ווילט. צי איז פֿאַראַן מלחמה־געצײַג אין אָט דעם אָרט, **ע**אָמער, וואָס מײַן שווערד־מאַן קען ניצן?"

"ס'איז ניטאָ קיין גרויסער זאַפּאַס כּלי־זיין דאָ, לאָרד," האָט **ע**אָמער געענטפֿערט. "אפֿשר קען מען געפֿינען אַ לײַכטע קאַסקע וואָס וועט פּאַסן פֿאַר אים, אָבער מיר האָבן ניט קיין פּאַנצער צי שווערד פֿאַר איינעם ווי ער."

"איך האָב אַ שווערד," האָט **מ**ערי געזאָגט, אַראָפּ פֿונעם בענקל און צי̇ענדיק אַרויס פֿון דער שוואַרצער שייד זײַן קליינע העלע שאַרף. מיט אַ מאָל אָנגעפֿילט מיט ליבע פֿאַר אָט דעם אַלטן מענטש איז ער אַראָפּ אויף איין קני און גענומען זײַן האַנט און זי געקושט. "מעג איך לייגן די שווערד פֿון **מ**עריאַדאָק פֿון דעם **ק**אַנטאָן אויף אײַער שויס, **ט**עאָדען **ק**יניג?" האָט ער אויסגעשריגן. "נעמט אָן מײַן דינסט, אויב איר ווילט!"

"גערן וויל איך אים אָננעמען," האָט געזאָגט דער קיניג, און לייגנדיק די אַלטע לאַנגע הענט אויף דעם האָביטס ברוינע האָר, האָט ער אים געבענטשט. "שטייט אויף איצט, **מ**עריאַדאָק, אַדיוטאַנט פֿון **ר**אָהאַן אין דעם הויז פֿון **מ**עדוסעלד!" האָט ער געזאָגט. "נעמט אײַער שווערד און טראָגט זי אין אַ מזלדיקער שעה!"

"ווי אַ פֿאָטער זאָלט איר מיר זײַן," האָט **מ**ערי געזאָגט.

"אויף אַ קורצער ווײַלע," האָט **ט**עאָדען געזאָגט.

זיי האָבן דערנאָך געשמועסט בײַם עסן ביז נאָך אַ ווײַלע האָט **ע**אָמער גערעדט. "עס איז נאָענט צו דער שעה פֿאַרן אָפּפֿאָר, לאָרד," האָט ער געזאָגט. "זאָל איך בעטן די מענטשן בלאָזן די הערנער? נאָר ווו איז **אַ**ראַגאָרן? זײַן אָרט איז ליידיק און ער האָט ניט געגעסן."

"מיר וועלן זיך גרייטן אויף רײַטן," האָט **ט**עאָדען געזאָגט, "נאָר לאָזט דעם **ל**אָרד **אַ**ראַגאָרן וויסן אַז די שעה איז נאָענט."

דער קיניג מיט זײַן לײַבוואַך און **מ**ערי בײַ דער זײַט זײַנען געגאַנגען אַראָפּ פֿונעם טויער פֿון דעם **ש**לאָס ביזן אָרט ווו די **ר**ײַטערס האָבן געהאַלטן אין זיך זאַמלען אויף דער לאָנקע. אַ סך זײַנען שוין אויפֿגעזעסן. עס וועט זײַן אַ גרויסע קאָמפּאַניע, וואָרן דער קיניג וועט איבערלאָזן נאָר אַ קליינעם גאַרניזאָן אין דעם **ש**לאָס, און די אַלע איבעריקע וועלן רײַטן צו דעם באַוואָפֿענען אין **ע**דאָראַס. איין טויזנט שפּיזן האָבן טאַקע שוין אָפּגעריטן אין דער נאַכט, נאָר עס בלײַבן נאָך אַ פֿינף הונדערט וואָס וועלן גיין מיט דעם קיניג, ס'רובֿ פֿון זיי מענטשן פֿון די פֿעלדער און טאָלן פֿון **מ**ערבֿפֿאָלד.

אַ ביסל באַזונדער זײַנען די **וו**אַנדערערס געזעסן, אין אַ סדרדיקער קאָמפּאַניע באַוואָפֿנט מיט שפּיזן און בויגנס און שווערדן. זיי זײַנען באַקליידט געווען אין טונקל גראָע מאַנטלען מיט די קאַפּטערס איצט געררוקט איבער קאַסקע און קאָפּ. די פֿערד זייערע זײַנען שטאַרק געווען און שטאָלץ, נאָר מיט רויע האָר, און איינס איז דאָרט געשטאַנען אָן רײַטער, **אַ**ראַגאָרנס אייגן פֿערד וואָס זיי האָבן געבראַכט פֿון דעם **צ**פֿון; **ר**אָהערין האָט עס געהייסן. ס'איז ניט געווען קיין גלאַנץ פֿון שטיין צי גאָלד, ניט קיין שיינע זאַכן אין די אַלע געצײַג און געשפּאַן זייערע, און די רײַטערס זייערע האָבן ניט געטראָגן קיין עמבלעם צי צייכן אַחוץ דעם וואָס יעדן מאַנטל האָט מען צוגעשפּיליעט אויף דער לינקער פּלייצע מיט אַ בראָש פֿון זילבער אינעם פֿאָרעם פֿון אַ שטערן מיט שטראַלן.

דער קיניג האָט זיך אויפֿגעזעצט אויף זײַן פֿערד, **ש**נייגריווע, און **מ**ערי איז לעבן אים געזעסן אויף זײַן פּאָני; **ס**טיבאַ האָט ער געהייסן. באַלד איז **ע**אָמער אַרויס פֿונעם טויער און מיט אים איז געווען **אַ**ראַגאָרן, און **ה**אַלבאַראַד מיט דעם ענג־געוויקלטן שוואַרצן פֿאָנעמאַסט, און צוויי הויכע מענטשן, ניט אַלט און ניט יונג. אַזוי ענלעך זײַנען זיי געווען, די זין פֿון **ע**לראָנד, אַז מע האָט זיי קוים געקענט צעשיידן: מיט טונקעלע האָר און גראָע אויגן, און פּנימער שיין ווי עלפֿן, גלײַך באַקליידט אין העלן רינגל־פּאַנצער אונטער זילבער־גראָע מאַנטלען. הינטער זיי זײַנען געקומען **ל**עגאָלאַס און **ג**ימלי. נאָר **מ**ערי האָט נאָר געקענט קוקן אויף **אַ**ראַגאָרן, אַזוי פּלאַדיק איז געווען די שינוי וואָס ער דערזעט אין יענעם, גלײַך ווי אין איין נאַכט זײַנען אַ סך יאָרן געפֿאַלן אויף זײַן קאָפּ. פֿאַרביסן איז זײַן פּנים געווען, גראָ־באַפֿאַרבט און מיד.

"דער מוח איז מיר אומרויִק, לאָרד," האָט ער געזאָגט, שטייענדיק לעבן דעם קיניגס פֿערד. "איך האָב געהערט מאָדנע דיבורים און זע נײַע סכּנות ווײַט אַוועק. איך האָב לאַנג און שווער געטראַכט און איצט האָב איך מורא אַז איך מוז בײַטן דעם צוועק. זאָגט מיר, **ט**עאָדען, איר רײַט איצט קיין **ג**עטערקויפּ, ווי לאַנג וועט זײַן איידער איר קומט אָן דאָרט?"

"איצט איז שוין אַ גאַנצע שעה נאָכן האַלבן טאָג," האָט **ע**אָמער געזאָגט. "פֿאַר דער נאַכט פֿונעם דריטן טאָג נאָך הײַנט זאָלן מיר אָנקומען אין דער **פֿ**אַרפֿעסטיקונג. די לבֿנה וועט דעמאָלט זײַן איין טאָג נאָך דער גאַנצקייט און דעם צונויפֿרוף וואָס דער קיניג האָט געפֿאָדערט וועט מען האַלטן אויף דעם קומעדיקן טאָג. גיכער קענען מיר ניט גיין אויב מע וויל צונויפֿקלײַבן דעם כּוח פֿון **ר**אָהאַן."

אַראַגאָרן איז געווען שטיל אַ רגע. "דרײַ טעג," האָט ער געמורמלט, "און דער צונויפֿרוף וועט זיך דעמאָלט ערשט אָנהייבן. אָבער איך פֿאַרשטיי אַז ס'קען ניט גיכער זײַן." ער האָט געקוקט אַרויף און ס'האָט אויסגעזען אַז ער האָט עפּעס באַשלאָסן, איז זײַן פּנים ניט אַזוי אומרויִק געוואָרן. "איז, מיט אײַער דערלויבעניש, לאָרד, מוז איך זיך אויף ס'נײַ עצהן מיט די קרובֿים. מיר מוזן רײַטן אויפֿן אייגענעם וועג און מער ניט בסוד. פֿאַר מיר איז די צײַט פֿון גיין בשתּיקה פֿאַרטיק. איך וועל רײַטן מיזרח צו אויפֿן גיכסטן וועג, וועל איך גיין אויף די **ט**ויטע **וו**עגן."

"די **ט**ויטע **וו**עגן!" האָט **ט**עאָדען געזאָגט מיט אַ ציטער. "פֿאַר וואָס רעדט איר וועגן זיי?" **ע**אָמער האָט זיך געדרייט און געשטאַרט אויף **אַ**ראַגאָרן, און עס האָט **מ**ערי אויסגעזען אַז די פּנימער פֿון די **ר**ײַטערס וואָס האָבן דאָס געהערט זײַנען בלאַס געוואָרן מיט די אָ ווערטער. "אויב עס זײַנען טאַקע אַזעלכע וועגן," האָט **ט**עאָדען געזאָגט, "איז דער טויער זייערע אין **ג**עטערקויפּ, נאָר קיין לעבעדיקער מענטש מעג ניט דאָרט גיין."

"וויי! **אַ**ראַגאָרן, מײַן פֿרײַנד!" האָט **ע**אָמער געזאָגט. "איך האָב געהאָפֿט אַז מיר וועלן רײַטן צוזאַמען אויף מלחמה, נאָר אויב איר זוכט די **ט**ויטע **וו**עגן, איז געקומען די צײַט פֿאַר געזעגענונג, און מיר וועלן זיך מסתּמא ניט טרעפֿן נאָך אַ מאָל אונטער דער זון."

"אויף דעם דאָזיקן וועג וועל איך גיין סײַ ווי סײַ," האָט **אַ**ראַגאָרן געזאָגט. "אָבער איך זאָג אײַך, **ע**אָמער, אַז אפֿשר וועלן מיר זיך נאָך אַ מאָל זען אין שלאַכט, זאָלן די אַלע מחנות פֿון **מ**אָרדאָר שטיין צווישן אונדז."

"איר וועט טאָן וואָס איר ווילט, מײַן לאָרד **אַ**ראַגאָרן," האָט **ט**עאָדען געזאָגט. "עס איז אײַער גורל, אפֿשר, צו גיין אויף מאָדנע וועגן ווו אַנדערע וואַגן ניט צו גיין. אָט די

געזעגענונג איז מיר טרויעריק, איז מײַן כּוח שוואַכער דערפֿאַר, נאָר איצט מוז איך נעמען די באַרג־סטעשקעס און זיך מער ניט הײַען. אַדיע!"

"אַדיע, לאָרד!" האָט **אַ**ראַגאָרן געזאָגט. "רײַט אַרײַן אין גרויסער באַרימטקייט! אַדיע, **מ**ערי! איך לאָז אײַך איבער אין גוטע הענט, בעסער ווי מיר האָבן געהאָפֿט בײַם נאָכיאָגן נאָך די אָרקס אין **פֿ**אַנגאָרן. **ל**עגאָלאַס און **ג**ימלי וועלן נאָך גיין מיט מיר אויף געיעג, האָף איך, אָבער מיר וועלן אײַך קיין מאָל ניט פֿאַרגעסן."

"זײַט געזונט!" האָט **מ**ערי געזאָגט. מער האָט ער ניט געקענט זאָגן. ער האָט זיך זייער קליין געפֿילט און איז אינטריגירט געוועזן און פֿאַרחושכט מיט די אַלע אומעטיקע ווערטער. מער ווי אַ מאָל האָט ער געבענקט נאָך דער אייביקער פֿריילעכקייט פֿון **פּ**יפּין. די **ר**ײַטערס זײַנען גרייט געווען און די פֿערד זייערע ווי אויף שפּילקעס. ער האָט נאָר געוואָלט אַז זיי וועלן שוין אָנהייבן און אַ סוף.

איצט האָט **ט**עאָדען גערעדט צו **ע**אָמער, און ער האָט אויפֿגעהויבן די האַנט און אַ שרײַ געגעבן, און מיט דעם אָ וואָרט זײַנען די **ר**ײַטערס אין וועג אַרײַן. זיי האָבן געריטן איבער דער **ד**אַמבע און אַראָפּ אין דעם **ט**יף־**ט**אָל, און דעמאָלט, מיט אַ גיכן דריי מיזרח צו האָבן זיי גענומען אַ סטעשקע וואָס גייט צופֿוסנס פֿון די בערגלעך אויף אַ מײַל מער־ווייניקער, ביז, מיט אַ דריי דרום צו, איז זי צוריק צווישן די בערגלעך און פֿאַרשוווּנדן געוואָרן פֿון אויגנגרייך. **אַ**ראַגאָרן האָט געריטן ביז דער **ד**אַמבע און געקוקט ביז דעם קיניגס לײַט זײַנען ווײַט אַראָפּ אין דעם **ט**יף־**ט**אָל. דעמאָלט האָט ער זיך געווענדט צו **ה**אַלבאַראַד.

"אָט גייען אָפּ דרײַ וואָס איך האָב ליב און דעם קלענסטן ניט דאָס ווייניקסטע," האָט ער געזאָגט. "ער ווייסט ניט אויף וואָס פֿאַר אַ סוף ער רײַט, כאָטש אויב ער טאַקע וואָלט געוווּסט, וואָלט ער נאָך גיין ווײַטער."

"אַ קליין פֿאָלק, נאָר ווערט גאָר אַ סך, זײַנען די **ק**אַנטאָן־**ל**ײַט," האָט **ה**אַלבאַראַד געזאָגט. "קוים ווייסן זיי פֿון אונדזער לאַנגער טירחה האַלטן זיכער זייערע גרענעצן, און פֿאָרט זשאַלעווע איך דאָס ניט."

"און איצט זײַנען די גורלות אונדזערע צונויפֿגעפֿלאָכטן," האָט **אַ**ראַגאָרן געזאָגט. "און פֿאָרט אַ שאָד, וואָס מיר מוזן זיך דאָ צעשיידן. נו, איך מוז אַ ביסל עסן און דערנאָך מוזן מיר זיך אויך אײַלן אַוועק. קומט, **ל**עגאָלאַס און **ג**ימלי! איך מוז מיט אײַך רעדן בעת איך עס."

צוזאַמען זײַנען זיי צוריק אין דעם **ש**לאָס אָבער אַ לאַנגע ווײַלע איז **אַ**ראַגאָרן שטיל געזעסן בײַם טיש אינעם זאַל, האָבן די אַנדערע געוואַרט ביז ער זאָל רעדן. "קומט!" האָט **ל**עגאָלאַס סוף־כּל־סוף געזאָגט. "רעדט און זײַט געטרייסט, און וואַרפֿט אַוועק דעם שאָטן! וואָס איז געשען זינט מיר זײַנען צוריק אין דעם אָ פֿאַרביסענעם אָרט אינעם גראָען פֿרימאָרגן?"

"אַ קאַמף אַ ביסל מער פֿאַרביסן פֿון מײַנט וועגן ווי די שלאַכט בײַ דעם **ה**אָרנשלאָס," האָט **אַ**ראַגאָרן געענטפֿערט. "איך האָב געקוקט אַרײַן אין דעם **ש**טיין פֿון **אָ**רטאַנק, מײַנע פֿרײַנד."

"איר האָט געקוקט אין דעם פֿאַרשאָלטענעם מכשפֿס שטיין?" האָט **ג**ימלי אויסגערופֿן מיט אַ מינע פֿון פּחד און חידוש. "צי האָט איר עפּעס געזאָגט צו – אים? **ג**אַנדאַלף אַפֿילו האָט מורא געהאַט פֿאַר אַזאַ טרעפֿעניש."

"איר פֿאַרגעסט מיט וועמען איר רעדט," האָט **אַ**ראַגאָרן שטרענג געזאָגט, מיט אַ בלישטש אין די אויגן. "פֿאַר וואָס האָט איר מורא איך זאָל אים עפּעס דערציילן? האָב איך ניט אָפּן אויסגערופֿן מײַן טיטל פֿאַר די טירן פֿון **ע**דאָראַס? ניין, **ג**ימלי," האָט ער געזאָגט אין אַ ווייכער קול, און די פֿאַרביסנקייט איז אַוועק פֿונעם פּנים, האָט ער אויסגעזען ווי איינער וואָס האָט געהאָרעוועט ווייטיקדיק אָן שלאָף אַ סך נעכט. "ניין, מײַנע פֿרײַנד, איך בין דער געזעצלעכער האַר פֿון דעם **ש**טיין, האָב איך געהאַט אי דעם רעכט אי דעם כּוח אים צו ניצן, אָדער אַזוי האָב איך געהאַלטן. דער רעכט איז ניט צו ספֿקן. דער כּוח האָט געקלעקט – קוים."

ער האָט טיף אײַנגעאָטעמט. "עס איז געווען אַ ביטערער קאַמף, איז די מידקייט נאָר פּאַמעלעך אַוועק. איך האָב אים קיין וואָרט ניט געזאָגט און צום סוף האָב איך דעם **ש**טיין אַוועקגעריסן צו דעם אייגענעם ווילן. דאָס אַליין וועט פֿאַר אים זײַן שווער אויסצוהאַלטן. און ער האָט מיך דערזען. יאָ, **ה**אַר **ג**ימלי, ער האָט מיך געזען נאָר ניט בלויז ווי איר זעט מיך דאָ. אויב דאָס איז אים אַ הילף האָב איך שלעכטס געטאָן. אָבער איך מיין אַז ניט. אַז ער ווייסט אַז איך לעב און גיי אום אויף דער וועלט איז אים געווען אַ שלאָג אין האַרצן, האַלט איך, וואָרן דאָס האָט ער פֿריִער ניט געוווּסט. די אויגן אין **אָ**רטאַנק האָבן ניט געזען דורך דעם פּאַנצער פֿון **ט**עאָדען, נאָר **ס**אַוראָן האָט ניט פֿאַרגעסן **א**יסילדור און די שווערד פֿון **ע**לענדיל. איצט אין דער סאַמע שעה פֿון זײַנע גרויסע פּלענער זײַנען אים אַנטפּלעקט געוואָרן דער יורש פֿון **א**יסילדור און די **ש**ווערד, ווײַל איך האָב אים באַוויזן די נײַ־געקאָוועטע שאַרף. ער איז נאָך ניט אַזוי שטאַרק אַז ער פֿילט ניט קיין פּחד; פֿאַרקערט, גריזשעט ספֿק אויף אים שטענדיק."

"אָבער ער באַגייט זיך מיט גרויסער ממשלה סײַ ווי סײַ," האָט **ג**ימלי געזאָגט, "און איצט וועט ער אָנפֿאַלן נאָך גיכער."

"דער האַסטיקער שלאָג איז אָפֿט אַ פֿאַרבלאָנדזשעטער," האָט **אַ**ראַגאָרן געזאָגט. "מיר מוזן זיך יאָגן נאָך אונדזער **ש**ונא און מער ניט וואַרטן אויף זײַן גאַנג. זעט נאָר, מײַנע פֿרײַנד, ווען איך האָב באַגעוועלטיקט דעם **ש**טיין האָב איך זיך אַ סך דערוווּסט. איך האָב געזען אַן ערנסטע סכּנה וואָס קומט אומגעריכט אויף **ג**אָנדאָר פֿון דעם **ד**רום וואָס וועט אַוועקנעמען אַ סך כּוחות פֿון דער פֿאַרטיידיקונג פֿון **מ**ינאַס **ט**יריט. אויב ס'איז ניט גיך אָפּגעענטפֿערט, האַלט איך אַז די **ש**טאָט וועט אונטערגיין אין ניט מער ווי צען טעג."

"אין דעם פֿאַל מוז זי אונטערגיין," האָט **ג**ימלי געזאָגט. "וואָרן וואָסערע הילף קענט איר אַהינשיקן און ווי אַזוי זאָל זי דאָרט אָנקומען צו דער צײַט?"

"איך האָב ניט קיין הילף אָפּצושיקן, מוז איך אַליין דערפֿאַר גיין," האָט **אַ**ראַגאָרן געזאָגט. "נאָר ס'איז בלויז איין וועג דורך די בערג וואָס וועט מיך ברענגען צו די באָרטן־לענדער איידער אַלץ גייט פֿאַרלוירן. דאָס איז די **ט**ויטע **ו**ועגן."

"די **ט**ויטע **ו**ועגן!" האָט **ג**ימלי געזאָגט. "ס'איז אַ בייזער נאָמען, קוים געפֿעלן די **מ**ענטשן פֿון **ר**אָהאַן, ווי איך האָב געזען. צי קענען לעבעדיקע גייען אויף דעם אָ וועג אָן שטאַרבן? און זאָלט איר דאָרט דורכקומען אַפֿילו, וואָס וועלן טויגן אָט די געציילטע אַנטקעגן די קלעפּ פֿון **מ**אָרדאָר?"

"קיין לעבעדיקע האָבן דעם וועג ניט געניצט זינט דעם אָנקום פֿון די **ר**אָהירים," האָט **אַ**ראַגאָרן געזאָגט, "וואָרן עס איז זיי פֿאַרשטעלט. נאָר אין דער אָ פֿינצטערער שעה מעג

דער יורש פֿון **א**יסילדור אים ניצן, אויב ער דערוועגט זיך. הערט נאַר! אָט איז די בשׂורה וואָס די זין פֿון **ע**לראָנד האָבן מיר געבראַכט פֿון זייער פֿאָטער אין **ר**יוונדעל, דעם קליגסטן אין וויסן: *בעט **אַ**ראַגאָרן ער זאָל געדענקען די ווערטער פֿון דעם זעער, און די **ט**ויטע **וו**עגן.*"

"און וואָס זאָלן זײַן די ווערטער פֿון דעם זעער?" האָט **ל**עגאָלאַס געזאָגט.

"אַזוי האָט גערעדט **מ**אַלבעט דער **ז**עער אין די טעג פֿון **אַ**רוועדוי, דעם לעצטן קיניג פֿון **פֿ**אָרנאָסט," האָט **אַ**ראַגאָרן געזאָגט:

איבער דעם לאַנד ליגט אַ לאַנגער שאָטן,
מערבֿ צו ביז פֿליגלען פֿון פֿינצטערניש.
*דער **ט**ורעם ציטערט; צו די קבֿרים פֿון קיניגן*
*קומט נעענטער דער גורל. די **ט**ויטע וואַכן אויף;*
וואָרן ס'קומט די שעה פֿאַר די שבֿועה־צעברעכערס:
*בײַ דעם **ש**טיין פֿון **ע**רעך וועלן זיי ווידער שטיין*
און הערן דאָרט אַ האָרן אין די בערגלעך בלאָזן.
וועמענס האָרן זאָל דאָס זײַן? ווער זאָל זיי צורופֿן
פֿון דער גראָער פֿאַרנאַכט די פֿאַרגעסענע לײַט?
דער יורש פֿון אים וואָס צו אים האָבן זיי געשוווירן.
*פֿון דעם **צ**פֿון וועט ער קומען, פֿון אַ נויט געטריבן:*
*ער וועט גיין דורך דער **ט**יר צו די **ט**ויטע **וו**עגן.*

"פֿינצטערע וועגן אָן ספֿק," האָט **ג**ימלי געזאָגט, "נאָר ניט מיר מער פֿינצטער ווי די דאָזיקע שורות."

"אויב איר ווילט זיי בעסער פֿאַרשטיין, בעט איך אײַך צו קומען מיט מיר," האָט **אַ**ראַגאָרן געזאָגט, "וואָרן אויף אָט דעם וועג וועל איך איצט גיין. נאָר ס'פֿרייט מיך ניט אַזוי צו גיין, נאָר די נויט טרײַבט מיך. דערפֿאַר וויל איך איר זאָלט קומען נאָר פֿרײַוויליק, וואָרן איר וועט געפֿינען אי האָרעוואַניע אי גרויסן פּחד, און אפֿשר עפּעס ערגער."

"איך וועל גיין מיט אײַך אַפֿילו אויף די **ט**ויטע **וו**עגן, און ביז אַבי וואָס פֿאַר אַ סוף זיי זאָלן ניט פֿירן," האָט **ג**ימלי געזאָגט.

"איך וועל אויך קומען," האָט **ל**עגאָלאַס געזאָגט, "ווײַל איך שרעק זיך ניט פֿאַר די **ט**ויטע."

"איך האָף אַז די פֿאַרגעסענע לײַט האָבן ניט פֿאַרגעסן ווי צו קעמפֿן," האָט **ג**ימלי געזאָגט, "אָדער פֿאַר וואָס זאָלן מיר זיי שטערן."

"דאָס וועלן מיר זיך דערוויסן אויב מיר קומען טאַקע אָן אין **ע**רעך," האָט **אַ**ראַגאָרן געזאָגט. "נאָר די שבֿועה וואָס זיי האָבן צעבראָכן איז געווען צו קעמפֿן אַנטקעגן **ס**אַוראָן, און זיי מוזן קעמפֿן אויב זיי זאָלן זי אויספֿירן. מחמת אין **ע**רעך שטייט נאָך אַלץ אַ שוואַרצער שטיין וואָס **א**יסילדור, זאָגט מען, האָט געבראַכט פֿון **נ**ומענאָר, האָט מען דאָס אויפֿגעשטעלט אויף אַ בערגל, און אויף אים האָט דער **ק**יניג פֿון די **ב**ערג געשוווירן געטרײַשאַפֿט צו אים אינעם אָנהייב פֿון דער מלוכה פֿון **ג**אָנדאָר. נאָר ווען **ס**אַוראָן איז צוריק און שטאַרקער געוואַקסן האָט **א**יסילדור צוגערופֿן די **מ**ענטשן פֿון די **ב**ערג

אויסצוהאַלטן די שבֿועה, האָבן זיי זיך אָפּגעזאָגט, וואָרן זיי האָבן זיך געבוקט צו **ס**אַוראָן אין די **פ**ינצטערע **י**אָרן.

"האָט **א**יסילדור דעמאָלט געזאָגט צו זייער קיניג: 'דו וועסט זײַן דער לעצטער קיניג. און זאָל דער **מ**ערבֿ זיך באַווײַזן פֿאַר שטאַרקער ווי דײַן **שוו**אַרצער **ה**אַר, לייג איך אויף אײַך און אײַערע לײַט אָט די קללה: קיין מאָל ניט צו רוען איידער איר האַלט אויס די שבֿועה. וואָרן אָט די מלחמה וועט געדויערן יאָרן אָן אַ צאָל, וועט מען אײַך צורופֿן נאָך אַ מאָל פֿאַרן סוף.' און זיי זײַנען אַנטלאָפֿן פֿאַרן גרימצאָרן פֿון **א**יסילדור, און האָבן זיך ניט דערוועגט גיין אויף מלחמה אויף **ס**אַוראָנס צד, האָבן זיי זיך באַהאַלטן אין בסודיקע ערטער אין די בערג און האָט גאָר ניט געהאַנדלט מיט אַנדערע מענטשן, נאָר פּאַמעלעך פֿאַרמינערט זיך אין די וויסטע בערגלעך. און דער שרעק פֿאַר די **ש**לאָפֿלאָזע **ט**ויטע ליגט אַרום דעם **ב**ערגל פֿון **ע**רעך און די אַלע ערטער ווו דאָס דאָזיקע פֿאָלק האָט געהײַעט. נאָר אויף אָט דעם וועג מוז איך גיין, ווײַל ס'זײַנען ניטאָ קיין לעבעדיקע מיר צו העלפֿן."

ער איז אויפֿגעשטאַנען. "קומט!" האָט ער געשריגן און אַרויסגעצויגן די שווערד, האָט זי אויפֿגעבליצט אין דער פֿאַרנאַכטיקער ליכט אינעם זאַל פֿון דעם **ש**לאָס. "צו דעם **ש**טיין פֿון **ע**רעך! איך זוך די **ט**ויטע **וו**עגן. קומט מיט מיר די וואָס ווילן!"

לעגאָלאַס און **ג**ימלי האָבן ניט געענטפֿערט נאָר זיי זײַנען אויפֿגעשטאַנען און געגאַנגען נאָך **א**ראַגאָרן אַרויס פֿונעם זאַל. אויף דער לאָנקע האָבן געוואַרט, שטיל און שווײַגנדיק, די באַקאַפּטערטע **וו**אַנדערערס. **ל**עגאָלאַס און **ג**ימלי האָבן זיך אויפֿגעזעצט. **א**ראַגאָרן איז געשפּרונגען אויף **ר**אָהערין. דעמאָלט האָט **ה**אַלבאַראַד אויפֿגעהויבן אַ גרויסן האָרן און דער בלאָז דערפֿון האָט אָפּגעהילכט דורך **ה**עלמס **ט**יף. און דערמיט זײַנען זיי געשפּרונגען אין וועג אַרײַן, געריטן אַראָפּ דורך דעם **ט**יף־**ט**אָל ווי דונער, בעת די אַלע מענטשן איבערגעלאָזט אויף דער **ד**אַמבע אָדער **ש**לאָס האָבן געגאַפֿט מיט חידוש.

און בעת **ט**עאָדען איז געגאַנגען אויף פּאַמעלעכע סטעשקעס אין די בערגלעך איז די **ג**ראָע **ק**אָמפּאַניע געגאַנגען גיך איבער דעם פּליין און נאָך האַלבן טאָג אויף דעם קומעדיקן טאָג זײַנען זיי אָנגעקומען צו **ע**דאָראַס, און דאָרט נאָר אַ קורצע ווײַלע זיך אָפּגעשטעלט, איידער זיי זײַנען אַרויף אינעם טאָל און זײַנען אָנגעקומען אין **ג**עטערקויפּ ווען די נאַכט איז אַראָפּ.

די **ד**אַמע **ע**אָווין האָט זיי באַגריסט, איז זי דערפֿרייט געוואָרן פֿון זייער אָנקום, ווײַל קיין מאַכטיקערע מענטשן האָט זי קיין מאָל ניט געזען ווי די **ד**ונעדיין און די שיינע זין פֿון **ע**לראָנד. נאָר מערסטנס האָט זי געווענדט די אויגן אויף **א**ראַגאָרן. און ווען זיי זײַנען מיט איר געזעסן בײַ דער וועטשערע האָבן זיי גערעדט צוזאַמען, האָט זי געהערט אַלץ וואָס איז געשען זינט **ט**עאָדען האָט אָפּגעריטן, וואָס דערוועגן האָט זי באַקומען נאָר קורצע ידיעות, און ווען זי האָט געהערט פֿון דער שלאַכט אין **ה**עלמס **ט**יף און דער גרויסער קײַלונג פֿון די שונאים, און דעם שטורעם פֿון **ט**עאָדען מיט די ריטערס זײַנע, האָט דעמאָלט אירע אויגן געשײַנט.

נאָר סוף־כּל־סוף האָט זי געזאָגט: "לאָרדן, איר זײַט מיד און איצט זאָלט איר זיך אַוועקלייגן שלאָפֿן ווו מיר קענען אַלץ גיך צוגרייטן. נאָר מאָרגן וועט מען געפֿינען שענערע וווינונגען פֿאַר אײַך."

אָבער **אַ**ראַגאָרן האָט געזאָגט: "ניין, דאַמע, איר דאַרפֿט זיך ניט מיִען פֿאַר אונדז! אויב מיר קענען דאָ שלאָפֿן און אויף מאָרגן קריגן אַ שטיק פֿרישטיק, וועט אונדז גוט זײַן. װאָרן איך רײַט אויף אַ גאַנג גאָר דרינגלעך, און מיט דער ערשטער פֿרימאָרגן־ליכט מוזן מיר אָפּפֿאָרן."

זי האָט אויף אים געשמייכלט און געזאָגט: "אין דעם פֿאַל איז געווען גוטהאַרציק פֿון אײַך אָנלייגן וועג אַזוי פֿיל מײַלן צו ברענגען ידיעות צו **ע**אָווין, מיט איר צו רעדן אין איר גלות."

"באמת וואָלט קיינער האַלטן אַזאַ נסיעה פֿאַר אומזיסט," האָט **אַ**ראַגאָרן געזאָגט, "און פֿאָרט, דאַמע, וואָלט איך ניט געקענט אַהערקומען אויב ניט וואָס דער וועג וואָס איך מוז נעמען פֿירט מיך קיין **ג**עטערקויפֿ."

און זי האָט געענטפֿערט ווי איינע וואָס איז ניט געפֿעלן געוואָרן מיט וואָס מע זאָגט: "אין דעם פֿאַל, לאָרד, זײַט איר שוין פֿאַרלוירן, וואָרן אַרויס פֿון **ק**ויפּטאָל פֿירט קיין וועג ניט מיזרח צו, ניט דרום צו, און בעסער וואָלט זײַן אַז איר גייט צוריק ווי איר זײַט געקומען."

"ניין, דאַמע," האָט ער געזאָגט, "איך בין ניט פֿאַרלוירן געגאַנגען, וואָרן איך בין אין אָט דעם לאַנד אַרומגעגאַנגען איידער איר זײַט געבוירן געוואָרן עס צו פֿאַרשענערן. ס'איז יאָ אַ וועג אַרויס פֿון דעם אָ טאָל, און דעם וועג וועל איך נעמען. מאָרגן וועל איך רײַטן אויף די **ט**ויטע **וו**עגן."

דעמאָלט האָט זי אויף אים געשטאַרט ווי פֿאַרקרענקט, איז איר פּנים בלאַס געוואָרן און אַ לאַנגע ווײַלע האָט זי מער ניט גערעדט, בעת די אַלע אַנדערע זײַנען שטיל געזעסן. "אָבער, **אַ**ראַגאָרן," האָט זי סוף־כּל־סוף געזאָגט, "צי איז אײַער גאַנג גיין זוכן טויט? וואָרן דאָס איז אַלץ וואָס איר וועט געפֿינען אויף דעם אָ וועג. זיי לאָזן ניט קיין לעבעדיקע פֿאַרבײַ."

"זיי וועלן אפֿשר מיך לאָזן פֿאַרבײַ," האָט **אַ**ראַגאָרן געזאָגט, "נאָר ווייניקסטנס מוז איך דאָס פּרוּוון. קיין אַנדער וועג טויג ניט."

"נאָר דאָס איז משוגעת," האָט זי געזאָגט. "וואָרן דאָ זײַנען מענטשן, באַרימטע און גבֿורהדיקע, וואָס איר זאָלט זיי ניט נעמען אין די שאָטנס אַרײַן, נאָר זאָלט איר זיי פֿירן אויף מלחמה, ווּ מע באַדאַרף מענטשן. איך בעט זיך בײַ אײַך, בלײַבט און רײַט מיט מײַן ברודער, וואָרן דעמאָלט וועט זײַן גאָר לײַכטער אויף אונדזערע הערצער און די האָפֿענונג אונדזערע נאָך העלער."

"עס איז ניט משוגעת, דאַמע," האָט ער געענטפֿערט, "וואָרן איך גיי אויף אַ באַשטימטן וועג. נאָר די וואָס קומען נאָך נאָך מיר טוען אַזוי פֿרײַוויליק, און אויב זיי ווילן איצט בלײַבן און רײַטן מיט די **ר**אָהירים, מעגן זיי טאָן אַזוי. נאָר איך וועל נעמען די **ט**ויטע **וו**עגן, איינער אַליין אויב ס'איז נייטיק."

דערנאָך האָבן זיי מער ניט גערעדט און געגעסן שטילערהייט, נאָר אירע אויגן זײַנען שטענדיק געווען אויף **אַ**ראַגאָרן, און די אַנדערע האָבן באַמערקט אַז זי איז שטאַרק אומרויִק אין מוח. מיט דער צײַט זײַנען זיי אויפֿגעשטאַנען, זיך געזעגנט מיט דער **ד**אַמע, און איר געדאַנקט פֿאַר איר זאָרג, און זײַנען אַוועק צו רו.

נאָר ווען **אַ**ראַגאָרן איז געקומען צו דעם בײַדל ווו ער זאָל איבערנעכטיקן מיט **ל**עגאָלאַס און **ג**ימלי און ווען די באַליטערס זײַנע זײַנען שוין אַרײַן, איז געקומען נאָך אים די **ד**אַמע **ע**אָווין און אים צוגערופֿן. ער האָט זיך געדרייט און זי דערזען ווי אַ גלאַנץ אין דער נאַכט, ווײַל זי איז באַקליידט געווען אין ווײַס, נאָר די אויגן אירע האָבן געברענט.

"**אַ**ראַגאָרן," האָט זי געזאָגט, "פֿאַר וואָס וועט איר גיין אויף דעם אָ וועג צום טויט?"

"ווײַל איך מוז," האָט ער געזאָגט. "נאָר אַזוי קען איך זען די קלענסטע האָפֿענונג מײַנס צו טאָן אין דער מלחמה קעגן **ס**אַוראָן. איך קלײַב ניט אויס סכּנהדיקע וועגן, **ע**אָווין. אויב איך זאָל גיין ווו ווינט דאָס האַרץ מײַנס, ווײַט אין דעם **צ**פֿון וואָלט איך איצט אומגיין אינעם שיינעם טאָל **ר**יוונדעל."

אַ ווײַלע האָט זי געשוויגן, גלײַך ווי איבערטראַכטן וואָס דאָס זאָל מיינען. דעמאָלט, מיט אַ מאָל, האָט זי געלייגט איר האַנט אויף זײַן אָרעם. "איר זײַט אַן ערנסטער לאָרד, און אַ פֿעסטער," האָט זי געזאָגט, "און אַזוי געווינען מענטשן אַ שם." זי האָט זיך אָפּגעשטעלט. "לאָרד," האָט זי געזאָגט, "אויב איר מוזט גיין, לאָזט מיך דען רײַטן מיט אײַערע נאָכגייערס. וואָרן ס'איז מיר נימאס געוואָרן דאָס דרייען זיך אַרום אין די בערגלעך, און איך וויל שטיין פּנים־אל־פּנים מיט סכּנה און שלאַכט."

"אײַער חובֿ איז מיט די לײַט אײַערע," האָט ער געענטפֿערט.

"צו אָפֿט האָב איך געהערט וועגן חובֿ," האָט זי אויסגעשריגן. "נאָר בין איך ניט פֿון דעם **ה**ויז פֿון **י**אָרל, אַ שילד־טרעגערין און ניט קיין ניאַניע? איך האָב געוואַרט אויף וואַקלדיקע פֿיס גענוג לאַנג. ווײַל זיי וואַקלען זיך מער ניט, ווי עס זעט אויס, מעג איך ניט איצט פֿאַרברענגען מײַן לעבן ווי איך וויל?"

"נאָר אַ געציילטע מעגן טאָן אַזוי מיט כּבֿוד," האָט ער געענטפֿערט. "נאָר וואָס שייך אײַך, דאַמע: צי האָט איר ניט אָנגענומען דעם אַחריות רעגירן אירע לײַט ביז דער לאָרד זייערער קומט צוריק? אויב מע האָט אײַך ניט אויסגעקליבן, וואָלט מען דען עפּעס אַ מאַרשאַל צי קאַפּיטאַן געשטעלט אינעם זעלבן אָרט, וואָלט ער ניט געקענט רײַטן אַוועק פֿונעם אַחריות, צי ס'איז אים נימאס צי ניט."

"צי זאָל איך זײַן אַלע מאָל די אויסגעקליבענע?" האָט זי ביטער געזאָגט. "זאָל איך אַלע מאָל בלײַבן אויף הינטן ווען די **ר**ײַטערס גייען אָפּ, אַכטונג לייגן אויף דעם הויז בעת זיי געווינען באַרימטקייט און געפֿינען עסן און געלעגערס ווען זיי זײַנען צוריק?"

"ס'וועט אפֿשר קומען אַ צײַט באַלד," האָט ער געזאָגט, "ווען קיינער וועט ניט קומען צוריק. דעמאָלט וועט קומען אַ נויט פֿאַר גבֿורה אָן באַרימטקייט, וואָרן קיינער וועט ניט געדענקען די מעשׂים אויפֿגעטאָן אין דער לעצטער פֿאַרטיידיקונג פֿון די היימען אירע. פֿאָרט וועלן די מעשׂים ניט ווייניקער גבֿורהדיק זײַן ווײַל ניט דערלויבט."

און זי האָט געענטפֿערט: "די אַלע דיבורים אײַערע זאָגן נאָר: איר זײַט אַ פֿרוי, איז אײַער אָרט אינעם הויז. נאָר ווען די אַלע מאַנצבילן זײַנען געפֿאַלן מיט כּבֿוד אין שלאַכט, האָט איר דערלויבעניש פֿאַרברענט צו ווערן אינעם הויז, ווײַל די מאַנצבילן דאַרפֿן דאָס מער ניט. נאָר איך בין פֿון דעם **ה**ויז פֿון **י**אָרל און ניט קיין דינסט. איך קען רײַטן און ניצן אַ שווערד, און איך האָב ניט קיין מורא פֿאַר אָדער ווייטיק אָדער טויט."

"אויף וואָס האָט איר מורא, דאַמע?" האָט ער געפֿרעגט.

"אַ שטײַג," האָט זי געזאָגט. "צו בלײַבן הינטער קראַטעס ביז געווינטשאַפֿט און עלטער נעמען זיי אָן, און די אַלע געלעגנהייטן אויפֿצוטאָן גרויסע מעשׂים פֿאַרשווינדן ווערן אויס געדענקען צי גלוסט."

"פֿונדעסטוועגן האָט איר מיר געעצהט ניט צו פּרוּוון גיין אויף דעם וועג וואָס איך האָב אויסגעקליבן, ווײַל ס'איז סכּנהדיק?"

"אַזוי מעג מען עצהן אַ צווייטן," האָט זי געזאָגט. "נאָר איך בעט אײַך ניט צו אַנטלויפֿן פֿון סכּנה נאָר צו רײַטן און קעמפֿן ווו אײַער שווערד מעג אפֿשר געווינען אַ שם און נצחון. איך וואָלט ניט זען עפּעס הויך און פֿײַן אומזיסט אַוועקגעוואָרפֿן."

"און איך אויך ניט," האָט ער געזאָגט. "דערפֿאַר זאָג איך אײַך, דאַמע: בלײַבט! וואָרן איר האָט ניט קיין גאַנג אין דעם דרום."

"ווי אויך ניט די אַנדערע וואָס גייען מיט דיר. זיי גייען נאָר צוליב דעם וואָס זיי וועלן זיך ניט געזעגענען מיט דיר – ווײַל זיי האָבן דיך ליב." דערמיט האָט זי זיך געדרייט און איז פֿאַרשוווּנדן געוואָרן אין דער נאַכט אַרײַן.

ווען די טאָגליכט איז געקומען אין הימל נאָר די זון האָט זיך נאָך ניט אויפֿגעהויבן איבער די הויכע קאַמען אין דעם מיזרח, האָט אַראַגאָרן אַלץ געגרייט פֿאַרן אָפּפֿאָר. זײַן קאָמפּאַניע איז שוין אויף די פֿערד און ער האָט געהאַלטן בײַם שפּרינגען אין זאָטל אַרײַן ווען די דאַמע עאָווין איז געקומען זיי זאָגן אַדיע. זי איז באַקליידט געווען ווי אַ רײַטער, מיט אַ שווערד אין גאַרטל. אין איר האַנט האָט זי געהאַלטן אַ כּוס און זי האָט אים גענומען צו די ליפּן און פֿאַרזוכט אַ ביסל, זיי געווונטשן פֿאָרט געזונט, און דערנאָך האָט זי דעם כּוס געגעבן אַראַגאָרן, האָט ער אַ טרונק גענומען און געזאָגט: "אַדיע, דאַמע פֿון ראָהאַן! איך טרינק צו דער הצלחה פֿון אײַער הויז און פֿון אײַך און פֿון די אַלע לײַט אײַערע. זאָגט דעם ברודער אײַערן: הינטער די שאָטנס וועלן מיר אפֿשר זיך נאָך אַ מאָל טראַפֿן!"

דעמאָלט האָבן גימלי און לעגאָלאַס, וואָס זײַנען נאָענט געווען, געמיינט אַז זי וויינט, און דאָס איז זיי אַלץ מער אָנגעוויטיקט אין איינער אַזוי ערנסט און שטאָלץ. נאָר זי האָט געזאָגט: "אַראַגאָרן, וועסט דו אָפּפֿאָרן?"

"איך וועל," האָט ער געזאָגט.

"צי דען וועסט דו מיר ניט לאָזן רײַטן מיט דער אָ קאָמפּאַניע, ווי איך האָב געבעטן?"

"איך וועל ניט, דאַמע," האָט ער געזאָגט. "וואָרן דאָס קען איך ניט טאָן אָן דערלויבעניש פֿון דעם קיניג און פֿון אײַער ברודער, און זיי וועלן ניט צוריק זײַן ביז מאָרגן. נאָר איך צייל אָפּ איצט יעדע שעה, טאַקע יעדן מינוט. אַדיע!"

דעמאָלט איז זי געפֿאַלן אויף די קני און געזאָגט: "איך בעט זיך בײַ דיר!"

"ניין, דאַמע," האָט ער געזאָגט, און נעמענדיק איר האַנט האָט ער זי אויפֿגעהויבן. האָט ער דעמאָלט זי געקושט אין דער האַנט און געשפּרונגען אין זאָטל אַרײַן, און געריטן אַוועק, און האָט ניט געקוקט צוריק, און נאָר די וואָס האָבן אים גוט געקענט און זײַנען געווען נאָענט צו אים האָבן דערזען די יסורים וואָס ער טראָגט.

נאָר עאָווין איז געשטאַנען אַזוי שטיל ווי אַ פֿיגור אויסגעשניצט פֿון שטיין, מיט די הענט צוגעבײַלט בײַ די זײַטן, און זי האָט זיי אָנגעקוקט ביז זיי זײַנען אַרײַן אין די שאָטנס

אונטער דעם שוואַרצן **ד**ווימאָרבאַרג, דעם **ש**דים־**ב**אַרג, וואָס אין אים איז געווען די **ט**יר פֿון די **ט**ויטע. ווען זיי זײַנען געווען אויס אויגנגרייך האָט זי זיך געדרייט, געשטאָמפּערט ווי אַ בלינדע, און איז צוריק אין דער ווינונג. נאָר קיינע פֿון אירע לײַט האָבן געזען אָט די געזעגענונג, וואָרן זיי האָבן זיך באַהאַלטן צוליב פּחד און וואָלטן ניט קומען אַרויס ביז דער טאָג איז פֿאַרטיק און די הפֿקרדיקע פֿרעמדע זײַנען אַוועק.

און עטלעכע האָבן געזאָגט: "זיי זײַנען **ע**לפֿישע באַשעפֿענישן. לאָז זיי גיין ווו זיי געהערן, אין די פֿינצטערע ערטער אַרײַן, און קומען קיין מאָל ניט צוריק. די צײַטן זײַנען גענוג בייז."

די ליכט איז נאָך אַלץ געווען גראָ בעת זיי האָבן געריטן, ווײַל די זון איז נאָך ניט געקראָכן איבער די שוואַרצע קאַמען פֿון דעם **ש**דים־**ב**אַרג פֿאַר זיי. אַן אימה איז אויף זיי געפֿאַלן פּונקט בײַם גיין דורך די רייען אַנטיקע שטיינער און אַזוי אָנגעקומען צו דעם **ד**ימהאָלט. דאָרט, אונטער דער מראָקע פֿון שוואַרצע ביימער וואָס **ל**עגאָלאַס אַפֿילו האָט ניט געקענט לאַנג אויסהאַלטן האָבן זיי געפֿונען אַ חללדיקן אָרט וואָס עפֿנט זיך בײַ דעם וואָרצל פֿונעם באַרג, און פּונקט אין מיטן סטעשקע איז געשטאַנען אַן איינציקער מאַכטיקער שטיין ווי אַ פֿינגער פֿון גורל.

"דאָס בלוט ווערט מיר קאַלט," האָט **ג**ימלי געזאָגט, אָבער די אַנדערע האָבן שטיל געבליבן און זײַן קול איז געפֿאַלן טויט אויף די פֿײַכטע יאָדלע־נאָדלען בײַ זײַן פֿיס. די פֿערד האָבן ניט געוואָלט גיין פֿאַרבײַ דעם דראָענדיקן שטיין ביז די רײַטערס זײַנען אַראָפּ און זיי געפֿירט אַרום. און אַזוי זײַנען זיי סוף־כּל־סוף אָנגעקומען טיף אינעם טאָל און דאָרט איז געשטאַנען אַ תּהומיקע וואַנט פֿון שטיין און אין דער וואַנט האָט די **פֿ**ינצטערע **ט**יר געגאַפּיעט פֿאַר זיי ווי דאָס מויל פֿון דער נאַכט. צייכנס און פֿיגורן האָט מען אויסגעשניצט איבערן ברייטן בויגן נאָר זיי זײַנען צו אומקלאָר צו לייענען און פּחד האָט געשטראָמט אַרויס דערפֿון ווי אַ גראָע פּאַרע.

די קאָמפּאַניע האָט זיך אָפּגעשטעלט און ס'איז ניט געווען קיין איינציק האַרץ וואָס האָט ניט געציטערט, אַחוץ אפֿשר דאָס האַרץ פֿון **ל**עגאָלאַס פֿון די **ע**לפֿן, וואָס שרעקט זיך ניט פֿאַר די שדים פֿון **מ**ענטשן.

"דאָס איז אַ בייזע טיר," האָט **ה**אַלבאַראַד געזאָגט, "און דער טויט מײַנער ליגט הינטער איר. פֿונדעסטוועגן וועל איך זיך דערוועגן גיין דורך איר נאָר קיין פֿערד וועט ניט גיין אַרײַן."

"אָבער מיר מוזן אַרײַן און דערפֿאַר אויך די פֿערד מוזן גיין," האָט **א**ראַגאָרן געזאָגט. "וואָרן זאָלן מיר אַ מאָל קומען דורך אָט דעם פֿינצטערניש, גאָר אַ סך מײַלן ליגן ווײַטער, און יעדע שעה דאָרט צעריבן וועט ברענגען נעענטער דעם נצחון פֿון **ס**אַוראָן. קומט נאָך נאָך מיר!"

דעמאָלט האָט **א**ראַגאָרן זיי ווײַטער געפֿירט און אַזוי שטאַרק איז זײַן ווילן געווען אין דער אָ שעה אַז די אַלע **ד**ונעדיין מיט די פֿערד זײַנען נאָך אים נאָכגעגאַנגען. און טאַקע איז די ליבע וואָס די פֿערד פֿון די **ו**ואַנדערערס האָבן פֿאַר די רײַטערס זייערע אַז זיי זײַנען וויליק זיך צו שטעלן פּנים־אל־פּנים אַפֿילו מיט דער אימה פֿון דער **ט**יר, אויב די הערצער פֿון די האַרן זייערע זײַנען פֿעסט אַז זיי גייען בײַ דער זײַט. נאָר **א**ראַד, דאָס פֿערד פֿון **ר**אָהאַן, האָט זיך אָפּגעזאָגט צו גיין אויף דעם אָ וועג, איז עס געשטאַנען שוויצנדיק און

ציטערנדיק מיט שרעק וואָס איז שווער אָנצוקוקן. דעמאָלט האָט **ל**עגאָלאַס געלייגט די הענט אויף יענעמס אויגן און געזונגען עטלעכע ווערטער, ווייך אין דער מראַקע, ביז עס האָט זיך געלאָזט פֿירן, און **ל**עגאָלאַס איז אַרײַן. און דאָ איז געשטאַנען **ג**ימלי דאָס **ש**רעטל איינער אַליין.

די קני זײַנע האָבן זיך געטרייסלט, איז ער אין כּעס אויף זיך אַליין. "אָט האָט מען עפּעס נײַעס אויף דער וועלט!" האָט ער געזאָגט. "אַן **ע**לף וועט גיין אונטער דער ערד און אַ **ש**רעטל דערוועגט זיך ניט!" דערמיט איז ער אַרײַנגעשפּרונגען. נאָר ס'האָט אים געפֿילט ווי ער שלעפּט די פֿיס ווי בלײַ איבערן שוועל, און מיט אַ מאָל איז אַ בלינדקייט אויף אים, אַפֿילו אויף **ג**ימלי בן־**ג**לאָין, וואָס איז געגאַנגען אָן פּחד אין אַ סך טיפֿע ערטער אויף דער וועלט.

אראַגאָרן האָט געבראַכט שטורקאַצן פֿון **ג**עטערקויפּ, און איצט איז ער געגאַנגען פֿאָרויס האַלטנדיק איינעם אין דער לופֿטן, און **ע**לאַדאַן מיט אַ צווייטן איז געגאַנגען אויף הינטן, און **ג**ימלי, שטאָמפּערנדיק הינטער אים, האָט געפּרוּווט אים איבעריאָגן. ער האָט נאָר געקענט זען די אומקלאָרע פֿלאַמען פֿון די שטורקאַצן, נאָר ווען די קאָמפּאַניע האָט זיך אָפּגעשטעלט האָט זיך אים געדאַכט אַז ס'איז אומעטום אַרום אים אַ שעפּטש פֿון קולער, ווערטער געמורמלט אין אַ שפּראַך וואָס ער האָט קיין מאָל פֿריִער ניט געהערט.

גאָרנישט איז אויף זיי ניט אָנגעפֿאַלן אָדער געשטערט זייער גיין, אָבער כּסדר איז פּחד געוואַקסן אין דעם **ש**רעטל בעת ער גייט: מערסטנס ווײַל ער האָט איצט געוווּסט אַז צוריקקער איז אוממיגלעך. די אַלע סטעשקעס אויף הינטן זײַנען געווען אָנגעפֿילט מיט אַן אומזעיִקער מחנה וואָס גייט נאָך זיי אין דער פֿינצטער.

אַזוי איז פֿאַרבײַ צײַט אָן רעכענונג ביז **ג**ימלי האָט עפּעס דערזען וואָס שפּעטער האָט ער ניט געוואָלט געדענקען. דער וועג איז געווען ברייט, אויף וויפֿל ער האָט געקענט וויסן, אָבער איצט איז די קאָמפּאַניע געקומען פּלוצעם אין אַ גרויס ליידיק אָרט, מער ניט קיין ווענט אויף די זײַטן. די אימה איז אַזוי שווער אויף אים געווען אַז ער האָט קוים געקענט גיין. אַוועק אויף לינקס האָט עפּעס געבלישטשעט אין דער מראַקע בעת **א**ראַגאָרנס שטורקאַץ איז נעענטער געקומען. האָט זיך **א**ראַגאָרן דעמאָלט אָפּגעשטעלט און געגאַנגען אַ קוק טאָן אויף וואָס דאָס זאָל ניט זײַן.

"צי פֿילט ער ניט קיין מורא?" האָט געבורטשעט דאָס **ש**רעטל. "אין אַבי וואָס פֿאַר אַן אַנדער הייל וואָלט **ג**ימלי בן־**ג**לאָין געווען דער ערשטער צו לויפֿן צו דעם גלאַנץ פֿון גאָלד. נאָר ניט דאָ! לאָז עס צו רו!"

פֿונדעסטוועגן איז ער נאָענט געגאַנגען, און געזען **א**ראַגאָרן אויף די קני בעת **ע**לאַדאַן האָטביידע שטורקאַצן אויפֿגעהויבן. פֿאַר אים איז געווען די ביינער פֿון אַ מאַכטיקן מענטשן. ער איז געהאַט געווען באַקליידט אין פּאַנצער און נאָך אַלץ איז זײַן געשפּאַן געלעגן גאַנץ דאָרט, וואָרן די לופֿט אין דער הייל איז געווען אַזוי טרוקן ווי שטויב, און זײַן פּאַנצער־מאַנטל איז באַגילדט געווען. זײַן גאַרטל איז פֿון גאָלד און גראַנאַטן און רײַך מיט גאָלד איז געווען די קאַסקע אויף זײַן ביינערדיקן קאָפּ, ליגנדיק מיטן פּנים אַראָפּ אויף דער פּאַדלאָגע. ער איז געפֿאַלן לעבן דער ווײַטערער וואַנט פֿון דער הייל, ווו איצט איז אָנזעעוודיק, און פֿאַר אים איז געשטאַנען אַ טיר פֿון שטיין, פֿעסט פֿאַרמאַכט: זײַנע פֿינגער־ביינער האָבן געהאַלטן אין גראַטשען אויף די שפּאַלטן. אַ צעקאַרבטע און

צעבראָכענע שווערד איז לעבן אים געלעגן, גלײַך ווי ער האָט געהאַקט אויף דעם שטיין אין זײַן לעצטן ייִאוש.

אראַגאָרן האָט אים ניט אָנגערירט, נאָר נאָך אַ ווײַלע שטאַרנדיק שטיל איז ער אויפֿגעשטאַנען און אַ זיפֿץ געגעבן. "אַהער וועלן קיין מאָל ניט קומען די בלומען פֿון סימבעלמינע ביזן סוף וועלט," האָט ער געמורמלט. "נײַן קופּעס מיט זיבן זײַנען דאָ איצט, גרין מיט גראָז, און דורך די אַלע לאַנגע יאָרן איז ער געלעגן בײַ דער טיר וואָס ער האָט ניט געקענט עפֿענען. וווּהין פֿירט דאָס? פֿאַר וואָס האָט ער געוואָלט גיין דורך? קיינער וועט קיין מאָל ניט וויסן!

"מחמת דאָס איז ניט מײַן גאַנג!" האָט ער געשריגן, מיט אַ דריי צוריק, רעדנדיק צו דעם שעפּטשענדיקן פֿינצטערניש אויף הינטן. "האַלט אײַערע מטמונים און סודות באַהאַלטן אין די **פֿ**אַרשאָלטענע **י**אָרן! נאָר גיכקייט בעטן מיר. לאָמיר פֿאַרבײַ און קומט דערנאָך! איך רוף אײַך אײַן צו דעם **ש**טיין פֿון **ע**רעך!"

עס איז ניט געווען קיין ענטפֿער, סײַדן ס'איז געווען אַ פֿולשטענדיקע שטילקייט מער אימהדיק ווי די פֿריִערדיקע שעפּטשן, און דעמאָלט איז אַרײַנגעקומען אַ פֿרעסטלדיקער בלאָז וואָס דערין האָבן די שטורקאַצן געפֿלאַקערט און אויסגעלאָשן געוואָרן, ניט נאָך אַ מאָל אָנצוצינדן. וועגן די צײַט וואָס איז דערנאָך פֿאַרבײַ, צי איין שעה צי אַ סך, האָט **ג**ימלי זייער ווייניק געדענקט. די אַנדערע זײַנען ווײַטער געגאַנגען נאָר ער איז אַלע מאָל דער לעצטער, נאָכגעיאָגט פֿון אַ מאַצענדיקן שוידער וואָס האָט אים שטענדיק געפֿילט ווי עס האַלט בײַ אים פֿאַרכאַפּן, און אַ קלאַנג איז נאָך אים געקומען ווי דער שאָטן־קלאַנג פֿון אַ סך פֿיס. ער האָט ווײַטער געשטאָמפּערט ביז ער איז געקראָכן אויף דער ערד ווי אַ חיה און האָט געפֿילט ווי מער קען ער ניט אויסהאַלטן: אָדער ער מוז געפֿינען אַ סוף און אַנטלויפֿן אָדער ער מוז לויפֿן צוריק ווי אַ משוגענער אָנצוטרעפֿן דעם נאָכיאָגנדיקן שרעק.

מיט אַ מאָל האָט ער דערהערט דאָס קלינגלען פֿון וואַסער, אַ קלאַנג אַזוי האַרט און קלאָר ווי אַ שטיין פֿאַלנדיק אַרײַן אין אַ חלום פֿון פֿינצטערן שאָטן. די ליכט איז געוואַקסן און זעט נאָר! די קאָמפּאַניע איז דורך נאָך אַ טויער, הויך געבויגן און ברייט, און אַ ריטשקע איז געלאָפֿן אַרויס לעבן זיי. און ווײַטער, פֿירנדיק שטאָציק אַראָפּ, איז געווען אַ וועג צווישן תּהומיקע סקאַלעס, שאַרף ווי אַ מעסער אָקעגן דעם הימל הויך אויבן. אַזוי טיף און ענג איז געווען אָט דער תּהום אַז דער הימל איז פֿינצטער געווען, און אין אים האָבן קליינע שטערן געפֿינקלט. פֿאָרט, ווי **ג**ימלי האָט זיך שפּעטער דערוווּסט, איז געווען נאָך צוויי שעה פֿאַר דער שקיעה אויפֿן טאָג וואָס דעמאָלט זײַנען זיי אַרויס פֿון **ג**עטערקויף, כאָטש אויף וויפֿל ער האָט דעמאָלט געקענט וויסן, איז אפֿשר געווען דער פֿאַרנאַכט אין עפּעס אַ שפּעטערדיק יאָר אָדער אין עפּעס אַן אַנדער וועלט.

די **ק**אָמפּאַניע איז נאָך אַ מאָל אויף די פֿערד און **ג**ימלי איז צוריק צו **ל**עגאָלאַס. זיי האָבן געריטן אין איין ריי, און דער אָוונט איז געקומען און אַ טיף־בלאָער בין־השמשות, און נאָך אַלץ האָט שרעק זיי נאָכגעיאָגט. **ל**עגאָלאַס, מיט אַ דריי כּדי צו רעדן מיט **ג**ימלי, האָט געקוקט צוריק און דאָס **ש**רעטל האָט געזען פֿאַר זײַן פּנים דאָס בלישטשען אין דעם **ע**לפֿס העלע אויגן. הינטער זיי האָט געריטן **ע**לאַדאַן, דער לעצטער פֿון דער **ק**אָמפּאַניע, נאָר ניט דער לעצטער אין וועג אַרײַן אויפֿן אַראָפּגייענדיקן וועג.

"די טויטע קומען נאָך," האָט לעגאָלאַס געזאָגט. "איך זע די געשטאַלטן פֿון מענטשן און פֿון פֿערד, און בלאַסע פֿאָנעס ווי דרימען וואָלקנס, און שפּיזן ווי ווינטער־גערדיכטעניש אויף אַ נעפּלדיקער נאַכט. די טויטע קומען נאָך.

"יאָ, די טויטע רײַטן אויף הינטן. מע האָט זיי אײַנגערופֿן," האָט עלאַדאַן געזאָגט.

די קאָמפּאַניע איז געקומען סוף־כּל־סוף אַרויס פֿונעם יאַר, אַזוי פּלוצעמדיק ווי זיי זײַנען אַרויס פֿון אַ שפּאַלט אין אַ וואַנט, און דאָרט איז געלעגן פֿאַר זיי די הויכלענדער פֿון אַ גרויסן טאָל, און דער שטראָם לעבן זיי איז אַראָפּ מיט אַ קאַלט קול איבער אַ סך פֿאַלן.

"ווּ אין מיטל־ערד זײַנען מיר?" האָט גימלי געזאָגט, און עלאַדאַן האָט געענטפֿערט: "מיר זײַנען אַראָפּ פֿונעם מקור פֿון דעם מאָרטאָנד, דעם לאַנגן קאַלטן טײַך וואָס שטראָמט סוף־כּל־סוף צו דעם ים וואָס באָדט די מויערן פֿון דאָל אַמראָט. איר וועט ניט דאַרפֿן פֿרעגן שפּעטער ווי אַזוי ס'האָט באַקומען דעם נאָמען: שוואַרצוואָרצל רופֿט מען אים."

דער מאָרטאָנד טאָל האָט געמאַכט אַ גרויסע בוכטע האַרט בײַ די תּהומיקע דרומדיקע פּנימער פֿון די בערג. אירע שטאָציקע שיפּועים זײַנען געווען באַדעקט מיט גראָז נאָר אין דער אָ שעה איז אַלץ געווען גראָ, וואָרן די זון איז אַראָפּ, און ווײַט אונטן האָבן ליכט געפֿינקלט אין די היימען פֿון מענטשן. דער טאָל איז געווען אַ רײַכער און אַ סך לײַט האָבן דאָרט געוווינט.

דעמאָלט, אָן דרייען זיך, האָט אַראַגאָרן אויסגעשריגן הויך אויף אַ קול אַזוי אַז אַלע זאָלן אים הערן: "פֿרײַנד, פֿאַרגעסט די מידקייט! רײַט איצט, רײַט! מיר מוזן אָנקומען בײַ דעם שטיין פֿון ערעך פֿאַרן סוף טאָג, און לאַנג איז דער וועג נאָך." איז, אָן שום קוקן צוריק, האָבן זיי געריטן איבער די באַרג־פֿעלדער, ביז זיי זײַנען געקומען צו אַ בריק איבערן וואַקסנדיקן פֿלייץ און געפֿונען אַ וועג וואָס פֿירט אַראָפּ אין דעם לאַנד אַרײַן.

מע האָט אויסגעלאָשן די ליכט אין די הײַזער בעת זיי קומען, און טירן פֿאַרמאַכט, און די וואָס אין די פֿעלדער האָבן געשריגן מיט שרעק און געלאָפֿן הפֿקר ווי נאָכגעיאָגטע הירשן. כּסדר איז געקומען דאָס זעלבע געשריי אין דער קומעדיקער נאַכט: דער קיניג פֿון די טויטע! דער קיניג פֿון די טויטע איז אויף אונדז געקומען!"

גלאָקן האָבן געקלונגען ווײַט אונטן און אַלע זײַנען אַנטלאָפֿן פֿאַר דעם פּנים פֿון אַראַגאָרן, אָבער די גראָע קאָמפּאַניע אין זייער אײַלעניש האָט געריטן ווי יעגערס, ביז די פֿערד האָבן געשטאָמפּערט מיט מידקייט. און אַזוי, פּונקט פֿאַר האַלבער נאַכט, און אין אַ פֿינצטערניש אַזוי שוואַרץ ווי די היילן אין די בערג, זײַנען זיי סוף־כּל־סוף געקומען צו דעם בערגל פֿון ערעך.

לאַנג איז די אימה פֿון די טויטע געהאַט געלעגן אויף דעם אָ בערגל און אויף די ליידיקע פֿעלדער אַרום אים. וואָרן אויפֿן אויבן איז געשטאַנען אַ שוואַרצער שטיין, אַזוי קײַלעכדיק ווי אַ גרויסע קויל, ווי אַ מענטש אין דער הייך כאָטש אַ העלפֿט פֿון איר איז געווען באַגראָבן אין דער ערד. גאָר פֿרעמד האָט עס אויסגעזען, גלײַך ווי ס'איז געפֿאַלן פֿון הימל, ווי עטלעכע האָבן געגלייבט. נאָר די וואָס האָבן נאָך געדענקט דאָס וויסן פֿון מערבֿנעס האָבן געזאָגט אַז מע האָט דאָס געבראַכט פֿונעם חורבן פֿון נומענאָר און איסילדור האָט עס דאָרט געשטעלט בײַ זײַן לאַנדונג. קיינער פֿון די טאָל־לײַט וואָלט זיך ניט דערוועגט קומען נאָענט דערצו אָדער ווינען נאָענט, וואָרן זיי האָבן דאָס געהאַלטן פֿאַר אַן אויפֿטרעף־אָרט פֿאַר די

שאָטן־**ל**ײַט, וואָס פֿלעגן זיך דאָרט זאַמלען אין שרעקלעכע צײַטן, שטופּן זיך צוזאַמען אַרום דעם **ש**טיין און שעפּטשען.

צו דעם דאָזיקן **ש**טיין איז די **ק**אָמפּאַניע געקומען און זיך אָפּגעשטעלט אין מיטן נאַכט. האָט **ע**לראָהיר דעמאָלט געגעבן **אַ**ראַגאָרן אַ זילבערנעם האָרן, און ער האָט אויף אים געבלאָזן, און ס'האָט זיך געדאַכט צו די וואָס שטייען נאָענט אַז זיי האָבן דערהערט אַ קלאַנג פֿון הערנער אין ענטפֿער, גלײַך ווי ס'איז געווען אַ ווידערקול אין טיפֿע היילן ווײַט אַוועק. קיין אַנדער קלאַנג האָבן זיי ניט געהערט, נאָר פֿאָרט האָבן זיי דערשפּירט אַ גרויסע מחנה אַרום דעם בערגל וואָס אויף אים שטייען זיי, און אַ פֿרעסטלדיקער ווינט, ווי דער אָטעם פֿון שדים, איז אַראָפּ פֿון די בערג. אָבער **אַ**ראַגאָרן איז אַראָפּ פֿון פֿערד און געשטאַנען לעבן דעם **ש**טיין, און ער האָט געשריגן הויך אויף אַ קול:

"**ש**בֿועה־**צ**עברעכערס, פֿאַר וואָס זײַט איר געקומען?"

און אַ קול האָט זיך געלאָזט הערן אַרויס פֿון דער נאַכט וואָס האָט אים געענטפֿערט, ווי פֿון ווײַט אַוועק:

"צו דערפֿילן אונדזער שבֿועה און געפֿינען שלום."

דעמאָלט האָט **אַ**ראַגאָרן געזאָגט: "די שעה איז שוין געקומען. איצט גיי איך קיין **פּ**עלאַרגיר אויף דעם **אַ**נדויִן, און איר וועט קומען נאָך מיר. און ווען דאָס גאַנצע לאַנד וועט פֿרײַ פֿון די באַדינערס פֿון **ס**אַוראָן, וועל איך האַלטן די שבֿועה פֿאַר דערפֿילט, זאָלט איר האָבן שלום און מעגן אָפּפֿאָרן אויף אייביק. וואָרן איך בין **ע**לעסאַר, **א**יסילדורס יורש פֿון **ג**אָנדאָר."

און דערמיט האָט ער געבעטן **ה**אַלבאַראַד ער זאָל צעוויקלען די גרויסע פֿאָנע וואָס ער האָט געבראַכט, און זעט נאָר! זי איז שוואַרץ געווען, און אויב ס'איז געווען דערויף אַבי וואָס פֿאַר אַ צייכן איז דאָס געווען באַהאַלטן אינעם פֿינצטערניש. דערנאָך איז געווען אַ שטילקייט, און ניט אַ שעפּטש, ניט אַ זיפֿץ איז געווען צו דערהערן די גאַנצע לאַנגע נאַכט. די **ק**אָמפּאַניע האָט זיך געלאַגערט לעבן דעם **ש**טיין אָבער זיי האָבן נאָר ווייניק געשלאָפֿן, צוליב דער אימה פֿאַר די **ש**אָטנס וואָס רינגלען זיי אַרום.

נאָר ווען ס'איז געקומען דער באַגינען, קאַלט און בלאַס, האָט זיך **אַ**ראַגאָרן תּיכּף אויפֿגעכאַפּט, און געפֿירט די **ק**אָמפּאַניע אַרויס אויף דער נסיעה פֿונעם גרעסטן אײַלעניש און מאַטערניש וואָס די באַלייטערס האָבן קיין מאָל פֿריִער ניט דערלעבט, אַחוץ ער אַליין, און ס'איז געווען נאָר זײַן ווילן וואָס האָט זיי געמאַכט גיין ווײַטער. קיין אַנדערע שטערבלעכע **מ**ענטשן וואָלטן דאָס געקענט אויסהאַלטן אַחוץ די **ד**ונעדיין פֿון דעם **צ**פֿון און מיט זיי **ג**ימלי דאָס **ש**רעטל און **ל**עגאָלאַס פֿון די **ע**לפֿן.

זיי זײַנען פֿאַרבײַ **ט**אַרלאַנגס **ק**אַרק און געקומען אין **ל**אַמעדאָן אַרײַן, און די **ש**אָטן־**מ**חנה האָט געשטופּט אויף הינטן און פּחד איז געגאַנגען פֿאַר זיי, ביז זיי זײַנען געקומען צו **ק**אַלעמבעל אויף **צ**יריל, און די זון איז אַראָפּ ווי בלוט הינטער **פּ**ינאַט **ג**עלין אַוועק אין דעם **מ**ערבֿ הינטער זיי. דאָס שטעטל און די איבערפֿאָרן פֿון **צ**יריל האָבן זיי געפֿונען וויסט, ווײַל אַ סך מענטשן זײַנען אַוועק אויף מלחמה, און די אַלע איבעריקע זײַנען אַנטלאָפֿן צו די בערגלעך מיטן גלימל פֿון דעם קומען פֿון דעם **ק**יניג פֿון די **ט**ויטע. נאָר דעם קומעדיקן טאָג איז ניט געקומען קיין קאַיאָר און די **ג**ראָע **ק**אָמפּאַניע איז ווײַטער געגאַנגען

אַרײַן אין דעם פֿינצטערניש פֿון דעם **ש**טורעם פֿון **מ**אָרדאָר, און אַרויס פֿון מענטשישן אויגנגרייך, נאָר די **ט**ויטע זײַנען נאָך זיי נאָכגעגאַנגען.

קאַפּיטל דרײַ

דער צונויפֿקום פֿון ראָהאַן

איצט זײַנען די אַלע וועגן געלאָפֿן אין איינעם מיזרח צו זיך צו טרעפֿן מיט דעם אָנקום פֿון מלחמה און דעם אָנהייב פֿון דעם שאָטן. און פּונקט ווען פּיפּין איז געשטאַנען בײַ דעם גרויסן טויער פֿון דער שטאָט און געזען דעם פּרינץ פֿון דאָל אַמראָט רײַטנדיק אַרײַן מיט זײַנע פֿאָנעס, איז דער קיניג פֿון ראָהאַן געקומען אַראָפּ פֿון די בערגלעך.

דער טאָג האָט זיך געענדיקט. אין די לעצטע שטראַלן פֿון דער זון האָבן די רײַטערס געוואָרפֿן לאַנגע שפּיציקע שאָטנס פֿאַר זיך. דאָס פֿינצטערניש האָט שוין אָנגעהויבן קריכן אונטער די מורמלענדיקע יאָדלע־וועלדער וואָס האָבן באַדעקט די שטאָציקע באַרג־זײַטן. דער קיניג האָט איצט געריטן פּאַמעלעך בײַם סוף טאָג. באַלד האָט זיך די סטעשקע אַ דריי געטאָן אַרום אַ ריזיקן נאַקעטן אַקסל פֿון שטיין און געשפּרונגען אַראָפּ אין דער מראַקע אַרײַן אין די ווייך־זיפֿצנדיקע ביימער. אַראָפּ, אַראָפּ זײַנען זיי געגאַנגען אין איין שלענגלדיקער ריי. ווען סוף־כּל־סוף זײַנען זיי געקומען צום אונטן פֿון דער שלוכט האָבן זיי געפֿונען אַז דער אָוונט איז געפֿאַלן אין די טיפֿע ערטער. די זון איז אַוועק. דער בין־השמשות איז געלעגן אויף די וואַסערפֿאַלן.

דעם גאַנצן טאָג ווײַט אונטער זיי איז אַ שפּרינגענדיקער שטראָם געלאָפֿן אַראָפּ פֿונעם הויכן אַריבערגאַנג אויף הינטן, געשניטן אַן ענגן וועג צווישן סאָסנע־באַדעקטע מויערן, און איצט דורך אַ שטיינערדיקן טויער האָט ער אַרויסגעגאָסן אין אַ ברייטער טאָל אַרײַן. די רײַטערס זײַנען דערנאָך געגאַנגען און מיט אַ מאָל איז קויפּטאָל געלעגן פֿאַר זיי, הילכיק מיטן קלאַנג פֿון וואַסערן אינעם אָוונט. דאָרט איז דער ווײַסער שנייבּרונעם, אין איינעם מיטן קלענערן שטראָם, גיך געלאָפֿן, זיך קאָכנדיק אויף די שטיינער, אַראָפּ קיין עדאָראַס און די גרינע בערגלעך און די פּליינען. אַוועק אויף רעכטס צוקאָפּנס פֿונעם גרויסן טאָל האָט זיך דערזען דער מאַכטיקער שטאַרהאָרן איבער זײַנע ריזיקע צושפּאַרן אַנטוויקלט אין וואָלקנס, אָבער זײַן געצאַקנטער שפּיץ, באַקליידט אין אייביקן שניי, האָט געבלאַנקט ווײַט איבער דער וועלט, בלאָ־באַשאָטנט אויף מיזרח, רויט־באַפֿאַרבט מיט דער שקיעה אויף מערבֿ.

מערי האָט געקוקט מיט חידוש אויף אָט דעם מאָדנעם לאַנד, וואָס דערוועגן האָט ער געהערט אַ סך מעשׂיות אויף דעם לאַנגן וועג. עס איז געווען אַ וועלט אָן הימל, וואָס דערין האָט זײַן אויג, דורך אומקלאָרע שטחים באַשאָטנטע לופֿט, נאָר געזען כּסדר אויפֿגייענדיקע שיפּועים, גרויסע מויערן פֿון שטיין הינטער גרויסע מויערן, און קרום־אויסזעענדיקע תּהומען באַקליידט אין נעפּל. ער איז געזעסן אַ רגע, האַלב פֿאַרחלומט, און זיך צוגעהערט צו דעם קלאַנג פֿון וואַסער, דעם שעפּטש פֿון פֿינצטערע ביימער, דעם קנאַק פֿון שטיין, און די אומגעהײַערע וואַרטנדיקע שטילקייט וואָס דומט הינטער אַלע קלאַנגען. ער האָט ליב געהאַט בערג, אָדער ער האָט ליב געהאַט דעם געדאַנק פֿון זיי מאַרשירנדיק אויף די קאַנטן פֿון מעשׂיות געבראַכט פֿון ווײַט אַוועק, אָבער איצט איז ער אַראָפּגעשלעפּט געוואָרן פֿון דער ניט־אויסצוהאַלטענער וואָג פֿון מיטל־ערד. אים האָט זיך שטאַרק געוואָלט פֿאַרשטעלן אָט די אומגעהײַערקייט אין אַ שטילן צימער בײַ אַ פֿײַער.

ער איז געווען גאָר פֿאַרמאַטערט, וואָרן כאָטש זיי האָבן פּאַמעלעך געריטן, האָבן זיי געריטן מיט קוים אַן אָפּהאַלט. שעה נאָך שעה אויף כּמעט דרײַ מידע טעג האָט ער זיך

געהעצקעט אַרויף און אַראָפּ, איבער אַריבערגאַנגען, און דורך לאַנגע טאָלן, און אַריבער איבער אַ סך שטראָמען. אַ מאָל ווען דער וועג איז געווען ברייטער האָט ער געריטן בײַ דעם קיניגס זײַט, האָט ער ניט באַמערקט ווי אַ סך רײַטערס האָבן געשמייכלט צו זען די צוויי צוזאַמען: דער האָביט אויף זײַן קליינעם צויטיקן גראָען פּאָני, און דער לאָרד פֿון ראָהאַן אויף זײַן גרויס ווײַס פֿערד. דעמאָלט האָט ער גערעדט מיט טעאָדען, אים דערציילט וועגן זײַן היים און די טעטיקייטן פֿון די קאַנטאָן־לײַט, אָדער זיך צוגעהערט נאָך דער ריי צו מעשׂיות פֿון דעם מאַרק און די מאַכטיקע מענטשן דאָרט פֿון אַ מאָל. נאָר ס'רובֿ צײַט, בפֿרט אויף אָט דעם לעצטן טאָג, האָט מערי געריטן איינער אַליין פּונקט הינטערן קיניג, האָט ער ניט גערעדט נאָר געהאַלטן אין פּרוּוון פֿאַרשטיין די פּאַמעלעכע טיפֿע שפּראַך פֿון ראָהאַן וואָס ער הערט פֿון די מענטשן הינטער אים. ס'איז געווען אַ שפּראַך וואָס דערין האָט ער געמיינט זײַנען אַ סך ווערטער וואָס ער קענט, כאָטש אַרויסגערעדט רײַכער און שטאַרקער ווי אין דעם קאַנטאָן, נאָר ער האָט ניט געקענט שטעלן די ווערטער צוזאַמען. צײַטנווײַז וואָלט אַ רײַטער אַרויסברענגען אַ רירנדיק ליד אין זײַן קלאָר קול, און מערי האָט געפֿילט ווי זײַן האַרץ שפּרינגט, כאָטש ער האָט ניט געוווּסט מיט וואָס עס האָט צו טאָן.

אַלץ איינס איז ער געווען עלנט, און קיין מאָל פֿריִער ניט מער ווי איצט בײַם סוף טאָג. ער האָט זיך געוווּנדערט וווּ אויף אָט דער מאָדנער וועלט איז פּיפּין געגאַנגען און וואָס וועט געשען מיט אַראַגאָרן און לעגאָלאַס און גימלי. דעמאָלט, מיט איין מאָל ווי אַ קאַלטער אָנריר אויפֿן האַרצן האָט ער געטראַכט פֿון פֿראָדאָ און סאַם. "איך פֿאַרגעס זיי!" האָט ער געזאָגט צו זיך אַליין מיט אויפֿוואָרף. "און פֿאָרט זײַנען זיי וויכטיקער ווי די אַלע איבעריקע פֿון אונדז. און איך בין געקומען זיי צו העלפֿן, אָבער איצט מוזן זיי זײַן הונדערטער מײַלן אַוועק, אויב זיי לעבן נאָך." ער האָט געציטערט.

"קויפּטאָל צום סוף!" האָט עאָמער געזאָגט. "די נסיעה אונדזערע איז שיִער ניט פֿאַרטיק." זיי האָבן זיך אָפּגעשטעלט. די סטעשקעס אַרויף פֿון דעם ענגן שלוכט זײַנען שטאָציק אַראָפּ. בלויז אַ בליק, ווי דורך אַ הויכן פֿענצטער, האָט מען געקענט זען פֿון דעם גרויסן טאָל אין דער אָוונט־ליכט אונטן. איין איינציקע קליינע ליכט האָט זיך געלאָזט זען פֿינקלענדיק לעבן דעם טײַך.

"די דאָזיקע נסיעה איז אפֿשר פֿאַרטיק," האָט טעאָדען געזאָגט, "אָבער איך האָב נאָך ווײַט צו גיין. נעכטן בײַ נאַכט איז די לבֿנה גאַנץ געווען און מאָרגן אין דער פֿרי וועל איך רײַטן קיין עדאָראַס צו דעם צונויפֿקום פֿון דעם מאַרק."

"נאָר אויב איר וועט פֿאָלגן מײַן עצה," האָט עאָמער געזאָגט אין אַ ווייך קול, "וועט איר דען זיך נעמען צוריק אַהער, ביז די מלחמה איז פֿאַרטיק, צי אין מפּלה צי נצחון."

טעאָדען האָט געשמייכלט. "ניין, מײַן זון, וואָרן אַזוי וועל איך אײַך אָנרופֿן, רעדט ניט די ווייכע דיבורים פֿון שלאַנגצונג אין די אַלטע אויערן מײַנע!" ער האָט זיך אַרויפֿגעצויגן און געקוקט צוריק אויף דער לאַנגער ריי פֿון זײַנע מענטשן פֿאַרשווינדן ווערן אין דער פֿאַרנאַכט אויף הינטן. "ווי לאַנגע יאָרן במשך פֿון נאָר אַ פּאָר טעג האָט'ס מיר געפֿילט זינט איך האָב מערבֿ צו געריטן, נאָר קיין מאָל ווידער וועל איך ניט זיך אָנשפּאַרן אין אַ שטעקן. זאָל די מלחמה דורכפֿאַלן, וואָס טויג עס וואָס איך באַהאַלט זיך אין די בערגלעך? און אויב זי איז געוווּנען, וואָס פֿאַר אַ צער וועט מען פֿילן זאָל איך פֿאַלן אַפֿילו, קעמפֿן מיטן לעצטן כּוח? אָבער מיר וועלן דאָס איבערלאָזן איצט. הײַנט בײַ נאַכט וועל איך ליגן אין דער

פֿאַרפֿעסטיקונג פֿון **ג**עטערקויפּ. איין פֿרידלעכער אָוונט בלײַבט אונדז ווייניקסטנס. לאָמיר ווײַטער רײַטן!"

אין דער אַלץ טיפֿערער פֿאַרנאַכט זײַנען זיי אַראָפּ אין טאָל אַרײַן. דאָ האָט געשטראָמט דער **ש**נייבורנעם נאָענט צו די מערבֿדיקע ווענט פֿונעם טאָל, און באַלד האָט די סטעשקע זיי געפֿירט צו אַן איבערפֿאָר ווו די פֿלאַטשיקע וואַסערן האָבן הויך געמורמלט אויף די שטיינער. דער איבערפֿאָר איז באַוואַכט געווען. ווען דער קיניג איז נעענטער געקומען זײַנען אַ סך מענטשן געשפּרונגען אַרויס פֿון די שאָטנס פֿון די שטיינער און ווען זיי האָבן דערזען דעם קיניג האָבן זיי אויסגעשריגן מיט פֿריילעכע קולער: "**ט**עאָדען קיניג! **ט**עאָדען קיניג! דער **ק**יניג פֿון דעם **מ**אַרק קומט צוריק!"

דעמאָלט האָט איינער געבלאָזן אַ לאַנגן רוף אויף אַ האָרן. עס האָט אָפּגעקלונגען אינעם טאָל. אַנדערע הערנער האָבן אים געענטפֿערט און ליכט האָבן געשײַנט איבערן טײַך.

און מיט אַ מאָל האָט זיך אויפֿגעהויבן אַ גרויסער כאָר טרומייטן פֿון הויך אויבן, קלינגענדיק פֿון עפּעס אַ חללדיקן אָרט, ווי ס'האָט זיך געדאַכט, וואָס האָבן זייערע נאָטן געזאַמלט אין איין קול און דאָס אָפּגעשיקט צו קײַקלען זיך און שלאָגן אויף די ווענט פֿון שטיין.

אַזוי איז דער **ק**יניג פֿון דעם **מ**אַרק צוריקגעקומען נצחונדיק אַרויס פֿון דעם **מ**ערבֿ צו **ג**עטערקויפּ צופֿוסנס פֿון די **ו**וײַסע **ב**ערג. דאָרט האָט ער געפֿונען די איבעריקע כּוחות פֿון זײַנע לײַט שוין צונויפֿגעקליבן, ווײַל באַלד ווי מע איז געוווירר געוואָרן אַז ער קומט האָבן קאַפּיטאַנען געריטן אים צו טרעפֿן בײַם איבערפֿאָר מיט בשׂורות פֿון **ג**אַנדאַלף. **ד**ונהערע, שעף פֿון די לײַט פֿון **ג**עטערקויפּ, איז געווען בראָש.

"באַגינען, מיט דרײַ טעג צוריק, לאָרד," האָט ער געזאָגט, "איז **ש**אָטנפֿאַקס געקומען ווי דער ווינט אַרויס פֿון דעם **מ**ערבֿ קיין **ע**דאָראַס, האָט **ג**אַנדאַלף געבראַכט ידיעות פֿון אײַער נצחון וואָס האָט דערפֿרייט אונדזערע הערצער. אָבער ער האָט אויך געבראַכט אַ בשׂורה פֿאַר אײַך, איר זאָלט פֿאַרגיכערן דאָס זאַמלען פֿון די **ר**ײַטערס. און דעמאָלט איז געקומען דער באַפֿליגלטער **ש**אָטן."

"דער באַפֿליגלטער **ש**אָטן?" האָט **ט**עאָדען געזאָגט. "מיר האָבן אים אויך געזען, נאָר דאָס איז געווען אין מיטן נאַכט איידער **ג**אַנדאַלף האָט אונדז איבערגעלאָזט."

"אפֿשר, לאָרד," האָט **ד**ונהערע געזאָגט. "נאָר דאָס זעלבע, אָדער עפּעס גאָר ענלעך דערצו, אַ פֿליִענדיק פֿינצטערניש אינעם פֿאָרעם פֿון אַן אומגעהײַערן פֿויגל איז געפֿלויגן איבער **ע**דאָראַס דעם אינדערפֿרי, זײַנען די אַלע מענטשן געטרייסלט געוואָרן מיט שרעק. וואָרן ס'איז אַראָפּגעפֿלויגן אויף **מ**עדוסעלד און ווען ס'איז נידעריק געפֿלויגן, שיִער ניט ביזן דאַכשפּיץ, איז געקומען אַ געשריי וואָס האָט אונדז אָפּגעשטעלט די הערצער. ס'איז דעמאָלט געווען וואָס **ג**אַנדאַלף האָט אונדז געעצהט זיך ניט צו זאַמלען אין די פֿעלדער, נאָר אײַך צו טרעפֿן דאָ אינעם טאָל אונטער די בערג. און ער האָט אונדז געבעטן אָנצינדן מער ניט קיין ליכט צי פֿײַערן אַחוץ אין דער ערגסטער נויט. אַזוי האָבן מיר געטאָן. **ג**אַנדאַלף האָט גערעדט מיט גרויסער אויטאָריטעט. מיר האָפֿן אַז ס'איז ווי איר ווילט. גאָרנישט האָט מען ניט געזען אין **ג**עטערקויפּ פֿון אָט די בייזע חפֿצים."

"אַלץ איז גוט," האָט **ט**עאָדען געזאָגט. "איצט וועל איך רײַטן צו דער **פֿ**אַרפֿעסטיקונג, און דאָרט, אײדער איך גײ רוען, וועל איך זיך טרעפֿן מיט די מאַרשאַלן און קאַפּיטאַנען. לאָזט זײ קומען צו מיר אַזױ באַלד װי מיגלעך!"

דער װעג האָט איצט געפֿירט מיזרח צו דירעקט איבערן טאָל, װאָס דאָרט איז געװען נאָר אַ האַלב מײַל אין דער ברײט. פּלײנען און לאָנקעס מיט רױ גראָז, איצט גראָ אין דער אָנקומענדיקער נאַכט, זײַנען אומעטום אַרום געלעגן, נאָר אויף פֿאָרנט אויף דער װײַטערער זײַט טאָל האָט **מ**ערי דערזען אַ פֿאַרקרימטע װאַנט, אַ לעצט געשפּרײט פֿון די גרױסע װאָרצלען פֿון דעם **ש**טאַרהאָרן, געשפּאָלטן פֿונעם טײַך מיט דורות צוריק.

אויף די אַלע גלײַכע ערטער איז געװען אַ גרױסער צונױפֿקום מענטשן. עטלעכע האָבן זיך געשטופּט צום ברעג װעג, באַגריסט דעם קיניג און די רײַטערס פֿון דעם **מ**ערבֿ מיט פֿרײלעכע געשרײען, נאָר ציִענדיק זיך װײַט אַװעק אין דער װײַטן אויף הינטן זײַנען געװען כּסדרדיקע רײען געצעלטן און בײַדלעך, און רײען צוגעשטריקלטע פֿערד, און אַ גרױסער זאַפּאַס כּלי־זײן, און אָנגעקױפּטע שפּיזן אַזױ שפּיציק װי געדיכטעניש נײַ־געפֿלאַנצטע בײמער. איצט איז דער גאַנצער צונױפֿקום געפֿאַלן אין שאָטן, אָבער כאָטש די נאַכט־קעלט האָט קאַלט געבלאָזן פֿון די הײכן, האָבן קײן לאַמטערנס ניט געגליט, קײן פֿײַערן אָנגעצונדן. װעכטערס אין שװערע מאַנטלען האָבן געשפּאַנט אַהין און צוריק.

מערי האָט זיך געװוּנדערט װיפֿל **ר**ײַטערס זײַנען דאָ געװען. ער האָט ניט געקענט טרעפֿן דעם צאָל אין דער צונױפֿקומענדיקער מראַקע, נאָר אים האָט אױסגעזען װי אַ גרױסע אַרמײ, פֿון אַ סך טױזנטער. בעת ער קוקט פֿון זײַט צו זײַט איז דעם קיניגס פּאַרטיע געקומען אונטער דער גאָר הױכער סקאַלע אויף דער מיזרחדיקער זײַט טאָל, און דאָרט האָט די סטעשקע פּלוצעם אָנגעהױבן אַרױפֿקריכן, און **מ**ערי האָט געקוקט אַרויף מיט חידוש. ער איז געװען אויף אַ װעג װאָס עפּעס אַזױנס האָט ער פֿריִער קײן מאָל ניט געזען, אַ גרױסע אַרבעט פֿון מענטשן שױן יאָרן הינטערן גרײך פֿון געזאַנג. אַרויף האָט ער געדרײט, שלענגלענדיק װי אַ שלאַנג, עקבערנדיק זײַן װעג איבער דעם שטאָציקן שיפּוע שטײן. אַזױ שטאָציק װי אַ טרעפּ, האָט ער זיך גענומען צוריק און פֿאָרױס בײַם אַרױפֿגײן. אַרויף אויף אים האָבן פֿערד געקענט גײן און װאָגנס פּאַמעלעך געשלעפּט װערן, נאָר קײן שׂונא ניט װאָלט געקענט קומען אויף דעם אָ װעג, אַחוץ אַרױס פֿון דער לופֿטן, אױב מע פֿאַרטײדיקט אים פֿון אױבן. בײַ יעדן אױסדרײ אינעם װעג זײַנען געװען גרױסע שטײענדיקע שטײנער אױסגעשניצט אינעם געשטאַלט פֿון מענטשן, ריזיקע, מיט לײמענע אבֿרים, זיצנדיק אויף די פּיאַטעס מיט פֿאַרלײגטע פֿיס, מיט די קאָרטשלעכע אָרעמס פֿאַרלײגט אויף די דיקע בײַכער. עטלעכע במשך פֿון דעם אָפּרײַבן פֿון די יאָרן האָבן פֿאַרלױרן די אַלע שטריכן אַחוץ די טונקעלע לעכער פֿון די אױגן, װאָס האָבן נאָך אַלץ טרױעריק געשטאַרט אױף די פֿאַרבײַגײער. די **ר**ײַטערס האָבן קױם געקוקט אויף זײ. **פּ**וקל־**מ**ענטשן האָבן זײ זײ אָנגערופֿן און געלײגט ניט קײן סך אַכט אויף זײ: ניט קײן קראַפֿט צי שרעק איז אין זײ געבליבן, נאָר **מ**ערי האָט אויף זײ געגאַפֿט מיט חידוש און אַ געפֿיל עפּעס װי רחמנות, בעת זײ האָבן זיך געלאָזט דערזען טרױעריק אינעם פֿאַרנאַכט.

נאָך אַ װײַלע האָט ער געקוקט צוריק און געפֿונען אַז ער איז שױן געקראָכן עטלעכע הונדערט פֿיס איבערן טאָל, נאָר נאָך אַלץ װײַט אונטן האָט ער געקענט אומקלאָר זען אַ דרײענדיקע רײ **ר**ײַטערס װאָס גײט אַריבער איבערן איבערפֿאָר און לענג־אױס דעם װעג

פֿירנדיק צום צוגעגרייטן לאַגער פֿאַר זיי. נאָר דער קיניג מיט דער לײַבוואַך זײַנען געגאַנגען אין דער פֿאַרפֿעסטיקונג אַרײַן.

צום סוף איז דעם קיניגס קאָמפּאַניע געקומען צו אַ שאַרפֿן קאַנט, און דער אויפֿגייענדיקער וועג איז אַרײַן אין אַ שניט צווישן ווענט פֿון שטיין, און אַזוי איז אַרויף אויף אַ קורצן שיפּוע און אַרויס אויף אַ ברייטן הויכלאַנד. דאָס האָט מען גערופֿן דאָס פֿיריענפֿעלד, אַ גרין באַרג־פֿעלד פֿון גראָז און עריקע, הויך איבער די טיף־געשניטענע גענג פֿון דעם שנייבורנעם, געלייגט אויפֿן שויס פֿון די גרויסע בערג אויף הינטן: דער שטאַרקהאָרן אויף דרום, און אויף צפֿון די געצאַקנטע מאַסע פֿון אײַזנזעג, און דערצווישן איז געשטאַנען פֿאַר די רײַטערס די פֿאַרביסענע שוואַרצע וואַנט פֿון דעם דווימאָרבאַרג, דעם שדים־באַרג הייבנדיק זיך אויף אַרויס פֿון שטאָציקע שיפּועים טעמנע סאָסנעס. צעטיילנדיק דאָס הויכלאַנד אין צוויי איז האָבן מאַרשירט אַ פֿאַרטאָפּלטע ריי שטייענדיקע שטיינער אָן אַ געשטאַלט וואָס זײַנען אײַנגעשרומפּן געוואָרן אינעם פֿאַרנאַכט אַרײַן און פֿאַרשווּנדן געוואָרן אין די ביימער. די וואָס האָבן זיך דערוועגט גיין אויף דעם אָ וועג זײַנען באַלד געקומען צו דעם שוואַרצן דימהאָלט אונטער דווימאָרבאַרג, און די דראָונג פֿון דעם זײַל פֿון שטיין, און דעם גאַפּיענדיקן שאָטן פֿון דער פֿאַרבאָטענער טיר.

אַזוי איז געווען דער טונקעלער געטערקויף, די אַרבעט פֿון לאַנג פֿאַרגעסענע מענטשן. דער נאָמען זייערע איז פֿאַרלוירן געגאַנגען און ניט קיין ליד, ניט קיין לעגענדע האָט אים געדענקט. צו וואָסערן צוועק זיי האָבן דעם אָרט געשאַפֿן, ווי אַ שטעטל צי אַ בסודיקן טעמפּל צי אַ קבֿר פֿאַר קיניגן, האָט קיינער אין ראָהאַן ניט געקענט זאָגן. דאָ האָבן זיי געאַרבעט אין די פֿינצטערע יאָרן, איידער די ערשטע שיף איז געקומען צו די מערבֿדיקע ברעגן, איידער גאָנדאָר פֿון די דונעדיין איז געבויט געוואָרן, און איצט זײַנען זיי פֿאַרשווּנדן געוואָרן און נאָר די אַלטע פּוקל־מענטשן זײַנען געבליבן, נאָך אַלץ זיצנדיק בײַ די אויסדרייען אינעם וועג.

מערי האָט געשטאַרט אויף די רייען מאַרשירנדיקע שטיינער: זיי זײַנען געווען אָפּגעריבן און שוואַרץ; עטלעכע האָבן זיך געלענט, עטלעכע זײַנען אַראָפּגעפֿאַלן, עטלעכע צעשפּאָלטן צי צעבראָכן; זיי האָבן אויסגעזען ווי רייען אַלטע הונגעריקע ציין. ער האָט זיך געוווּנדערט וואָס זיי זײַנען און ער האָט געהאָפֿט אַז דער קיניג האָט ניט בדעה געהאַט זיי נאָכצוגיין אַרײַן אינעם ווײַטערן פֿינצטערניש. דעמאָלט האָט ער באַמערקט געזעמלעך געצעלטן און בײַדלעך אויף ביידע זײַטן פֿונעם שטיינערדיקן וועג, נאָר אָט די זײַנען ניט געווען אויפֿגעשלאָגן לעבן די ביימער און האָבן אויסגעזען ווי זיי טוליען זיך אין אַ רעדל אַוועק פֿון זיי און צו דעם ברעג פֿון דער סקאַלע צו. די גרעסטע צאָל זײַנען געווען אויף רעכטס און אין דער מיט איז געשטאַנען אַ הויכער פּאַוויליאָן. פֿון דער דאָזיקער זײַט איז איצט געקומען אַ רײַטער זיי צו טרעפֿן, און זיי האָבן זיך גענומען אַוועק פֿונעם וועג.

בעת זיי זײַנען געקומען נעענטער האָט מערי דערזען אַז דער רײַטער איז אַ פֿרוי מיט לאַנגע אויסגעפֿלאָכטענע האָר שײַנענדיק אינעם פֿאַרנאַכט, נאָר זי האָט געטראָגן אַ קאַסקע און איז באַקליידט געווען ביז דער טאַליע ווי אַ שלאַכטמאַן געגאַרטלט מיט אַ שווערד.

"אַ גרוס, לאָרד פֿון דעם מאַרק!" האָט זי אויסגערופֿן. "מײַן האַרץ פֿרייט זיך בײַ אײַער צוריקקער."

"און אײַך, עאָווין," האָט טעאָדען געזאָגט, "צי גייט אַלץ גוט מיט אײַך?"

"אַלץ איז גוט," האָט זי געענטפֿערט, כאָטש ס'האָט זיך **מ**ערי געדאַכט אַז איר קול פֿאַרלייקנט דאָס, און ער וואָלט געמיינט אַז זי האָט נאָר וואָס געוויינט, אויב דאָס איז טאַקע גלייבלעך אין איינער מיט אַזאַ שטרענגער מינע. "אַלץ איז גוט. ס'איז געווען אַ מאַטערנדיקער וועג פֿאַר די לײַט, אַוועקגעריסן מיט אַ מאָל פֿון די היימען. עס זײַנען געווען ביטערע דיבורים, וואָרן ס'איז שוין לאַנג זינט מלחמה האָט אונדז געטריבן פֿון די גרינע פֿעלדער, נאָר ס'זײַנען ניט געווען קיין בייזע מעשׂים. אַלץ איצט איז אין אָרדענונג, ווי איר זעט. און אײַער ווינונג האָט מען צוגעגרייט, וואָרן איך האָב באַקומען גאַנצע ידיעות וועגן אײַך און געוווּסט די שעה פֿון אײַער אָנקום."

"איז, **אַ**ראַגאָרן איז דען שוין אָנגעקומען," האָט **ע**אָמער געזאָגט. "איז ער נאָך אַלץ דאָ?"

"ניין, ער איז אַוועק," האָט **ע**אָווין געזאָגט מיט אַ דריי אַוועק, קוקנדיק אויף די בערג, פֿינצטער קעגן דעם **מ**יזרח און דעם **ד**רום.

"וווּהין איז ער געגאַנגען?" האָט **ע**אָמער געפֿרעגט.

"איך ווייס ניט," האָט זי געענטפֿערט. "ער איז אָנגעקומען בײַ נאַכט און אָפּגעריטן נעכטן אין דער פֿרי, איידער די זון האָט געקראָכן איבער די באַרג־שפּיצן. ער איז אַוועק."

"איר זײַט טרויעריק, טאָכטער," האָט **ט**עאָדען געזאָגט. "וואָס איז געשען? זאָגט מיר, האָט ער גערעדט פֿון דעם דאָזיקן וועג?" ער האָט געטײַטלט אַוועק פֿאַזע די אַלץ מער טונקעלע רייען שטיינער צו דעם **ד**ווימאָרבאַרג צו. "וועגן די **ט**ויטע **וו**עגן?"

"יאָ, לאָרד," האָט **ע**אָווין געזאָגט. "און ער איז אַרײַן אין די שאָטנס וואָס דערפֿון קומט קיינער ניט צוריק. איך האָב אים ניט געקענט אָפּרעדן. ער איז אַוועק."

"זײַנען די וועגן אונדזערע דען באַזונדער," האָט **ע**אָמער געזאָגט. "ער איז פֿאַרלוירן. מיר מוזן רײַטן אָן אים און די האָפֿענונג אונדזערע ווערט קלענער."

פּאַמעלעך זײַנען זיי דורך דער קורצער עריקע און הויכלאַנד־גראָז, אָן רעדן, ביז זיי זײַנען געקומען צו דעם קיניגס פּאַוויליאָן. דאָרט האָט **מ**ערי געפֿונען אַז אַלץ איז שוין צוגעגרייט געווען און אַז מע האָט אים ניט פֿאַרגעסן. אַ קליין געצעלט האָט מען אויפֿגעשלאָגן לעבן דעם קיניגס ווינונג און דאָרט איז ער געזעסן איינער אַליין, בעת מענטשן זײַנען אַהין און צוריק געגאַנגען, צו זען דעם קיניג און זיך מיט אים עצהן. די נאַכט איז געקומען און די האַלב־געזען קעפּ פֿון די בערג אויף מערבֿ זײַנען געווען באַקריינט מיט שטערן, אָבער דער **מ**יזרח איז פֿינצטער געווען און ליידיק. די מאַרשירנדיקע שטיינער זײַנען פּאַמעלעך אַרויס פֿון אויגנגרייך אָבער נאָך אַלץ הינטער זיי, שוואַרצער ווי די מראַקע, האָט געדומט דער ריזיקער הויערנדיקער שאָטן פֿון דעם **ד**ווימאָרבאַרג.

"די **ט**ויטע **וו**עגן," האָט ער געזאָגט אונטער דער נאָז. "די **ט**ויטע **וו**עגן? וואָס מיינט דאָס אַלץ? זיי אַלע האָבן מיך איבערגעלאָזט. זיי זײַנען אַלע אַוועק צו עפּעס אַ גורל: **ג**אַנדאַלף און **פּ**יפּין אויף מלחמה אין דעם **מ**יזרח, און **ס**אַם און **פֿ**ראָדאָ קיין **מ**אָרדאָר, און **ש**פּרײַזער און **ל**עגאָלאַס און **ג**ימלי אויף די **ט**ויטע **וו**עגן. נאָר מײַן גאַנג וועט קומען גענוג באַלד, נעם איך אָן. איך וווּנדער זיך וועגן וואָס זיי אַלע רעדן איצט, און וואָס דער קיניג האָט בדעה צו טאָן. וואָרן איצט ווּ ער גייט מוז איך גיין."

אין מיטן די אָ כמאַרנע געדאַנקען האָט ער מיט אַ מאָל געדענקט אַז ער איז גאָר הונגעריק, איז ער אויפֿגעשטאַנען און געגאַנגען זען אויב ס'איז אַן אַנדערער אין אָט דעם מאָדנעם לאַגער וואָס פֿילט זיך אויך אַזוי. נאָר פּונקט דעמאָלט האָט אַ טרומייט געקלונגען און אַ מענטש איז אָנגעקומען אים, דעם קיניגס אַדיוטאַנט, אײַנצורופֿן דערלאַנגען צום טיש בײַ דעם קיניגס עסן.

אינעווייניק אינעם פּאַוויליאָן איז געווען אַ קלײנער אָרט אָפּגעזונדערט מיט אויסגעהאַפּטע פֿאָרהאַנגען און צעשפּרייט מיט פֿעלן, און דאָרט בײַ אַ קלײנעם טיש זײַנען געזעסן **ט**עאָדען מיט **ע**אָמער און **ע**אָווין און **ד**ונהערע, לאָרד פֿון **ק**ויפּטאָל. **מ**ערי איז געשטאַנען לעבן דעם קיניגס טאַבורעט און אים דערלאַנגט צום טיש, ביז דער אַלטער מענטש, אַרויס פֿון טיף טראַכטן, האָט זיך צו אים געווענדט און געשמייכלט.

"קומט, **ה**אַר **מ**עריאַדאָק!" האָט ער געזאָגט. "איר דאַרפֿט ניט שטיין. איר זאָלט זיצן לעבן מיר, כּל־זמן איך בלײַב אין די אייגענע לענדער, און פֿאַרלײַכטערן מײַן האַרץ מיט מעשׂיות."

אַן אָרט האָט מען געמאַכט פֿאַרן האָביט בײַ דעם קיניגס לינקער האַנט, אָבער קיינער האָט ניט געפֿאָדערט קיין מעשׂיות. ס'איז טאַקע געווען נאָר ווייניק רעדן, האָבן זיי געגעסן און געטרונקען ס'רובֿ צײַט שטילערהייט ביז סוף־כּל־סוף, אָננעמענדיק זיך מיט האַרץ, האָט **מ**ערי געשטעלט די פֿראַגע וואָס האָט אים געפּײַניקט.

"צוויי מאָל איצט, לאָרד, האָב איך געהערט פֿון די **ט**ויטע **ו**ועגן," האָט ער געזאָגט. "וואָס זײַנען זיי? און וווּהין איז **ש**פּרײַזער, איך מיין דער **ל**אָרד **א**ַראַגאָרן, וווּהין איז ער געגאַנגען?"

דער קיניג האָט אַ זיפֿץ געגעבן אָבער קיינער האָט ניט געענטפֿערט, ביז סוף־כּל־סוף האָט **ע**אָמער גערעדט. "מיר ווייסן ניט, און ס'איז אונדז שווער אויפֿן האַרצן," האָט ער געזאָגט. "נאָר וואָס שייך די **ט**ויטע **ו**ועגן, זײַט איר אַליין געגאַנגען אויף די ערשטע טרעפּלעך זייערע. ניין, איך רעד ניט אַרויס קיין בייז־סימנדיקע ווערטער! דער וועג וואָס דערויף זײַנען מיר נאָר וואָס אַרויפֿגעקראָכן איז דער צוגאַנג צו דער **ט**יר, דאָרט אַוועק אין דעם **ד**ימהאָלט. נאָר וואָס ליגט ווײַטער ווייסט קיינער ניט."

"קיינער ווייסט ניט," האָט **ט**עאָדען געזאָגט, "נאָר אוראַלטע לעגענדע, איצט קוים דערמאָנט, האָט עפּעס צו מעלדן. אויב די אַלטע מעשׂיות, איבערגעגעבן פֿון פֿאָטער צו זון אין דעם **ה**ויז פֿון **י**אָרל, רעדן אמת, פֿירט די **ט**יר אונטער דעם **ד**ווימאָרבאַרג צו אַ בסודיקן וועג אונטער דעם באַרג ביז עפּעס אַ פֿאַרגעסענעם סוף. נאָר קיינער האָט קיין מאָל ניט געפּרוּווט אויספֿאָרשן די סודות זײַנע זינט **ב**אַלדאָר בן־**ב**רעגאָ איז דורך דער **ט**יר און קיין מאָל ניט געזען נאָך אַ מאָל צווישן מענטשן. אַ היציקע שבֿועה וואָס ער האָט אַרויסגערעדט בעת ער האָט אויסגעצאַפּט דעם האָרן בײַ דער סעודה וואָס **ב**רעגאָ האָט געהאַלטן כּדי מחנך צו זײַן דעם נײַ־געבויטן **מ**עדוסעלד, און ער איז קיין מאָל ניט געקומען צו דעם הויכן אָרט וואָס דערפֿון איז ער געווען דער יורש.

"מע זאָגט אַז **ט**ויטע **מ**ענטשן אַרויס פֿון די **פ**ֿינצטערע **י**אָרן באַוואַכן דעם וועג און דערלאָזן ניט אַז קיין לעבעדיקער מענטש זאָל ניט קומען אין זייערע באַהאַלטענע זאַלן, נאָר צײַטנווײַז מעג מען אפֿשר זיי דערזען גייענדיק אַרויס פֿון דער טיר ווי שאָטנס און אַראָפּ אויפֿן שטיינערדיקן וועג. אין די דאָזיקע צײַטן מאַכן צו די לײַט פֿון **ק**ויפּטאָל די טירן און

באַדעקן די פֿענצטער און זײַנען דערשראָקן. נאָר די **ט**ויטע קומען זעלטן אַרויס און נאָר אין צײַטן פֿון גרויסן אומרו און קומעדיקן טויט."

"פֿאָרט זאָגט מען אין **ק**ויפּטאָל," האָט **ע**אָווין געזאָגט אין אַ ווייך קול, "אַז בעת די נעכט אָן לבֿנה מיט נאָר אַ ביסל צײַט צוריק איז אַ גרויסע מחנה מאָדנע באַקליידט פֿאַרבײַגעגאַנגען. פֿון וואַנען זיי זײַנען געקומען האָט קיינער ניט געוווּסט, נאָר זיי זײַנען אַרויף אויף דעם שטיינערדיקן וועג און פֿאַרשווּנדן געוואָרן אינעם בערגל אַרײַן, גלײַך ווי זיי זײַנען געגאַנגען טרעפֿן זיך מיט עמעצן."

"פֿאַר וואָס דען איז **א**ראַגאָרן געגאַנגען אויף אָט דעם וועג?" האָט **מ**ערי געפֿרעגט. "צי ווייסט איר עפּעס וואָס וועט דאָס דערקלערן?"

"סײַדן ער האָט מיט אײַך גערעדט דיבורים ווי זײַן פֿרײַנד וואָס מיר האָבן זיי ניט געהערט," האָט **ע**אָמער געזאָגט, "קען קיינער איצט נאָך אין דער לעבעדיקער וועלט דערקלערן זײַן ציל."

"גאָר געביטן האָט ער מיר אויסגעזען זינט איך האָב אים ערשט געזען אין דעם קיניגס הויז," האָט **ע**אָווין געזאָגט: "מער פֿאַרביסן, עלטער. איך האָב אים געהאַלטן פֿאַר וואַקלדיק, און ווי איינער וואָס די **ט**ויטע האָבן אים צוגערופֿן."

"אפֿשר איז ער געווען צוגערופֿן," האָט **ט**עאָדען געזאָגט, "און אין האַרצן פֿיל איך ווי איך וועל אים ניט זען נאָך אַ מאָל. פֿאָרט איז ער אַ קיניגלעכער מענטש מיט אַ הויכער מערכה. און זײַט געטרייסט דערמיט, טאָכטער, ווײַל ס'זעט אויס אַז איר דאַרפֿט טרייסט אין אײַער טרויער פֿאַר דעם אָ גאַסט. מע זאָגט אַז ווען די **ע**אָרלינגען זײַנען אַרויס פֿון דעם **צ**פֿון און געגאַנגען סוף־כּל־סוף אַרויף אויף דעם **ש**נייבורנעם, זוכנדיק שטאַרקע ערטער פֿאַר אָפּדאַך אין אַ נויט, זײַנען **ב**רעגאָ און דעם זון **ב**אַלדאָר געקראָכן אַרויף אויף די **ט**רעפּ פֿון דער **פֿ**אַרפֿעסטיקונג, און אַזוי זײַנען געקומען פֿאַר דער **ט**יר. אויפֿן שוועל איז געזעסן אַן אַלטער מענטש, עלטער ווי מע וואָלט געקענט טרעפֿן; הויך און קיניגלעך איז ער געהאַט געווען, נאָר איצט איז ער אַזוי פֿאַרדאַרט ווי אַן אַלטער שטיין. טעקע האָבן זיי אים געהאַלטן פֿאַר שטיין, וואָרן ער האָט זיך ניט גערירט, און ניט קיין וואָרט געזאָגט, ביז זיי האָבן געפּרוּווט גיין אים פֿאַרבײַ און אַרײַן. און דעמאָלט איז אַ קול אַרויס פֿון אים, גלײַך ווי אַרויס פֿון דער ערד, און ס'איז זיי געווען אַ חידוש ווי ער רעדט אינעם מערבֿדיקן לשון: *דער וועג איז פֿאַרשטעלט.*

"זיי האָבן זיך דעמאָלט אָפּגעשטעלט און אויף אים געקוקט און דערזען אַז ער לעבט נאָך, נאָר ער האָט אויף זיי ניט געקוקט. *דער וועג איז פֿאַרשטעלט*, האָט זײַן קול געזאָגט נאָך אַ מאָל. *ער איז געשאַפֿן געוואָרן פֿון די וואָס זײַנען **ט**ויט און די **ט**ויטע האַלטן אים, ביז ס'קומט די צײַט. דער וועג איז פֿאַרשטעלט.*

"*און ווען וועט קומען די דאָזיקע צײַט?* האָט **ב**אַלדאָר געזאָגט. נאָר קיין ענטפֿער האָט ער וועדס ניט געקראָגן. וואָרן דער אַלטער מענטש איז אין דער סאַמע שעה געשטאָרבן, געפֿאַלן אויפֿן פּנים, און קיין אַנדערע ידיעות פֿון די אַנטיקע אײַנוווינער אין די בערג האָבן אונדזערע לײַט אַ מאָל ניט געהערט. פֿאָרט איז אפֿשר די פֿאָרויסגעזאָגטע צײַט איצט אָנגעקומען און **א**ראַגאָרן מעג גיין פֿאַרבײַ."

"נאָר ווי אַזוי זאָל מען וויסן צי אָט די צײַט איז געקומען צי ניט, אַחוץ פֿון זיך דערוועגן פּרוּוון די **ט**יר?" האָט **ע**אָמער געזאָגט. "און אויף אָט דעם וועג וואָלט איך ניט גיין כאָטש די

אַלע מחנות פֿון **מ**אָרדאָר שטייען פֿאַר מיר, און איך בין געווען איינער אַליין מיט ניט קיין אַנדער אָפּדאַך. אַזאַ אומגליק וואָס אַ וואַקלדיק געמיט זאָל פֿאַלן אַראָפּ אויף אַזאַ באַהאַרצטן מענטש אין דער אָ סכּנהדיקער שעה! צי זײַנען ניט פֿאַראַן גענוג בייזע חפֿצים שוין אַרום אָן זוכן זיי אונטער דער ערד? מלחמה שטייט צו דער האַנט."

ער האָט אויפֿגעהערט רעדן ווײַל דעמאָלט האָט זיך געלאָזט הערן אַ קלאַנג אין דרויסן, אַ מאַנצבילס קול רופֿנדיק דעם נאָמען פֿון **ט**עאָדען, און דער אַרויסרוף פֿון דער וואַך.

באַלד האָט דער קאַפּיטאַן פֿון דער **וו**אַך גערוקט דעם פֿאָרהאַנג אין אַ זײַט. "אַ מענטש איז געקומען, לאָרד," האָט ער געזאָגט, "אַ שליח פֿון **ג**אָנדאָר. ער וויל זיך זען תּיכּף מיט אײַך."

"לאָזט אים אַרײַן!" האָט **ט**עאָדען געזאָגט.

אַ הויכער מענטש איז אַרײַן און **מ**ערי האָט דערשטיקט אַ געשריי, ווײַל אויף אַ רגע האָט זיך אים געדאַכט אַז **ב**אָראָמיר לעבט נאָך און איז צוריק. דעמאָלט האָט ער דערזען אַז ס'איז ניט אַזוי. דער מענטש איז געווען אַ פֿרעמדער, כאָטש אַזוי ענלעך אויף **ב**אָראָמיר צו זײַן אַ קרובֿ, הויך, מיט גראָע אויגן, און שטאָלץ. ער איז באַקליידט געווען ווי אַ רײַטער מיט אַ טונקל־גרינעם מאַנטל איבער פֿײַנעם רינגל־פּאַנצער; אויף פֿאָרנט פֿון דער קאַסקע האָט מען אויסגעאַרבעט אַ קליינעם זילבערנעם שטערן. אין דער האַנט האָט ער געטראָגן אַן איינציקע פֿײַל, שוואַרץ־באַפֿעדערט מיט אַ שטאָלענער שטעכלקע, נאָר דעם שפּיץ האָט מען רויט געמאָלט.

ער איז אַראָפּ אויף איין קני און דערלאַנגט די פֿײַל צו **ט**עאָדען. "אַ גרוס, **ל**אָרד פֿון די **ר**אָהירים, פֿרײַנד פֿון **ג**אָנדאָר!" האָט ער געזאָגט. "**ה**ירגאָן בין איך, שליח פֿון **ד**ענעטאָר, וואָס ברענגט אײַך אָט דעם צייכן פֿון מלחמה. **ג**אָנדאָר איז אין אַ שטאַרקן קלעם. אָפֿט האָבן די **ר**אָהירים אונדז געהאָלפֿן, נאָר איצט בעט בײַ אײַך דער **ל**אָרד **ד**ענעטאָר די אַלע כּוחות און גיכקייט אײַערע, כּדי **ג**אָנדאָר זאָל ניט סוף־כּל־סוף אונטערגיין."

"די **ר**ויטע **פֿ**ײַל!" האָט **ט**עאָדען געזאָגט, האָט ער זי געהאַלטן ווי איינער וואָס באַקומט אַן אײַנרוף לאַנג דערוואַרט און פֿאָרט אימהדיק ווען ער קומט. זײַן האַנט האָט געציטערט. "די **ר**ויטע **פֿ**ײַל האָט מען ניט געזען אין דעם **מ**אַרק אין אַלע מײַנע יאָרן! צי איז איצט טאַקע אַזוי? און וואָס רעכנט דער **ל**אָרד **ד**ענעטאָר זאָלן זײַן מײַן גאַנצער כּוח און מײַן גאַנצע גיכקייט?"

"דאָס ווייסט איר דאָס בעסטע, לאָרד," האָט **ה**ירגאָן געזאָגט. "נאָר באַלד וועט זיך אפֿשר טרעפֿן אַז **מ**ינאַס **ט**יריט וועט אַרומגערינגלט ווערן, און סײַדן איר פֿאַרמאָגט דעם כּוח צו צעברעכן אַ באַלעגערונג פֿון אַ סך מאַכטן, האָט דער **ל**אָרד **ד**ענעטאָר מיר געבעטן זאָגן אַז ער רעכנט די שטאַרקע כּוחות פֿון די **ר**אָהירים וואָלטן בעסער זײַן אינעווייניק פֿון זײַנע מויערן ווי אין דרויסן."

"נאָר ער ווייסט אַז מיר זײַנען אַ פֿאָלק וואָס קעמפֿט בעסער רײַטנדיק אינעם אָפֿן, און אַז מיר זײַנען אַ צעזייט פֿאָלק, און מיר דאַרפֿן צײַט צונויפֿזאַמלען אונדזערע **ר**ײַטערס. צי איז ניט אמת, **ה**ירגאָן, אַז דער **ל**אָרד פֿון **מ**ינאַס **ט**יריט ווייסט מער ווי ער זאָגט אין דער אָ בשׂורה? וואָרן מיר האַלטן שוין מלחמה, ווי איר האָט אפֿשר באַמערקט, און איר געפֿינט ניט

אַז מיר זײַנען ניט גאַנץ גרייט. **ג**אַנדאַלף דער **ג**ראָער איז געווען צווישן אונדז, און איצט אַפֿילו קומען מיר צונויף אויף אַ שלאַכט אין דעם **מ**יזרח."

"וואָס דער **לאָ**רד **ד**ענעטאָר ווייסט צי טרעפֿט וועגן די אַלע זאַכן קען איך ניט זאָגן," האָט **ה**ירגאָן געענטפֿערט. "אָבער אונדזער מצבֿ איז טאַקע פֿאַרצווייפֿלט. דער לאָרד מײַנער גיט אײַך ניט קיין באַפֿעלן, בעט ער זיך נאָר בײַ אײַך צו געדענקען אַלטע פֿרײַנדשאַפֿט און שבֿועות געגעבן לאַנג צוריק, און צוליב דעם אייגענעם גוטס צו טאָן אַלץ וואָס איר קענט. מיר האָבן באַקומען באַריכטן אַז אַ סך קיניגן האָבן געריטן פֿון דעם **מ**יזרח ווי באַדינערס פֿון **מ**אָרדאָר. פֿון דעם **צ**פֿון ביזן פֿעלד פֿון **ד**אַגאָרלאַד זײַנען געווען צונויפֿשטויסן און קלאַנגען פֿון מלחמה. אין דעם **ד**רום באַוועגן זיך די **ה**אַראַדרים, און פּחד איז געפֿאַלן אויף אונדזערע ברעג־לענדער, וועט קומען ווייניקע הילף דערפֿון. אײַלט זיך! וואָרן ס'וועט זײַן פֿאַר די מויערן פֿון **מ**ינאַס **ט**יריט ווו ס'וועט באַשטימט ווערן דער גורל פֿון אונדזער צײַט, און זאָל מען ניט דאָרט אָפּשטעלן דעם פֿלייץ, וועט ער שטראָמען איבער די אַלע שיינע פֿעלדער פֿון **ר**אָהאַן, און אַפֿילו אין אָט דער **פֿ**אַרפֿעסטיקונג אין די בערגלעך וועט ניט זײַן קיין אָפּדאַך."

"בייזע ידיעות," האָט **ט**עאָדען געזאָגט, "נאָר טיילווײַז שוין געטראָפֿן. נאָר זאָגט צו **ד**ענעטאָר אַז אַפֿילו אַז **ר**אָהאַן אַליין פֿילט ניט קיין סכּנה, וועלן מיר קומען אים צו העלפֿן. נאָר מיר האָבן שטאַרק געליטן אין די שלאַכטן מיט **ס**אַרומאַן דעם פֿאַררעטער, און מיר מוזן האַלטן אין זינען אונדזערע גרענעצן אויף צפֿון און אויף מיזרח, ווי זײַנע אייגענע ידיעות קלאָר באַווײַזן. אַזאַ שטאַרקע שליטה וואָס דער **ב**על־**ח**ושך באַגייט זיך דערמיט וועט אונדז מסתּמא האַלטן אין שלאַכט פֿאַר דער **ש**טאָט און פֿאָרט אויך אָנפֿאַלן מיט גרויסן מאַכט איבער דעם **ט**ײַך ווײַט הינטער דעם **ט**ויער פֿון **ק**יניגן.

"נאָר מיר וועלן מער ניט רעדן פֿון אָפּגעהיטנקייט. מיר וועלן קומען. דאָס באַוואָפֿענען האָט מען באַשטימט פֿאַר מאָרגן. ווען אַלץ איז אין אָרדענונג וועלן מיר אָפּגיין. צען טויזנט שפּיזן וואָלט איך אפֿשר געשיקט רײַטן איבערן פֿליין אַ ברען צו טאָן די שׂונאים אײַערע. איצט וועט זײַן ווייניקער, האָב איך מורא, וואָרן איך וועל ניט איבערלאָזן די פֿאַרפֿעסטיקונגען מײַנע ניט פֿאַרטיידיקט. פֿאָרט וועט ווייניקסטנס זעקס טויזנט רײַטן הינטער מיר. זאָגט צו **ד**ענעטאָר אַז אין דער אָ שעה וועט דער **ק**יניג פֿון דעם **מ**אַרק אַליין קומען קיין דעם לאַנד פֿון **ג**אָנדאָר, כאָטש ער וועט אפֿשר ניט רײַטן צוריק. נאָר ס'איז אַ לאַנגער וועג און אי די מענטשן אי די חיות מוזן קומען צום סוף נאָך מיטן כּוח פֿאַר אַ קאַמף. ס'וועט אפֿשר זײַן איבער אַכט טאָג פֿון מאָרגן אין דער פֿרי איידער איר וועט הערן דאָס געשריי פֿון די **ז**ין פֿון **י**אָרל קומענדיק פֿון דעם **צ**פֿון."

"איבער אַכט טאָג!" האָט **ה**ירגאָן געזאָגט. "אויב ס'מוז זײַן אַזוי, איז אַזוי. נאָר איר וועט מסתּמא געפֿינען נאָר צעשטערטע מויערן אין אַ וואָך אַרום, סײַדן אַנדער אומגעריכטע הילף זאָל קומען. פֿאָרט וועט איר אפֿשר קענען שטערן די **אָ**רקס און די **ט**ונקעלע **ל**ײַט בײַ זייערע סעודות אין דעם **ו**וײַסן **ט**ורעם."

"צום ווייניקסטן וועלן מיר דאָס טאָן," האָט **ט**עאָדען געזאָגט. "אָבער איך אַליין בין נאָר וואָס געקומען פֿון שלאַכט און אַ לאַנגער נסיעה, און איצט וועל איך גיין רוען. בלײַבט דאָ די נאַכט. וועט איר דעמאָלט קוקן אויפֿן צונויפֿקום פֿון **ר**אָהאַן און רײַטן אַוועק דערפֿרייט צוליב דעם בליק, און גיכער צוליב דער רו. אין דער פֿרי זײַנען עצות דאָס בעסטע, און די נאַכט בײַט אַ סך געדאַנקען."

דערמיט איז דער קיניג אויפֿגעשטאַנען און די אַלע אַנדערע אויך. "גייט איצט יעדער צו דער רו," האָט ער געזאָגט, "און שלאָפֿט געזונטערהייט. און איר, **האַר** **מ**עריאַדאָק, איך דאַרף אײַך מער ניט הײַנט בײַ נאַכט. נאָר זײַט גרייט אויף מײַן אײַנרוף באַלד ווי די זון איז אַרויף."

"איך וועל זײַן גרייט," האָט **מ**ערי געזאָגט, "זאָלט איר מיך אַפֿילו בעטן רײַטן אויף די **ט**ויטע **וו**עגן."

"רעדט ניט קיין ווערטער פֿון ביטערן חידוש!" האָט געזאָגט דער קיניג. "וואָרן ס'זײַנען פֿאַראַן אפֿשר מער ווי איין וועג וואָס טראָגט אָט דעם נאָמען. נאָר איך האָב ניט געזאָגט אַז איך וועט אײַך בעטן רײַטן מיט מיר אויף אַבי וואָס פֿאַר אַ וועג. אַ גוטע נאַכט!"

"איך וועל ניט איבערגעלאָזט ווערן, בלויז אָפּגענומען צו ווערן בײַם צוריקקער!" האָט **מ**ערי געזאָגט. "איך וועל ניט איבערגעלאָזט ווערן, איך וועל ניט." און איבערחזרנדיק דאָס אָבער און ווידער צו זיך אַליין איז ער סוף־כּל־סוף אַנטשלאָפֿן געוואָרן אין זײַן געצעלט.

ער איז אויפֿגעוועקט געוואָרן פֿון אַ מענטש וואָס טרייסלט אים. "וואַכט אויף, וואַכט אויף, **האַר** **ה**אָלביטלאַ!" האָט ער אויסגעשריגן, און צום סוף איז **מ**ערי אַרויס פֿון טיפֿע חלומות און זיך אויפֿגעזעצט מיט אַ צאַפּל. עס האָט נאָך אַלץ אויסגעזען גאָר פֿינצטער, האָט ער געטראַכט.

"וואָס איז דער מער?" האָט ער געפֿרעגט.

"דער קיניג רופֿט אײַך צו."

"אָבער די זון איז נאָך ניט אויפֿגעגאַנגען," האָט **מ**ערי געזאָגט.

"ניין, און זי וועט ניט הײַנט אויפֿגיין, **האַר** **ה**אָלביטלאַ. און קיין מאָל ניט נאָך אַ מאָל, דאַכט זיך מיר, אונטער אָט דעם וואָלקן. נאָר די צײַט לויפֿט נאָך, כאָטש די זון איז פֿאַרלוירן געגאַנגען. אײַלט זיך!"

גיך אָנטועענדיק קליידער האָט **מ**ערי געקוקט אין דרויסן. די וועלט איז נאָך געווען פֿינצטערלעך. די סאַמע לופֿט האָט אויסגעזען ווי ברוין און די אַלע זאַכן אַרום זײַנען געווען שוואַרץ און גראָ און אָן שאָטנס; ס'איז געווען אַ גרויסע שטילקייט. ניט קיין סימן פֿון וואָלקנס האָט זיך געלאָזט זען, סײַדן ווײַט אַוועק אויף מערבֿ, וווּ די ווײַטסטע מאַצענדיקע פֿינגער פֿון דעם גרויסן חושך האָט געהאַלטן אין קריכן פֿאָרויס, און אַ קליין שטיקל ליכט איז גערונען דורך זיי. אויבן איז געהאַנגען אַ שווערער דאַך, טריב, אָן שטריכן, און די ליכט האָט אויסגעזען ווי שוואַכער, ניט וואַקסנדיק.

מערי האָט געזען אַ סך לײַט שטייענדיק, קוקנדיק אַרויף, און מורמלענדיק; די אַלע פּנימער זייערע זײַנען גראָ און טרויעריק געווען, און עטלעכע זײַנען געווען דערשראָקן. מיט אַ פֿאַלנדיק האַרץ איז ער געגאַנגען צו דעם קיניג. **ה**ירגאָן, דער רײַטער פֿון **ג**אָנדאָר, איז דאָרט געווען פֿאַר אים, און לעבן אים איז געשטאַנען אַ צווייטער מענטש, ענלעך צו אים און ענלעך באַקליידט, נאָר נידעריקער און ברייטער. ווען **מ**ערי איז אַרײַן האָט יענער גערעדט מיטן קיניג.

"עס קומט פֿון **מ**אָרדאָר, לאָרד," האָט ער געזאָגט. "עס האָט זיך אָנגעהויבן נעכטן בײַ דער שקיעה. פֿון די בערגלעך אין דעם **מ**יזרחפֿאָלד פֿון אײַער מלוכה האָב איך געזען ווי עס

הייבט זיך אויף און קריכט איבערן הימל, און די גאַנצע נאַכט, בעת איך האָב געריטן, איז עס געקומען אויף הינטן און אויפֿגעגעסן די שטערן. איצט הענגט דער גרויסער וואָלקן איבערן גאַנצן לאַנד צווישן דאַנען און די **ב**ערג פֿון **ש**אָטן, און עס ווערט טיפֿער. מלחמה האָט זיך שוין אָנגעהויבן."

אַ ווײַלע איז דער קיניג שטיל געזעסן. סוף־כּל־סוף האָט ער גערעדט. "איז, מיר קומען צום סוף צו איר," האָט ער געזאָגט: "די גרויסע שלאַכט פֿון אונדזער צײַט, וואָס דערין וועלן אַ סך גיין אַרויס פֿון דער וועלט. נאָר ווייניקסטנס דאַרף מען מער ניט אַלץ באַהאַלטן. מיר וועלן רײַטן גלײַך אויפֿן אָפֿענעם וועג מיט די אַלע גיכקייט. דער צונויפֿקום זאָל זיך אָנהייבן תּיכּף, וועלן מיר ניט וואַרטן אויף די וואָס הויערן. צי האָט איר אַ גוטער זאַפּאַס אין **מ**ינאַס **ט**יריט? וואָרן אויב מיר מוזן רײַטן איצט וואָס גיכער, מוזן מיר דען לײַכט רײַטן, מיט נאָר עסנוואַרג און וואַסער גענוג אָנצוקומען בײַ דער שלאַכט."

"מיר האָבן שוין צוגעגרייט אַ גרויסן זאַפּאַס," האָט **ה**ירגאָן געענטפֿערט. "רײַט איצט אַזוי לײַכט און אַזוי גיך ווי איר קענט!"

"איז, רופֿט צו די שטאַפֿעטן, **ע**אָמער," האָט **ט**עאָדען געזאָגט. "זאָלן די **ר**ײַטערס צונויפֿקומען!"

עאָמער איז אַרויס, און באַלד האָבן די טרומייטן געקלונגען אין דער **פֿ**אַרפֿעסטיקונג, געענטפֿערט פֿון אַ סך אַנדערע אונטן, נאָר די קולער זייערע האָבן מער ניט געקלונגען אַזוי קלאָר און בראַוו ווי זיי האָבן געקלונגען צו **מ**ערי נעכטן בײַ נאַכט. טעמפּ האָבן זיי געקלונגען און גרילציק אין דער שווערער לופֿט, פֿינצטער שרײַענדיק.

דער קיניג האָט זיך געווענדט צו **מ**ערי. "איך גיי אויף מלחמה, האַר **מ**עריאַדאָק," האָט ער געזאָגט. "אין אַ קורצער צײַט אַרום וועל איך זיך שטעלן אין וועג אַרײַן. איך באַפֿרײַ אײַך פֿון מײַן דינסט, נאָר ניט פֿון מײַן פֿרײַנדשאַפֿט. איר וועט דאָ בלײַבן און אויב איר ווילט, זאָלט איר דינען די **ד**אַמע **ע**אָווין, וואָס וועט רעגירן מיט די לײַט אין מײַן אָרט."

"אָבער, אָבער, לאָרד," האָט **מ**ערי געשטאַמלט, "איך האָב אײַך אָנגעבאָטן די שווערד מײַנע. איך וויל זיך אַזוי ניט געזעגענען מיט אײַך, **ט**עאָדען **ק**יניג. און אַזוי ווי אַלע מײַנע פֿרײַנט זײַנען געגאַנגען צו דער שלאַכט, זאָל איך זיך שעמען אויף הינטן צו בלײַבן."

"נאָר מיר רײַטן אויף פֿערד אי הויך אי גיך," האָט **ט**עאָדען געזאָגט, "און כאָטש אײַער האַרץ איז גרויס קענט איר ניט רײַטן אויף אַזעלכע חיות."

"אויב אַזוי, בינדט מיך צו דעם רוקן פֿון איינעם, אָדער לאָזט מיך הענגען פֿון אַ סטרעמען, אָדער עפּעס אַזוינס," האָט **מ**ערי געזאָגט. "ס'איז אַ לאַנגער וועג פֿאַר לויפֿן, נאָר לויפֿן וועל איך אויב איך קען ניט רײַטן, אַפֿילו זאָל איך אָפּרײַבן די פֿיס און זיך פֿאַרשפּעטיקן מיט וואָכן."

טעאָדען האָט געשמייכלט. "גיכער ווי דאָס וואָלט איך אײַך טראָגן מיט מיר אויף **ש**נייגריווע," האָט ער געזאָגט. "נאָר ווייניקסטנס וועט איר רײַטן מיט מיר קיין **ע**דאָראַס און קוקן אויף **מ**עדוסעלד, וואָרן אויף אָט דעם וועג וויל איך גיין. אַזוי ווײַט קען **ס**טיבאַ אײַך טראָגן; דאָס גרויסע געיעג וועט זיך ניט אָנהייבן איידער מיר קומען אָן אין די פּליינען."

איז **ע**אָווין דעמאָלט אויפֿגעשטאַנען. "קומט איצט, **מ**עריאַדאָק!" האָט זי געזאָגט. "איך וועל אײַך ווײַזן דאָס געצײַג וואָס איך האָב פֿאַר אײַך געגרייט." זיי זײַנען אַרויס צוזאַמען. "נאָר אָט די בקשה האָט **אַ**ראַגאָרן מיר געשטעלט," האָט **ע**אָווין געזאָגט בעת זיי גייען פֿאַרבײַ די געצעלטן, "אַז איר זאָלט זײַן באַוואָפֿנט אויף שלאַכט. דאָס האָב איך נאָכגעגעבן אויף וויפֿל איך האָב געקענט. וואָרן דאָס האַרץ מײַנס זאָגט מיר אַז איר וועט דאַרפֿן אַזאַ געצײַג אײדער אַלץ איז פֿאַרטיק."

איצט האָט זי **מ**ערי געפֿירט צו אַ בײַדל צווישן די קוואַרטירן פֿון די וועכטערס פֿונעם קיניג, און דאָרט האָט אַ באַוואָפֿענער איר געבראַכט אַ קליינע קאַסקע, און אַ קײַלעכדיקן שילד, און אַנדער געצײַג.

"מיר האָבן ניט קיין רינגל־פּאַנצער וואָס וועט זײַן פּאַסיק פֿאַר אײַך," האָט **ע**אָווין געזאָגט, "און ניט קיין צײַט צו שמידן אַזאַ מאַנטל, אָבער אָט האָט איר אַ פֿאַרהאַרטעוועט לעדערן רעקל, אַ גאַרטל, און אַ מעסער. אַ שווערד האָט איר שוין."

מערי האָט זיך פֿאַרנייגט, און די דאַמע האָט אים באַוויזן דעם שילד, וואָס איז געווען ענלעך אויפֿן שילד געגעבן צו **ג**ימלי, און ס'האָט געטראָגן דעם צייכן פֿונעם ווײַסן פֿערד. "נעמט דאָס אַלץ," האָט זי געזאָגט, "און טראָגט זיי אין אַ מזלדיקער שעה! אַדיע איצט, **ה**אַר **מ**עריאַדאָק! פֿאָרט וועלן מיר זיך אפֿשר זען נאָך אַ מאָל, איר און איך."

אַזוי איז געווען אַז אין מיטן אַ וואַקסנדיקער אומעט האָט דער **ק**יניג פֿון דעם **מ**אַרק אַלץ צוגעגרייט צו פֿירן אַלע זײַנע **ר**ײַטערס אויפֿן וועג מיזרח צו. די הערצער זײַנען שווער געווען און אַ סך האָבן געציטערט אינעם שאָטן. אָבער זיי זײַנען געווען אַ שטרענג פֿאָלק, געטרײַ צו דעם לאָרד זייערן, און ניט קיין סך וויינען צי מורמלען האָט זיך געלאָזט הערן, אַפֿילו אינעם לאַגער אין דער **פֿ**אַרפֿעסטיקונג ווו מע האָט באַהויזט די פֿאַרשיקטע פֿון **ע**דאָראַס, פֿרויען און קינדער און אַלטע מענטשן. דער גורל איז איבער זיי געהאַנגען, נאָר זיי זײַנען פֿאַר דעם שווײַגנדיק געשטאַנען.

צוויי גיכע שעהען זײַנען פֿאַרבײַ, און איצט איז דער קיניג געזעסן אויף זײַן ווײַס פֿערד, גלאַנצנדיק אין דער האַלב־ליכט. שטאָלץ און הויך האָט ער אויסגעזען, כאָטש די האָר וואָס פֿליסן פֿון אונטער דער הויכער קאַסקע איז געווען ווי שניי, און אַ סך האָבן אים באַוווּנדערט און ס'איז זיי לײַכטער אויפֿן האַרצן געווען אים צו זען גלײַך און אָן פּחד.

דאָרט אויף די ברייטע פֿלאַטשיקעס לעבן דעם רוישנדיקן טײַך האָט מען צונויפֿגעזאַמלט אין אַ סך קאָמפּאַניעס שיִער ניט פֿינף טויזנט פֿינף הונדערט **ר**ײַטערס, גאַנץ באַוואָפֿנט, און עטלעכע הונדערטער אַנדערע מענטשן מיט איבעריקע פֿערד נאָר לײַכט באַלאָדן. איין איינציק טרומייט האָט געקלונגען. דער קיניג האָט אויפֿגעהויבן די האַנט און דערמיט, שטילערהייט, האָט די מחנה פֿון דעם **מ**אַרק זיך אָנגעהויבן באַוועגן. אויף פֿאָרנט זײַנען געגאַנגען צוועלף פֿון דעם קיניגס הויזגעזינד, באַרימטע **ר**ײַטערס אַלע. נאָך זיי איז געווען דער קיניג מיט **ע**אָמער אויף זײַן רעכטער זײַט. ער האָט זיך געזעגנט מיט **ע**אָווין אויבן אין דער **פֿ**אַרפֿעסטיקונג, און דער געדאַנק איז אים געווען קלאָגעדיק, אָבער איצט האָט ער געווענדט דעם מוח אויפֿן וועג פֿאַר זיי. הינטער אים האָט געריטן **מ**ערי אויף **ס**טיבאַ מיט די שליחים פֿון **ג**אָנדאָר, און הינטער זיי נאָך צוועלף פֿון דעם קיניגס הויזגעזינד. זיי זײַנען אַראָפּ דורך די לאַנגע רייען וואַרטנדיקע מענטשן מיט ערנסטע שטילע פּנימער. נאָר ווען זיי זײַנען כמעט בײַם עק רייען האָט איינער געקוקט אַרויף שאַרף אויף דעם האָביט. אַ

יונגער־מאַן, האָט מערי געטראַכט מיט אַ קוק אויף אים, קלענער אין הייך און בויך ווי ס'רובֿ. ער האָט געכאַפּט אַ בליק פֿון קלאָרע גראָע אויגן און דערנאָך האָט ער געציטערט, וואָרן ס'איז אים מיט אַ מאָל איַינגעפֿאַלן אַז דאָס איז דאָס פּנים פֿון איינעם אָן האָפֿענונג וואָס גייט זוכן טויט.

וויַיטער אַראָפּ אויפֿן גראָען וועג זיַינען זיי געגאַנגען לעבן דעם שנייבורנעם לויפֿנדיק איבער זיַינע שטיינער; דורך די שטעטלעך פֿון אונטערקויפּ און איבערברונעם, ווו אַ סך טרויעריקע פּנימער פֿון פֿרויען האָבן געקוקט אַרויס פֿון פֿינצטערע טירן; און אַזוי אָן האָרן צי האַרף צי די מוזיק פֿון מענטשן־קולער האָט זיך אָנגעהויבן דער גרויסער ריַיט אין דעם מיזרח אַריַין, וואָס דערמיט זיַינען די לידער פֿון ראָהאַן פֿאַרנומען געווען אויף אַ סך מענטשן־לעבנס דערנאָך.

פֿון טונקעלן געטערקויפּ אינעם אומקלאָרן פֿרימאָרגן
מיט ריטער און קאַפּיטאַן האָט געריטן טענגעלס זון:
קיין עדאָראַס איז ער געקומען, די אוראַלטע זאַלן
פֿון די מאַרק־ווערכטערס אין נעפּל גאַנץ באַדעקט;
גאָלדענע באַלקנס אין אומעט אַנטוויקלט.
אַדיע האָט ער געווונטשן זיַינע פֿריַיע לייַט,
קאַמין און הויכשטול, און די געבענטשטע ערטער,
ווו לאַנג איז ער אויף סעודות אײדער ס'איז אַוועק די ליכט.
אַרויס האָט געריטן דער קיניג, הינטער אים פּחד,
פֿאַר אים גורל. געטריַי איז ער געבליבן;
געגעבענע שבֿועות, אַלע גאַנץ דערפֿילט.
אַרויס האָט געריטן טעאָדען. פֿינף נעכט און טעג
מיזרח צו האָבן וויַיטער געריטן די עאָרלינגאַס
דורך פֿאָלדע און פֿענמאַרק און דעם פֿיריענוואַלד,
זעקס טויזנט שפּיזן צו זונלענדינג,
מונדבורג דעם מאַכטיקן אונטער מינדאָלויִן,
שטאָט פֿון די ים־קיניגן אין דעם דרום־מלכות
פֿון שׂונאים באַלעגערט, מיט פֿיַיער באַרינגלט.
גורל האָט זיי וויַיטער געטריבן, פֿינצטערניש זיי גענומען,
פֿערד מיט ריַיטער; טלאָען אין דער וויַיטן
אַראָפּ אין שטילקייט: אַזוי שטייט אין די לידער.

עס איז טאַקע געווען אין וואַקסנדיקער מראַקע אַז דער קיניג איז געקומען אין עדאָראַס, כאָטש ס'איז נאָר געווען האַלבער טאָג לויטן זייגער. דאָרט האָט ער זיך אָפּגעשטעלט נאָר אַ קורצע וויַילע, פֿאַרשטאַרקט זיַין מחנה מיט איין שאָק ריַיטערס וואָס האָבן זיך פֿאַרשפּעטיקט ביַי דעם באַוואָפֿענען. איצט, נאָכן עסן, האָט ער זיך געגרייט גיין וויַיטער, און ער האָט געגעבן זיַין אַדיוטאַנט אַ גוטהאַרציק זיַיט געזונט. נאָר מערי האָט זיך אַ לעצט מאָל געבעטן ביַי אים ער זאָל ניט פֿון אים צעשיידט ווערן.

"דאָס איז ניט קיין נסיעה פֿאַר אַזעלכע ווי סטיבאַ, ווי איך האָב איַיך דערמאָנט," האָט טעאָדען געזאָגט. "און אין אַזאַ שלאַכט וואָס מיר האָבן בדעה אָנצופֿירן אויף די פֿעלדער פֿון

גאָנדאָר, וואָס וועט איר טאָן, האַר מעריאַדאָק, כאָטש אַ שווערד־מאַן און גרעסער אין האַרץ ווי אין וווּקס?"

"וואָס שייך דעם, ווער קען וויסן?" האָט מערי געענטפֿערט. "אָבער פֿאַר וואָס, לאָרד, האָט איר מיך אָנגענומען ווי אַ שווערד־מאַן אויב ניט צו בלײַבן בײַ אײַער זײַט? און איך וויל ניט אַז אין די לידער זאָל מען נאָר זאָגן אַז איך בין אַלע מאָל איבערגעלאָזט אויף הינטן!"

"איך האָב אײַך אָנגענומען איר זאָלט זײַן זיכער," האָט טעאָדען געענטפֿערט, "און אויך צו טאָן וואָס איך בעט. קיינער פֿון מײַנע רײַטערס קען אײַך טראָגן ווי אַ לאַסט. אויב די שלאַכט וואָלט פֿאָרקומען פֿאַר מײַנע טויערן, וועט אפֿשר די מינעזינגערס דערמאָנען אײַערע מעשׂים, אָבער ס'איז מער ווי דרײַ הונדערט מײַלן קיין מונדבורג ווו דענעטאָר איז דער לאָרד. מער וועל איך ניט זאָגן."

מערי האָט זיך פֿאַרנייגט און איז אומגליקלעך אַוועק, און געשטאַרט אויף די רייען פֿערדלײַט. שוין האָבן די קאָמפּאַניעס זיך געגרייט אויפֿן אָפּפֿאָר: מענטשן האָבן ענג געמאַכט די זאָטל־גאַרטלען, אײַנגעאָרדנט די זאָטלען, געגלעט די פֿערד, און עטלעכע האָבן אומרויִק געשטאַרט אויף דעם אַראָפּקומענדיקן הימל. אומבאַמערקט איז אַ רײַטער געקומען און ווייך געשעפּטשעט אין דעם האָביטס אויער.

"ווּ ס'איז ניט קיין דוחק אין ווילן, עפֿנט זיך אַ וועג, ווי מיר זאָגן," האָט ער געשעפּטשעט, "און אַזוי האָב איך אויך געפֿונען." מערי האָט געקוקט אַרויף און געזען אַז עס איז דער יונגער רײַטער וואָס ער האָט באַמערקט דעם פֿרימאָרגן. "איר ווילט גיין ווּ דער לאָרד פֿון דעם מאַרק גייט: איך קען דאָס דערזען אין אײַער פּנים."

"יאָ, אַזוי וויל איך," האָט מערי געזאָגט.

"אין דעם פֿאַל וועט איר מיט מיר גיין," האָט געזאָגט דער רײַטער. "איך וועל אײַך טראָגן פֿאַר מיר, אונטערן מאַנטל ביז מיר זײַנען ווײַט אַוועק און אָט דאָס פֿינצטערניש איז נאָך פֿינצטערער געוואָרן. אַזאַ גוטער ווילן זאָל מען ניט פֿאַרלייקענען. רעדט מער ניט מיט קיינעם אָבער קומט!"

"גאָר אַ שיינעם דאַנק!" האָט מערי געזאָגט. "איך דאַנק אײַך, סער, כאָטש איך קען ניט אײַער נאָמען."

"צי קענט איר אים ניט?" האָט דער רײַטער ווייך געזאָגט. "איז, רופֿט מיך אָן דערנהעלם."

אַזוי איז געשען אַז ווען דער קיניג איז אָפּגעפֿאָרן איז געזעסן פֿאַר דערנהעלם מעריאַדאָק דער האָביט, און דאָס גרויסע גראָע פֿערד ווינטפֿאָלאַ האָט קוים באַמערקט דעם לאַסט, וואָרן דערנהעלם איז געווען לײַכטער ווי אַ סך מענטשן, כאָטש בייגעוודיק און קרעפֿקע אין גוף.

ווײַטער אַרײַן אינעם שאָטן האָבן זיי געריטן. אין די ווערבע־געדיכטענישן ווו דער שנייברונעם גיסט אַרײַן אין דעם ענט־פֿלייץ, אַ זעקס־און־דרײַסיק מײַלן אויף מיזרח פֿון עדאָראַס, האָבן זיי זיך געלאַגערט די נאַכט. און דערנאָך ווײַטער דורך דער פֿאָלדע און דורך דעם פֿענמאַרק, ווו אויף רעכטס זײַנען גרויסע דעמבנוועלדער אַרויפֿגעקראָכן אויף די זוימען פֿון די בערגלעך אונטער די שאָטנס פֿון פֿינצטערן האַליפֿיריען בײַ די גרענעצן פֿון

גאָנדאָר. נאָר אַוועק אויף לינקס זײַנען נעפּלען געלעגן אויף די זומפּן באַוואַסערט פֿון די לעפֿצונגען פֿון דעם **ע**נט־**פ**לייץ. און בעת זיי האָבן געריטן האָבן גלימלעך געקומען פֿון מלחמה אין דעם **צ**פֿון. איינציקע מענטשן רײַטנדיק ווילד האָבן געבראַכט נײַעס פֿון די שׂונאים אָנפֿאַלן אויף די מיזרחדיקע גרענעצן, פֿון מחנות אָרקס וואָס מאַרשירן אויף דעם **פ**ליין פֿון **ר**אָהאַן.

"רײַט ווײַטער! רײַט ווײַטער!" האָט **ע**אָמער געשריגן. "צו שפּעט איצט צו גיין אין אַ זײַט. די זומפּן פֿון דעם **ע**נט־**פ**לייץ מוזן באַוואַכן אונדזער פֿלאַנק. גיכקייט דאַרפֿן מיר איצט. רײַט ווײַטער!"

און אַזוי האָט קיניג **ט**עאָדען איבערגעלאָזט די אייגענע מלוכה, און מײַל נאָך מײַל האָט דער לאַנגער וועג געשלענגלט אַוועק, און די סיגנאַל־בערגלעך האָבן מאַרשירט פֿאַרבײַ: **ק**אַלענהאַד, **מ**ין־**ר**ימאָן, **ע**רעלאַס, **נ**אַרדאָל. נאָר די פֿײַערן זייערע זײַנען אויסגעלאָשן געוואָרן. די אַלע לענדער זײַנען גראָ געווען און שטיל און כּסדר איז דער שאָטן טיפֿער געוואָרן פֿאַר זיי, און די האָפֿענונג איז שוואַכער געוואָרן אין יעדן האַרץ.

קאַפּיטל פֿיר

די באַלעגערונג פֿון גאָנדאָר

פיפּין איז אויפֿגעוועקט געוואָרן פֿון **ג**אַנדאַלף. ליכט האָט מען אָנגעצונדן אין זייער צימער, ווײַל בלויז אַן אומקלאָר בין־השמשות איז אַרײַן דורך די פֿענצטער. די לופֿט איז שווער געווען ווי מיט אָנקומענדיקן דונער.

"וויפֿל איז דער זייגער?" האָט **פ**יפּין געזאָגט מיט אַ גענעץ.

"נאָך דער צווייטער שעה," האָט **ג**אַנדאַלף געזאָגט. "שוין צײַט זיך אויפֿצוכאַפּן און זיך מאַכן פּרעזענטאַבל. דער **ל**אָרד פֿון דער **ש**טאָט האָט אײַך צוגערופֿן זיך צו לערנען אײַערע נײַע חובֿות."

"און וועט ער צושטעלן פֿרישטיק?"

"ניין! דאָס האָב איך צוגעשטעלט: אַלץ וואָס איר וועט באַקומען ביז האַלבן טאָג. עסנוואַרג צעטיילט מען איצט לויטן באַפֿעל."

פיפּין האָט געקוקט מיט חרטה אויף דעם קליינעם לאַבן און (לויט זײַן מיינונג) אַ גאָר ניט־גענוגיק שטיקל פּוטער וואָס איז אים דערלאַנגט געוואָרן, אַחוץ אַ טעפּל דינע מילך. "פֿאַר וואָס האָט איר מיך אַהערגעבראַכט?" האָט ער געזאָגט.

"איר ווייסט גאַנץ גוט," האָט **ג**אַנדאַלף געזאָגט. "אײַך צו האַלטן פֿון שטיפֿערײַ, און אויב ס'געפֿעלט אײַך ניט וואָס איר זײַט דאָ, זאָלט איר געדענקען אַז איר אַליין האָט דאָס געבראַכט אויף זיך." **פ**יפּין האָט מער ניט געזאָגט.

אין גיכן איז ער געגאַנגען מיט **ג**אַנדאַלף נאָך אַ מאָל אַראָפּ אויפֿן קאַלטן קאָרידאָר צו דער טיר פֿון דעם **ט**ורעם־**ז**אַל. דאָרט איז **ד**ענעטאָר געזעסן אין אַן אומעטיקער מראַקע, ווי אַן אַלטע געדולדיקע שפּין, האָט **פ**יפּין געטראַכט. עס האָט זיך געדאַכט אַז ער האָט זיך ניט באַוועגט זינט נעכטן. ער האָט **ג**אַנדאַלף צוגעווונקען צו אַ בענקל, נאָר **פ**יפּין איז געבליבן שטיין אַ ווײַלע אומבאַמערקט. באַלד האָט דער אַלטער מענטש זיך צו אים געווענדט:

"נו, האַר **פ**ערעגרין, איך האָף אַז איר האָט נעכטן ווויל און רווחדיק פֿאַרבראַכט? כאָטש איך האָב מורא אַז די שפּײַזאַרניעס אין דער דאָזיקער שטאָט זײַנען ליידיקער ווי איר וואָלט געוואָלט."

פיפּין האָט אומבאַקוועם געפֿילט אַז ס'רובֿ פֿון וואָס ער זאָגט אָדער טוט האָט ווי ניט איז געוווּסט דער **ל**אָרד פֿון דער **ש**טאָט, און האָט געטראָפֿן אַ סך פֿון די מחשבֿות זײַנע דערצו. ער נאָט ניט געענטפֿערט.

"וואָס ווילט איר טאָן אין מײַן דינסט?"

"איך האָב געמיינט, סער, אַז איר וועט מיר דערקלערן מײַנע חובֿות."

"דאָס וועל איך, ווען איך זיך דערוויסן וואָס פּאַסט זיך צו אײַך," האָט **ד**ענעטאָר געזאָגט. "אָבער דאָס וועל איך דאָס גיכסטע טאָן, אפֿשר, אויב איך האַלט אײַך לעבן מיר. דער אַדיוטאַנט פֿון מײַן קאַמער האָט געבעטן דערלויבעניש גיין צו דער ווײַטערער ראָטע, קענט איר דערפֿאַר שטיין אין זײַן אָרט אַ ווײַלע. איר זאָלט מיך באַדינען, גיין אויף גענג, און רעדן מיט מיר, אויב מלחמה און ראָט לאָזן מיר אַ ביסל צײַט. קענט איר זינגען?"

"יאָ," האָט **פּ**יפּין געזאָגט. "נו, יאָ, גענוג גוט פֿאַר די אייגענע לײַט. נאָר מיר האָבן ניט קיין לידער פֿאַסיק פֿאַר גרויסע זאַלן און בייזע צײַטן, לאָרד. זעלטן זינגען מיר וועגן אַבי וואָס ערגער ווי ווינט צי רעגן. און ס'רובֿ מײַנע לידער זײַנען וועגן זאַכן וואָס ברענגען געלעכטער, אָדער וועגן עסן און טרינקען, אַוודאי."

"און ווי אַזוי זאָלן אַזעלכע לידער ניט זײַן פּאַסיק פֿאַר מײַנע זאַלן, אָדער צײַטן ווי איצט? מיר וואָס האָבן לאַנג געוווינט אונטער דעם **ש**אָטן מעגן זיכער זיך צוצוהערן צו ווידערקולות פֿון אַ לאַנד ניט דערפֿון געשטערט? אַזוי מעגן מיר האַלטן אַז אונדזער וואַכיקייט איז ניט אומזיסט געווען, כאָטש אָן דאַנק."

פּיפּינס האַרץ איז אַראָפּגעפֿאַלן. אים איז גאָר ניט געפֿעלן די אידעע פֿון זינגען אַבי וואָס פֿאַר אַ ליד פֿון דעם **ק**אַנטאָן צו דעם **ל**אָרד פֿון **מ**ינאַס **ט**יריט, און בפֿרט ניט די קאָמישע לידער וואָס ער זיי דאָס בעסטע געקענט; זיי זײַנען געווען צו, נו, צו דאָרפֿיש בײַ אַזאַ געלעגנהייט. אָבער ער איז דערוויַיל פֿאַרשפּאָרט געווען פֿונעם אָפּקומעניש. **ד**ענעטאָר האָט זיך געווענדט צו **ג**אַנדאַלף, אים געפֿרעגט וועגן די **ר**אָהירים און זייער פּאָליטיק, און די שטעלונג פֿון **ע**אָמער, דעם קיניגס פּלימעניק. פֿאַר **פּ**יפּין איז געווען אַ חידוש וויפֿל דער **ל**אָרד האָט געוווּסט וועגן אַ פֿאָלק וואָס וווינט העט ווײַט אַוועק, כאָטש ס'האָט געמוזט זײַן, האָט ער געמיינט, גאָר אַ סך יאָרן זינט **ד**ענעטאָר אַליין האָט געריטן אַרויס אויף דער וועלט.

באַלד האָט **ד**ענעטאָר געוווּנקען צו **פּ**יפּין און אים אָפּגעלאָזט אַ ווײַלע. "גייט צו די אַרסענאַלן פֿון דעם **צ**יטאַדעל," האָט ער געזאָגט, "און קריגט דאָרט פֿאַר זיך די ליווּרעע און געצײַג פֿון דעם **ט**ורעם. דאָס וועט זײַן גרייט. מע האָט דאָס נעכטן געפֿאָדערט. קומט צוריק ווען איר זײַט באַקליידט!"

ס'איז געווען ווי ער האָט געזאָגט, און **פּ**יפּין האָט זיך באַלד געפֿונען באַקליידט אין מאָדנע מלבושים, גאַנץ פֿון שוואַרץ און זילבער. ער האָט אַ קליינעם פּאַנצער־מאַנטל, די רינגען זײַנע אפֿשר פֿון שטאָל געשמידט, כאָטש שוואַרץ ווי גאַגאַט; און אַ קאַסקע מיט אַ הויכן אויבן מיט קליינע וואָראָן־פֿליגלען אויף די זײַטן, אײַנגעפֿאַסט מיט אַ זילבערנעם שטערן אין מיטן קרײַזל. איבערן פּאַנצער איז געווען אַ קורץ רעקל פֿון שוואַרץ, נאָר געשטיקט אויף דער ברוסט אין זילבער מיטן צייכן פֿון דעם **ב**וים. זײַנע אַלטע מלבושים האָט מען געפֿעלבלט און אַוועקגעשטעלט, נאָר מע האָט אים דערלויבט האַלטן דעם גראָען מאַנטל פֿון **ל**אָריען, כאָטש ניט צו טראָגן בעת ער איז אויף דיזשור. ער האָט איצט אויסגעזען, וואָלט ער דאָס געוווּסט, טאַקע ווי *ערנ'יל אי פּעריאַנאַט*, דער **פּ**רינץ פֿון די **ה**אַלבלינגען, ווי מע האָט אים אָנגערופֿן, אָבער ס'איז אים געווען אומבאַקוועם. און די מראַקע האָט אָנגעהויבן אים מאַכן שווער אויפֿן האַרצן.

עס איז געווען פֿינצטער און אומקלאָר דעם גאַנצן טאָג. פֿונעם קאַיאָר אָן זון ביז אָוונט איז דער שווערער שאָטן טיפֿער געוואָרן, און פֿאַר דער גאַנצער **ש**טאָט איז געווען שווער אויפֿן האַרצן. ווײַט אויבן האָט אַ גרויסער וואָלקן געשטראָמט פּאַמעלעך מערבֿ צו פֿון דעם **ש**וואַרצן **ל**אַנד, אויפֿפֿרעסנדיק די ליכט, געטראָגן אויף אַ מלחמה־ווינט, נאָר אונטן איז די לופֿט נאָך געווען שטיל און פֿאַרסאָפּעט, גלײַך ווי דער גאַנצער **ט**אָל פֿון דעם **אַ**נדויִן וואַרט אויפֿן אָנהייב פֿון אַ קאַטאַסטראָפֿאַלן שטורעם.

מער־ווייניקער עלף אַ זייגער, אָפּגעלאָזט סוף־כּל־סוף אַ ווײַלע פֿון דיזשור, איז **פּ**יפּין אַרויס, געזוכט עסנוואַרג און געטראַנק אויפֿצומונטערן זײַן שווער האַרץ און צו

פֿאַרלײַכטערן זײַן וואַרטן. אינעם עסזאַל האָט ער זיך געזען נאָך אַ מאָל מיט בערעגאָנד, וואָס איז נאָר וואָס צוריק פֿון אַ גאַנג איבער דעם פעלענאָר ביז די וואַך־טורעמס אויף דעם הויכוועג. צוזאַמען האָבן זיי געשליאָנדערט צו די מויערן, וואָרן פּיפּין האָט זיך געפֿילט ווי אין תּפֿיסה אינעווייניק, און פֿאַרשטיקט אין דעם הויכן ציטאַדעל אַפֿילו. איצט זײַנען זיי געזעסן זײַט בײַ זײַט אויפֿן פֿאַראַפּעט קוקנדיק מיזרח צו, ווו זיי זײַנען נעכטן געזעסן און געשמועסט.

עס איז געווען די צײַט פֿאַר זונפֿאַרגאַנג נאָר די גרויסע אומעטיקע דעקונג האָט זיך איצט געצויגן ווײַט אין דעם מערבֿ אַרײַן, און נאָר ווען זי איז צום סוף אַראָפּ אין דעם ים איז די זון אַנטלאָפֿן אָפּצושיקן אַ קורצן גלאַנץ פֿון געזעגענונג פֿאַר דער נאַכט, פּונקט אַז פֿראָדאָ האָט דאָס געזען בײַ דעם שיידוועג אָנטאַפּנדיק דעם קאָפּ פֿונעם געפֿאַלענעם קיניג. נאָר צו די פֿעלדער פֿון דעם פעלענאָר, אונטערן שאָטן פֿון מינדאָלויִן, איז געקומען ניט קיין גלאַנץ: ברוין זײַנען זיי געווען און טריב.

עס האָט פּיפּין שוין געפֿילט ווי יאָרן זינט ער איז פֿריִער דאָרט געזעסן, אין עפּעס אַ האַלב־פֿאַרגעסענער צײַט ווען ער איז נאָך געווען אַ האָביט, אַ לײַכטהאַרציקער וואַנדערער קוים אָנגערירט פֿון די אַלע סכּנות וואָס דורך זיי איז ער געגאַנגען. איצט איז ער בלויז איין קליינער סאָלדאַט אין אַ שטאָט וואָס גרייט זיך אויף אַ גרויסן שטורעם, באַקליידט אינעם שטאָלצן נאָר טעמנעם אופֿן פֿון דעם טורעם פֿון שמירה.

אין אַן אַנדער צײַט צי אָרט וואָלט פּיפּין אפֿשר געפֿילט צופֿרידן מיט זײַן נײַע קליידער, אָבער ער ווייסט איצט אַז ער שפּילט ניט קיין ראָלע אין קיין פּיעסע; ער איז געווען ערנסט אויף טויט דער באַדינער פֿון אַ פֿאַרביסענעם האַר פֿאַר דער גרעסטער סכּנה. דער פּאַנצער־מאַנטל איז אויף אים שווער געהאַנגען און די קאַסקע שווער אויפֿן קאָפּ. דעם מאַנטל האָט ער אַראָפּגעוואָרפֿן אויפֿן בענקל. ער האָט געווענדט דעם מידן בליק פֿון די אַלץ פֿינצטערערע פֿעלדער אונטן און געגענעצט, און דערנאָך געזיפֿצט.

"איר זײַט שוין מיד פֿון אָט דעם טאָג?" האָט בערעגאָנד געזאָגט.

"יאָ," האָט פּיפּין געזאָגט, "ביז גאָר: מיד מיט זײַנען פּוסט־און־פּאַס און מיט וואַרטן. איך בין אומגעדולדיק געשטאַנען בײַ דער טיר פֿון מײַן האַרס קאַמער אַ סך אויסגעצויגענע שעהען בעת ער האָט געהאַלטן אין דעבאַטירן מיט גאַנדאַלף און דעם פּרינץ און אַנדערע גרויסע פֿאַרשוינען. איך בין ניט צוגעוווינט, האַר בערעגאָנד, צו וואַרטן הונגעריק אויף אַנדערע וואָס עסן. ס'איז אַ שווערער פּרוּוו פֿאַר אַ האָביט, דאָס צו טאָן. אָן ספֿק וועט איר האַלטן אַז איך זאָל פֿילן טיפֿער דעם כּבֿוד. נאָר וואָס טויג אַזאַ כּבֿוד? דעם אמת זאָגנדיק, וואָס טויגן עסנוואַרג און געטראַנק אַפֿילו אונטער דעם אָ קריכנדיקן שאָטן? וואָס זאָל דאָס מיינען? די סאַמע לופֿט פֿילט ווי געדיכט און ברוין! צי האָט איר אָפֿט אַזעלכע מראַקעס ווען דער ווינט קומט פֿון דעם מיזרח?"

"ניין," האָט בערעגאָנד געזאָגט, "דאָס איז ניט קיין וועטער פֿון דער דאָזיקער וועלט. דאָס איז עפּעס אַ המצאה פֿון זײַן בייזקייט, עפּעס אַ קאָכעניש פֿון פֿאַרע פֿון דעם באַרג פֿון פֿײַער וואָס ער שיקט אָפּ צו פֿאַרשוואַרצן הערצער און ראָט. און אַזוי טוט עס טאַקע. איך ווינטש דער לאָרד פֿאַראַמיר וועט קומען צוריק. ער וועט ניט פֿאַרצווייפֿלט זײַן. אָבער איצט, ווער ווייסט צי ער וועט אַ מאָל קומען צוריק איבער דעם טײַך אַרויס פֿון דעם פֿינצטערניש?"

"יאָ," האָט **פּ**יפּין געזאָגט, "**ג**אַנדאַלף איז אויך אומרויִק. ער איז אַנטוישט געווען, מיין איך, ווען ער האָט ניט געפֿונען דאָ **פֿ**אַראַמיר. און ווּ איז ער אַליין געגאַנגען? ער איז אַרויס פֿון דעם **ל**אָרדס ראָט פֿאַרן מיטאָג, און אין קוים אַ גוט געמיט דערצו, האָב איך געמיינט. אפֿשר האָט ער אַן אָנווונק פֿון שלעכטע נייַעס."

מיט אַ מאָל אין מיטן רעדן זייַנען זיי שטום געוואָרן, פֿאַרגליווערט אַזוי צו זאָגן ווי זיך צוהערנדיקע שטיינער. **פּ**יפּין האָט אַראָפּגעהויערט מיט די הענט געדריקט אויף די אויערן, נאָר **ב**ערעגאָנד, וואָס האָט געקוקט אַרויס פֿונעם פּאַראַפּעט בעת ער רעדט וועגן **פֿ**אַראַמיר, איז דאָרט געבליבן, פֿאַרשטייַפֿט, גאַפֿנדיק אַרויס מיט צאַפּלענדיקע אויגן. **פּ**יפּין האָט געקענט דאָס שוידערנדיק געשריי וואָס ער האָט געהערט: עס איז געווען דאָס זעלבע וואָס ער האָט געהערט לאַנג צוריק אין דער **ב**אַגנע פֿון דעם **ק**אַנטאָן, נאָר איצט איז עס געוואַקסן אין קראַפֿט און שׂינאה, אַרייַן אין האַרץ מיט אַ סמיקער פֿאַרצווייפֿלונג.

סוף־כּל־סוף האָט **ב**ערעגאָנד קוים מיט צרות גערעדט. "זיי זייַנען אָנגעקומען!" האָט ער געזאָגט. "מאַכט זיך האַרץ און גיט אַ קוק! עס זייַנען דאָ בייזע חפֿצים אונטן."

אומוויליק איז **פּ**יפּין געקראָכן אויפֿן בענקל און געקוקט איבערן מויער. דער **פּ**עלענאָר איז געלעגן אומקלאָר אונטן, בליאַקירנדיק אַוועק צו דעם קוים צו טרעפֿן פּאַס פֿון דעם **ג**רויסן **ט**ייַך. נאָר איצט דרייענדיק זיך גיך דעריבער, ווי שאָטנס פֿון צופֿרייִקער נאַכט, האָט ער דערזען אין די מיטעלע הייכן אונטער אים פֿינף געשטאַלטן ווי פֿייגל, אַזוי גרויליק ווי פּאַדלע־פֿייגל נאָר גרעסער ווי אָדלערס, אַזוי רוצחיש ווי טויט. איצט האָבן זיי נאָענט געשוועבט, שיִער ניט אין גרייך פֿון אַ פֿייַלן־בויגער אויף די מויערן; און איצט זיך אַוועקגעקייַקלט.

"**ש**וואַרצע **ר**ייַטערס!" האָט **פּ**יפּין געמורמלט. "**ש**וואַרצע **ר**ייַטערס פֿון דער לופֿטן! אָבער קוקט נאָר, **ב**ערעגאָנד!" האָט ער געשריגן. "זיכער זוכן זיי נאָך עפּעס? זעט ווי זיי דרייען זיך און לאָזן זיך אַראָפּ, אַלע מאָל צו אָט דעם אָרט דאָרט! און קענט איר זען עפּעס וואָס באַוועגט זיך אויף דער ערד? פֿינצטערע קליינע זאַכן. יאָ, מענטשן אויף פֿערד, פֿיר אָדער פֿינף. אַך! ס'איז מיר ניט אויסצוהאַלטן! **ג**אַנדאַלף! **ג**אַנדאַלף ראַטעוועט אונדז!"

נאָך אַ לאַנג געשריי האָט זיך אויפֿגעהויבן און איז אַראָפּ, און ער האָט זיך צוריקגעוואָרפֿן נאָך אַ מאָל פֿונעם מויער, סאָפּעדיק ווי אַ נאָכגעיאָגטע חיה. שוואַך און אַ פּנים אָפּגעלעגן, האָט ער געהערט פֿון אונטן שלענגלענדיק דורך דעם שוידערלעכן געשריי דעם קלאַנג פֿון אַ טרומייט וואָס ענדיקט זיך אויף אַ לאַנגן הויכן טאָן.

"**פֿ**אַראַמיר! דער **ל**אָרד **פֿ**אַראַמיר! דאָס איז זייַן רוף!" האָט **ב**ערעגאָנד אויסגעשריגן. "גבֿורהדיק האַרץ! אָבער ווי אַזוי זאָל ער געווינען ביז דעם **ט**ויער, אויב אָט די ברודיקע טייַוול־פֿאַלקן האָבן וואָפֿן אַחוץ פּחד? נאָר גיט אַ קוק! זיי האַלטן אָן. זיי וועלן דערגרייכן דעם **ט**ויער. ניין! די פֿערד לויפֿן משוגענערהייט. זעט נאָר! די מענטשן זייַנען אַראָפּגעוואָרפֿן געוואָרן; זיי לויפֿן צו פֿוס. ניין, איינער איז נאָך אַלץ אויפֿן פֿערד, נאָר ער רייַט צוריק צו די אַנדערע. דאָס וועט זייַן דער **ק**אַפּיטאַן: ער קען הערשן איבער אי חיות אי מענטשן. אַך! דאָרט האָט זיך איינער פֿון די ברודיקע חפֿצים אַראָפּגעלאָזט אויף אים. גוואַלד געשריגן! וועט קיינער אים ניט ראַטעווען? **פֿ**אַראַמיר!"

דערמיט איז **ב**ערעגאָנד אַוועקגעשפּרונגען און געלאָפֿן אַרייַן אין דער מראַקע. פֿאַרשעמט פֿון זייַן שרעק בעת **ב**ערעגאָנד פֿון דער **ו**ואַך האָט ערשט געטראַכט פֿון זייַן

באַליבטן קאַפּיטאַן, איז **פּ**יפּין אויפֿגעשטאַנען און אַרויסגעקוקט. פּונקט דעמאָלט האָט ער געכאַפּט אַ בליץ פֿון ווײַס און זילבער קומענדיק פֿון דעם **צ**פֿון ווי אַ קליינער שטערן אַראָפּ אויף די פֿינצטערלעכע פֿעלדער. עס האָט זיך באַוועגט אַזוי גיך ווי אַ פֿײַל און איז געוואַקסן בײַם קומען, קומענדיק גיך צונויף מיטן פֿלי פֿון די פֿיר מענטשן צו דעם **ט**ויער צו. ס'האָט זיך **פּ**יפּין געדאַכט אַז אַ בלאַסע ליכט האָט זיך אַרום דעם פֿאַרשפּרייט, און די שווערע שאָטנס האָבן זיך אָפּגערוקט דערפֿאַר. און דעמאָלט, ווען ס'איז נעענטער געקומען האָט ער געמיינט אַז ער הערט, ווי אַ ווידערקול אין די מויערן, אַ גרויס קול רופֿנדיק.

"**ג**אַנדאַלף!" האָט ער געשריגן. "**ג**אַנדאַלף! שטענדיק באַווײַזט ער זיך ווען אַלץ איז גאַנץ פֿינצטער געוואָרן. גייט ווײַטער! גייט ווײַטער, **ו**ווײַסער **ר**ײַטער! **ג**אַנדאַלף, **ג**אַנדאַלף!" האָט ער ווילד געשריגן, ווי אַ צוקוקער בײַ אַ גרויסן פֿאַרמעסט אָנטרײַבנדיק אַ לויפֿער וואָס איז ווײַט הינטער אויפֿמונטערונג.

נאָר איצט האָבן די פֿינצטערע פֿליִענדיקע שאָטנס באַמערקט די נײַ־געקומענעם. איינער האָט זיך צו אים געדרייט אָבער **פּ**יפּין האָט געמיינט אַז יענער האָט אויפֿגעהויבן די האַנט און דערפֿון האָט אַ שטראַל ווײַסע ליכט געשטאָכן אַרויף. דער **נ**אַזגול האָט געגעבן אַ לאַנג יעלהנדיק געשריי און אַ ריס געטאָן אין אַ זײַט, און דערמיט האָבן זיך די איבעריקע פֿיר געוואַקלט, און דערנאָך, אַרויף אין גיכע אויסדרייען זײַנען זיי אַוועק **מ**יזרח צו, פֿאַרשוווּנדן געוואָרן אין דעם אַראָפּקומענדיקן וואָלקן אויבן. און אונטן אויף דעם **פּ**עלענאָר האָט אַ ווײַלע אויסגעזען ניט אַזוי פֿינצטער.

פּיפּין האָט זיך צוגעקוקט און געזען ווי דער פֿערד־מאַן און דער **ו**ווײַסער **ר**ײַטער האָבן זיך געטראָפֿן און אָפּגעשטעלט, געוואַרט אויף די וואָס גייען צו פֿוס. מענטשן האָבן זיך געאײַלט צו זיי צו פֿון דער **ש**טאָט, און באַלד זײַנען זיי אַלע געווען ניט צו דערזען אונטער די דרויסנדיקע מויערן, און ער האָט געוווּסט אַז זיי זײַנען אַרײַן דורך דעם **ט**ויער. טרעפֿנדיק אַז זיי וועלן תּיכף קומען צו דעם **ט**ורעם און דעם **פֿ**אַרוואַלטער, האָט ער זיך גיך גענומען צום אַרײַנגאַנג פֿונעם ציטאַדעל. דאָרט זײַנען אויך געקומען אַ סך אַנדערע וואָס האָבן באַטראַכט דעם פֿאַרמעסט און רעטונג פֿון די הויכע מויערן.

באַלד האָט זיך געלאָזט הערן אַ טומל אין די גאַסן וואָס פֿירן אַרויף פֿון די דרויסנדיקע קרײַזן, און עס זײַנען געווען אַ סך וויוואַטן און אויסשרײַען די נעמען פֿון **פֿ**אַראַמיר און **מ**יטראַנדיר. באַלד האָט **פּ**יפּין געזען שטורקאַצן און מיט אַ געדראַנג מענטשן אויף הינטן צוויי פֿערד־לײַט רײַטנדיק פּאַמעלעך: איינער אין ווײַס געווען אָבער מער ניט שײַנענדיק, בלאַס אינעם פֿאַרנאַכט גלײַך ווי זײַן פֿײַער איז אויס צי פֿאַרשלייערט; דער צווייטער איז טונקל געווען מיטן קאָפּ פֿאַרנייגט. זיי זײַנען אָפּגעזעסן און בעת די שטאַל־לײַט האָבן גענומען **ש**אָטנפֿאַקס און דאָס צווייטע פֿערד, זײַנען זיי געגאַנגען פֿאָרויס צו דעם שומר בײַם טויער: **ג**אַנדאַלף פֿעסט מיטן מאַנטל צוריקגערוקט און אַ פֿײַער נאָך אַלץ טליִענדיק זיך אין די אויגן; דער צווייטער, באַקליידט גאַנץ אין גרין, פּאַמעלעך, וויגנדיק זיך אַ ביסל ווי אַן אויסגעמאַטערטער צי פֿאַרוווּנדיקטער מענטש.

פּיפּין האָט זיך פֿאָרויס געשטופּט בעת זיי זײַנען געגאַנגען אונטערן לאָמפּ אונטערן טויער־בויגן, און ווען ער האָט דערזען דאָס בלאַסע פּנים פֿון **פֿ**אַראַמיר, האָט ער געכאַפּט דעם אָטעם. עס איז געווען דאָס פּנים פֿון איינעם וואָס איז אָנגעפֿאַלן געוואָרן פֿון אַ גרויסן פּחד צי צער, אָבער האָט דאָס באַגעוועלטיקט און איז איצט רויִק. שטאָלץ און ערנסט איז ער אַ רגע געשטאַנען בײַם רעדן מיטן שומר, און **פּ**יפּין, גאַפֿנדיק אויף אים, האָט דערזען ווי

ענלעך ער איז צו דעם ברודער **ב**אָראָמיר – וואָס ער איז **פּ**יפּין געפֿעלן פֿונעם אָנהייב, געהאַלטן פֿון דעם גרויסן מענטשנס קיניגלעכן גוטהאַרציקן שטייגער. נאָר מיט אַ מאָל איז זײַן האַרץ מאָדנע גערירט פֿאַר **פֿ**אַראַמיר מיט אַ געפֿיל וואָס פֿריִער האָט ער ניט געוווּסט. אָט האָט מען איינעם מיט אַ האַלטונג פֿון הויכער איידלקייט ווי **אַ**ראַגאָרן האָט צײַטנווײַז באַוויזן, ניט אַזוי הויך אפֿשר, נאָר ווייניקער אומבאַרעכנדלעך און פֿאַרלעגן: איינער פֿון די **ק**יניגן פֿון **מ**ענטשן געבוירן געוואָרן אַרײַן אין אַ שפּעטערער צײַט, נאָר אָנגערירט מיט דער חכמה און טרויער פֿון דער **ע**לטערער **ג**זע. ער האָט איצט פֿאַרשטאַנען פֿאַר וואָס **ב**ערעגאָנד האָט זײַן נאָמען דערמאָנט מיט ליבע. ער איז געווען אַ קאַפּיטאַן וואָס מענטשן וואָלטן פֿאָלגן, וואָס ער אַליין וועט פֿאָלגן, אונטערן שאָטן פֿון די שוואַרצע פֿליגלען אַפֿילו.

"**פֿ**אַראַמיר!" האָט ער געשריגן הויך אויף אַ קול מיט די אַנדערע. "**פֿ**אַראַמיר!" און **פֿ**אַראַמיר, כאַפּנדיק זײַן מאָדנע קול צווישן דעם געפּילדער פֿון די לײַט פֿון דער **ש**טאָט, האָט אַ דריי געטאָן און געקוקט אַראָפּ אויף אים און איז פֿאַרחידושט געוואָרן.

"פֿון וואַנען זײַט איר געקומען?" האָט ער געזאָגט. "אַ האַלבלינג און אין דער ליוורעע פֿון דעם **ט**ורעם! פֿון וואַנען ...?"

נאָר דערמיט האָט **ג**אַנדאַלף געטראָטן צו זײַן זײַט און גערעדט. "ער איז געקומען מיט מיר פֿון דעם לאַנד פֿון די **ה**אַלבלינגען," האָט ער געזאָגט. "ער איז מיט מיר געקומען. נאָר לאָמיר זיך דאָ ניט הײַען. ס'איז דאָ אַ סך צו זאָגן און צו טאָן, און איר זײַט מיד. ער וועט מיט אונדז קומען. טאַקע מוז ער, וואָרן סײַדן ער פֿאַרגעסט ניט זײַנע נײַע חובֿות גרינגער ווי איך, מוז ער בײַזײַן בײַ זײַן לאָרד נאָך אַ מאָל די שעה. קומט, **פּ**יפּין, קומט נאָך אונדז נאָך!"

אַזוי זײַנען זיי סוף־כּל־סוף אַרײַן אין דער קאַמער פֿון דעם **ל**אָרד פֿון דער **ש**טאָט. דאָרט האָט מען געשטעלט טיפֿע שטולן אַרום אַ פֿײַערטאָפּ מיט האָלצקוילן, און געבראַכט ווײַן, און דאָרט איז **פּ**יפּין, קוים באַמערקט, געשטאַנען הינטער דער שטול פֿון **ד**ענעטאָר און קוים געפֿילט זײַן מידקייט, אַזוי גערן האָט ער זיך צוגעהערט צו אַלץ וואָס מע זאָגט.

ווען **פֿ**אַראַמיר האָט גענומען ווײַס ברויט און אַ טרונק ווײַן, האָט ער זיך אַוועקגעזעצט אויף אַ נידעריקער שטול בײַ דעם פֿאָטערס לינקער האַנט. אַ ביסל אַוועק אויף דער צווייטער זײַט איז געזעסן **ג**אַנדאַלף אין אַ שטול פֿון אויסגעשניצט האָלץ, און בײַם אָנהייב האָט ער אויסגעזען ווי ער שלאָפֿט. וואָרן קודם־כּל האָט **פֿ**אַראַמיר גערעדט נאָר וועגן דעם גאַנג וואָס דערויף האָט מען אים אָפּגעשיקט מיט צען טעג פֿריִער, און ער האָט געבראַכט ידיעות פֿון **א**יטיליען און וועגן די באַוועגונגען פֿון דעם **ש**ונא און זײַנע אַלײַרטע; און ער האָט באַשריבן דעם קאַמף אויפֿן וועג ווען די מענטשן פֿון **ה**אַראַד מיט זייער גרויסער חיה זײַנען צעקלאַפּט געוואָרן: אַ קאַפּיטאַן מעלדט דעם האַר ענינים וואָס מע האָט אָפֿט פֿריִער געהערט, קלייניקייטן פֿון אַ גרענעץ־מלחמה וואָס איצט זייען זיי אויס אומזיסט און נישטיק, אַנטבלויזט פֿון דער וויכטיקייט זייערער.

דעמאָלט מיט אַ מאָל האָט **פֿ**אַראַמיר געקוקט אויף **פּ**יפּין. "נאָר איצט קומען מיר צו מאָדנע ענינים," האָט ער געזאָגט. "וואָרן אָט דאָס איז ניט דער ערשטער האַלבלינג וואָס איך האָב באַמערקט קומענדיק אַרויס פֿון צפֿונדיקע לעגענדעס אין די **ד**רומלענדער אַרײַן."

דערמיט האָט זיך **ג**אַנדאַלף אויפֿגעזעצט און געכאַפּט די אָרעמס פֿון דער שטול אָבער ער האָט גאָרנישט ניט געזאָגט, און מיט אַ בליק פֿאַרשטעלט דעם אויסגעשריי אויף **פּ**יפּינס ליפּן. **ד**ענעטאָר האָט געקוקט אויף די פּנימער זייערע און געשאָקלט מיטן קאָפּ, ווי אַ סימן

אַז ער האָט דאָרט אַ סך געלייענט איידער מע האָט דאָס גערעדט אויף אַ קול. פֿאַמעלעך, בעת די אַנדערע זײַנען שטיל און רויִק געזעסן, האָט **פֿ**אַראַמיר דערציילט זײַן מעשׂה, מיט זײַנע אויגן מערסטנס אויף **ג**אַנדאַלף, כאָטש פֿון צײַט צו צײַט האָט זײַן בליק זיך געמומען אויף **פּ**יפּין, אַזוי ווי ער זאָל בעסער געדענקען די אַנדערע וואָס ער האָט געזען.

בעת זײַן מעשׂה איז ווײַטער געגאַנגען וועגן זײַן טרעפֿונג מיט **פֿ**ראָדאָ און זײַן באַדינער און וועגן די געשעענישן בײַ **ה**ענעט **אַ**נון, האָט **פּ**יפּין באַמערקט אַז **ג**אַנדאַלפֿס הענט האָבן געציטערט ווי זיי כאַפּן דאָס אויסגעשניצטע האָלץ. ווײַס האָבן זיי איצט אויסגעזען און גאָר אַלט, און בעת ער האָט אויף זיי געקוקט האָט **פּ**יפּין מיט אַ מאָל מיט אַ סקרוך פֿון פּחד געוווּסט אַז **ג**אַנדאַלף, **ג**אַנדאַלף אַליין, איז אומרויִק, דערשראָקן אַפֿילו. די לופֿט אין צימער איז געווען דושנע און שטיל. צום סוף ווען **פֿ**אַראַמיר האָט גערעדט וועגן דער געזעגענונג מיט די פֿאָרערס און וועגן זייער כּוונה צו גיין קיין **צ**יריט **א**ונגאָל, איז זײַן קול ווייכער געוואָרן און ער האָט געשאָקלט מיטן קאָפּ און געזיפֿצט. דעמאָלט איז **ג**אַנדאַלף אַרויפֿגעשפּרונגען.

"**צ**יריט **א**ונגאָל? **מ**אָרגול **ט**אָל?" האָט ער געזאָגט. "די צײַט, **פֿ**אַראַמיר, די צײַט? ווען האָט איר זיך מיט זיי געזעגנט? ווען וואָלטן זיי אָנקומען אין אָט דעם פֿאַרשאָלטענעם טאָל?"

"איך האָב זיך מיט זיי געזעגנט אין דער פֿרי מיט צוויי טעג צוריק," האָט **פֿ**אַראַמיר געזאָגט. "עס איז פֿינף־און־פֿערציק מײַלן פֿון דאָרט קיין דעם טאָל פֿון די **מ**אָרגולדויִן, אויב זיי זײַנען געגאַנגען גלײַך דרום צו; און דעמאָלט וואָלטן זיי געווען נאָך פֿופֿצן מײַלן אויף מערבֿ פֿון דעם פֿאַרשאָלטענעם **ט**ורעם. אויף גיכסטן וואָלטן זיי דאָרט ניט געקענט אָנקומען פֿאַר הײַנט, און אפֿשר זײַנען זיי נאָך ניט דאָרט אָנגעקומען. טאַקע זע איך וואָס שרעקט אײַך. נאָר דאָס פֿינצטערניש איז ניט צוליב זייער פּירנעם. עס האָט זיך אָנגעהויבן נעכטן אין אָוונט, און גאַנץ **א**יטיליען איז געשטאַנען אונטערן שאָטן נעכטן בײַ נאַכט. ס'איז מיר קלאָר אַז דער **שׂ**ונא האָט לאַנג געפּלאַנעוועט אַן אָנפֿאַל אויף אונדז, און די שעה דערפֿאַר האָט מען שוין באַשטימט איידער די פֿאָרערס זײַנען אַרויס פֿון מײַן אָפּהיטונג."

גאַנדאַלף האָט געשפּאַנט איבערן דיל. "דעם אינדערפֿרי מיט צוויי טעג צוריק, שיִער ניט דרײַ טעג פֿאָרן! ווי ווײַט ביזן אָרט ווו איר האָט זיך געזעגנט?"

"אַ מײַל פֿינף־און־זיבעציק ווי אַ פֿייגל פֿליט," האָט **פֿ**אַראַמיר געענטפֿערט. "נאָר גיכער האָב איך ניט געקענט קומען. נעכטן האָב איך איבערגענעכטיקט בײַ **ק**ייר **אַ**נדראָס, דעם לאַנגן אינדזל אין דעם **ט**ײַך אויף צפֿון וואָס מיר האַלטן פֿאַר פֿאַרטיידיקונג, מיט פֿערד צו דער האַנט אויפֿן נעענטערן ברעג. בעת ס'איז פֿינצטער געוואָרן האָב איך אײַנגעזען אַז ס'איז דאָ יאָ אַן אײַלעניש, האָב איך אַהינגעריטן מיט דרײַ אַנדערע וואָס האָבן אויך געהאַט פֿערד. די איבעריקע פֿון דער קאָמפּאַניע האָב איך געשיקט דרום צו כּדי צו פֿאַרשטאַרקן די כּוחות בײַ די איבערפֿאָרן פֿון **אָ**סגיליאַט. איך האָף אַז איך האָב ניט קיין שלעכטס געטאָן?" ער האָט געקוקט אויפֿן פֿאָטער.

"שלעכטס?" האָט **ד**ענעטאָר אויסגעשריגן, און די אויגן זײַנע האָבן געבליצט מיט אַ מאָל. "פֿאַר וואָס פֿרעגט איר? די מענטשן זײַנען געווען אונטער אײַער קאָמאַנדע. אָדער בעט איר מײַן מיינונג אויף אַלע אײַערע טוּונגען? אײַער האַלטונג איז נידעריק אין מײַן בײַזײַן, נאָר ס'איז שוין אַ לאַנגע צײַט זינט איר האָט זיך געוומען אויפֿן אייגענעם וועג בײַ מײַן ראָט. זעט נאָר, איר האָט בריהש גערעדט, ווי אַלע מאָל. אָבער איך, האָב איך ניט געזען

אײַער אויג פֿעסט געשטעלט אויף **מ**יטראַנדיר, כּדי זיך צו דערוויסן צי איר האָט וווּיל גערעדט אָדער צו פֿיל? לאַנג האָט ער געהאַלטן אײַער האַרץ.

"מײַן זון, אײַער פֿאָטער איז אַלט נאָר נאָך ניט אַן עובֿר־בטל. איך קען זען און הערן לויטן אַלטן שטייגער מײַנעם, און זייער ווייניק פֿון וואָס איר האָט האַלב אַרויסגערעדט צי לגמרי ניט געזאָגט איז איצט פֿון מיר באַהאַלטן. איך קען די ענטפֿערס אויף אַ סך רעטענישן. אָך און וויי, **ב**אָראָמיר נעבעך!"

"אויב וואָס איך האָב געטאָן געפֿעלט אײַך ניט, פֿאָטער," האָט **פֿ**אַראַמיר שטיל געזאָגט, "ווינטש איך אַז איך וואָלט געוווּסט אײַער עצה איידער דער עול פֿון אַזאַ שווערער החלטה איז אויף מיר געוואָרפֿן."

"צי וואָלט דאָס געהאָלפֿן בײַטן אײַער החלטה?" האָט **ד**ענעטאָר געזאָגט. "איר וואָלט געטאָן פּונקט דאָס זעלבע, מיין איך. איך קען אײַך גוט. שטענדיק ווילט איר אויסזען קיניגלעך און ברייטהאַרציק ווי אַ קיניג פֿון אַ מאָל, גראַציעז, צאַרט. וואָס איז מסתּמא פּאַסיק אין איינעם פֿון די הויכע גזעס, אַז ער זיצט מיט שליטה אין שלום. נאָר אין פֿאַרצווייפֿלטע שעהען מעג צאַרטקייט אָפּגעצאָלט ווערן מיט טויט."

"זאָל זײַן אַזוי," האָט **פֿ**אַראַמיר געזאָגט.

"זאָל זײַן אַזוי!" האָט **ד**ענעטאָר אויסגעשריגן. "אָבער ניט מיט אײַער טויט אַליין, לאָרד **פֿ**אַראַמיר: מיט אויך דעם טויט פֿון אײַער פֿאָטער, און פֿון אַלע אײַערע לײַט, וואָס זיי זײַנען פֿאַר אײַך אָפּצוהיטן איצט וואָס **ב**אָראָמיר איז אַוועק."

"צי ווינטשט איר דען," האָט **פֿ**אַראַמיר געזאָגט, "אַז מיר האָבן געזאָלט זיך בײַטן די שטעלעס אונדזערע?"

"יאָ, אַזוי ווינטש איך טאַקע," האָט **ד**ענעטאָר געזאָגט. "וואָרן **ב**אָראָמיר איז געווען מיר געטרײַ און ניט קיין מכשפֿס תּלמיד. ער וואָלט געדענקט דעם פֿאָטערס נויט און וואָלט ניט געפּטרט וואָס דער גורל האָט געגעבן. ער וואָלט מיך געבראַכט אַ מאַכטיקע מתּנה."

אויף אַ רגע איז **פֿ**אַראַמירס אײַנהאַלט אַראָפּגעפֿאַלן. "איך בעט אײַך, פֿאָטער מײַנער, צו געדענקען ווי אַזוי איך בין געווען אין **א**יטיליען, ניט ער. בײַ איין געלעגנהייט ווייניקסטנס האָט אײַער עצה געקראָגן די אייבערהאַנט, ניט לאַנג צוריק. עס איז געווען דער **ה**אַר פֿון דער **ש**טאָט וואָס האָט אים געגעבן דעם גאַנג."

"מישט ניט אויף די ביטערקייט אין דעם כּוס וואָס איך האָב געגרייט פֿאַר זיך אַליין," האָט **ד**ענעטאָר געזאָגט. "צי האָב איך דאָס ניט פֿאַרזוכט איצט אַ סך נעכט אויף דער צונג, אַ פֿאָרויסזאָג אַז ערגער ליגט נאָך אינעם אָפּפֿאַל? ווי איך געפֿין איצט טאַקע. אויב נאָר ס'וואָלט ניט אַזוי געווען! אויב נאָר די דאָזיקע חפֿץ וואָלט מיר געקומען!"

"זײַט געטרייסט!" האָט **ג**אַנדאַלף געזאָגט. "אויף קיין פֿאַל ניט וואָלט **ב**אָראָמיר דאָס אײַך געבראַכט. ער איז טויט, איז ער וווּיל געשטאָרבן, פֿריד אויף אים! פֿאָרט נאַרט איר זיך אָפּ. ער וואָלט אויסגעשטרעקט זײַן האַנט צו דער אָ זאַך און בײַם נעמען וואָלט ער געפֿאַלן. ער וואָלט דאָס געהאַלטן פֿאַרן אייגענעם, און ווען ער איז צוריק וואָלט איר ניט דערקענט זײַן זון."

דאָס פּנים פֿון **ד**ענעטאָר איז האַרט געוואָרן און קאַלט. "איר האָט **ב**אָראָמיר געפֿונען ניט אַזוי גרינג צו אײַער האַנט, אמת?" האָט ער ווייך געזאָגט. "אָבער איך, זײַן פֿאָטער, זאָג

אַז ער וואָלט דאָס יאָ מיר געבראַכט. איר זײַט קלוג, אפֿשר, **מ**יטראַנדיר, נאָט אַבי ווי געשליפֿן איר זײַט פֿאַרמאָגט איר ניט די גאַנצע חכמה. עצות מעג מען געפֿינען וואָס זײַנען ניט די נעצן פֿון מכשפֿים, ניט דאָס געאײַל פֿון נאַראָנים. איך האָב אין דעם דאָזיקן ענין מער וויסן און חכמה ווי איר האַלט."

"וואָס איז דען אײַער חכמה?" האָט **ג**אַנדאַלף געזאָגט.

"ס'איז גענוג אָפּצושפּירן אַז עס זײַנען פֿאַראַן צוויי שטיקלעך טיפּשות אויסצומײַדן. אָט דעם חפֿץ צו ניצן איז סכּנהדיק. אין אָט דער שעה דאָס צו שיקן אין די הענט פֿון אַ האַלבלינג אָן שׂכל אַרײַן אינעם לאַנד פֿון דעם **ש**ונא אַליין, ווי איר האָט געטאָן, און אָט דער זון מײַנער, דאָס איז שגעון."

"און דער **ל**אָרד **ד**ענעטאָר, וואָס וואָלט ער געטאָן?"

"ניט דאָס ניט יענץ. אָבער אויף געוויס, אויף אַבי וואָס פֿאַר אַ תּירוץ, וואָלט ער געשטעלט דעם אָ חפֿץ פֿאַר אַ סכּנה הינטער אַלץ אַחוץ דער האָפֿענונג פֿון אַ נאַר, ריזיקירנדיק אונדזער פֿולקומע צעשטערונג, זאָל דער **ש**ונא צוריקקריגן וואָס ער האָט פֿאַרלוירן. ניין, מע האָט דאָס געזאָלט האַלטן, באַהאַלטן, באַהאַלטן פֿינצטער און טיף. ניט געניצט, זאָג איך, אַחוץ אין דער ערגסטער נויט, נאָר געשטעלט הינטער זײַן כאַפּ, אַחוץ דורך אַ נצחון אַזוי לעצטגילטיק אַז וואָס וועט טרעפֿט זיך מיט אונדז וואָלט געווען ווי גאָרנישט, ווײַל מיר וועלן זײַן טויט."

"איר טראַכט, וואָס איז אײַער נוהג, מײַן לאָרד, נאָר וועגן **ג**אָנדאָר," האָט **ג**אַנדאַלף געזאָגט. "פֿאָרט זײַנען דאָ אַנדערע מענטשן און אַנדערע לעבנס, און נאָך אַלץ צײַט. און פֿון מײַנט וועגן האָב איך רחמנות פֿאַר זײַנע שקלאַפֿן אַפֿילו."

"און ווּ וועלן די אַנדערע מענטשן זוכן הילף, זאָל **ג**אָנדאָר גיין אונטער?" האָט **ד**ענעטאָר געענטפֿערט. "אויב איך וואָלט געהאַט אָט דעם חפֿץ איצט אין די טיפֿע געוועלבן פֿון דעם אָ ציטאַדעל, וואָלטן מיר איצט ניט ציטערן מיט אימה אונטער דער אָ מראָקע, מורא האָבן פֿאַר דעם ערגסטן, און אונדזערע ראָטן וואָלטן ניט געשטערט ווערן. אויב איר געטרויט מיר ניט אויסצוהאַלטן דעם פּרווו, קענט איר מיך נאָך ניט."

"פֿאָרט געטרוי איך אײַך ניט," האָט **ג**אַנדאַלף געזאָגט. "אויב איך וואָלט געפֿילט אַזוי, וואָלט איך געקענט שיקן דעם דאָזיקן חפֿץ אַהער אין אײַער אָפּהיטונג, און שאַנעווען מיר און אַנדערע אַ סך צער. און איצט וואָס איך הער וואָס איר רעדט, געטרוי איך אײַך ווייניקער, ניט מער ווי **ב**אָראָמיר. ניין, האַלט צוריק אײַער גרימצאָרן! איך געטרוי ניט זיך אַליין אין דעם אָ ענין, האָב איך זיך אָפּגעזאָגט דעם אָ חפֿץ, ווי אַ פֿרײַ געגעבענע מתּנה אַפֿילו. איר זײַט שטאַרק און אין עטלעכע ענינים קענט איר זיך הערשן, **ד**ענעטאָר, נאָר האָט איר באַקומען דעם אָ חפֿץ, וואָלט ער אײַך איבערקערן. זאָל מען אים באַגראָבן אונטער די וואָרצלען פֿון **מ**ינדאָלויִן, וואָלט ער נאָך פֿאַרברענען אײַער מוח, בעת דאָס פֿינצטערניש וואַקסט און די נאָך ערגערע געשעענישן דערנאָך וועלן קומען אויף אונדז."

אויף אַ רגע האָבן די אויגן פֿון **ד**ענעטאָר געגליט נאָך אַ מאָל אַז ער שטייט פּנים־אל־פּנים מיט **ג**אַנדאַלף, און **פּ**יפּין האָט נאָך אַ מאָל געפֿילט די שפּאַנונג צווישן די ווילנס זייערע, אָבער איצט האָט אויסגעזען שיִער ניט ווי זייערע בליקן זײַנען ווי שאַרפֿן פֿון אויג צו אויג, צאַנקענדיק בעת זיי פֿעכטן. **פּ**יפּין האָט געציטערט מיט מורא פֿאַר עפּעס אַ

קאַטאַסטראָפֿאַלן קלאַפּ. נאָר מיט אַ מאָל האָט זיך **ד**ענעטאָר אָפּגעשפּאַנט און איז קאַלט געוואָרן נאָך אַ מאָל. ער האָט געהויבן מיט די אַקסלען.

"אויב איך וואָלט געטאָן! אויב איר וואָלט געטאָן!" האָט ער געזאָגט. "אַזעלכע דיבורים און אויב־נאָרן זײַנען אומזיסט. עס איז אַרײַן אין דעם **ש**אָטן, און נאָר מיט דער צײַט וועט זיך באַווײַזן זײַן גורל און אונדזער גורל. ס'וועט ניט זײַן קיין לאַנגע צײַט. אין וואָס בלײַבט, זאָלן די אַלע וואָס קעמפֿן קעגן דעם **ש**ונא לויט די אייגענע שטייגערס זײַן פֿאַראייניקט און האַלטן בײַ האָפֿענונג בעת זיי קענען, און נאָך דער האָפֿענונג, האַלטן מיט דער פֿעסטקייט פֿרײַ צו שטאַרבן." ער האָט אַ דריי געטאָן צו **פֿ**אַראַמיר. "וואָס האַלט איר פֿון דער ראָטע אין **אָ**סגיליאַט?"

"זי איז ניט שטאַרק," האָט **פֿ**אַראַמיר געזאָגט. "איך האָב געשיקט די קאָמפּאַניע פֿון **א**יטיליען זי צו פֿאַרשטאַרקן, ווי איך האָב געזאָגט."

"ניט גענוג, האַלט איך," האָט **ד**ענעטאָר געזאָגט. "ס'איז דאָרט ווו דער ערשטער קלאַפּ וועט פֿאַלן. זיי וועלן דאַרפֿן עפּעס אַ שטאַרקן קאַפּיטאַן דאָרט."

"דאָרט און אין אַ סך אַנדערע ערטער," האָט **פֿ**אַראַמיר געזאָגט מיט אַ זיפֿץ. "לײַדער פֿאַר מײַן ברודער, וואָס איך האָב אויך געליבט!" ער איז אויפֿגעשטאַנען. "צי מעג איך גיין, פֿאָטער?" און דעמאָלט האָט ער זיך געוויגט און זיך געלענט אינעם פֿאָטערס שטול.

"איר זײַט מיד, זע איך," האָט **ד**ענעטאָר געזאָגט. "איר האָט גיך געריטן און ווײַט, און אונטער שאָטנס פֿון בייזקייט אין דער לופֿטן, האָב איך געהערט."

"לאָמיר ניט דערפֿון רעדן!" האָט **פֿ**אַראַמיר געזאָגט.

"איז, מיר וועלן ניט," האָט **ד**ענעטאָר געזאָגט. "גייט איצט און רוט ווי איר קענט. די נויט מאָרגן וועט זײַן שטרענגער."

אַלע האָבן זיך איצט געזעגנט מיט דעם **ל**אָרד פֿון דער **ש**טאָט און זײַנען געגאַנגען רוען בעת ס'איז זיי נאָך מיגלעך. אין דרויסן איז געווען אַ פֿינצטערניש אָן שטערן בעת **ג**אַנדאַלף מיט **פּ**יפּין בײַ דער זײַט האַלטנדיק אַ קליינעם שטורקאַץ זײַנען געגאַנגען צו דער קוואַרטיר. זיי האָבן ניט גערעדט ביז זיי זײַנען געווען הינטער פֿאַרמאַכטע טירן. דעמאָלט סוף־כּל־סוף האָט **פּ**יפּין גענומען **ג**אַנדאַלפֿס האַנט.

"זאָגט מיר," האָט ער געזאָגט, "צי ס'איז פֿאַראַן אַ האָפֿענונג? פֿאַר **פֿ**ראָדאָ, מיין איך, אָדער וויינִיקסטנס מערסטנס פֿאַר **פֿ**ראָדאָ."

גאַנדאַלף האָט זײַן האַנט אַוועקגעלייגט אויף **פּ**יפּינס קאָפּ. "עס איז קיין מאָל ניט געווען קיין סך האָפֿענונג," האָט ער געענטפֿערט. "בלויז אַ נאַרס האָפֿענונג, ווי מע האָט מיך דערקלערט. און ווען איך האָב געהערט פֿון **צ**יריט **א**ונגאָל —" ער האָט זיך אָפּגעשטעלט און געשפּאַנט צו די פֿענצטער,גלײַך ווי די אויגן זײַנע וואָלטן געקענט דורכשטעכן די נאַכט אין דעם **מ**יזרח. "**צ**יריט **א**ונגאָל!" האָט ער געמורמלט. "פֿאַר וואָס אויף דעם דאָזיקן וועג, וווּנדער איך זיך?" ער האָט אַ דריי געטאָן. "פֿונקט איצט, **פּ**יפּין, איז מײַן האַרץ שיִער ניט פֿאַרלאָזן, הערנדיק אָט דעם נאָמען. און פֿאָרט גלייב איך באמת אַז **פֿ**אַראַמירס ידיעות האָבן אין זיך אַ שטיקל האָפֿענונג. וואָרן עס איז קלאָר אַז דער **ש**ונא אונדזערער האָט געעפֿנט זײַן מלחמה צום סוף און האָט זי אָנגעהויבן בעת **פֿ**ראָדאָ בלײַבט נאָך אויף דער פֿרײַ. דערפֿאַר וועט ער איצט אויף אַ סך טעג ווארפֿן דאָס אויג אַהין און צוריק, אַוועק פֿונעם אייגענעם

לאַנד. און פֿאָרט, פּיפּין, פֿיל איך פֿון דער ווײַטנס זײַן אײַלעניש און פּחד. ער האָט אָנגעהויבן פֿריִער ווי ער האָט געוואָלט. עפּעס איז געשען וואָס האָט אים אויפֿגערודערט."

גאַנדאַלף איז געשטאַנען אַ רגע און געטראַכט. "אפֿשר," האָט ער געמורמלט. "אפֿשר אײַער נאַרישקייט אַפֿילו האָט געהאָלפֿן, מײַן בחור. לאָמיך זען: מיט אַ פֿינף טעג צוריק איצט וואָלט ער געוויר ווערן אַז מיר האָבן סאַרומאַן אײַנגעוואָרפֿן, און צוגענומען דעם שטיין. אָבער וואָס זאָל דאָס מיינען? מיר האָבן אים קוים געקענט ניצן, און ניט אַז ער זאָל זיך ניט דערוויסן. אַ! איך ווּנדער זיך. אַראַגאָרן! זײַן צײַט קומט נאָענט. און ער איז שטאַרק און ערנסט אין תּוך, פּיפּין, דרייסט, פֿעסט, קען ער פֿאָלגן די אייגענע עצות און זיך אײַנשטעלן אין סכּנה אין אַ נויט. דאָס מעג עס זײַן. אפֿשר האָט ער געניצט דעם שטיין, זיך באַוויזן דעם שונא, יענעם אַרויסגערופֿן, מיט אָט דעם סאַמע ציל. איך ווּנדער זיך. נו, מיר וועלן ניט קריגן קיין ענטפֿער איידער די רײַטערס פֿון ראָהאַן קומען אָן, אויב זיי קומען ניט צו שפּעט. ס'קומען בייזע טעג. לאָמיר שלאָפֿן בעת מיר מעגן!"

"אָבער," האָט פּיפּין געזאָגט.

"אָבער וואָס?" האָט גאַנדאַלף געזאָגט. "נאָר איין אָבער וועל איך דערלויבן הײַנט בײַ נאַכט."

"גאָלום," האָט פּיפּין געזאָגט. "ווי אויף דער גאָרער וועלט קענען זיי אַרומגיין *מיט* אים, אים פֿאָלגן אַפֿילו? און איך האָב געקענט זען אַז פֿאַראַמיר האָט פֿײַנט דעם אָרט וווּהין ער פֿירט זיי אַזוי ווי איר. וואָס איז דער מער?"

"דאָס קען איך ניט ענטפֿערן איצט," האָט גאַנדאַלף געזאָגט. "אָבער מײַן האַרץ האָט געטראָפֿן אַז פֿראָדאָ און גאָלום וואָלטן זיך באַגעגענען פֿאַרן סוף. צי פֿאַר גוטן צי פֿאַר בייזן. אָבער וועגן ציריט אונגאָל וועל איך ניט רעדן הײַנט בײַ נאַכט. בגידע, בגידע, האָב איך מורא, בגידע פֿון דעם אָ נעבעכדיקן באַשעפֿעניש. אָבער אַזוי מוז זײַן. לאָמיר געדענקען אַז אַ פֿאַררעטער מעג זיך אַרויסגעבן און אויפֿטאָן עפּעס גוטס וואָס ער איז ניט אויסן געוועזן. אַזוי איז עס אַ מאָל. אַ גוטע נאַכט!"

דער קומעדיקער טאָג האָט זיך אָנגעהויבן מיט אַן אינדערפֿרי ווי אַ ברוינער פֿאַרנאַכט, און די הערצער פֿון די מענטשן, אויפֿגעהויבן אַ ווײַלע מיטן צוריקקער פֿון פֿאַראַמיר, זײַנען ווידער אַראָפּ. די באַפֿליגלטע שאָטנס האָט מען ניט נאָך אַ מאָל געזען דעם טאָג, נאָר פֿון צײַט צו צײַט, ווײַט איבער דער שטאָט, איז אַ ווייך געשריי געקומען, און אַ סך וואָס האָבן דאָס געהערט זײַנען געשטאַנען געשלאָגן פֿון אַ פֿאַרבײַ־גייענדיקער אימה, בעת די ניט אַזוי בראַוו האָבן געהויערט און געוויינט.

און איצט איז פֿאַראַמיר אַוועק נאָך אַ מאָל. "זיי האָבן אים ניט געלאָזט רוען," האָבן עטלעכע געמורמלט. "דער לאָרד טרײַבט דעם זון צו שווער, און איצט מוז ער טראָגן דעם חובֿ פֿאַר צוויי, פֿאַר זיך און פֿאַר דעם וואָס וועט ניט קומען צוריק." און שטענדיק האָבן די מענטשן געקוקט צפֿון צו און געפֿרעגט: "ווּ זײַנען די רײַטערס פֿון ראָהאַן?"

דעם אמת געזאָגט איז פֿאַראַמיר ניט געגאַנגען פֿרײַוויליק. נאָר דער לאָרד פֿון דער שטאָט איז געווען ראָש פֿון זײַן ראָט, האָט ער דעם טאָג ניט נוטה געווען זיך אונטערגעבן אַנדערע. פֿרי אין דער פֿרי האָט מען צונויפֿגערופֿן דעם ראָט. דאָרט האָבן די אַלע קאַפּיטאַנען געהאַלטן אַז צוליב דער סכּנה אין דעם דרום איז זייער כּוח צו שוואַך פֿאַר

עפּעס אַן אָנפֿאַל פֿון זיך אַליין, סײַדן על־פּי טראַף זאָלן די רײַטערס פֿון **ר**אָהאַן נאָך קומען. דערווײַל מוזן זיי פֿאַרטיידיקן די מויערן און וואַרטן.

"אָבער," האָט **ד**ענעטאָר געזאָגט, "מיר מוזן ניט גרינג איבערלאָזן די דרויסנדיקע פֿאַרטיידיקונגען, דעם **ר**אַמאַס געשאַפֿן מיט אַזוי פֿיל טירחה. און דער **ש**ונא מוז באַצאָלן פֿאַרן קומען אַריבער איבער דעם **ט**ײַך. דאָס קען ער ניט טאָן, מיט כּוחות אָנצופֿאַלן די **ש**טאָט, אָדער אויף צפֿון פֿון **ק**ייר **אַ**נדראָס צוליב די באַגנעס, אָדער אויף דרום צו **ל**עבענין צו צוליב דער ברייט פֿון דעם **ט**ײַך, וואָס באַדאַרפֿט אַ סך שיפֿלעך. עס איז אויף **אָ**סגיליאַט וווּ ער וועט וואַרפֿן זײַן וואָג, ווי פֿריִער ווען **ב**אָראָמיר האָט אים פֿאַרשטעלט דעם וועג."

"דאָס איז געווען בלויז אַ פּרוּוו," האָט **פֿ**אַראַמיר געזאָגט. "הײַנט מעגן מיר אפֿשר צווינגען דעם **ש**ונא באַצאָלן צען מאָל אונדזער אָנווער בײַם איבערפֿאָר און נאָך אַלץ האָבן חרטה פֿאַרן האַנדל. וואָרן ער קען זיך פֿאַרגינען פֿאַרלירן אַ מחנה גרינגער ווי מיר קענען פֿאַרלירן אַ קאָמפּאַניע. און דער צוריקצי פֿון די וואָס מיר שטעלן ווײַט פֿאָרויס וועט זײַן סכּנהדיק, זאָל עס אים געלונגען קומען אַריבער אין קראַפֿט."

"און וואָס וועגן **ק**ייר **אַ**נדראָס?" האָט געזאָגט דער **פּ**רינץ. "דאָס מוזן מיר אויך האַלטן, אויב מע וויל פֿאַרטיידיקן **אָ**סגיליאַט. לאָמיר ניט פֿאַרגעסן די סכּנה אויף לינקס. אפֿשר וועלן קומען די **ר**אָהירים, אפֿשר ניט. אָבער **פֿ**אַראַמיר האָט אונדז דערציילט וועגן גרויסע כּוחות וואָס קומען שטענדיק נעענטער צו דעם **ש**וואַרצן **ט**ויער. מער ווי איין מחנה מעג קומען אַרויס, און אָנפֿאַלן אויף מער ווי איין וועג."

"אַ סך מוז מען שטעלן אין קאָן אין מלחמה," האָט **ד**ענעטאָר געזאָגט. "**ק**ייר **אַ**נדראָס האָט אַ ראָטע און אַזוי ווײַט קען מען מער ניט שיקן. נאָר איך וועל ניט אָפּגעבן דעם **ט**ײַך און דעם **פּ**עלענאָר אָן אַ קאַמף — ניט כּל־זמן עס בלײַבט אַ קאַפּיטאַן דאָ וואָס האָט נאָך אַלץ די גבֿורה צו טאָן זײַן לאָרדס ווילן."

דערמיט האָבן אַלע געשוויגן. נאָר סוף־כּל־סוף האָט **פֿ**אַראַמיר געזאָגט: "איך שטיי ניט אַקעגן אײַער ווילן, אַדוני. ווײַל מע האָט פֿון אײַך גענומען **ב**אָראָמיר, וויל איך גיין און טאָן וואָס איך קען אין זײַן אָרט — אויב איר הייסט אַזוי."

"דאָס טו איך," האָט **ד**ענעטאָר געזאָגט.

"איז, אַדיע!" האָט **פֿ**אַראַמיר געזאָגט. "נאָר אויב איך קום צוריק, האַלט בעסער פֿון מיר!"

"דאָס פֿאַרלאָזט זיך אויפֿן שטייגער פֿונעם צוריקקער," האָט **ד**ענעטאָר געזאָגט.

ס'איז געווען **ג**אַנדאַלף וואָס איז געווען דער לעצטער צו רעדן מיט **פֿ**אַראַמיר אײדער ער האָט אָפּגעריטן מיזרחה צו. "וואַרפֿט ניט אַוועק אײַער לעבן היציק צי צוליב ביטערקייט," האָט ער געזאָגט. "מע וועט אײַך דאַרפֿן דאָ, פֿאַר זאַכן אַחוץ מלחמה. אײַער פֿאָטער האָט אײַך ליב, **פֿ**אַראַמיר, וועט ער דאָס געדענקען פֿאַרן סוף. אַדיע!"

איז דער **ל**אָרד **פֿ**אַראַמיר איצט אַרויס נאָך אַ מאָל, און מיט אים אַזוי פֿיל מענטשן וואָס וווילן גיין און מע קען זיך באַגיין אָן זיי. אויף די מויערן האָבן עטלעכע געשטאַרט דורך דער מראַקע צו דער צעשטערטער שטאָט צו, האָבן זיי זיך געוווּנדערט וואָס איז דאָרט געשען, ווײַל זיי האָבן גאָרנישט ניט געקענט זען. און אַנדערע, ווי אַלע מאָל, האָבן געקוקט אויף

צפֿון און אָפּגעצײלט די מײַלן ביז **ט**עאָדען אין **ר**אָהאַן. "װעט ער קומען? װעט ער געדענקען די אַלטע אַליאַנץ?" האָבן זײ געזאָגט.

"יאָ, ער װעט קומען," האָט **ג**אַנדאַלף געזאָגט, "אַפֿילו זאָל ער קומען צו שפּעט. נאָר טראַכט! אױף גיכסטן קען די **ר**ױטע **פֿ**ײַל אים ניט דערגרײכט מיט מער װי צװײ טעג צוריק, און די מײַלן זײַנען לאַנג פֿון **ע**דאָראַס."

עס איז נאָך אַ מאָל נאַכט געװען אײדער ידיעות זײַנען געקומען. אַ מענטש האָט אײַליק געריטן פֿון די איבערפֿאָרן, געמאָלדן אַז אַ מחנה איז אַרױס פֿון **מ**ינאַס **מ**אָרגול און איז שױן נאָענט געקומען צו **אָ**סגיליאַט, פֿאַרבינדט מיט אַ סך רעגימענטן פֿון דעם **ד**רום, **ה**אַראַדרים, רוצחיש און הױך. "און מיר האָבן זיך דערװוּסט," האָט געזאָגט דער שליח, "אַז דער **ש**װאַרצער **ק**אַפּיטאַן פֿירט זײ נאָך אַ מאָל, און שרעק פֿאַר אים איז פֿאַר אים געגאַנגען איבער דעם **ט**ײַך."

מיט די דאָזיקע בײז־סימנדיקע װערטער האָט זיך געענדיקט דער דריטער טאָג זינט **פּ**יפּין איז געקומען קײן **מ**ינאַס **ט**יריט. נאָר אַ געצײלטע זײַנען געגאַנגען רוען, װאָרן עס איז איצט געװען קױם צו האָפֿן אַז **פֿ**אַראַמיר אַפֿילו קען לאַנג האַלטן די איבערפֿאָרן.

דעם קומעדיקן טאָג, כאָטש דאָס פֿינצטערניש איז גאַנץ געװען און איז ניט טיפֿער געװאַקסן, איז עס נאָך שװערער אױף די הערצער, איז אַ גרױסע אימה אױף זײ. בײז נײַעס איז באַלד געקומען נאָך אַ מאָל. דעם איבערפֿאָר פֿון דעם **אַ**נדוּין האָט דער **שׂ**ונא געװוּנען. **פֿ**אַראַמיר האָט זיך צוריקגעצױגן צו דעם מױער פֿון דעם **פּ**עלענאָר, צוגערופֿן זײַנע לײַט צו די **ה**ױכװעג־**פֿ**אָרטן, נאָר ער האָט געהאַט בלױז אַ צענטל פֿון יענע כּוחות.

"אױב ס'איז אים געראָטן קומען צוריק איבער דעם **פּ**עלענאָר, װועלם די שׂונאים זײַן אױף די פּיאַטעס זײַנע," האָט געזאָגט דער שליח. "זײ האָבן טײַער באַצאָלט פֿאַרן איבערגײן, נאָר ניט אַזױ טײַער װי מיר האָבן געהאָפֿט. דעם פּלאַן האָבן זײ גוט אױסגעטראַכט. עס איז איצט קלאָר אַז זײ האָבן לאַנג געהאַלטן אין בױען בסוד פּליטן און באַרקעס גאָר אַ סך אין **מ**יזרח־**אָ**סגיליאַט. זײ האָבן געװימלט אַריבער װי זשוקעס. נאָר ס'איז דער **ש**װאַרצער **ק**אַפּיטאַן װאָס צעקלאַפּט אונדז. נאָר עטלעכע װעלן שטײן און אױסהאַלטן אַפֿילו דאָס גלימל פֿון זײַן קומען. די אײגענע לײַט ציטערן פֿאַר אים, װאָלטן זײ זיך דערהרגענען צו זײַן באַפֿעל."

"אין דעם פֿאַל דאַרף מען מיך דאָרט מער װי דאָ," האָט **ג**אַנדאַלף געזאָגט, און האָט תּיכּף אָפּגעריטן, און די שײַן פֿון אים איז באַלד אַרױס פֿון אױגנגרײך. און די גאַנצע נאַכט איז **פּ**יפּין, אײנער אַלײן אָן שלאָף, געשטאַנען אױפֿן מױער און געגאַפֿט אױף מיזרח.

די טאָג־גלעקער האָבן קױם געקלונגען נאָך אַ מאָל, אַ חוזק אין דער ניט־באַלױכטענער פֿינצטער, װען װײַט אַװעק האָט ער דערזען אַרױפֿשפּרינגענדיקע פֿײַערן, װײַטער אין די אומקלאָרע ערטער װוּ שטײען די מױערן פֿון דעם **פּ**עלענאָר. די װעכטערס האָבן געשריגן הױך אױף אַ קול, און די אַלע מענטשן אין דער **ש**טאָט האָבן די װאָפֿן גענומען. צײַטנװײַז איצט איז געװען אַ רױטער בליץ, און פּאַמעלעך דורך דער שװערער לופֿט האָבן טעמפּע ברומען זיך געלאָזט הערן.

"זיי האָבן גענומען דעם מויער!" האָבן מענטשן געשריגן. "זיי האַלטן אין אויפֿרײַסן לעכער אין אים. זיי קומען!"

"ווו איז פֿאַראַמיר?" האָט בערעגאָנד פֿאַרצווייפֿלט אויסגערופֿן. "זאָגט מיר ניט אַז ער איז געפֿאַלן!"

עס איז געווען גאַנדאַלף וואָס ברענגט די ערשטע ידיעות. מיט אַ זשמעניע רײַטערס איז ער געקומען אין מיטן פֿרימאָרגן, רײַטנדיק ווי אַ באַלייטער צו אַ ריי וואָגנס. זיי זײַנען אָנגעפֿילט געווען מיט פֿאַרוווּנדיקטע מענטשן, די אַלע וואָס מע האָט געקענט ראַטעווען פֿונעם תּל פֿון די הויכוועג־פֿאָרטן. תּיכּף איז ער געגאַנגען צו דענעטאָר. דער לאָרד פֿון דער שטאָט איז איצט געזעסן אין אַ הויכער קאַמער איבער דעם זאַל פֿון דעם ווײַסן טורעם מיט פּיפּין בײַ דער זײַט, און דורך די אומקלאָרע פֿענצטער, אויף צפֿון און דרום און מיזרח, האָט ער געווענדט די טונקעלע אויגן זײַנע, גלײַך ווי דורכצושטעקן די שאָטנס פֿון גורל וואָס רינגלט אים אַרום. מערסטנס האָט ער געקוקט אויף דעם צפֿון און פֿון צײַט צו צײַט האָט ער זיך אָפּגעשטעלט זיך צוצוהערן, גלײַך ווי דורך עפּעס אַן אַנטיקער קונץ, זאָלן זײַנע אויערן הערן דעם דונער פֿון טלאָען אויף די פּליינען ווײַט אַוועק.

"איז פֿאַראַמיר אָנגעקומען?" האָט ער געפֿרעגט.

"ניין," האָט גאַנדאַלף געזאָגט. "נאָר ער לעבט נאָך ווען איך האָב אים איבערגעלאָזט. פֿאָרט האָט ער בדעה צו בלײַבן מיטן הינטערגאַרד, כּדי דער צוריקצי איבער דעם פּעלענאָר זאָל ניט ווערן אַ בהלה. ער וועט אפֿשר קענען האַלטן די לײַט צוזאַמען גענוג לאַנג, אָבער איך האָב ספֿקות. ער שטייט פּנים־אל־פּנים מיט צו גרויס אַ שׂונא. וואָרן איינער איז געקומען וואָס דערפֿאַר האָב איך מורא געהאַט."

"ניט — ניט דער בעל־חושך?" האָט פּיפּין אויסגעשריגן, פֿאַרגעסנדיק זײַן אָרט אין זײַן שרעק.

דענעטאָר האָט זיך ביטער צעלאַכט. "ניין, נאָך ניט, האַר פּערעגרין! ער וועט ניט קומען, אַחוץ צו טריומפֿירן איבער מיר ווען אַלץ איז געוווּנען. ער ניצט אַנדערע ווי וואָפֿן. אַזוי ווי מיט אַלע לאָרדן, אויב זיי זײַנען קלוג, האַר האַלבלינג. אָדער פֿאַר וואָס זאָל איך זיצן דאָ אין מײַן טורעם און טראַכטן, און אָנקוקן, און וואַרטן, באַצאָלן אַפֿילו מיט די זין? מחמת איך קען נאָך אַלץ האַלטן אַ שווערד."

ער איז אויפֿגעשטאַנען און אָפּגעוואָרפֿן דעם לאַנגן שוואַרצן מאַנטל און קוקט נאָר! אונטן איז ער באַקליידט געווען אין פּאַנצער, מיט אַ לאַנגער שווערד אינעם גאַרטל, מיט אַ גרויסן טראָניק אין אַ שייד פֿון שוואַרץ און זילבער. "אַזוי בין איך אַרומגעגאַנגען און אַזוי שוין אַ סך יאָרן געשלאָפֿן," האָט ער געזאָגט, "כּדי דער גוף זאָל ניט מיט דער עלטער ווערן ווייך און מוראוודיק."

"פֿאָרט איצט אונטער דעם לאָרד פֿון באַראַד־דור, איז דער בייזסטער פֿון אַלע זײַנע קאַפּיטאַנען שוין דער הערשער פֿון אײַערע דרויסנדיקע מויערן," האָט גאַנדאַלף געזאָגט. "דער קיניג פֿון אַנגמאַר לאַנג צוריק, מכשף, פֿינגערל־שד, לאָרד פֿון די נאַזגול, אַ שפּיז פֿון אימה אין דער האַנט פֿון סאַוראָן, שאָטן פֿון פֿאַרצווייפֿלונג."

"אין דעם פֿאַל, מיטראַנדיר, האָט איר געהאַט אַ גלײַכן שׂונא," האָט דענעטאָר געזאָגט. "וואָס שייך מיר, האָב איך שוין לאַנג געוווּסט ווער איז דער הויפּט־קאַפּיטאַן פֿון די מחנות

פֿון דעם פֿינצטערן טורעם. צי איז דאָס אַלץ וואָס איר זײַט צוריק צו מעלדן? אָדער אפֿשר האָט איר זיך צוריקגעצויגן ווײַל איר זײַט צו שוואַך?"

פּיפּין האָט געציטערט, האָט ער מורא געהאַט אַז גאַנדאַלף וועט געשטאָכן ווערן ביז פלוצעמדיקן גרימצאָרן, נאָר זײַן מורא איז געווען אומזיסט. "אפֿשר איז אַזוי," האָט גאַנדאַלף ווייך געענטפֿערט. "נאָר דער פּרווו פֿון אונדזער כּוח איז נאָך ניט אָנגעקומען. און אויב די אַנטיקע ווערטער זײַנען אמת, וועט ער ניט פֿאַלן דורך די הענט פֿון מענטשן, און באַהאַלטן פֿון די חכמים איז דער גורל וואָס וואַרט אויף אים. ווי דאָס זאָל ניט זײַן, שפּאַרט זיך נאָך ניט דער קאַפּיטאַן פֿון אימה. ער הערשט אַנדערש, לויט דער חכמה וואָס איר האָט אַרויסגערעדט, פֿון הינטן, טרײַבנדיק די פֿאַרנומענע שקלאַפֿן זײַנע פֿאָרויס.

"ניין, איך בין געקומען בעסער אָפּצוהיטן די צעמזיקטע מענטשן וואָס קענען נאָך אַלץ אויסגעהיילט ווערן, וואָרן דער ראַמאַס איז צעבראָכן געוואָרן ווײַט און ברייט, און באַלד וועט די מחנה פֿון מאָרגול קומען אַרײַן אין אַ סך ערטער. און איך בין געקומען מערסטנס דאָס צו זאָגן. באַלד וועט זײַן שלאַכט אויף די פֿעלדער. מע דאַרף צוגרייטן אַן אַרויספֿלי. ס'זאָל זײַן פֿון רײַטנדיקע מענטשן. אין זיי ליגט אונדזער קורצע האָפֿענונג, וואָרן נאָר אין איין זאַך איז דער שׂונא שלעכט פֿאַרזאָרגט: ער האָט נאָר ווייניקע רײַטערס."

"און מיר אויך האָבן נאָר אַ געציילטע. איצט וואָלט דער אָנקום פֿון ראָהאַן זײַן פּונקט בײַ צײַטנס," האָט דענעטאָר געזאָגט.

"מסתּמא וועלן מיר זען אַנדערע נײַ־געקומענע ערשט," האָט גאַנדאַלף געזאָגט. "אַנטלאָפֿענע פֿון קייר אַנדראָס זײַנען שוין דאָ אָנגעקומען. דער אינדזל איז געפֿאַלן. נאָך אַן אַרמיי איז אָנגעקומען פֿון דעם שוואַרצן טויער, קומענדיק אַריבער פֿונעם צפֿון־מיזרח."

"עטלעכע האָבן אײַך באַשולדיקט אין הנאה האָבן ברענגען שלעכטע ידיעות," האָט דענעטאָר געזאָגט, "נאָר פֿאַר מיר איז דאָס ניט קיין נײַעס: דאָס האָב איך געוווּסט נעכטן פֿאַרן פֿאַרנאַכט. וואָס שייך דעם אַרויספֿלי, האָב איך שוין דערוועגן געטראַכט. לאָמיר גיין אונטן."

די צײַט איז פֿאַרבײַ געגאַנגען. מיט דער צײַט האָבן די צוקוקערס אויף די מויערן געקענט זען דעם צוריקצי פֿון די ווײַטערע קאָמפּאַניעס. קליינע באַנדעס מידע און אָפֿט מאָל פֿאַרוווּנדיקטע מענטשן זײַנען ערשט הפֿקר געקומען, עטלעכע זײַנען ווילד געלאָפֿן, ווי מע יאָגט זיך נאָך זיי. אַוועק אויף מיזרח האָבן די ווײַטע פֿײַערן געפֿלאַקערט, און איצט האָט אויסגעזען ווי דאָ און דאָרט קריכן זיי איבערן פֿליין. הײַזער און שײַערן האָבן געברענט. דעמאָלט פֿון אַ סך ערטער זײַנען קליינע טײַכלעך רויטע פֿלאַמען גיך געקומען, זיך שלענגלענדיק דורך דער מראַקע, קומענדיק צונויף צו דעם פּאַס פֿונעם ברייטן וועג וואָס פֿירט פֿון דעם שטאָט־טויער קיין אָסגיליאַט.

"דער שׂונא," האָבן מענטשן געמורמלט. "די דאַמבע איז אַראָפּ. אָט קומען זיי ווי אַ פֿלייץ דורך די עפֿענונגען! און זיי טראָגן שטורקאַצן, זעט אויס. ווּ זײַנען אונדזערע לײַט?"

שעה נאָך שעה איז געקומען דער אָוונט, איז די ליכט אַזוי פֿינצטערלעך אַז אַפֿילו די ווײַט־זעענדיקע מענטשן אויף דעם ציטאַדעל האָבן געקענט זען זייער ווייניק קלאָר אויף די פֿעלדער, אַחוץ דעם ברענען וואָס כּסדר פֿאַרמערט זיך, און די פּאַסן פֿײַער וואָס זײַנען געוואַקסן אין לענג און גיכקייט. סוף־כּל־סוף, ניט מער ווי אַ מײַל פֿון דער שטאָט, איז

געקומען צו זען אַ מער סדרדיקע מאַסע מענטשן, מאַרשירנדיק, ניט לויפֿנדיק, זיך נאָך האַלטנדיק צוזאַמען.

די צוקוקערס האָבן איַינגעהאַלטן דעם אָטעם. "פֿאַראַמיר מוז דאָרט זיַין," האָבן זיי געזאָגט. "ער קען הערשן איבער אי מענטש אי חיה. ער וועט יאָ אָנקומען."

איצט איז דער הויפּט־צוריקצי קוים אַ פֿערטל מײַל אַוועק. אַרויס פֿון דער מראָקע הינטער אַ קליינער קאָמפּאַניע רײַטערס האָבן גאַלאָפּירט אַלע וואָס בלײַבן פֿונעם הינטערגאַרד. נאָך אַ מאָל אין אַ קלעם האָבן זיי זיך אַרומגעדרייט, פּנים־אל־פּנים מיט די צוקומענדיקע רייען פֿײַער. פּלוצעם איז דעמאָלט געקומען אַ געפּילדער רוצחישע געשרייען. רײַטערס פֿונעם שׂונא האָבן געשטורעמט פֿאָרויס. די רייען פֿײַער זײַנען שטראָמענדיקע פֿלייצן געוואָרן, ריי נאָך ריי אָרקס מיט פֿלאַמען, און ווילדע דרומדיקער מיט רויטע פֿאָנעס שרײַענדיק מיט גרילציקע צינגער, כוואַליענדיק אַרויף איבערצוּיאָגן דעם צוריקצי. און מיט אַ דורכשטעכנדיק געשריי אַרויס פֿונעם אומקלאָרן הימל זײַנען געפֿאַלן די באַפֿליגלטע שאָטנס, די נאַזגול אַראָפּ אויף הריגה.

דער צוריקצי איז געוואָרן אַ בהלה. שוין זײַנען מענטשן אַוועקגעלאָפֿן, פֿליִענדיק ווילד אָן שׂכל אַהין און אַהער, האָבן זיי אַוועקגעוואָרפֿן די וואָפֿן, געשריגן מיט שרעק, געפֿאַלן אויף דער ערד.

און דעמאָלט האָט אַ טרומייט געקלונגען פֿון דעם ציטאַדעל, און דענעטאָר האָט סוף־כּל־סוף אַרויסגעלאָזט דעם אַרויספֿלי. צוריקגעהאַלטן אינעם שאָטן פֿון דעם טויער און אונטער די הויכע מויערן אינעווייניק האָבן זיי געוואַרט אויף זײַן סיגנאַל: די אַלע מענטשן מיט פֿערד וואָס נאָך אין דער שטאָט. איצט זײַנען זיי געשפּרונגען פֿאָרויס, זיך אַראַנזשירט, אָנגעהויבן גיך גאַלאָפּירן, און געשטורעמט מיט אַ גרויס געשריי. און פֿון די מויערן איז אַרויף אַ געשריי אין ענטפֿער, וואָרן ערשט אויפֿן פֿעלד האָבן געריטן די שוואַן־ריטערס פֿון דאָל אַמראָט מיט זייער פּרינץ און זײַן בלאָע פֿאָנע בראָש.

"אַמראָט פֿאַר גאָנדאָר!" האָבן זיי אויסגערופֿן. "אַמראָט צו פֿאַראַמיר!"

ווי דונער האָבן זיי געשלאָגן דעם שׂונא אויף ביידע פֿלאַנקען פֿונעם צוריקצי, נאָר איין רײַטער איז פֿאַרבײַ די אַלע אַנדערע, אַזוי גיך ווי דער ווינט אינעם גראָז: שאָטנפֿאַקס האָט אים געטראָגן, שײַנענדיק נאָך אַ מאָל אָן שלייער, אַ ליכט אַרויס פֿון דער אויפֿגעהויבענער האַנט.

די נאַזגול האָבן געכריפּעט און זיך אַוועקגענומען, וואָרן זייער קאַפּיטאַן איז נאָך ניט גרייט געווען אַרויסצורופֿן דעם ווײַסן פֿײַער פֿון זײַן שׂונא. די מחנות פֿון מאָרגול, פֿאַרנומען מיטן רויב און אָנגעפֿאַלן ניט ווויסנדיק אין מיטן ווילד לויפֿן, האָבן צעבראָכן, זיך צעשיידט ווי פֿונקען אין אַ בורע. די ווײַטערע קאָמפּאַניעס, מיט אַ גרויס געשריי, האָבן זיך אַרומגעדרייט און אָנגעפֿאַלן אויף זייערע נאָכיאָגערס. יעגערס זײַנען רויב געוואָרן. דער צוריקצי איז געוואָרן אַ שטורעם. דאָס פֿעלד איז צעשיידט געוואָרן מיט געפֿאַלענע אָרקס און מענטשן, און אַן עיפּוש איז אַרויף אין דער לופֿטן פֿון אַוועקגעוואָרפֿענע שטורקאַצן, שפּריצלענדיק אויסגעלאָשן אין ווירבלענדיקן רויך. די קאַוואַלעריע האָט ווײַטער געריטן.

נאָר דענעטאָר האָט זיי ניט געלאָזט ווײַט גיין. כאָטש דער שׂונא איז אָפּגעשטעלט געוואָרן און אויף דער רגע צוריקגעשטויסן, האָבן גרויסע כּוחות געשטראָמט אַרײַן פֿון דעם

מיזרח. נאָך אַ מאָל האָט דער טרומייט געקלונגען, אַ סיגנאַל פֿאַר צוריקצי. די קאַוואַלעריע פֿון גאָנדאָר האָט זיך אָפּגעשטעלט. הינטער דער פֿאַרשטעלונג זייערער האָבן די ווײַטערע קאָמפּאַניעס זיך ווידער אַראַנזשירט. איצט האָבן זיי פֿעסט מאַרשירט צוריק. זיי זײַנען געקומען צו דעם טויער פֿון דער שטאָט, און זײַנען אַרײַן, שטאָלץ געשפּאַנט, און שטאָלץ האָבן די לײַט פֿון דער שטאָט אויף זיי געקוקט און זיי געלויבט אין טאָג אַרײַן, נאָר פֿאָרט איז זיי געווען שווער אויפֿן האַרצן. וואָרן די קאָמפּאַניעס זײַנען אָנגעווייטיקט פֿאַרמינערט געוואָרן. פֿאַראַמיר האָט אָנגעוואָרן אַ דריטל פֿון זײַנע לײַט. און ווו איז ער געווען?

דער לעצטער איז ער געקומען. די מענטשן זײַנע זײַנען אַרײַן. די פֿערד־ריטערס זײַנען צוריק און אויף הינטן, די פֿאָנע פֿון דאָל אַמראָט, און דער פּרינץ. און אין זײַנע אָרעמס פֿאַר זיך אויפֿן פֿערד האָט ער געטראָגן דעם גוף פֿון זײַן קרובֿ, פֿאַראַמיר בן־דענעטאָר, געפֿונען אויפֿן שלאַכט־פֿעלד.

"פֿאַראַמיר! פֿאַראַמיר!" האָבן מענטשן געשריגן, נאָר ער האָט ניט געענטפֿערט, און זיי האָבן אים אַוועקגעטראָגן אויפֿן שלענגלענדיקן וועג צו דעם ציטאַדעל און זײַן פֿאָטער. פּונקט ווען די נאַזגול האָבן זיך געקערט אין אַ זײַט אַוועק פֿונעם אָנקום פֿון דעם ווײַסן רײַטער, איז געקומען צו פֿליִען אַ טויט־שפּיזל, און פֿאַראַמיר, בײַם האַלטן אין אַ קלעם אַ פֿערד־מײַסטער פֿון האַראַד, איז געפֿאַלן אויף דער ערד. נאָר דער אָנפֿאַל פֿון דאָל אַמראָט האָט אים געראַטעוועט פֿון די רויטע דרומדיקע שווערדן וואָס וואָלטן אים צעהאַקט ווו ער ליגט.

דער פּרינץ אימראַהיל האָט געבראַכט פֿאַראַמיר צו דעם ווײַסן טורעם, און ער האָט געזאָגט: "אײַער זון איז צוריק, לאָרד, נאָך גרויסע מעשׂים," און ער האָט דערציילט אַלץ וואָס ער האָט געזען. אָבער דענעטאָר איז אויפֿגעשטאַנען און געקוקט אויפֿן פּנים פֿון זײַן זון און געשוויגן. האָט ער דעמאָלט זיי געבעטן גרייטן אַ בעט אין דער קאַמער, אַוועקלייגן פֿאַראַמיר דערויף און זיך אַוועקנעמען. נאָר ער אַליין איז געגאַנגען אַרויף איינער אַליין אַרײַן אינעם בסודיקן צימער אונטערן שפּיץ טורעם, און אַ סך וואָס האָבן דערויף געקוקט דעמאָלט האָבן געזען אַ בלאַסע ליכט וואָס שײַנט און פֿלאַקערט פֿון די ענגע פֿענצטער אַ ווײַלע, און דעמאָלט געבליצט און איז אויס. און ווען דענעטאָר איז נאָך אַ מאָל אַראָפּ איז ער געגאַנגען צו פֿאַראַמיר און לעבן אים געזעסן אָן רעדן, נאָר דאָס פּנים פֿון דעם לאָרד איז גראָ געווען מער ווי טויט ווי דעם זונס.

אַזוי איז די שטאָט איצט באַלעגערט געוואָרן, אײַנגערינגלט אין אַ קרײַז פֿון שׂונאים. דער ראַמאַס איז צעבראָכן געוואָרן און דעם גאַנצן פּעלענאָר אָפּגעלאָזט דעם שׂונא. דאָס לעצטע וואָרט געקומען פֿון מחוץ די מויערן איז געבראַכט געוואָרן פֿון מענטשן פֿליִענדיק אַראָפּ אויפֿן צפֿונדיקן וועג איידער מע האָט פֿאַרמאַכט דעם טויער. זיי זײַנען געווען דער רעשט פֿון דער וואַך וואָס מע האָט זיי געשטעלט בײַם אָרט ווו דער וועג פֿון אַנאָריען און ראָהאַן לויפֿט אַרײַן אין די שטאָטלענדער. אינגאָלד האָט זיי געפֿירט, דער זעלבער וואָס האָט אַרײַנגעלאָזט גאַנדאַלף און פּיפּין מיט ניט מער ווי פֿינף טעג צוריק, בעת די זון איז נאָך אויפֿגעגאַנגען און ס'איז געווען האָפֿענונג אין דער פֿרי.

"ס'איז ניט קיין נײַעס וועגן די ראָהירים," האָט ער געזאָגט. "ראָהאַן וועט איצט ניט קומען. אָדער זאָלן זיי קומען וועט אונדז ניט העלפֿן. די נײַע מחנה וואָס דערוועגן האָבן מיר ידיעות איז פֿריִער געקומען, פֿון איבער דעם טײַך דורך אַנדראָס, זאָגט מען. זיי זײַנען

שטאַרק: באַטאַליאָנען אָרקס פֿון דעם אויג, און קאָמפּאַניעס אָן אַ צאָל פֿון מענטשן פֿון אַ נײַ מין פֿריִער ניט אָנגעטראָפֿן. ניט הויך נאָר ברייט און פֿאַרביסן, באַבערדיקט ווי שרעטלעך, מאַכנדיק מיט גרויסע העק. אַרויס פֿון עפּעס אַן אַכזריותדיק לאַנד אין דעם ברייטן מיזרח קומען זיי, האַלטן מיר. זיי האַלטן דעם וועג צפֿון צו, און אַ סך זײַנען אַרײַן אין אַנאָריען. די ראָהירים קענען ניט קומען."

מע האָט פֿאַרמאַכט דעם טויער. די גאַנצע נאַכט האָבן די וועכטערס אויף די מויערן געהערט דעם קלאַנג פֿונעם שׂונא וואָס גייט אַרום אין דרויסן, ברענט פֿעלד און בוים, און צעהאַקט אַבי וועמען וואָס זיי האָבן געפֿונען דאָרט, צי לעבעדיקע צי טויטע. וויפֿל זײַנען שוין אַריבער איבער דעם טײַך האָט מען ניט געקענט טרעפֿן אינעם פֿינצטערניש, נאָר ווען דער אינדערפֿרי, אָדער זײַן אומקלאָרער שאָטן, האָט זיך געגנבֿעט איבערן פֿליין, האָט זיך געלאָזט זען אַז אַפֿילו דער שרעק אין דער נאַכט האָט קוים איבערגעשאַצט זייער צאָל. דער פֿליין איז פֿינצטער געווען מיט זייערע מאַרשירנדיקע קאָמפּאַניעס, און אומעטום אין אויגנגרייך האָבן געשפּראָצט ווי אומריינע שוואָמען אַרום און אַרום דער באַלעגערטער שטאָט גרויסע לאַגערן מיט געצעלטן, שוואַרץ אָדער טונקל־רויט.

אַזוי פֿאַרנומען ווי מוראַשקעס האָבן אײַלנדיקע אָרקס געהאַלטן אין גראָבן, גראָבן ליניעס טיפֿע אַקאָפּעס אין אַ ריזיקן קרײַז פּונקט אַרויס פֿון פֿײַלנגרייך פֿון די מויערן, און אַז אַן אַקאָפּע איז פֿאַרטיק האָט מען זי אָנגעפֿילט מיט פֿײַער, כאָטש ווי מע האָט דאָס אָנגעצונדן אָדער געקאָרמעט, צי דורך קונצן צי שוואַרצן כּישוף, האָט קיינער ניט געקענט זען. דעם גאַנצן טאָג איז די אַרבעט ווײַטער געגאַנגען, בעת די מענטשן פֿון מינאַס טיריט האָבן אָנגעקוקט, און גאָרנישט ניט געקענט טאָן דאָס אָפּצושטעלן. און ווען יעדע לענג אַקאָפּע איז פֿאַרטיק האָבן זיי געקענט זען גרויסע וואָגנס קומען נעענטער, און באַלד נאָך מער קאָמפּאַניעס פֿונעם שׂונא האָבן גיך אײַנגעשטעלט, יעדע הינטער דעם אָפּדאַך פֿון אַן אַקאָפּע, גרויסע מאַשינען וואָס וואַרפֿן מיסלען. עס איז ניט געווען אויף די מויערן פֿון דער שטאָט עפּעס גענוג גרויס אַזוי ווײַט צו גרייכן אָדער אָפּצושטעלן די אַרבעט.

תּחילת האָבן מענטשן געלאַכט און האָט ניט קיין סך מורא פֿאַר אַזעלכע המצאָות. וואָרן דער הויפּט־מויער פֿון דער שטאָט איז געווען גרויס אין דער הייך און וווּנדערלעך אין דער גרעב, אויפֿגעבויט איידער די קראַפֿט און בקיאות פֿון נומענאָר זײַנען שוואַכער געוואָרן אין גלות, און די דרויסנדיקע זײַט איז געווען ווי דער טורעם פֿון אָרטאַנק, האַרט און פֿינצטער און גלאַט, ניט גובֿר צו זײַן מיט שטאָל צי פֿײַער, ניט צו צעברעכן אַחוץ דורך עפּעס אַ קאָנוווּלסיע וואָס וועט צעשפּאַלטן די סאַמע ערד וואָס דערויף שטייט ער.

"ניין," האָבן זיי געזאָגט, "ניט אַפֿילו זאָל דער ניט־באַנאָמענטער אַליין קומען, ניט ער אַפֿילו קען דאָ אַרײַנקומען בעת מיר בלײַבן לעבן." נאָר עטלעכע האָבן געענטפֿערט: "בעת מיר בלײַבן לעבן? ווי לאַנג? ער פֿאַרמאָגט אַ וואָפֿן וואָס האָט צעקלאַפּט אַ סך שטאַרקע ערטער זינט דעם אָנהייב פֿון דער וועלט. הונגער. די וועגן זײַנען אָפּגעשניטן. ראָהאַן וועט ניט קומען."

נאָר די מאַשינען האָבן קיין האַרמאַט־קוילן ניט געפּטרט אויף דעם אומבערעכעוודיקן מויער. עס איז ניט געווען קיין גזלן צי אָרק־שעף וואָס האָט געהייסן דעם אָנפֿאַל אויף דעם גרעסטן שׂונא פֿון דעם לאָרד פֿון מאָרדאָר. אַ בייזע שליטה און מוח האָבן דאָס געפֿירט. באַלד ווי די גרויסע פּראָצעס זײַנען אײַנגעשטעלט געוואָרן, מיט אַ סך געשרייען און

סקריפּען פֿון שטריק און האַנטווינדע, האָבן זיי אָנגעהויבן וואַרפֿן מיסלען ווונדערלעך הויך, אַזוי אַז זיי זײַנען גלײַך איבערן פֿאַראַפּעט געפֿלויגן און געפֿאַלן מיט אַ ליש אינעם ערשטן קרײַז פֿון דער **ש**טאָט אַרײַן. און אַ סך פֿון זיי דורך עפּעס אַ בסודיקן קונץ האָבן זיך צעפֿלאַמט בעת זיי פֿאַלן קאַפּויער אַראָפּ.

באַלד איז געוואַקסן אַ גרויסע סכּנה פֿון פֿײַער הינטערן מויער, און די וואָס זײַנען ניט אַנדערש פֿאַרנומען האָבן געאַרבעט אויסצולעשן די פֿלאַמען וואָס שפּרינגען אַרויף אין אַ סך ערטער. דעמאָלט צווישן די גרעסערע וואָרפֿן איז געפֿאַלן אַן אַנדער מין האָגל, ניט אַזוי קאַטאַסטראָפֿאַל נאָר גאָר מער גרויליק. אומעטום אין די גאַסן און געסלעך הינטער דעם **ט**ויער האָט דאָס אַראָפּגעקײַקלט, קליינע קײַלעכדיקע קוילן וואָס ברענען ניט. נאָר ווען די מענטשן זײַנען צוגעלאָפֿן זיך דערוויסן וואָס דאָס איז, האָבן זיי געשריגן הויך אויף אַ קול אָדער זיך צעוויינט. וואָרן דער שׂונא האָט געהאַלטן אין וואַרפֿן אין דער **ש**טאָט אַרײַן די קעפּ פֿון די אַלע וואָס זײַנען געפֿאַלן קעמפֿן אין **א**סגיליאַט, אָדער אויף דעם **ר**אַמאַס, אָדער אין די פֿעלדער. זיי זײַנען געווען שרעקלעך אָנצוקוקן, וואָרן כאָטש עטלעכע זײַנען צעדריקט געווען און אָן פֿאָרעם, און עטלעכע זײַנען געווען רוצחיש צעהאַקט געוואָרן, האָבן אַ סך פֿאָרט געהאַט שטריכן צו דערקענען און האָבן אויסגעזען ווי ווייטיקדיק געשטאָרבן. און אַלע זײַנען געשטעמפּלט געווען מיטן ברודיקן צייכן פֿון דעם **א**ויג אָן **ל**עדל. נאָר כאָטש צעשעדיקט און פֿאַרשוועכט ווי זיי זײַנען געווען, האָט זיך אָפֿט געטראָפֿן אַז אַ מענטש וועט זען נאָך אַ מאָל דאָס פּנים פֿון אַ באַקאַנטן, וואָס איז אַ מאָל אַרומגעגאַנגען שטאָלץ באַוואָפֿנט, אָדער געאַקערט די פֿעלדער, אָדער אַהערגעריטן אויף אַ חגא פֿון די גרינע טאָלן אין די בערגלעך.

אומזיסט האָבן די מענטשן געמאַכט מיט די פֿויסטן אויף די אומברחמנותדיקע שׂונאים וואָס האָבן געווימלט פֿאַר דעם **ט**ויער. קללות האָבן זיי איגנאָרירט, האָבן זיי ניט געקענט די לשונות פֿון מערבֿדיקע מענטשן, האָבן זיי געשריגן מיט גרילציקע קולער ווי חיות און פּאַדלע־פֿייגל. אָבער באַלד זײַנען זייער ווייניק געבליבן אין **מ**ינאַס **ט**יריט וואָס האָבן נאָך האַרץ אויפֿצושטיין און זיך שטעלן פֿאַר די מחנות פֿון **מ**אָרדאָר. וואָרן נאָך אַ וואָפֿן, גיכער ווי הונגער, האָט פֿאַרמאָגט דער **ל**אָרד פֿון דעם **פֿ**ינצטערן **ט**ורעם: אימה און פֿאַרצווייפֿלונג.

די **נ**אַזגול זײַנען ווידער געקומען, און בעת זייער **ב**על־**ח**ושך איז איצט געוואַקסן און אַרויסגעשיקט זײַנע כּוחות, אַזוי זײַנען די קולער זייערע, וואָס האָבן נאָר אַרויסגערעדט זײַן ווילן און זײַן בייזקייט, אָנגעפֿילט געווען מיט שלעכטס און שוידער. כּסדר האָבן זיי געשוועבט איבער דער **ש**טאָט, ווי גריפֿן וואָס דערוואַרטן זייער טייל פֿון דעם פֿלייש פֿון די פֿאַרפֿאַלענע מענטשן. אַרויס פֿון אויגנגרייך צי פֿײַלנגרייך זײַנען זיי געפֿלויגן, און פֿאָרט זײַנען זיי שטענדיק בײַגעווען, האָבן די טויטלעכע קולער זייערע צעריסן די לופֿט. אַלץ מער ניט אויסצוהאַלטן זײַנען זיי געוואָרן, ניט ווייניקער, מיט יעדן נײַעם געשריי. מיט דער צײַט וואָלטן די גבֿורהדיקע אַפֿילו זיך אַראָפּוואַרפֿן אויף דער ערד אַז די באַהאַלטענע סכּנה איז איבער זיי, אָדער זיי וואָלטן שטיין, געלאָזט די וואָפֿן אַראָפּ פֿון די אָפּגעטייטע הענט בעת אין זייערע מוחות אַרײַן איז געקומען אַ שוואַרצקייט, און זיי האָבן מער ניט געטראַכט פֿון מלחמה, נאָר בלויז פֿון זיך באַהאַלטן און פֿון טויט.

במשך פֿון דעם גאַנצן שוואַרצן טאָג איז **פֿ**אַראַמיר געלעגן אויפֿן בעט אין דער קאַמער פֿון דעם **ו**וײַסן **ט**ורעם, בלאָנדזשענדיק אין אַ פֿאַרייִאושטן פֿיבער; שטאַרבן האָט עמעצער געזאָגט, און באַלד האָבן "שטאַרבן" געזאָגט די אַלע מענטשן אויף די מויערן און אין די

גאַסן. און לעבן אים איז געזעסן זײַן פֿאָטער, וואָס האָט ניט גערעדט נאָר געקוקט, זיך ניט געאַרט מיט דער פֿאַרטיידיקונג.

קיין שעהען אַזוי פֿינצטער האָט **פּ**יפּין ניט פֿאַרבראַכט, ניט אַפֿילו אין די קרעלן פֿון די **א**ורוק־**ה**ײַ. עס איז זײַן חובֿ געווען וואַרטן אויף דעם **ל**אָרד, און וואַרטן האָט ער יאָ געטאָן, פֿאַרגעסן, האָט זיך געדאַכט, שטייענדיק בײַ דער טיר פֿון דער ניט־באַלויכטענער קאַמער, פּרוּווּנדיק אויף וויפֿל ער האָט געקענט באַגעוועלטיקן די אייגענע פּחדים. און בעת ער קוקט אָן, האָט אים אויסגעזען אַז **ד**ענעטאָר איז אַלט געוואָרן פֿאַר זײַנע אויגן, גלײַך ווי עפּעס איז צעבראָכן געוואָרן אין זײַן שטאָלצן ווילן, און זײַן ערנסטער מוח איז איבערגעקערט געוואָרן. צער האָט דאָס אפֿשר גורם געווען, און חרטה. ער האָט דערזען טרערן אויף דעם פֿריִערדיקן ניט־צעוויינטן פּנים, שווערער אויסצוהאַלטן ווי צאָרן.

"ווײַנט ניט, לאָרד," האָט ער געשטאַמלט. "אפֿשר וועט ער קומען צו זיך. צי האָט איר געפֿרעגט בײַ **ג**אַנדאַלף?"

"טרייסט מיך ניט מיט מכשפֿים!" האָט **ד**ענעטאָר געזאָגט. "דעם נאַרס האָפֿענונג איז דורכגעפֿאַלן. דער **ש**ונא האָט עס געפֿונען, און איצט וואַקסט זײַן שליטה. ער זעט די סאַמע געדאַנקען אונדזערע, און אַלץ וואָס מיר טוען וועט קאַטאַסטראָפֿאַל.

"איך האָב אַוועקעשיקט דעם זון, ניט געדאַנקט, ניט געבענטשט, אין אומנייטיקער סכּנה אַרײַן, און דאָ ליגט ער מיט סם אין די אָדערן. ניין, ניין, אַבי וואָס זאָל איצט קומען אַרויס פֿון מלחמה, האָט מײַן שטאַם אויך אַ סוף; דאָס **ה**ויז פֿון די **פֿ**אַרוואַלטערס איז דורכגעפֿאַלן. רישעותדיקע פֿאַרשוינען וועלן הערשן איבער דעם לעצטן רעשט פֿון די **ק**יניגן פֿון **מ**ענטשן, לאָקערנדיק אין די בערגלעך ביז אַלע זײַנען אַרויסגעיאָגט געוואָרן."

מענטשן זײַנען געקומען צו דער טיר, גערופֿן נאָך דעם **ל**אָרד פֿון דער **ש**טאָט. "ניין, איך וועל ניט קומען אַראָפּ," האָט ער געזאָגט. "איך מוז בלײַבן לעבן דעם זון. ער וועט אפֿשר נאָך רעדן פֿאַרן סוף. נאָר דאָס איז נאָענט. פֿאָלגט וועמען איר ווילט, דעם **ג**רויען **נ**אַר אַפֿילו, כאָטש זײַן האָפֿענונג איז צעקלאַפּט געוואָרן. דאָ בלײַב איך."

אַזוי איז געווען אַז **ג**אַנדאַלף האָט אָנגענומען קאָמאַנדע פֿון דער לעצטער פֿאַרטיידיקונג פֿון דער **ש**טאָט **ג**אָנדאָר. ווו ער זאָל ניט גיין איז געוואָרן לײַכטער אויפֿן האַרצן, און די באַפֿליגלטע שאָטנס זײַנען אַרויס פֿון געדאַנק. אומפֿאַרמאַטערלעך האָט ער געשפּאַנט פֿון דעם **צ**יטאַדעל צו דעם **ט**ויער, פֿון צפֿון צו דרום אַרום דעם מויער, און מיט אים איז געגאַנגען דער **פּ**רינץ פֿון **ד**אָל **א**מראָט אין זײַן שײַנענדיקן פּאַנצער. וואָרן ער מיט זײַנע ריטערס האָבן זיך נאָך געהאַלטן ווי לאָרדן וואָס אין זיי גייט ווײַטער די גזע פֿון **נ**ומענאָר. די אַלע וואָס האָבן זיי געזען האָבן געשעפּטשעט, זאָגנדיק: "מסתּמא זײַנען די אַלטע מעשׂיות טאַקע אמתע; ס'איז דאָ **ע**לפֿיש בלוט אין די אָדערן פֿון דעם פֿאָלק, וואָרן די מענטשן פֿון **נ**ימראָדעל האָבן אַ מאָל געוווינט אין אָט דעם לאַנד מיט לאַנג צוריק." און דעמאָלט וואָלט איינער זינגען אין מיטן אומעט עטלעכע סטאַנצן פֿון דעם **ל**יד פֿון **נ**ימראָדעל, אָדער אַנדערע לידער פֿון דעם **ט**אָל פֿון דעם **א**נדוִין פֿון פֿאַרשוווּנדענע יאָרן.

און פֿונדעסטוועגן — ווען זיי זײַנען אַוועק האָבן די שאָטנס זיך פֿאַרמאַכט אויף די מענטשן נאָך אַ מאָל, זײַנען די הערצער קאַלט געוואָרן, איז די גבֿורה פֿון **ג**אָנדאָר פֿאַרדאַרט געוואָרן ביז אַש. און אַזוי זײַנען זיי פּאַמעלעך אַרויס פֿון אַן אומקלאָרן טאָג פֿון פּחדים אַרײַן אינעם פֿינצטערניש פֿון אַ פֿאַרצווייפֿלטער נאַכט. פֿײַערן האָבן געווילדעוועט הפֿקר

אינעם ערשטן קרײַז פֿון דער שטאָט, איז די ראָטע אויפֿן דרויסנדיקן מויער שוין אין אַ סך ערטער אָפּגעזונדערט פֿון צוריקצי. נאָר די געטרײַע וואָס זײַנען געבליבן בײַ די פּאָסטנס זײַנען ווייניק געווען; ס'רובֿ זײַנען אַנטלאָפֿן הינטערן צווייטן טויער.

ווײַט הינטער דער שלאַכט האָט מען גיך אַריבערגעלייגט אַ בריק איבער דעם טײַך, און דעם גאַנצן טאָג האָבן נאָך מער כּוחות און מלחמה־געצײַג געשטראָמט אַריבער. איצט צום סוף אין מיטן נאַכט איז דער אָנפֿאַל אין גאַנג אַרײַן. דער אַוואַנגאַרד איז געגאַנגען דורך די אַקאָפּעס פֿײַער דורך אַ סך אָפּגענייגטע סטעשקעס וואָס מע האָט זיי געמאַכט דערצווישן. ווײַטער זײַנען זיי געקומען, אָן שום רעכענונג פֿון אָנווערן בעת זיי קומען נעענטער, נאָך אַלץ אין רעדלעך און געטריבן פֿאָרויס, אינעווייניק פֿון פֿײַלנגרייך פֿונעם מויער. אָבער זײַנען טאַקע געווען צו ווייניק דאָרט געבליבן זיי צו שאַטן, כאָטש די ליכט פֿון די פֿײַערן האָבן באַוויזן אַ סך צילן פֿאַר פֿײַלן־בויגערס אַזוי געשײַט ווי ווען ניט איז אין גאָנדאָר. דעמאָלט וואָס ער דערזעט אַז די גבֿורה פֿון דער שטאָט איז שוין אונטערגעשלאָגן געוואָרן, האָט דער באַהאַלטענער קאַפּיטאַן אַרויסגעשיקט די כּוחות. פּאַמעלעך האָבן די גרויסע באַלעגערונג־טורעמס געבויט אין אָסגיליאַט געקײַקלט פֿאָרויס דורך דער פֿינצטער.

שליחים זײַנען נאָך אַ מאָל געקומען צו דער קאַמער אין דעם ווײַסן טורעם, און פּיפּין האָט זיי אַרײַנגעלאָזט, ווײַל זיי זײַנען געווען דרינגלעך. דענעטאָר האָט פּאַמעלעך געדרייט דעם קאָפּ פֿון פֿאַראַמירס פּנים, און שווײַגנדיק אויף זיי געקוקט.

"דער ערשטער קרײַז פֿון דער שטאָט ברענט, לאָרד," האָבן זיי געזאָגט. "וואָס זײַנען אײַערע באַפֿעלן? איר זײַט נאָך אַלץ דער לאָרד און פֿאַרוואַלטער. ניט אַלע וועלן פֿאָלגן מיטראַנדיר. מענטשן אַנטלויפֿן פֿון די מויערן, זיי איבערגעלאָזט ניט פֿאַרטיידיקט."

"פֿאַר וואָס? פֿאַר וואָס פֿליִען די נאַראָנים?" האָט דענעטאָר געזאָגט. "בעסער ברענען פֿריִער ווי שפּעטער, וואָרן ברענען מוזן מיר. גייט צוריק צו אײַער שײַטער! איך וועל איצט גיין צו מײַן לוויה־שײַטער. צו מײַן לוויה־שײַטער! ניט קיין קבֿר פֿאַר דענעטאָר און פֿאַראַמיר. ניט קיין קבֿר! ניט קיין לאַנגער שלאָף אין אײַנבאַלזאַמירטן טויט. מיר וועלן ברענען ווי געצן־דינער־קיניגן איידער אַ שיף האָט אַפֿילו געשוווּמען אַהער פֿון דעם מערבֿ. דער מערבֿ איז דורכגעפֿאַלן. גייט צוריק און ברענט!"

די שליחים, אָן פֿאַרנייג, אָן ענטפֿער, האָבן זיך געדרייט און אַנטלאָפֿן.

איצט איז דענעטאָר אויפֿגעשטאַנען און אָפּגעלאָזט די פֿיבערדיקע האַנט פֿון פֿאַראַמיר וואָס ער האָט געהאַלטן. "ער ברענט, ער ברענט שוין," האָט ער טרויעריק געזאָגט. "דאָס הויז פֿון זײַן גײַסט צעברעקלט זיך." דעמאָלט גייענדיק שטיל צו פּיפּין צו, האָט ער געקוקט אַראָפּ אויף אים.

"אַדיע!" האָט ער געזאָגט. "אַדיע, פּערעגרין בן־פּאַלאַדין! אײַער דינסט איז קורץ געווען, און איצט קומט ער צו אַ סוף. איך באַפֿרײַ אײַך פֿון דעם שטיק וואָס בלײַבט. גייט איצט, און שטאַרבט אין אַן אופֿן וואָס איר האַלט פֿאַר דעם בעסטן. און מיט וועמען איר ווילט, אַפֿילו דעם פֿרײַנד וועמענס טיפּשות האָט אײַך געבראַכט פֿאַר אָט דעם טויט. רופֿט צו מײַנע באַדינערס און דערנאָך גייט. אַדיע!"

"איך וועל ניט זאָגן אַדיע, מײַן לאָרד," האָט פּיפּין געזאָגט אויף די קני. און דעמאָלט, מיט אַ מאָל ווידער ווי אַ האָביט, איז ער אויפֿגעשטאַנען און געקוקט דעם אַלטן אין די אויגן.

"איך וועל זיך נעמען רשות, סער," האָט ער געזאָגט, "וואָרן ס'ווילט זיך מיר שטאַרק זען גאַנדאַלף נאָך אַ מאָל. אָבער ער איז ניט קיין נאַר, און איך וועל ניט טראַכטן פֿון שטאַרבן ביז ער איז אין ייִאוש פֿון לעבן. נאָר פֿון מײַן וואָרט און אײַער דינסט וויל איך ניט פֿרײַ ווערן בעת איר לעבט נאָך. און זאָלן זיי סוף־כּל־סוף קומען צו דעם ציטאַדעל, האָף איך דאָ צו זײַן בײַ אײַער זײַט און אפֿשר פֿאַרדינען דאָס כּלי־זיין וואָס איר האָט מיר געגעבן.

"טוט וואָס איר ווילט, האַר האַלבלינג," האָט דענעטאָר געזאָגט. "אָבער מײַן לעבן איז צעבראָכן. רופֿט צו מײַנע באַדינערס!" ער האָט זיך געווענדט צוריק צו פֿאַראַמיר.

פּיפּין האָט אים איבערגעלאָזט און צוגערופֿן די באַדינערס און זיי זײַנען געקומען: זעקס מענטשן פֿונעם הויזגעזינד, שטאַרק און העל. האָבן זיי אָבער געציטערט צוליב דעם צורוף. נאָר אין אַ שטיל קול האָט דענעטאָר זיי געבעטן לייגן וואַרעמע קאָלדרעס אויף פֿאַראַמירס בעט און דאָס אויפֿהייבן. און אַזוי האָבן זיי געטאָן, און אויפֿהייבנדיק דאָס בעט האָבן זיי דאָס געטראָגן אַרויס פֿון דער קאַמער. פּאַמעלעך האָבן זיי געשפּאַנט כּדי צו שטערן דעם פֿיבערישן מענטש וואָס ווייניקער, און דענעטאָר, איצט אָנגעלענט אין אַ שטעקן, איז נאָך זיי געגאַנגען, און אויף הינטן איז געקומען פּיפּין.

אַרויס פֿון דעם ווײַסן טורעם זײַנען זיי געגאַנגען ווי אויף אַ לוויה, אַרויס אינעם פֿינצטערניש, ווו דער אַרונטערהאַנגענדיקער וואָלקן איז פֿון אונטן באַלויכטן מיט טעמפּ־רויטן צאַנקען. שטיל האָבן זיי געשפּאַנט איבערן גרויסן הויף און, מיט אַ וואָרט פֿון דענעטאָר, זיך אָפּגעשטעלט לעבן דעם פֿאַרדאַרטן בוים.

אַלץ איז שטיל געווען אַחוץ פֿון דעם קלאַנג פֿון מלחמה אין דער שטאָט אונטן, און זיי האָבן געהערט ווי דאָס וואַסער טריפֿט טרויעריק פֿון די טויטע צווײַגן אינעם פֿינצטערן באַסיין אַרײַן. דעמאָלט זײַנען זיי דורך דעם טויער פֿון דעם ציטאַדעל, ווו דער שומר האָט אויף זיי געגאַפֿט מיט חידוש און פֿאַרצווייפֿלונג בעת זיי זײַנען פֿאַרבײַ. מיט אַ דריי אויף מערבֿ זײַנען זיי סוף־כּל־סוף געקומען צו אַ טיר אינעם הינטערשטן מויער פֿונעם זעקסטן קרײַז. פֿען האָלען האָט דאָס געהייסן, ווײַל זי איז אַלע מאָל פֿאַרמאַכט געהאַלטן אַחוץ פֿאַר לוויות, און נאָר דער לאָרד פֿון דער שטאָט האָט געמעגט ניצן דעם אָ וועג, אָדער די וואָס האָבן געטראָגן דעם צייכן פֿון די קבֿרים און האָבן צוגעזען די הײַזער פֿון די טויטע. הינטער איר איז געגאַנגען אַ שלענגלענדיקער וועג אַראָפּ מיט אַ סך אויסדרייען ביזן ענגן לאַנד אונטערן שאָטן פֿון מינדאָלוּינס תּהום, ווו זײַנען געשטאַנען די פּריצישע הײַזער פֿון די טויטע קיניגן און זייערע פֿאַרוואַלטערס.

אַ פּאָרטיע איז געזעסן אין אַ הײַזל לעבן וועג, און מיט פּחד אין די אויגן איז ער אַרויס מיט אַ לאַמטערן אין דער האַנט. לויט דעם לאָרדס באַפֿעל, האָט ער אויפֿגעשלאָסן די טיר, האָט זי זיך שטיל צוריקגעשוווּנגען, זײַנען זיי דורכגעגאַנגען, נעמענדיק דעם לאַמטערן פֿון זײַן האַנט. עס איז געווען פֿינצטער אויף דעם אַרויפֿקריכנדיקן וועג צווישן אוראַלטע מויערן און פֿאַראַפּעטן מיט אַ סך זײַלן וואָס לאָזן זיך דערזען אין דער ליכט פֿון דעם וויגנדיקן לאַמטערן. זייערע פּאַמעלעכע פֿיס האָבן געהילכט בײַם גיין אַראָפּ, אַראָפּ, בוז סוף־כּל־סוף זײַנען זיי געקומען צו דער שטילער גאַס, ראַט דינען, צווישן בלאַסע קופּאָלן און ליידיקע זאַלן און בילדער פֿון מענטשן שוין לאַנג טויט, און זיי זײַנען אַרײַן אין דעם הויז פֿון די פֿאַרוואַלטערס און אַראָפּגעלאָזט די לאַסט.

דאָרט האָט **פּ**יפּין, גאַפֿנדיק אומרויִק אַרום זיך, געזען אַז ער איז אין אַ ברייטן הויך־געבויגענעם צימער, באַהאַנגען אַזוי צו זאָגן מיט די גרויסע שאָטנס געוואָרפֿן פֿונעם קליינעם לאַמטערן אויף די באַדעקטע ווענט. און אומקלאָר האָבן זיך געלאָזט זען אַ סך רייען טישן, אויסגעשניטן פֿון מאַרמער, און אויף יעדער טיש איז געלעגן אַ שלאָפֿנדיק געשטאַלט, מיט פֿאַרלייגטע הענט און דער קאָפּ אויף אַ קישן פֿון שטיין. אָבער איין טיש נאָענט צו דער האַנט איז געשטאַנען ברייט און נאַקעט. דערויף מיט אַ ווונק פֿון **ד**ענעטאָר האָבן זיי געלעגן **פֿ**אַראַמיר און זײַן פֿאָטער זײַט בײַ זײַט, זיי באַדעקט מיט איין צודעק, און דעמאָלט זײַנען זיי געשטאַנען מיט אַראָפּגעלאָזטע קעפּ, ווי אַבֿלים לעבן אַ טויטנבעט. האָט **ד**ענעטאָר דעמאָלט ווייך גערעדט.

"דאָ וועלן מיר וואַרטן," האָט ער געזאָגט. "נאָר שיקט ניט נאָך די אײַנבאַלזאַמירערס. ברענגט האָלץ וואָס ברענט גיך, לייגט עס אומעטום אַרום אונדז און אונטן, און גיסט צו אייל דערויף. און ווען איך בעט אײַך, שטעקט אַרײַן אַ שטורקאַץ. טוט אַזוי און רעדט מער ניט מיט מיר. אַדיע!"

"מיט אײַער דערלויב, לאָרד!" האָט **פּ**יפּין געזאָגט און זיך געדרייט און געפֿלויגן מיט שרעק אַרויס פֿון דעם טויט־הויז. "נעבעכדיקער **פֿ**אַראַמיר!" האָט ער געטראַכט. "איך מוז געפֿינען **ג**אַנדאַלף. נעבעכדיקער **פֿ**אַראַמיר! אַ סבֿרא אַז ער דאַרף מעדיצין מער ווי טרערן. אָ, ווו קען איך געפֿינען **ג**אַנדאַלף? פּונקט אין דער מיט פֿון אַלץ, נעם איך אָן, און ער וועט האָבן ניט קיין צײַט צו צעפּטרן אויף שטאַרבנדיקע מענטשן צי מטורפֿים."

בײַ דער טיר האָט ער זיך געווענדט צו איינער פֿון די משרתים וואָס איז דאָרט געבליבן באַוואַכן. "אײַער האַר איז אויסער זיך," האָט ער געזאָגט. "גייט פּאַמעלעך! ברענגט ניט קיין פֿײַער אין אָט דעם אָרט בעת **פֿ**אַראַמיר לעבט! טוט גאָרנישט ניט איידער **ג**אַנדאַלף קומט!"

"ווער דען איז דער האַר פֿון **מ**ינאַס **ט**יריט?" האָט דער מענטש געענטפֿערט. "דער **ל**אָרד **ד**ענעטאָר צי דער **ג**רויער **וו**אַנדערער?"

"אָדער דער **ג**ראָער **וו**אַנדערער אָדער קיינער ניט, ווײַזט אויס," האָט **פּ**יפּין געזאָגט, און ער איז גיך געלאָפֿן צוריק אַרויף אויף דעם דרייענדיקן וועג אַזוי גיך ווי די פֿיס קענען אים טראָגן, פֿאַרבײַ דעם דערשטוינטן פּאָרטיע, אַרויס דורך דער טיר, און ווײַטער, ביז ער איז געקומען נאָענט צו דעם טויער פֿון דעם **צ**יטאַדעל. דער שומר האָט אים צוגערופֿן ווען ער איז פֿאַרבײַ, און ער האָט דערקענט דאָס קול פֿון **ב**ערעגאָנד.

"וווּהין לויפֿט איר, **ה**אַר **פּ**ערעגרין?" האָט ער אויסגערופֿן.

"צו געפֿינען **מ**יטראַנדיר," האָט **פּ**יפּין געענטפֿערט.

"דעם **ל**אָרדס געענג זײַנען דרינגלעך און איך זאָל זיי ניט זײַן קיין מניעה," האָט **ב**ערעגאָנד געזאָגט, "נאָר זאָגט מיר גיך, אויב איר מעגט: וואָס טוט זיך? וווּהין איז מײַן **ל**אָרד געגאַנגען? איך בין נאָר וואָס געקומען אויף דיזשור, אָבער איך האָב געהערט אַז ער איז געגאַנגען צו דעם **פֿ**אַרמאַכטער **ט**יר צו, און מענטשן האָבן געטראָגן **פֿ**אַראַמיר פֿאַר אים."

"יאָ," האָט **פּ**יפּין געזאָגט, "צו דעם **ש**טילן **ג**אַס."

בערעגאָנד האָט אַראָפּגעלאָזט דעם קאָפּ צו באַהאַלטן די טרערן. "מע האָט געזאָגט אַז ער שטאַרבט," האָט ער געזיפֿצט, "און איצט איז ער טויט."

"ניין," האָט **פּ**יפּין געזאָגט, "נאָך ניט. און איצט אַפֿילו קען מען אפֿשר פֿאַרהיטן זײַן טויט, מיין איך. אָבער דער **ל**אָרד פֿון דער **ש**טאָט, **ב**ערעגאָנד, איז געפֿאַלן אײדער זײַן שטאָט איז פֿאַרכאַפּט געוואָרן. ער איז קרענקלעך און סכּנהדיק." גיך האָט ער דערציילט וועגן **ד**ענעטאָרס מאָדנע ווערטער און טוּונגען. "איך מוז תּיכּף געפֿינען **ג**אַנדאַלף."

"אין דעם פֿאַל מוזט איר גיין אַראָפּ צו דער שלאַכט."

"איך ווייס. דער **ל**אָרד האָט מיר געגעבן זײַן דערלויב. נאָר **ב**ערעגאָנד, אויב איר קענט, טוט עפּעס אָפּצוהאַלטן אַבי וואָס פֿאַר אַן אימהדיק געשעעניש."

"דער **ל**אָרד דערלויבט ניט די וואָס טראָגן דעם שוואַרץ און זילבער אָפּלאָזן די פּאָסטנס אויף אַבי וואָס פֿאַר אַ סיבה, אַחוץ דורך דעם אייגענעם באַפֿעל."

"נו, איר מוזט אויסקלײַבן צווישן באַפֿעלן און דעם לעבן פֿון **פֿ**אַראַמיר," האָט **פּ**יפּין געזאָגט. "און וואָס שייך באַפֿעלן, איך מיין אַז איר האָט אַ משוגענער מיט וועמען צו האַנדלען, און ניט קיין לאָרד. איך מוז לויפֿן. איך וועל צוריקקומען אויב איך קען."

ער איז ווײַטער געלאָפֿן, אַראָפּ, אַראָפּ, אַראָפּ צו דער אויסנווייניקסטער שטאָט צו. מענטשן פֿליִענדיק פֿון דעם ברענען זײַנען אים פֿאַרבײַ, און עטלעכע וואָס האָבן באַמערקט זײַן ליוורעע האָבן זיך געדרייט און געשריגן, האָט ער מאַכט זיך ניט וויסנדיק. סוף־כּל־סוף איז ער דורך דעם **צ**ווייטן **ט**וויער, וואָס הינטער אים זײַנען גרויסע פֿײַערן אַרויפֿגעשפּרונגען צווישן די מויערן. פֿאָרט האָט אים געפֿילט מאָדנע שטיל. ניט קיין קלאַנג אָדער געשרייען פֿון שלאַכט צי בהלה פֿון וואָפֿן האָט זיך ניט געלאָזט הערן. דעמאָלט מיט אַ מאָל איז געווען אַ שוידערלעך געשריי און אַ גרויסער קלאַפּ, און אַ טיפֿער הילכיקער טראַך. צווינגענדיק זיך ווײַטער אַקעגן אַ פֿלאָש שרעק און ייִאוש וואָס האָט אים געטרייסלט שיִער ניט אויף די קני, איז **פּ**יפּין אַרום אַ ווינקל וואָס עפֿנט זיך אויף דעםברייטן פּלאַץ הינטער דעם **ש**טאָט־**ט**וויער. ער האָט זיך תּיכּף אָפּגעשטעלט. ער האָט געפֿונען **ג**אַנדאַלף אָבער ער האָט זיך אײַנגעצויגן, געהויערט אין אַ שאָטן.

זינט דעם מיטן נאַכט איז דער גרויסער אָנפֿאַל ווײַטער געגאַנגען. די פּויקן האָבן געקלונגען. אויף צפֿון און אויף דרום האָבן זיך קאָמפּאַניע נאָך קאָמפּאַניע געדריקט אויף די מויערן. דאָרט זײַנען געקומען גרויסע חיות, ווי באַוועגנדיקע הײַזער אין דער רויטער אומפֿעסטער ליכט, די *מומאַקיל* פֿון די **ה**אַראַד, וואָס האָבן געשלעפּט ריזיקע טורעמס און מאַשינען דורך די געסלעך צווישן די פֿײַערן. פֿאָרט האָט דער **ק**אַפּיטאַן זייערער קיין אַכט ניט געלייגט אויף וואָס זיי טוען אָדער וויפֿל מעגן דערהרגעט ווערן: זייער צוועק איז בלויז צו פּרובירן דעם כּוח פֿון דער פֿאַרטיידיקונג, און צו האַלטן די מענטשן פֿון **ג**אָנדאָר פֿאַרנומען אין אַ סך ערטער. עס איז אויף דעם **ט**וויער וואָס ער וועט וואַרפֿן זײַן שווערסטן וואָג. גאָר שטאַרק מעג ער זײַן, געאַרבעט פֿון שטאָל און אײַזן, און באַוואַכט פֿון טורעמס און פֿאַראַפּעטן פֿון אייביקן שטיין, נאָר ער איז געווען דער שליסל, דער שוואַכסטער אָרט אין דעם גאַנצן הויכן און ניט־דורכצודרינגענעם מויער.

די פּויקן האָבן העכער געקלונגען. פֿײַערן זײַנען געשפּרונגען אַרויף. גרויסע מאַשינען זײַנען געקראָכן איבערן פֿעלד, און אין דער מיט איז געווען אַ ריזיקער טאַראַם, אַזוי גרויס

ווי אַ וואַלד־בוים, איין הונדערט פֿיס אין דער לענג, וויגנדיק אויף מאַכטיקע קייטן. לאַנג האָט מען געהאַלטן אין אים אויסקאָוועט אין די פֿינצטערע קוזניעס פֿון **מ**אָרדאָר, און זײַן גרויליקער קאָפּ, געקאָוועט פֿון שוואַרץ שטאָל, איז געשאַפֿן געוואָרן אינעם געשטאַלט פֿון אַ פֿרעסערישן וואָלף; דערויף זײַנען געלעגן כּישופֿים פֿון צעשטערונג. **ג**ראָנד האָבן זיי אים אָנגערופֿן, צום אָנדענק פֿון דעם אַמאָליקן **ה**אַמער פֿון דער **א**ונטערוועלט. גרויסע חיות האָבן אים געשלעפּט, אָרקס האָבן אים אַרומגערינגלט, און אויף הינטן זײַנען געגאַנגען באַרג־טראָלן אים צו ניצן.

נאָר אַרום דעם **ט**ויער איז דער קעגנשטעל נאָך אַלץ שטאַרק געווען, און דאָרט זײַנען די ריטערס פֿון **ד**אָל **א**ַמראָט און די פֿאַרהאַרטעוועטסטע פֿון דער ראָטע געשטאַנען. געדיכט זײַנען געפֿאַלן שאָס און שפּיזל; באַלעגערונג־טורעמס האָבן זיך צונויפֿגעשטויסן אָדער געפֿלאַמט פֿלוצעמדיק ווי שטורקאַצן. אומעטום פֿאַר די מויערן אויף בײדע זײַטן **ט**ויער איז די ערד דערשטיקט געווען מיט וראַק און די בר־מיננס פֿון די דערהרגעטע; פֿאָרט, געטריבן ווי פֿון אַ שגעון, זײַנען נאָך מער און מער צוגעקומען.

גראָנד איז ווײַטער געקראָכן. אויף זײַן ראָם וואָלט ניט קיין פֿײַער זיך אָנצינדן, און כאָטש פֿון צײַט צו צײַט וואָלט עפּעס אַ גרויסע חיה וואָס האָט אים געשלעפּט משוגע ווערן און גיין פֿאַרשפּרייטן צעטראָטענעם חורבן אויף די אומצאָליקע אָרקס וואָס האָבן אים באַוואַכט, האָט מען די קערפּערס זייערע געוואָרפֿן אין אַ זײַט און אַנדערע זײַנען געקומען אין זייער אָרט.

גראָנד איז ווײַטער געקראָכן. די פּויקן האָבן ווילד געקלונגען. איבער די בערגלעך דערהרגעטע האָט זיך באַוויזן אַ גרויליק געשטאַלט: אַ רײַטער, הויך, באַקאַפּטערט, באַמאַנטלט אין שוואַרץ. פּאַמעלעך, טרעטנדיק אויף די געפֿאַלענע, האָט ער געריטן פֿאָרויס, מער ניט קיין אַכט לייגנדיק אויף אַבי וואָס פֿאַר אַ שפּיזל. ער האָט זיך אָפּגעשטעלט און אויפֿגעהאַלטן אַ לאַנגע בלאַסע שווערד. און ווען ער האָט דאָס געטאָן איז אויף אַלע געפֿאַלן אַ גרויסער פּחד, אויף פֿאַרטיידיקער און שׂונא גלײַך אויף גלײַך, און די הענט פֿון די מענטשן זײַנען אַראָפּגעהאַנגען בײַ די זײַטן און קיין בויגן האָט ניט געזונגען. אויף אַ רגע איז אַלץ שטיל געווען.

די פּויקן האָבן געקלונגען און געגראַגערט. מיט אַן אומגעהײַער געאײַל האָבן ריזיקע הענט געוואָרפֿן **ג**ראָנד פֿאָרויס. ער איז אָנגעקומען פֿאַר דעם **ט**ויער. ער האָט זיך געשווונגען. אַ טיפֿער טראַך האָט געבורטשעט דורך דער **ש**טאָט ווי אַ דונער לויפֿנדיק אין די וואָלקנס. נאָר די טירן פֿון אײַזן און סטויפֿן פֿון שטאָל האָבן אויסגעהאַלטן דעם שלאָג.

דעמאָלט איז דער **ש**וואַרצער **ק**אַפּיטאַן אויפֿגעשטאַנען אין די סטרעמענעס און אויסגעשריגן הויך אויף אַ שוידערלעך קול, רעדנדיק אין עפּעס אַ פֿאַרגעסן לשון ווערטער פֿון שליטה און אימה צו צערײַסן אי האַרץ אי שטיין.

דרײַ מאָל האָט ער אויסגעשריגן. דרײַ מאָל האָט דער גרויסער טאַראַם געקראַכט. און מיט אַ מאָל אויפֿן לעצטן קראַך איז דער **ט**ויער פֿון **ג**אָנדאָר צעבראָכן געוואָרן. גלײַך ווי צעשלאָגן מיט עפּעס אַן אויפֿרײַס־כּישוף, איז ער צעפּלאַצט געוואָרן: ס'איז געקומען אַן אויפֿבליץ הייסע ליכט און די טירן זײַנען צונויפֿגעפֿאַלן אין צעריסענע שטיקלעך אויף דער ערד.

אַרײַן האָט געריטן דער **ל**אָרד פֿון די **נ**אַזגול. אַ גרויס שוואַרץ געשטאַלט אַקעגן די ווײַטערע פֿײַערן האָט ער זיך דערזען, געוואַקסן ביז אַ ריזיקער סכּנה פֿון ייִאוש. אַרײַן האָט געריטן דער **ל**אָרד פֿון די **נ**אַזגול, אונטער דעם בויגן וואָס פֿריִער איז קיין שׂונא ניט דורך אים געקומען, און אַלע זײַנען אַנטלאָפֿן פֿאַר זײַן פּנים.

אַלע אַחוץ איינער. דאָרט וואַרטנדיק, שטיל און רויִק אינעם אָרט פֿאַר דעם **ט**ויער, איז געזעסן **ג**אַנדאַלף אויף **ש**אָטנפֿאַקס: **ש**אָטנפֿאַקס, וואָס אַליין צווישן די פֿרײַע פֿערד אויף דער וועלט האָט אויסגעהאַלטן די אימה, ניט גערירט, פֿעסט ווי אַן אויסגעשניטן בילד אין **ר**אַט **ד**ינען.

"איר קענט ניט דאָ אַרײַנקומען," האָט **ג**אַנדאַלף געזאָגט, און דער אומגעהײַערער שאָטן האָט זיך אָפּגעשטעלט. "גייט צוריק אין דעם תּהום שוין צוגעגרייט פֿאַר אײַך! גייט צוריק! פֿאַלט אַראָפּ אין דעם חלל וואָס וואַרט אויף אײַך און אײַער **ה**אַר. גייט!"

דער **ש**וואַרצער **ר**ײַטער האָט צוריקגערוקט דעם קאַפּטער, און זעט נאָר! ער טראָגן אַ קיניגלעכע קרוין, נאָר זי איז ניט געזעסן אויף קיין אָנזעעוודיקן קאָפּ. די רויטע פֿײַערן האָבן געשײַנט צווישן איר און די באַמאַנטלטע פּלייצעס, ריזיק און פֿינצטער. פֿון אַ מויל ניט צו דערזען איז געקומען אַ טויט־געלעכטער.

"אַלטער נאַר!" האָט ער געזאָגט. "אַלטער נאַר. אָט איז געקומען מײַן שעה. צי דערקענט איר ניט דעם **ט**ויט ווען איר זעט אים? שטאַרבט איצט מיט אומזיסטע קללות!" און דערמיט האָט ער הויך אויפֿגעהויבן זײַן שווערד און פֿלאַמען זײַנען געלאָפֿן אַראָפּ אויף דער שאַרף.

גאַנדאַלף האָט זיך ניט גערירט פֿון אָרט. און אין דער סאַמע רגע, אַוועק הינטער זיי אין עפּעס אַ הויף אין דער **ש**טאָט, האָט אַ האָן געקרייט. רײַסיק און קלאָר האָט ער געקרייט, ניט געאַרט פֿון כּישוף צי מלחמה, נאָר באַגריסנדיק דעם אינדערפֿרי וואָס אין הימל ווײַט איבער די שאָטנס פֿון טויט איז געקומען מיטן קאַיאָר.

און אַזוי ווי אין ענטפֿער איז געקומען פֿון ווײַט אַוועק נאָך אַ טאָן. הערנער, הערנער, הערנער. אויף די פֿינצטערע זײַטן פֿון **מ**ינדאָלויִן האָבן זיי אומקלאָר אָפּגעהילכט. גרויסע הערנער פֿון דעם **צ**פֿון ווילד געבלאָזן. ראָהאַן איז געקומען סוף־כּל־סוף.

קאַפּיטל פֿינף

די ראָהירים רײַטן

עס איז געווען פֿינצטער און **מ**ערי האָט גאָרנישט ניט געקענט זען בעת ער ליגט אויף דער ערד אַנטוויקלט אין אַ קאָלדרע. און כאָטש די נאַכט איז דושנע געווען, אָן ווינט, האָבן אומעטום אַרום די באַהאַלטענע ביימער ווייך געזיפֿצט. ער האָט אויפֿגעהויבן דעם קאָפּ. דעמאָלט האָט ער דאָס נאָך אַ מאָל געהערט: אַ קלאַנג ווי שוואַכע פּויקן אין די באַביימערטע בערגלעך און באַרג־טריט. דער טיאָך האָט געהאַלטן אין אויפֿהערן מיט אַ מאָל, און דערנאָך ווידער אָנהייבן אין אַן אַנדער אָרט, איצט נעענטער, איצט ווײַטער אַוועק. ער האָט זיך געוווּנדערט צי די וועכטערס האָבן דאָס געהערט.

ער האָט זיי ניט געקענט זען, אָבער ער האָט געוווּסט אַז אומעטום אַרום אים זײַנען די קאָמפּאַניעס פֿון די **ר**אָהירים. ער האָט געקענט שמעקן די פֿערד אין דער פֿינצטער, געקענט הערן זייערע איבעררוקן און זייער ווייך טופּן אויף דער נאָדל־באַדעקטער ערד. די מחנה האָט אַ ביוואַק געמאַכט אין די סאָסנע־וועלדער וואָס האָבן זיך געהײַפֿלט אַרום דעם **אי**ילענאַך **ש**ײַנטורעם, אַ הויך בערגל וואָס הייבט זיך אויף איבער די לאַנגע קאַמען פֿון דעם **וו**אַלד־**ד**רואַדאַן וואָס ליגט לעבן דעם גרויסן וועג אין **מ**יזרח **א**נאָריען.

אַזוי מיד ווי ער איז געווען, האָט **מ**ערי ניט געקענט שלאָפֿן. ער האָט געריטן איצט פֿיר טעג נאָך אַנאַנד, און דער אַלץ טיפֿערער אומעט איז פּאַמעלעך אַלץ שווערער געוואָרן אויפֿן האַרצן. ער האָט זיך אָנגעהויבן וווּנדערן פֿאַר וואָס ער איז אַזוי להוט געווען צו קומען, ווען מע האָט אים געגעבן יעדן תּירוץ, אַפֿילו דעם לאָרדס באַפֿעל, אויף הינטן צו בלײַבן. ער האָט זיך אויך געוווּנדערט צי דער אַלטער **ק**יניג ווייסט אַז מע האָט אים ניט געפֿאָלגט און צי ער איז אין כּעס. אפֿשר ניט. ס'האָט אויסגעזען אַז ס'איז עפּעס אַ פֿאַרשטענדעניש צווישן **ד**ערנהעלם און **ע**לפֿהעלם, דעם **מ**אַרשאַל וואָס קאָמאַנדירט דעם עאָרעד וואָס דערמיט האָבן זיי געריטן. ער מיט אַלע זײַנע לײַט האָבן **מ**ערי איגנאָרירט, זיך געמאַכט ניט הערנדיק ווען ער רעדט. ער האָט געקענט זײַן בלויז אַן אַנדער זאַק וואָס **ד**ערנהעלם האָט געטראָגן. **ד**ערנהעלם איז קיין טרייסט ניט געווען: ער רעדט ניט מיט קיינעם. **מ**ערי האָט זיך געפֿילט קליין, אומגעבעטן, און עלנט. איצט איז די צײַט אומרויִק, איז די מחנה געשטאַנען אין אַ סכּנה. זיי זײַנען געווען נעענטער ווי איין טאָג רײַטן פֿון די אויסנווייניקסטע מויערן פֿון **מ**ינאַס **ט**יריט וואָס האָבן אַרומגערינגלט די שטאָט־לענדער. אויסקוקערס האָט מען געשיקט פֿאָרויס. עטלעכע זײַנען ניט צוריקגעקומען. אַנדערע האָבן זיך געאײַלט צוריק און געמאָלדן אַז דעם וועג האָט מען געהאַלטן מיט כּוחות קעגן זיי. אַ מחנה פֿון שׂונאים האָט זיך געלאַגערט אויף אים, דרײַ מײַלן אויף מערבֿ פֿון **א**מאָן **ד**ין, און אַ ראָטע מענטשן האָט שוין געשטויסן פֿאָרויס אויפֿן וועג און איז איצט געווען ניט מער ווי נײַן מײַלן אַוועק. אָרקס האָבן אומגעוואַלגערט אין די בערגלעך און וועלדער לעבן דעם וועג־ברעג. דער קיניג מיט **ע**אָמער האָבן זיך געהאַלטן אַן עצה אין די נאַכט־שעהען.

מערי האָט געוואָלט רעדן מיט עמעצן, און ער האָט זיך דערמאָנט אין **פּ**יפּין. אָבער דאָס האָט נאָר פֿאַרשטאַרקט זײַן אומרויִקייט. נעבעכדיקער **פּ**יפּין, אײַנגעשלאָסן אין דער גרויסער שטאָט פֿון שטיין, עלנט און דערשראָקן. הלוואַי וואָלט **מ**ערי זײַן אַ הויכער **ר**ײַטער ווי **ע**אָמער און קענען בלאָזן אויף אַ האָרן און גיין גאַלאָפּירן אים צו ראַטעווען. ער האָט זיך אויפֿגעזעצט, זיך צוגעהערט צו די פּויקן וואָס האָבן נאָך אַ מאָל געקלונגען, איצט נעענטער

צו אים. באַלד האָט ער דערהערט קולער רעדנדיק ווייך, און דערזען אומקלאָרע האַלב־באַדעקטע לאַמטערנס גייענדיק דורך די ביימער. נאָענטע מענטשן האָבן אָנגעהויבן אומזיכער זיך באַוועגן אין דער פֿינצטער.

אַ הויך געשטאַלט האָט זיך דערזען און זיך ספּאָטיקעט אין אים, מיט אַ קללה אויף די ביימער־וואָרצלען. ער האָט דערקענט דאָס קול פֿון **ע**לפֿהעלם דעם **מ**אַרשאַל.

"איך בין ניט קיין בוים־וואָרצל, **ס**ער," האָט ער געזאָגט, "און אויך ניט קיין זאַק, נאָר אַ צעקלאַפּטער האָביט. דאָס מינדסטע וואָס איר קענט טאָן אָפּצוקומען איז מיר דערציילן וואָס גייט איצט אום."

"אַבי וואָס וואָס קען נאָך בלײַבן אויף די פֿיס אין דער דאָזיקער טײַוולאָנישער מראַקע," האָט **ע**לפֿהעלם געענטפֿערט. "נאָר מײַן לאָרד שיקט אַ בשׂורה אַז מיר מוזן זיך גרייטן: באַפֿעלן וועלן אפֿשר קומען פֿאַר אַ גיכער באַוועגונג."

"צי קומט דען דער שׂונא?" האָט **מ**ערי אומרויִק געפֿרעגט. "צי זײַנען זיי זײַנע פּויקן? איך האָב אָנגעהויבן מיינען אַז איך האָב זיי פֿאָרגעשטעלט, ווײַל קיין אַנדערער, ס'האָט אויסגעזען, האָט זיי ניט באַמערקט."

"ניין, ניין," האָט **ע**לפֿהעלם געזאָגט, "דער שׂונא איז אויף דעם וועג, ניט אין די בערגלעך. איר הערט די **ו**ואָזעס, די **ו**וילדע **מ**ענטשן פֿון די **ו**ועלדער; אַזוי רעדן זיי זיך פֿון דער ווײַטנס. זיי גייען נאָך אַלץ אום אין **ו**ואַלד־**ד**רואַדאַן, זאָגט מען. רעשטלעך פֿון אַן עלטערער צײַט זײַנען זיי אפֿשר, נאָר ווייניקע לעבן, און בסוד, אַזוי הפֿקר און וואַכיק ווי די חיות. זיי גייען ניט אויף מלחמה מיט **ג**אָנדאָר אָדער דעם **מ**אַרק, נאָר איצט זײַנען זיי אומרויִק צוליב דעם פֿינצטערניש און דעם אָנקום פֿון די אָרקס: זיי האָבן מורא דערפֿאַר כּדי די **פֿ**ינצטערע **י**אָרן זאָלן ניט קומען צוריק, וואָס איז אָבער אַ סבֿרא. לאָמיר זײַן דאַנקבאַר וואָס זיי יאָגן זיך ניט נאָך אונדז נאָך, וואָרן זיי ניצן פֿאַרסמטע פֿײַלן, זאָגט מען, און זיי זײַנען כיטרע אין די וועלדער ניט צו פֿאַרגלײַכן. אָבער זיי האָבן דערלאַנגט זייער דינסט צו **ט**עאָדען. פּונקט איצט נעמט מען איינעם פֿון זייערע ראָשים צו דעם קיניג. דאָרט ווײַטער גייען די ליכט. אַזוי פֿיל האָב איך געהערט נאָר מער ניט. און איצט מוז איך זיך ווענדן צו דעם לאָרדס באַפֿעלן. פּאַקט זיך אײַן, **ה**אַר **ז**אַק!" ער איז פֿאַרשוווּנדן געוואָרן אין די שאָטנס.

עס איז **מ**ערי ניט געפֿעלן, די אַלע רייד פֿון ווילדע מענטשן און פֿאַרסמטע שפּיזלעך, נאָר ניט קוקנדיק דערויף איז אויף אים אַ גרויסע וואָג אימה. דאָס וואַרטן איז ניט אויסצוהאַלטן. ער האָט שטאַרק געוואָלט וויסן וואָס וועט געשען. ער איז אויפֿגעשטאַנען און באַלד געגאַנגען אָפּגעהיט זיך נאָכיאָגן נאָך דעם לעצטן לאַמטערן איידער ער ווערט פֿאַרשווּנדן אין די ביימער.

באַלד איז ער אַרײַן אין אַן אָפֿענעם אָרט ווו מע האָט אויפֿגעשלאָגן אַ קליין געצעלט פֿאַר דעם קיניג אונטער אַ גרויסן בוים. אַ גרויסער לאַמטערן, באַדעקט אויבן, איז געהאַנגען פֿון אַ צווײַג און געוואָרפֿן אַ בלאַסן קרײַז ליכט אונטן. דאָרט זײַנען געזעסן **ט**עאָדען און **ע**אָמער, און פֿאַר זיי אויף דער ערד איז געזעסן אַ טשיקאַווע נידעריקע פֿיגור פֿון אַ מענטש, סוקוואַטע ווי אַן אַלטער שטיין, און די האָר אין זײַן שיטערער באָרד זײַנען געקראָכן אויף דעם פּוקלדיקן קין ווי טרוקענער מאָך. ער האָט געהאַט קורצע פֿיס און דיקע אָרעמס, דיק און קורץ, און באַקליידט נאָר מיט גראָז אַרום דער טאַליע. **מ**ערי האָט געפֿילט אַז ער האָט

אים פֿריִער געזען אין ערגעץ, און מיט אַ מאָל האָט ער געדענקט די **פּ**וקל־**מ**ענטשן אויף **ג**עטערקויפּ. אָט איז געווען איינע פֿון די אַלטע פֿיגורן צוריק צום לעבן, אָדער אפֿשר אַ בעשעפֿיניש אַ דירעקטער אָפּשטאַמלינג דורך אַן אַ שיעור יאָרן פֿון די מוסטערן געניצט פֿון די פֿאַרגעסענע בעל־מלאָכות פֿון לאַנג צוריק.

אַלץ איז שטיל געווען בעת **מ**ערי קריכט נעענטער, און דעמאָלט האָט דער **ו**וילדער **מ**ענטש אָנגעהויבן רעדן, האָט געענטפֿערט עפּעס אַ פֿראַגע, ס'האָט זיך געדאַכט. זײַן קול איז געווען טיף און געגאָרגלט, אָבער וואָס איז **מ**ערי אַ חידוש געווען, האָט ער גערעדט דאָס **אַ**לגעמיינע **ל**שון, כאָטש קווענקלדיק, מיט גראָבע ווערטער אַרײַנגעמישט.

"ניין, פֿאָטער פֿון די **פֿ**ערד־**ל**ײַט," האָט ער געזאָגט, "מיר קעמפֿן ניט. בלויז גייען אויף געיעג. אויסהרגענען גאָרגון אין וואַלד, האָבן פֿײַנט אָרק־פֿאָלק. איר אויך האָט פֿײַנט די *גאָרגון*. מיר העלפֿן ווו מיר קענען. די **ו**וילדע **מ**ענטשן האָבן לאַנגע אויערן און לאַנגע אויגן, קענען די אַלע וועגן. די **ו**וילדע **מ**ענטשן וווינען דאָ פֿריִער ווי די **ש**טיין־**ה**ײַזער, איידער די **ה**ויכע **מ**ענטשן קומען אַרויס פֿון **ו**וואַסער."

"אָבער אונדזער נויט איז הילף אין שלאַכט," האָט **ע**אָמער געזאָגט. "ווי וועט איר מיט אײַער לײַט העלפֿן אונדז?"

"ברענגען נײַעס," האָט געזאָגט דער **ו**וילדער **מ**ענטש. "מיר קוקן זיך אײַן פֿון בערגלעך. מיר קריכן אַרויף אויף גרויסע בערג און קוקן אַראָפּ. **ש**טיין־**ש**טאָט איז פֿאַרמאַכט. פֿײַער ברענט דאָרט אין דרויסן. איצט אינעווייניק אויך. איר ווילט אַהינקומען? אויב אַזוי, מוזט זײַן גיך. אָבער גאָרגון און מענטשן אַרויס פֿון ווײַט־אַוועק," ער האָט געפּאָכעט מיט אַ קורצן סוקעוואַטען אָרעם מיזרח צו, "זיצן אויף פֿערד־וועג. גאָר אַ סך, מער ווי די **פֿ**ערד־**ל**ײַט."

"ווי ווייסט איר דאָס?" האָט **ע**אָמער געזאָגט.

דעם אַלטן מענטשנס פּלאַטשיק פּנים און פֿינצטערע אויגן האָבן גאָרנישט ניט באַוויזן, נאָר דאָס קול איז אָנגעכמורעט מיט פֿאַרדראָס. "די **ו**וילדע **מ**ענטשן זײַנען ווילד, פֿרײַ, נאָר ניט קיין קינדער," האָט ער געענטפֿערט. "איך בין דער ראָש אַ גרויסער, **כ**אַן־בורי־**כ**אַן. איך צייל אַ סך זאַכן: שטערן אין הימל, בלעטער אויף ביימער, מענטשן אין דער פֿינצטער. איר האָט צוואַנציק צענדלינגער מענטשן דרײַסיק מאָל געציילט. זיי האָבן מער. גרויסער קאַמף און ווער וועט געווינען? און נאָך אַ סך מער גייען אַרום די מויערן פֿון **ש**טיין־**ה**ײַזער."

"אוי, ער רעדט טאַקע צו געביפּט," האָט **ט**עאָדען געזאָגט. "און אונדזערע אויסקוקערס מעלדן אַז זיי האָבן געוואָרפֿן אַקאָפּעס און פֿלעקלעך איבערן וועג. מיר קענען זיי ניט אָפּקערן אין אַ פּלוצעמדיקן שטורעם."

"און פֿאָרט מוזן מיר זיך אײַלן," האָט **ע**אָמער געזאָגט. "**מ**ונדבורג ברענט!"

"לאָזט **כ**אַן־בורי־**כ**אַן ענדיקן!" האָט געזאָגט דער **ו**וילדער **מ**ענטש. "מער ווי איין וועג קען ער. ער וועט אײַך פֿירן אויף וועגן ווו ס'איז ניטאָ קיין גריבלעך, ווו קיינע *גאָרגון* גייען אַרום, נאָר **ו**וילדע **מ**ענטשן און חיות. אַ סך סטעשקעס האָט מען געשאַפֿן ווען די לײַט אין **ש**טיין־**ה**ײַזער זײַנען געווען שטאַרקער. זיי האָבן אויסגעשניצט בערגלעך ווי יעגערס אָנשנײַדן חיה־פֿלייש. **ו**וילדע **מ**ענטשן האַלטן אַז זיי האָבן געגעסן שטיינער ווי עסנוואַרג. זיי זײַנען אַ מאָל געגאַנגען דורך **ד**רואַדאַן קיין **ר**ימאָן מיט גרויסע וואָגנס. זיי גייען מער ניט. האָבן פֿאַרגעסן דעם **ו**וועג, נאָר ניט די **ו**וילדע **מ**ענטשן. איבער בערגל און הינטער בערגל

ליגט ער נאָך אונטער גראָז און בוים, דאָרט הינטער **ר**ימאָן, און אַראָפּ צו **ד**ין, און צוריק צום סוף צו דעם **פֿ**ערד־**ל**ייַטס וועג. די **ו**וילדע **מ**ענטשן וועלן אייַך באַווייַזן דעם וועג. דעמאָלט וועט איר קיילן גאָרגון און טרייַבן אַוועק שלעכטע פֿינצטער מיט העל אייַזן, קענען די **ו**וילדע **מ**ענטשן גיין צוריק שלאָפֿן אין די ווילדע וועלדער."

עאָמער און דער קיניג האָבן זיך גערעדט אינעם אייגענעם לשון. נאָך אַ ווייַלע האָט **ט**עאָדען זיך געווענדט צו דעם **ו**וילדן **מ**ענטש. "מיר וועלן אָננעמען אייַער געבאָט," האָט ער געזאָגט. "וואָרן מילא וואָס מיר לאָזן איבער אַ מחנה שׂונאים אויף הינטן. אויב די **ש**טיין־**ש**טאָט פֿאַלט, וועלן מיר ניט קענען צוריק. אויב זי איז געראַטעוועט געוואָרן, וועט די אָרק־מחנה אַליין ווערן אָפּגעזונדערט. אויב איר זייַט געטרייַ, **כ**אַן־בורי־**כ**אַן, וועלן מיר אייַך געבן אַ רייַכן באַלוין, און איר וועט האָבן די פֿרייַנדשאַפֿט פֿון דעם **מ**אַרק אויף אייביק."

"טויטע מענטשן זייַנען ניט קיין פֿרייַנד צו לעבעדיקע, זיי געבן ניט קיין מתּנות," האָט דער **ו**וילדער **מ**ענטש געזאָגט. "נאָר זאָלט איר בלייַבן לעבן נאָך דעם פֿינצטערניש, לאָזט צו רו די **ו**וילדע **מ**ענטשן אין די וועלדער, און יאָגט זיך מער ניט נאָך זיי ווי חיות. **כ**אַן־בורי־**כ**אַן וועט אייַך ניט פֿירן אין קיין פּאַסטקע אַרייַן. ער אַליין וועט גיין מיט דעם פֿאָטער פֿון די **פֿ**ערד־**ל**ייַט, און זאָל ער אייַך פֿאַלש פֿירן, וועט איר אים דערהרגענען."

"עס זאָל זייַן אַזוי!" האָט **ט**עאָדען געזאָגט.

"ווי לאַנג וועט געדויערן אויסצומייַדן דעם שׂונא און צו קומען צוריק צום וועג?" האָט **ע**אָמער געפֿרעגט. "מיר מוזן גיין מיט אַ פּוס־טעמפּ, אויב איר פֿירט אונדז, און איך ספֿק ניט אַז דער וועג איז אַן ענגער."

"**ו**וילדע **מ**ענטשן גייען גיך צו פֿוס," האָט **כ**אַן געזאָגט. "דער וועג איז ברייט, גענוג פֿאַר פֿיר פֿערד אין **ש**טיינוואָגן **ט**אָל דאָרט ווייַטער," ער האָט געמאַכט מיט דער האַנט דרום צו, "נאָר ענג בייַם אָנהייב און בייַם סוף. אַ **ו**וילדער **מ**ענטש קען גיין צו פֿוס פֿון דאַנען קיין **ד**ין צווישן זונאויפֿגאַנג און האַלבן טאָג."

"אויב אַזוי מוזן מיר רעכענען וויניקסטנס זיבן שעה פֿאַר די פֿירערס," האָט **ע**אָמער געזאָגט, "נאָר מוזן מיר אויך רעכענען אַ צען שעה פֿאַר אַלע. אומגעריכטע זאַכן מעגן אונדז אָפּהאַלטן, און אויב אונדזער מחנה איז גאַנץ אויסגעצויגן, וועט זייַן אַ לאַנגע צייַט איידער אַלץ קען זייַן אייַנגעאָרדנט ווען מיר זייַנען אַרויס פֿון די בערגלעך. וויפֿל איז דער זייגער איצט?"

"ווער ווייסט?," האָט **ט**עאָדען געזאָגט. "אַלץ איצט איז נאַכט."

"אַלץ איז פֿינצטער, אָבער אַלץ איז ניט נאַכט," האָט **כ**אַן געזאָגט. "ווען ס'קומט די זון קענען מיר זי שפּירן אַפֿילו ווען זי איז באַהאַלטן. שוין קריכט זי איבער די **מ**יזרח־**ב**ערג. ס'איז אָנהייב טאָג אין די הימל־פֿעלדער."

"איז, מיר מוזן אָפּפֿאָרן אַזוי באַלד ווי מיגלעך," האָט **ע**אָמער געזאָגט. "אַפֿילו אַזוי קענען מיר ניט אָנקומען העלפֿן **ג**אָנדאָר הייַנט."

מערי האָט ניט געוואַרט מער צו הערן, נאָר האָט זיך אַוועקגעשלייַכט זיך צוצוגרייטן אויפֿן אייַנרוף צום מאַרש. דאָס איז געווען די לעצטע סטאַדיע פֿאַר דער שלאַכט. אים איז

געווען אַ סבֿרא אַז אַ סך וועלן זי ניט איבערקומען. אָבער ער האָט אַ טראַכט געטאָן וועגן **פּ**יפּין און די פֿלאַמען אין **מ**ינאַס **ט**יריט און אַראָפּגעשטופּט די אייגענע אימה.

אַלץ איז גוט געגאַנגען דעם טאָג, און ניט קיין בליק, ניט קיין קלאַנג האָבן זיי באַמערקט פֿון דעם שׂונא לאָקערנדיק אויף זיי. די **ווּ**ילדע **מ**ענטשן האָבן געשטעלט אַן אַוואַנגאַרד וואַכיקע יעגערס, כּדי קיין אָרק צי וואַנדערנדיקער שפּיאָן זאָל באַמערקן די באַוועגונגען אין די בערגלעך. די ליכט איז געווען מער פֿינצטערלעך ווי אַ מאָל בעת זיי קומען נעענטער צו דער באַלעגערטער שטאָט, און די רײַטערס זײַנען געגאַנגען אין לאַנגע רייען ווי פֿינצטערע שאָטנס פֿון מענטשן און פֿערד. יעדע קאָמפּאַניע האָט געפֿירט אַ ווילדער וואַלד־מענטשן, נאָר דער אַלטער **כ**אַן איז געגאַנגען צו פֿוס לעבן דעם קיניג. דער אָנהייב האָט געדויערט לענגער ווי מע האָט געהאָפֿט, וואָרן ס'האָט געדאַרפֿט אַ סך צײַט פֿאַר די **ר**ײַטערס, גייענדיק צו פֿוס און פֿירנדיק די פֿערד, צו געפֿינען וועגלעך איבער די געדיכט באַביימערטע קאַמען הינטערן לאַגער און אַראָפּ אינעם באַהאַלטענעם **ש**טיינוואָגן **ט**אָל. עס איז געווען שוין שפּעט נאָכן האַלבן טאָג ווען די פֿירערס זײַנען געקומען צו די ברייטע גראָע געדיכטענישן וואָס ציִען זיך הינטער דער מיזרחדיקער זײַט פֿון **אַ**מאָן **ד**ין, און פֿאַרשטעלן אַ גרויסן אײַנרײַס אין דער ריי בערגלעך וואָס פֿון **נ**אַרדאָל קיין **ד**ין פֿירן מיזרח צו און מערבֿ צו. דורך דעם אײַנרײַס האָט דער פֿאַרגעסענער וואָגן־וועג לאַנג צוריק געפֿירט אַראָפּ, צוריק צום הויפּט־פֿערדוועג פֿון דער **ש**טאָט דורך **אַ**נאָריען, אָבער איצט נאָך אַ סך מענטשן־לעבנס האָבן די ביימער אויסגעפֿירט זייערס און ער איז פֿאַרשווּנדן געוואָרן, צעבראָכן און באַגראָבן אונטער די בלעטער פֿון אומצאָליקע יאָרן. נאָר די געדיכטעניש האָבן צוגעשטעלט די **ר**ײַטערס די לעצטע האָפֿענונג פֿון אָפּדאַך איידער זיי זײַנען אַרײַן אין אָפֿענער שלאַכט, ווײַל הינטער זיי איז געלעגן דער וועג און די פּליינען פֿון דעם **אַ**נדויִן, און אויף מיזרח און אויף דרום זײַנען די שיפּועים נאַקעט און שטיינערדיק, אַז די געקאָרטשעטע בערגלעך האָבן זיך צונויפֿגעקליבן און אַרויפֿגעקראָכן, באַסטיאָן נאָך באַסטיאָן, אַרײַן אין דער גרויסער מאַסע און אַקסלען פֿון **מ**ינדאָלויִן.

מע האָט אָפּגעשטעלט די פֿירנדיקע קאָמפּאַניע און אַז די פֿון הינטן זײַנען אַרויס פֿונעם טיפֿפּונקט פֿון דעם **ש**טיינוואָגן **ט**אָל, האָבן זיי זיך אויסגעשפּרייט און געגאַנגען צו די לאַגער־ערטער אונטער די גראָע ביימער. דער קיניג האָט צוגערופֿן די קאַפּיטאַנען האַלטן אַן עצה. **ע**אָמער האָט אַרויסגעשיקט אויסקוקערס אויסשפּיאָנירן דעם וועג, נאָר דער אַלטער **כ**אַן האָט געשאָקלט מיטן קאָפּ.

"ס'טויג ניט אַרויסשיקן **פ**ערד־**ל**ײַט," האָט ער געזאָגט. "**ווּ**ילדע **מ**ענטשן האָבן שוין געזען אַלץ צו דערזען אין דער שלעכטער לופֿט. זיי וועלן באַלד קומען און רעדן מיט מיר דאָ."

די קאַפּיטאַנען זײַנען געקומען און דערנאָך, אַרויס פֿון די ביימער, זײַנען אָפּגעהיט געקראָכן אַנדערע פּוקל־געשטאַלטן אַזוי ענלעך אויף דעם אַלטן **כ**אַן אַז **מ**ערי האָט זיי קוים געקענט פֿונאַנדערשיידן. זיי האָבן גערעדט מיט **כ**אַן אין אַ מאָדנעם געגאָרגלטן לשון.

באַלד האָט זיך **כ**אַן געווענדט צו דעם קיניג. "**ווּ**ילדע **מ**ענטשן זאָגן אַ סך," האָט ער געזאָגט. "ערשט, זײַט וואַכיק! נאָך אַלץ אַ סך מענטשן אין לאַגער הינטער **ד**ין, אַ שעה גייענדיק צו פֿוס אַהין," ער האָט געמאַכט מיטן אָרעם מערבֿ צו צו דעם שוואַרצן שײַנטורעם. "אָבער קיינעם ניט צו דערזען צווישן דאַנען און די נײַע מויערן פֿון די **ש**טיין־**ל**ײַט. אַ סך דאָרט פֿאַרנומען. מויערן שטייען מער ניט: *גאָרגון* האָבן זיי

אַראָפּגעשלאָגן מיט ערד־דונער און בולאַוועס פֿון שוואַרץ אײַזן. זיי זײַנען ניט וואַכיק און קוקן זיך ניט אַרום. זיי מיינען אַז די פֿרײַנד באַוואַכן די אַלע וועגן!" דערמיט האָט דער אַלטער **כּ**אַן געמאַכט אַ טשיקאַווען ריזלענדיקן קלאַנג, און ס'האָט זיך געדאַכט אַז ס'איז עפּעס אַ געלעכטער.

"גוטע נײַעס!" האָט **ע**אָמער אויסגעשריגן. "אין אָט דער מראַקע אַפֿילו שײַנט נאָך אַ מאָל די האָפֿענונג. דעם **שׂ**ונאס המצאָות זײַנען אָפֿט אונדז אַ הילף מילא וואָס ער האָט אין זינען. דאָס פֿאַרשאָלטענע פֿינצטערניש אַליין איז געווען פֿאַר אונדז אַ דעקונג. און איצט וואָס עס גלוסט אים אַזוי שטאַרק צעשטערן **ג**אָנדאָר, אים אַראָפּוואַרפֿן שטיין נאָך שטיין, האָבן זײַנע אָרקס אַוועקגענומען מײַן גרעסטע מורא. דעם דרויסנדיקן מויער האָבן זיי געקענט לאַנג פֿאַרטיידיקן קעגן אונדז. איצט קענען מיר גיך דורך – זאָלן מיר ערשט אַזוי ווײַט געווינען."

"איך דאַנק אײַך נאָך אַ מאָל, **כּ**אַן־בורי־**כּ**אַן פֿון די וועלדער," האָט **ט**עאָדען געזאָגט. "גייט מיט מזל פֿאַר אײַערע ידיעות און פֿירשאַפֿט!"

"קײַלן גאָרגון! קײַלן אָרק־פֿאָלק! נאָר די ווערטער געפֿעלן **ווי**לדע **מ**ענטשן," האָט **כּ**אַן געענטפֿערט. "טרײַבט אַוועק די שלעכטע לופֿט און פֿינצטערניש מיט העל אײַזן!"

"כּדי דאָס אַלץ צו טאָן האָבן מיר ווײַט געריטן," האָט געזאָגט דער קיניג, "און מיר וועלן פּרוּוון. נאָר וואָס מיר וועלן אויפֿטאָן וועט נאָר מאָרגן באַווײַזן."

כּאַן־בורי־**כּ**אַן האָט זיך צוגעזעצט אויף די פּיאַטעס און אָנגערירט די ערד מיטן האָרענעם שטערן ווי אַ צייכן פֿון געזעגענונג. דערנאָך איז ער אויפֿגעשטאַנען אָפּצופֿאָרן. נאָר מיט אַ מאָל איז ער געשטאַנען קוקנדיק אַרויף ווי עפּעס אַן אויפֿגעשראָקענע וואַלד־חיה וואָס דערשמעקט עפּעס מאָדנע. אַ ליכט איז אַרײַן אין זײַנע אויגן.

"דער ווינט בײַט זיך!" האָט ער געשריגן, און דערמיט, גיך ווי אַ בליץ, ס'האָט אויסגעזען, איז ער מיט זײַנע לײַט פֿאַרשווונדן געוואָרן אין די מראַקעס אַרײַן, קיין מאָל ניט ווידער דערזען פֿון אַבי וועמען אַ רײַטער פֿון **ר**אָהאַן. ניט לאַנג דערנאָך ווײַט אַוועק אויף מיזרח האָבן די ווייכע פּויקן נאָך אַ מאָל געטיאָכקעט. נאָר אין קיין האַרץ אין דער גאַנצער מחנה איז ניט אַרײַנגעקומען קיין מורא אַז די **ווי**לדע **מ**ענטשן זײַנען געווען אומגעטרײַ, אַזוי מאָדנע און מיאוס זיי זאָלן ניט אויסזען.

"מיר דאַרפֿן מער ניט קיין פֿירונג," האָט **ע**לפֿהעלם געזאָגט, "וואָרן ס'זײַנען דאָ רײַטערס אין דער מחנה וואָס האָבן געריטן קיין **מ**ונדבורג אין די פֿרידלעכע טעג. איך, פֿאַר איינעם. ווען מיר קומען אָן בײַ דעם וועג וועט ער זיך נעמען דרום צו, און פֿאַר אונדז וועלן ליגן נאָך איין־און־צוואַנציק מײַלן אײדער מיר דערגרייכן דעם מויער פֿון די שטאָט־לענדער. שיִער ניט דעם גאַנצן וועג איז אַ סך גראָז אויף ביידע זײַטן וועג. אויף אָט דעם שטח האָבן די גאַנג־רײַטערס פֿון **ג**אָנדאָר גערעכנט גיין דאָס גיכסטע. דאָרט מעגן מיר רײַטן גיך און אָן גרויסן קלאַנג."

"אין דעם פֿאַל, זינט מיר מוזן זיך ריכטן אויף בייזע מעשׂים און וועלן דאַרפֿן דעם גאַנצן כּוח," האָט **ע**אָמער געזאָגט, "איז מײַן עצה איצט רוען און אָפּפֿאָרן בײַ נאַכט, און אַזוי צוזייגערן דעם אָפּפֿאָר אַז מיר וועלן אָנקומען אויף די פֿעלדער ווען דער מאָרגן איז אַזוי ליכטיק ווי עס וועט זײַן אָדער ווען דער לאָרד אונדזערער גיט דעם ווונק."

דערויף האָט דער קיניג מסכּים געווען און די קאַפּיטאַנען זײַנען אַוועקגעגאַנגען. נאָר באַלד איז **ע**לפֿהעלם צוריק. "די אויסקוקערס האָבן גאָרנישט צו מעלדן הינטערן גראָען וואַלד, לאָרד," האָט ער געזאָגט, "אַחוץ נאָר צוויי מענטשן: צוויי טויטע מענטשן און צוויי טויטע פֿערד."

"נו," האָט **ע**אָמער געזאָגט. "און וואָס איז?"

"נאָר דאָס, לאָרד: זיי זײַנען געווען גאַנג־רײַטערס פֿון **ג**אָנדאָר; איינער איז אפֿשר געווען **ה**ירגאָן. ווייניקסטנס האָט די האַנט נאָך געכאַפּט די **ר**ויטע **פֿ**ײַל, נאָר דעם קאָפּ האָט מען אָפּגעהאַקט. און אויך דאָס: פֿון די אַלע צייכנס האָט אויסגעזען אַז זיי זײַנען אַנטלאָפֿן *מערבֿ* צו ווען זיי זײַנען געפֿאַלן. ווי איך דאָס טײַטש אויס, האָבן זיי געפֿונען דעם שׂונא שוין אויף דעם דרויסנדיקן מויער אָדער אויף אים אָנפֿאַלנדיק, ווען זיי זײַנען צוריקגעקומען – און דאָס וואָלט געווען מיט צוויי נעכט צוריק, אויב זיי האָבן געניצט פֿרישע פֿערד פֿון די פּאָסטנס, וואָס איז דער שטייגער. זיי האָבן ניט געקענט אָנקומען אין דער **ש**טאָט און האָבן זיך צוריקגענומען."

"אַ שאָד!" האָט **ט**עאָדען געזאָגט. "איז, **ד**ענעטאָר האָט ניט באַקומען קיין ידיעות פֿון אונדזער רײַטן און וועט זײַן אין ייִאוש וועגן אונדזער קומען."

"*אַ נויט דערלויבט קיין אָפּהאַלט ניט, נאָר שפּעט איז בעסער ווי קיין מאָל ניט*," האָט **ע**אָמער געזאָגט. "און אפֿשר דאָס מאָל וועט דאָס אַלטע ווערטל זיך באַווײַזן פֿאַר אמתער ווי אַ מאָל זינט מענטשן האָבן גערעדט מיט מײַלער."

עס איז נאַכט געווען. אויף ביידע זײַטן וועג האָט זיך פֿאַמעלעך און שטיל באַוועגט די מחנה פֿון **ר**אָהאַן. איצט האָט דער וועג, גייענדיק אַרום די זוימען פֿון **מ**ינדאָלויִן, זיך געווענדט דרום צו. ווײַט אַוועק און כּמעט פּונקט פֿאַר זיי איז געווען אַ רויטער גלי אונטערן שוואַרצן הימל און די זײַטן פֿון דעם גרויסן באַרג האָט זיך דערזען דערקעגן. זיי זײַנען נעענטער געקומען צו דעם **ר**אַמאַס פֿון דעם **פּ**עלענאָר, נאָר דער טאָג איז נאָך ניט אָנגעקומען.

דער קיניג האָט געריטן אין מיטן דער פֿירנדיקער קאָמפּאַניע, מיטן הויזגעזינד אַרום אים. **ע**לפֿהעלמס עאָרעד איז געקומען דערנאָך און איצט האָט **מ**ערי באַמערקט אַז **ד**ערנהעלם האָט איבערגעלאָזט זײַן אָרט און אינעם פֿינצטערניש איז געקומען כּסדר פֿאָרויס, ביז סוף־כּל־סוף האָט ער געריטן פּונקט הינטער דעם קיניגס וואַך. דעמאָלט איז געקומען אַן אָפּהאַלט. **מ**ערי האָט דערהערט קולער אויף פֿאָרנט רעדנדיק ווייך. אויסקוקערס זײַנען צוריק, וואָס האָבן זיך געשטויסן פֿאָרויס שיִער ניט ביזן מויער. זיי זײַנען געקומען צו דעם קיניג.

"עס זײַנען דאָ גרויסע פֿײַערן דאָרט, לאָרד," האָט איינער געזאָגט. "די **ש**טאָט איז גאַנץ אַרומגערינגלט געוואָרן מיט פֿלאַמען און דאָס פֿעלד איז אָנגעפֿילט מיט שׂונאים. נאָר עס האָט אויסגעזען ווי אַלע זײַנען אַוועקגעצויגן צו דעם אָנפֿאַל. אויף וויפֿל מיר האָבן געקענט טרעפֿן, זײַנען נאָר אַ געציילטע געבליבן אויפֿן דרויסנדיקן מויער, און זיי זײַנען גאָר ניט וואַכיק, זײַנען זיי פֿאַרנומען מיט צעשטערונג."

"צי געדענקט איר די ווערטער פֿון דעם **ו**וילדן **מ**ענטש, לאָרד?" האָט אַ צווייטער געזאָגט. "איך וווין אויף דעם אָפֿענעם **פּ**ליין אין פֿרידלעכע טעג; **ו**וידפֿאַראַ הייס איך און די לופֿט ברענגט מיר אויך בשׂורות. שוין דרייט זיך דער ווינט. עס קומט אַ צוג אַרויס פֿון דעם

דרום מיט אַ שמעק פֿון דעם ים, כאָטש שוואַך. דער אינדערפֿרי וועט נײַע זאַכן ברענגען. איבערן עיפּוש וועט זײַן שוין באַגינען ווען איר זײַט פֿאַרבײַ דעם מויער."

"אויב איר רעדט דעם אמת, ווידפֿאַראַ, זאָלט איר לעבן נאָך דעם טאָג אַ סך געבענטשטע יאָרן!" האָט טעאָדען געזאָגט. ער האָט זיך געווענדט צו די נאָענטע הויזגעזינדער און גערעדט איצט אין אַ קלאָר קול אַזוי אַז אַ סך רײַטערס אינעם ערשטן עאָרעד האָט אים געקענט הערן:

"איצט איז געקומען די שעה, רײַטערס פֿון דעם מאַרק, זין פֿון יאָרל! שׂונאים און פֿײַערן ליגן פֿאַר אײַך און זײַנע היימען זײַנען ווײַט אויף הינטן. אָבער כאָטש איר קעמפֿט אויף אַ פֿרעמד פֿעלד, וועט איר דאָרט קלײַבן גדולה וואָס איר וועט האַלטן אויף אייביק. שבֿועות האָט איר געגעבן: איצט פֿאָלגט זיי אויס, צו דעם לאָרד און דעם לאַנד און צו אַלײַירטער פֿרײַנדשאַפֿט!"

די מענטשן האָבן געקלאַפּט שפּיז אויף שילד.

"עאָמער, זון מײַנער! פֿירט דעם ערשטן עאָרעד," האָט טעאָדען געזאָגט, "און ער זאָל גיין הינטער דעם קיניגס פֿאָנע אין דער מיט. עלפֿהעלם, פֿירט אײַער קאָמפּאַניע אויף רעכטס ווען מיר זײַנען פֿאַרבײַ דעם מויער. און גרימבאָלד זאָל זײַנעם פֿירן אויף לינקס. די איבעריקע קאָמפּאַניעס זאָלן פֿאָלגן אָט די דרײַ מיט דער געלעגנהייט. פֿאַלט אָן אַבי ווו דער שׂונא האָט זיך געזאַמלט. אַנדערע פּלענער קענען מיר ניט מאַכן, וואָרן מיר ווייסן ניט וואָס טוט זיך אויפֿן פֿעלד. פֿאָרויס איצט און האָט ניט קיין מורא פֿאַר קיין פֿינצטערניש!"

די ערשטע קאָמפּאַניע האָט אָפּגעריטן אַזוי גיך ווי זיי האָבן געקענט, וואָרן עס איז נאָך אַלץ שטאַרק פֿינצטער געווען, מילא די שינוי וואָס ווידפֿאַראַ האָט פֿאָרויסגעזאָגט. מערי האָט געריטן הינטער דערנהעלם, אָנכאַפּנדיק מיט דער לינקער האַנט בעת ער האָט געפּרוּווט מיט דער צווייטער לויז מאַכן די שווערד אין דער שייד. ער האָט איצט ביטער געפֿילט דעם אמת אין דעם אַלטן קיניגס ווערטער: *אין אַזאַ שלאַכט, וואָס וועט איר טאָן, מעריאַדאָק?* "אָט דאָס," האָט ער געטראַכט: "באַלאַסטיקן אַ רײַטער און האָפֿן ווייניקסטנס בלײַבן זיצן און ניט צעטראָטן ווערן ביז טויט אונטער גאַלאָפּירנדיקע טלאָען!"

עס איז ניט מער ווי דרײַ מײַלן געווען ביזן אָרט ווו זײַנען געהאַט געשטאַנען די דרויסנדיקע מויערן. זיי זײַנען באַלד דאָרט אָנגעקומען, צו באַלד לויט מערי. ווילדע געשרייען האָבן אויסגעבראָכן, און ס'איז געווען אַ ביסל אָנשטויסן מיט וואָפֿן, נאָר ס'איז קורץ געווען. די אָרקס וואָס האָבן זיך געפּאָרעט אַרום די מויערן זײַנען ווייניק געווען און דערשטוינט, זײַנען זיי גיך דערהרגעט געוואָרן אָדער אַוועקגעטריבן. פֿאַרן חורבֿות פֿון דעם צפֿון־טויער אין דעם ראַמאַס האָט דער קיניג זיך נאָך אַ מאָל אָפּגעשטעלט. דער ערשטער עאָרעד האָט זיך צונויפֿגעצויגן הינטער אים און אויף בײדע זײַטן פֿון אים. דערנהעלם האָט זיך געהאַלטן נאָענט צו דעם קיניג, אָבער עלפֿהעלמס קאָמפּאַניע איז געווען אַוועק אויף רעכטס. גרימבאָלדס מענטשן האָבן זיך גענומען אין אַ זײַט און אַרום ביז אַ גרויסן אײַנרײַס אינעם מויער ווײַטער אויף מיזרח.

מערי האָט זיך אַרומגעקוקט פֿון הינטער דערנהעלמס רוקן. ווײַט אַוועק, אפֿשר צען מײַלן אָדער מער, איז געווען אַ גרויס ברענען, נאָר צווישן דעם און די רײַטערס האָבן פֿאַסן פֿײַער געפֿלאַמט אין אַ ריזיקן בויגן, מיטן נאָענטסטן עק ניט מער ווי דרײַ מײַלן אַוועק. ער

האָט ניט קיין סך מער דערקענען אויפֿן פֿינצטערן פֿליִען, און ביז דעמאָלט האָט ער ניט געזען קיין האָפֿענונג פֿון קיין אינדערפֿרי, ניט געפֿילט קיין ווינט, צי געביטן צי ניט געביטן.

איצט, אָן שום קלאַנג, האָט זיך די מחנה פֿון ראָהאַן באַוועגט פֿאָרויס אַרײַן אויפֿן פֿעלד פֿון גאָנדאָר, שטראָמענדיק אַרײַן פּאַמעלעך נאָר כּסדר, ווי אַן אויפֿהײבנדיקער פֿלײץ דורך שפּאַלטן אין אַ דאַמבע וואָס מע האָט אַ מאָל געהאַלטן פֿאַר פֿעסט. נאָר דער מוח און ווילן פֿון דעם שוואַרצן קאַפּיטאַן זײַנען געווען קאָנצענטרירט אין גאַנצן אויף דער פֿאַלנדיקער שטאָט, און ביז איצט האָט ער ניט באַקומען קיין ידיעות ווי אַ וואָרענונג אַז ס'איז פֿאַראַן אַ חסרון אין זײַנע פּלענער.

נאָך אַ ווײַלע האָט דער קיניג געפֿירט זײַנע לײַט אַוועק אַ ביסל מיזרח צו, כּדי צו קומען צווישן די פֿײַערן פֿון דער באַלעגערונג און די דרויסנדיקע פֿעלדער. נאָך אַלץ איז ניט געקומען קיין אַרויסרוף און נאָך אַלץ האָט טעאָדען קיין סיגנאַל ניט געגעבן. סוף־כּל־סוף האָט ער זיך נאָך אַ מאָל אָפּגעשטעלט. די שטאָט איז איצט געווען נעענטער. אין דער לופֿט איז געווען אַ גערוך פֿון ברענען און אַ סאַמע שאָטן פֿון טויט. די פֿערד זײַנען אומרויִק געווען. אָבער דער קיניג איז געזעסן אָן באַוועגונג אויף שנייגריווע און געשטאַרט אויף די יסורים פֿון מינאַס טיריט, גלײַך ווי צעשלאָגן מיט איין מאָל פֿון צער אָדער פֿון אימה. ער האָט אויסגעזען ווי אײַנגעשרומפּן, פֿריטשמעליעט מיט עלטער. מערי אַליין האָט זיך געפֿילט ווי אַ גרויסע וואָג פֿון שרעק און ספֿק האָט זיך אויף אים אַוועקגעלייגט. דאָס האַרץ זײַנס האָט פּאַמעלעך געקלאַפּט. די צײַט, האָט זיך געדאַכט, האָט געהאַנגען אויף אַ האָר. זיי האָבן זיך פֿאַרשפּעטיקט! צו שפּעט איז געווען ערגער ווי קיין מאָל ניט! אפֿשר וועט טעאָדען ציטערן, אַראָפּלאָזן דעם אַלטן קאָפּ, זיך אַ דריי טאָן, און זיך אַוועקשלײַכן און באַהאַלטן אין די בערגלעך.

דעמאָלט, מיט אַ מאָל, האָט מערי דאָס סוף־כּל־סוף דערשפּירט, אָן ספֿק: אַ שינוי. דער ווינט איז אויף זײַן פּנים געווען! ליכט האָט געגלאַנצט. הער ווײַט אַוועק אין דעם דרום האָט מען געקענט אומקלאָר זען וואָלקנס ווי אָפּגעלעגענע גראָע געשטאַלטן, קײַקלענדיק נעענטער, דרייפֿן: הינטער זיי איז געלעגן דער אינדערפֿרי.

נאָר אין דער זעלבער רגע איז געווען אַן אויפֿבליץ, ווי אַ בליץ איז געשפּרונגען אַרויס פֿון דער ערד אונטער דער שטאָט. אויף אַ ברענענדיקער סעקונדע איז זי בלענדיק געשטאַנען ווײַט אַוועק, שוואַרץ און ווײַס, מיטן העכסטן טורעם ווי אַ בלישטשענדיקע נאָדל, און דערנאָך, בעת דאָס פֿינצטערניש האָט זיך ווידער פֿאַרמאַכט, איז געקומען קײַקלענדיק איבער די פֿעלדער אַ גרויסער *קראַך*.

מיט דעם דאָזיקן קלאַנג איז די אָנגעבויגענע פֿאָרעם פֿונעם קיניג מיט אַ מאָל אויפֿגעהאָדערט געשפּרונגען. הויך און שטאָלץ האָט ער נאָך אַ מאָל אויסגעזען, און הייבנדיק זיך אַרויף אין די סטרעמענעס, האָט ער אויסגעשריגן הויך אויף אַ קול, קלאָרער ווי די אַלע דאָרט האָבן אַ מאָל געהערט פֿון אַבי וועמען אַ בשׂר־ודם פֿריִער:

אַרויף, אַרויף, רײַטערס פֿון טעאָדען!
בייזע מעשׂים וואַרטן: פֿײַער און קײלונג!
טרייסלט שפּיזן, שילדן צעשפּאַלטן,
אַ שווערד־טאָג, אַ רויטער טאָג, פֿאַרן זונאויפֿגאַנג!
רײַט איצט, רײַט איצט! רײַט קיין גאָנדאָר!

דערמיט האָט ער געכאַפּט אַ גרויסן האָרן פֿון גוטלאַף, זײַן פֿאָנע־טרעגער, און ער האָט אַזוי געבלאָזן אויף אים אַז ס'איז צעפּלאַצט געוואָרן. און תּיכּף זײַנען די אַלע הערנער אין דער מחנה אויפֿגעהויבן אין מוזיק, איז דאָס בלאָזן פֿון די הערנער פֿון ראָהאַן אין אָט דער שעה געווען ווי אַ שטורעם אויף דעם פּליין און אַ דונער אין די בערג.

רײַט איצט, רײַט איצט! רײַט קיין גאָנדאָר!

מיט אַ מאָל האָט דער קיניג אויסגערופֿן צו שנייגריווע און דאָס פֿערד איז געשפּרונגען פֿאָרויס. הינטער אים האָט זײַן פֿאָנע געפֿאָכעט אינעם ווינט, אַ ווײַס פֿערד אויף אַ גרין פֿעלד, נאָר ער איז גיכער געגאַנגען. נאָך אים האָבן געדונערט די ריטערס פֿון זײַן הויז, נאָר ער איז שטענדיק בראָש. עאָמער האָט דאָרט געריטן, דער ווײַסער פֿערד־עק אויף זײַן קאַסקע שווימענדיק מיט דער גיכקייט, און דער פֿאָרנט פֿונעם ערשטן עאָרעד האָט געברוועט ווי אַ כוואַליע וואָס ברעכט זיך אין שוים אויף דער יבשה, נאָר קיינער האָט ניט געקענט איבעריאָגן טעאָדען. ווי ער קוקט אויף טויט האָט ער אויסגעזען, אָדער דער שלאַכט־צאָרן פֿון די פֿאָטערס איז געלאָפֿן ווי נײַער פֿײַער אין די אָדערן, איז ער אויפֿגעהויבן געווען אויף שנייגריווע ווי אַ פֿאַרצײַטיקער גאָט, ווי אַפֿילו אָראָמע דער גרויסער אין דער שלאַכט פֿון די וואַלאַר ווען די וועלט איז יונג געווען. זײַן גאָלדענער שילד איז מער ניט באַדעקט געווען, און זעט נאָר! ער האָט געשײַנט ווי אַ בילד פֿון דער זון, איז דאָס גראָז ווי גרינע פֿלאַמען אַרום די ווײַסע פֿיס פֿון זײַן פֿערד. וואָרן ס'איז געקומען דער אינדערפֿרי, דער אינדערפֿרי מיט אַ ווינט פֿון דעם ים, און דאָס פֿינצטערניש באַזײַטיקט געוואָרן, האָבן די מחנות פֿון מאָרדאָר געיעלהט, האָט שרעק זיי געכאַפּט, און זיי זײַנען אַנטלאָפֿן, און געשטאָרבן, האָבן די טלאָען פֿון גרימצאָרן אויף זיי געריטן. און דעמאָלט האָט די גאַנצע מחנה פֿון ראָהאַן זיך צעזונגען, און זיי האָבן געזונגען בײַם דערהרגענען, וואָרן אַ שלאַכט־פֿרייד איז אויף זיי געווען, און דעם קלאַנג פֿון זייער זינגען, שיין און שרעקלעך, האָט מען געהערט אין דער שטאָט אַפֿילו.

קאַפּיטל זעקס

די שלאַכט אויף די פּעלענאָר פֿעלדער

נאָר ס'איז ניט געווען קיין אָרק צי גזלן וואָס האָט געפֿירט דעם אָנפֿאַל אויף גאָנדאָר. דאָס פֿינצטערניש איז זיך צעגאַנגען צו באַלד, איידער ס'קומט די דאַטע וואָס זײַן האַר האָט באַשטימט: דאָס מזל האָט אים אויף אַ רגע פֿאַרראַטן, האָט זיך די וועלט געשטעלט קעגן אים. נצחון האָט זיך געגליטשט פֿון זײַן כאַפּ פּונקט אַז ער שטעקט אַרויס די האַנט אים צו כאַפּן. אָבער דער אָרעם זײַנער איז אַ לאַנגער געווען. ער האָט נאָך אַלץ קאָמאַנדירט מיט גרויסע שליטות. קיניג, פֿינגערל־שד, לאָרד פֿון די נאַזגול, פֿאַרמאָגט ער אַ סך וואָפֿן. ער האָט איבערגעלאָזט דעם טויער און איז פֿאַרשוווּנדן געוואָרן.

טעאָדען קיניג פֿון דעם מאַרק האָט דערגרייכט דעם וועג פֿון דעם טויער צו דעם טײַך, און ער האָט זיך געדרייט צו דער שטאָט צו, איצט ניט מער ווי אַ מײַל אַוועק. ער האָט פֿאַרפּאַמעלעכט זײַן טעמפּ אַ ביסל, זוכנדיק נײַע שׂונאים, זײַנען די ריטערס זײַנע אַרום אים געקומען, און דערנהעלם בתוכם. פֿאַר זיי, נעענטער צו די מויערן, זײַנען עלפֿהעלמס מענטשן געווען צווישן די באַלעגערונג־מאַשינען, געהאַקט, דערהרגעט, געטריבן די שׂונאים אין די פֿײַער־גרובן אַרײַן. שיִער ניט די גאַנצע צפֿונדיקע העלפֿט פֿון דעם פּעלענאָר איז אײַנגענומען געווען, און דאָרט האָבן לאַגערן געפֿלאַמט, אָרקס זײַנען געפֿלויגן צו דעם טײַך צו ווי סטאַדעס פֿאַר די יעגערס, און די ראָהירים זײַנען געגאַנגען ווּ זיי ווילן. נאָר זיי האָבן נאָך ניט איבערגעקערט די באַלעגערונג אָדער געווּנען דעם טויער. אַ סך שׂונאים זײַנען געשטאַנען פֿאַר אים און אויף דער ווײַטערער העלפֿט פֿונעם פּליין זײַנען געווען אַנדערע מחנות נאָך ניט אינעם קאַמף. אויף דרום הינטערן וועג איז געלעגן דער הויפּט־כּוח פֿון די האַראַדרים, און דאָרט האָבן די רײַטערס זייערע זיך געזאַמלט אַרום דער פֿאָן פֿון זייער שעף. און ער האָט ווײַטער געקוקט און אין דער וואַקסנדיקער ליכט האָט ער דערזען די פֿאָנע פֿונעם קיניג, ווי זי איז ווײַט פֿאָרויס פֿון דער שלאַכט מיט נאָר אַ געציילטע מענטשן אַרום איר. איז ער דעמאָלט אָנגעפֿילט געוואָרן מיט אַ רויטן גרימצאָרן און געשריגן הויך אויף אַ קול, און באַווײַזנדיק זײַן פֿאָנע, שוואַרצע שלאַנג אויף שאַרלאַך, איז ער געקומען אַקעגן דעם ווײַסן פֿערד אויף דעם גרינעם פֿעלד מיט אַ גרויסן געדראַנג פֿון מענטשן, און דאָס אַרויסציִען פֿון די סקימיטאַרס פֿון די דרומדיקער איז געווען ווי דאָס פֿינקלען פֿון שטערן.

האָט דעמאָלט טעאָדען אים באַמערקט און האָט ניט געוואַרט אויף יענעמס אָנקום, נאָר מיט אַ געשריי צו שנייגריוועס האָט ער געשטורעמט העדעם־פּענדעם יענעם צו גריסן. גרויס איז געווען דאָס געשלעג פֿון זייער צוזאַמענקום. נאָר דער ווײַסער כּעס פֿון די צפֿונדיקער האָט הייסער געברענט, און די רײַטערס זייערע זײַנען ביטער געווען און מער באַהאַוונט מיט פּיקעס. ווייניקער זײַנען זיי געווען נאָר זיי האָבן געשניטן דורך די דרומדיקער ווי בליץ אין אַ וואַלד. גלײַך דורכן געדראַנג האָט זיך געטריבן טעאָדען בן־טענגעל, און זײַן שפּיז איז צעשמעטערט געוואָרן ווען ער האָט אַראָפּגעוואָרפֿן זייער שעף. אַרויס איז געקומען זײַן שווערד, האָט ער אָנגעשפּאָרנט צו דער פֿאָנע, צעהאַקט שטעקן און טרעגער; און די שלאַנג איז אונטערגעגאַנגען. דעמאָלט האָט אַלץ וואָס בלײַבט לעבעדיק פֿון זייער קאַוואַלעריע זיך געדרייט און אַנטלאָפֿן ווײַט אַוועק.

אָבער זעט נאַר! מיט אַ מאָל אין דער מיט פֿון דעם קיניגס גדולה איז זײַן גאָלדענער שילד אָפּגעטונקלט געוואָרן. דער נײַער אינדערפֿרי איז פֿאַרשטעלט געוואָרן אינעם הימל. אַ פֿינצטער איז אַרום אים געפֿאַלן. פֿערד האָבן זיך געשטעלט דיבעם און געקוויטשעט. מענטשן אַראָפּגעוואָרפֿן פֿון זאָטל זײַנען געלעגן און זיך געקאָרטשעט אויף דער ערד.

"צו מיר! צו מיר!" האָט **ט**עאָדען געשריגן. "אַרויף, **ע**אָרלינגאַס! האָט ניט קיין מורא פֿאַרן פֿינצטערניש!" נאָר **ש**נייגריווע, ווילד מיט שרעק, האָט זיך הויך געשטעלט דיבעם, געקעמפּט מיט דער לופֿט, און דעמאָלט, מיט אַ גרויסן קוויטש, איז ער אַראָפּגעפֿאַלן אויף דער זײַט: אַ שוואַרץ שפּיזל האָט אים אײַנגעשטאָכן. דער קיניג איז אונטער אים געפֿאַלן.

דער גרויסער שאָטן איז אַראָפּ ווי אַ פֿאַלנדיקער וואָלקן. און זעט נאָר! עס איז געווען אַ באַפֿליגלט באַשעפֿעניש: אויב אַ פֿויגל, גרעסער ווי די אַלע אַנדערע פֿייגל, און עס איז נאַקעט געווען, און קיין שום פֿעדערן האָט עס ניט געטראָגן, און זײַנע ריזיקע פֿליגלען זײַנען ווי געוועבן פֿון פֿעל צווישן האָרענע פֿינגער, און עס האָט געשטונקען. אַ באַשעפֿעניש פֿון אַן עלטערער וועלט איז עס אפֿשר געווען, וועמענס גזע, הײַענדיק זיך אין פֿאַרגעסענע בערג קאַלט אונטער דער לבֿנה, האָט איבערגעלעבט די אייגענע צײַט, און אין אַ גרויליקער היטכנעסט געדומט אָט דעם לעצטן פֿאַרשפּעטיקטן פֿליד, מסוגל צו בייזקייט. און דער **ב**על־**ח**ושך האָט עס גענומען, עס געהאָדעוועט מיט בייזן פֿלייש, ביז עס איז געוואַקסן איבער דער מאָס פֿון די אַלע אַנדערע פֿליִענדיקע חפֿצים, און ער האָט עס געגעבן זײַן באַדינער אים צו טראָגן. אַראָפּ, אַראָפּ איז עס געקומען, און דערנאָך, פֿאַרלייגנדיק די באַפֿינגערטע געוועבן, האָט עס געגעבן אַ קראַקענדיק געשריי, און איז אַראָפּ אויף דער פּגירה פֿון **ש**נייגריווע, אײַנגעגראָבן די קרעלן און אַראָפּגעלאָזט דאָס לאַנגע נאַקעטע געניק.

דערויף איז געזעסן אַ פֿיגור, שוואַרץ־באַמאַנטלט, ריזיק גרויס און דראָענדיק. אַ קרוין פֿון שטאָל האָט ער געטראָגן, נאָר צווישן ראַנד און מאַנטל איז געווען גאָרנישט ניט צו זען, אַחוץ נאָר אַ טויט־שײַן פֿון אויגן: דער **ל**אָרד פֿון די **נ**אַזגול. אין דער לופֿטן איז ער צוריקגעקומען, צוגערופֿן זײַן פֿערד איידער דאָס פֿינצטערניש פֿאַלט דורך, און איצט איז ער צוריק, מיטגעבראַכט צעשטערונג, געמאַכט ייִאוש פֿון האָפֿענונג, טויט פֿון נצחון. אַ גרויסע שוואַרצע בולאַווע האָט ער געהאַלטן אין דער האַנט.

נאָר **ט**עאָדען איז ניט אין גאַנצן פֿאַרלאָזן געווען. די ריטערס פֿון זײַן הויז זײַנען אַרום אים טויט געלעגן, אָדער ווײַט אַוועקגעטראָגן פֿון די משוגענע פֿערד. פֿאָרט איז איינער נאָך אַלץ דאָרט געשטאַנען: **ד**ערנהעלם דער יונגער, געטרײַ איבערן שרעק, און ער האָט געוויינט ווײַל ער האָט ליב געהאַט דעם לאָרד ווי אַ פֿאָטער. דורך דעם גאַנצן שטורעם האָט **מ**ערי געריטן בשלום הינטער אים ביזן אָנקום פֿון דעם **ש**אָטן, און דעמאָלט האָט **ו**ינטפֿאָלע זיי אַראָפּגעוואָרפֿן אין זײַן שרעק און איצט איז געלאָפֿן הפֿקר אויפֿן פֿליין. **מ**ערי איז אַרומגעקראָכן אויף אַלע פֿיר ווי אַ פֿריטשמעליעטע חיה, און אַזאַ שרעק איז אויף אים געווען אַז ער איז בלינד געווען און קראַנק.

"דעם קיניגס מענטש! דעם קיניגס מענטש!" האָט דאָס האַרץ אין אים געשריגן. "דו מוזסט בײַ אים בלײַבן. ווי אַ פֿאָטער וועט איר מיר זײַן, האָט איר געזאָגט." נאָר זײַן ווילן האָט ניט געענטפֿערט און דער גוף זײַנער האָט זיך געטרייסלט. ער האָט זיך ניט דערוועגט עפֿענען די אויגן אָדער קוקן אַרויף.

דעמאָלט, אַרויס פֿונעם פֿינסטערניש אין זײַן מוח, האָט ער געמיינט ער הערט **ד**ערנעלם רעדן, נאָר איצט איז דאָס קול עפּעס מאָדנע, אַ דערמאָנונג פֿון אַן אַנדער קול וואָס ער האָט געקענט.

"אַוועק, ברידקער דווימערלייק, לאָרד פֿון פּאַדלע! לאָז די טויטע רוען!"

אַ קאַלט קול האָט געענטפֿערט: "קום ניט צווישן דעם **נ**אַזגול און זײַן רויב! אָדער ער וועט דיך ניט דערהרגענען נאָך דער ריי. ער וועט דיך אַוועקטראָגן צו די הײַזער פֿון יאָמער, הינטער אַלע פֿינצטערניש, ווו דײַן פֿלייש וועט געפֿרעסן ווערן, און זײַן אײַנגעדאַרטער מוח וועט בלײַבן נאַקעט פֿאַר דעם **א**ויג אָן **ל**עדל."

אַ שווערד האָט געקלונגען בײַם אַרויסציִען. "טו וואָס דו ווילסט, נאָר איך וועל דאָס שטערן אויב איך קען."

"שטערן מיר? נאַר איינער. ניט קיין לעבעדיקער מאַנצביל קען מיר שטערן!"

מערי האָט דעמאָלט דערהערט אַ קלאַנג וואָס אין אָט דער שעה איז געווען דאָס פֿרעמדסטע. עס האָט אויסגעקלונגען אַז **ד**ערנהעלם האָט זיך צעלאַכט, און דאָס קלאָרע קול איז געווען ווי דער קלאַנג פֿון שטאָל. "אָבער קיין לעבעדיקער מאַנצביל בין איך ניט! דו קוקסט אויף אַ נקבֿה. **ע**אָווין בין איך, טאָכטער פֿון **ע**אָמונד. דו שטייסט צווישן מיר און מײַן לאָרד און קרובֿ. אַוועק, אויב דו ביסט ניט אומשטערבלעך! וואָרן לעבעדיקער צי פֿינצטערער אומטויטער, וועל איך דיך שלאָגן זאָלסט דו אים אָנרירן."

דאָס באַפֿליגלטע באַשעפֿעניש האָט אויף איר געשריגן, אָבער דער **פֿ**ינגערל־**ש**ד האָט ניט געענטפֿערט, האָט געשוויגן, ווי מיט פּלוצעמדיקן ספֿק. גאָלע חידוש האָט אויף דער רגע גובֿר געווען **מ**עריס פּחד. ער האָט געעפֿנט די אויגן און די שוואַרצקייט איז אַוועק פֿון זיי. דאָרט אַ פּאָר שפּאַנען פֿון אים איז געזעסן די גרויסע חיה, און אומעטום אַרום איר האָט אַלץ פֿינצטער אויסגעזען, און איבער איר האָט זיך דערזען דער **נ**אַזגול **ל**אָרד ווי אַ שאָטן פֿון יִאוש. אַ ביסל אויף לינקס מיטן פּנים צו זיי איז געשטאַנען זי וואָס ער האָט זי גערופֿן **ד**ערנהעלם. נאָר די קאַסקע וואָס האָט באַהאַלטן איר סוד איז פֿון איר אַראָפּ, און אירע העלע האָר, איצט אָפּגעבונדן, האָט געשײַנט ווי בלאַס גאָלד אויף אירע פּלייצעס. אירע אויגן, אַזוי גראָ ווי דער ים, זײַנען געווען האַרט און בייז, כאָטש מיט טרערן אויף די באַקן. אַ שווערד איז געווען אין איר האַנט און זי האָט אויפֿגעהויבן איר שילד קעגן דעם שרעק פֿון דעם שׂונאס אויגן.

עאָווין איז דאָס געווען און **ד**ערנהעלם אויך. ווײַל אַרײַן אין **מ**עריס מוח איז געקומען דער גדאַנק פֿונעם פּנים וואָס ער האָט געזען בײַם רײַטן פֿון **ג**עטערקויפּ: דאָס פּנים פֿון איינעם וואָס גייט זוכן טויט, הינטער אַלע האָפֿענונג. רחמנות האָט אָנגעפֿילט זײַן האַרץ און גרויסער חידוש, און מיט אַ מאָל האָט זיך די ניט גרינג אָנגעצונדענע גבֿורה פֿון זײַן גזע אויפֿגעכאַפּט. ער האָט געבײַלט די האַנט. זי זאָל ניט שטאַרבן, אַזוי שיין, אַזוי פֿאַרצווייפֿלט! ווייניקסטנס זאָל זי ניט שטאַרבן איינע אַליין, אָן הילף.

דאָס פּנים פֿון זייער שׂונא איז ניט געווען אויף אים געווענדט, נאָר פֿאָרט האָט ער זיך קוים דערוועגט זיך באַוועגן, כּדי די טויט־אויגן זאָלן אויף אים ניט פֿאַלן. פּאַמעלעך, פּאַמעלעך, האָט ער אָנגעהויבן קריכן אין אַ זײַט, נאָר דער **ש**וואַרצער **ק**אַפּיטאַן, מיט נאָר די פֿרוי פֿאַר אים אין זינען, מיט ספֿק און בייזקייט, האָט אויף אים ניט מער אַכט געלייגט ווי אויף אַ וואָרעם אין בלאָטע.

מיט אַ מאָל האָט די גרויסע חיה געמאַכט מיט די גרויליקע פֿליגלען, און דער ווינד פֿון זיי איז געווען עיפּושדיק. נאָך אַ מאָל איז זי געשפּרונגען אין דער לופֿטן, און דערנאָך גיך אַראָפּגעפֿאַלן אויף **ע**אָווין, קוויטשענדיק, שלאָגנדיק מיט שנאָבל און קרעל.

נאָר זי איז ניט איבערגעוועלטיקט געווען: בתולה פֿון די **ר**אָהירים, אַ קינד פֿון קיניגן, שלאַנק, נאָר ווי אַ שטאָלענע שאַרף, שיין נאָר שרעקלעך. אַ גיכן מאַך האָט זי געגעבן, מיט בקיאות אויף טויט. דעם אויסגעצויגענע נאַקן האָט זי צעשניטן און דער אָפּגעהאַקטער קאָפּ איז אַראָפּ ווי אַ שטיין. צוריק איז זי געשפּרונגען בעת דאָס ריזיקע געשטאַלט האָט אַראָפּגעקראַכט אַ תּל, מיט די אומגעהײַערע פֿליגלען אויסגעשפּרייט, צונויפֿגעפֿאַלן אויף דער ערד, און מיטן פֿאַל איז דער שאָטן אַוועק. אַ ליכט איז אַרום איר געפֿאַלן און אירע האָר האָבן געשײַנט אינעם זונאויפֿגאַנג.

אַרויס פֿונעם ווראַק איז אויפֿגעשטאַנען דער **ש**וואַרצער **ר**ײַטער, הויך און דראָענדיק, ווי אַ טורעם איבער איר. מיט אַ געשריי פֿון שׂינאה וואָס האָט געשטאָכן די סאַמע אויערן ווי סם האָט ער אַראָפּגעלאָזט זײַן בולאַווע. איר שילד איז צעקלאַפּט אין שטיקער געוואָרן און איר אָרעם צעבראָכן; זי האָט געשטאָמפּערט אויף די קני. ער האָט זיך איבער איר אָנגעבויגן ווי אַ וואָלקן און די אויגן זײַנע האָבן געבלישטשעט. ער האָט אויפֿגעהויבן די בולאַווע אויף אַ טויט־שלאָג.

נאָר מיט אַ מאָל האָט ער אויך געשטאָמפּערט פֿאָרויס מיט אַ געשריי ביטערן ווייטיק, און זײַן שלאָג איז געגאַנגען אין אַ זײַט, אַרײַן אין דער ערד. **מ**עריס שווערד האָט אים געשטאָכן פֿון הינטן, געשניטן דורכן שוואַרצן מאַנטל און גייענדיק אַרויף אונטערן פּאַנצער־טוניק האָט געשניטן די שפּאַנאָדער הינטער זײַן מאַכטיקער קני.

"**ע**אָווין! **ע**אָווין!" האָט **מ**ערי געשריגן. דעמאָלט, וואַקלדיק, קוים אויף די פֿיס, האָט זי מיטן לעצטן כּוח געטריבן איר שווערד צווישן קרוין און מאַנטל, בעת די גרויסע פּלייצעס האָבן זיך פֿאַרנייגט פֿאַר איר. די שווערד איז צעבערעקלט געוואָרן, פֿינקלענדיק אין אַ סך שטיקלעך. די קרוין האָט אַוועקגעקײַקלט מיט אַ קלאַנג. **ע**אָווין איז געפֿאַלן פֿאָרויס אויף דעם געפֿאַלענעם שׂונא. אָבער זעט נאָר! דער מאַנטל און טוניק זײַנען ליידיק געווען. אָן פֿאָרעם זײַנען זיי געלעגן אויף דער ערד, צעריסן און צעטומלט, און אַ געשריי איז אַרויף אין דער שוידערנדיקער לופֿט, אָפּגעשטאָרבן ביז אַ קוויטשיקער יללה, אַוועק מיטן ווינט, אַ קול אָן גוף און דין, וואָס איז געשטאָרבן, אַראָפּגעשלונגען, און קיין מאָל ניט ווידער געהערט אין דער דאָזיקער תּקופֿה פֿון דער וועלט.

און דאָרט איז געשטאַנען **מ**עריאַדאָק דער האָביט אין מיטן די דערהרגעטע, און געפּינטלט מיט די אויגן ווי אַ סאָווע אין טאָגליכט, וואָרן טרערן האָבן אים בלינד געמאַכט און דורך אַ נעפּל האָט ער געקוקט אויף **ע**אָווינס שיינעם קאָפּ בעת זי ליגט און זיך ניט גערירט; און ער האָט געקוקט אויפֿן פּנים פֿון דעם קיניג, געפֿאַלן אין מיטן זײַן גדולה. וואָרן **ש**נייגריוווע אין זײַנע יסורים האָט פֿון אים נאָך אַ מאָל אַוועקגעקײַקלט, נאָר פֿאָרט איז ער געווען דער חורבן פֿונעם האַר.

האָט **מ**ערי דעמאָלט זיך אַראָפּגעלאָזט און אויפֿגעהויבן זײַן האַנט פֿאַר אַ קוש, און זעט נאָר! **ט**עאָדען האָט געעפֿנט די אויגן, וואָס זײַנען קלאָר געווען, און גערעדט אין אַ שטיל קול, כאָטש מיט צרות.

"אַדיע, האַר האַלביטלאַ!" האָט ער געזאָגט. "מײַן גוף איז צעבראָכן געוואָרן. איך גיי צו די פֿאָטערס. און אַפֿילו אין זייער מאַכטיקער קאָמפּאַניע וועל איך זיך איצט ניט שעמען. איך האָב דערהרגעט די שוואַרצע שלאַנג. אַ פֿאַרביסענער אינדערפֿרי, און אַ גליקלעכער טאָג, און אַ גאָלדענע שקיעה!"

מערי האָט ניט געקענט רעדן, נאָר האָט זיך ווידער צעוויינט. "זײַט מיר מוחל, לאָרד," האָט ער סוף־כּל־סוף געזאָגט, "אויב איך האָב ניט געפֿאָלגט אײַער באַפֿעל, און פֿאָרט האָבן ניט מער געטאָן אין אײַער דינסט ווי וויינען בײַ דער געזעגענונג."

דער אַלטער קיניג האָט געשמייכלט. "זײַט ניט טרויעריק! איך בין אײַך מוחל. אַ גרויס האַרץ זאָל מען ניט לייקענען. לעבט איצט געבענטשט, און ווען איר זיצט בשלום מיט אײַער ליולקע, געדענקט מיך! וואָרן איצט וועל איך קיין מאָל ניט מיט אײַך זיצן אין מעדוסעלד, ווי איך האָב צוגעזאָגט, אָדער זיך צוהערן צו אײַער געוויקס־וויסן." ער האָט צוגעמאַכט די אויגן און מערי האָט זיך לעבן אים פֿאַרנייגט. באַלד האָט ער נאָך אַ מאָל גערעדט. "ווו איז עאָמער? וואָרן די אויגן מײַנע ווערן פֿינצטער און מיר ווילט זיך אים זען איידער איך גיי אָפּ. ער מוז ווערן קיניג נאָך מיר. און איך וויל שיקן אַ בשׂורה צו עאָווין. זי האָט ניט געוואָלט איך זאָל זי איבערלאָזן און איצט וועל איך זי קיין מאָל ניט זען נאָך אַ מאָל, מער טײַער ווי אַ טאָכטער."

"לאָרד, לאָרד," האָט מערי צעבראָכן אָנגעהויבן, "זי איז—" נאָר פּונקט דעמאָלט איז געקומען אַ גרויסער טומל, און אומעטום אַרום האָבן געבלאָזן הערנער און טרומייטן. מערי האָט זיך אַרומגעקוקט: ער האָט פֿאַרגעסן די מלחמה און די גאַנצע וועלט דערצו, און עס האָט זיך געפֿילט ווי אַ סך שעהען, כאָטש אין דער אמתן איז געווען נאָר אַ קורצע ווײַלע. אָבער איצט האָט ער דערזען אַז זיי שטייען פֿאַר דער סכּנה געכאַפּט צו ווערן אין דער סאַמע מיט פֿון דער גרויסער שלאַכט וואָס וועט באַלד פֿאָרקומען.

נײַע כּוחות פֿון דעם שׂונא האָבן זיך געאײַלט אַרויף אויפֿן וועג פֿון דעם טײַך, און פֿון אונטער די מויערן זײַנען געקומען די לעגיאָנען פֿון מאָרגול. און פֿון די דרומדיקע פֿעלדער זײַנען געקומען אינפֿאַנטעריע פֿון האַראַד מיט רײַטערס פֿאָרויס, און הינטער זיי האָבן זיך אויפֿגעהויבן די אומגעהײַערע רוקנס פֿון די *מומאַקיל* טראָגנדיק מלחמה־טורעמס. אָבער אויף צפֿון האָט דער ווײַסער הערב פֿון עאָמער געפֿירט דעם גרויסן פֿאָרנט פֿון די ראָהירים וואָס ער האָט נאָך אַ מאָל געזאַמלט און צונויפֿגעשטעלט, און אַרויס פֿון דער שטאָט איז געקומען דער גאַנצער כּוח פֿון מענטשן וואָס דערין, און דעם זילבערנעם שוואַן פֿון דאָל אַמראָט האָט מען געטראָגן פֿאָרויס, טרײַבנדיק דעם שׂונא פֿון דעם טויער.

אויף אַ רגע איז דער געדאַנק געפֿלויגן דורך מעריס מוח: "ווו איז גאַנדאַלף? ער איז דאָ ניט? צי וואָלט ער ניט געקענט ראַטעווען דעם קיניג און עאָווין?" נאָר דערמיט איז עאָמער גיך געקומען צו רײַטן, און מיט אים די ריטערס פֿון געזינד וואָס לעבן נאָך און האָבן איצט געצאַמט די פֿערד. זיי האָבן געקוקט מיט חידוש אויף דער פּגירה פֿון דער בייזער חיה וואָס ליגט דאָרט, און די פֿערד זייערע האָבן ניט געוואָלט קומען נעענטער. נאָר עאָמער איז געשפּרונגען אַראָפּ פֿון זאָטל, און אויף אים זײַנען געפֿאַלן צער און יִאוש ווען ער איז געקומען צו דעם קיניגס זײַט, דאָרט שטיל געשטאַנען.

דעמאָלט האָט איינער פֿון די ריטערס גענומען דעם קיניגס פֿאָנע פֿון דער האַנט פֿון גוטלאַף דעם פֿאָנע־טרעגער, וואָס ליגט דאָרט טויט, און ער האָט זי אויפֿגעהויבן. פּאַמעלעך

האָט **ט**עאָדען געעפֿנט די אויגן. דערזעענדיק די פֿאָנע האָט ער אָנגעוויזן מע זאָל זי געבן **ע**אָמער.

"אַ גרוס, **ק**יניג פֿון דעם **מ**אַרק!" האָט ער געזאָגט. "רײַט איצט אויף נצחון! צו **ע**אָווין, אַדיע!" און אַזוי איז ער געשטאָרבן, האָט ניט געוווּסט אַז **ע**אָווין איז נאָענט געלעגן. און די וואָס שטייען דאָרט אַרום האָבן זיך צעוויינט, אויסגערופֿן: "**ט**עאָדען **ק**יניג! **ט**עאָדען **ק**יניג!"

אָבער **ע**אָמער האָט צו זיי געזאָגט:

ניט צו פֿיל טרויער! מאַכטיק דער געפֿאַלענער,
און יושרדיק זײַן סוף. בײַ זײַן מצבֿה צעוויינען זיך
די פֿרויען. מלחמה רופֿט אונדז איצט!

נאָרער אַליין האָט געוויינט בײַם רעדן. "לאָזט די ריטערס זײַנע דאָ בלײַבן," האָט ער געזאָגט, "זאָלן זיי טראָגן זײַן גוף מיט כּבֿוד פֿון דעם פֿעלד, כּדי די שלאַכט זאָל אים ניט צערײַטן! יאָ, און אויך די אַלע אַנדערע פֿון דעם קיניגס לײַט וואָס ליגן דאָ." און ער האָט געקוקט אויף די געפֿאַלענע, געדענקט די נעמען. דעמאָלט האָט ער מיט אַ מאָל דערזען די שוועסטער **ע**אָווין ווו זי ליגט, האָט ער זי דערקענט. ער איז געשטאַנען אַ רגע ווי אַ מענטש דורכגעשטאָכן אין מיטן געשריי מיט אַ פֿײַל דורכן האַרץ, און דאָס פּנים איז דעמאָלט טויט־ווײַס געוואָרן, איז אין אים געוואַקסן אַ קאַלטער גרימצאָרן, און אַ ווײַלע האָבן אים געפֿעלט ווערטער. אַ טויט־געמיט איז אויף אים.

"**ע**אָווין, **ע**אָווין!" האָט ער אויסגעשריגן סוף־כּל־סוף. "**ע**אָווין, ווי אַזוי זײַט איר דאָ? וואָסערע שגעון צי כּישוף איז דאָס? טויט, טויט, טויט! דער טויט זאָל אונדז אַלע נעמען!"

דעמאָלט, אָן פֿרעגן קיין עצות אָדער וואַרטן אויפֿן אָנקום פֿון די מענטשן פֿון דער **ש**טאָט, האָט ער אָנגעשפּאָרנט פֿאָרויס אויף פֿאָרנט פֿון דער גרויסער מחנה, און געבלאָזן אַ האָרן, און געשריגן הויך אויף אַ קול אַז עס זאָל זיך אָנהייבן. איבערן פֿעלד האָט געקלונגען זײַן קלאָר קול, שרײַענדיק: "טויט! רײַט, רײַט קיין חורבן און דעם סוף וועלט!"

און דערמיט האָט זיך די מחנה אָנגעהויבן באַוועגן. אָבער די **ר**אָהירים האָבן מער ניט געזונגען. *טויט* האָבן זיי געשריגן מיט איין קול, הויך און שרעקלעך, און אַלץ גיכער און גיכער ווי אַ גרויסער פֿלייץ האָט זייער שלאַכט געקערט אַרום זייער געפֿאַלענעם קיניג און איז פֿאַרבײַ, רעווענדיק דרום צו.

און נאָך אַלץ איז **מ**עריאַדאָק דער האָביט דאָרט געשטאַנען, געפֿינטלט דורך די טרערן, און קיינער האָט מיט אים ניט גערעדט, טאַקע האָט זיך אים געדאַכט אַז קיינער האָט אים ניט באַמערקט. ער האָט אָפּגעווישט די טרערן און זיך אַראָפּגעלאָזט אויפֿצוהייבן דעם גרינעם שילד וואָס **ע**אָווין האָט אים געגעבן, און אים געוואָרפֿן אויפֿן רוקן. דערנאָך האָט ער געזוכט זײַן שווערד וואָס ער האָט געלאָזט אַראָפּפֿאַלן, וואָרן פּונקט אַז ער האָט דערלאַנגט דעם קלאַפּ איז זײַן אָרעם אָפּגעטייט געוואָרן, און איצט האָט ער געקענט ניצן נאָר די לינקע האַנט. און זעט נאָר! דאָרט איז געלעגן זײַן וואָפֿן, נאָר די שאַרף האָט גערייכערט ווי אַ טרוקענע צווײַג אײַנגעשטעקט אין אַ פֿײַער, און בעת ער האָט אויף איר געקוקט האָט זי זיך געקאָרטשעט און איז פֿאַרוועלקט און אויפֿגעגעסן געוואָרן.

אַזוי איז אַוועק די שווערד פֿון דעם קבֿר־**ה**ויכלאַנד, געשאַפֿן אין **מ**ערבֿנעס. נאָר צו וויסן פֿון איר גורל וואָלט דערפֿרייט דעם וואָס האָט זי פּאַמעלעך אויסגעאַרבעט מיט לאַנג

צוריק אין דער **צ**פֿונדיקער **מ**לוכה ווען די **ד**ונעדיין זײַנען יונג געווען און זייער הויפּט־שׂונא איז געווען די אימהדיקע מלוכה פֿון **א**נגמאַר מיט זײַן מכשף־קיניג. ניט קיין אַנדער שאַרף, ניט אַפֿילו אין די הענט פֿון אַ מאַכטיקערער, וואָלט געגעבן דעם דאָזיקן שׂונא אַזאַ ביטערע ווונד, דורכגעשניטן דאָס אומטויטע פֿלייש, צעבראָכן דעם כּישוף וואָס בייגט זײַנע אומזעיִקע שפּאַנאָדערן צו דעם אייגענעם ווילן.

מענטשן האָבן איצט אויפֿגעהויבן דעם קיניג און מיט מאַנטלען אויף שפּיז־טראָגיקעס האָבן זיי זיך אויסגעמיטלט אים טראָגן אַוועק צו דער **ש**טאָט צו, און אַנדערע האָבן צאַרט אויפֿגעהויבן **ע**אָווין און זי געטראָגן נאָך אים. נאָר די מענטשן פֿון דעם קיניגס הויזגעזינד האָבן זיי ניט געקענט ברענגען פֿון פֿעלד, וואָרן זיבן פֿון דעם קיניגס ריטערס זײַנען דאָרט געפֿאַלן, און **ד**עאָרווײַן זייער שעף בתוכם. האָבן זיי זיי אַוועקגעלייגט באַזונדער פֿון די שׂונאים און דער טויט־חיה און זיי האָבן געשטעלט שפּיזן אַרום זיי. און דערנאָך, ווען אַלץ איז פֿאַרטיק געווען, זײַנען מענטשן צוריק, געמאַכט דאָרט אַ פֿײַער און פֿאַרברענט די פּגירה פֿון דער חיה־רעה. נאָר פֿאַר **ש**נייגריוווע האָבן זיי אויסגעגראָבן אַ קבֿר און געשטעלט אַ מצבֿה וואָס דערויף האָט מען אויסגעשניצט אין די לשונות פֿון **ג**אָנדאָר און פֿון דעם **מ**אַרק:

געטרײַער באַדינער נאָר פֿאָרט דעם האַרס חורבן,
***ל**ײַכטפֿוסעס לאָשיק, ליגט גיכע **ש**נייגריווע אונטן.*

גרין און לאַנג איז געוואַקסן דאָס גראָז אויף **ש**נייגריוועס **ק**ויפּ, נאָר שוואַרץ און נאַקעט אויף אייביק איז געווען די ערד ווו מע האָט פֿאַרברענט די חיה.

איצט פּאַמעלעך און טרויעריק איז **מ**ערי געגאַנגען לעבן די טרעגערס, מער ניט קיין אַכט געלייגט אויף דער שלאַכט. ער איז מיד געווען און אָנגעפּילט מיט ווייטיק, און די אבֿרים זײַנע האָבן געציטערט ווי פֿון אַ קעלט. אַ גרויסער רעגן איז אַרויס פֿון דעם **י**ם און עס האָט אויסגעזען אַז אַלץ האַלט אין וויינען פֿאַר **ט**עאָדען און **ע**אָווין, אויסגעלאָשן די פֿײַערן אין דער **ש**טאָט מיט גראָע טרערן. עס איז געווען דורך אַ נעפּל וואָס ער האָט באַלד דערזען דעם אַוואַנגאַרד פֿון די מענטשן פֿון **ג**אָנדאָר קומענדיק נעענטער. **א**ימראַהיל, **פּ**רינץ פֿון **ד**אָל **א**מראָט, האָט צוגעריטן און זיך אָפּגעשטעלט פֿאַר זיי.

"וואָס איז אײַער לאַסט, **מ**ענטשן פֿון **ר**אָהאַן?" האָט ער אויסגערופֿן.

"**ט**עאָדען **ק**יניג," האָבן זיי געענטפֿערט. "ער איז טויט. נאָר **ע**אָמער קיניג רײַט איצט אין דער שלאַכט: ער מיטן ווײַסן הערב אינעם ווינט."

איז דער פּרינץ דעמאָלט אַראָפּ פֿונעם פֿערד און האָט געקניט בײַם קאַטאַפֿאַלק ווי אַ כּבֿוד פֿאַר דעם קיניג און זײַן גרויסן אָנפֿאַל, און ער האָט געוויינט. איז ער אַרויף און האָט געקוקט אויף **ע**אָווין און איז פֿאַרחידושט געוואָרן. "זיכער איז דאָס אַ נקבֿה?" האָט ער געזאָגט. "צי האָבן אַפֿילו די פֿרויען פֿון די **ר**אָהירים געקומען אויף מלחמה אין אונדזער נויט?"

"ניין, נאָר איינע," האָבן זיי געענטפֿערט. "די **ד**אַמע **ע**אָווין איז זי, שוועסטער פֿון **ע**אָמער, און מיר האָבן גאָרנישט ניט געוווּסט פֿון איר רײַטן ביז אָט דער שעה, און ס'איז אונדז שטאַרק געקומען צו די אויגן."

דעמאָלט האָט דער פּרינץ, וואָס האָט דערזען איר שיינקייט, כאָטש איר פּנים איז בלאַס געווען און קאַלט, אָנגערירט איר האַנט ביַים לאָזן זיך אַראָפּ בעסער אויף איר צו קוקן. "**מ**ענטשן פֿון **ר**אָהאַן!" האָט ער אויסגעשריגן. "צי זיַינען ניט קיין פֿעלדשערס צווישן איַיך? זי איז צעמזיקט, אויף טויט אפֿשר, נאָר איך מיין אַז זי לעבט נאָך." און ער האָט געהאַלטן דעם העל פּאָלירטן אָרעם־פּאַנצער פֿאַר אירע קאַלטע ליפּן און זעט נאָר! אַ קליין שטיקל נעפּל איז אויף אים קוים צו דערזען.

"מע דאַרף זיך איַילן איצט," האָט ער געזאָגט, און ער האָט איינעם געשיקט צוריק קיין דער **ש**טאָט צו קריגן הילף. נאָר ער האָט זיך טיף פֿאַרנייגט צו די געפֿאַלענע, זיי געבעטן אַדיע, און צוריק אויפֿן פֿערד האָט ער געריטן אַוועק אין שלאַכט אַריַין.

און איצט איז דער קאַמף צעקאָכט געוואָרן אויף די פֿעלדער פֿון דעם **פּ**עלענאָר, האָט דער האַרמידער פֿון וואָפֿן זיך הויך אויפֿגעהויבן, מיטן געשריי פֿון מענטשן און דעם הירזשען פֿון פֿערד. הערנער האָבן געבלאָזן און טרומייטן געשריגן, און די *מומאַקיל* האָבן גערעוועט בעת מע טריַיבט זיי צו מלחמה. אונטער די דרומדיקע מויערן פֿון דער **ש**טאָט האָט די אינפֿאַנטעריע פֿון **ג**אָנדאָר זיך שטאַרק געוואָרפֿן אויף די לעגיאָנען פֿון **מ**אָרגול וואָס זיַינען דאָרט נאָך געזאַמלט אין גרויסע צאָלן. נאָר די פֿערד־לײַט האָבן געריטן מיזרח צו ווי אַ הילף פֿאַר **ע**אָמער: **ה**ורין דער **ה**ויכער, **ש**ומר פֿון די **ש**ליסל, און דער **ל**אָרד פֿון **ל**אָסאַרנאַך, און **ה**ירלוין פֿון די **ג**רינע **ב**ערגלעך, און **פּ**רינץ **א**ימראַהיל דער העלער מיט די ריטערס זיַינע אומעטום אַרום אים.

און ניט פֿאַר דער ציַיט איז זייער הילף געקומען צו די **ר**אָהירים, וואָרן דאָס מזל האָט זיך געשטעלט קעגן **ע**אָמער און זיַין גרימצאָרן האָט אים פֿאַרראַטן. דער גרויסער רוגז פֿון זיַין שטורעם האָט אין גאַנצן איַינגעוואָרפֿן דעם פֿאָרנט פֿון די שׂונאים, און גרויסע קלינען פֿון זיַינע **ר**יַיטערס זיַינען דורך די גאַנצע רייען **ד**רומדיקער, שטערנדיק די ריַיטערס זייערע און צעריַיטנדיק די פֿוס־סאָלדאַטן. נאָר אַבי ווּ קומען די *מומאַקיל* ווילן די פֿערד ניט גיין, נאָר זיי זיַינען דערשראָקן געוואָרן, זיך געריסן אין אַ זיַיט, און די גרויסע פֿאַרזעענישן זיַינען וויַיטער בשלום, געשטאַנען ווי טורעמס פֿון פֿאַרטיידיקונג, האָבן די **ה**אַראַדרים זיך געזאַמלט אַרום זיי. און אויב די **ר**אָהירים ביַים אָנהייב זיַינען געווען דריַי מאָל איבערגעשטיגן אין צאָל פֿון נאָר די **ה**אַראַדרים אַליין, איז זייער מצבֿ באַלד ערגער געוואָרן, וויַיל ניַיע כּוחות האָבן איצט געשטראָמט אויף דעם פֿעלד אַרויס פֿון **א**ָסגיליאַט. דאָרט זיַינען זיי צוגערופֿן געוואָרן כּדי צו צעראַבעווען די **ש**טאָט און צעשטערן **ג**אָנדאָר, האָבן געוואַרט אויפֿן רוף פֿון זייער **ק**אַפּיטאַן. ער איז איצט צעשטערט געוואָרן, נאָר **ג**אָטמאָג, דער לייטענאַנט פֿון **מ**אָרגול, האָט זיי געוואָרפֿן אַריַין אין דער שלאַכט: **מ**יזרחדיקער מיט העק, און **וו**אַריאַגס פֿון **כ**אַנד, **ד**רומדיקער אין שאַרלאַך, און פֿון **וו**יַיטן **ה**אַראַד שוואַרצע מענטשן ווי האַלב־טראָלן מיט וויַיסע אויגן און רויטע צינגער. עטלעכע האָבן זיך איצט געאיַילט הינטער די **ר**אָהירים, אַנדערע מערבֿ צו אַוועקצוהאַלטן די כּוחות פֿון **ג**אָנדאָר און זיי פֿאַרהיטן קומען צוזאַמען מיט **ר**אָהאַן.

און פּונקט ווען דער טאָג האָט אָנגעהויבן שלעכט גיין פֿאַר **ג**אָנדאָר, קוים מיט האָפֿענונג פֿאַר זיי, איז אַרויף אין דער **ש**טאָט אַ ניַי געשריי, דעמאָלט אין מיטן פֿרימאָרגן, ווען עס בלאָזט אַ גרויסער ווינט און דאָס רעגן פֿליט צפֿון צו, און עס שיַינט די זון. אין דער קלאָרער לופֿט האָבן די וועכטערס אויף די מויערן געזען אין דער וויַיטן אַ ניַי בליק שרעק, איז די לעצטע האָפֿענונג פֿון זיי אַוועק.

וואָרן דער **אַ**נדוין, פֿון דעם אויסדריי בײַ דעם **ה**אַרלאָנד, האָט געשטראָמט אַזוי אַז פֿון דער **ש**טאָט האָט מען געקענט זען פֿאַזע אים אַ צענדליק מײַלן, האָבן די ווײַט־זעעוודיקע געקענט זען צי שיפֿן שווימען נעענטער. און קוקנדיק אַהין האָבן זיי געשריגן מיט שאָקירטן חידוש, וואָרן שוואַרץ אַקעגן דעם שימערירנדיקן שטראָם האָבן זיי דערזען אַ פֿלאָט שווימענדיק אַרויף מיט דעם ווינט: אַלערליי מינים שיפֿן, גרויסע, מיט אַ סך רודערס, און מיט שוואַרצע זעגלען בײַכיק פֿאַרן ווינטל.

"די **פּ**יראַטן פֿון **א**ומבאַר!" האָבן מענטשן געשריגן. "די **פּ**יראַטן פֿון **א**ומבאַר! זעט! די **פּ**יראַטן פֿון **א**ומבאַר קומען! וואָס מיינט אַז **ב**עלפֿאַלאַס איז פֿאַרכאַפּט, און די **ע**טיר, און **ל**עבענין איז אויס. די **פּ**יראַטן זײַנען אויף אונדז געקומען! עס איז דער לעצטער קלאַפּ פֿון גורל!"

און עטלעכע, אָן שום באַפֿעלן וואָרן מע האָט ניט געקענט געפֿינען עמעצן צו קאָמאַנדירן אין דער **ש**טאָט, זײַנען געלאָפֿן צו די גלעקער און אויפֿגעהויבן אַן אַלאַרעם, און עטלעכע האָבן געבלאָזן אויף טרומייטן דעם צוריקצי־רוף. "צוריק צו די מויערן!" האָבן זיי געשריגן. "צוריק צו די מויערן! קומט צוריק צו דער **ש**טאָט איידער אַלע ווערן צעקלאַפּט!" נאָר דער ווינט וואָס האָט גיך געטריבן די שיפֿן האָט אַוועקגעבלאָזן די גאַנצע בהלה.

די **ר**אָהירים האָבן טאַקע ניט געדאַרפֿט קיין ידיעות צי אַלאַרעמס. צו קלאָר האָבן זיי אַליין געקענט זען די שוואַרצע זעגלען. וואָרן **ע**אָמער איז איצט געווען קוים אַ מײַל פֿון דעם **ה**אַרלאָנד, און אַ גרויס געדראַנג פֿון די ערשטע שׂונאים זײַנע איז געווען צווישן אים און דעם האַרבעריק דאָרט, בעת נײַע שׂונאים האָבן זיך געווירבלט אויף הינטן, אים אָפּגעזונדערט פֿון דעם **פּ**רינץ. איצט האָט ער געקוקט צו דעם **ט**ײַך צו, און די האָפֿענונג איז געשטאָרבן אין זײַן האַרצן, און דעם ווינט וואָס ער האָט געהאַלטן פֿאַר געבענטשט האָט ער איצט פֿאַרשאָלטן. נאָר די מחנות פֿון **מ**אָרדאָר זײַנען אויפֿגעמונטערט געוואָרן, און אָנגעפֿילט מיט נײַעם באַגער און צאָרן זײַנען זיי געקומען שטורעמען און רעווען צום אָנפֿאַל.

ערנסט איצט איז געווען **ע**אָמערס געמיט, און דער מוח ווידער גאַנץ קלאָר. ער האָט געלאָזט בלאָזן די הערנער צוצורופֿן די אַלע לײַט צו זײַן פֿאָנע וואָס קענען קומען, וואָרן ער האָט אין זינען געהאַט בײַם סוף אײַנצושטעלן אַ גרויסע שילד־וואַנט, און צו שטיין און קעמפֿן דאָרט צו פֿוס ביז אַלע פֿאַלן, אויפֿצוטאָן מעשׂים פֿאַר לידער אויף די פּעלדער פֿון דעם **פּ**עלענאָר, כאָטש קיינער זאָל ניט בלײַבן אין דעם **מ**ערבֿ צו געדענקען דעם **ק**יניג פֿון דעם **מ**אַרק. האָט ער געריטן צו אַ גרין בערגעלע און דאָרט געשטעלט די פֿאָנע, און דאָס **ו**ײַסע **פ**ערד איז קרײַזלענדיק געלאָפֿן אינעם ווינט.

אַרויס פֿון ספֿק, פֿון דער פֿינצטער צו דעם טאָגס אויפֿהייב
קום איך זינגענדיק אין דער זון, אַרויס מיט דער שווערד.
ביז סוף פֿון האָפֿענונג רײַט איך, ביזן ברעכן דאָס האַרץ:
איצט גרימצאָרן, איצט צעשטערונג, און אַ רויטע נאַכט!

אָט די שורות האָט ער אַרויסגערעדט, כאָטש ער האָט זיך צעלאַכט בײַם רעדן. וואָרן נאָך אַ מאָל איז אויף אים געקומען נאָך מער באַגער אויף שלאַכט, און ביז איצט איז ער ניט געשעדיקט געוואָרן, איז ער געווען יונג, און ער איז געווען קיניג: דער לאָרד פֿון אַ רוצחישע לײַט. און זעט נאָר! אין מיטן לאַכן אויף ייִאוש האָט ער ווידער געקוקט אויף די שוואַרצע שיפֿן און ער האָט אויפֿגעהויבן די שווערד מיט סטירדעס אויף זיי.

און דעמאָלט האָט וווּנדער אים געטומען, און אַ גרויסע פֿרייד, האָט ער אַרויפֿגעוואָרפֿן די שווערד אין דער זונענשײַן און געזונגען בעת ער האָט זי געכאַפּט. און די אַלע אויגן האָבן געפֿאָלגט זײַן בליק און זעט נאָר! אויף דער ערשטער שיף האָט זיך געעפֿנט אַ גרויסע פֿאָן, און דער ווינט האָט זי באַוויזן בעת זי האָט זיך געדרייט צו דעם **ה**אַרלאָנד צו. דאָרט האָט געבליט אַ **ו**ווײַסער **ב**וים, אַ צייכן פֿון **ג**אָנדאָר; נאָר זיבן שטערן זײַנען אַרום אים און אַ הויכע קרוין אויבן, די צייכנס פֿון **ע**לענדיל, וואָס קיין לאָרד האָט ניט געטראָגן שוין יאָרן אָן אַ צאָל. האָבן די שטערן געפֿלאַמט אין דער זונענשײַן, וואָרן זיי זײַנען געשאַפֿן געווען פֿון איידלשטיינער פֿון **אַ**רווען, טאָכטער פֿון **ע**לראָנד, איז די קרוין העל אינעם פֿרימאָרגן, וואָרן זי איז געשאַפֿן געווען פֿון מיטריל און גאָלד.

אַזוי איז געקומען **אַ**ראַגאָרן בן־**אַ**ראַטאָרן, **ע**לעסאַר, יורש פֿון **אי**סילדור, אַרויס פֿון די **ט**ויטע **וו**עגן, געטראָגן אויף אַ ווינט פֿון דעם **ים** קיין דער מלוכה פֿון **ג**אָנדאָר, און די הילולא פֿון די **ר**אָהירים איז געווען אַ פֿלייץ פֿון געלעכטער און פֿאָכן מיט שווערדן, און די פֿרייד און וווּנדער פֿון דער **ש**טאָט איז געווען אַ מוזיק פֿון טרומייטן און קלינגען פֿון גלעקער. נאָר די מחנות פֿון **מ**אָרדאָר זײַנען געכאַפּט געוואָרן מיט צעמישעניש און עס האָט זיך זיי געדאַכט ווי אַ גרויסער כּישוף, וואָס די אייגענע שיפֿן זאָלן אָנגעפֿילט זײַן מיט די שׂונאים, איז אויף זיי געפֿאַלן אַ שוואַרצע אימה, האָבן זיי דערקענט אַז די פֿלייצן פֿון גורל האָבן זיך קעגן זיי געשטעלט און אַז זייער סוף איז נאָענט.

מיזרח צו האָבן געריטן די ריטערס פֿון **ד**אָל **אַ**מראָט, טרײַבנדיק דעם שׂונא פֿאַר זיך: טראָל־מענטשן און **וו**אַריאַגס און אָרקס וואָס האָבן פֿײַנט די זונענשײַן. דרום צו האָט **ע**אָמער געשפּאַנט און מענטשן זײַנען אַנטלאָפֿן פֿאַר זײַן פּנים, זײַנען זיי געכאַפּט געווען צווישן דעם האַמער און דער קאָוואַדלע. וואָרן איצט זײַנען מענטשן געשפּרונגען פֿון די שיפֿן אויף די דאָקן פֿון דעם **ה**אַרלאָנד און זיך געוואָרפֿן צפֿון צו ווי אַ שטורעם. דאָרט זײַנען געקומען **ל**עגאָלאַס, און **ג**ימלי מאַכנדיק מיט דער האַק, און **ה**אַלבאַראַד מיט דער פֿאָן, און **ע**לאַדאַן און **ע**לראָהיר מיט שטערן אויף די שטערן, און די **ד**ונעדיין מיט די פֿעסטע הענט, **וו**אַנדערערס פֿון דעם **צ**פֿון, בראָש פֿון אַ גרויסער ראָטע פֿון די לײַט פֿון **ל**עבענין און **ל**אַמעדאָן און די לענדער פֿון דעם **ד**רום. נאָר אויף פֿאָרנט פֿון אַלע איז געגאַנגען **אַ**ראַגאָרן מיט דעם **פֿ**לאַם פֿון דעם **מ**ערבֿ, **אַ**נדוריל ווי אַ נײַ אָנגעצונדענער פֿײַער, **נ**אַרסיל איבערגעקאָוועט אַזוי סכּנת־נפֿשותדיק ווי אַ מאָל, און אויף זײַן שטערן איז געווען דער **ש**טערן פֿון **ע**לענדיל.

און אַזוי האָבן **ע**אָמער און **אַ**ראַגאָרן סוף־כּל־סוף זיך געטראָפֿן אין מיטן שלאַכט, האָבן זיי אָנגעלענט אין די שווערדן און געקוקט איינער אויפֿן אַנדערן און זײַנען דערפֿרייט געווען.

"אַזוי טרעפֿן מיר זיך נאָך אַ מאָל, כאָטש די אַלע מחנות פֿון **מ**אָרדאָר זײַנען געלעגן צווישן אונדז," האָט **אַ**ראַגאָרן געזאָגט. "צי האָב איך ניט אַזוי געזאָגט בײַ דעם **ה**אָרנשלאָס?"

"אַזוי האָט איר גערעדט," האָט **ע**אָמער געזאָגט, "נאָר די האָפֿענונג אָפֿט נאַרט אָפּ, און דעמאָלט האָב איך ניט געוווּסט אַז איר זײַט אַ מענטש מיט באַקלעריקייט. פֿאָרט איז צוויי מאָל געבענטשט אומגעריכטע הילף, און קיין מאָל פֿריִער איז אַ באַגעגעניש פֿון פֿרײַנד מער פֿריילעך." און זיי האָבן געדריקט די הענט. "און דערצו טאַקע פּונקט צו דער צײַט," האָט

עאָמער געזאָגט. "איר קומט ניט פֿאַר דער צײַט, מײַן פֿרײַנד. אַ סך אָנווער און צער זײַנען אויף אונדז געפֿאַלן."

"איז, לאָמיר נעמען נקמה, איידער מיר רעדן דערוועגן!" האָט **אַ**ראַגאָרן געזאָגט, און זיי האָבן געריטן צוזאַמען צו דער שלאַכט.

שווער קעמפֿן און לאַנגע טירחה האָבן זיי נאָך געהאַט, וואָרן די **ד**רומדיקער זײַנען דרייסטע מענטשן געווען און פֿאַרביסן, און רציחהדיק אין יִיאוש, און די **מ**יזרחדיקער זײַנען שטאַרק געווען און פֿאַרהאַרטעוועט אין מלחמה, האָבן זיי ניט געבעטן קיין רחמים. און אַזוי אין דעם אָרט צי יענעם, לעבן פֿאַרברענטע פֿערמעס צי שײַערן, אויף בערגל צי קויפּ, אונטער מויער צי אויף פֿעלד, האָבן זיי זיך נאָך אַלץ געזאַמלט און געשטאַרקט און געקעמפֿט ביז דער טאָג האָט זיך אָפּגעטראָגן.

דעמאָלט איז די זון סוף־כּל־סוף הינטער **מ**ינדאָלויִן געגאַנגען און אָנגעפֿילט דעם גאַנצן הימל מיט אַ גרויסן פֿײַער, זײַנען די בערגלעך און בערג געפֿאַרבט ווי מיט בלוט; פֿײַער האָט געגליט אין דעם **ט**ײַך, און דאָס גראָז אויף דעם **פּ**עלענאָר איז געלעגן רויט אינעם פֿאַרנאַכט. און אין דעם אָ שעה איז די גרויסע **ש**לאַכט אויף דעם **פֿ**עלד פֿון **ג**אָנדאָר פֿאַרטיק געווען, און קיין איינציקער לעבעדיקער שׂונא איז געבליבן אינעווייניק פֿונעם קרײַז פֿון דעם **ר**אַמאַס. אַלע זײַנען דערהרגעט געוואָרן אַחוץ די וואָס זײַנען אַנטלאָפֿן צו שטאַרבן, דערטרונקען אינעם רויטן שוים פֿון דעם **ט**ײַך. נאָר אַ געציילטע זײַנען ווענס געקומען מיזרח צו קיין **מ**אָרגול צי **מ**אָרדאָר, און צו דעם לאַנד פֿון די **ה**אַראַדרים איז געקומען בלויז אַ מעשׂה פֿון דער ווײַטנס: אַ קלאַנג פֿונעם גרימצאָרן און שרעק פֿון **ג**אָנדאָר.

אַראַגאָרן און **ע**אָמער און **א**ימראַהיל האָבן געריטן צוריק צו דעם **ט**ויער פֿון דער **ש**טאָט צו, זײַנען זיי איצט אויסגעמאַטערט מחוץ פֿרייט צי צער. אָט די דרײַ זײַנען ניט געשאַט געווען, וואָרן אַזוי איז געווען זייער מזל און בקיאות און דער כּוח פֿון זייערע וואָפֿן, און נאָר אַ געציילטע האָבן זיך דערוועגט זיך שטעלן אַנטקעגן אָדער קוקן אויף די פּנימער אין דער שעה פֿון זייער גרימצאָרן. נאָר אַ סך אַנדערע זײַנען געווען צעמזיקט אָדער צעדמט אָדער טויט אויפֿן פֿעלד. העק האָבן **פֿ**אָרלאָנג צעהאַקט ווו ער האָט געקעמפֿט איינער אַליין אַראָפּ פֿון פֿערד, און **ד**ויִלין פֿון **מ**אָרטאָנד מיט זײַן ברודער זײַנען צעטראָטן אויף טויט געוואָרן ווען זיי האָבן אָנגעפֿאַלן אויף די *מומאַקיל*, פֿירנדיק די פֿײַלן־בויגערס זייערע נאָענט כּדי צו שיסן אויף די אויגן פֿון די פֿאַרזעענישן. ניט **ה**ירלויִן דער **ה**עלער וועט קומען צוריק צו **פּ**ינאַט **ג**עלין, ניט **ג**רימבאָלד צו **ג**רימסלייד, ניט **ה**אַלבאַראַד צו די **צ**פֿונלענדער, דער **וו**אַנדערער מיט די פֿעסטע הענט. גאָר אַ סך זײַנען געפֿאַלן, באַרימט צי אָן נעמען, קאַפּיטאַן צי סאָלדאַט, וואָרן עס איז געווען אַ גרויסע שלאַכט און די גאַנצע צאָל דערפֿון האָט קיין מעשׂה ניט דערציילט. אַזוי האָט געזאָגט לאַנג דערנאָך אַ מחבר אין **ר**אָהאַן אין זײַן ליד פֿון די **מ**ונדבורג **ק**ויפּן:

מיר האָבן געהערט פֿון די הערנער אין די בערגלעך קלינגען,
*פֿון די שווערדן וואָס שײַנען אין דער **ד**רום־**מ**לוכה.*
*פֿערד האָבן געשפּאַנט קיין **ש**טיין־**ל**אַנד*
ווי ווינט אין דער פֿרי. מלחמה איז אָנגעצונדן געוואָרן.
*דאָרט איז **ט**עאָדען געפֿאַלן, **ט**ענגלינג מאַכטיקער,*
צו זײַנע גאָלדענע זאַלן און גרינע לאָנקעס

אין צפֿונדיקע פֿעלדער קיין מאָל ניט צוריק,
הויכער לאָרד פֿון דער מחנה. **ה**אַרדינג און **ג**וטלאַף,
דונהערע און **ד**עאָרווין, דרייסטער **ג**רימבאָלד,
הערפֿאַראַ און **ה**ערובראַנד, **ה**אָרן און **פֿ**אַסטרעד,
האָבן געקעמפֿט און געפֿאַלן דאָרט אין אַ ווייַט לאַנד:
אין די **מ**ונדבורג **ק**ויפֿן *ליגן זיי אונטערן שימל*
מיט זייערע שותּפֿים, לאָרדן פֿון **ג**אָנדאָר.
ניט **ה**ירלויִן *דער* **ה**עלער *צו די בערגלעך בייַ דעם ים,*
ניט **פֿ**אָרלאָנג *דער* **אַ**לטער *צו די בליִענדיקע טאָלן,*
קיין מאָל ניט, קיין **אַ**רנאַך, *צו דעם אייגענעם לאַנד,*
זייַנען צוריק אין נצחון; אויך ניט די הויכע פֿייַלן־בויגערס,
דערופֿין און **ד**ויִלין, *צו די טונקעלע וואַסערן זייערע,*
אָזערעס פֿון **מ**אָרטאָנד *אונטער באַרג־שאָטנס.*
טויט אין דער פֿרי און בײַם סוף טאָג
לאָרדן גענומען און שפֿל. שוין לאַנג איצט שלאָפֿן זיי
אונטערן גראָז אין **ג**אָנדאָר *לעבן דעם* **ג**רויסן **ט**ײַך.
איצט גראָ ווי טרערן, גלאַנצנדיק זילבער,
רויט האָט דעמאָלט געקייַקלט רעווענדיק וואַסער:
שוים באַפֿאַרבט מיט בלוט באַפֿלאַמט מיט שקיעה;
ווי שייַנטורעמס האָבן די בערג געברענט אין אָוונט;
רויט איז געפֿאַלן דער טוי אין **ר**אַמאַס **ע**כאָר.

קאַפּיטל זיבן

דער שײַטער פֿון דענעטאָר

ווען דער פֿינצטערער שאָטן בײַ דעם טויער האָט זיך צוריקגעצויגן איז גאַנדאַלף נאָך אַלץ שטיל געזעסן. אָבער פּיפּין איז אַרויף אויף די פֿיס, גלײַך ווי אַ שווערע וואָג איז פֿון אים אַראָפּ, און ער איז געשטאַנען זיך צוהערנדיק צו די הערנער, און עס האָט אים געפֿילט ווי עס וועט ברעכן דאָס האַרץ פֿון פֿרייד. און קיין מאָל ניט אין די שפּעטערע יאָרן האָט ער געקענט הערן אַ האָרן געבלאָזן אין דער ווײַטן אָן טרערן אין די אויגן. אָבער איצט, מיט אַ מאָל, איז זײַן גאַנג צוריק אין מוח, איז ער געלאָפֿן פֿאָרויס. פּונקט דעמאָלט האָט זיך גאַנדאַלף גערירט און גערעדט צו שאָטנפֿאַקס, און האָט געהאַלטן בײַם רײַטן דורך דעם טויער.

"גאַנדאַלף, גאַנדאַלף!" האָט פּיפּין געשריגן, און שאָטנפֿאַקס האָט זיך אָפּגעשטעלט.

"וואָס טוט איר דאָ?" האָט גאַנדאַלף געזאָגט. "צי איז ניט דאָס געזעץ אין דער שטאָט אַז די וואָס טראָגן דעם שוואַרץ און זילבער מוזן בלײַבן אין דעם ציטאַדעל, סײַדן דער לאָרד זייערער גיט זיי דערלויב."

"וואָס ער האָט יאָ געטאָן," האָט פּיפּין געזאָגט. "ער האָט מיך אַוועקגעשיקט. אָבער איך האָב מורא. עפּעס שרעקלעך וועט אפֿשר פֿאָרקומען דאָרט. דער לאָרד איז חסר־דעה געוואָרן, מיין איך. איך האָב מורא אַז ער וועט זיך טייטן און טייטן פֿאַראַמיר דערצו. צי קענט איר ניט עפּעס טאָן?"

גאַנדאַלף האָט געקוקט דורך דעם גאַפּיענדיקן טויער, און שוין אויף די פֿעלדער האָט ער געהערט דעם וואַקסנדיקן קלאַנג פֿון שלאַכט. ער האָט די האַנט געבײַלט. "איך מוז גיין," האָט ער געזאָגט. "דער שוואַרצער רײַטער גייט איצט אַרום, און ער וועט נאָך ברענגען אַ חורבן אויף אונדז. איך האָב ניט קיין צײַט."

"אָבער פֿאַראַמיר!" האָט פּיפּין געשריגן. "ער איז ניט טויט, וועלן זיי אים פֿאַרברענען אַ לעבעדיקן, אויב עמעצער פֿאַרהיט זיי ניט."

"אים פֿאַרברענען אַ לעבעדיקן?" האָט גאַנדאַלף געזאָגט. "וואָס פֿאַר אַ מעשׂה איז דאָס? גיך!"

"דענעטאָר איז געגאַנגען צו די קבֿרים," האָט פּיפּין געזאָגט, "און ער האָט פֿאַראַמיר גענומען, און זאָגט אַז מיר אַלע וועלן ברענען און ער וועט ניט וואַרטן, זאָלן זיי אויפֿשטעלן אַ שײַטער און אים דערויף ברענען, און פֿאַראַמיר אויך. און ער האָט אָפּגעשיקט מענטשן נאָך האָלץ און אייל. און איך האָב דערציילט בערעגאָנד, אָבער איך האָב מורא אַז ער וועט זיך ניט דערוועגן איבערלאָזן דעם פּאָסטן: ער איז אַ וועכטער אויף דיזשור. און וואָס קען ער טאָן סײַ ווי סײַ?" אַזוי האָט פּיפּין אויסגעגאָסן זײַן מעשׂה, און ער האָט דערלאַנגט אַרויף אַ ציטערנדיקע האַנט און אָנגערירט גאַנדאַלפֿס קני. "צי קענט איר ניט ראַטעווען פֿאַראַמיר?"

"אפֿשר קען איך," האָט גאַנדאַלף געזאָגט, "נאָר אויב אַזוי וועלן אַנדערע שטאַרבן, האָב איך מורא. נו, איך מוז קומען, זינט קיין אַנדער הילף קען אים ניט גרייכן. נאָר בייזקייט

און צער וועלן קומען דערפֿון. אַפֿילו אינעם האַרץ פֿון אונדזער פֿאַרפֿעסטיקונג האָט דער **ש**ונא די שליטה אונדז צו שלאָגן, וואָרן עס איז זײַן ווילן וואָס אַרבעט דאָ."

דעמאָלט האָט ער באַשלאָסן בײַ זיך און האָט גיך אָנגעהויבן; ער האָט **פּ**יפּין אַרויפֿגעכאַפּט און געשטעלט פֿאַר זיך און געדרייט **ש**אָטנפֿאַקס מיט אַ וואָרט. אַרויף אויף די אַרויפֿקריכנדיקע גאַסן פֿון **מ**ינאַס **ט**יריט האָבן זיי געקלאַפּערט, בעת דער קלאַנג פֿון מלחמה איז הינטער זיי געוואַקסן. אומעטום זײַנען מענטשן אַרויף פֿון ייִאוש און פּחד, געכאַפּט די וואָפֿן, און געשריגן איינער דעם אַנדערן: "**ר**אָהאַן איז געקומען!" קאַפּיטאַנען האָבן געשריגן, קאָמפּאַניעס זיך צונויפֿגעשטעלט; אַ סך האָבן שוין מאַרשירט אַראָפּ ביז דעם **ט**ויער.

זיי האָבן אָנגעטראָפֿן **פּ**רינץ **א**ימראַהיל, ,האָט ער זיי צוגערופֿן: "איצט וווהין, **מ**יטראַנדיר? די **ר**אָהירים קעמפֿן אויף די פֿעלדער פֿון **ג**אָנדאָר! מיר מוזן זאַמלען די אַלע כּוחות וואָס צו דער האַנט."

"איר וועט דאַרפֿן יעדן מענטש און נאָך מער," האָט **ג**אַנדאַלף געזאָגט. "גייט וואָס גיכער. איך וועל קומען ווען איך קען. נאָר איך האָב אַ גאַנג צו דעם **ל**אָרד **ד**ענעטאָר וואָס קען ניט וואַרטן. איר זאָלט אָנפֿירן בשעת דער **ל**אָרד איז ניטאָ!"

זיי זײַנען ווײַטער געגאַנגען און בעת זיי זײַנען אַרויפֿגעקראָכן און געקומען נאָענט צו דעם **צ**יטאַדעל האָבן זיי געפֿילט דעם ווינט בלאָזנדיק אויף די פּנימער, און זיי האָבן דערזען דעם גלאַנץ פֿון פֿרימאָרגן ווײַט אַוועק, אַ ליכט וואַקסנדיק אינעם דרומדיקן הימל. נאָר עס האָט זיי ווייניק האָפֿענונג געבראַכט, אַזוי ווי זיי האָבן ניט געוווּסט וואָסערע בייזקייט ליגט פֿאַר זיך, מיט מורא אַז זיי זאָלן זיך ניט פֿאַרשפּעטיקן.

"דאָס פֿינצטערניש גייט אַוועק," האָט **ג**אַנדאַלף געזאָגט, "נאָר עס ליגט נאָך אַלץ שווער אויף דער אָ **ש**טאָט."

בײַם טויער פֿון דעם **צ**יטאַדעל האָבן זיי קיין וועכטער ניט געפֿונען. "איז, **ב**ערעגאָנד איז דען אַוועק," האָט **פּ**יפּין געזאָגט מיט מער האָפֿענונג. זיי האָבן זיך אַוועקגעדרייט און געאײַלט אויפֿן וועג צו דער **פֿ**אַרמאַכטער **ט**יר. זי איז ברייט אָפֿן געשטאַנען און דער פֿאָרטיע איז געלעגן פֿאַר איר. ער איז דערהרגעט געוואָרן און זײַן שליסל גענומען.

"דעם **ש**ינאס אַרבעט!" האָט **ג**אַנדאַלף געזאָגט. "אַזעלכע מעשׂים האָט ער ליב: פֿרײַנד אויף מלחמה מיט פֿרײַנד, געטרײַשאַפֿט צעטיילט אין אַ צעמישעניש פֿון הערצער." איצט איז ער אָפּגעזעסן און געבעטן **ש**אָטנפֿאַקס גיין צוריק אין שטאַל. "וואָרן, מײַן פֿרײַנד," האָט ער געזאָגט, "מיר ביידע האָבן געזאָלט רײַטן צו די פֿעלדער לאַנג צוריק, נאָר אַנדערע ענינים פֿאַרהאַלטן מיך. פֿאָרט קומט גיך זאָל איך רופֿן!"

זיי זײַנען פֿאַרבײַ די **ט**יר און זײַנען געגאַנגען צו פֿוס ווײַטער אַראָפּ אויף דעם שטאָציקן שלענגלדיקן וועג. די ליכט איז געוואַקסן און די הויכע זײַלן און אויסגעשניצטן פֿיגורן לעבן וועג זײַנען פּאַמעלעך פֿאַרבײַגעגאַנגען ווי גראָע גײַסטער.

מיט אַ מאָל איז די שטילקייט צעבראָכן געוואָרן, האָבן זיי געהערט אונטן געשרייען און דעם קלאַנג פֿון שווערדן: אַזעלכע קלאַנגען האָט מען ניט געהערט אין די הייליקע ערטער זינט דעם בויען פֿון דער **ש**טאָט. סוף־כּל־סוף זײַנען זיי געקומען צו **ר**אַט **ד**ינען, און זיך

געאײַלט צו דעם **ה**ויז פֿון די **פֿ**אַרוואַלטערס צו, וואָס לאָזט זיך דערזען אינעם פֿאַרנאַכט אונטער זײַן גרויסן קופּאָל.

"הערט אויף! הערט אויף!" האָט **ג**אַנדאַלף אויסגעשריגן, שפּרינגענדיק פֿאָרויס צו דער שטיינערנער טרעפּ פֿאַר דער טיר. "הערט אויף דאָס משוגעת!"

וואָרן דאָרט זײַנען געווען די באַדינערס פֿון **ד**ענעטאָר מיט שווערדן און שטורקאַצן אין די הענט, נאָר איינער אַליין אינעם גאַניק אויף דעם אייבערשטן טרעפּל איז געשטאַנען **ב**ערעגאָנד, באַקליידט אינעם שוואַרץ און זילבער פֿון דער **וו**אַך, האָט ער געהאַלטן די טיר קעגן זיי. צוויי פֿון זיי זײַנען שוין געפֿאַלן פֿון זײַן שווערד, באַפֿלעקט דעם הייליקן אָרט מיט בלוט, און די אַנדערע האָבן אים פֿאַרשאָלטן, אים אָנגערופֿן באַנדיט און פֿאַררעטער צו זײַן האַר.

פּונקט אַז **ג**אַנדאַלף און **פּ**יפּין זײַנען געלאָפֿן פֿאָרויס האָבן זיי געהערט פֿון אינעווייניק אין דעם הויז פֿון די טויטע דאָס קול פֿון **ד**ענעטאָר שרײַענדיק: "גיך, גיך! טוט וואָס איך האָב געפֿאָדערט! דערהרגעט פֿאַר מיר דעם רענעגאַט! אָדער מוז איך אַליין דאָס טאָן?" דערמיט איז די טיר וואָס **ב**ערעגאָנד האָט צוגעהאַלטן מיט דער לינקער האַנט אָפּן געוואָרפֿן און דאָרט הינטער אים איז געשטאַנען דער **ל**אָרד פֿון דער **ש**טאָט, הויך און רוצחיש. אַ ליכט ווי פֿלאַם איז געווען אין די אויגן זײַנע און ער האָט געהאַלטן אַן אויסגעצויגענע שווערד.

נאָר **ג**אַנדאַלף איז געשפּרונגען אַרויף אויף די טרעפּ, און די מענטשן האָבן זיך צוריקגעצויגן פֿאַר אים און באַדעקט די אויגן, וואָרן זײַן אָנקום איז געווען ווי דער אַרײַנקום פֿון אַ ווײַסער ליכט אין אַ פֿינצטערן אָרט, און ער איז געקומען שטאַרק אין כּעס. ער האָט אויפֿגעהויבן די האַנט און אין מיטן סאַמע מאַך האָט די שווערד פֿון **ד**ענעטאָר געפֿלויגן אַרויף אַרויס פֿון זײַן כאַפּ און איז הינטער אים געפֿאַלן אין די שאָטנס פֿון הויז, און **ד**ענעטאָר האָט צוריקגעטראָטן פֿאַר **ג**אַנדאַלף ווי פֿאַרחידושט.

"וואָס איז דאָס, מײַן לאָרד?" האָט דער מכשף געזאָגט. "די הײַזער פֿון די טויטע זײַנען ניט קיין ערטער פֿאַר לעבעדיקע. און פֿאַר וואָס ראַנגלען זיך מענטשן דאָ אין די **ה**ייליקע **ע**רטער ווען ס'איז מלחמה געגנוג פֿאַר דעם **ט**ויער? צי האָט אונדזער **ש**ונא דען געקומען צו **ר**אַט **ד**ינען אַפֿילו?"

"זינט ווען איז דער **ל**אָרד פֿון **ג**אָנדאָר אונטער אײַער רשות?" האָט **ד**ענעטאָר געזאָגט. "אָדער אפֿשר מעג איך ניט קאָמאַנדירן די אייגענע באַדינערס?"

"איר מעגט," האָט **ג**אַנדאַלף געזאָגט. "נאָר אַנדערע קענען אפֿשר זיך קעגנשטעלן אײַער ווילן, ווען ער נעמט זיך צו משוגעת און בייזקייט. ווו איז אײַער זון **פֿ**אַראַמיר?"

"ער ליגט אינעווייניק," האָט **ד**ענעטאָר געזאָגט, "ברענענדיק, שוין ברענענדיק. זיי האָבן אָנגעצונדן אַ פֿײַער אין זײַן פֿלייש. אָבער באַלד וועט אַלץ פֿאַרברענט ווערן. דער **מ**ערבֿ איז דורכגעפֿאַלן. עס וועט אַלץ גיין אַרויף אין אַ גרויסן פֿײַער, און אַלץ וועט זײַן פֿאַרטיק. אַש! אַש און רויך אַוועקגעבלאָזן אויפֿן ווינט!"

דעמאָלט האָט **ג**אַנדאַלף, וואָס האָט דערזען דאָס משוגעת וואָס איז אויף יענעם, האָט מורא געהאַט אַז ער האָט שוין אָפּגעטאָן עפּעס בייזס, און ער האָט זיך געשטויסן פֿאָרויס, מיט **ב**ערעגאָנד און **פּ**יפּין הינטער אים, בעת **ד**ענעטאָר האָט זיך צוריקגעצויגן ביז ער שטייט לעבן דער טיש אינעווייניק. אָבער דאָרט האָבן זיי געפֿונען **פֿ**אַראַמיר, נאָך אַלץ אין אַ פֿיבערדיקן חלום, ליגנדיק אויפֿן טיש. האָלץ האָט מען אָנגעלייגט דערונטער און הויך אַרום,

און אַלץ איז געווען דורכגעווייקט מיט אייל, אַפֿילו די קליידער פֿון **פֿ**אַראַמיר און די קאָלדרעס, נאָר מע האָט נאָך ניט אָנגעצונדן דאָס ברענוואַרג. האָט **ג**אַנדאַלף דעמאָלט באַוויזן דעם כּוח וואָס ליגט אין אים, אַפֿילו מיט דער ליכט פֿון זײַן שליטה באַהאַלטן אונטערן גראָען מאַנטל. ער איז געשפּרונגען אויף די בינטלעך האָלץ, און לײַכט אויפֿהייבנדיק דעם קראַנקן, איז ער ווידער אַראָפּגעשפּרונגען און אים געטראָגן צו דער טיר צו. נאָר בעת ער האָט דאָס געטאָן האָט **פֿ**אַראַמיר אַ יענק געטאָן און גערופֿן דעם פֿאָטער אין זײַן חלום.

דענעטאָר האָט אַ צאַפּל געגעבן ווי איינער אויפֿכאַפּנדיק זיך פֿון אַ טראַנס, איז דער פֿלאַם אין די אויגן געשטאָרבן און ער האָט זיך צעוויינט, און ער האָט געזאָגט: "נעמט ניט אַוועק דעם זון פֿון מיר! ער רופֿט מיך צו."

"ער רופֿט," האָט **ג**אַנדאַלף געזאָגט, "נאָר איר קענט נאָך ניט צו אים קומען. וואָרן ער מוז זוכן היילונג אויפֿן שוועל פֿון טויט, און אפֿשר זי ניט געפֿינען. און אײַער אָנטייל איז גיין אַרויס צו דער שלאַכט פֿון אײַער **ש**טאָט, ווו אפֿשר וואַרט אויף אײַך דער טויט. דאָס ווייסט איר שוין אין האַרצן."

"ער וועט ניט ווידער אויפֿוואַכן," האָט **ד**ענעטאָר געזאָגט. "קעמפֿן איז אומזיסט. פֿאַר וואָס זאָלן מיר וועלן לענגער לעבן? פֿאַר וואָס זאָלן מיר ניט גיין צו דעם טויט זײַט בײַ זײַט?"

"איר האָט ניט די דעה, **פֿ**אַרוואַלטער פֿון **ג**אָנדאָר, צו באַשטימען אײַער טויט־שעה," האָט **ג**אַנדאַלף געענטפֿערט. "און נאָר די געצן־דינער קיניגן אונטער דער ממשלה פֿון דער **פֿ**ינצטערער **ש**ליטה האָבן אַזוי געטאָן, דערהרגענען זיך אין שטאָלץ און יִיאוש, דערהרגענען די אייגענע כּדי צו פֿאַרלײַכטערן דעם אייגענעם טויט." איז ער דעמאָלט דורך דער טיר מיט **פֿ**אַראַמיר אַרויס פֿון דעם טויט־הויז, און אים געלייגט אויף דעם טראָגבעטל וואָס דערויף האָט מען אים אַהערגעטראָגן, און וואָס איז איצט אויפֿגעשטעלט אויפֿן גאַניק. **ד**ענעטאָר איז נאָך אים נאָכגעגאַנגען, און איז געשטאַנען ציטערן, קוקנדיק מיט בענקשאַפֿט אויף דעם פּנים פֿון זײַן זון. און אויף אַ רגע, בעת אַלע אַנדערע האַלטן זיך שטיל קוקנדיק אויף דעם **ל**אָרד אין זײַנע צרות, האָט ער זיך געוואַקלט.

"קומט!" האָט **ג**אַנדאַלף געזאָגט. "מע דאַרף אונדז. ס'איז פֿאַראַן נאָך אַ סך וואָס איר קענט טאָן."

האָט זיך **ד**ענעטאָר מיט אַ מאָל צעלאַכט. ער איז אויפֿגעשטאַנען הויך און שטאָלץ נאָך אַ מאָל, און גיך צוריק צו דעם טיש און אויפֿגעהויבן פֿון אים דעם קישן ווו איז געלעגן זײַן קאָפּ. דערנאָך צוריק אין דער טיר האָט ער אַוועקגעצויגן די דעקונג און קוקט נאָר! צווישן די הענט האָט ער געהאַלטן אַ *פּאַלאַנטיר*. און ווען ער האָט אים הויך געהאַלטן האָט דאָס אויסגעזען צו די צוקוקערס אַז דער קײַלעך האָט אָנגעהויבן גליִען מיט אַן אינעווייניק פֿלאַם, אַזוי אַז דאָס מאָגערע פּנים פֿון דעם **ל**אָרד איז באַלויכטן געווען ווי מיט אַ רויטן פֿײַער, און עס האָט אויסגעזען ווי אויסגעשניטן פֿון האַרטן שטיין, שאַרף מיט שוואַרצע שאָטנס, איידל, שטאָלץ, און שרעקלעך. די אויגן זײַנע האָבן געבלישטשעט.

"שטאָלץ און יִיאוש!" האָט ער געשריגן. "האָסטו געמיינט אַז די אויגן פֿון דעם **ו**ײַסן **ט**ורעם זײַנען בלינד געווען? ניין, איך האָב געזען מער ווי דו ווייסט, **ג**ראָער **נ**אַר. וואָרן דײַן האָפֿענונג איז נאָר עם־הארצות. גיי דען און האָרעווען מיט היילונג! גיי אַרויס אין קאַמף!

ס'איז גדלות. אויף אַ שטיקל צײַט וועט איר אַפֿשר טריומפֿירן אויפֿן פֿעלד, אויף אַ טאָג. נאָר אַנטקעגן דער **ש**ליטה וואָס וואַקסט איצט איז ניט קיין נצחון. צו דער דאָזיקער **ש**טאָט האָט ער נאָר דעם ערשטן פֿינגער פֿון זײַן האַנט אויסגעשטרעקט. דער גאַנצער **מ**יזרח רירט זיך. און איצט אַפֿילו נאַרט דיך אָפּ דער ווינט פֿון דײַן האָפֿענונג, וואָס בלאָזט אַרויף מיט דעם **אַ**נדויִן אַ פֿלאָט מיט שוואַרצע זעגלען. דער **מ**ערבֿ איז דורכגעפֿאַלן. עס איז די צײַט פֿאַר אַלע אָפּצופֿאָרן וואָס ווילן ניט ווערן שקלאַפֿן."

"אַזעלכע עצות וועלן קאַווירן אַז דעם **ש**ונאס נצחון איז טאַקע זיכער," האָט **ג**אַנדאַלף געזאָגט.

"האָף ווײַטער דען!" האָט **ד**ענעטאָר געלאַכט. "צי קען איך דיך דען ניט, **מ**יטראַנדיר? דײַן האָפֿענונג איז צו הערשן אין מײַן אָרט, צו שטיין הינטער יעדן טראָן, צפֿון, דרום, אָדער מערבֿ. איך האָב דײַן מוח געלייענט, און זײַן פּאָליטיק. צי ווייס איך ניט אַז דו האָסט געהייסן אָט דעם האַלבלינג שווײַגן? אַז דו האָסט אים אַהערגעבראַכט ווי אַ שפּיאָן אינעווייניק אין מײַן סאַמע קאַמער? און פֿאָרט בײַם רעדן צוזאַמען האָב איך זיך דערוווּסט די נעמען און צילן פֿון אַלע דײַנע באַלייטערס. אַהאַ! מיט דער לינקער האַנט ווילסטו מיך אַ ווײַלע ניצן ווי אַ שילד קעגן **מ**אָרדאָר, און מיט דער רעכטער ברענגסטו אָט דעם **וו**אַנדערער פֿון דעם **צ**פֿון מיך צו פֿאַרבײַטן.

"אָבער איך זאָג דיר, **ג**אַנדאַלף **מ**יטראַנדיר, איך וועל ניט זײַן דײַן מכשיר! איך בין דער **פֿ**אַרוואַלטער פֿון דעם **ה**ויז פֿון **אַ**נאַריאָן. איך וועל ניט אָפּטרעטן צו ווערן דער סענילער עקאָנאָם פֿון אַן אויפֿגעקומענעם. אַפֿילו זאָל זײַן חזקה זיך אַרויסווײַזן פֿאַר אמת, קומט ער נאָך אַלץ נאָר פֿון דעם שטאַם פֿון **א**יסילדור. איך וועל זיך ניט פֿאַרנייגן פֿאַר אַזוינעם, דעם לעצטן פֿון אַ צעקאָדערט הויז ווו שוין לאַנג האָט געפֿעלט קיניגלעכקייט און חשיבֿות."

"וואָס דען ווילט איר," האָט **ג**אַנדאַלף געזאָגט, "אויב אײַער ווילן הערשט?"

"איך וויל אַז אַלץ בלײַבט ווי אין די אַלע טעג פֿון מײַן לעבן," האָט **ד**ענעטאָר געענטפֿערט, "און אין די לאַנגע טעג פֿון מײַנע געבוירערס פֿאַר מיר: בשלום צו זײַן דער **ל**אָרד פֿון אָט דער **ש**טאָט, און איבערצולאָזן מײַן זיצאָרט צו אַ זון נאָך מיר, וואָס וועט זײַן דער אייגענער האַר, און ניט קיין תּלמיד פֿון אַ מכשף. נאָר זאָל דער גורל דאָס פֿאַרהיטן, וויל איך האָבן *גאָרנישט:* ניט קיין פֿאַרקלענערט לעבן, ניט קיין האַלב־ליבע, ניט קיין סוף כּבֿוד."

"מיר דאַכט זיך אַז אַ **פֿ**אַרוואַלטער וואָס גיט אָפּ געטרײַ זײַן השגחה איז ניט קלענער אין ליבע צי אין כּבֿוד," האָט **ג**אַנדאַלף געזאָגט. "און ווייניקסטנס זאָלט איר ניט צוראַבעווען בײַ דעם זון זײַן ברירה בעת זײַן טויט בלײַבט אין ספֿק."

מיט יענע ווערטער האָבן **ד**ענעטאָרס אויגן נאָך אַ מאָל אויפֿגעפֿלאַמט, און שטעלנדיק דעם **ש**טיין אונטערן אָרעם, האָט ער אויסגעצויגן אַ מעסער און געשפּאַנט צו דעם טראָגבעטל צו. אָבער **ב**ערעגאָנד איז געשפּרונגען פֿאָרויס און זיך געשטעלט פֿאַר **פֿ**אַראַמיר.

"אַהאַ!" האָט **ד**ענעטאָר געשריגן. "דו האָסט שוין צוגעראַבעוועט אַ העלפֿט פֿון מײַן זונס ליבע. און איצט גנבֿעסטו די הערצער פֿון מײַנע ריטערס אויך, אַזוי אַז זיי נעמען פֿון מיר אין גאַנצן מײַן זון סוף־כּל־סוף. נאָר דערמיט ווייניקסטנס וועסטו ניט שטיין אַנטקעגן מײַן ווילן: צו באַהערשן דעם אייגענעם סוף."

"קומט אַהער!" האָט ער אויסגערופֿן צו די באַדינערס זײַנע. "קומט, אויב איר אַלע זײַנען ניט פֿאַררעטעריש!" זײַנען דעמאָלט צוויי פֿון זיי געלאָפֿן אַרויף אויף די טרעפּ צו אים. גיך האָט ער געכאַפּט אַ שטורקאַץ פֿון דער האַנט פֿון איינעם און איז געשפּרונגען צוריק אין הויז. איידער גאַנדאַלף האָט געקענט אים פֿאַרהיטן האָט ער געשטויסן דעם בראַנד אין מיטן ברענוואַרג, וואָס האָט תּיכּף געקנאַקלט און גערעוועט אין פֿלאַמען.

איז **ד**ענעטאָר דעמאָלט געשפּרונגען אויפֿן טיש, און שטייענדיק דאָרט אַרומגעוויקלט אין פֿײַער און רויך, האָט ער אויפֿגענומען דעם שטעקן פֿון זײַן פֿאַרוואַלטערשאַפֿט וואָס איז געלעגן בײַ זײַנע פֿיס, און אים צעבראָכן אויפֿן קני. וואַרפֿנדיק די שטיקלעך אין דער שׂרפֿה אַרײַן, האָט ער זיך פֿאַרנייגט און אַוועקגעלייגט אויפֿן טיש, כאַפּנדיק דעם פּאַלאַנטיר מיטביידע הענט אויף דער ברוסט. און מען זאָגט כּסדר דערנאָך אַז זאָל אַבי ווער קוקן אין אָט דעם **ש**טיין, סײַדן ער האָט אַ שטאַרקן ווילן אים צו ווענדן צו אַן אַנדער ציל, וואָלט ער נאָר זען צוויי אַלטע הענט פֿאַרוועלקט אין פֿלאַמען.

גאַנדאַלף האָט מיט טרויער און שרעק אַוועקגעדרייט דאָס פּנים און פֿאַרמאַכט די טיר. אַ ווײַלע איז ער געשטאַנען פֿאַרטראַכט, שטיל אויפֿן שוועל, בעת די אין דרויסן האָבן געהערט דאָס גיריקע רעווען פֿונעם פֿײַער אינעווייניק. און דעמאָלט האָט **ד**ענעטאָר געגעבן אַ גרויס געשריי און דערנאָך האָט מער ניט גערעדט, קיין מאָל ניט ווידער געזען בײַ שטערבלעכע מענטשן.

"אַזוי איז אַוועקגעגאַנגען פֿון דער וועלט **ד**ענעטאָר בן־**ע**קטעליאָן," האָט **ג**אַנדאַלף געזאָגט. האָט ער דעמאָלט זיך געווענדט צו **ב**ערעגאָנד און די באַדינערס פֿון דעם **ל**אָרד וואָס זײַנען דאָרט געשטאַנען דערשראָקן. "און אַזוי גייען אַוועק די טעג פֿון **ג**אָנדאָר וואָס איר האָט געקענט; צי אויף בייזן צי אויף גוטן זײַנען זיי פֿאַרטיק. שלעכטע מעשׂים האָט מען דאָ אויפֿגעטאָן, נאָר איצט זאָל די שׂינאה וואָס ליגט צווישן אײַך געשטעלט ווערן אין אַ זײַט, וואָרן זי איז געשאַפֿן געוואָרן פֿון דעם **ש**ונא און זי אַרבעט ווי ער וויל. איר זײַט פֿאַרכאַפּט געווען אין אַ נעץ פֿון קריגנדיקע חובֿות וואָס איר אַליין האָט ניט געפֿלאָכטן. נאָר האַלט אין זינען, איר באַדינערס פֿון דעם **ל**אָרד, בלינד מיט געהאָרכיקייט, אַז אויב ניט צוליב דער בגידה פֿון **ב**ערעגאָנד, וואָלט **פֿ**אַראַמיר, **ק**אַפּיטאַן פֿון דעם **ו**ויַסן **ט**ורעם, אויך פֿאַרברענט געוואָרן.

"טראָגט אַוועק פֿון אָט דעם אומגליקלעכן אָרט די געפֿאַלענע חבֿרים אײַערע. און מיר וועלן טראָגן **פֿ**אַראַמיר, פֿאַרוואַלטער פֿון **ג**אָנדאָר, צו אַן אָרט ווו ער קען שלאָפֿן בשלום, אָדער שטאַרבן אויב דאָס איז זײַן גורל."

דעמאָלט האָבן **ג**אַנדאַלף און **ב**ערעגאָנד אויפֿגעהויבן דאָס טראָגבעטל און עס אַוועקגעטראָגן צו די הײַזער פֿון **ה**יילונג צו, בעת הינטער זיי איז געגאַנגען **פּ**יפּין מיטן קאָפּ אַראָפּ. נאָר די באַדינערס פֿון דעם **ל**אָרד זײַנען געשטאַנען גאַפֿנדיק ווי דערשלאָגענע אינעם הויז פֿון די טויטע, און פּונקט אַז **ג**אַנדאַלף איז געקומען צום עק פֿון **ר**אַט **ד**ינען איז געקומען אַ גרויסער ליאַרעם. קוקנדיק צוריק האָבן זיי געזען ווי דער קופּאָל פֿונעם הויז האָט זיך צעשפּאָלטן און אַרויסגעגעבן רויכן, און דעמאָלט מיט אַ רעש און קנאַקלען פֿון שטיין איז עס אַראָפּגעפֿאַלן אין אַן אויפֿבלאָז פֿײַער. נאָר אָן אויפֿהער האָבן די פֿלאַמען געטאַנצט און געפֿלאַקערט אין מיטן צעשטערונג. און דעמאָלט, דערשראָקן, זײַנען די באַדינערס אַנטלאָפֿן נאָך **ג**אַנדאַלף.

נאָך אַ ווײַלע זײַנען זיי צוריק צו דעם פֿאַרוואַלטערס טיר, האָט בערעגאָנד מיט טרויער געקוקט אויף דעם פֿאַרטיע. "אָט די טוונג וועט מיר כּסדר קומען צו די אויגן," האָט ער געזאָגט, "אָבער איך בין משוגע געווען מיט כאַפּעניש, און ער האָט ניט געוואָלט הערן, נאָר אַרויסגעצויגן די שווערד קעגן מיר." דעמאָלט, מיטן שליסל וואָס ער האָט אַרויסגעריסן פֿונעם דערהרגעטן מענטש, האָט ער פֿאַרמאַכט די טיר און זי פֿאַרשלאָסן. "דאָס זאָל מען איצט געבן דעם לאָרד פֿאַראַמיר," האָט ער געזאָגט.

"דער פּרינץ פֿון דאָל אַמראָט הערשט בשעת דער לאָרד איז ניטאָ," האָט גאַנדאַלף געזאָגט, "נאָר זינט ער איז אויך ניטאָ, מוז איך דאָס אַליין טאָן. איך בעט אײַך האַלטן און אָפּהיטן דעם שליסל, ביז די שטאָט איז ווידער אויסגעסדרט."

איצט סוף־כּל־סוף זײַנען זיי אַרײַן אין די הויכע קרײַזן פֿון דער שטאָט און אין דער פֿרימאָרגן־ליכט זײַנען זיי געגאַנגען צו די הײַזער פֿון היילונג צו, וואָס זײַנען געווען שיינע הײַזער אַוועקגעשטעלט צוצוזען די וואָס זײַנען פֿאַרדראָסיק קראַנק, נאָר איצט האָט מען זיי צוגעגרייט פֿאַר די וואָס זײַנען צעמזיקט געוואָרן אין שלאַכט צי נאָענט צום טויט. זיי זײַנען געשטאַנען ניט ווײַט פֿון דעם ציטאַדעל־טויער, אינעם זעקסטן קרײַז, נאָענט צו דעם דרומדיקן מויער, און אַרום זיי זײַנען געווען אַ גאָרטן און אַ לאָנקע מיטביימער, דער איינציקער אַזעלכער אָרט אין דער שטאָט. דאָרט האָבן געוווינט די געציילטע פֿרויען וואָס מע האָט זיי דערלויבט בלײַבן אין מינאַס טיריט, צוליב זייער בקיאות אין היילונג אָדער ווי אַ הילף צו די היילערס.

נאָר פּונקט אַז גאַנדאַלף און זײַנע באַלייטערס זײַנען געקומען צו דער הויפּט־טיר פֿון די הײַזער, טראַגנדיק דאָס טראָגבעטל, האָבן זיי געהערט אַ גרויס געשריי אַרויף פֿונעם פֿעלד פֿאַר דעם טויער, זיך אויפֿהייבנדיק קוויטשיק און דורכשטעכנדיק אין הימל אַרײַן און אַוועק אויפֿן ווינט. אַזוי גרויליק איז געווען דאָס געשריי אַז אויף אַ רגע זײַנען אַלע שטיל געשטאַנען, און פֿאָרט ווען עס איז פֿאַרבײַ, מיט אַ מאָל איז זיי אַלע געווען לײַכטער אויפֿן האַרצן מיט אַזאַ האָפֿענונג וואָס זיי האָבן ניט געפֿילט זינט דאָס פֿינצטערניש איז אַרויס פֿון דעם מיזרח, און ס'האָט זיי אויסגעזען אַז די ליכט איז קלאָר געוואָרן און די זון האָט זיך דורכגעשלאָגן דורך די וואָלקנס.

אָבער גאַנדאַלפֿס פּנים איז געווען ערנסט און טרויעריק, און בעטנדיק בערעגאָנד און פּיפּין זיי זאָלן נעמען פֿאַראַמיר אין די הײַזער פֿון היילונג אַרײַן, איז ער אַרויף אויף די נאָענטע מויערן, און דאָרט ווי אַ פֿיגור אויסגעשניצט אין ווײַס איז ער געשטאַנען אין דער נײַער זון און אַרויסגעקוקט. און ער האָט דערזען מיט דער ראיה וואָס איז אים געגעבן געווען אַלץ וואָס איז געשען, און ווען עאָמער האָט געריטן פֿונעם פֿאָרנט פֿון זײַן שלאַכט און איז געשטאַנען לעבן די וואָס ליגן אויף דעם פֿעלד, האָט ער אַ זיפֿץ געגעבן, און צוגערוקט דעם מאַנטל ווידער אַרום זיך, און איז אַוועק פֿון די מויערן. און בערעגאָנד און פּיפּין האָבן אים געפֿונען, פֿאַרלוירן אין טראַכטן, פֿאַר דער טיר פֿון די הײַזער ווען זיי זײַנען אַרויס.

זיי האָבן אויף אים געקוקט און אַ ווײַלע איז ער שטיל געווען. סוף־כּל־סוף האָט ער גערעדט. "מײַנע פֿרײַנד," האָט ער געזאָגט, "און די אַלע לײַט פֿון דער אָ שטאָט און פֿון די מערבֿדיקע לענדער! זאַכן פֿול מיט גרויסן צער און באַרוף זײַנען פֿאָרגעקומען. זאָלן מיר וויינען צי זיך דערפֿרייען? איבער אַלע האָפֿענונג איז דער קאַפּיטאַן פֿון די שׂונאים

אונדזערע צעשטערט געוואָרן, האָט איר געהערט דאָס ווידערקול פֿון זײַן לעצטן ייִאוש. אָבער ער איז ניט אַוועק אָן צרה און ביטערן אָנווער. און דאָס וואָלט איך אפֿשר געקענט פֿאַרהיטן אויב ניט פֿאַרן משוגעת פֿון **ד**ענעטאָר. אַזוי לאַנג איז געוואָרן דער גרייך פֿון אונדזער **ש**ונא! ווײַ! אָבער איצט דערקען איך ווי זײַן ווילן האָט געקענט קומען אַרײַן אינעם סאַמע האַרצן פֿון דער **ש**טאָט.

"כאָטש די **פֿ**אַרוואַלטערס האָבן געמיינט אַז ס'איז אַ סוד פֿאַר זיך אַליין, מיט לאַנג צוריק האָב איך געטראָפֿן אַז דאָ אין דעם **ו**וײַסן **ט**ורעם האָט מען געהאַלטן וויניקסטנס איינעם פֿון די **ז**יבן **ז**עעוודיקע **ש**טיינער. אין זײַנע טעג פֿון חכמה וואָלט **ד**ענעטאָר זיך ניט געמעכטיקט אים צו ניצן אַרויסצורופֿן **ס**אַוראָן, וויסנדיק די גרענעצן פֿונעם אייגענעם כּוח. נאָר זײַן חכמה איז דורכגעפֿאַלן, און איך האָב מורא אַז מיט דער וואַקסנדיקער סכּנה פֿאַר זײַן מלוכה האָט ער געקוקט אין דעם **ש**טיין און איז אָפּגענאַרט געוואָרן, גאָר צו אָפֿט, טרעף איך, זינט **ב**אָראָמיר איז אַוועק. ער איז צו גרויס געווען אײַנגענומען צו ווערן צו דעם ווילן פֿון דער **פֿ**ינצטערער **ש**ליטה, נאָר פֿונדעסטוועגן האָט ער געזען נאָר וואָס די אָ **ש**ליטה האָט אים דערלאָזט. דאָס קענטעניש וואָס ער האָט באַקומען איז אָן ספֿק אים אָפֿט ניצלעך געווען, נאָר דער בליק וואָס ער האָט געכאַפּט פֿון דעם גרויסן כּוח פֿון **מ**אָרדאָר האָט געקאָרמעט דעם ייִאוש אין זײַן האַרץ ביז ס'האָט איבערגעקערט זײַן מוח."

"איצט פֿאַרשטיי איך וואָס האָט מיר אויסגעזען אַזוי מאָדנע!" האָט **פּ**יפּין געזאָגט, מיט אַ ציטער צוליב די געדעכענישן בעת ער רעדט. "דער **ל**אָרד איז אַוועק פֿונעם צימער ווו **פֿ**אַראַמיר איז געלעגן, און נאָר ווען ער איז צוריק האָב איך ערשט געמיינט אַז ער איז געביטן געוואָרן, אַלט און צעבראָכן."

"עס איז געווען אין דער סאַמע שעה ווען מע האָט **פֿ**אַראַמיר געבראַכט צו דעם **ט**ורעם, ווען אַ סך פֿון אונדז האָבן באַמערקט אַ מאָדנע ליכט אין דער אייבערשטער קאַמער," האָט **ב**ערעגאָנד געזאָגט. "נאָר מיר האָבן געזען די אָ ליכט פֿריִער, און שוין לאַנג אין דער **ש**טאָט איז געווען אַ גלימל אַז דער **ל**אָרד וועט אַ מאָל ראַנגלען אין מוח מיט דעם **ש**ונא."

"ווײַ! האָב איך דען ריכטיק געטראָפֿן," האָט **ג**אַנדאַלף געזאָגט. "אַזוי איז דער ווילן פֿון **ס**אַוראָן אַרײַן אין **מ**ינאַס **ט**יריט, און אַזוי בין איך דאָ אָפּגעהאַלטן געווען. און דאָ וועל איך געצוווּנגען ווערן בלײַבן, וואָרן באַלד וועל איך האָבן נאָך אַנדערע אַחריותן, ניט נאָר **פֿ**אַראַמיר.

"איצט מוז איך גיין אַראָפּ באַגריסן די וואָס קומען. איך האָב עפּעס געזען אויפֿן פֿעלד וואָס איז מיר גאָר שווער אויפֿן האַרצן, און נאָך אַ גרעסערער צער מעג אפֿשר קומען. קומט מיט מיר, **פּ**יפּין! נאָר איר, **ב**ערעגאָנד, זאָלט גיין צוריק אין דעם **צ**יטאַדעל, דערציילן דעם שעף פֿון דער **ו**ואַך דאָרט וואָס איז געשען. ס'וועט זײַן חובֿ זײַן, האָב איך מורא, אײַך צוריקצוציִען פֿון דער **ו**ואַך, נאָר זאָגט אים אַז, אויב איך מעג אים אַן עצה געבן, ער זאָל אײַך שיקן צו די **ה**ײַזער פֿון **ה**יילונג, ווי דער שומר און באַדינער פֿון אײַער קאַפּיטאַן, צו זײַן בײַ זײַן זײַט ווען ער איז ווידער וואַך – אויב דאָס קומט אַ מאָל פֿאָר. וואָרן צוליב אײַך האָט מען אים געראַטעוועט פֿונעם פֿײַער. גייט איצט! איך וועל קומען באַלד צוריק."

דערמיט האָט ער זיך אַוועקגעדרייט און איז מיט **פּ**יפּין געגאַנגען צו דער אונטערשטער שטאָט צו. און פּונקט אַז זיי האָבן זיך געאײַלט אויפֿן וועג האָט דער ווינט געבראַכט אַ גראָען רעגן, און די אַלע פֿײַערן זײַנען אויסגעלאָשן געוואָרן און ס'איז אַרויף פֿאַר זיי אַ גרויסער רויך.

קאַפּיטל אַכט

די הײַזער פֿון היילונג

אַ נעפּל איז געווען אין **מ**עריס אויגן פֿון טרערן און מידקייט ווען זיי זײַנען געקומען נאָענט צו דעם צעשטערטן **ט**ויער פֿון **מ**ינאַס **ט**יריט. ער האָט קוים באַמערקט דעם ווראַק און קײַלונג וואָס ליגן אומעטום אַרום. פֿײַער און רויך און עיפּוש זײַנען געווען אין דער לופֿט, וואָרן אַ סך מאַשינען האָט מען פֿאַרברענט צי אַראָפּגעוואָרפֿן אין די פֿײַער־גרובן אַרײַן, און אַ סך פֿון די דערהרגעטע אויך, בעת דאָ און דאָרט זײַנען געלעגן אַ סך פּגירות פֿון די גרויסע **ד**רומדיקער פֿאַרזעענישן, האַלב פֿאַרברענט אָדער צעבראָכן פֿון געוואָרפֿענע שטיינער, אָדער דערשאָסן אין די אויגן פֿון די גבֿורהדיקע פֿײַלן־בויגערס פֿון **מ**אָרטאָנד. דער פֿליִענדיקער רעגן האָט אַ ווײַלע אויפֿגעהערט, האָט די זון אויבן געבלאַנקט, נאָר די גאַנצע אונטערשטער שטאָט איז נאָך אַלץ אײַנגעוויקלט געווען אין אַ טליִענדיקן עיפּוש.

שוין האָבן מענטשן געאַרבעט אָפּראַמען אַ וועג דורך די רעשטלעך פֿון שלאַכט, און איצט זײַנען געקומען אַרויס פֿון דעם **ט**ויער עטלעכע מיט טראָגבעטלעך. צאַרט האָבן זיי אַוועקגעלייגט **ע**אָווין אויף ווייכע קישנס, אָבער דעם קיניגס קערפּער האָבן זיי באַדעקט מיט אַ גרויס טוך פֿון גאָלד און געטראָגן שטורקאַצן אַרום אים, און די פֿלאַמען דערפֿון, בלאַס אין דער זונענשײַן, האָבן געפֿאָכעט אינעם ווינט.

אַזוי זײַנען **ט**עאָדען און **ע**אָווין געקומען צו דער **ש**טאָט **ג**אָנדאָר, און אַלע וואָס האָבן זיי געזען האָבן אויפֿגעדעקט די קעפּ און זיך פֿאַרנייגט, און זיי זײַנען געגאַנגען דורך דעם אַש און רויך פֿון דעם פֿאַרברענטן קרײַז, ווײַטער אַרויף און אַרויף אויף די שטיינערדיקע גאַסן. ס'האָט זיך **מ**ערי געדאַכט אַז דער אויפֿשטײַג גייט ווײַטער אויף אייביק, אַן אָנזינענדיקע נסיעה אין מיטן אַ מיאוסן חלום, וואָס פֿירט זיך אַלץ ווײַטער און ווײַטער ביז עפּעס אַן אומקלאָרן סוף וואָס דער זכּרון קען ניט אָנכאַפּן.

פּאַמעלעך האָבן די ליכט פֿון די שטורקאַצן פֿאַר אים געצאַנקט און אויסגעלאָשן געוואָרן, איז ער געגאַנגען אין אַ פֿינצטערניש, און ער האָט געטראַכט: "אָט דאָס איז אַ טונעל וואָס פֿירט אַרײַן אין אַ קבֿר; דאָרט וועלן מיר בלײַבן אויף אייביק." אָבער מיט אַ מאָל איז געפֿאַלן אינעם חלום אַרײַן אַ לעבעדיק קול.

"נו, **מ**ערי! אַ שטיקל גליק וואָס איך האָב דיך געפֿונען!"

ער האָט געקוקט אַרויף און דער נעפּל פֿאַר די אויגן האָט זיך אַ ביסל אויסגעלײַטערט. אָט איז **פּ**יפּין געווען! זיי זײַנען געשטאַנען פּנים־אל־פּנים אין אַן ענג געסל, און אַחוץ פֿון זיי איז עס גאַנץ ליידיק געווען. ער האָט געריבן די אויגן.

"ווו איז דער קיניג?" האָט ער געזאָגט. "און **ע**אָווין?" האָט ער דעמאָלט געשטאָמפּערט און זיך אַוועקגעזעצט אויף אַ שוועל און אָנגעהויבן וויינען נאָך אַ מאָל.

"זיי זײַנען אַרויף אין דעם **צ**יטאַדעל אַרײַן," האָט **פּ**יפּין געזאָגט. "איך מיין אַז דו ביסט אַנטשלאָפֿן געוואָרן אויף די פֿיס און גענומען אַ פֿאַלשן אויסדריי. ווען מיר האָבן זיך דערוווּסט אַז דו ביסט ניט מיט זיי, האָט **ג**אַנדאַלף מיך געשיקט דיך צו זוכן. אַלטער **מ**ערי נעבעך! ווי עס פֿרייט מיך דיך ווידער צו זען! נאָר דו ביסט אויסגעמאַטערט, וועל איך דיך ניט טשעפּען מיט רייד. אָבער זאָג מיר צי דו ביסט געשאַט צי פֿאַרוווּנדיקט?"

"ניין," האָט **מ**ערי געזאָגט. "נו, ניין, איך מיין אַז ניט. אָבער איך קען ניט ניצן דעם רעכטן אָרעם, **פּ**יפּין, ניט זינט איך האָב אים דערשטאָכן. און מײַן שווערד איז אָפּגעברענט געוואָרן ווי אַ שטיקל האָלץ."

פּיפּינס פּנים איז באַזאָרגט געווען. "נו, בעסער זאָלסטו קומען מיט מיר אַזוי גיך ווי דו קענסט," האָט ער געזאָגט. "איך ווינטש איך וואָלט געקענט דיך טראָגן. דיר פּאַסט ניט גיין ווײַטער צו פֿוס. זיי האָבן ניט געזאָלט דיך לאָזן גיין לגמרי, נאָר דו מוזסט זיי מוחל זײַן. אַזוי פֿיל שוידערלעכע זאַכן זײַנען פֿאָרגעקומען אין דער **ש**טאָט, **מ**ערי, אַז איין נעבעכדיקן האָביט אַרײַן פֿון דער שלאַכט קען מען גרינג פֿאַרקוקן."

"ס'איז ניט אַלע מאָל אַן אומגליק פֿאַרקוקט צו ווערן," האָט **מ**ערי געזאָגט. "איך בין נאָר וואָס פֿאַרקוקט געווען פֿון – ניין, ניין, איך קען ניט רעדן דערוועגן. הילף מיר, **פּ**יפּין! אַלץ ווערט פֿינצטער נאָך אַ מאָל און מײַן אָרעם איז אַזוי קאַלט."

"לען זיך אָן אין מיר, **מ**ערי מײַן יאַט!" האָט **פּ**יפּין געזאָגט. "קום שוין! איין פֿוס נאָך אַנאַנד. ס'איז ניט ווײַט."

"צי וועסטו מיך באַגראָבן?" האָט **מ**ערי געזאָגט.

"ניין, ניין!" האָט **פּ**יפּין געזאָגט, מיט אַ פּרווו אויסצוקלינגען פֿריילעך, כאָטש זײַן האַרץ איז צעקלעמט געווען מיט פּחד און מיטלײַד. "ניין, מיר גייען צו די **ה**ײַזער פֿון **ה**יילונג."

זיי האָבן זיך געדרייט אַרויס פֿונעם געסל וואָס פֿירט צווישן הויך הײַזער און דעם דרויסנדיקן מויער פֿונעם פֿערטן קרײַז, און זײַנען צוריק אויפֿן הויפּטגאַס וואָס קריכט אַרויף צו דעם **צ**יטאַדעל. טראָט נאָך טראָט זײַנען זיי געגאַנגען בעת **מ**ערי האָט זיך געוויגט און געמורמלט ווי איינער וואָס שלאָפֿט.

"איכ'ל אים קיין מאָל ניט ברענגען אַהין," האָט **פּ**יפּין געטראַכט. "צי איז ניטאָ קיין הילף? איך קען אים דאָ ניט איבערלאָזן." פּונקט דעמאָלט ווי אַ חידוש איז אַ בחור געקומען צו לויפֿן פֿון הינטן, און בעת ער איז פֿאַרבײַ האָט ער דערקענט **ב**ערגיל בן־**ב**ערעגאָנד.

"גוט־מאָרגן, **ב**ערגיל!" האָט ער גערופֿן. "וווּהין גייט איר? אַ גליק זיך צו זען נאָך אַ מאָל, און נאָך אַ לעבעדיקער!"

"איך גיי אויף גענג פֿאַר די **ה**יילערס," האָט **ב**ערגיל געזאָגט. "איך קען זיך ניט הײַען."

"הײַעט ניט!" האָט **פּ**יפּין געזאָגט. "נאָר זאָגט זיי דאָרט אַז איך האָב דאָ אַ קראַנקן האָביט, אַ פּעריאַן הערט נאָר, געקומען פֿון שלאַכטפֿעלד. איך מיין אַז ער קען ניט אַזוי ווײַט גיין צו פֿוס. אויב **מ**יטראַנדיר איז דאָרט, וועט אים דערפֿרייען די בשׂורה." **ב**ערגיל איז ווײַטער געלאָפֿן.

"איך זאָל בעסער דאָ וואַרטן," האָט **פּ**יפּין געטראַכט. האָט ער **מ**ערי לינד געלאָזט אַראָפּ אויפֿן ברוק אין אַ שטח זונענשײַן, און האָט זיך אַוועקגעזעצט לעבן אים, געלייגט **מ**עריס קאָפּ אויפֿן שויס. ער האָט לינד געטאַפּט דעם קערפּער און אבֿרים, און גענומען דעם פֿרײַנדס הענט אין די אייגענע. די רעכטע האַנט האָט אים ווי אײַז געפֿילט.

באַלד איז **ג**אַנדאַלף געקומען זוכן זיי. ער האָט זיך אַראָפּגעלאָזט איבער **מ**ערי און געגלעט דעם שטערן, און אים פֿאָרזיכטיק אויפֿגעהויבן. "מע האָט אים געזאָלט טראָגן מיט

כּבֿוד אין אָט דער שטאָט אַרײַן," האָט ער געזאָגט. "ער האָט גוט אָפּגעצאָלט מײַן צוטרוי, וואָרן אויב **ע**לראָנד וואָלט ניט מיר נאָכגעגעבן, וואָלט איר בײדע ניט אַרויסגעגאַנגען, און אין דעם פֿאַל וואָלט ווײַט מער אָנגעווייטיקט געווען די בייזקייטן דעם טאָג." ער האָט אַ זיפֿץ געגעבן. "און פֿאָרט איז דאָ נאָך אַ האָדעוואַניק אין די הענט, בעת די גאַנצע צײַט הענגט די שלאַכט אויף אַ האָר."

אַזוי סוף־כּל־סוף האָט מען **פֿ**אַראַמיר און **ע**אָווין און **מ**עריאַדאָק אַוועקגעלייגט אין בעטן אין די **ה**ײַזער פֿון **ה**יילונג, און דאָרט האָט מען זיי וווּיל צוגעזען. וואָרן כאָטש דאָס גאַנצע וויסן אין אָט די שפּעטערע טעג איז געפֿאַלן פֿון דער גאַנצקייט פֿון אַ מאָל, איז דאָס דאָקטאָרײַ פֿון **ג**אָנדאָר נאָך אַלץ אַ קלוגס, מיט בקיאות אין היילן ווּנד און ווייטיק, און די אַלע קראַנקייטן וואָס באַפֿאַלן מענטשן אויף מיזרח פֿון דעם **ים**. אַחוץ נאָר די עלטער. פֿאַר איר האָבן זיי ניט געפֿונען קיין רפֿואה, און אין דער אמתן האָט דער משך פֿון זייער לעבן זיך איצט פֿאַרקלענערט ביז נאָר אַ ביסל מער ווי בײַ אַנדערע מענטשן, און די וואָס זײַנען איבער אַ צאָל צען טוץ יאָרן נאָך מיט כּוח זײַנען זעלטן געווען, אַחוץ אין אַ פּאָר הײַזער פֿון ריינעם יִחוס. אָבער איצט זײַנען זייער קונץ און וויסן פֿאַרשטערט געווען, וואָרן עס זײַנען דאָ אַ סך קראַנק מיט אַ קרענק וואָס לאָזט זיך ניט היילן, האָבן זיי דאָס אָנגערופֿן דעם **שוואַרצן שאָטן** ווײַל עס איז געקומען פֿון די **נ**אַזגול. און די וואָס זײַנען געווען אָנגעשטעקט דערמיט זײַנען געפֿאַלן פּאַמעלעך אין אַן אַלץ טיפֿער און טיפֿער חלום אַרײַן, און דערנאָך ווײַטער צו שטילקייט און אַ טויט־קעלט, און טויט. עס האָט זיך געדאַכט די ממונים איבער די קראַנקע אַז אויף דעם **ה**אַלבלינג און אויף דער **ד**אַמע **ע**אָווין ליגט די אָ קראַנקייט שווער. נאָר צײַטנווײַז במשך פֿונעם אינדערפֿרי פֿלעגן זיי רעדן, געמורמלט אין די חלומות, האָבן די צוקוקערס זיך צוגעהערט צו אַלץ וואָס זיי זאָגן, האָפֿנדיק זיי וועלן זיך אפֿשר עפּעס לערנען וואָס זאָל זײַן אַ הילף מיט פֿאַרשטיין זייער ווייטיק. נאָר באַלד האָבן זיי אָנגעהויבן פֿאַלן אַראָפּ אין דעם פֿינצטערניש אַרײַן, און בעת די זון גייט מערבֿ צו איז אַ גרויער שאָטן געקראָכן איבער די פּנימער. נאָר **פֿ**אַראַמיר האָט געברענט מיט אַ פֿיבער וואָס לאָזט זיך ניט אָפּ.

גאַנדאַלף איז געגאַנגען פֿון איינער צום אַנדערן פֿול מיט זאָרג, און מע האָט אים דערציילט אַלץ וואָס די ממונים האָבן געהערט. און אַזוי איז דער טאָג פֿאַרבײַ, בעת די גרויסע שלאַכט אין דרויסן נעמט זיך ווײַטער מיט בײַטנדיקע האָפֿענונגען און מאָדנע ידיעות, און נאָך אַלץ האָט **ג**אַנדאַלף געוואַרט און געקוקט אויפֿן הימל און ניט געגאַנגען אַרויס, ביז סוף־כּל־סוף האָט די רויטע שקיעה אָנגעפֿילט דעם גאַנצן הימל, און די ליכט דורך די פֿענצטער איז געפֿאַלן אויף די גראָע פּנימער פֿון די קראַנקע. דעמאָלט האָט זיך געדאַכט די וואָס שטייען דאָרט אַז אינעם גלי האָבן זיך די פּנימער אַ ביסל פֿאַררייטלט ווי מיט געזונט צוריק, נאָר עס האָט נאָר געמאַכט חוזק פֿון דער האָפֿענונג.

דעמאָלט האָט אַן אַלטע ווײַב, **י**אָרעט, די עלטסטע פֿון די פֿרויען וואָס אַרבעטן אין אָט דעם הויז, קוקנדיק אויף **פֿ**אַראַמירס שיין פּנים, געוויינט, וואָרן אַלע האָבן אים ליב געהאַט. און זי האָט געזאָגט: "אַ שאָד, אויב ער שטאַרבט! אויב נאָר זײַנען דאָ קיניגן אין **ג**אָנדאָר ווי אַ מאָל, ווי מע זאָגט! וואָרן עס שטייט אינעם אַלטן וויסן: *די הענט פֿון אַ קיניג זײַנען די הענט פֿון אַ היילער*. און אַזוי וואָלט מען קענען דערקענען דעם יושרדיקן קיניג."

און **ג**אַנדאַלף, וואָס איז נאָענט געשטאַנען, האָט געזאָגט: "מענטשן וועלן אפֿשר לאַנג געדענקען אײַערע ווערטער, **י**אָרעט! וואָרן אַ האָפֿענונג ליגט אין זיי. אפֿשר איז אַ קיניג

טאַקע צוריק אין **ג**אָנדאָר, אָדער האָט איר ניט געהערט די מאָדנע ידיעות וואָס זײַנען אַרײַן אין דער **ש**טאָט?"

"איך בין צו פֿאַרנומען געווען טוענדיק דאָס און יענץ זיך צוצוהערן צו די אַלע וויינען און שרײַען," האָט זי געענטפֿערט. "איך האָף נאָר אַז אָט די אַלע מערדערישע טײַוואָלים וועלן ניט קומען אין דעם אָ הויז און שטערן די קראַנקע."

דעמאָלט איז **ג**אַנדאַלף גיך אַרויס, און שוין האָט דער פֿײַער אין הימל אָפּגעברענט, און די טליִענדיקע בערגלעך האָבן בלײַאַקירט, בעת דער אַש־גראָער אָוונט קריכט איבער די פֿעלדער.

איצט בײַ דעם זונפֿאַרגאַנג זײַנען **אַ**ראַגאָרן און **ע**אָמער און **א**ימראַהיל געקומען נאָענט צו דער **ש**טאָט מיט די קאַפּיטאַנען און די ריטערס, און ווען זיי זײַנען געקומען פֿאַר דעם **ט**ויער האָט **אַ**ראַגאָרן געזאָגט:

"זעט נאָר ווי די זון גייט אונטער אין אַ גרויסן פֿײַער! עס איז אַ סימן פֿון דעם סוף און דעם פֿאַל פֿאַר אַ סך זאַכן, און אַ שינוי אין די פֿלייצן פֿון דער וועלט. נאָר די דאָזיקע **ש**טאָט און מלוכה זײַנען רויִק געבליבן אין די הענט פֿון די **פֿ**אַרוואַלטערס אַ סך יאָרן, און איך האָב מורא דערפֿאַר אַז איך גיי אַרײַן ניט פֿאַרבעטן, וועלן ספֿק און וויכּוח זיך אָנהייבן, וואָס זאָל ניט פּאַסירן אין מיטן קעמפֿן אין דער אָ מלחמה. איך וועל ניט אַרײַן, ניט מאַכן קיין חזקה, איידער מיר קענען זען צי מיר צי **מ**אָרדאָר וועלן פּועלן. מע זאָל אויפֿשלאָגן מײַנע געצעלטן אויפֿן פֿעלד, און דאָ וועל איך וואַרטן אויפֿן קבלת־פּנים פֿון דעם **ל**אָרד פֿון דער **ש**טאָט."

נאָר **ע**אָמער האָט געזאָגט: "איר האָט שוין אויפֿגעהויבן די פֿאָן פֿון די **ק**יניגן און באַוויזן די צייכנס פֿון **ע**לענדילס **ה**ויז. צי ווילט איר לאָזן די זאַכן אַרויסגערופֿן ווערן?"

"ניין," האָט **אַ**ראַגאָרן געזאָגט. "נאָר איך האַלט אַז ס'איז פֿריצײַטיק, און איך וויל ניט קיין קריג, אַחוץ מיט אונדזער **ש**ונא און זײַנע באַדינערס."

און דער **פּ**רינץ **א**ימראַהיל האָט געזאָגט: "אײַערע ווערטער, לאָרד, זײַנען קלוג, אויב איינער אַ קרובֿ פֿון דעם **ל**אָרד **ד**ענעטאָר מעג אײַך געבן אַן עצה אין אָט דעם ענין. ער איז עקשנותדיק און שטאָלץ, נאָר אַלט, און זײַן געמיט איז מאָדנע געווען זינט דער זון איז אָפּגעשלאָגן געוואָרן. פֿאָרט וויל איך ניט אַז איר זאָלט בלײַבן ווי אַ בעטלער בײַ דער טיר."

"ניט קיין בעטלער," האָט **אַ**ראַגאָרן געזאָגט. "זאָגט בעסער אַ קאַפּיטאַן פֿון די **וו**אַנדערערס, וואָס זײַנען ניט צוגעוווינט צו שטעט און הײַזער פֿון שטיין." און ער האָט געהייסן אַז די פֿאָן זײַנע זאָל מען אײַנוויקלען, און ער האָט צוגענומען דעם **ש**טערן פֿון דער **צ**פֿונדיקער **מ**לוכה, און אים געגעבן די זין פֿון **ע**לראָנד אים זיכער צו האַלטן.

דעמאָלט האָבן דער **פּ**רינץ **א**ימראַהיל און **ע**אָמער פֿון **ר**אָהאַן אים איבערגעלאָזט און זײַנען געגאַנגען דורך דער **ש**טאָט און דער מהומה פֿון די לײַט און אַרויף צו דעם **צ**יטאַדעל, און זײַנען געקומען צו דעם **ז**אַל פֿון דעם **ט**ורעם, זוכנדיק דעם **פֿ**אַרוואַלטער. אָבער זיי האָבן געפֿונען זײַן שטול ליידיק, און פֿאַר דער טריבונע איז געלעגן **ט**עאָדען **ק**יניג פֿון דעם **מ**אַרק אויף אַ פּראַכטיק בעט, און צוועלף שטורקאַצן זײַנען געשטאַנען אַרום אים, און צוועלף שומרים, ריטערס פֿון **ר**אָהאַן און פֿון **ג**אָנדאָר. און די פֿירהאַנגען אַרום דעם בעט זײַנען געווען גרין און ווײַס, נאָר אויף דעם קיניג האָט מען געלייגט דאָס גרויסע טוך פֿון גאָלד ביז זײַן ברוסט, און דערויף זײַן שווערד אַרויס פֿון שייד, און בײַ די פֿיס זײַן שילד. די ליכט פֿון

די שטורקאַצן האָט שימערירט אין די ווײַסע האָר זײַנע ווי די זון אינעם שפּריץ פֿון אַ פֿאָנטאַן, נאָר זײַן פּנים איז שיין געווען און יונג, אַחוץ פֿון אַ פֿרידלעכער מינע וואָס ליגט דערויף הינטערן גרייך פֿון יוגנט, און עס האָט אויסגעזען ווי ער שלאָפֿט.

ווען זיי זײַנען שטיל געשטאַנען אַ ווײַלע לעבן דעם קיניג האָט **א**ימראַהיל געזאָגט: "ווּ איז דער **פֿ**אַרוואַלטער? און ווּ איז **מ**יטראַנדיר אויך?"

און איינער פֿון די וועכטערס האָט געענטפֿערט: "דער **פֿ**אַרוואַלטער פֿון **ג**אָנדאָר איז אין די **ה**ײַזער פֿון **ה**יילונג."

נאָר **ע**אָמער האָט געזאָגט: "ווּ איז די **ד**אַמע **ע**אָווין, מײַן שוועסטער, וואָרן זיכער זאָל זי ליגן לעבן דעם קיניג, מיטן גלײַכן כּבֿוד? ווּ האָבן זיי זי אַוועקגעלייגט?"

און **א**ימראַהיל האָט געזאָגט: "נאָר די **ד**אַמע **ע**אָווין האָט נאָך געלעבט ווען זיי האָבן זי אַהערגעטראָגן. צי האָט איר ניט געוווּסט?"

דעמאָלט איז אומגעריכטע האָפֿענונג אַזוי פּלוצעם אַרײַן אין **ע**אָמערס האַרצן, און דערמיט איז דער ביס פֿון זאָרג און פּחד אַזוי באַנײַט געוואָרן אַז ער האָט מער ניט גערעדט נאָר האָט זיך געדרייט און איז גיך אַרויס פֿון דעם זאַל, און דער **פּ**רינץ נאָך אים. און ווען זיי זײַנען אַרויס איז דער אָוונט שוין געפֿאַלן און אַ סך שטערן זײַנען געווען אינעם הימל. און דאָרט איז **ג**אַנדאַלף געקומען צו פֿוס און מיט אים איינער באַקליידט אין גראָ, און זיי האָבן זיך געטראָפֿן פֿאַר די טירן פֿון די **ה**ײַזער פֿון **ה**יילונג. און זיי האָבן **ג**אַנדאַלף באַגריסט און געזאָגט: "מיר זוכן דעם **פֿ**אַרוואַלטער, און מע זאָגט אַז ער איז דאָ אין אָט דעם **ה**ויז. צי איז ער געשאַט? און די **ד**אַמע **ע**אָווין, ווּ איז זי?"

און **ג**אַנדאַלף האָט געענטפֿערט: "זי ליגט אינעווייניק און איז ניט טויט, נאָר נאָענט צום טויט. נאָר דער **ל**אָרד **פֿ**אַראַמיר איז פֿאַרווּנדיקט געווען מיט אַ בייז שפּיזל, ווי איר האָט געהערט, און ער איז איצט דער **פֿ**אַרוואַלטער, וואָרן **ד**ענעטאָר איז אָפּגעגאַנגען און זײַן הויז ליגט אין אַשן." און זיי זײַנען אָנגעפֿילט געוואָרן מיט צער און חידוש מיט דער מעשׂה וואָס ער האָט דערציילט.

נאָר **א**ימראַהיל האָט געזאָגט: "אַזוי איז דער נצחון באַראַבעוועט פֿון פֿרייד, ביטער געווונען, אויב אי **ג**אָנדאָר אי **ר**אָהאַן האָבן אין איין טאָג פֿאַרלוירן די לאָרדן זייערע. **ע**אָמער הערשט די **ר**אָהירים. ווער זאָל הערשן אין דער **ש**טאָט דערווײַל? צי זאָלן מיר איצט ניט אַוועקשיקן נאָך דעם **ל**אָרד **א**ַראַגאָרן?"

און דער באַמאַנטלטער מענטש האָט גערעדט און געזאָגט: "ער איז געקומען." און זיי האָבן דערזען ווען ער איז אַרײַנגעטראָטן אין דער ליכט פֿונעם לאַמטערן לעבן דער טיר אַז עס איז געווען **א**ַראַגאָרן, אײַנגעוויקלט אינעם גראָען מאַנטל פֿון **ל**אָריען איבערן פּאַנצער, און טראָגנדיק ניט קיין באַוויײַז אַחוץ דעם גרינעם שטיין פֿון **ג**אַלאַדריעל. "איך בין געקומען ווײַל **ג**אַנדאַלף האָט מיך אַזוי געבעטן," האָט ער געזאָגט. "נאָר דערווײַל בין איך בלויז דער קאַפּיטאַן פֿון די **ד**ונעדיין פֿון **א**ַרנאָר, און דער **ל**אָרד פֿון **ד**אָל **א**ַמראָט זאָל הערשן אין דער **ש**טאָט ביז **פֿ**אַראַמיר איז ווידער וואַך. נאָר עס איז מײַן עצה אַז **ג**אַנדאַלף זאָל אונדז הערשן אין די אַלע טעג וואָס קומען נאָך און בײַ דער האַנדלונג מיט דעם **ש**ׂונא." און זיי האָבן מסכּים געווען דערויף.

דעמאָלט האָט **ג**אַנדאַלף געזאָגט: "לאָמיר ניט בלײַבן בײַ דער טיר, וואָרן די צײַט איז דרינגלעך. לאָמיר אַרײַן! וואָרן ס'איז נאָר אינעם אָנקום פֿון **א**ַראַגאָרן ווּ ליגט נאָך

האָפֿענונג פֿאַר די קראַנקע וואָס ליגן אין אָט דעם **ה**ויז. אַזוי האָט געזאָגט **יאָ**רעט, חכמה פֿון **ג**אָנדאָר: *די הענט פֿון אַ קיניג זײַנען די הענט פֿון אַ היילער, און אַזוי וואָלט מען קענען דערקענען דעם יושרדיקן קיניג."*

דעמאָלט איז **אַ**ראַגאָרן אַרײַן דער ערשטער און די אַנדערע נאָך אים. און דאָרט לעבן דער טיר זײַנען געווען צוויי וועכטערס אין דער ליווריע פֿון דעם **צי**טאַדעל: איינער אַ הויכער נאָר דער צווייטער קוים ווי אַ בחור אין וווּקס, און ווען ער האָט זיי דערזען האָט ער אויסגעשריגן הויך אויף אַ קול מיט חידוש און פֿרייד.

"**ש**פּרײַזער! ווי גלענצנדיק! צי ווייסט איר, איך האָב געטראָפֿן אַז איר זײַט געווען דער אין די שוואַרצע שיפֿן. אָבער אַלע האָבן געהאַלטן אין שרײַען *פּיראַטן* און האָט זיך ניט געוואָלט מיך צוהערן. ווי אַזוי האָט איר דאָס אויפֿגעטאָן?"

אַראַגאָרן האָט געלאַכט און גענומען דעם האָביט בײַ דער האַנט. "וויל געטראָפֿן טאַקע!" האָט ער געזאָגט. "נאָר ס'איז נאָך ניט קיין צײַט פֿאַר פֿאָרערס מעשׂיות."

נאָר **אי**מראַהיל האָט געזאָגט צו **עאָ**מער: "אַזוי רעדט מען מיט אונדזערע קיניגן? פֿאָרט אפֿשר וועט ער טראָגן די קרוין אונטער אַן אַנדער נאָמען!"

און **אַ**ראַגאָרן, וואָס האָט אים געהערט, האָט זיך געדרייט און געזאָגט: "פֿאַר וואָר, וואָרן אין דעם הויכן לשון פֿון אַ מאָל בין איך **ע**לעסאַר, דער **ע**לפֿשטיין, און *עַנווינִיאַטאַר*, דער **ב**אַנײַער," און ער האָט אויפֿגעהויבן פֿון דער ברוסט דעם גרינעם שטיין וואָס ליגט דאָרט. "נאָר **ש**פּרײַזער זאָל זײַן דער נאָמען פֿון מײַן הויז, אויב דאָס איז טאַקע אַ מאָל אויפֿגעשטעלט געוואָרן. אין דעם הויכן לשון קלינגט עס ניט אַזוי שלעכט, און *טעלקאָנטאַר* וועל איך זײַן און די אַלע יורשים פֿון מײַן קערפּער."

און דערמיט זײַנען זיי אַרײַן אין דעם **ה**ויז, און בעת זיי גייען צו צו די צימערן ווו מע באַזאָרגט זיך מיט די קראַנקע, האָט **ג**אַנדאַלף דערציילט וועגן די מעשׂים פֿון **עאָ**ווין און **מ**עריאַדאָק. "וואָרן," האָט ער געזאָגט, "לאַנג בין איך געשטאַנען לעבן זיי און קודם האָבן זיי אַ סך געזאָגט אין מיטן חלומען, איידער זיי זײַנען געזונקען אינעם טויט־פֿינצטערניש אַרײַן. דערצו איז מיר געגעבן צו דערזען אַ סך זאַכן פֿון דער ווײַטנס."

אַראַגאָרן איז ערשט געגאַנגען צו **פֿ**אַראַמיר, און דערנאָך צו דער **ד**אַמע **עאָ**ווין, און צו לעצט צו **מ**ערי. נאָך דעם וואָס ער האָט געקוקט אויף די פּנימער פֿון די קראַנקע און געזען זייערע וווּנדן האָט ער אַ זיפֿץ געגעבן. "דאָ מוז איך אַרויסגעבן די גאַנצע שליטה און בקיאות וואָס איז מיר געגעבן," האָט ער געזאָגט. "אויב נאָר **ע**לראָנד וואָלט דאָ געווען, וואָרן ער איז דער עלטסטער פֿון אונדזער גזע און פֿאַרמאָגט די גרעסטע שליטה."

און **עאָ**מער, באַמערקנדיק אַז ער איז געווען אי טרויעריק אי פֿאַרמאַטערט, האָט געזאָגט: "ערשט מוזט איר זיכער רוען, און ווייניקסטנס עסן אַ ביסל?"

נאָר **אַ**ראַגאָרן האָט געענטפֿערט: "ניין, פֿאַר די דרײַ און דאָס גיכסטע פֿאַר **פֿ**אַראַמיר גייט אויס די צײַט. די גרעסטע גיכקייט איז נייטיק."

האָט ער דעמאָלט גערופֿן צו **יאָ**רעט און געזאָגט: "צי האָט איר דאָ אין דעם אָ **ה**ויז אַ זאַפּאַס קרײַטעכצער פֿאַר היילונג?"

"יאָ, לאָרד," האָט זי געענטפֿערט, "נאָר ניט גענוג, רעכן איך, פֿאַר די אַלע וואָס דאַרפֿן זיי. אָבער איך בין זיכער אַז איך ווייס ניט ווו מיר קענען מער געפֿינען, וואָרן אַלץ איז

צעמישט אין אָט די אימהדיקע טעג, מיט די אַלע פֿײַערן און ברענען, און אַזוי ווייניקע בחורים צו גיין אויף געגג, און די אַלע וועגן פֿאַרשטעלט. עס זײַנען געווען שוין טעג אָן אַ צאָל זינט אַ טרעגער איז געקומען פֿון **ל**אָסאַרנאַך צו דעם מאַרק! אָבער מיר טוען דאָס בעסטע אין אָט דעם **ה**ויז מיט וואָס מיר האָבן, ווי איך בין זיכער אַז איר, לאָרד, ווייסט שוין."

"דאָס וועל איך פּסקענען ווען איך זע," האָט **א**ראַגאָרן געזאָגט. "ס'איז אויך אַ דוחק אין צײַט פֿאַר רעדן. צי האָט איר *אַטעלאַס*?"

"איך ווייס ניט, בין איך זיכער, לאָרד," האָט זי געענטפֿערט, "ווייניקסטנס ניט מיט דעם נאָמען. איך וועל גיין פֿרעגן בײַ דעם געוויקס־בקי; ער קענט די אַלע אַלטע נעמען."

"מע רופֿט דאָס אויך *קיניגסבלאַט*," האָט **א**ראַגאָרן געזאָגט, "און אפֿשר קענט איר דאָס מיט אָט דעם נאָמען, וואָרן אַזוי רופֿן עס די דאָרף־לײַט אין די אָ שפּעטערע טעג."

"אָך, דאָס!" האָט **י**אָרעט געזאָגט. "נו, אויב מײַן לאָרד וואָלט ערשט געניצט אָט דעם נאָמען, וואָלט איך אײַך געקענט זאָגן. ניין, מיר האָבן גאָרנישט ניט דערפֿון, בין איך זיכער. איז, איך האָב קיין מאָל ניט געהערט אַז עס פֿאַרמאָגט עפּעס אַ גרויסע מעלה, און אין דער אמתן האָב איך אָפֿט געזאָגט צו די שוועסטער ווען מיר האָבן אויף אים אָנטרעפֿן וואַקסנדיק אין די וועלדער: 'קיניגסבלאַט,' האָב איך געזאָגט, 'ס'אַ מאָדנער נאָמען, און איך ווונדער זיך פֿאַר וואָס מע רופֿט עס אַזוי, וואָרן אויב איך וואָלט געווען אַ קיניג, וואָלט איך געהאַט העלערע געוויקסן אין מײַן גאָרטן.' פֿאָרט האָט עס אַ זיס גערוך ווען צעקוועטשט, איאָ? אויב זיס איז דאָס געהעריקע וואָרט: געזונט אפֿשר איז בעסער."

"טאַקע געזונט," האָט **א**ראַגאָרן געזאָגט. "און איצט, דאַמע, אויב איר האָט ליב דעם **ל**אָרד **פֿ**אַראַמיר, לויפֿט אַזוי גיך ווי די צונג אײַערע און קריגט פֿאַר מיר קיניגסבלאַט, אויב ס'איז פֿאַראַן אַזאַ בלאַט אין דער **ש**טאָט."

"און אויב ניט," האָט **ג**אַנדאַלף געזאָגט, "וועל איך רײַטן קיין **ל**אָסאַרנאַך מיט **י**אָרעט הינטער מיר, זאָל זי מיך נעמען אין די וועלדער, נאָר ניט צו די שוועסטער. און **ש**אָטנפֿאַקס וועט איר באַווײַזן וואָס הייסט גיכקייט."

ווען **י**אָרעט איז אַוועק האָט **א**ראַגאָרן געבעטן די אַנדערע פֿרויען זיי זאָלן הייצן וואַסער. האָט ער דעמאָלט גענומען **פֿ**אַראַמירס האַנט אין דער אייגענער און געלייגט די אַנדערע האַנט אויף דעם קראַנקנס שטערן. עס איז געווען דורכגעווייקט מיט שוויס, נאָר **פֿ**אַראַמיר האָט ניט גערירט, ניט געמאַכט קיין סימן, קוים האָט אויסגעזען אַז ער אָטעמט.

"ער איז שיִער ניט אונטערגעגאַנגען," האָט **א**ראַגאָרן געזאָגט מיט אַ דריי צו **ג**אַנדאַלף. "נאָר דאָס קומט ניט פֿון דער ווונד. זעט! דאָס היילט זיך. אויב עפּעס אַ שפּיזל פֿון די **נ**אַזגול האָט אים געטראָפֿן, ווי איר האָט געמיינט, וואָלט ער געשטאָרבן יענע נאַכט. די דאָזיקע ווונד איז געקומען פֿון עפּעס אַ **ד**רומדיקער פֿײַל, וואָלט איך טרעפֿן. ווער האָט זי אויסגעצויגן? צי האָט מען זי געהאַלטן?"

"איך האָב זי אויסגעצויגן," האָט **א**ימראַהיל געזאָגט, "און פֿאַרשטאָפּט דאָס בלוטיקן. אָבער איך האָב ניט געהאַלטן די פֿײַל, וואָרן מיר זײַנען געווען גאָר פֿאַרנומען. זי איז געווען, אויף וויפֿל איך געדענק, פּונקט ווי די שפּיזלעך וואָס די **ד**רומדיקער ניצן. פֿאָרט האָב איך געמיינט אַז זי איז געקומען פֿון די **ש**אָטנס אויבן, אָדער ווי אַזוי צו פֿאַרשטיין זײַן פֿיבער און

קראַנקייט, ווײַל די ווונד איז ניט טיף געווען, ניט סכּנהדיק. ווי דען פֿאַרשטייט איר דעם ענין?"

"מידקייט, טרויער איבער דעם פֿאָטערס געמיט, אַ ווונד, און אומעטום אַרום, דער **ש**וואַרצער **אָ**טעם," האָט **אַ**ראַגאָרן געזאָגט. "ער איז אַ מענטש מיט אַ פֿעסטן ווילן, וואָרן ער איז שוין געקומען נאָענט אונטער דעם **ש**אָטן איידער ער האָט ערשט געריטן אויף שלאַכט אויף די דרויסנדיקע מויערן. פּאַמעלעך האָט געמוזט די פֿינצטער קריכן אויף אים, פּונקט אַז ער קעמפֿט און פּרוּווט האַלטן זײַן אַוואַנפּאָסט. אויב נאָר איך וואָלט דאָ פֿריִער אָנגעקומען!"

דעמאָלט איז דער געוויקס־בקי אַרײַן. "מײַן לאָרד האָט געפֿרעגט נאָך *קיניגסבלאַט*, ווי די דאָרפֿישע רופֿן דאָס," האָט ער געזאָגט, "אָדער *אַטעלאַס* אינעם איידלן לשון, אָדער בײַ דאָ וואָס ווײסן אַ ביסל אַפֿילו פֿון דעם **וו**אַלינאָריען ..."

"יאָ, אַזוי ווייס איך," האָט **אַ**ראַגאָרן געזאָגט, "און ס'אַרט מיך ניט צי איר רופֿט עס *אַסעאַ אַראַניאָן* צי *קיניגסבלאַט*, אַזוי אַז איר האָט אַ ביסל."

'זײַט מיר מוחל, לאָרד!" האָט דער מענטש געזאָגט. "איך זע אַז איר זײַט אַ וויסן־בקי, ניט בלויז אַ קאַפּיטאַן אין מלחמה. נאָר אָך און ווײ, סער, מיר האַלטן ניט די זאַך אין די הײַזער פֿון **ה**יילונג, ווו מע זעט צו נאָר די שטאַרק צעמזיקטע אָדער קראַנקע. וואָרן דאָס האָט ניט קיין מעלה אויף וויפֿל מיר ווייסן, אַחוץ אפֿשר צו פֿאַרזיסן אומריינע לופֿט אָדער אַוועקצוטרײַבן עפּעס אַ צײַטווײַליקע שווערקייט. סײַדן, אַוודאי, איר גלייבט די גראַמען פֿון די עלטערע טעג, וואָס פֿרויען ווי אונדזער גוטע **י**אָרעט איבערחזרן נאָך אַלץ אָן פֿאַרשטענדעניש.

ווען ס'בלאָזט דער שוואַרצער אָטעם
און ס'וואַקסט דעם טויטנס שאָטן
און די אַלע ליכט גייען אויס,
קום אַטעלאַס! קום אַטעלאַס!
לעבן צו די שטאַרבנדיקע
אין דעם קיניגס האַנט ליגנדיק!

עס איז בלויז אַ פּראָסט לידל, האָב איך מורא, צעמישט אין די זכרונס פֿון אַלטע ווײַבער. דעם טײַטש, אויב ס'איז פֿאַראַן עפּעס אַזוינס, לאָז איך צו אײַער פֿאַרשטאַנד. נאָר די אַלטע לײַט ניצן אַ טיי געמאַכט פֿונעם געוויקס נאָך אַלץ פֿאַר קאָפּווייטיקן."

"אין דעם פֿאַל אין נאָמען פֿון דעם קיניג, גייט געפֿינען עפּעס אַן אַלטן מענטש מיט ווייניקער וויסן און מער שׂכל וואָס האַלט אַ ביסל אין דער היים!" האָט **ג**אַנדאַלף אויסגעשריגן.

איצט איז **אַ**ראַגאָרן אַראָפּ אויף די קני לעבן **פֿ**אַראַמיר, געהאַלטן אַ האַנט אויף זײַן שטערן. און די וואָס האָבן צוגעקוקט האָבן געפֿילט ווי אַ גרויסע שלאַכט קומט פֿאָר. וואָרן **אַ**ראַגאָרנס פּנים איז גראָ געוואָרן מיט מידקייט, און אָבער און ווידער האָט ער אויסגערופֿן דעם נאָמען **פֿ**אַראַמיר, נאָר יעדעס מאָל שוואַכער אין זייערע אויערן, גלײַך ווי **אַ**ראַגאָרן אַליין נעמט זיך אַוועק פֿון זיי, גייט צו פֿוס ווײַט אַוועק אין עפּעס אַ פֿינצטערן טאָל, רופֿנדיק נאָך אַ פֿאַרלוירענעם.

און סוף־כּל־סוף איז בערגיל געקומען צו לויפֿן, און ער טראָגט זעקס בלעטער אין אַ טוך. "עס איז *קיניגסבלאַט*, סער," האָט ער געזאָגט, "נאָר ס'איז ניט פֿריש, האָב איך מורא. מע האָט דאָס געמוזט קלײַבן מיט צווײ וואָכן צוריק אָדער מער. איך האָף אַז ס'וועט טויגן, סער?" און דעמאָלט, מיט אַ קוק אויף פֿאַראַמיר, האָט ער זיך צעוויינט.

אָבער אַראַגאָרן האָט געשמייכלט. "עס וועט טויגן," האָט ער געזאָגט. "דאָס ערגסטע איז שוין פֿאַרבײַ. בלײַבט און זײַט געטרייסט!" דעמאָלט האָט ער גענומען צוויי פֿון די בלעטער, זיי געלייגט אויף דער האַנט און געאָטעמט אויף זיי, און דערנאָך זיי צעקוועטשט, און מיט אַ מאָל האָט אַ לעבעדיקע פֿרישקייט אָנגעפֿילט דאָס צימער, גלײַך ווי די לופֿט אַליין האָט זיך אויפֿגעכאַפּט און געדראָזשעט און געפֿינקלט מיט פֿרייד. און דעמאָלט האָט ער געוואָרפֿן די בלעטער אַרײַן אין די שיסלען פֿאַרענדיק וואַסער וואָס מע האָט אים געבראַכט, און מיט אַ מאָל איז זיי אַלע לײַכטער אויפֿן האַרצן. וואָרן דאָס גערוך וואָס קומט צו יעדן איז ווי אַן אָנדענק פֿון פֿרימאָרגנס מיט טוי און ניט־באַשאָטנטער זון אין איינעם אַ לאַנד וואָס איז נאָר אַ פֿליִענדיקער אָנדענק פֿון אַ שיינער וועלט פֿרילינגצײַט. נאָר אַראַגאָרן איז אויפֿגעשטאַנען ווי דערפֿרישט, און די אויגן זײַנע האָבן געשמייכלט בעת ער האַלט אַ שיסל פֿאַר פֿאַראַמירס חלומענדיק פּנים.

"נו, נו! ווער וואָלט געגלייבט?" האָט יאָרעט געזאָגט צו אַ פֿרוי לעבן איר. "דאָס ווילדגראָז איז בעסער ווי איך האָב געמיינט. עס דערמאָנט מיר אין די רויזן פֿון אימלאָט מעלויִ ווען איך בין געווען אַ מיידל, און קיין קיניג קען ניט פֿאָדערן עפּעס בעסערס."

מיט אַ מאָל האָט זיך פֿאַראַמיר גערירט, און ער האָט געעפֿנט די אויגן, און ער האָט געקוקט אויף אַראַגאָרן וואָס איז איבער אים אָנגעבויגן, און אַ ליכט פֿון וויסן און ליבע איז אָנגעצונדן געוואָרן אין די אויגן, און ער האָט ווייך גערעדט. "מײַן לאָרד, איר האָט מיך צוגערופֿן. איך קום. וואָס איז דעם קיניגס באַפֿעל?"

"גייט מער ניט אַרום אין די שאָטנס, נאָר וואַכט אויף!" האָט אַראַגאָרן געזאָגט. "איר זײַט מיד. רוט אַ ווײַלע און עסט אַ ביסל, און זײַט גרייט ווען איך בין צוריק."

"איך וועל, לאָרד," האָט פֿאַראַמיר געזאָגט. "וואָרן ווער וועט זיצן פּוסט־און־פּאַס ווען דער קיניג איז צוריקגעקומען?"

"אַדיע דען אַ ווײַלע!" האָט אַראַגאָרן געזאָגט. "איך מוז גיין צו די אַנדערע וואָס דאַרפֿן מיך." איז ער דעמאָלט אַרויס פֿון קאַמער מיט גאַנדאַלף און אימראַהיל, נאָר בערעגאָנד מיט זײַן זון זײַנען געבליבן, קוים געקענט אײַנהאַלטן די פֿרייד. בעת ער גייט נאָך גאַנדאַלף און פֿאַרמאַכט די טיר האָט פּיפּין געהערט ווי יאָרעט רופֿט אויס:

"קיניג! האָט איר געהערט? וואָס האָב איך געזאָגט? די הענט פֿון אַ היילער, האָב איך געזאָגט." און באַלד איז דאָס נײַעס אַרויס פֿון דעם הויז אַז דער קיניג איז טאַקע געקומען צווישן זיי, און נאָך מלחמה האָט ער היילונג געבראַכט, איז די ידיעה געלאָפֿן דורך דער שטאָט.

אָבער אַראַגאָרן איז געקומען צו עאָווין און ער האָט געזאָגט: "אָט דאָ איז אַן אָנגעווייטיקטע ווונד און אַ שווערער קלאַפּ. דעם צעבראָכענעם אָרעם האָט מען צוגעזען מיט פּאַסיקער געניטשאַפֿט, וועט ער זיך אויסהיילן מיט דער צײַט, אויב זי האָט נאָך דעם כּוח צו לעבן. ס'איז דער שילד־אָרעם וואָס איז צעמזיקט געוואָרן, נאָר די הויפּט־סכּנה קומט

דורך דעם שווערד־אָרעם. אין אים איצט זעט אויס איז ניט קיין כּוח, כאָטש ס'איז ניט צעבראָכן.

"ווײ! וואָרן זי האָט זיך אַנטקעגנגעשטעלט אַ שׂונא ווײַט איבערן כּוח פֿון איר מוח צי גוף. און די וואָס ווילן נעמען אַ וואָפֿן קעגן אַזאַ שׂונא מוזן זײַן פֿעסטער ווי שטאָל, אַזוי אַז דער סאַמע קלאַפּ זאָלן זיי ניט צעשטערן. עס איז געווען אַ בייזער גורל וואָס האָט איר געשטעלט אין זײַן וועג. וואָרן זי איז אַ שיינע מויד, די שענסטע דאַמע אין אַ הויז פֿון מלכות. און פֿאָרט ווייס איך ניט ווי אַזוי צו רעדן וועגן איר. ווען איך האָב ערשט אויף איר געקוקט און דערזען איר אומגליקלעכקייט, האָט זיך מיר געדאַכט אַז איך האָב געזען אַ ווײַסע בלום שטייענדיק גלײַך און שטאָלץ, אַזוי שטאַלטנע ווי אַ ליליע, און האָב נאָך געוווּסט אַז זי איז האַרט געווען, ווי געשאַפֿן פֿון שטאָל פֿון עלף־שמידן. אָדער אפֿשר איז געווען אַז אַ פֿראָסט האָט פֿאַרוואַנדלט איר סאָק אין אײַז, און אַזוי איז זי געשטאַנען, ביטער־זיס, נאָך אַלץ שיין אין די אויגן, נאָר פֿאַרשלאָפּט, באַלד צו פֿאַלן און שטאַרבן? איר קראַנקייט הייבט זיך אָן מיט לאַנג צוריק, איאָ, **ע**אָמער?"

"ס'איז מיר אַ חידוש וואָס איר פֿרעגט בײַ מיר, לאָרד," האָט ער געענטפֿערט. "וואָרן איך האַלט אײַך אָן שולד אין דעם דאָזיקן ענין, ווי אין אַלע אַנדערע; אָבער איך האָב ניט געוווּסט אַז **ע**אָווין, מײַן שוועסטער, איז אָנגערירט געווען פֿון אַבי וואָס פֿאַר אַ פֿראָסט, איידער זי האָט ערשט אויף אײַך געקוקט. זאָרג און צער האָט זי געהאַט, און זיך געטיילט מיט מיר, אין די טעג פֿון **ש**לאַנגצונג און דעם קיניגס פֿאַרכּישופֿקייט, און זי האָט צוגעזען דעם קיניג מיט וואַקסנדיקער מורא. אָבער דאָס האָט איר זי ניט געבראַכט צו אָט דעם מצבֿ!"

"מײַן פֿרײַנד," האָט **ג**אַנדאַלף געזאָגט, "איר האָט פֿערד געהאַט, און באַוואָפֿנטע מעשׂים, און די פֿרײַע פֿעלדער; נאָר זי, געבוירן אינעם גוף פֿון אַ מויד, האָט געהאַט אַ סטרי און אַ גבֿורה ווייניקסטנס אַזוי גרויס ווי בײַ אײַך. אָבער זי איז פֿאַרמישפּט געווען דינען אַן אַלטן מענטש, וועמען זי ליבט ווי אַ פֿאָטער, אים באַטראַכטן בעת ער פֿאַלט אַרײַן אין אַ שלעכטער פֿאַרשוועכטער סענילקייט, און איר טייל האָט איר געפֿילט ווי געמיינער ווי בײַ דעם שטעקן וואָס אין אים האָט ער זיך געלענט.

"צי האַלט איר אַז אַז **ש**לאַנגצונג האָט סם געהאַט נאָר פֿאַר **ט**עאָדענס אויערן? *עובֿר־בטל! וואָס איז דאָס הויז פֿון* **י**אָרל *אַחוץ אַ שײַער מיט דאַכשטרוי וווּ גזלנים טרינקען אינעם שמוכט און די יונגאַטשעס קײַקלען זיך אַרום אויפֿן דיל מיט די הינט?* צי האָט איר פֿריִער ניט געהערט אָט די ווערטער? **ס**אַרומאַן האָט זיי אַרויסגערעדט, דער לערער פֿון **ש**לאַנגצונג. כאָטש איך ספֿק ניט אַז **ש**לאַנגצונג אין דער היים האָט אײַנגעוויקלט דעם טײַטש אין ווערטער גאָר מער כיטרע. מײַן לאָרד, אויב אײַער שוועסטערס ליבע פֿאַר אײַך און איר ווילן נאָך אַלץ שטאַרק פֿאַרנומען מיט איר חובֿ האָבן זי ניט צוריקגעהאַלטן אירע ליפּן, וואָלט איר אפֿשר געהערט אַזעלכע זאַכן אַפֿילו ווי די אַנטלויפֿן פֿון זיי אַרויס. נאָר ווער ווייסט וואָס זי האָט געזאָגט צו דעם פֿינצטערניש, אײַנע אַליין אין די ביטערע וואַכן פֿון דער נאַכט, ווען איר גאַנץ לעבן האָט איר געפֿילט ווי אײַנגעשרומפּן, און די ווענט פֿון איר אַלטאַנע זײַנען אַלץ ענגער און ענגער געוואָרן אַרום איר, אַ קעסטל כּדי אײַנצושפּאַרן אַ ווילדע חיה?"

איז **ע**אָמער דעמאָלט שטיל געוואָרן און געקוקט אויף דער שוועסטער, גלײַך ווי ער באַטראַכט אויף ס'נײַ די אַלע טעג פֿון זייערע פֿאַרגאַנגענע לעבנס צוזאַמען. נאָר **א**ראַגאָרן האָט געזאָגט: "איך האָב געזען אויך וואָס איר האָט געזען, **ע**אָמער. נאָר אַ געציילטע

אַנדערע יסורים צווישן די אַלע אומגליקן אויף דער וועלט האָבן מער ביטערקייט און בושה פֿאַר דעם האַרץ פֿון אַ מענטש ווי צו זען די ליבע פֿון אַ דאַמע, גאָר אַ שיינע און גבֿורהדיקע, וואָס ער קען ניט צוריקגעבן. טרויער און רחמנות זײַנען נאָך מיר נאָכגעגאַנגען זינט איך האָב זי איבערגעלאָזט פֿאַרצווייפֿלט אין געטערקויפּ און געריטן צו די טויטע וועגן. און קיין מורא אויף דעם דאָזיקן וועג איז מיר געווען אַזוי שטאַרק אין מוח ווי מורא פֿאַר וואָס וועט זיך אפֿשר טרעפֿן מיט איר. נאָר, עאָמער, זאָג איך אײַך אַז זי ליבט אײַך שטאַרקער ווי מיר, מחמת אײַך ליבט זי און קענט, נאָר אין מיר ליבט זי אַ שאָטן און אַ געדאַנק: אַ האָפֿענונג אויף גדולה און גרויסע מעשׂים, און לענדער ווײַט פֿון די פֿעלדער פֿון ראָהאַן.

"איך האָב אפֿשר די קראַפֿט אויסצוהיילן איר לײַב, זי צורופֿן צוריק פֿונעם פֿינצטערן טאָל. נאָר צו וואָס וועט זי אויפֿוואַכן: האָפֿענונג, אָדער פֿאַרגעסעוודיקייט, אָדער ייִאוש, דאָס ווייס איך ניט. און אויב ס'איז ייִאוש, וועט זי שטאַרבן, סײַדן ס'קומט אַנדער היילונג וואָס איך קען ניט ברענגען. אַזאַ אומגליק! ווײַל אירע מעשׂים האָבן זי געשטעלט צווישן די מלכּות פֿון גרויסער באַרימטקייט."

האָט זיך אַראַגאָרן דעמאָלט אַראָפּגעלאָזט און געקוקט אויף איר פּנים און עס איז טאַקע געווען אַזוי ווײַס ווי אַ ליליע, קאַלט ווי פֿראָסט, און האַרט ווי אויסגעטעסעטער שטיין. נאָר ער האָט זיך אויסגענייגט און זי געקושט אויפֿן שטערן, און האָט איר ווייך גערופֿן, זאָגנדיק:

"עאָווין, טאָכטער פֿון עאָמונד, וואַכט אויף! וואָרן דער שׂונא אײַערער איז שוין אַוועק!"

זי האָט זיך ניט גערירט, אָבער איצט האָט זי אָנגעהויבן טיף אָטעמען, אַזוי אַז איר ברוסט איז אַרויף און אַראָפּ אונטער דער ווײַסער לײַוונט פֿונעם טוך. נאָך אַ מאָל האָט אַראַגאָרן צעקוועטשט צוויי בלעטער *אַטעלאַס* און זיי געוואָרפֿן אינעם פֿאַרענדיקן וואַסער, און ער האָט איר שטערן געבאָדן דערמיט און איר רעכטן אָרעם, ליגנדיק קאַלט און אָפּגעטייט אויף דער קאָלדרע.

דעמאָלט, צי אַראַגאָרן פֿאַרמאָגט עפּעס אַ פֿאַרגעסענע שליטה פֿון מערבֿנעס, צי ס'איז בלויז זײַנע ווערטער וועגן דער דאַמע עאָווין וואָס האָט אויף זיי געאַרבעט, בעת די זיסע השפּעה פֿונעם קרײַטעכץ האָט זיך פֿאַרשפּרייט אַרום דער קאַמער, האָט זיך געדאַכט די אַלע צוקוקערס אַז אַ שאַרפֿער ווינט האָט געבלאָזן דורכן פֿענצטער, אין גאַנצן אָן גערוך, נאָר אין גאַנצן פֿריש און ריין און יונג, גלײַך ווי קיין מאָל פֿריִער ניט אײַנגעאָטעמט פֿון קיין לעבעדיקן נאָר איז געקומען נײַ־געשאַפֿן פֿון שנייִיקע בערג הויך אונטער אַ קופּאָל שטערן, אָדער פֿון ברעגן פֿון זילבער געוואַשן פֿון שוימיקע ימים.

"וואַכט אויף, עאָווין, דאַמע פֿון ראָהאַן!" האָט אַראַגאָרן ווידער געזאָגט, האָט ער גענומען איר רעכטע האַנט אין זײַנער און זי האָט אים געפֿילט וואַרעם מיט צוריקקומענדיק לעבן. "וואַכט אויף! דער שאָטן איז אַוועק און דאָס גאַנצע פֿינצטערניש איז ריין געוואַשן!" דעמאָלט האָט ער געלייגט איר האַנט אין עאָמערס און געטראָטן אין אַ זײַט. "רופֿט זי!" האָט ער געזאָגט, און ער איז שטיל אַרויס פֿון דער קאַמער.

"עאָווין, עאָווין!" האָט עאָמער אויסגעשריגן דורך די טרערן. אָבער זי האָט געעפֿנט די אויגן און געזאָגט: "עאָמער! אַזאַ פֿרייד! וואָרן זיי האָבן געזאָגט אַז איר זײַט דערהרגעט געוואָרן. ניין, דאָס איז נאָר געווען די פֿינצטערע קולער אין מײַן חלום. ווי לאַנג האָב איך געחלומט?"

"ניט לאַנג, שוועסטער מײַנע," האָט **ע**אָמער געזאָגט. "אָבער טראַכט מער ניט דערפֿון!"

"איך בין מאָדנע מיד," האָט זי געזאָגט. "איך מוז אַ ווײַלע רוען. אָבער זאָגט מיר, וואָס איז געשען מיט דעם **ל**אָרד פֿון דעם **מ**אַרק? אָך און וויי! זאָגט מיר ניט אַז ס'איז אַ חלום געווען, ווײַל איך ווייס אַז ס'איז ניט אַזוי. ער איז טויט, ווי ער האָט פֿאָרויסגעזען."

"ער איז טויט," האָט **ע**אָמער געזאָגט, "נאָר ער האָט זיך בײַ מיר געבעטן זאָגן אַדיע צו **ע**אָווין, מער טײַער ווי אַ טאָכטער. ער ליגט איצט אין גרויסן כּבֿוד אין דעם **צ**יטאַדעל פֿון **ג**אָנדאָר."

"דאָס איז גאָר שווער," האָט זי געזאָגט. "און פֿאָרט בעסער ווי איך האָב זיך דערוועגט האָפֿן אין די פֿינצטערע טעג, ווען ס'האָט אויסגעזען אַז דאָס **ה**ויז פֿון **י**אָרל איז אַראָפּ אין כּבֿוד נידעריקער ווי אַ פּאַסטעכס כאַטע. און וואָס איז מיט דעם קיניגס אַדיוטאַנט, דעם **ה**אַלבלינג? **ע**אָמער, איר זאָלט אים נעמען פֿאַר אַ ריטער פֿון דעם **ר**יטערמאַרק, וואָרן ער איז אַ גבֿורההדיקער!"

"ער ליגט נאָענט אין אָט דעם **ה**ויז, און איך וועל גיין צו אים," האָט **ג**אַנדאַלף געזאָגט. "**ע**אָמער וועט דאָ בלײַבן אַ ווײַלע. אָבער רעדט ניט פֿון מלחמה צי וויטיק איידער איר זײַט נאָך אַ מאָל צו זיך געקומען. אַ גרויסע פֿרייד איז עס, וואָס איר זײַט ווידער וואַך מיט געזונט און האָפֿענונג, אַזאַ גבֿורהדיקע דאַמע!"

"מיט געזונט?" האָט **ע**אָווין געזאָגט. "אפֿשר ס'איז אַזוי. ווייניקסטנס אַז ס'בלײַבט אַ ליידיקער זאָטל פֿון אַ געפֿאַלענעם **ר**ײַטער וואָס איך קען אָנפֿילן, און ס'זײַנען דאָ מעשׂים אויפֿצוטאָן. אָבער צו האָפֿן? איך ווייס ניט."

גאַנדאַלף און **פּ**יפּין זײַנען אַרײַן אין **מ**עריס צימער, און דאָרט האָבן זיי געפֿונען **אַ**ראַגאָרן שטייענדיק לעבן בעט. "נעבעכדיקער אַלטער **מ**ערי!" האָט **פּ**יפּין אויסגעשריגן און ער איז געלאָפֿן צום געלעגער, וואָרן ס'האָט זיך אים געדאַכט אַז זײַן פֿרײַנד זעט אויס ערגער, מיט אַ גראָ פּנים, גלײַך ווי אַ וואָג פֿון יאָרן מיט טרויער ליגט אויף אים, און מיט אַ מאָל האָט אַ שרעק געכאַפּט **פּ**יפּין, אַז **מ**ערי וועט שטאַרבן.

"האָט ניט קיין מורא," האָט **אַ**ראַגאָרן געזאָגט. "איך בין געקומען צו דער צײַט, און איך האָב אים צוריקגערופֿן. ער איז מיד איצט, און פֿאַראומערט, און ער האָט אַ ווּנד ווי די דאַמע **ע**אָווין, זיך דערוועגנדיק אָנשלאָגן אָט די טויט־זאַך. נאָר אָט די בייזע זאַכן קען מען פֿאַרריכטן, אַזוי שטאַרק און פֿריילעך איז די סטרי אין אים. דעם צער וועט ער ניט פֿאַרגעסן נאָר ס'וועט ניט פֿאַרשוואַרצן אים דאָס האַרץ, ס'וועט אים לערנען חכמה."

דעמאָלט האָט **אַ**ראַגאָרן געלייגט זײַן האַנט אויף **מ**עריס קאָפּ, און לינד דורך די ברוינע קרײַזלעך האָט ער אָנגעטאַפּט די לעדלעך און אים גערופֿן בײַם נאָמען. און ווען דאָס גערוך פֿון *אַטעלאַס* איז דורך דעם צימער ווי דאָס גערוך פֿון סעדער און פֿון עריקע אין זונענשײַן אָנגעפֿילט מיט בינען, איז **מ**ערי מיט אַ מאָל וואַך, און ער האָט געזאָגט:

"איך בין הונגעריק. וויפֿל איז דער זייגער?"

"נאָך דער צײַט פֿאַר וועטשערע איצט," האָט **פּ**יפּין געזאָגט, "כאָטש איך האַלט אַז איך קען אײַך עפּעס ברענגען, אויב זיי דערלויבן."

"טאַקע װעלן זיי דערלויבן," האָט גאַנדאַלף געזאָגט. "און אַבי װאָס מער װאָס דער דאָזיקער רײַטער פֿון ראָהאַן װילט, אויב ס'איז צו געפֿינען אין מינאַס טיריט, װוּ מע גיט כּבֿוד צו זײַן נאָמען."

"גוט!" האָט מערי געזאָגט. "אין דעם פֿאַל, ערשט װעטשערע און דערנאָך אַ ליולקע." דערמיט איז זײַן פּנים פֿאַרכמורעט געװאָרן. "ניין, ניט קיין ליולקע. איך מיין אַז איך װעל מער ניט רייכערן."

"פֿאַר װאָס ניט?" האָט פּיפּין געזאָגט.

"נו," האָט מערי פּאַמעלעך געענטפֿערט. "ער איז טויט. ס'האָט אַלץ מיר צוריקגעבראַכט. ער האָט געזאָגט אַז ער באַדויערט װאָס ער האָט ניט געהאַט קיין געלעגנהייט אַרומרעדן געוויקס־וויסן מיט מיר. שיִער ניט די לעצטע זאַך װאָס ער האָט געזאָגט. איך װעל קיין מאָל ניט קענען רייכערן נאָך אַ מאָל אָן טראַכטן פֿון אים, און פֿון אָט דעם טאָג, פּיפּין, װען ער האָט געריטן קיין איסענהויף און איז אַזוי העפֿלעך געװען."

"איז, רייכערט דען, און טראַכט פֿון אים!" האָט אַראַגאָרן געזאָגט. "װײַל ער איז געװען אַ צאַרט האַרץ און אַ גרויסער קיניג און האָט געהאַלטן װאָרט, און ער איז אַרויף אַרויס פֿון די שאָטנס צו אַ לעצטן שיינעם פֿרימאָרגן. כאָטש אײַער דינסט צו אים איז קורץ געװען, זאָל דאָס בלײַבן אַן אָנדענק פֿריילעך און בכּבֿודיק ביזן סוף פֿון אײַערע טעג."

מערי האָט געשמייכלט. "נו, נו," האָט ער געזאָגט, "אויב שפּרײַזער װעט צושטעלן די נייטיקייטן, װעל איך רייכערן און טראַכטן. איך האָב געהאַט אַ ביסל פֿון סאַרומאַנס בעסטן אין מײַן פּאַק, אָבער װאָס איז דערמיט געשען אין דער שלאַכט, בין איך זיכער אַז איך װייס ניט."

"האַר מעריאַדאָק," האָט אַראַגאָרן געזאָגט, "אויב איר מיינט אַז איך בין דורך די בערג און דער מלוכה פֿון גאָנדאָר מיט פֿײַער און שווערד כּדי צו ברענגען קרײַטעכצער צו אַן אָפּגעלאָזענעם זעלנער װאָס װאַרפֿט אַװעק זײַן געצײַג, האָט איר אַ טעות. אויב מע האָט ניט געפֿונען אײַער פּאַק, מוזט איר דען אַװעקשיקן נאָך דעם געוויקס־בקי פֿון דעם אָ הויז. און ער װעט אײַך דערקלערן אַז ער האָט ניט געװוּסט אַז דאָס קרײַטעכץ װאָס איר װילט האָט עפּעס אַ מעלה, אָבער *מערבֿדיקער־גראָז* רופֿן דאָס די גראָבע, און *גאַלענאַס* די איידעלע, און אַנדערע נעמען אין אַנדערע לשונות מער לומדיש, און נאָך דעם װאָס ער גיט צו עטלעכע האַלב־פֿאַרגעסענע גראַמען װאָס ער פֿאַרשטייט ניט, װעט ער אײַך לאָזן װיסן מיט חרטה אַז ס'איז ניטאָ אַזוינס אין דעם הויז, און ער װעט אײַך איבערלאָזן איר זאָלט קענען איבערטראַכטן די געשיכטע פֿון לשונות. און איצט מוז איך אויך. װאָרן איך האָב ניט געשלאָפֿן אין אַזאַ בעט װי דאָס זינט איך האָב געריטן פֿון געטערקויף, און ניט געגעסן זינט דער פֿינצטער פֿאַרן קאַיאַר."

מערי האָט זײַן האַנט געכאַפּט און זי געקושט. "עס טוט מיר שרעקלעך באַנג," האָט ער געזאָגט. "גייט תּיכף! פֿון אָט דער נאַכט אין ברי אָן זײַנען מיר אײַך געװען אַן אָנשיקעניש. אָבער עס איז דער שטייגער פֿון מײַנע לײַט צו רעדן גרינג אין אַזעלכע צײַטן און זאָגן װייניקער װי זיי מיינען. מיר האָבן מורא פֿאַרן זאָגן צו פֿיל. עס נעמט פֿון אונדז די געהעריקע װערטער װען אַ װיצל פּאַסט ניט."

"וואָס איך ווייס גוט, אָדער איך וואָלט ניט מיט אײַך האַנדלען אינעם זעלבן אופֿן," האָט אַראַגאָרן געזאָגט. "זאָל דער קאַנטאָן בלײַבן אויף אייביק ניט אויסגעדאַרט!" און מיט אַ קוש מערי איז ער אַרויס, און גאַנדאַלף איז געגאַנגען מיט אים.

פּיפּין איז געבליבן אויף הינטן. "צי איז אַ מאָל געווען איינער ווי ער?" האָט ער געזאָגט. "אַחוץ גאַנדאַלף, אַוודאי. איך מיין אַז זיי מוזן זײַן קרובֿים. נאַר איינער, דײַן פּאַק ליגט לעבן בעט, און דו האָסט אים געטראָגן אויפֿן רוקן ווען איך האָב זיך מיט דיר געטראָפֿן. ער האָט אים געזען די גאַנצע צײַט, אַוודאי. און סײַ ווי האָב איך אַ ביסל דאָס אייגענע. קום שוין! לאַנגטאָל־בלאַט איז עס. שטופּ אָן בעת איך לויף זען וועגן עסן. און דערנאָך לאָמיר מאַכן זיך גרינג דאָס לעבן אַ ווײַלע. אָוואַ! מיר טוקס און ברענבעק, מיר קענען לאַנג ניט לעבן אויף די הייכן."

"ניין," האָט מערי געזאָגט, "איך קען ניט. נאָך ניט על־כּל־פּנים. נאָר איצט ווייניקסטנס, פּיפּין, קענען מיר זיי זען און זיי אָפּגעבן כּבֿוד. דאָס בעסטע איז צו ליבן ערשט וואָס איז דיר פּאַסיק צו ליבן, נעם איך אָן: איר מוזט אָנהייבן ערגעץ ווו און אַראָפּלאָזן וואָרצלען, און דער גרונט איז טיף אין דעם קאַנטאָן. פֿונדעסטוועגן זײַנען פֿאַראַן זאַכן נאָך טיפֿער און הייכער, און קיין אַלטער וואָלט ניט געקענט צוזען דעם גאָרטן אין וואָס ער וואָלט הייסן שלום אָן זיי, צי ער ווייסט פֿון זיי צי ניט. עס פֿרייט מיך וואָס איך ווייס פֿון זיי, אַפֿילו אַ ביסל. אָבער איך ווייס ניט פֿאַר וואָס איך האַלט אין רעדן אַזוי. ווו איז אָט דער בלאַט? און נעם אַרויס מײַן ליולקע פֿונעם פּאַק, אויב זי איז ניט צעבראָכן."

אַראַגאָרן און גאַנדאַלף זײַנען איצט געגאַנגען צו דעם שומר פֿון די הײַזער פֿון היילונג, און זיי האָבן אים געעצהט אַז פֿאַראַמיר און עאָווין זאָלן דאָרט בלײַבן און נאָך פֿאָרזיכטיק צוגעזען זײַן נאָך אַ סך טעג.

"די דאַמע עאָווין," האָט אַראַגאָרן געזאָגט, "וועט באַלד ווילן זיך אויפֿהייבן און אַוועקגיין, נאָר איר מוזט איר ניט דערלויבן דאָס צו טאָן, אויב איר קענט זי טאַקע צוריקהאַלטן, ביז ווייניקסטנס צען טעג זײַנען פֿאַרבײַ."

"וואָס שייך פֿאַראַמיר," האָט גאַנדאַלף געזאָגט, "ער מוז זיך באַלד דערוויסן אַז זײַן פֿאָטער איז טויט. נאָר די גאַנצע מעשׂה פֿון דעם שגעון פֿון דענעטאָר זאָל ער ניט הערן ביז ער איז גאַנץ אויסגעהיילט געוואָרן און האָט חובֿות צו טאָן. זעט אַז בערעגאָנד און דער *פּעריאַן* וואָס זײַנען דאָרט געווען רעדן נאָך ניט דערפֿון מיט אים!"

"און דער צווייטער *פּעריאַן*, מעריאַדאָק, וואָס איך אויך באַזאָרג, וואָס טוט זיך מיט אים?" האָט געזאָגט דער שומר.

"אַ סבֿרא אַז ער וועט גענוג געזונט זײַן זיך אויפֿצוהייבן מאָרגן, אויף אַ קורצער ווײַלע," האָט אַראַגאָרן געזאָגט. "לאָזט אים טאָן אַזוי, אויב ער וויל. ער מעג אומגיין אַ ביסל באַזאָרגט פֿון די פֿרײַנד."

"זיי זײַנען אַ מערקווערדיקע גזע," האָט געזאָגט דער שומר, מיט אַ שאָקל פֿונעם קאָפּ. "גאָר שווערברעכיק אין דער פֿיבער, האַלט איך."

בײַ די טירן פֿון די הײַזער האָבן זיך שוין אַ סך געזאַמלט צו זען אַראַגאָרן, און זיי זײַנען נאָך אים נאָכגעגאַנגען, און ווען ער איז סוף־כּל־סוף פֿאַרטיק געווען מיטן עסן, זײַנען

מענטשן געקומען און זיך געבעטן בײַ אים ער זאָל אויסהיילן די קרובֿים אָדער פֿרײַנד וואָס שטייען אין סכּנה צוליב ווייטיק אָדער ווּנד, אָדער ליגן אונטער דעם **ש**וואַרצן **ש**אָטן. און **אַ**ראַגאָרן איז אויפֿגעשטאַנען און אַרויסגעגאַנגען, האָט ער צוגערופֿן די זין פֿון **ע**לראָנד, און צוזאַמען האָבן זיי שווער געאַרבעט דורך דער נאַכט. און דער קלאַנג איז געגאַנגען דורך דער **ש**טאָט: "דער **ק**יניג איז טאַקע געקומען צוריק." האָבן זיי אים אָנגערופֿן **ע**לפֿשטיין, צוליב דעם גרינעם שטיין וואָס ער טראָגט, און אַזוי איז דעם נאָמען וואָס מע האָט פֿאָרויסגעזאָגט ער וועט טראָגן בײַ זײַן געבוירן ווערן אויסגעקליבן געוואָרן פֿון די אייגענע לײַט פֿאַר אים.

און ווען ער האָט מער ניט געקענט אַרבעטן האָט ער געוואָרפֿן דעם מאַנטל אַרום זיך און איז בגנבֿה אַרויס פֿון דער **ש**טאָט, איז ער געגאַנגען צו דעם אייגענעם געצעלט פּונקט פֿאַרן קאַיאָר און אַ ווײַלע געשלאָפֿן. און אין דער פֿרי האָט די פֿאָן פֿון **ד**אָל **אַ**מראָט, אַ ווײַסע שיף ווי אַ שוואַן אויף בלאָ וואַסער, געשוועבט פֿון דעם **ט**ורעם, און מענטשן האָבן געקוקט אַרויף און זיך געוווּנדערט צי דער אָנקום פֿון דעם **ק**יניג איז בלויז געווען אַ חלום.

קאַפּיטל נײַן

די לעצטע דעבאַטע

דער אינדערפֿרי איז געקומען דעם טאָג נאָך דער שלאַכט, איז ער שיין געווען מיט לײַכטע וואָלקנס און מיטן ווינט מערבֿ צו. לעגאָלאַס און גימלי זײַנען פֿרי אומגעגאַנגען, און געבעטן דערלויבעניש צו גיין אַרויף קיין דער שטאָט, האָט זיך זיי שטאַרק געוואָלט זיך זען מיט מערי און פּיפּין.

"עס איז גוט צו הערן אַז זיי לעבן נאָך," האָט גימלי געזאָגט, "וואָרן זיי האָבן אונדז געקאָסט אַ סך טירחה דורך דעם מאַרש איבער ראָהאַן, און איך וויל ניט אַז די אַלע טירחה איז אומזיסט געווען."

צוזאַמען זײַנען דער עלף און דאָס שרעטל אַרײַן אין מינאַס טיריט, און די וואָס האָבן זיי געזען גייענדיק פֿאַרבײַ זײַנען פֿאַרחידושט געוואָרן צו זען אַזעלכע באַלייטערס, וואָרן לעגאָלאַסעס פּנים איז געווען שיין איבער דער מאָס פֿון מענטשן און ער האָט געהאַלטן אין זינגען אַן עלף־ליד אין אַ קלאָר קול בעת ער גייט צו פֿוס אין דער פֿרי, נאָר גימלי האָט לעבן אים געשפּרײַזט, גלעטנדיק די באָרד און זיך קוקנדיק אַרום.

"ס'איז דאָ גוט שטיין־אַרבעט," האָט ער געזאָגט קוקנדיק אויף די מויערן, "אָבער אויך אַרבעט ניט אַזוי גוט, און די גאַסן האָט מען געקענט בעסער אויסטראַכטן. ווען אַראַגאָרן באַקומט דאָס אייגנענע, וועל איך אים באָטן דאָס דינסט פֿון שטיין־אַרבעטער פֿון דעם באַרג, וועלן מיר איבערמאַכן דאָס שטעטל ביז מע קען דערוועגן שטאָלץ זײַן."

"זיי דאַרפֿן מער גערטנער," האָט לעגאָלאַס געזאָגט. "די הײַזער זײַנען טויט און ס'איז דאָ נאָר ווייניק וואָס וואַקסט און איז פֿריילעך. אויב אַראַגאָרן באַקומט דאָס אייגענע, וועלן די לײַט פֿון דעם וואַלד אים ברענגען פֿייגל וואָס זינגען אוןביימער וואָס שטאַרבן ניט."

נאָך אַ ווײַלע זײַנען זיי געקומען צו דעם פּרינץ אימראַהיל, און לעגאָלאַס האָט אויף אים געקוקט און זיך טיף פֿאַרנייגט, וואָרן ער האָט דערזען אַז דאָ איז טאַקע איינער מיט עלף־בלוט אין די אָדערן. "אַ גרוס, לאָרד!" האָט ער געזאָגט. "עס איז שוין לאַנג זינט די לײַט פֿון נימראָדעל האָבן איבערגעלאָזט די וועלדער פֿון לאָריען, און פֿאָרט קען מען נאָך זען אַז ניט אַלע האָבן געזעגלט פֿון אַמראָטס אָפּדאַך מערבֿ צו איבערן וואַסער."

"אַזוי זאָגט דאָס וויסן אין מײַן לאַנד," האָט דער פּרינץ געזאָגט, "נאָר קיין מאָל האָט מען ניט געזען איינעם פֿון די שיינע לײַט דאָרט שוין אויף יאָרן אָן אַ צאָל. און ס'איז מיר אַ חידוש איצט צו זען איינעם דאָ אין מיטן צער און מלחמה. וואָס זוכט איר?"

"איך בין איינער פֿון די נײַן באַלייטערס וואָס זײַנען געווען אין וועג אַרײַן מיט מיטראַנדיר פֿון אימלאַדריס," האָט לעגאָלאַס געזאָגט, "און מיט אָט דעם שרעטל, מײַן פֿרײַנד, בין איך געקומען מיט דעם לאָרד אַראַגאָרן. אָבער איצט ווילן מיר זען די פֿרײַנד אונדזערע, מעריאַדאָק און פּערעגרין, וואָס איר זעט זיי צו, האָב איך געהערט."

"איר וועט זיי געפֿינען אין די הײַזער פֿון היילונג, און איך וועל אײַך פֿירן אַהער," האָט אימראַהיל געזאָגט.

"עס וועט זײַן גענוג אַז איר שיקט איינעם אונדז צו פֿירן, לאָרד," האָט לעגאָלאַס געזאָגט. "וואָרן אַראַגאָרן שיקט אײַך אָט די בשׂורה. ער וויל ניט ווידער אַרײַנקומען אין

דער **ש**טאָט איצט. אָבער עס איז נייטיק תּיכּף צו האַלטן אַ ראָט פֿון די קאַפּיטאַנען, און ער בעט זיך בײַ אײַך אַז איר מיט **ע**אָמער פֿון **ר**אָהאַן וועלן קומען אַראָפּ צו זײַנע געצעלטן, אַזוי באַלד ווי מיגלעך. **מ**יטראַנדיר איז שוין דאָרט."

"מיר וועלן קומען," האָט **א**ימראַהיל געזאָגט, און זיי האָבן זיך געזעגנט מיט העפֿלעכע דיבורים.

"דאָס איז אַ יושרדיקער לאָרד און אַ גרויסער קאַפּיטאַן פֿון מענטשן," האָט **ל**עגאָלאַס געזאָגט. "אויב **ג**אָנדאָר פֿאַרמאָגט אַזעלכע מענטשן נאָך אין די אָ טעג פֿון אונטערגאַנג, גרויס האָט געמוזט זײַן די גדולה זײַנע אין די טעג פֿון זײַן אויפֿקום."

"און אָן ספֿק איז די גוטע שטיין־אַרבעט עלטער, געשאַפֿן אינעם ערשטן אויפֿבוי," האָט **ג**ימלי געזאָגט. "ס'איז אַלע מאָל אַזוי מיט די זאַכן וואָס **מ**ענטשן אָנהייבן: ס'איז אַ פֿראָסט פֿרילינגצײַט אָדער אַ פֿאַרפֿאַלב זומערצײַט, און זיי פֿאַלן דורך מיטן צוזאָג."

"פֿאָרט זעלטן פֿאַלן זיי דורך מיט דער זרע," האָט **ל**עגאָלאַס געזאָגט. "און דאָס וועט ליגן אינעם שטויב און פֿויל ווערן נאָר אַרויסצושפּראָצן אין אומגעריכטע צײַטן און ערטער. די מעשׂים פֿון **מ**ענטשן וועלן לעבן לענגער ווי אונדז, **ג**ימלי."

"און נאָך אַלץ קומען צו גאָרנישט בײַם סוף אַחוץ אויב־נאָרן, טרעף איך," האָט געזאָגט דאָס **ש**רעטל.

"דערויף ווייסן די **ע**לפֿן ניט קיין ענטפֿער," האָט **ל**עגאָלאַס געזאָגט.

דערמיט איז געקומען דער באַדינער פֿון דעם **פּ**רינץ און זיי געפֿירט צו די **ה**ײַזער פֿון **ה**יילונג, און דאָרט האָבן זיי געפֿונען די פֿרײַנד אינעם גאָרטן, און דאָס טרעפֿעניש איז גאָר פֿריילעך געווען. אַ ווײַלע זײַנען זיי געגאַנגען און גערעדט, דערפֿרייט אַ ווײַלע מיט שלום און רו אונטערן פֿרימאָרגן הויך אין די ווינטיקע קרײַזן פֿון דער **ש**טאָט. דערנאָך, ווען **מ**ערי איז מיד געוואָרן, זײַנען זיי געגאַנגען זיך אַוועקזעצן אויפֿן מויער מיט דער לאָנקע פֿון די **ה**ײַזער פֿון **ה**יילונג הינטער זיי, און אַוועק אויף דרום פֿאַר זיי איז געווען דער **אַ**נדויִן, בלישטשענדיק אין דער זון בעת ער שטראָמט אַוועק, אַרויס פֿון אויגנגרייך פֿון **ל**עגאָלאַס אַפֿילו, אַרײַן אין די ברייטע פֿלאַכן און גרינעם נעפּל פֿון **ל**עבענין און **ד**רום **א**יטיליען.

און איצט איז **ל**עגאָלאַס שטיל געוואָרן בעת די אַנדערע האָבן ווײַטער גערעדט, און ער האָט אַרויסגעקוקט קעגן דער זון און בעת ער שטאַרט האָט ער געזען ווײַסע ים־פֿייגל פֿליִענדיק אַרויף אויף דעם **ט**ײַך.

"קוקט!" האָט ער געשריגן. "מעוועס! זיי פֿליִען ווײַט אין לאַנד אַרײַן. אַ וווּנדער זײַנען זיי מיר און אַ צרה אין האַרצן. קיין מאָל אין לעבן האָב איך זיי ניט געטראָפֿן איידער מיר זײַנען געקומען אין **פּ**עלאַרגיר, און דאָרט האָב איך זיי געהערט מיאַוקען אין דער לופֿטן בעת מיר האָבן געריטן צו דער שלאַכט פֿון די שיפֿן. דעמאָלט בין איך שטיל געשטאַנען, האָב איך פֿאַרגעסן די מלחמה אין **מ**יטל־**ע**רד, וואָרן זייערע יעלהנדיקע קולער האָבן מיר דערמאָנט אין דעם **ים**. דער **ים**! אָך און וויי! איך האָב אים נאָך ניט געזען. נאָר טיף אין די הערצער פֿון אַלע מײַנע קרובֿים ליגט אַ ים־בענקשאַפֿט, וואָס איז סכּנהדיק אויפֿגעוועקט. אוי, די מעוועס! קיין רו וועל איך ווידער ניט האָבן אונטער בוכנבוים צי אונטער קנופּבוים."

"רעדט ניט אַזוי!" האָט **ג**ימלי געזאָגט. "ס'זײַנען פֿאַראַן זאַכן אָן אַ צאָל נאָך צו זען אין **מ**יטל־**ע**רד, און גרויסע מעשׂים אויפֿצוטאָן. נאָר אויב די אַלע שיינע לײַט נעמען זיך צו דעם

מקום־מיקלט, וועט ווערן גאָר אַ מער נודנע וועלט פֿאַר די וואָס זײַנען פֿאַרמישפּט בלײַבן אויף הינטן."

"טאַקע נודנע און טריב!" האָט מערי געזאָגט. "איר מוזט ניט גיין צו דעם מקום־מיקלט, לעגאָלאַס. ס'וועלן אַלע מאָל זײַן עטלעכע מענטשן, צי גרויסע צי קליינע, און אַפֿילו עטלעכע קלוגע שרעטלעך ווי גימלי וואָס באַדאַרף אײַך. ווייניקסטנס האָף איך אַזוי. כאָטש איך פֿיל ווי ניט איז אַז דער ערגסטער טייל פֿון דער אָ מלחמה איז נאָך צו קומען. ווי איך ווינטש אַז ס'איז שוין פֿאַרטיק און גוט געענדיקט!"

"זײַ ניט אַזוי פֿאַראומערט!" האָט פּיפּין אַרויסגערופֿן. "די זון שײַנט און דאָ זײַנען מיר אַלע צוזאַמען אויף אַ טאָג צוויי ווייניקסטנס. איך וויל הערן מער וועגן אײַך אַלע. קומט, גימלי! איר און לעגאָלאַס האָבן דערמאָנט אײַערע מאָדנע נסיעה מיט שפּרײַזער שוין אַ טוץ מאָל דעם אינדערפֿרי. אָבער איר האָט מיר גאָרנישט ניט דערציילט דערוועגן."

"די זון שײַנט דאָ אפֿשר," האָט גימלי געזאָגט, "אָבער ס'זײַנען דאָ געדעכענישן פֿון דעם דאָזיקן וועג וואָס איך וויל זיי ניט ברענגען צוריק אין מוח פֿונעם פֿינצטערניש. וואָלט איך געוווּסט וואָס איז פֿאַר מיר געשטאַנען, מיין איך אַז איך וואָלט ניט געגאַנגען אויף די טויטע וועגן מילא די פֿרײַנדשאַפֿט."

"די טויטע וועגן?" האָט פּיפּין געזאָגט. "איך האָב געהערט אַראַגאָרן זאָגן דאָס און האָב זיך געוווּנדערט וואָס ער האָט געקענט מיינען. צי וועט איר אונדז מער דערציילן?"

"ניט פֿרײַוויליק," האָט גימלי געזאָגט. "וואָרן אויף אָט דעם וועג האָב איך זיך פֿאַרשעמט: גימלי בן־גלוין, וואָס האָט זיך געהאַלטן פֿאַר מער שווערברעכיק ווי מענטשן, מער פֿאַרהאַרטעוועט אונטער דער ערד ווי אַבי אַן עלף. נאָר ניט דאָס ניט יענץ בין איך געווען און נאָר דער ווילן פֿון אַראַגאָרן האָט מיך געהאַלטן אויפֿן וועג."

"און אויך די ליבע פֿאַר אים," האָט לעגאָלאַס געזאָגט. "וואָרן די אַלע וואָס קומען אים צו קענען קומען אויך אים צו ליבן לויטן אייגענעם שטייגער, אַפֿילו די קאַלטע מויד פֿון די ראָהירים. עס איז פֿרי אינדערפֿרי געווען אויפֿן טאָג פֿאַר אײַער אָנקום דאָרט, מערי, ווען מיר האָבן איבערגעלאָזט געטערקויפּ, און אַזאַ שרעק איז געפֿאַלן אויף די אַלע לײַט אַז קיינער האָט ניט געקענט קוקן אויף אונדזער אָפּפֿאָר אַחוץ דער דאַמע עאָווין, וואָס ליגט איצט צעמזיקט אין דעם הויז אונטן. ס'איז געווען אַ טרויעריקע געזעגענונג און ס'איז טרויעריק געווען דאָס צו זען."

"אַ קלאָג צו מיר! האָב איך האַרץ געהאַט נאָר פֿאַר זיך אַליין," האָט גימלי געזאָגט. "ניין, איך וועל ניט רעדן פֿון דער דאָזיקער נסיעה."

ער איז שטיל געוואָרן, נאָר פּיפּין און מערי זײַנען געווען אַזוי להוט אויף נײַעס אַז סוף־כּל־סוף האָט לעגאָלאַס געזאָגט: "איך וועל אײַך דערציילן גענוג אײַך צו באַרויִקן, וואָרן איך האָב ניט געפֿילט דעם שרעק און האָב ניט קיין מורא געהאַט פֿאַר די שאָטנס פֿון מענטשן, אָן כּוח און ברעכיק ווי איך האָב זיי געהאַלטן."

גיך האָט ער זיי דערציילט וועגן דעם שדים־וועג אונטער די בערג, און דער פֿינצטערער טרעפֿעניש בײַ ערעך, און דער גרויסער יאַזדע פֿון דאָרט, אַ דרײַ הונדערט מײַל קיין פּעלאַרגיר אויף דעם אַנדוין. "פֿיר טעג און נעכט און ווײַטער אַרײַן אין אַ פֿינפֿטן האָבן מיר גערינטן פֿון דעם שוואַרצן שטיין," האָט ער געזאָגט. "און זעט נאָר! אין דעם פֿינצטערניש פֿון מאָרדאָר איז מײַן האָפֿענונג געוואַקסן, ווײַל אין אָט דער כמאַרע האָט מיר

אויסגעזען אַז די **ש**אָטן־**מ**חנה וואַקסט שטאַרקער און נאָך שרעקלעכער אָנצוקוקן. עטלעכע האָב איך געזען רײַטן, עטלעכע שפּאַנען, נאָר אַלע זײַנען געגאַנגען מיטן זעלבן גרויסן טעמפּ. שטיל זײַנען זיי געווען נאָר מיט אַ גלאַנץ אין די אויגן. אין די הויכלענדער פֿון **ל**אַמעדאָן האָבן זיי איבערגעיאָגט אונדזערע פֿערד און זיך געקערט אַרום אונדז, און וואָלטן אונדז פֿאַרבײַגעגאַנגען אויב **אַ**ראַגאָרן האָט זיי ניט אָפּגעזאָגט.

"בײַ זײַן באַפֿעל זײַנען זיי צוריקגעפֿאַלן. 'אַפֿילו די גײַסטער פֿון **מ**ענטשן פֿאָלגן זײַן ווילן,' האָב איך געטראַכט. 'אפֿשר וועלן זיי אים נאָך דינען אין אַ נויט!'

"איין טאָג מיט ליכט האָבן מיר געריטן און דעמאָלט איז געקומען דער טאָג אָן קאַיאָר, און מיר האָבן נאָך ווײַטער געריטן, אַריבער איבער **צ**יריל און **ר**ינגלאָ, און אויפֿן דריטן טאָג זײַנען מיר געקומען צו **ל**ינהיר איבער דער לעפֿצונג פֿון דעם **ג**ילריין. און דאָרט האָבן מענטשן פֿון **ל**אַמעדאָן חולק געווען אויף די איבערפֿאָרן מיט די רוצחישע לײַט פֿון **א**ומבאַר און **ה**אַראַד, וואָס האָבן געזעגלט אַרויף אויפֿן טײַך. נאָר פֿאַרטיידיקערס און שׂונאים ביידע האָבן אָפּגעלאָזט די שלאַכט און אַנטלאָפֿן ווען מיר זײַנען אָנגעקומען, שרײַענדיק אַז דער קיניג פֿון די **ט**ויטע איז אויף זיי אָנגעפֿאַלן. נאָר **אַ**נגבאָר, **ל**אָרד פֿון **ל**אַמעדאָן, האָט האַרץ געהאַט בײַ אונדז צו בלײַבן, און **אַ**ראַגאָרן האָט אים געבעטן ער זאָל זאַמלען זײַנע לײַט און קומען נאָך, אויב זיי זיך דערוועגן, ווען די **ג**ראָע **מ**חנה איז פֿאַרבײַ.

"'בײַ **פּ**עלאַרגיר וועט דער **י**ורש פֿון **א**יסילדור באַדאַרפֿן אײַך,' האָט ער געזאָגט.

"אַזוי זײַנען מיר אַריבער איבער דעם **ג**ילריין, האָבן מיר געטריבן די אַלײַרטע פֿון **מ**אָרדאָר הפֿקר פֿאַר אונדז, און דערנאָך גערוט אַ ווײַלע. אָבער באַלד איז **אַ**ראַגאָרן אויפֿגעשטאַנען און געזאָגט: 'זעט נאָר! שוין ווערט **מ**ינאַס **ט**יריט אָנגעפֿאַלן. איך האָב מורא אַז עס וועט אונטערגיין איידער מיר קומען אָן מיט הילף.' זײַנען מיר אויפֿגעזעסן איידער דער נאַכט איז פֿאַרבײַ און געגאַנגען אַזוי גיך ווי די פֿערד האָבן געקענט אויסהאַלטן איבער די פּליינען פֿון **ל**עבענין."

לעגאָלאַס האָט זיך אָפּגעשטעלט און געזיפֿצט, געווענדט די אויגן אויף דרום און ווייך געזונגען:

*זילבער שטראָמען די טײַכלעך פֿון **צ**עלאָס ביז **ע**רוי*
*אין די גרינע פֿעלדער פֿון **ל**עבענין!*
הויך וואַקסט דאָרט דאָס גראָז. אינעם ווינט פֿון דעם ים
וויגן זיך די ווײַסע ליליעס,
און גאָלדענע גלעקער געטרייסלט פֿון מאַלאָס און אַלפֿירין
*אין די גרינע פֿעלדער פֿון **ל**עבענין,*
אינעם ווינט פֿונעם ים!

"גרין זײַנען געווען אָט די פֿעלדער אין די לידער פֿון מײַן פֿאָלק, נאָר דעמאָלט זײַנען זיי פֿינצטער געווען, גראָע וויסטענישן אין דער שוואַרצקייט פֿאַר אונדז. און איבערן ברייטן לאַנד, צעטרעטנדיק אָן זאָרג דאָס גראָז און די בלומען, האָבן מיר זיך געיאָגט נאָך די שׂונאים אַ טאָג און אַ נאַכט, ביז מיר זײַנען געקומען בײַם ביטערן סוף צו דעם **ג**רויסן **ט**ײַך סוף־כּל־סוף.

"דעמאָלט האָב איך געפֿילט אין האַרצן אַז מיר זײַנען געקומען נאָענט צו דעם **י**ם, וואָרן ברייט איז געווען דאָס וואַסער אינעם פֿינצטערניש און ים־פֿייגל אָן אַ שיעור האָבן געשריגן

אויף די ברעגן. אַ קלאָג אויף דאָס יעלהן פֿון די מעוועס! האָט די דאַמע מיר ניט געזאָגט איך זאָל זיך פֿאַר זיי היטן? און איצט קען איך זיי ניט פֿאַרגעסן."

"פֿון מײַנט וועגן האָב איך זיי ניט קיין אַכט געגעבן," האָט **ג**ימלי געזאָגט, "וואָרן מיר זײַנען דעמאָלט געקומען סוף־כּל־סוף אויף אַן ערנסטער שלאַכט. דאָרט בײַ **פּ**עלאַרגיר איז געלעגן דער הויפּט־פֿלאָט פֿון **אומבאַר**, פֿופֿציק גרויסע שיפֿן און קלענערע שיפֿלעך אָן אַ צאָל. אַ סך פֿון די וואָס מיר האָבן נאָך זיי נאָכגעיאָגט האָבן דערגרייכט די האַרבעריקן פֿאַר אונדז, און געבראַכט זייער שרעק מיט זיך, און עטלעכע פֿון די שיפֿן זײַנען אָפּגעפֿאָרן, געפּרווּווט אַנטלאָפֿן אַראָפּ אויף דעם **ט**ײַך אָדער דערגרייכן דעם ווײַטערן ברעג, און אַ סך פֿון די קלענערע שיפֿלעך האָבן געברענט. נאָר די **ה**אַראַדרים, איצט געטריבן ביזן ברעג, האָבן זיך געדרייט אינעם קלעם און זיי זײַנען רוצחיש געווען אין פֿאַרצווייפֿלונג, האָבן זיי זיך צעלאַכט ווען זיי האָבן אונדז דערזען, וואָרן זיי זײַנען נאָך געווען אַ גרויסע אַרמיי.

"נאָר **אַ**ראַגאָרן האָט זיך אָפּגעשטעלט און אויסגעשריגן הויך אויף אַ קול: 'איצט קומט! בײַ דעם **שוואַרצן שׁ**טיין רוף איך אײַך צו!' און מיט אַ מאָל איז די **ש**אָטן־**מ**חנה, וואָס האָט זיך פֿריִער צוריקגעהאַלטן, צוגעקומען ווי אַ גראָער פֿלייץ, געקערט אַוועק אַלץ פֿאַר זיך. שוואַכע געשרייען האָב איך געהערט, און דאָס אומקלאָרע בלאָזן פֿון הערנער, און אַ מורמל ווי פֿון אומצאָליקע ווײַטע קולער: ווי דאָס ווידערקול פֿון עפּעס אַ פֿאַרגעסענער שלאַכט אין די **פֿ**ינצטערע **י**אָרן לאַנג צוריק. קיינער וואָלט זיי ניט אויסהאַלטן.

"צו יענער שיף דאָרט צוגעבונדן זײַנען זיי געקומען און דערנאָך זײַנען זיי איבער די וואַסערן צו די דאָרט געאַנקערט, און די אַלע מאַטראָסן זײַנען אָנגעפֿילט געווען מיט אַ שגעון פֿון שרעק און זײַנען געשפּרונגען פֿון באָרד אַראָפּ, אַחוץ די שקלאַפֿן צוגעקייטלט צו די רודערס. הפֿקר האָבן מיר געריטן צווישן די פֿליִענדיקע שׂונאים, זיי געטריבן ווי בלעטער, ביז מיר זײַנען געקומען צום ברעג. און דעמאָלט צו יעדער פֿון די געבליבענע גרויסע שיפֿן האָט **אַ**ראַגאָרן געשיקט איינעם פֿון די **ד**ונאַדיין, און זיי האָבן געטרייסט די געפֿאַנגענע אויפֿן באָרד, זיי געבעטן לאָזן דעם פּחד אין אַ זײַט און זײַן פֿרײַ.

"פֿאַרן סוף פֿון דעם פֿינצטערן טאָג זײַנען קיינע פֿון די שׂונאים געבליבן זיך צו שטעלן קעגן אונדז; אַלע זײַנען געווען דערטרונקען אָדער זיי פֿליִען דרום צו, האָפֿנדיק צו געפֿינען די אייגענע לענדער צו פֿוס. פֿאַר מאָדנע און ווונדערלעך האָב איך געהאַלטן ווי די כּוונות פֿון **מ**אָרדאָר זאָלן איבערגעקערט ווערן פֿון אַזעלכע שדים פֿון פּחד און פֿינצטערניש. מיט די אייגענע וואָפֿן צעשלאָגן!"

"טאַקע מאָדנע," האָט **ל**עגאָלאַס געזאָגט. "אין דער שעה האָב איך געקוקט אויף **אַ**ראַגאָרן און געטראַכט ווי גרויס און שרעקלעך וואָלט ער געוואָרן מיט דעם כּוח פֿון זײַן ווילן, אויב ער האָט צוגענומען דאָס **פֿ**ינגערל פֿאַר זיך אַליין. עס איז ניט אומזיסט פֿאַר וואָס **מ**אָרדאָר האָט מורא פֿאַר אים. נאָר איידעלער איז זײַן סטרי ווי דאָס פֿאַרשטענדעניש פֿון **ס**אַוראָן. וואָרן איז ער ניט פֿון די קינדער פֿון **ל**וטיען? קיין סוף וועט דער אָ שטאַם ניט האָבן, זאָלן די יאָרן זיך פֿאַרלענגערן אָן אַ צאָל."

"ווײַטער פֿון די אויגן פֿון **ש**רעטלעך זײַנען אַזעלכע נבֿואות," האָט **ג**ימלי געזאָגט. "נאָר גאָר מאַכטיק איז **אַ**ראַגאָרן געווען דעם טאָג. זעט נאָר! דער גאַנצער שוואַרצער פֿלאָט איז געווען אין זײַנע הענט, האָט ער אויסגעקליבן די גרעסטע שיף פֿאַר דער אייגענער, איז ער אַרײַן אין איר. דעמאָלט האָט ער געלאָזט בלאָזן אַ מאַסע טרומייטן צוגענומען פֿונעם שׂונא, און די **ש**אָטן־**מ**חנה האָט זיך צוריקגעצויגן צום ברעג. דאָרט זײַנען זיי שטיל

געשטאַנען, קוים צו דערזען אַחוץ פֿון דער רויטער שײַן אין די אויגן וואָס האָבן אָפּגעשפּיגלט דעם אָפּשײַן פֿון די ברענענדיקע שיפֿן. און **אַ**ראַגאָרן האָט גערעדט הויך אויף אַ קול צו די **ט**ויטע **ל**ײַט:

"'הערט איצט די ווערטער פֿון דעם **י**ורש פֿון **א**יסילדור! אײַער שבֿועה איז מקוים. גייט צוריק און שטערן מער ניט די טאָלן! גייט אָפּ און זײַט רויִק!'

"און דערמיט איז דער קיניג פֿון די טויטע געשטאַנען פֿאַר דער מחנה און צעבראָכן זײַן שפּיז און זי אַראָפּגעוואָרפֿן. דעמאָלט האָט ער זיך טיף פֿאַרנייגט און אַוועקגעדרייט, און גיך איז די גאַנצע גראָע מחנה אָפּגעגאַנגען, פֿאַרשוווּנדן געוואָרן ווי אַ נעפּל צוריקגעטריבן פֿון אַ פּלוצעמדיקן ווינט, און ס'האָט מיר געפֿילט ווי איך האָב אויפֿגעוואַכט פֿון אַ חלום.

"די נאַכט האָבן מיר גערוט בעת אַנדערע האָבן געאַרבעט. וואָרן ס'זײַנען געווען אַ סך געפֿאַנגענע באַפֿרײַט, און אַ סך שקלאַפֿן אָפּגעלאָזט וואָס זײַנען געווען מענטשן פֿון **ג**אָנדאָר פֿאַרכאַפּט אין אָנפֿאַלן, און באַלד איז דאָרט אויך געווען אַ גרויסע זאַמלונג פֿון מענטשן פֿון **ל**עבענין און דעם **ע**טיר, און **אַ**נגבאָר פֿון **ל**אַמעדאָן איז צוגעקומען מיט די אַלע פֿערד־לײַט וואָס ער האָט געקענט צונויפֿקלײַבן. איצט וואָס דער שרעק פֿאַר די טויטע איז צוגענומען געוואָרן זײַנען זיי געקומען אונדז צו העלפֿן און צו קוקן אויף דעם **י**ורש פֿון **א**יסילדור, וואָרן דער קלאַנג פֿון דעם דאָזיקן נאָמען איז געלאָפֿן ווי פֿײַער אין דער פֿינצטער.

"און דאָס איז נאָענט צו דעם סוף פֿון דער מעשׂה. וואָרן במשך פֿון דעם אָוונט און נאַכט זײַנען אַ סך שיפֿן צוגעגרייט געוואָרן און מיט עקיפּאַזש, און אין דער פֿרי איז דער פֿלאָט אָפּגעפֿאָרן. לאַנג צוריק פֿילט דאָס איצט נאָר ס'איז נאָר געווען דער אינדערפֿרי אייערנעכטן, דער זעקסטער זינט מיר האָבן געריטן פֿון **ג**עטערקויפּ. נאָר נאָך אַלץ איז **אַ**ראַגאָרן געטריבן געוואָרן מיט מורא אַז די צײַט איז צו קורץ.

"'עס איז צוויי שאָק מיט צוויי מײַלן פֿון **פּ**עלאַרגיר ביז די לאַנדונגען בײַ דעם **ה**אַרלאָנד,' האָט ער געזאָגט. 'פֿאָרט מוזן מיר אָנקומען מאָרגן צו דעם **ה**אַרלאָנד אָדער אַלץ איז גאַנץ דורכגעפֿאַלן.'

"די רודערס זײַנען איצט געווען אין די הענט פֿון פֿרײַע לײַט, און באַהאַרצט האָבן זיי געאַרבעט, נאָר מיר זײַנען פּאַמעלעך געגאַנגען אַרויף אויף דעם **ג**רויסן **ט**ײַך, וואָרן מיר קעמפֿן קעגן דעם שטראָם, און כאָטש דאָס איז ניט גיך דאָרט אין דעם **ד**רום, האָבן מיר ניט געהאַט קיין הילף פֿונעם ווינט. שווער וואָלט מײַן האַרץ געווען, ניט קוקנדיק אויף אונדזער נצחון בײַ די האַרבעריקן, אויב **ל**עגאָלאַס האָט זיך ניט פּלוצעם צעלאַכט.

"'אַרויף מיט אײַער באָרד, זון פֿון **ד**ורין!' האָט ער געזאָגט. 'וואָרן אַזוי רעדט מען: *אָפֿט ווערט האָפֿענונג געבוירן ווען אַלץ איז פֿאַרלאָזן.*' אָבער וואָסערע האָפֿענונג ער האָט דערזען פֿון דער ווײַטנס האָט ער ניט געוואָלט דערקלערן. ווען ס'איז געקומען די נאַכט האָט זי בלויז פֿאַרטיפֿערט דאָס פֿינצטערניש, זײַנען די הערצער אונדזערע הייס געווען, ווײַל אַוועק אין דעם **צ**פֿון האָבן מיר געזען אַ רויטן גלי אונטערן וואָלקן, און **אַ**ראַגאָרן האָט געזאָגט: '**מ**ינאַס **ט**יריט ברענט.'

"נאָר האַלבע נאַכט איז די האָפֿענונג טאַקע געבוירן געוואָרן אויף ס'נײַ. ים־בקיאים פֿון די **ע**טיר שטאַרנדיק דרום צו האָבן גערעדט פֿון אַ שינוי קומענדיק מיט אַ פֿרישן ווינט פֿון דעם **י**ם. לאַנג פֿאַרן טאָג האָבן די מאַסט־שיפֿן אויפֿגעהויבן די זעגלען און אונדזער גיכקייט איז געוואַקסן, ביז דער קאַיאָר האָט ווײַס געמאַכט דעם שוים בײַ די שנאָבלען. און אַזוי איז

געווען, ווי איר ווייסט, אַז מיר זײַנען געקומען אין דער דריטער שעה פֿונעם אינדערפֿרי מיט אַ גוטן ווינט און די זון אויפֿגעדעקט, און מיר האָבן צעוויקלט די גרויסע שלאַכט־פֿאָן. עס איז געווען אַ גרויסער טאָג און אַ גרויסע *שעה*, מילא וואָס זאָל קומען שפּעטער."

"אַבי וואָס קומט שפּעטער, זײַנען גרויסע מעשׂים ניט פֿאַרמינערט אין ווערט," האָט **ל**עגאָלאַס געזאָגט. "אַ גרויסע טוונג איז געווען דאָס רײַטן אויף די **ט**ויטע **וו**עגן, און גרויס וועט זי בלײַבן, כאָטש קיינע בלײַבן ניט אין **ג**אָנדאָר צו זינגען דערוועגן אין די קומעדיקע טעג."

"און דאָס וועט אפֿשר טאַקע פֿאָרקומען," האָט **ג**ימלי געזאָגט. "וואָרן די פּנימער פֿון **אַ**ראַגאָרן און **ג**אַנדאַלף זײַנען ערנסט. אַ סך האָב איך זיך געוווּנדערט וואָסערע עצות פֿרעגן זיי דאָרט אין די געצעלטן אונטן. פֿון מײַנט וועגן, ווי מיט **מ**ערי, ווינטש איך אַז מיט אונדזער נצחון וואָלט די מלחמה שוין פֿאַרטיק געווען. כאָטש אַבי וואָס בלײַבט נאָך צו טאָן, האָף איך אָנטייל צו נעמען דערין, פֿאַרן כּבֿוד פֿון די לײַט פֿון דעם **ע**לנטן **ב**אַרג."

"און איך פֿאַר די לײַט פֿון דעם **ג**רויסן **וו**אַלד," האָט **ל**עגאָלאַס געזאָגט, "און פֿאַר דער ליבע פֿון דעם **ל**אָרד פֿון דעם **וו**ײַסן **ב**וים."

האָבן די באַלייטערס דעמאָלט געשוויגן, נאָר אַ ווײַלע זײַנען זיי געזעסן דאָרט אינעם הויכן אָרט, יעדער פֿאַרנומען מיט די אייגענע מחשבֿות, בעת די **ק**אַפּיטאַנען האַלטן אין דעבאַטירן.

ווען דער **פּ**רינץ **א**ימראַהיל האָט זיך געזעגנט מיט **ל**עגאָלאַס און **ג**ימלי האָט ער תּיכּף געשיקט נאָך **ע**אָמער, און מיט אים אַראָפּגעגאַנגען פֿון דער **ש**טאָט, און זיי זײַנען געקומען צו די געצעלטן פֿון **אַ**ראַגאָרן וואָס מע האָט אויפֿגעשלאָגן אויפֿן פֿעלד ניט ווײַט פֿונעם אָרט ווו **ק**יניג **ט**עאָדען איז געפֿאַלן. און דאָרט האָבן זיי געפֿרעגט אַן עצה בײַ **ג**אַנדאַלף און **אַ**ראַגאָרן און די זין פֿון **ע**לראָנד.

"מײַנע לאָרדן," האָט **ג**אַנדאַלף געזאָגט, "הערט זיך צו צו די ווערטער פֿון דעם **פֿ**אַרוואַלטער פֿון **ג**אָנדאָר איידער ער איז געשטאָרבן: *איר וועט אפֿשר טריומפֿירן אויף די פֿעלדער פֿון דעם* **פּ***עלענאָר אויף אַ טאָג, נאָר אַנטקעגן דער* **ש***ליטה וואָס וואַקסט איצט איז ניט קיין נצחון.* איך בעט ניט אַז איר זאָלט פֿאַלן אין ייִאוש, ווי ער האָט געטאָן, נאָר איבערצוטראַכטן דעם אמת אין די דאָזיקע ווערטער.

"די **ש**טיינער פֿון **ז**עונג זאָגן ניט קיין ליגנס, און אַפֿילו דער **ל**אָרד פֿון **ב**אַראַד־**ד**ור קענען זיי ניט צווינגען דאָס צו טאָן. ער קען אפֿשר מיט זײַן ווילן אויסקלײַבן וואָס שוואַכערע מוחות קענען זען, אָדער זען אַז זיי זײַנען זיך טועה וועגן דעם טײַטש פֿון וואָס זיי טאַקע זען. פֿונדעסטוועגן איז ניט קיין ספֿק אַז ווען **ד**ענעטאָר האָט געזען די גרויסע כּוחות געזאַמלט קעגן אים אין **מ**אָרדאָר, און נאָך מער צוקומען, האָט ער טאַקע דערזען דעם אמת.

"קוים איז אונדזער כּוח געווען גענוג צוריקצושלאָגן דעם ערשטן גרויסן אָנפֿאַל. דער קומעדיקער וועט גרעסער זײַן. די דאָזיקע מלחמה דען האָט ניט קיין לעצטע האָפֿענונג, ווי **ד**ענעטאָר האָט פֿאַרשטאַנען. נצחון קען ניט קומען דורך וואָפֿן, צי איר זיצט דאָ אויסצוהאַלטן באַלעגערונג נאָך באַלעגערונג, צי איר מאַרשירט אַרויס צעשלאָגן צו ווערן הינטער דעם **ט**ײַך. איר האָט אַ ברירה צווישן שלעכטסן, און באַרעכנטקייט וואָלט אײַך

עצהן פֿאַרשטאַרקן אַזעלכע קראַפֿטיקע ערטער וואָס איר האָט, און דאָרט וואַרטן אויפֿן אָנהייב, וואָרן אַזוי וועט די צײַט פֿאַר אייער סוף זײַן אַ ביסל לענגער."

"איר ווילט דען מיר זאָלן זיך צוריקציִען צו **מ**ינאַס **ט**יריט, אָדער **ד**אָל **אַ**מראָט, אָדער צו **ג**עטערקויפּ, און דאָרט זיצן ווי קינדער אויף זאַמד־שלעסער ווען ס'שטראָמט דער ים־פֿלייץ?" האָט **א**ימראַהיל געזאָגט.

"דאָס וואָלט ניט געווען קיין נײַע עצה," האָט **ג**אַנדאַלף געזאָגט. "צי האָט איר נאָר דאָס געטאָן און זייער ווייניק מער אין די אַלע טעג פֿון **ד**ענעטאָר? אָבער ניין! איך האָב געזאָגט אַז דאָס וועט זײַן מיט זהירות. איך עצה ניט קיין זהירות. איך האָב געזאָגט אַז נצחון וועט ניט קומען דורך וואָפֿן. איך האָף נאָך אַלץ אויף נצחון, נאָר ניט מיט כּלי־זיין. וואָרן אין מיטן די אַלע פּאָליטיק קומט אַרײַן דאָס **פֿ**ינגערל פֿון **ש**ליטה, דער גרונט פֿון **ב**אַראַד־**ד**ור, און די האָפֿענונג פֿון **ס**אַוראָן.

"וואָס שייך אָט דעם חפֿץ, מײַנע לאָרדן, ווייסט איר אַלע שוין גענוג צו פֿאַרשטיין אונדזער קלעם, און **ס**אַוראָנס קלעם. זאָל ער עס צוריקקריגן, איז אײַער גאַנצע גבֿורה אומזיסט, וועט זײַן נצחון גיך און פֿולקום זײַן, אַזוי פֿולקום אַז קיינער קען ניט פֿאָרויסזען דעם סוף דערפֿון בעת ס'בלײַבט אָט די וועלט. אויב עס איז צעשטערט, וועט ער פֿאַלן, און זײַן פֿאַל וועט זײַן אַזוי נידעריק אַז קיינער קען ניט פֿאָרויסזען אַז ער וועט זיך ווידער אויפֿהייבן. וואָרן ער וועט פֿאַרלירן דעם גרעסטן טייל פֿונעם כּוח וואָס איז אין אים געווען אין זײַן אָנהייב, און אַלץ געשאַפֿן אָדער אָנגעהויבן מיט דער אָ שליטה וועט צעברעקלען, וועט ער צעמזיקט זײַן אויף אייביק, וועט ער ווערן אַ פּראָסטער גײַסט פֿון בייזס וואָס גריזשעט אויף זיך אין די שאָטנס, נאָר קען ניט ווידער וואַקסן אָדער אָננעמען פֿאָרעם. און אַזוי וועט אַ גרויסע בייזקייט פֿון דער אָ וועלט אַראָפּגעזעצט ווערן.

"עס זײַנען פֿאַראַן אַנדערע בייזע וואָס וועלן אפֿשר קומען, ווײַל **ס**אַוראָן אַליין איז בלויז אַ דינער צי שליח. פֿאָרט איז ניט אונדזער אַרבעט צו הערשן איבער די אַלע פֿלייצן פֿון דער וועלט, נאָר צו טאָן וואָס מיר קענען ווויל האַלטן די יאָרן וואָס מיר לעבן דערין, אויסוואָרצלען דאָס בייזע אין די פֿעלדער וואָס מיר קענען, כּדי די וואָס קומען נאָך זאָלן האָבן געזונטע ערד פֿאַרן אַקערן. דער וועטער זייערער איז ניט פֿאַר אונדז צו באַשטימען.

"איז, **ס**אַוראָן ווייסט דאָס אַלץ, און ער ווייסט אַז דער דאָזיקער טײַערער חפֿץ וואָס ער האָט פֿאַרלוירן איז ווידער געפֿונען געוואָרן, אָבער ער ווייסט נאָך ניט ווו עס איז, אָדער אַזוי האָפֿן מיר. און דערפֿאַר איז ער אין גרויסן ספֿק. וואָרן אויב מיר האָבן געפֿונען דעם דאָזיקן חפֿץ, זײַנען פֿאַראַן צווישן אונדז די מיט כּוח גענוג דאָס צו ניצן. דאָס אויך ווייסט ער. וואָרן צי טרעף איך ניט ריכטיק, **אַ**ראַגאָרן, אַז איר האָט זיך אים באַוויזן אין דעם **ש**טיין פֿון **אָ**רטאַנק?"

"דאָס האָב איך געטאָן איידער איך האָב געריטן פֿון דעם **ה**אָרנשלאָס," האָט **אַ**ראַגאָרן געענטפֿערט. "איך האָב געהאַלטן אַז ס'איז צו דער צײַט, און אַז דער **ש**טיין איז מיר געקומען פּונקט צוליב אַזאַ צוועק. דאָס איז געווען צען טעג נאָך דעם וואָס דער **פֿ**ינגערל־**ט**רעגער איז געגאַנגען מיזרח צו פֿון **ר**אַוראָס, און דאָס **א**ויג פֿון **ס**אַוראָן, האָב איך געמיינט, זאָל מען ציִען אַרויס פֿונעם אייגענעם לאַנד. צו זעלטן האָט מען אים אַרויסגערופֿן זינט ער איז צוריק אין זײַן **ט**ורעם. כאָטש אויב איך וואָלט פֿאָרויסגעזען ווי גיך וועט זײַן זײַן אָנהייב ווי אַן ענטפֿער, וואָלט איך אפֿשר ניט געזאָלט זיך דערוועגן זיך צו באַווײַזן. קוים האָב איך געהאַט צײַט קומען אײַך צו העלפֿן."

"נאָר ווי אַזוי איז דאָס?" האָט **ע**אָמער געפֿרעגט. "אַלץ איז אומזיסט, זאָגט איר, אויב ער האָט דאָס **פֿ**ינגערל. פֿאַר וואָס זאָל ער ניט האַלטן פֿאַר אומזיסט אָנפֿאַלן אויף אונדז אויב מיר האָבן עס?"

"ער איז נאָך ניט זיכער," האָט **ג**אַנדאַלף געזאָגט, "און ער האָט ניט פֿאַרגרעסערט זײַן כּוח דורך וואַרטן ביז די שׂונאים זײַנען באַשיצט, ווי מיר האָבן געטאָן. דערצו וואָלטן מיר ניט געקענט אויסלערנען ווי צו ניצן די פֿולע קראַפֿט אַלץ אין איין טאָג. טאַקע קען נאָר איין האַר ניצן דאָס, קען קיין גרופּע דאָס ניט טאָן, און ער וועט זיך ריכטן אויף אַ צײַט מיט געראַנגל, ביז איינער פֿון די גרויסע צווישן אונדז מאַכט זיך פֿאַר דעם האַר און וואַרפֿט אַראָפּ די אַנדערע. במשך פֿון דער צײַט מעג דאָס **פֿ**ינגערל אים העלפֿן, אויב ער גייט גיך.

"ער קוקט זיך צו. ער זעט אַ סך און הערט אַ סך. די **נ**אַזגול זײַנע זײַנען נאָך אַלץ אין גאַנג. זיי זײַנען אַריבער איבער אָט דעם פֿעלד פֿאַרן זונאויפֿגאַנג, כאָטש נאָר אַ געציילטע פֿון די מידע און שלאָפֿנדיקע האָבן זיי באַמערקט. ער פֿאַרשט די סימנים: די **ש**ווערד וואָס האָט אים באַראַבעוועט פֿון זײַן אוצר איבערגעקאָוועט; די ווינטן פֿון גורל דרייען זיך לטובֿת אונדז, און די אומגעריכטע מפּלה פֿון זײַן ערשטן אָנפֿאַל; דער פֿאַל פֿון זײַן גרויסן **ק**אַפּיטאַן.

"זײַן ספֿק האַלט אין וואַקסן פּונקט בעת מיר רעדן דאָ. זײַן **א**ויג שטרענגט זיך אָן צו אונדז צו, שיִער ניט בלינד צו אַלץ אַנדערש וואָס באַוועגט זיך. אַזוי מוזן מיר דאָס האַלטן. אין דעם ליגט אונדזער גאַנצע האָפֿענונג. אָט דאָס דען איז מײַן עצה. מיר האָבן ניט דאָס **פֿ**ינגערל. צוליב חכמה אָדער גרויסער נאַרישקייט איז עס אַוועקגעשיקט געוואָרן אויף צעשטערונג, כּדי עס זאָל אונדז ניט שטערן. אָן אים קענען מיר בגוואַלד ניט בײַקומען זײַן אַרמיי. נאָר מיר מוזן, אַבי דער פּרײַז, האַלטן זײַן **א**ויג אַוועק פֿון זײַן אמתער סכּנה. מיר קענען ניט באַזיגן בגוואַלד, נאָר בגוואַלד קענען מיר געבן דעם **פֿ**ינגערל־**ט**רעגער זײַן איינציקע געלעגנהייט, כאָטש אַ ברעכיקע.

"ווי **א**ראַגאָרן האָט אָנגעהויבן מוזן מיר זיך ווײַטער פֿירן. מיר מוזן שטויסן **ס**אַוראָן ביז זײַן לעצטן פּרוּוו. מיר מוזן אַרויסרופֿן זײַן באַהאַלטענעם כּוח, זאָל ער אויסליידיקן זײַן לאַנד. מיר מוזן מאַרשירן אַרויס אים תּיכּף צו טרעפֿן. מיר מוזן זיך אַליין שטעלן ווי אַ צישפּײַז, כאָטש די קײַערס זײַנע וועלן זיך אפֿשר פֿאַרמאַכן אויף אונדז. ער וועט צונעמען די צישפּײַז, מיט האָפֿענונג און מיט באַגער, וואָרן ער וועט האַלטן אַז אין אַזאַ היציקייט באַווײַזט זיך דער שטאָלץ פֿון דעם נײַעם **פֿ**ינגערל־**ל**אָרד, וועט ער זאָגן: 'אָט אַזוי! ער שטעקט אַרויס דאָס געניק צו באַלד און צו ווײַט. לאָז אים ווײַטער קומען, און זעט נאָר, וועל איך אים האָבן אין אַ פּאַסטקע וואָס דערפֿון איז ניט צו אַנטלויפֿן. דאָרט וועל איך אים צעדריקן, און וואָס ער האָט צוגענומען אין זײַן עזות וועט זײַן מײַנס נאָך אַ מאָל אויף אייביק.'

"מיר מוזן גיין אין דער אָ פּאַסטקע אַרײַן מיט אָפֿענע אויגן, מיט מוט, נאָר ווייניק האָפֿענונג פֿאַר זיך אַליין. וואָרן, מײַנע לאָרדן, מסתּמא וועט אויסקומען אַז מיר אַליין וועלן אַלע אומקומען אין אַ שוואַרצער שלאַכט ווײַט פֿון די לעבעדיקע לענדער, אַזוי אַז זאָל **ב**אַראַד־**ד**ור אַפֿילו אַראָפּגעוואָרפֿן ווערן, וועלן מיר ניט דערלעבן צו זען אַ נײַע תּקופֿה. נאָר דאָס, האַלט איך, איז אונדזער חובֿ. און בעסער אַזוי ווי צו שטאַרבן סײַ ווי – וואָס וועט זיכער געשען אויב מיר בלײַבן זיצן דאָ – און צו וויסן בײַם שטאַרבן אַז קיין נײַע תּקופֿה קומט ניט."

זיי האָבן אַ ווײַלע געשוויגן. דעמאָלט האָט אַראַגאָרן גערעדט. "ווי איך האָב אָנגעהויבן וועל איך ווײַטער גיין. מיר קומען איצט ביזן סאַמע קאַנט, ווו האָפֿענונג און ייִאוש זײַנען קרובֿים. אַז מע וואַקלט זיך, פֿאַלט מען. זאָל קיינער זיך איצט ניט אָפּזאָגן פֿון גאַנדאַלפֿס עצות, וועמענס לאַנגע טירחה קעגן סאַוראָן קומט סוף־כּל־סוף צו אַ פּרוּוו. אויב ניט פֿאַר אים וואָלטן אַלע שוין לאַנג צוריק פֿאַרלוירן געגאַנגען. פֿונדעסטוועגן האָב איך ניט קיין חזקה קאָמאַנדירן אַן אַנדערן. זאָלן די אַנדערע קלײַבן ווי זיי ווילן."

האָט עלראָהיר דעמאָלט געזאָגט: "פֿון דעם צפֿון זײַנען מיר געקומען מיט דעם דאָזיקן צוועק, און פֿון עלראָנד אונדזער פֿאָטער האָבן מיר געבראַכט אָט די זעלבע עצה. מיר וועלן זיך ניט צוריקדרייען."

"וואָס שייך מיר," האָט עאָמער געזאָגט, "ווייס איך נאָר ווייניק וועגן אָט די טיפֿע ענינים, אָבער דאָס דאַרף איך ניט. דאָס ווייס איך, און עס איז גענוג, אַז אַראַגאָרן מײַן פֿרײַנד האָט מיך מיט מײַנע לײַט געטרייסט, אַזוי וועל איך אים העלפֿן ווען ער רופֿט. איך וועל גיין."

"וואָס שייך מיר," האָט אימראַהיל געזאָגט, "האַלט איך דעם לאָרד אַראַגאָרן פֿאַר מײַן האַר, צי ער האַלט אַזוי צי ניט. זײַן ווונטש איז מיר אַ באַפֿעל. איך וועל אויך גיין. נאָר אַ ווײַלע שטיי איך אינעם אָרט פֿון דעם פֿאַרוואַלטער פֿון גאָנדאָר, מוז איך ערשט זיך זאָרגן מיט זײַנע לײַט. מע מוז נאָך אַ ביסל אַכט לייגן אויף זהירות. וואָרן מיר מוזן אָנגרייטן אויף אַלע געלעגנהייטן, גוטע אַזוי ווי בייזע. נאָר הערט, אפֿשר וועלן מיר טריומפֿירן, און כּל־זמן דאָס לאָזט זיך האָפֿן, מוז מען באַשיצן גאָנדאָר. איך וויל ניט מיר זאָלן קומען צוריק פֿון נצחון צו אַ צעשטערטער שטאָט און אַ לאַנד חרובֿ געמאַכט הינטער אונדז. פֿאָרט הערן מיר פֿון די ראָהירים אַז ס'איז דאָ אַן אַרמיי נאָך ניט געקעמפֿט אויף אונדזער צפֿונדיקן פֿלאַנק."

"דאָס איז אמת," האָט גאַנדאַלף געזאָגט. "איך עצה ניט אַז איר זאָלט לאָזן די שטאָט אומפֿאַרטיידיקט. אין דער אמתן דאַרף די ראָטע וואָס מיר פֿירן מיזרח צו זײַן ניט גענוג גרויס אויף אַן ערנסטן אָנפֿאַל אויף מאָרדאָר, אַבי גענוג גרויס אים אַרויסצורופֿן אויף שלאַכט. און עס מוז זיך באַלד באַוועגן. דערפֿאַר פֿרעג איך בײַ די קאַפּיטאַנען: וויפֿל מיליטער קענען מיר צונויפֿקלײַבן און פֿירן אַרויס אין ניט מער ווי מיט צוויי טעג אַרום? און זיי מוזן פֿאַרהאַרטעוועטע זײַן, וואָס קומען מיט פֿרײַוויליק, וויסנדיק די סכּנה."

"אַלע זײַנען מיד, און אַ סך האָבן ווונדן, צי לײַכטע צי שווערע," האָט עאָמער געזאָגט, "און מיר האָבן אָנגעוואָרן אַ סך פֿערד, וואָס איז גאָר שווער צו טראָגן. אויב מיר מוזן באַלד אָפּרײַטן, קען איך ניט האָפֿן צו געפֿינען אַפֿילו צוויי טויזנט, און אויך אַזוי פֿיל איבערלאָזן אויף דער פֿאַרטיידיקונג פֿון דער שטאָט."

"מיר מוזן ניט נאָר רעכענען מיט די וואָס האָבן געקעמפֿט אויף אָט דעם פֿעלד," האָט אַראַגאָרן געזאָגט. "נײַע כּוחות קומען פֿון די דרומדיקע ראַיאָנען, איצט וואָס מע האָט אויסגעראַמט די באָרטנס. פֿיר טויזנט האָב איך געשיקט מאַרשירן פֿון פּעלאַרגיר דורך לאָסאַרנאַך מיט צוויי טעג צוריק, און אַנגבאָר דער דרייסטער רײַט בראָש. אויב מיר פֿאָרן אָפּ אין צוויי טעג אַרום וועלן זיי זײַן שוין נאָענט דעמאָלט. דערצו האָט מען אַ סך געבעטן קומען נאָך מיר אַרויף אויף דעם טײַך אין אַבי וואָסערע שיפֿלעך זיי קענען געפֿינען, און מיט אָט דעם ווינט וועלן זיי באַלד אָנקומען; טאַקע זײַנען עטלעכע שיפֿן שוין געקומען צו דעם האַרלאָנד. איך רעכן אַז מיר קענען פֿירן אַרויס זיבן טויזנט אויף פֿערד און צו פֿוס, און נאָך איבערלאָזן די שטאָט בעסער פֿאַרטיידיקט ווי בײַם אָנהייב פֿונעם אָנפֿאַל."

"דער טויער איז צעשטערט געוואָרן," האָט אימראַהיל געזאָגט, "און ווו איצט איז די גועניטשאַפֿט אים איבערצובויען אויף ס'נײַ?"

"אין ערעבאָר אין דער מלוכה פֿון דיין איז פֿאַראַן אַזאַ גועניטשאַפֿט," האָט אַראַגאָרן געזאָגט, "און זאָלן די אַלע האָפֿענונגען אונדזערע ניט אומקומען, וועל איך מיט דער צײַט שיקן גימלי בן־גלוין צו בעטן שטיין־אַרבעטער פֿון דעם באַרג. נאָר מענטשן זײַנען בעסער ווי טויערן, און ניט קיין טויער וועט אויסהאַלטן קעגן דעם שׂונא אונדזערן אויב די מענטשן לאָזן אים איבער."

אָט דאָס איז געווען דער סוף פֿון דער דעבאַטע פֿון די לאָרדן: אַז זיי זאָלן אָפּפֿאָרן אויפֿן צווייטן אינדערפֿרי פֿון דעם דאָזיקן טאָג מיט זיבן טויזנט, אויב מע קען זיי געפֿינען, און דער גרעסטער טייל פֿון אָט דער ראָטע זאָל גיין צו פֿוס צוליב די בייזע לענדער וווּהין זיי גייען. אַראַגאָרן זאָל געפֿינען אַ צוויי טויזנט פֿון די וואָס ער האָט געזאַמלט צו זיך אין דעם דרום, נאָר אימראַהיל זאָל געפֿינען פֿערט האַלבן טויזנט, און עאָמער פֿינף הונדערט פֿון די ראָהירים אָן פֿערד נאָר פֿאַסיק אויף שלאַכט, און ער אַליין זאָל פֿירן פֿינף הונדערט פֿון זײַנע בעסטע רײַטערס אויף פֿערד, און אַ צווייטע קאָמפּאַניע פֿון פֿינף הונדערט פֿערד זאָל אויך זײַן, וואָס אין אים זאָלן רײַטן די זין פֿון עלראָנד מיט די דונעדיין און די ריטערס פֿון דאָל אַמראָט: סך־הכּל זעקס טויזנט צו פֿוס און איין טויזנט אויף פֿערד. נאָר דער הויפּט־כּוח פֿון די ראָהירים נאָך מיט פֿערד און גרייט אויף שלאַכט, אַ דרײַ טויזנט אונטער דער קאָמאַנדע פֿון עלפֿהעלם, זאָל לאָקערן אויף דעם מערבֿדיקן וועג קעגן דעם שׂונא וואָס איז געווען אין אַנאָריען. און תּיכּף האָט מען אַרויסגעשיקט גיכע רײַטערס כּדי צו זאַמלען ידיעות פֿונעם צפֿון, און אויף מיזרח פֿון אָסגיליאַט און דעם וועג קיין מינאַס מאָרגול.

און ווען זיי האָבן צונויפֿגערעכנט די גאַנצע כּוחות און געפּלאַנעוועט די נסיעות פֿאַר זיך און אויף וועלכע וועגן זיי זאָלן גיין, האָט זיך אימראַהיל מיט אַ מאָל צעלאַכט הויך אויף אַ קול.

"זיכער," האָט ער אויסגעשריגן, "איז דאָס דער גרעסטער וויץ אין דער גאַנצער געשיכטע פֿון גאָנדאָר: וואָס מיר זאָלן רײַטן מיט זיבן טויזנט, קוים אַזוי גרויס ווי דער אַוואַנגאַרד פֿון דער אַרמיי אין די טעג פֿון קראַפֿט, אָנצופֿאַלן אויף די בערג און דעם אומדורכדרינגלעכן טויער פֿון דעם שוואַרצן לאַנד! אַזוי מעג אַ קינד דראָען אַ באַפּאַנצערטן ריטער מיט אַ בויגן פֿון שפּאַגאַט און גרינער ווערבע! אויב דער בעל־חושך ווייסט אַזוי פֿיל ווי איר זאָגט, מיטראַנדיר, צי וועט ער ניט פֿריִער שמייכלען ווי ציטערן, און מיטן מיזיניק אונדז צעדריקן ווי אַ פֿליג וואָס פּרוּווט אים צו בײַסן?"

"ניין, ער וועט פּרוּוון כאַפּן די פֿליג און צונעמען דעם שטאָך," האָט גאַנדאַלף געזאָגט. "און צווישן אונדז זײַנען נעמען ווערט מער ווי איין טויזנט באַפּאַנצערטע ריטערס צו יעדן. ניין, ער וועט ניט שמייכלען."

"און מיר אויך ניט," האָט אַראַגאָרן געזאָגט. "אויב דאָס איז אַ וויץ, איז עס צו ביטער פֿאַר געלעכטער. ניין, ס'איז דער לעצטער גאַנג אין אַ גרויסער סכּנה־שפּיל, און פֿאַר איין צד צי דעם צווייטן וועט עס ברענגען דעם סוף פֿון דער שפּיל." האָט ער דעמאָלט אַרויסגעצויגן אַנדוריל און אים אויפֿגעהויבן בלישטשענדיק אין דער זון. "דו וועסט ניט ווידער זײַן אין דער שייד ביז נאָך דער לעצטער שלאַכט," האָט ער געזאָגט.

קאַפּיטל צען

דער שוואַרצער טויער עפֿנט זיך

מיט צוויי טעג שפּעטער האָט זיך צונויפֿגעזאַמלט די אַרמיי פֿון דעם מערבֿ אויף דעם פעלענאָר. די מחנה אָרקס און מיזרחדיקער האָט זיך צוריקגעדרייט אַרויס פֿון אַנאָריען, נאָר געפּלאָגט און צעשיידט פֿון די ראָהירים זײַנען זיי צעבראָכן געוואָרן און אַנטלאָפֿן מיט ווייניק קעמפֿן צו קייר אַנדראָס צו, און מיט דער דאָזיקער סכּנה צעשטערט און נײַע כּוחות אָנקומענדיק פֿון דעם דרום איז די שטאָט פֿאַרטיידיקט אַזוי שטאַרק ווי מיגלעך. אויסקוקערס האָבן געמאָלדן אַז קיין שׂונאים בלײַבן ניט אויף די וועגן מיזרח צו ביז דעם שיידוועג פֿון דעם געפֿאַלענעם קיניג. אַלץ איז איצט גרייט געווען אויף דעם לעצטן וואַרף.

לעגאָלאַס און גימלי רײַטן צוזאַמען נאָך אַ מאָל, אין דער קאָמפּאַניע פֿון אַראַגאָרן און גאַנדאַלף, וואָס גייען פֿאָרויס מיט די דונעדיין און די זין פֿון עלראָנד. נאָר מערי, פֿאַרשעמט, גייט ניט מיט זיי.

"איר זײַט ניט גענוג געזונט פֿאַר אַזאַ נסיעה," האָט אַראַגאָרן געזאָגט. "אָבער זײַט ניט פֿאַרשעמט. אויב איר טוט מער ניט אין דער אָ מלחמה, האָט איר שוין פֿאַרדינט גרויסן כּבֿוד. פּערעגרין וועט גיין ווי אַ פֿאַרטרעטער פֿאַר די קאַנטאָן־לײַט, און פֿאַרגינט אים זײַן באַגעגעניש מיט סכּנה, ווײַל כאָטש ער האָט זיך געפֿירט אַזוי וווּל ווי זײַן גורל האָט דערלויבט, האָט ער נאָך ניט דאָס גלײַכע פֿון אײַער טוונג. נאָר דעם אמת זאָגנדיק שטייען אַלע פֿאַר דער זעלבער סכּנה. כאָטש אונדזער ראָלע מעג זײַן צו געפֿינען אַ ביטערן סוף פֿאַר דעם טויער פֿון מאָרדאָר, אויב ס'קומט פֿאַר טאַקע אַזוי, וועט איר דען אויך קומען צו אַ לעצטן קעגנשטעל, אָדער דאָ אָדער אַבי ווו דער שוואַרצער פֿלייץ יאָגט זיך איבער איבער אײַך. אַדיע!"

איז מערי דעמאָלט פֿאַרזאָרגט געשטאַנען און באַטראַכט דעם צונויפֿקום פֿון דער אַרמיי. בערגיל איז מיט אים געווען, איז ער אויך געווען טרויעריק, ווײַל זײַן פֿאָטער מאַרשירט בראָש פֿון אַ קאָמפּאַניע פֿון מענטשן פֿון דער שטאָט: ער האָט ניט געקענט קומען צוריק אין דער וואַך איידער זײַן ענין ווערט געמישפּט. אין אָט דער זעלבער קאָמפּאַניע גייט פּיפּין, ווי אַ זעלנער פֿון גאָנדאָר. מערי האָט אים געקענט זען ניט ווײַט אַוועק, אַ קליינע נאָר שטייענדיקע פֿיגור צווישן די הויכע מענטשן פֿון מינאַס טיריט.

סוף־כּל־סוף האָבן די טרומייטן געקלונגען און די אַרמיי האָט זיך אָנגעהויבן באַוועגן. ראָטע נאָך ראָטע, קאָמפּאַניע נאָך קאָמפּאַניע, האָבן זיי זיך געדרייט און אָפּגעגאַנגען מיזרח צו. און לאַנג נאָך דעם וואָס זיי זײַנען אַרויס פֿון אויגנגרייך אַראָפּ אויפֿן גרויסן וועג צו דעם הויכוועג, איז מערי דאָרט געשטאַנען. דער לעצטער בלישטש פֿון דער פֿרימאָרגן־זון אויף שפּיז און קאַסקע האָט געפֿינקלט און איז פֿאַרלוירן געגאַנגען, און נאָך איז ער געבליבן מיט אַראָפּגעלאָזטן קאָפּ און שווער האַרצן, זיך געפֿילט אָן פֿרײַנד און עלנט. יעדער איינער וואָס ער האָט ליב איז אַוועקגעגאַנגען אַרײַן אינעם אומעט וואָס הענגט איבערן ווײַטן מיזרחדיקן הימל, און זייער ווייניק האָפֿענונג איז געבליבן אין זײַן האַרצן אַז ער וועט זיך מיט זיי נאָך אַ מאָל זען.

גלײַך ווי דערמאָנט פֿון זײַן ייִאושדיק געמיט, איז דער ווייטיק אין זײַן אָרעם צוריק, האָט ער זיך געפֿילט שוואַך און אַלט, און די זונענשײַן האָט אים אויסגעזען ווי דין. ער איז אויפֿגעוועקט געוואָרן פֿונעם אָנריר פֿון **ב**ערגילס האַנט.

"קומט, **האַר פּ**עריאַן!" האָט דער בחור געזאָגט. "עס טוט אײַך נאָך וויי, זע איך. איך וועל אײַך העלפֿן צוריק צו די **ה**יילערס. אָבער האָט ניט קיין מורא! זיי וועלן קומען צוריק. די **מ**ענטשן פֿון **מינאַס טיריט** וועלן קיין מאָל ניט צעקלאַפּט ווערן. און איצט האָבן זיי דעם **לאָ**רד **ע**לפֿשטיין און **ב**ערעגאָנד פֿון דער **וו**אַך דערצו."

פֿאַרן האַלבן טאָג איז די אַרמיי אָנגעקומען אין **אָ**סגיליאַט. דאָרט זײַנען די אַלע אַרבעטער און בעל־מלאָכות וואָס מע האָט געקענט באַגיין זיך אָן זיי פֿאַרנומען געווען. עטלעכע האָבן געהאַלטן אין פֿאַרשטאַרקן די פּראָמען און שיפֿל־בריקן וואָס דער שׂונא האָט געשאַפֿן און טיילווײַז צעשטערט ווען זיי זײַנען אַנטלאָפֿן; עטלעכע געהאַלטן אין זאַמלען זאַפּאַסן און רויב; און נאָך אַנדערע אויפֿן מיזרחדיקן ברעג איבער דעם **ט**ײַך אויפֿבויען כאַפּיקע מיטלען פֿון פֿאַרטיידיקונג.

דער אַוואַנגאַרד איז ווײַטער געגאַנגען דורך די חורבֿות פֿון **אַ**לטן **גאָ**נדאָר, און אַריבער איבער דעם ברייטן **ט**ײַך, און ווײַטער אַרויף אויף דעם לאַנגן גלײַכן וועג וואָס אין די הויכע טעג האָט געפֿירט פֿון דעם שיינעם **ט**ורעם פֿון דער **זון** ביז דעם הויכן **ט**ורעם פֿון דער **ל**בֿנה, וואָס איז איצט געווען **מ**ינאַס **מ**אָרגול אין זײַן פֿאַרשאָלטענעם טאָל. פֿינף מײַלן הינטער **אָ**סגיליאַט האָבן זיי זיך אָפּגעשטעלט, אַ סוף פֿון זייער ערשטן טאָג אויפֿן מאַרש.

נאָר די רײַטערס האָבן ווײַטער געריטן און פֿאַרן אָוונט זײַנען זיי געקומען צו דעם **ש**יידוועג און דעם גרויסן קרײַז ביימער, און אַלץ איז געווען שטיל. ניט קיין סימן פֿון קיין שׂונא האָבן זיי באַמערקט, ניט קיין שרײַ, ניט קיין רוף האָט זיך געלאָזט הערן, קיין אַנטאַבע איז ניט געפֿלויגן גיך פֿון שטיין צי געדיכטעניש לעבן וועג, פֿאָרט מיט יעדן טריט פֿאָרויס האָבן זיי געפֿילט ווי עס וואַקסט די וואַכיקייט פֿון דעם לאַנד. בוים און שטיין, גרעזל און בלאַט האָבן זיך צוגעהערט. דאָס פֿינצטערניש איז אַוועקגעטריבן געוואָרן און ווײַט אַוועק אויף מערבֿ איז די שקיעה געווען אויף דעם **ט**אָל פֿון דעם **אַ**נדויִן, און די ווײַסע שפּיצן פֿון די בערג זײַנען געווען פֿאַררייטלט אין דער בלאָער לופֿט; נאָר אַ שאָטן און אַן אומעט האָבן געדומט אויף דעם **ע**פֿעל **ד**ואַט.

דעמאָלט האָט **אַ**ראַגאָרן געשטעלט טרומייטערס אויף יעדן פֿון די פֿיר וועגן וואָס פֿירן אין דעם קרײַז פֿון ביימער אַרײַן, און זיי האָבן געבלאָזן אַ גרויסן פֿאַנפֿאַר, און די שטאַפֿעטן האָבן אויסגעשריגן הויך אויף אַ קול: "די **לאָ**רדן פֿון **גאָ**נדאָר זײַנען צוריקגעקומען און דאָס גאַנצע לאַנד וואָס האָט געהערט צו זיי האָבן זיי צוריקגענומען." דער גרויליקער אָרק־קאָפּ וואָס מע האָט געשטעלט אויף דער אויסגעשניצטער פֿיגור איז אַראָפּגעוואָרפֿן געוואָרן און צעברעקלט, און דעם אַלטן קיניגס קאָפּ האָט מען אויפֿגעהויבן און ווידער געשטעלט אין זײַן אָרט, נאָך אַלץ באַקריינט מיט ווײַסע און גאָלדענע בלומען, און מע האָט שווער געאַרבעט אויסוואַשן און אויסמעקן דאָס גאַנצע ברידקע טערכען וואָס די אָרקס האָבן געקראַצט אויפֿן שטיין.

פֿרײַער אין דער דעבאַטע האָבן עטלעכע געעצהט אַז מע זאָל ערשט אָנפֿאַלן אויף **מ**ינאַס **מ**אָרגול, און זאָלן זיי אים אײַננעמען, זאָלן זיי אים אין גאַנצן צעשטערן. "און אפֿשר," האָט

אימראַהיל געזאָגט, "וועט זיך באַווײַזן דער וועג וואָס פֿירט פֿון דאָרט ביזן **אַ**ריבערגאַנג אויבן פֿאַר אַ גרינגערן אָנפֿאַל אויף דעם **ב**על־**ח**ושך ווי זײַן צפֿונדיקן טויער."

נאָר אַנטקעגן דעם האָט **ג**אַנדאַלף שטרענג געטענהט, צוליב דאָס בייזן וואָס ווינט אינעם טאָל, ווו די מוחות פֿון לעבעדיקע מענטשן ווערן משוגע און דערשראָקן, און אויך צוליב די נײַעס וואָס **פֿ**אַראַמיר האָט געבראַכט. וואָרן אויב דער **פֿ**ינגערל־**ט**רעגער האָט טאַקע געפּרוּווט אָט דעם וועג, מוזן זיי מער פֿאַר אַלץ ניט ציִען דאָס **א**ויג פֿון **מ**אָרדאָר אַהין. דערפֿאַר דעם קומעדיקן טאָג ווען די הויפּט־מחנה איז אָנגעקומען, האָבן זיי געשטעלט אַ שטאַרקע וואַך אויף דעם **ש**יידוועג ווי עפּעס אַ פֿאַרטיידיקונג, זאָל **מ**אָרדאָר שיקן אַ כּוח אַריבער איבער דעם **מ**אָרגול **אַ**ריבערגאַנג, אָדער ברענגען מער מענטשן פֿון דעם **ד**רום. פֿאַר אָט דער וואַך האָבן זיי אויסגעקליבן מערסטנס פֿײַלן־בויגערס וואָס קענען די שטייגערס פֿון **א**יטיליען, און וואָס וועלן בלײַבן באַהאַלטן אין די וועלדער און שיפּועים איבער דעם צונויפֿקום פֿון די וועגן. נאָר **ג**אַנדאַלף און **אַ**ראַגאָרן האָבן געריטן מיטן אַוואַנגאַרד צו דעם אַרײַנגאַנג פֿון דעם **מ**אָרגול **ט**אָל און געקוקט אויף דער בייזער שטאָט.

עס איז פֿינצטער געוואָרן, אָן לעבן, וואָרן די **אָ**רקס און די קלענערע באַשעפֿענישן פֿון **מ**אָרדאָר וואָס האָבן דאָרט אַ מאָל געוווינט זײַנען צעשטערט געוואָרן אין שלאַכט, און די **נ**אַזגול זײַנען אין ערגעץ אַוועק. פֿאָרט איז די לופֿט אינעם טאָל געווען שווער מיט פּחד און שׂינאה. האָבן זיי דעמאָלט צעשטערט די בייזע בריק און אָנגעצונדן רויטע פֿלאַמען אויף די עיפּושדיקע פֿעלדער און זײַנען אַוועק.

אויף מאָרגן, דעם דריטן טאָג זינט זיי זײַנען אַרויס פֿון **מ**ינאַס **ט**יריט, האָט די אַרמיי אָנגעהויבן דעם צפֿונדיקן מאַרש אויף דעם וועג. אויף אָט דעם וועג איז געווען אַ הונדערט מײַלן פֿון דעם **ש**יידוועג ביז דעם **מ**אָראַנאָן, און וואָס וועט געשען מיט זיי איידער זיי קומען אָן אַזוי ווײַט האָט קיינער ניט געוווּסט. זיי זײַנען אָפֿן געגאַנגען נאָר וואַכיק, מיט אויסקוקערס אויף פֿערד פֿאַר זיי אויפֿן וועג, און אַנדערע צו פֿוס אויף ביידע זײַטן, בפֿרט אויפֿן מיזרחדיקן פֿלאַנק, וואָרן דאָרט זײַנען געלעגן פֿינצטערע געדיכטענישן און אַ קאַפּויערגעפֿאַלן לאַנד מיט שטיינערדיקע יאַרן און שטאָציקע שפּיציקע בערגלעך, וואָס הינטער זיי האָבן אַרויפֿגעקראָכן די לאַנגע פֿאַרביסענע שיפּועים פֿון דעם **ע**פֿעל **ד**וּאַט. דער וועטער אויף דער וועלט איז לויטער געבליבן, און דער ווינט איז נאָך אַלץ געקומען פֿון מערבֿ, אָבער גאָרנישט האָט ניט געקענט אַוועקבלאָזן דעם אומעט און די טרויעריקע נעפּלען וואָס האָבן זיך צוגעקלעפּט צו די **ב**ערג פֿון **ש**אָטן, און צײַטנווײַז הינטער זיי האָבן גרויסע רויכן זיך אויפֿגעהויבן און געהויערט אין די אייבערשטע ווינטן.

פֿון צײַט צו צײַט האָט **ג**אַנדאַלף געהייסן בלאָזן די טרומייטן, און די שטאַפֿעטן האָבן אויסגעשריגן: "די **ל**אָרדן פֿון **ג**אָנדאָר זײַנען געקומען! זאָלן אַלע איבערלאָזן אָט דאָס לאַנד אָדער זיי איבערגעבן!" נאָר **א**ימראַהיל האָט געזאָגט: "זאָגט ניט די *לאָרדן פֿון גאָנדאָר*. זאָגט *דער קיניג עלעסאַר*. וואָרן דאָס איז אמת, כאָטש אַפֿילו איז ער נאָך ניט געזעסן אויף דעם טראָן, און עס וועט געבן דעם **ש**ונא נאָך עפּעס איבערצוטראַכטן, אויב די שטאַפֿעטן ניצן אָט דעם נאָמען." און דערנאָך, דרײַ מאָל אַ טאָג, האָבן די שטאַפֿעטן אַרויסגערופֿן אַז עס קומט דער **ק**יניג **ע**לעסאַר. נאָר קיינער האָט ניט געענטפֿערט דעם אַרויסרוף.

פֿונדעסטוועגן כאָטש זיי האָבן מאַרשירט כּלומרשט בשלום, זײַנען די הערצער פֿון דער גאַנצער אַרמיי, פֿון די העכסטע ביז די נידעריקסטע, שווער געווען, און מיט יעדן מײַל וואָס

זיי גייען צפֿון צו איז דאָס געפֿיל פֿון קומעדיקן בייזן שווערער געוואַקסן אויף זיי. עס איז געווען נאָענט צום סוף פֿונעם צווייטן טאָג זינט דעם מאַרש פֿון דעם שיידוועג ווען זיי האָבן ערשט געטראָפֿן אַן אָנבאָט פֿון שלאַכט. וואָרן אַ שטאַרקע ראָטע אָרקס און מיזרחדיקער האָט געפּרוּווט כאַפּן די פֿירנדיקע קאָמפּאַניעס אין אַ לאָקער, און דאָס איז געווען אינעם זעלבן אָרט ווו פֿאַראַמיר האָט אָפּגעטשאַטעוועט די מענטשן פֿון האַראַד, ווו דער וועג נעמט זיך אַרײַן אין אַ טיפֿן אײַנשניט דורך די אויסגעשטרעקטע בערגלעך אויף מיזרח. נאָר די קאַפּיטאַנען פֿון דעם מערבֿ זײַנען גוט באַוואָרנט געווען פֿון די אויסקוקערס, געניטע לײַט פֿון הענעט אַנון, געפֿירט פֿון מאַבלונג, און אַזוי איז דער לאָקער אַליין אָפּגעטשאַטעוועט געוואָרן. ווײַל די רײַטערס האָבן ברייט געריטן מערבֿ צו און זײַנען געקומען אויפֿן פֿלאַנק פֿון דעם שׂונא און פֿון הינטן, זײַנען זיי צעשטערט געוואָרן אָדער געטריבן מיזרח צו אַרײַן אין די בערגלעך.

נאָר דער נצחון האָט נאָר ווייניק געטאָן אויפֿצומונטערן די קאַפּיטאַנען. "דאָס איז בלויז אַן אָפּווענד," האָט אַראַגאָרן געזאָגט, "און דער הויפּט־ציל, האַלט איך, איז פֿריִער אונדז אַוועקצוציִען מיט אַ פֿאַלשער השערה וועגן דעם שׂונאס קראַפֿט, און ניט אונדז שטאַרק צו שאַטן איצט." און פֿון אָט דעם אָוונט אָן זײַנען די נאַזגול געקומען און נאָכגעפֿאָלגט יעדע באַוועגונג פֿון דער אַרמיי. זיי זײַנען נאָך אַלץ הויך געפֿלויגן, מחוץ אויגנגרייך פֿאַר אַלע אַחוץ לעגאָלאַס, און פֿאָרט האָט מען געקענט דערשפּירן זייער בײַזײַן, ווי אַ פֿאַרטיפֿונג פֿון שאָטן און דאָס אָפּטונקלען פֿון דער זון, און כאָטש די פֿינגערל־שדים זײַנען נאָך ניט אַראָפּגעפֿלויגן נידעריק אויף זייערע שׂונאים און האָבן געשוויגן, אַרויסגעגעבן ניט קיין געשריי, האָט מען ניט געקענט אָפּטרייסלען די אימה פֿון זיי.

אַזוי האָבן זיך די צײַט און די נסיעה אָן האָפֿענונג ווײַטער געצויגן. אויפֿן פֿערטן טאָג פֿון דעם שיידוועג און דעם זעקסטן פֿון מינאַס טיריט זײַנען זיי סוף־כּל־סוף געקומען צו דעם סוף פֿון די לעבעדיקע לענדער, האָבן זיי אָנגעהויבן גיין אַרײַן אין דער וויסטעניש וואָס ליגט פֿאַר די טויערן פֿון דעם אַריבערגאַנג פֿון ציריט גאָרגאָר, האָבן זיי געקענט דערזען די זומפּן און דעם מידבר וואָס ציִען זיך צפֿון צו און מערבֿ צו קיין דעם עמין מויִל. אַזוי וויסט זײַנען געווען אָט די ערטער און אַזוי טיף דער גרויל וואָס ליגט אויף זיי אַז עטלעכע אין דער מחנה זײַנען גאַנץ דערשראָקן געוואָרן, האָבן זיי ניט געקענט אָדער גיין צו פֿוס אָדער רײַטן ווײַטער צפֿון צו.

אַראַגאָרן האָט אויף זיי געקוקט, און אין זײַנע אויגן איז געווען רחמנות אַנשטאָט צו גרימצאָרן, וואָרן די זײַנען געווען יונגע מענטשן פֿון ראָהאַן, פֿון מערבֿפֿאָלד ווײַט אַוועק, אָדער פֿאַרמערס פֿון לאָסאַרנאַך, און צו זיי איז מאָרדאָר געווען פֿון קינדווײַז אָן אַ בייזער נאָמען, און פֿאָרט ניט רעאַל, אַ לעגענדע וואָס שפּילט ניט קיין ראָלע אין זייער פּשוט לעבן, און איצט גייען זיי אַרום ווי מענטשן אין אַ גרויליקן חלום אמת געוואָרן, האָבן זיי פֿאַרשטאַנען ניט די דאָזיקע מלחמה, ניט פֿאַר וואָס דער גורל האָט זיי געפֿירט צו אַזאַ מצבֿ.

"גייט!" האָט אַראַגאָרן געזאָגט. "נאָר האַלט בײַ אַזאַ כּבֿוד ווי איר קענט און לויפֿט ניט! דערצו איז דאָ אַ עובֿדה וואָס איר מעגט פּרוּוון און אַזוי זײַן ניט גאַנץ פֿאַרשעמט. נעמט זיך דרום־מערבֿ צו ביז איר קומט אָן בײַ קייר אַנדראָס, און אויב די שׂונאים האַלטן אים נאָך, ווי איך טרעף, נעמט אים צוריק אויב איר קענט און האַלט אים ביזן סוף פֿון דער פֿאַרטיידיקונג פֿון גאָנדאָר און ראָהאַן!"

דעמאָלט האָבן עטלעכע, פֿאַרשעמט צוליב זײַן רחמנות, האָבן גובֿר געווען זייער פּחד און זײַנען ווײַטער געגאַנגען, און די אַנדערע האָבן אָנגענומען נײַע האָפֿענונג, הערנדיק פֿון אַ גבֿורהדיקע טווּנג צו זייער מאָס וואָס זיי קענען פּרוּוון, און זיי זײַנען אָפּגעגאַנגען. און אַזוי, זינט אַזוי פֿיל מענטשן האָט מען איבערגעלאָזט בײַ דעם **ש**יידוועג, זײַנען די קאַפּיטאַנען פֿון דעם **מ**ערבֿ געקומען מיט ווייניקער ווי זעקס טויזנט צו שטעלן זיך אַנטקעגן דעם **ש**וואַרצן **ט**ויער און די קראַפֿט פֿון **מ**אָרדאָר.

זיי זײַנען געגאַנגען פֿאָרויס מער פּאַמעלעך, האָבן זיך געריכט אַז אַ ליאַדע שעה וועט קומען עפּעס אַן ענטפֿער אויף זייער אַרויסרוף, און זיי האָבן זיך ענגער געצויגן, זינט ס'איז אַ שאָד מענטשן אַרויסשיקן אויסקוקערס צי קלײנע פּאַרטיעס פֿון דער הויפּט־מחנה. שקיעה דעם פֿינפֿטן טאָג מאַרשירן פֿון דעם **מ**אָרגול **ט**אָל האָבן זיי זיך דאָס לעצטע מאָל געלאַגערט, און אָנגעצונדן פֿײַערן אַרום מיט דעם טויטן האָלץ און עריקע וואָס זיי האָבן געקענט געפֿינען. זיי זײַנען וואַך געווען דורך דער נאַכט, האָבן זיי באַמערקט אַ סך זאַכן האַלב דערזען וואָס גייען אַרום און זיך שלײַכן אומעטום אַרום זיי, און זיי האָבן דערהערט דאָס רעווען פֿון וועלף. דער ווינט איז געשטאָרבן און די גאַנצע לופֿט האָט זיי שטיל געפֿילט. זיי האָבן נאָר ווייניק געקענט זען, וואָרן כאָטש עס זײַנען געווען ניט קיין וואָלקנס און די וואַקסנדיקע לבֿנה איז אַלט געווען פֿיר נעכט, זײַנען געווען רויכן און גאַזן אַרויף פֿון דער ערד און דער ווײַסער מעניסק איז פֿאַרדעקט געוואָרן אין די נעפּלען פֿון **מ**אָרדאָר.

עס איז קאַלט געוואָרן. ווען ס'איז געקומען דער אינדערפֿרי האָט דער ווינט אָנגעהויבן זיך ווידער רירן, אָבער איצט איז ער געקומען פֿון דעם **צ**פֿון, און באַלד האָט זיך פֿאַרשטאַרקט ביז אַ וואַקסנדיק ווינטל. די אַלע נאַכט־גייערס זײַנען אַוועק און דאָס לאַנד האָט ליידיק אויסגעזען. אויף צפֿון צווישן די ברודיקע גריבלעך איז געלעגן דער ערשטער פֿון די גרויסע הויפֿנס און בערגעלעך אָפּפֿאַל און צעבראָכענע שטיינער און אויפֿגעריסענע ערד, דאָס ברעכעכץ פֿון די מאָדן־לײַט פֿון **מ**אָרדאָר, נאָר אויף דרום און איצט נאָענט האָט זיך דערזען דער גרויסער מויער פֿון **צ**יריט **ג**אָרגאָר, מיט דעם **ש**וואַרצן **ט**ויער אין דער מיט, און די צוויי **ט**ורעמס פֿון די **צ**יין הויך און פֿינצטער אויף יעדע זײַטן. וואָרן אין זייער לעצטן מאַרש האָבן זיך די **ק**אַפּיטאַנען געגומען אַוועק פֿון דעם אַלטן וועג ווו ער דרייט זיך אויף מיזרח, אויסגעמיטן די סכּנה פֿון די לאָקערנדיקע בערגלעך, און אַזוי זײַנען זיי געקומען נאָענט צו דעם **מ**אָראַנאָן פֿון דעם צפֿון־מערבֿ, פּונקט ווי **פֿ**ראָדאָ האָט געטאָן.

די צוויי ריזיקע אײַזערנע טירן פֿון דעם **ש**וואַרצן **ט**ויער אונטערן קרומען בויגן זײַנען געווען פֿעסט פֿאַרמאַכט. אויבן אויפֿן מויער האָט מען גאָרנישט ניט געקענט זען. אַלץ איז שטיל געווען נאָר וואַכיק. זיי זײַנען געקומען צו דעם לעצטן סוף פֿון זייער טיפּשות, און זײַנען געשטאַנען פֿאַרלאָזן און קאַלט אין דער גראָער ליכט פֿון פֿרײַיִקן טאָג פֿאַר די טורעמס און מויערן וואָס זייער אַרמיי האָט ניט געקענט אָנפֿאַלן מיט האָפֿענונג, ניט אַפֿילו וואָלטן זיי אַהערגעבראַכט מאַשינען פֿון גרויסער קראַפֿט און דער **ש**ונא וואָלט געהאַט ניט מער כּוחות ווי וועט קלעקן צו פֿאַרטיידיקן נאָר דעם טויער און מויער. אָבער זיי האָבן געוווּסט אַז די אַלע בערגלעך און שטיינער איבער דעם **מ**אָראַנאָן זײַנען אָנגעפֿילט מיט באַהאַלטענע שׂונאים, און דער באַשאָטנטער יאַר ווײַטער איז געווען געבויערט און דורכטונעלירט פֿון זיך רויענדיקע פֿלידן פֿון בייזע חפֿצים. און בעת זיי זײַנען געשטאַנען האָבן זיי געזען די אַלע

נאַזגול זיך צונויפֿזאַמלען, געהויערט איבער די **ט**ורעמס פֿון די **צ**יין ווי גריפֿן, און זיי האָבן געוווּסט אַז מע קוקט אויף זיי. נאָר נאָך אַלץ האָט דער **ש**ונא ניט געמאַכט קיין סימן.

זיי האָבן ניט געהאַט קיין ברירה אַחוץ שפּילן די ראָלעס ביזן סוף. דערפֿאַר האָט **אַ**ראַגאָרן איצט געשטעלט די מחנה אין דער בעסטע פֿאָרמאַציע וואָס זיי האָבן געקענט פֿורעמען, זײַנען זיי געזאַמלט אויף צוויי גרויסע בערגלעך פֿון אויפֿגעריסענע שטיינער און ערד וואָס די אָרקס האָבן אָנגעקויפּט דורך יאָרן אַרבעטן. פֿאַר זיי צו **מ**אָרדאָר צו איז געלעגן ווי אַ וואַסערשאַנץ אַ גרויסע גרוזנע עיפּושדיקע בלאָטע און ברודיק שמעקנדיקע קאָלוזשעס. ווען אַלץ איז גוט אויסגעסדרט געווען האָבן די **ק**אַפּיטאַנען געריטן פֿאָרויס צו דעם **ש**וואַרצן **ט**ויער צו מיט אַ גרויסער וואַך רײַטערס און דער פֿאָנע און שטאַפֿעטן און טרומייטערס. דאָרט איז געווען **ג**אַנדאַלף ווי הויפּט־שטאַפֿעט, און **אַ**ראַגאָרן מיט די זין פֿון **ע**לראָנד, און **ע**אָמער פֿון **ר**אָהאַן, און **א**ימראַהיל, און **ל**עגאָלאַס און **ג**ימלי און **פּ**ערעגרין האָט מען געבעטן גיין אַזוי אַז די אַלע שׂונאים פֿון **מ**אָרדאָר זאָלן האָבן אַן עדות.

זיי זײַנען געקומען גענוג נאָענט צו דעם **מ**אָראַנאָן אויסצושרײַען, און אָפּגעוויקלט די פֿאָנע, געבלאָזן אויף די טרומייטן, און די שטאַפֿעטן זײַנען געשטאַנען פֿאָרויס און געשיקט די קולער אַרויף איבערן מויער פֿון **מ**אָרדאָר.

"קומט אַרויס!" האָבן זיי געשריגן. "לאָזט דעם **ל**אָרד פֿון דעם **ש**וואַרצן **ל**אַנד קומען אַרויס! מע מוז זיך מיט אים באַגיין מיט יושר. וואָרן אומגערעכט האָט ער געהאַלטן מלחמה קעגן **ג**אָנדאָר און זײַנע לענדער אַרויסגעריסן. דערפֿאַר פֿאָדערט דער **ק**יניג פֿון **ג**אָנדאָר אַז ער מוז תּשובֿה טאָן פֿאַר זײַן בייזן, און דערנאָך אָפּגיין אויף אייביק. קומט אַרויס!"

עס איז געקומען אַ לאַנגע שטילקייט, און ניט פֿון מויער, ניט פֿון טויער איז געקומען קיין געשריי צי קלאַנג ווי אַן ענטפֿער. נאָר **ס**אַוראָן האָט שוין געמאַכט זײַנע פּלענער, און ער האָט אין זינען געהאַט פֿריִער צו שפּילן זיך מיט די מײַז רוצחיש איידער ער שלאָגט אויף טויט. אַזוי איז געווען אַז פּונקט אַז די **ק**אַפּיטאַנען האָבן זיך געהאַלטן בײַם אַרומדרייען, איז די שטילקייט פּלוצעם צעבראָכן געוואָרן. עס איז געקומען אַ לאַנג אויסגעצויגענער קלאַנג פֿון גרויסע פּויקן ווי דונער אין די בערג, און דערנאָך אַ געשריי פֿון הערנער וואָס האָט געטרייסלט די סאַמע שטיינער און פֿאַרדולט די אויערן. און דעמאָלט האָט מען אָפֿן געוואָרפֿן די טיר פֿון דעם **ש**וואַרצן **ט**ויער מיט אַ גרויסן קלאַנג, אַרויס דערפֿון איז געקומען אַ דעפּוטאַציע פֿון דעם **פּ**ינצטערן **ט**ורעם.

בראָש האָט געריטן אַ הויכע און בייזע פֿאָרעם, זיצנדיק אויף אַ שוואַרץ פֿערד, אויב ס'איז טאַקע אַ פֿערד, וואָרן עס איז ריזיק געווען און גרויליק, און דאָס פּנים איז געווען אַ שרעקלעכע מאַסקע, מער ווי אַ שאַרבן ווי אַ לעבנדיקער קאָפּ, און אין די אויגן־חללס און נאָזלעכער האָט געברענט אַ פֿלאַם. דער רײַטער איז גאַנץ אין שוואַרץ באַקליידט, און שוואַרץ איז געווען זײַן הויכע קאַסקע. פֿאָרט איז דאָס ניט געווען קיין **פּ**ינגערל־**ש**ד נאָר אַ לעבעדיקער מענטש. דער **ל**ייטענאַנט פֿון דעם **ט**ורעם פֿון **ב**אַראַד־**ד**ור איז ער געווען, און זײַן נאָמען איז ניט דערמאָנט אין קיין מעשׂה, וואָרן ער אַליין האָט דאָס פֿאַרגעסן, און ער האָט געזאָגט: "איך בין דאָס **מ**ויל פֿון **ס**אַוראָן." נאָר מע זאָגט אַז ער איז אַ רענעגאַט, וואָס איז געקומען פֿון דער גזע פֿון די וואָס מען רופֿט זיי די **ש**וואַרצע **נ**ומענאָרער, וואָרן זיי האָבן זיך באַזעצט אין **מ**יטל־**ע**רד במשך פֿון די יאָרן פֿון **ס**אַוראָנס ממשלה. און זיי האָבן אים פֿאַרגעטערט, צוליב דעם וואָס זיי האָבן ליב געהאַט בייז וויסן. און ער איז אַרײַן צו דינסט פֿון דעם **פּ**ינצטערן **ט**ורעם ווען דאָס איז ערשט ווידער נתעלה געוואָרן, און צוליב זײַן

כּיטרעקייט איז ער אַלץ העכער געוואַקסן אין דעם לאָרדס אויגן, האָט ער אויסגעלערנט גרויסן כּישוף, און האָט געקענט אַ סך פֿון דעם מוח פֿון סאַוראָן, און ער איז געווען מער רוצחיש ווי אַבי אַן אָרק.

ער איז עס געווען וואָס האָט אַרויסגעריטן און מיט אים איז געקומען נאָר אַ קליינע קאָמפּאַניע פֿון סאָלדאַטן אין שוואַרץ געשפּאַן, און איין איינציקע פֿאָנע, אַ שוואַרצע נאָר אין דער מיט אויף רויט, דאָס בייזע אויג. איצט האַלטנדיק אַ פּאָר שפּאַנען פֿאַר די קאַפּיטאַנען פֿון דעם מערבֿ האָט ער זיי אָנגעקוקט פֿון קאָפּ ביז די פֿיס און זיך צעלאַכט.

"צי איז דאָ אין דעם המון עמעצער מיטן רשות מיט מיר צו האַנדלען?" האָט ער געפֿרעגט. "אָדער טאַקע מיטן שׂכל מיך צו פֿאַרשטיין? דו ניט ווייניקסטנס!" האָט ער געשפּעט, זיך ווענדנדיק צו אַראַגאָרן מיט ביטול. "עס דאַרף מער צו שאַפֿן אַ קיניג ווי אַ שטיק עלפֿיש גלאָז אָדער אַ המון אַזאַ. אַבי וואָס פֿאַר אַ גזלן פֿון די בערגלעך קען זאַמלען אַזאַ באַנדע!"

אַראַגאָרן האָט גאָרנישט ניט געזאָגט ווי אַן ענטפֿער, נאָר ער האָט געכאַפּט דעם צווייטנס אויג און דאָס געהאַלטן, און אויף אַ רגע האָבן זיי אַזוי געקעמפּט, אָבער באַלד, כאָטש אַראַגאָרן האָט זיך ניט גערירט, ניט געשטעלט האַנט אויף וואָפֿן, איז דעם צווייטן דאָס האַרץ אַרויסגעפֿאַלן און ער האָט זיך צוריקגעצויגן ווי מע דראָט אים שלאָגן. "איך בין אַ שטאַפּעט און אַמבאַסאַדאָר, מעג מען מיך ניט אָנשלאָגן!" האָט ער געשריגן.

"ווו אַזעלכע געזעצן הערשן," האָט גאַנדאַלף געזאָגט, "איז אויך דער מינהג אַז אַמבאַסאַדאָרן זאָלן ניט זײַן אַזוי עזותדיק. אָבער קײנער האָט אײַך ניט געדראָט. איר דאַרפֿט ניט קיין מורא האָבן פֿאַר אונדז, ביז אײַער גאַנג איז פֿאַרטיק. נאָר סײַדן אײַער האַר איז געקומען צו נײַער חכמה, וועט איר, און אַלע זײַנע באַדינערס, זײַן אין אַ גרויסן קלעם."

"אַזוי!" האָט געזאָגט דער שליח. "דו ביסט דען דער פּירשפּרעכער, אַלטע גראָבבאָרד? צי האָבן מיר ניט פֿון אײַך צײַטנווײַז געהערט, און פֿון דײַנע וואַנדערונגען, שטענדיק אויסטראַכטן אינטריגעס און שאָדן פֿון אַ זיכערער ווײַטקייט? נאָר דאָס מאָל האָסטו אַרויסגעשטעקט די נאָז צו ווײַט, האַר גאַנדאַלף, וועסטו זען וואָס קומט צו דעם וואָס שטעלט זײַנע נאַרישע נעצן פֿאַר די פֿיס פֿון סאַוראָן דעם גרויסן. איך האָב באַווײַזן וואָס מע האָט מיר געבעטן שטעלן פֿאַר דיר – בפֿרט פֿאַר דיר, אויב דו זאָלסט זיך דערוועגן קומען." ער האָט אַ ווונק געגעבן איינעם פֿון זײַן וואַך, איז ער פֿאָרויסגעקומען מיט אַ בינטל אײַנגעוויקלט אין שוואַרצע טיכער.

דער שליח האָט די געשטעלט אין אַ זײַט און דאָרט, ווי אַ חידוש און אָפּהענטיקייט צו די אַלע קאַפּיטאַנען, האָט ער ערשט אויפֿגעהויבן די קורצע שווערד וואָס סאַם האָט געטראָגן, און דערנאָך אַ גראָען מאַנטל מיט אַן עלפֿישן בראָש, און צו לעצט דאָס רעקל פֿון מיטריל־פּאַנצער וואָס פֿראָדאָ האָט געטראָגן אײַנגעוויקלט אין זײַנע צעריסענע קליידער. אַ שוואַרצקייט איז געקומען פֿאַר די אויגן זייערע און עס האָט זיי געפֿילט אין אַ רגע שטילקייט אַז די וועלט האָט זיך אָפּגעשטעלט, נאָר זייערע הערצער זײַנען טויט געווען און די לעצטע האָפֿענונג פֿאַרשווונדן געוואָרן. פּיפּין, וואָס איז געשטאַנען הינטער פּרינץ אימראַהיל איז געשפּרונגען פֿאָרויס מיט אַ געשריי פֿון צער.

"שווײַגט!" האָט גאַנדאַלף ערנסט געזאָגט און אים צוריקגעשטויסן, נאָר דער שליח האָט זיך צעלאַכט הויך אויף אַ קול.

"אַך, איר האָט נאָך איינעם פֿון די דאָזיקע שדימלעך מיט אײַך!" האָט ער אויסגעשריגן. "וואָס פֿאַר אַ נוץ איר געפֿינט אין זיי קען איך ניט טרעפֿן, נאָר זיי צו שיקן ווי שפּיאָנען אין מאָרדאָר אַרײַן איז איבער אַפֿילו אײַער געוויינטלעכער נאַרישקייט. פֿאָרט דאַנק איך אים, ווײַל ס'איז קלאָר אַז אָט דער יונגאַטש ווייניקסטנס האָט פֿריִער געזען די באַווײַזן, וואָלט זײַן אײַך אומזיסט זיי איצט צו פֿאַרלייקענען."

"איך וויל זיי ניט פֿאַרלייקענען," האָט גאַנדאַלף געזאָגט. "טאַקע קען איך זיי אַלע און די גאַנצע געשיכטע זייערע, און ניט קוקנדיק אויף אײַער ביטול, ברודיק מויל פֿון סאַוראָן, קענט איר אַזוי ניט זאָגן. נאָר פֿאַר וואָס ברענגט איר זיי אַהער?"

"שרעטל־מאַנטל, עלף־מאַנטל, שאַרף פֿון דעם אונטערגעגאַנגענעם מערבֿ, און שפּיאָן פֿונעם קליינעם שטשור־לאַנד, פֿון דעם קאַנטאָן – ניין, צאַפּלט ניט אויף! מיר קענען אים גוט – אָט האָט איר די סימנים פֿון אַ פֿאַרשווערונג. איז, אפֿשר איז ער וואָס האָט געטראָגן די אָ זאַכן אַ באַשעפֿעניש וואָס ס'וועט איר ניט מצער זײַן אָנצוווערן, און אפֿשר פֿאַרקערט: אפֿשר איז ער אײַך טײַער? אויב אַזוי, עצהט זיך גיך מיטן קליינעם שׂכל וואָס בלײַבט אײַך. וואָרן סאַוראָן האָט ניט ליב קיין שפּיאָנען, און וואָס זאָל זײַן זײַן גורל הענגט אָפּ איצט אין אײַער ברירה."

קיינער האָט אים ניט געענטפֿערט, אָבער ער האָט געזען די פּנימער זייערע גראָ מיט שרעק און דעם גרויל אין די אויגן, און ער האָט זיך נאָך אַ מאָל צעלאַכט, ווײַל ס'האָט זיך אים געדאַכט אַז זײַן שפּיל גייט גוט. "גוט, גוט!" האָט ער געזאָגט. "ער איז אײַך געווען טײַער, זע איך. אָדער זײַן גאַנג איז געווען איינער וואָס איר האָט ניט געוואָלט ער זאָל דורכפֿאַלן? ס'איז שוין דורכגעפֿאַלן. און איצט וועט ער דורכגיין אַ פּאַמעלעך מאַטערניש אויף יאָרן, אַזוי לאַנג און פּאַמעלעך ווי די קונצן אונדזערע קענען אויסטראַכטן, און ער וועט קיין מאָל ניט אַרויסגעלאָזט ווערן, סײַדן אפֿשר ווען ער איז געביטן און צעבראָכן געוואָרן, ווען מע וועט אים דערלאָזן גיין צו אײַך, איר זאָלט זיך דערוויסן וואָס איר האָט אָפּגעטאָן. אַזוי וועט אַלץ זיכער פּאַסירן – סײַדן איר נעמט אָן מײַן לאָרדס תּנאָים."

"גיט אָן די תּנאָים," האָט גאַנדאַלף פֿעסט געזאָגט, אָבער די וואָס נאָענט צו אים האָבן דערזען די יסורים אויף זײַן פּנים, און איצט האָט ער אויסגעזען ווי אַן אַלטער אויסגעדאַרטער מענטש, צעשמעטערט, סוף־כּל־סוף צעקלאַפּט. זיי האָבן ניט קיין ספֿק געהאַט אַז ער וועט אָננעמען.

"אָט זײַנען די תּנאָים," האָט דער שליח געזאָגט, און געשמייכלט בעת ער קוקט אויף זיי נאָך אַנאַנד. "די המונים פֿון גאָנדאָר מיט זײַנע פֿאַרפֿירטע אַלײַרטע זאָלן זיך צוריקציִען הינטער דעם אַנדויִן, פֿריִער געבן שבֿועות קיין מאָל ניט אָנצופֿאַלן אויף סאַוראָן דעם גרויסן בגוואַלד, צי אָפֿן צי בסוד. די אַלע לענדער אויף מיזרח פֿון דעם אַנדויִן זאָלן געהערן נאָר צו סאַוראָן אויף אייביק. אויף מערבֿ פֿון דעם אַנדויִן ביז די נעפּלדיקע בערג און דעם אײַנרײַס פֿון ראָהאַן זאָלן זײַן אונטערלענדער פֿון מאָרדאָר, און די מענטשן דאָרט זאָלן טראָגן ניט קיין וואָפֿן, נאָר זיי וועלן קענען צוזען די אייגענע עסקים. אָבער זיי וועלן העלפֿן איבערבויען איסענהויף, וואָס זיי האָבן פֿאַרשײַט צעשטערט, און דאָס זאָל געהערן צו סאַוראָן, און דאָרט זאָל זײַן לייטנאַנט וווינען: ניט סאַרומאַן נאָר עמעצער מער צו געטרויען."

קוקנדיק אין דעם **ש**ליחס אויגן האָבן זיי געלייענט די מחשבֿה זײַנע. ער וועט זײַן דער דאָזיקער לייטענאַנט, און וועט צונויפֿזאַמלען אַלץ וואָס בלײַבט פֿון דעם **מ**ערבֿ אונטער זײַן ממשלה; ער וועט זײַן זייער טיראַן און זיי זײַנע שקלאַפֿן.

נאָר **ג**אַנדאַלף האָט געזאָגט: "דאָס איז צו פֿיל צו פֿאָדערן פֿאַרן צושטעל פֿון איין באַדינער; אַז אײַער **ה**אַר זאָל קריגן אין בײַט וואָס אַנדערש וואָלט ער מוזן האַלטן מלחמה צו קריגן! אָדער האָט דאָס פֿעלד פֿון **ג**אָנדאָר צעשטערט זײַן האָפֿענונג אויף מלחמה, אַזוי אַז ער לאָזט זיך אַראָפּ דינגען זיך? און טאָקע אויב מיר האַלטן אָט דעם געפֿאַנגענעם אַזוי טײַער, ווי אַזוי זאָלן מיר זיכער זײַן אַז **ס**אַוראָן, דער **ג**עמיינער **ה**אַר פֿון **פֿ**אַרראַט, וועט האַלטן וואָרט? ווו איז דער דאָזיקער געפֿאַנגענער? זאָל מען אים ברענגען אַרויס און אונדז איבערגעבן, וועלן מיר דעמאָלט באַטראַכטן אָט די תּנאָים."

עס האָט דעמאָלט אויסגעזען צו **ג**אַנדאַלף, אַרײַנגעטאָן, קוקנדיק אויף אים ווי אַ מענטש אין מיטן פֿעכטערײַ מיט אַ סכּנת־נפֿשותדיקן שׂונא, אַז אויף איין אײַנאָטעם איז דער **ש**ליח געווען צעטומלט. נאָר גיך האָט ער זיך ווידער צעלאַכט.

"שפּילט זיך ניט אין ווערטער מיט עזות מיט דעם **מ**ויל פֿון **ס**אַוראָן!" האָט ער געשריגן. "זיכערקייט ווילט איר! **ס**אַוראָן גיט דאָס ניט. אויב איר בעט זיך בײַ אים חסד, מוזט איר פֿריִער טאָן זײַנס. אָט די זײַנען די תּנאָים זײַנע. נעמט זיי אָן אָדער לאָזט זיי אָפּ!"

"אָט די וועלן מיר אָננעמען!" האָט **ג**אַנדאַלף מיט אַ מאָל געזאָגט. ער האָט געוואָרפֿן דעם מאַנטל אין אַ זײַט און אַ ווײַסע ליכט האָט אַרויסגעשײַנט ווי אַ שווערד אין דעם שוואַרצן אָרט. פֿאַר זײַן אויפֿגעהויבענער האַנט האָט זיך דער ברודיקער **ש**ליח צוריקגעצויגן, און **ג**אַנדאַלף איז געקומען כאַפּן און צונעמען די באַווײַזן: מאַנטל, רעקל, און שווערד. "אָט די וועלן מיר נעמען ווי אַן אָנדענק פֿון אונדזער פֿרײַנד," האָט ער אויסגערופֿן. "נאָר וואָס שייך אײַערע תּנאָים, זאָגן מיר זיך אָפּ לגמרי פֿון זיי. נעמט זיך אַוועק, וואָרן אײַער גאַנג איז פֿאַרטיק און טויט איז אײַך נאָענט. מיר זײַנען ניט אַהערגעקומען פּטרן ווערטער האַנדלען מיט **ס**אַוראָן, אומגעטרײַ און פֿאַרשאָלטן, און נאָך ווייניקער מיט איינעם פֿון זײַנע שקלאַפֿן. אַוועק!"

דעמאָלט האָט דער **ש**ליח פֿון **מ**אָרדאָר מער ניט געלאַכט. זײַן פּנים איז קרום געווען מיט חידוש און כּעס ביז ער זעט אויס ווי עפּעס אַ ווילדע חיה וואָס אין מיטן לאָקערן אויף רויב איז געשלאָגן אויפֿן פּיסק מיט אַ שטעכנדיקן שטעקל. גרימצאָרן האָט אים אָנגעפֿילט און ס'איז געראָנען פֿון מויל, און קלאַנגען פֿון צאָרן אָן פֿאָרעם זײַנען דערשטיקט געקומען פֿון האַלדז. נאָר ער האָט געקוקט אויף די רוצחישע פּנימער פֿון די **ק**אַפּיטאַנען און די טויטלעכע אויגן זייערע, און פּחד האָט איבערגעשטיגן זײַן כּעס. ער האָט אַ גרויס געשריי געגעבן און זיך געדרייט, געשפּרונגען אויפֿן פֿערד, און מיט זײַנע קאָמפּאַניע האָט גאַלאָפּירט ווילד צוריק קיין **צ**יריט **ג**אָרגאָר. נאָר פּונקט אַז זיי זײַנען געגאַנגען האָבן זײַנע סאָלדאַטן געבלאָזן די הערנער ווי אַ סיגנאַל לאַנג פֿריִער צוגעגרייט, און איידער אַפֿילו זיי זײַנען אָנגעקומען בײַם טויער האָט **ס**אַוראָן אַרויסגעלאָזט זײַן פּאַסטקע.

די פּויקן האָבן געקלונגען און פֿײַערן אַרויפֿגעשפּרונגען. די גרויסע טירן פֿון דעם **ש**וואַרצן **ט**ויער האָבן זיך ברייט צוריקגעשוואונגען. אַרויס דערפֿון האָט געשטראָמט אַ גרויסע מחנה אַזוי גיך ווי ווירבלענדיקע וואַסערן ווען מע עפֿנט אַ שליוז.

די **ק**אַפּיטאַנען האָבן זיך ווידער אויפֿגעזעצט און געריטן צוריק, און פֿון דער מחנה פֿון **מ**אָרדאָר איז אַרויף אַ הוזקדיק געשריי. שטויב האָט זיך אויפֿגעהויבן, דערשטיקט די לופֿט, און פֿון נאָענט האָט מאַרשירט אַן אַרמיי **מ**יזרחדיקער וואָס האָט געוואַרט אויפֿן סיגנאַל אין די שאָטנס פֿון **ע**רעד **ל**יטוי הינטער דעם ווײַטערן **ט**ורעם. אַראָפּ פֿון די בערגלעך אויף ביידע זײַטן **מ**אָראַנאָן האָבן געשטראָמט **אָ**רקס אָן אַ צאָל. די מענטשן פֿון דעם **מ**ערבֿ זײַנען געווען אין אַ פֿאַסטקע און באַלד, אומעטום אַרום די גראָע קויפּן וווּ זיי זײַנען געשטאַנען, וועט קומען זיי אַרומצורינגלען אַ ים שׂונאים, צען מאָל אַזוי גרויס ווי זיי. **ס**אַוראָן האָט געכאַפּט די אָנגעבאָטענע צישפּײַז אין שטאָלענע קײַערס.

נאָר אַ ביסל צײַט איז געבליבן פֿאַר **אַ**ראַגאָרן אויסצוסדרן זײַן קאַמף. ער איז געשטאַנען מיט **ג**אַנדאַלף אויף איין בערגל, און דאָרט, שיין און פֿאַרצווייפֿלט, איז אַרויפֿגעגאַנגען די פֿאָנע פֿון דעם **ב**וים און **ש**טערן. אויף דעם נאָענטן צווייטן בערגל זײַנען געשטאַנען די פֿאָנעס פֿון **ר**אָהאַן און **ד**אָל **אַ**מראָט, **ו**וײַס **פֿ**ערד און **ז**ילבערנער **ש**וואַן. און אַרום יעדן בערגל האָט מען געשטעלט אַ קרײַז גאַנץ אַרום, זיך געשטײַפּט מיט שפּיז און שווערד. נאָר אויף פֿאָרנט, צו **מ**אָרדאָר צו, וואָס דערפֿון וועט קומען דער ערשטער ביטערער אָנפֿאַל, זײַנען געשטאַנען די זין פֿון **ע**לראָנד אויף לינקס מיט די **ד**ונעדיין אַרום זיי, און אויף רעכטס דער **פּ**רינץ **א**ימראַהיל מיט די מענטשן פֿון **ד**אָל **אַ**מראָט, הויך און העל, און אויסגעקליבענע מענטשן פֿון דעם **ט**ורעם פֿון **ש**מירה.

דער ווינט האָט געבלאָזן, און די טרומייטן געזונגען, און פֿײַלן געפּישטשעט, נאָר די זון, איצט גייענדיק אַרויף צו דעם **ד**רום צו, איז פֿאַרשלייערט געוואָרן אין די שמוכטן פֿון **מ**אָרדאָר, און דורך אַ דראָענדיקן נעפּל האָט זי געשײַנט, אָפּגעלעגן, אַן אָנגעכמורעטער רויט, גלײַך ווי ס'איז געווען סוף טאָג, אָדער אפֿשר דער סוף פֿון דער גאַנצער וועלט פֿון ליכט. און אַרויס פֿון דער צונויפֿקומענדיקער כמאַרע זײַנען געקומען די **נ**אַזגול מיט די קאַלטע קולער שרײַענדיק אַרויס טויטע דיבורים, און דערמיט איז די אַלע האָפֿענונג אויסגעלאָשן געוואָרן.

פּיפּין האָט זיך צעדריקט אַראָפּגעלאָזט מיט שרעק ווען ער האָט געהערט ווי **ג**אַנדאַלף האָט זיך אָפּגעזאָגט פֿון די תּנאָים און פֿאַרמישפּטן **פֿ**ראָדאָ אויף פּײַניקונג אין דעם **ט**ורעם, נאָר ער האָט זיך באַגעוועלטיקט, און איצט איז ער געשטאַנען לעבן **ב**ערעגאָנד אין דער פֿאָדערשטער ריי פֿון **ג**אָנדאָר מיט **א**ימראַהילס לײַט. וואָרן ס'האָט זיך אים געדאַכט ליבערשט גיך צו שטאַרבן און איבערלאָזן די ביטערע מעשׂה פֿון זײַן לעבן, וואָרן אַלץ איז שוין צעשטערט.

"אויב נאָר **מ**ערי וואָלט דאָ זײַן," האָט ער זיך געהערט, און גיכע מחשבֿות זײַנען געפֿלויגן דורכן מוח, אַפֿילו אַז ער קוקט אויפֿן שׂונא וואָס שטורעמט פֿאָרויס. "נו, נו, איצט על־כּל־פּנים פֿאַרשטיי איך אַ ביסל בעסער דעם נעבעכדיקן **ד**ענעטאָר. מיר וואָלטן געקענט אומקומען צוזאַמען, **מ**ערי און איך, און זינט מיר מוזן שטאַרבן, פֿאַר וואָס ניט? נו, ער איז ניטאָ, און איך האָף ער וועט געפֿינען אַ גרינגערן סוף. נאָר איצט מוז איך טאָן דאָס בעסטע."

ער האָט אַרויסגעצויגן די שווערד און אויף איר געקוקט, און די צונויפֿגעפֿלאָכטענע פֿיגורן פֿון רויט און גאָלד, און די פֿליסנדיקע אותיות פֿון **נ**ומענאָר האָבן געבלישטשעט ווי פֿײַער אויף דער שאַרף. "דאָס האָט מען געשאַפֿן אויף פּונקט אַזאַ שעה," האָט ער געטראַכט. "אויב נאָר איך וואָלט קענען שלאָגן דעם ברודיקן **ש**ליח מיט איר, וואָלט איך זײַן

שיִער ניט גליַיך מיט דעם אַלטן **מ**ערי. נו, איכ'ל שלאָגן עטלעכע פֿון די חייִשע חפֿצים פֿאַרן סוף. איך ווינטש איך וואָלט קענען זען קילע זונענשיַין און גרין גראָז נאָך אַ מאָל!"

און דעמאָלט, פּונקט אַז ער טראַכט דערוועגן, האָט דער ערשטער אָנפֿאַל אויף זיי געשטורעמט. די אָרקס, אויפֿגעהאַלטן פֿון די בלאָטעס וואָס ליגן פֿאַר די בערגלעך, האָבן זיך אָפּגעשטעלט און געשיטן די פֿיַילן אַריַין אין די פֿאַרטיידיקנדיקע רייען. נאָר דורך זיי זיַינען געקומען צו שפּאַנען, רעוועגדיק ווי חיות, אַ גרויסע קאָמפּאַניע פֿון בערגל־טראָלן, אַרויס פֿון **ג**אָרגאָראָט. העכער און ברייטער ווי **מ**ענטשן זיַינען זיי געווען, און זיי זיַינען געווען באַקליידט אין ענג אייגל פֿון האָרענע שופּן, אָדער אפֿשר איז דאָס געווען דאָס גרויליקע פֿעל זייערע, נאָר זיי האָבן געטראָגן קיַילעכדיקע שילדן, ריזיק און שוואַרץ, און געמאַכט מיט שווערע האַמערס אין די סוקעוואַטע הענט. הפֿקר זיַינען זיי געשפּרונגען אין די לוזשעס אַריַין, אַריבער געבראָדיעט, געריטשעט ביַים קומען. ווי אַ שטורעם האָבן זיי זיך געכוואַליעט אויף דער ריי פֿון די מענטשן פֿון **ג**אָנדאָר, געשלאָגן אויף קאַסקע און קאָפּ, און אָרעם און שילד, ווי שמידן אויף הייס בייגעוודיק איַיזן. ביַי **פּ**יפּינס זיַיט איז **ב**ערעגאָנד פֿאַרדולט געוואָרן און פּריטשמעליעט, איז ער געפֿאַלן, און דער גרויסער טראָל־שעף וואָס האָט אים געשלאָגן האָט זיך איבער אים אַראָפּגעלאָזט, אַרויסגעשטעקט אַ כאַפּנדיקן קרעל, וואָרן אָט די רוצחישע באַשעפֿענישן פֿלעגן בײַסן די העלדזער פֿון די וואָס זיי וואַרפֿן אַראָפּ.

דעמאָלט האָט **פּ**יפּין אַ שטאָך געטאָן אַרויף און די אָנגעשריבענע שאַרף פֿון **מ**ערבֿנעס האָט דורכגעשטאָכן די פֿעל און איז טיף אַריַין אין די קישקעס פֿונעם טראָל, האָט זיַין שוואַרץ בלוט אַרויסגעגאָסן. ער איז געפֿאַלן פֿאָרויס, אַראָפּ מיט אַ טראַסק ווי אַ פֿאַלנדיקער שטיין, באַגראָבן די וואָס אונטער אים. שוואַרצקייט און עיפּוש און צעדריקנדיקער ווייטיק זיַינען אויף **פּ**יפּין געקומען, און זיַין מוח איז אַוועקגעפֿאַלן אין אַ גרויס פֿינצטערניש אַריַין.

" עס ענדיקט זיך אַזוי ווי איך האָב געטראָפֿן," האָט געזאָגט זיַין מחשבֿה פּונקט ביַים אַוועקפֿלאַטערן, און ס'האָט אַ ביסל געלאַכט אין אים איידער ס'איז אַנטלאָפֿן, שיִער ניט פֿריילעך האָט דאָס אים געפֿילט ביַים אַוועקוואַרפֿן סוף־כּל־סוף דעם גאַנצן ספֿק און זאָרג און פּחד. און דעמאָלט, פּונקט בעת עס פֿליט אַוועק אין פֿאַרגעסנקייט אַריַין האָט עס קולער דערהערט, וואָס האָט זיך אים געדאַכט ווי זיי שריַיען אין עפּעס אַ פֿאַרגעסענער וועלט וויַיט אויבן:

"די אָדלערס קומען! די אָדלערס קומען!"

אויף נאָך אַ רגע האָט פּיפּינס מחשבֿה געהויערט. "**ב**ילבאָ!" האָט זי געזאָגט. "אָבער ניין! דאָס איז געווען פֿון זיַין מעשׂה מיט לאַנג לאַנג צוריק. אָט דאָס איז מיַין מעשׂה, און איצט האָט זי זיך געענדיקט. אַדיע!" און זיַין מחשבֿה איז וויַיט אַוועק געפֿלויגן און זיַינע אויגן האָבן מער ניט געזען.

בוך זעקס

קאַפּיטל איינס

דער טורעם פֿון ציריט אונגאָל

סאַם האָט זיך ווייטיקדיק געריירט פֿונעם אָרט אויף דער ערד. אויף אַ רגע האָט ער זיך געוווּנדערט ווו ער איז, און דערמיט איז דער גאַנצער צער און פֿאַרצווייפֿלונג צוריק אויף אים. ער איז געווען אין דער טיפֿער פֿינצטער אין דרויסן פֿון דעם אונטערטויער פֿון די אָרקס פֿאַרפֿעסטיקונג; די מעשענע טירן זײַנען צו געווען. ער האָט געמוזט געפֿאַלן פֿריטשמעליעט ווען ער האָט זיך אויף זיי געוואָרפֿן, נאָר ווי לאַנג ער איז דאָרט געלעגן האָט ער ניט געוווּסט. דעמאָלט האָט ער געברענט, פֿאַרצווייפֿלט און מלא־כּעס; איצט איז אים קאַלט געווען, האָט ער געציטערט. ער איז געקראָכן צו די טירן און געדריקט אַן אויער אויף זיי.

ווײַט אינעווייניק האָט ער געקענט שוואַך הערן די קולער פֿון שרײַענדיקע אָרקס, אָבער באַלד האָבן זיי אויפֿגעהערט אָדער זײַנען אַרויס פֿון אויערגרייך, איז אַלץ שטיל געווען. דער קאָפּ האָט אים ווי געטאָן און די אויגן האָבן געזען אָפּגעדאַכטע ליכטער אינעם פֿינצטערניש, נאָר ער האָט געקעמפּט זיך פֿעסט צו האַלטן און צו טראַכטן. עס איז קלאָר געווען על־כּל־פּנים אַז ער קען ניט האָפֿן קומען אַרײַן אין דער אָרק־פֿעסטונג דורך אָט דעם טויער. אפֿשר וואָלט ער דאָרט וואַרטן טעג איידער עס עפֿנט זיך, און ער האָט ניט געקענט וואַרטן: צײַט איז געווען אומגעהײַער טײַער. ער האָט מער ניט קיין ספֿקות געהאַט וועגן זײַן חובֿ: ער מוז ראַטעווען זײַן האַר אָדער שטאַרבן בײַם פּרוּוון.

"מסתּמא דאָס שטאַרבן, וואָס וועט זײַן גרינגער סײַ ווי סײַ," האָט ער פֿאַרביסן געזאָגט צו זיך אַליין, בעת ער שטעלט **ש**טאָך צוריק אין שייד און זיך געדרייט פֿון די מעשענע טירן. פּאַמעלעך האָט ער געטאַפּט זײַן וועג צוריק אין דער פֿינצטער פֿאַזע טונעל, האָט ער זיך ניט דערוועגט ניצן די עלף־ליכט, און בײַם גיין האָט ער געפּרוּווט צונויפֿפּאַסן די געשעענישן זינט **פֿ**ראָדאָ און ער האָבן איבערגעלאָזט דעם **ש**יידוועג. ער האָט זיך געוווּנדערט וויפֿל איז דער זייגער. ערגעץ ווו צווישן איין טאָג און דעם צווייטן, האָט ער משער געווען, נאָר די צאָל טעג האָט ער גאַנץ פֿאַרגעסן. ער איז געווען אין אַ לאַנד פֿון פֿינצטערניש ווו די טעג פֿון דער וועלט ווערן פֿאַרגעסן און ווו אַלע וואָס קומען אַרײַן ווערן אויך פֿאַרגעסן.

"איך וווּנדער זיך צי זיי טראַכטן לגמרי פֿון אונדז," האָט ער געזאָגט, "און וואָס געשעט מיט זיי אַלע דאָרט," ער האָט מטושטש געמאַכט מיט דער האַנט אין דער לופֿטן פֿאַר זיך, נאָר אין דער אמתן איז ער איצט געשטאַנען מיטן פּנים דרום צו, ניט מערבֿ צו, בעת ער איז צוריק צו **ש**עלאָבס טונעל. אויף מערבֿ אין דער וועלט איז געווען כּמעט האַלבער טאָג דעם פֿערצנטן מאַרץ לויטן **ק**אַנטאָן־**ר**עכענונג, און פּונקט דעמאָלט האָט **אַ**ראַגאָרן געפֿירט דעם שוואַרצן פֿלאָט פֿון **פּ**עלאַרגיר, און **מ**ערי האָט געריטן דורך דעם **ש**טיינוואָגן **ט**אָל, בעת אין **מ**ינאַס **ט**יריט האָבן זיך פֿלאַמען אויפֿגעהויבן און **פּ**יפּין האָט באַטראַכט דאָס וואַקסנדיקע משוגעת אין די אויגן פֿון **ד**ענעטאָר. פֿאָרט אין מיטן די אַלע יסורים און זאָרג האָבן די מחשבֿות פֿון זייערע פֿרײַנד זיך כּסדר געווענדט צו **פֿ**ראָדאָ און **ס**אַם. מע האָט זיי ניט פֿאַרגעסן. נאָר זיי זײַנען געווען ווײַט אַוועק פֿון הילף, און קיין מחשבֿה האָט נאָך ניט געקענט ברענגען הילף צו דעם זון פֿון **ס**אַמווײַז **ה**אַמפֿאַסט; ער איז געווען אין גאַנצן איינער אַליין.

ער איז צוריק סוף־כּל־סוף צו דער שטיינערנער טיר פֿונעם אָרק־פּאַסאַזש, און ווי ער האָט נאָך אַלץ ניט געקענט געפֿינען דעם רוקער צי האָקל וואָס האַלט זי, האָט ער זיך קאַראַפּקעט אַריבער ווי פֿריִער און איז ווייך אַראָפּ אויף דער ערד. איז ער דעמאָלט בגנבֿה געגאַנגען צו דעם אויסגאַנג פֿון שעלאָבס טונעל, וווּ די קאָדערס פֿון איר געוועב האָבן נאָך געהאַלטן אין בלאָזן און זיך וויגן אין די קאַלטע ווינטעלעך. וואָרן קאַלט האָבן זיי טאַקע געפֿילט צו סאַם נאָך דעם פֿאַרסמטן פֿינצטערניש אויף הינטן, נאָר דער אָנריר פֿון זיי האָט אים דערקוויקט. ער איז אָפּגעהיט אַרויסגעקראָכן.

אַלץ איז געווען בייז־סימנדיק שטיל. די ליכט איז ניט מער געווען ווי פֿאַרנאַכט בײַם סוף פֿון אַ פֿינצטערן טאָג. די ריזיקע פּאַרעס וואָס הייבן זיך אויף אין מאָרדאָר האָבן געשטראָמט מערבֿ צו נידעריק איבער אַלץ, אַ גרויסע צעטומלטע מאַסע וואָלקנס און רויך איצט באַלויכטן אונטן מיט אַן אָנגעכמורעטן רויטן גלי.

סאַם האָט אַ קוק געטאָן צו דעם אָרק־טורעם צו און מיט אַ מאָל פֿון די ענגע פֿענצטער האָבן ליכט געשטאַרט אַרויס ווי קליינע רויטע אויגן. ער האָט זיך געוווּנדערט צי זיי זײַנען עפּעס אַ סיגנאַל. זײַן שרעק פֿאַר די אָרקס, פֿאַרגעסן אַ ווײַלע אין זײַן גרימצאָרן און פֿאַרצווייפֿלונג, איז איצט צוריקגעקומען. וויפֿל ווײַט ער האָט געקענט זען, איז איצט בלויז איין מיגלעכער גאַנג פֿאַר אים: ער מוז גיין געפֿינען דעם הויפּטאײַנגאַנג פֿון דעם אימהדיקן טורעם, נאָר די קני זײַנע האָבן אים שוואַך געפֿילט און ער האָט באַמערקט ווי ער ציטערט. ציִענדיק די אויגן אַראָפּ פֿונעם טורעם און די הערנער פֿון דעם אײַנרײַס פֿאַר זיך, האָט ער געצווּנגען די אומוויליקע פֿיס אים צו פֿאָלגן, און פּאַמעלעך, מיט אָנגעשטעלטע אויערן, קוקנדיק אַרײַן אין די געדיכטע שאָטנס פֿון די שטיינער פּאַזע וועג, איז ער צוריק אויף די אייגענע טריט, פֿאַרבײַ דעם אָרט וווּ פֿראָדאָ איז געפֿאַלן, און נאָך אַלץ האָט דער עיפּוש פֿון שעלאָב געהײַעט, און דערנאָך ווײַטער און אַרויף ביז ער שטייט נאָך אַ מאָל אין דעם סאַמע אײַנרײַס וווּ ער האָט אָנגעטאָן דאָס פֿינגערל און געזען שאַגראַטס קאָמפּאַניע גייענדיק פֿאַרבײַ.

דאָרט האָט ער זיך אָפּגעשטעלט און אַוועקגעזעצט. אויף דער רגע האָט ער זיך ניט געקענט ווײַטער טרײַבן. אים האָט געפֿילט ווי זאָל ער גיין אַריבער איבער דער הייך פֿונעם אַריבערגאַנג און נעמען אַפֿילו איין אמתן טראָט אַראָפּ אין דעם לאַנד פֿון מאָרדאָר אַרײַן, וועט דער אָ טראָט זײַן ניט צוריקצוציִען. ער וואָלט קיין מאָל ניט געקענט קומען צוריק. אָן שום קלאָרן ציל האָט ער אַרויסגעצויגן דאָס פֿינגערל און עס ווידער אָנגעטאָן. תּיכּף האָט ער געפֿילט דעם גרויסן עול פֿון זײַן וואָג, און געפֿילט אויף ס'נײַ, נאָר איצט מער דרינגלעך און שטאַרק ווי אַ מאָל, די בייזקייט פֿון דעם אויג פֿון מאָרדאָר, זוכנדיק, פּרוּווּנדיק צו זען דורך די שאָטנס וואָס עס האָט געמאַכט פֿאַר דער אייגענער פֿאַרטיידיקונג, נאָר וואָס איצט פֿאַרשטעלט אים אין זײַן אומרו און ספֿק.

ווי פֿריִער האָט סאַם געפֿונען אַז די אויערן זײַנע זײַנען שאַרפֿער, נאָר אין די אויגן האָבן די זאַכן אין דער אָ וועלט אויסגעזען דין און מטושטש. די שטיינערנע ווענט פֿונעם וועג זײַנען בלאַס געווען, ווי דערזען דורך אַ נעפּל, אָבער נאָך אַלץ אין דער ווײַטן האָט ער געהערט ווי שעלאָב בלעזלט אין אירע צרות; גרילציק און קלאָר און גאָר נאָענט, האָט זיך אים געדאַכט, האָט ער געהערט געשרייען און צונויפֿשטויסן פֿון מעטאַל. ער איז געשפּרונגען אויף די פֿיס, און זיך געדריקט אויף דער וואַנט לעבן וועג. עס האָט אים דערפֿרייט, דאָס פֿינגערל, וואָרן דאָ איז געווען נאָך אַ קאָמפּאַניע מאַרשירנדיקע אָרקס.

אָדער אַזוי האָט ער ערשט געמיינט. דעמאָלט מיט אַ מאָל האָט ער דערזען אַז ס'איז ניט אַזוי, די אויערן האָבן אים אָפּגענאַרט: די אָרק־געשרייען זײַנען געקומען פֿונעם טורעם, וועמענס איבערשטער האָרן איז איצט געווען פּונקט איבער אים, אויף דער לינקער זײַט פֿון דעם **א**ײַנרײַס.

סאַם האָט אַ ציטער געטאָן און האָט געפּרוּווט זיך צווינגען זיך צו באַוועגן. עס איז געווען קלאָר אַז עפּעס שלעכטס טוט זיך דאָרט. אפֿשר אויף צו להכעיס די אַלע באַפֿעלן האָט דאָס אַכזריות פֿון די אָרקס זיי באַגעוועלטיקט, און זיי האָבן געהאַלטן אין פּײַניקן **פֿ**ראָדאָ, אָדער אים אַפֿילו ווילד צעהאַקן אין שטיקער. ער האָט זיך צוגעהערט און דערבײַ איז אים געקומען אַ גלי האָפֿענונג. עס האָט ניט געקענט זײַן קיין סך ספֿק: אַ קאַמף איז פֿאָרגעקומען אינעם טורעם, די אָרקס האָבן געמוזט זײַן אויף מלחמה צווישן זיך, **ש**אַגראַט און **ג**אָרבאַג האָבן זיך געהאַלטן אין שלאָגן. שוואַך ווי די האָפֿענונג איז געווען וואָס זײַן השערה האָט אים געבראַכט, איז זי געווען גענוג אים אויפֿצורודערן. אפֿשר איז דאָ טאַקע אַ שאַנס. זײַן ליבע פֿאַר **פֿ**ראָדאָ האָט זיך אויפֿגעהויבן איבער די אַלע אַנדערע מחשבֿות, און פֿאַרגעסנדיק די סכּנה האָט ער געשריגן הויך אויף אַ קול: "איך קום, **מ**"ר **פֿ**ראָדאָ!"

ער איז געלאָפֿן פֿאָרויס צו דער הייך פֿון דער אויפֿגייענדיקער סטעשקע און אַריבער איבער איר. מיט אַ מאָל האָט דער וועג זיך גענומען אויף לינקס און איז שטאָציק אַראָפּגעפֿאַלן. **ס**אַם איז געגאַנגען אַרײַן אין **מ**אָרדאָר.

ער האָט אויסגעטאָן דאָס **פֿ**ינגערל, אפֿשר גערירט פֿון עפּעס אַ פֿאָרגעפֿיל פֿון סכּנה, כאָטש צו זיך אַליין האָט ער געהאַלטן אַז ער האָט נאָר געוואָלט זען קלאָרער. "בעסער אַ קוק צו טאָן אויפֿן ערגסטן," האָט ער געמורמלט. "וואָס טויג עס בלאָנדזשען אַרום אין אַ נעפּל!"

האַרט און רוצחיש און ביטער איז געווען דאָס לאַנד וואָס קוקט צוריק אויף אים. פֿאַר זײַנע פֿיס איז דער העכסטער קאַם פֿון דעם **ע**פֿעל **ד**וּאַט שטאָציק אַראָפּגעפֿאַלן אין גרויסע סקאַלעס אַראָפּ אין אַ פֿינצטערן טיפֿפּונקט, וואָס אויף דער ווײַטערער זײַט פֿון אים איז אַרויף נאָך אַ קאַם, אַ סך נידעריקער, דער קאַנט געצאַקנט און געקאַרבט מיט שפּיצן ווי ציין שוואַרץ אַנטקעגן דער רויטער ליכט הינטער זיי: עס איז געווען דער פֿאַרביסענער **מ**אָרגײַ, דער אינעווייניקסטער קרײַז פֿון די פּלויטן אין דעם לאַנד. ווײַט הינטער אים, נאָר שיִער ניט דירעקט פֿאָרויס, איבער אַ גרויסער אָזערע פֿינצטערניש באַשפּרענקלט מיט פּיצינקע פֿײַערן, איז געווען אַ גרויסער ברענענדיקער גלי, און פֿון אים איז אַרויף אין ריזיקע זײַלן אַווירבלענדיקער רויך, טונקל רויט בײַ די וואָרצלען, שוואַרץ אויבן ווו עס גיסט זיך צונויף מיט דעם זיך וואַליענדיקן באַלדאַכין וואָס באַדעקט אין גאַנצן דאָס פֿאַרשאָלטענע לאַנד.

סאַם קוקט אויף **אָ**ראָדרוין, דעם **ב**אַרג פֿון **פֿ**ײַער. פֿון צײַט צו צײַט וואָלטן די הרובעס ווײַט אונטער זײַן קאָנוס פֿון אַש הייס ווערן און מיט אַ גרויס כוואַליען און פּולסירן אַרויסגיסן טײַכן צעשמאָלצן שטיין פֿון תּהומען אויף די זײַטן. עטלעכע שטראָמען פֿלאַמענדיק צו **ב**אַראַד־**ד**ור צו דורך גרויסע קאַנאַלן; עטלעכע שלענגלען אַ גאַנג אויפֿן שטיינערנעם פּליין, ביז זיי פֿאַרקילן און ליגן ווי געקאָרטשעטע דראַקאָן־פֿאָרמען אויסגעבראָכן פֿון דער געפּײַניקטער ערד. אין אַזאַ שעה פֿון אַרבעט האָט **ס**אַם באַטראַכט **ב**אַרג **ג**ורל, און די ליכט פֿון אים, פֿאַרשטעלט פֿון דער הויכער שירמע פֿון דעם **ע**פֿעל **ד**וּאַט

פֿאַר די וואָס קריכן אַרויף אויף דער סטעשקע פֿון דעם **מ**ערבֿ, האָט איצט אָפּגעשײַנט קעגן די האַרבע שטיין־ווענט, אַזוי אַז זיי האָבן אויסגעזען ווי דורכגעווייקט מיט בלוט.

אין אָט דער מוראדיקער ליכט איז **ס**אַם געשטאַנען דערשראָקן, וואָרן איצט מיט אַ קוק אויף לינקס האָט ער געקענט זען דעם **ט**ורעם פֿון **צ**יריט **א**ונגאָל מיט זײַן גאַנצן כּוח. דער האָרן וואָס ער האָט דערזען פֿון דער צווייטער זײַט איז נאָר געווען דאָס העכסטע שיסטורעמל. זײַן מיזרחדיקע וואַנט איז אויפֿגעשטאַנען אין דרײַ גרויסע רייענשיכטן פֿון אַ פֿאַך אין דעם באַרג־מויער ווײַט אונטן; זײַן רוקן איז געווען אַנטקעגן אַ גרויסער סקאַלע הינטן, וואָס דערפֿון האָט ער אַרויסגעשטעקט אין אָנגעשפּיצטע באַסטיאָנען, איינער איבערן צווייטן, אַלץ קלענער בײַם אַרויפֿגיין, מיט תּהומיקע זײַטן פֿון געשײַט מוליערײַ וואָס קוקט אויף צפֿון־מיזרח און אויף דרום־מיזרח. איבערן נידעריקסטן שיכט, צוויי הונדערט פֿיס אונטן פֿון ווו **ס**אַם איז איצט געשטאַנען, איז געווען אַ מויער מיט שיסלעכער וואָס צאַמט אַרום אַן ענגען הויף. דער טויער, אויף דער נאָענטער דרום־מיזרחדיקער זײַט, עפֿנט זיך אויף אַ ברייטן וועג, מיטן דרויסנדיקן פּאַרענטש אויפֿן קאַנט פֿון אַ תּהום ביז ער נעמט זיך דרום צו און שלענגלט אַראָפּ אין דעם פֿינצטערניש אַרײַן צו טרעפֿן דעם וועג וואָס קומט אַריבער איבער דעם **מ**אָרגול **אַ**ריבערגאַנג. דערנאָך איז עס געגאַנגען דורך אַ געצאַקנטן שפּאַלט אין דעם **מ**אָרגײַ אַרויס אינעם טאָל פֿון **ג**אָרגאָראָט אַרײַן און אַוועק קיין **ב**אַראַד־**ד**ור. דער ענגער אייבערשטער וועג ווו **ס**אַם איז געשטאַנען איז גיך אַראָפּגעשפּרונגען אויף טריט און שטאָציקער סטעשקע אָנצוקומען בײַ דעם הויפּטוועג אונטער די קרומע מויערן נאָענט צו דעם **ט**ורעם־**ט**ויער.

בעת ער האָט אויף דעם געגאַפֿט האָט **ס**אַם פּלוצעם פֿאַרשטאַנען, שיִער ניט שאָקירט, אַז מע האָט געבויט די דאָזיקע פֿאַרפֿעסטיקונג ניט צו האַלטן שׂונאים אין דרויסן פֿון **מ**אָרדאָר נאָר זיי צו האַלטן אינעווייניק. ז איז טאַקע געווען צווישן די ווערק פֿון **ג**אָנדאָר לאַנג צוריק, אַ מיזרחדיקער אַוואַנפּאָסט פֿון די פֿאַרטיידיקונגען פֿון **א**יטיליען, אויסגעבויט ווען די **מ**ענטשן פֿון **מ**ערבֿנעס, נאָך דער **ל**עצטער **אַ**ליאַנץ, זײַנען געשטאַנען שמירה אויף דעם בייזן לאַנד פֿון **ס**אַוראָן, ווו די באַשעפֿענישן זײַנע האָבן נאָך געלאָקערט. נאָר ווי מיט **נ**אַרכאָסט און **ק**אַרכאָסט, די **ט**ורעמס פֿון די **צ**יין, איז דאָ אויך דורכגעפֿאַלן די וואַכיקייט, און בגידה האָט איבערגעגעבן דעם **ט**ורעם צו דעם **ל**אָרד פֿון די **פֿ**ינגערל־**ש**דים, און איצט שוין אויף יאָרן איז ער געווען אין די הענט פֿון בייזע הפֿצים. זינט ער איז צוריק אין **מ**אָרדאָר האָט **ס**אַוראָן געפֿונען אַז ס'איז אים ניצלעך, וואָרן ער האָט נאָר אַ געציילטע באַדינערס נאָר אַ סך דערשראָקענע שקלאַפֿן, און ווי אַ מאָל איז זײַן הויפּטציל געווען פֿאַרהיטן אַנטלויף פֿון **מ**אָרדאָר. כאָטש זאָל אַ שׂונא זײַן אַזוי היציק צו פּרווון קומען בסוד אַרײַן אין אָט דעם לאַנד, איז ער אויך געווען אַ לעצטער ניט־שלאָפֿנדיקער שומר אַנטקעגן אַבי וועמען וואָס אים איז געלונגען קומען פֿאַרבײַ דער וואַכיקייט פֿון **מ**אָרגול און פֿון **ש**עלאָב.

נאָר צו קלאָר האָט **ס**אַם געזען ווי אָן האָפֿענונג וואָלט זײַן אַראָפּצוקריכן אונטער די מויערן מיט אַזוי פֿיל אויגן און פֿאַרבײַ דעם וואַכיקן טויער. און אַפֿילו זאָל ער טאָן אַזוי, האָט ער ניט ווײַט געקענט גיין אויף דעם באַוואַכטן וועג ווײַטער: ניט אַפֿילו די שוואַרצע שאָטנס, ליגנדיק טיף ווו דער רויטער גלי קען ניט דערגרייכן, וועט אים לאַנג פֿאַרשטעלן פֿון די אָרקס מיט זייער נאַכט־ראיה. נאָר אַזוי פֿאַרצווייפֿלט ווי אָט דער וועג זאָל ניט זײַן, איז זײַן גאַנג איצט געווען גאָר ערגער: ניט אויסצומײַדן דעם טויער און אַנטלויפֿן, נאָר אַרײַנצוגיין, איינער אַליין.

די מחשבֿות זײַנע האָבן זיך געווענדט צו דעם **פֿ**ינגערל, נאָר דאָרט איז ניט געווען קיין טרייסט, נאָר אימה און סכּנה. פּונקט ווען ער איז אַרײַן אין אויגנגרייך פֿון **ב**אַרג **ג**ורל, ברענענדיק ווײַט אַוועק, איז ער געוווּר געוואָרן פֿון אַ שינוי אין זײַן עול. אַז עס איז געקומען נאָענט צו די גרויסע הרובעס ווו אין די טיפֿן פֿון צײַט איז עס געפֿורעמט און געקאָוועט געוואָרן, איז דעם **פֿ**ינגערלס שליטה געוואַקסן, איז עס מער רוצחיש געוואָרן, ניט צו צאַמען אַחוץ פֿון עפּעס אַ מאַכטיק ווילן. בעת **ס**אַם איז דאָרט געשטאַנען, כאָטש ער טראָגט ניט דאָס **פֿ**ינגערל וואָס הענגט נאָך אויף דער קייט אַרום זײַן האַלדז, האָט ער זיך ווי גרעסער געפֿילט, גלײַך ווי ער איז באַקליידט אין אַ ריזיקן פֿאַרקרימטן שאָטן פֿון זיך אַליין, אַן אומגעהײַערע און בייז־סימנדיקע סכּנה אָפּגעהאַלטן אויף די מויערן פֿון **מ**אָרדאָר. ער האָט זיך געפֿילט ווי פֿון איצט אָן האָט ער נאָר צוויי ברירות: אויסהאַלטן דאָס **פֿ**ינגערל, כאָטש עס וועט אים פּײַניקן, אָדער עס אָננעמען, אַרויסרופֿן די **ש**ליטה וואָס זיצט אין איר פֿינצטערער פֿעסטונג הינטער דעם טאָל פֿון שאָטנס. שוין האָט דאָס **פֿ**ינגערל אים געשטרויכלט, געגריזשעט אויף זײַן ווילן און שׂכל. ווילדע פֿאַנטאַזיעס זײַנען אַרײַן אין זײַן מוח, האָט ער געזען **ס**אַמוויַיז דעם **ש**טאַרקן, **ה**עלד פֿון דער **ת**קופֿה, שפּאַנענדיק מיט אַ פֿלאַמענדיקער שווערד איבערן פֿאַרפֿינצטערטן לאַנד, מיט אַרמייען קומען צו זײַן ווונק בעת ער מאַרשירט אַראָפּצוּוואַרפֿן **ב**אַראַד־**ד**ור. און דעמאָלט האָבן די אַלע וואָלקנס זיך אַוועקגעקײַקלט, און די ווײַסע זון האָט געשײַנט, און מיט זײַן באַפֿעל איז דער טאָל פֿון **ג**אָרגאָראָט געוואָרן אַ גאָרטן מיט בלומען און ביימער מיט פֿרוכטן. ער האָט נאָר געמוזט אָנטאָן דאָס **פֿ**ינגערל און דאָס צונעמען פֿאַרן אייגענעם און אַלץ וואָלט זײַן אַזוי.

אין אָט דער שעה פֿון פּרוּוו איז געווען די ליבע פֿאַר זײַן האַר וואָס האָט אים דאָס מערסטע פֿעסט געהאַלטן, נאָר אויך טיף אינעווייניק האָט נאָך געלעבט ניט דערשלאָגן זײַן פּשוטן האָביט־שׂכל: ער האָט געוווּסט אינעם צענטער פֿון האַרצן אַז ער איז ניט גענוג גרויס צו טראָגן אַזאַ עול, אַפֿילו אַז אַזעלכע פֿאַנטאַזיעס זײַנען ניט בלויז אַן אָפּנאַר אים צו פֿאַרראַטן. דער איינציקער קליינער גאָרטן פֿון אַ פֿרײַען גערטנער איז געווען אַלץ וואָס ער דאַרף און וואָס קומט אים, ניט קיין גאָרטן אָנגעשוואָלן ביז אַ מלוכה, צו ניצן די אייגענע הענט, ניט צו שאַפֿן זיך מיט די הענט פֿון אַנדערע.

"און סײַ ווי סײַ זײַנען די אַלע אײַנפֿאַלן בלויז אַ דריי," האָט ער געזאָגט צו זיך אַליין. "ער וועט מיך דערזען און מיך אײַנשרעקן, איידער איך וואָלט געקענט אויסשרײַען אַפֿילו. ער וועט מיך באַמערקן גאָר גיך אויב איך טו אָן דאָס **פֿ**ינגערל איצט, אין **מ**אָרדאָר. נו, איך קען נאָר זאָגן אַז אַלץ זעט אויס אַזוי אָן האָפֿענונג ווי אַ פֿראָסט פֿרילינגצײַט. פּונקט ווען ס'וועט גאָר ניצלעך זײַן אומזעיִק צו ווערן, קען איך ניט ניצן דאָס **פֿ**ינגערל! און זאָל איך טאַקע ווײַטער גיין, וועט עס זײַן נאָר אַ שלעפּ און אַן עול בײַ יעדן טראָט. איז, וואָס זאָל מען טאָן?"

דעם אמת געזאָגט האָט ער ניט קיין ספֿק געהאַט. ער האָט געוווּסט אַז ער מוז גיין אַראָפּ צו דעם טויער, מער ניט הײַען זיך. מיט אַ הייב פֿון די אַקסלען, ווי אַוועקצוטרייסלען די שאָטנס און אַוועקשיקן די פֿאַנטאָמען, האָט ער אָנגעהויבן פּאַמעלעך אַראָפּגיין. מיט יעדן טראָט האָט ער זיך קלענער געפֿילט. ער איז ניט ווײַט געגאַנגען איידער ער איז אײַנגעשרומפּן געוואָרן ביז צו אַ גאָר קליינעם און דערשראָקענעם האָביט. ער איז איצט געגאַנגען אונטער די סאַמע מויערן פֿון דעם **ט**ורעם, און די געשרייען און קלאַנגען פֿון אַ קאַמף האָט ער געקענט הערן מיט די אויערן אָן הילף. אין דער רגע האָט זיך געדאַכט אַז דער קלאַנג קומט פֿונעם הויף הינטערן דרויסנדיקן מויער.

סאַם איז געווען אויפֿן האַלבן וועג אַראָפּ אויף דער סטעשקע ווען אַרויס פֿונעם פֿינצטערן טויער אינעם רויטן גלי אַרײַן זײַנען צוויי אָרקס געקומען לויפֿן. זיי האָבן זיך ניט געווענדט צו אים צו. זיי האָבן געפּרוּווט דערגרייכן דעם הויפּטוועג, נאָר אין מיטן לויפֿן האָבן זיי געשטאָמפּערט און געפֿאַלן אויף דער ערד, שטיל געלעגן. סאַם האָט ניט געזען קיין פֿײַלן, נאָר ער האָט געטראָפֿן אַז די אָרקס זײַנען דערשאָסן געוואָרן פֿון אַנדערע אויף די מויערן אָדער באַהאַלטן אינעם שאָטן פֿונעם טויער. ער איז ווײַטער געגאַנגען, זיך צוגעטוליעט צו דעם מויער אויף לינקס. איין קוק אַרויף האָט אים באַוויזן אַז ס'איז ניט מיגלעך דאָרט אַרויפֿצוקריכן. דאָס שטיינווערק הייבט זיך אויף דרײַסיק פֿוס, אָן אַ שפּאַלט צי פֿאַך, ביז איבערהענגענדיקע רינוועס ווי איבערגעקערטע טריט. דער טויער איז געווען דער איינציקער וועג.

ער איז ווײַטער געקראָכן, און בײַם גיין האָט ער זיך געוווּנדערט וויפֿל אָרקס וווינען אין דעם טורעם מיט שאַגראַט, און וויפֿל בײַ גאָרבאַג, און וועגן וואָס זיי האָבן זיך געקריגט, אויב דאָס איז וואָס געשעט. שאַגראַטס קאָמפּאַניע איז געווען אַ פֿערציק אין צאָל, און גאָרבאַגס מער ווי צוויי מאָל אַזוי גרויס, נאָר אַוודאי איז שאַגראַטס פּאַטראָל נאָר געווען אַ טייל פֿון זײַן גאַרניזאָן. אַ סבֿרא אַז זיי ראַנגלען זיך איבער פֿראָדאָ, און דעם רויב. אַ סעקונדע האָט סאַם זיך אָפּגעשטעלט, וואָרן מיט אַ מאָל איז אַלץ אים ווי קלאָר געוואָרן, שיִער ניט ווי ער האָט דאָס געזען מיט די אייגענע אויגן. דער מיטריל־מאַנטל! געוויס האָט פֿראָדאָ אים געטראָגן, וועלן זיי אים געפֿינען. און פֿון וואָס סאַם האָט געהערט, וועט גאָרבאַג גלוסטן נאָך אים. נאָר די באַפֿעלן פֿון דעם פֿינצטערן טורעם זײַנען געווען אויף דער רגע דער איינציקער שיץ פֿאַר פֿראָדאָ, און אַז מע זעט זיי אין אַ זײַט, מעג מען גרינג דערהרגענען פֿראָדאָ אַ ליאַדע מאָמענט.

"קום שוין, דו נעבעכדיקער פֿוילער!" האָט סאַם געשריגן צו זיך אַליין. "איצט פֿאָרויס!" ער האָט שטאָך אַרויסגעצויגן און איז געלאָפֿן צו דעם אָפֿענעם טויער צו. נאָר פּונקט ווען ער האָט געהאַלטן בײַם גיין אונטערן גרויסן בויגן האָט ער געפֿילט אַ שאָק: ווי ער האָט אָנגעשטויסן אין עפּעס אַ געוועב ווי שעלאָבס, נאָר ניט צו דערזען. ער האָט ניט געקענט זען קיין מניעה, נאָר עפּעס צו שטאַרק פֿאַר זײַן ווילן בײַצוקומען פֿאַרשטעלט דעם וועג. ער האָט זיך אַרומגעקוקט, און דעמאָלט, אינעם שאָטן פֿונעם טויער האָט ער געזען די צוויי וועכטערס.

זיי זײַנען געווען ווי גרויסע געשטאַלטן אַוועקגעזעצט אויף טראָנען. יעדער האָט געהאַט דרײַ צונויפֿגעשטעלטע גופֿים און דרײַ קעפּ מיט פּנימער קוקן אין דרויסן, אינעווייניק, און איבערן טויער. די קעפּ האָבן געהאַט פּנימער ווי גריפֿן, און אויף די קני זײַנען געלעגן הענט ווי קרעלן. זיי האָבן אויסגעזען ווי אויסגעשניצט פֿון ריזיקע קלעצער שטיין, ניט צו באַוועגן, און פֿאָרט זײַנען זיי געווען וואַך: אַ מין אימהדיקער גײַסט פֿון בייזער וואַכיקייט וווינט אין זיי. זיי דערקענען אַ שׂונא. אָנזעעוודיק צי אומזעיִק, האָט קיינער ניט געקענט פֿאַרבײַ אומבאַמערקט. זיי וואָלטן פֿאַרהיטן זײַן אַרײַנקום, אָדער זײַן אַנטלויף.

מאַכנדיק זיך האַרץ האָט סאַם זיך נאָך אַ מאָל געשטויסן פֿאָרויס, און ער איז אָפּגעשטעלט געוואָרן מיט אַ צאַפּל, טאַמלענדיק ווי פֿון אַ שלאָג אויף דער ברוסט און קאָפּ. דעמאָלט, מיט גרויסער העלדישקייט, צוליב דעם וואָס ער האָט ניט געקענט אויסטראַכטן עפּעס אַנדערש צו טאָן, ווי אַן ענטפֿער אויף אַ פּלוצעמדיקן אײַנפֿאַל נאָר וואָס אים אַרײַן אין מוח, האָט ער פּאַמעלעך אַרויסגעצויגן דעם פֿיאָל פֿון גאַלאַדריעל און אים אויפֿגעהויבן. זײַן

ווײַסע ליכט איז גיך העלער געוואָרן, און די שאָטנס אונטערן פֿינצטערן בויגן זײַנען אַנטלאָפֿן. די אומגעהײַערע ווערטערס זײַנען דאָרט געזעסן, קאַלט און שטיל, די גאַנצע גרויליקע געשטאַלטן אַנטפּלעקט. אויף אַ רגע האָט סאַם געכאַפּט אַ בלישטש אין די שוואַרצע שטיינער פֿון זייערע אויגן; די סאַמע בייזקייט דערפֿון האָט אים געמאַכט ציטערן, נאָר פּאַמעלעך האָט ער געפֿילט ווי דער ווילן זייערער וואַקלט זיך און צעברעקלט מיט שרעק.

ער איז געשפּרונגען זיי פֿאַרבײַ, נאָר פּונקט דערבײַ, שטעקנדיק דעם פֿיאַל צוריק אין בוזעם, איז ער געוואויר געוואָרן, גלײַך ווי אַ שטאַנג פֿון שטאָל האָט זיך צוגעמאַכט הינטער אים, אַז זייער וואַכיקייט איז באַנײַט געוואָרן. און פֿון אָט די בייזע קעפּ איז געקומען אַ הויך גרויליק געשריי, וואָס האָט אָפּגעהילכט אויף די הויכע מויערן פֿאַר אים. ווײַט אויבן, ווי אַ סיגנאַל אין ענטפֿער, האָט אַ גרילציקער גלאָק געגעבן איין איינציקן קלונג.

"שוין אָפּגעטאָן!" האָט סאַם געזאָגט. "איצט האָב איך טאַקע געקלונגען אינעם טירגלעקל! נו, קומט שוין, ווער עס וויל!" האָט ער אויסגעשריגן. "זאָגט דעם קאַפּיטאַן שאַגראַט אַז דער גרויסער עלפֿישער שלאַכטמאַן איז דאָ אָנגעקומען, מיט זײַן עלפֿישער שווערד דערצו!"

עס איז ניט געקומען קיין ענטפֿער. סאַם האָט געשפּאַנט פֿאָרויס. שטאָך האָט בלאָ געבלישטשעט אין דער האַנט. דער הויף איז געלעגן אין טיפֿן שאָטן, נאָר ער האָט געקענט זען ווי דער פֿאָרוועג איז באַשאָטן געווען מיט מתים. פּונקט בײַ זײַנע פֿיס זײַנען געווען צוויי אָרק־פֿײַלן־בויגערס מיט מעסערס אין די רוקנס. ווײַטער זײַנען געלעגן אַ סך מער געשטאַלטן, עטלעכע איינציקווײַז, ווו זיי זײַנען צעהאַקט צי דערשאָסן געוואָרן; אַנדערע פּאָרווײַז, נאָך אַלץ געכאַפּט אין געראַנגל, טויט אין דער סאַמע מיט פֿון שטעכן, דערשטיקן, בײַסן. די שטיינער זײַנען גליטשיק געווען מיט טונקל בלוט.

צוויי מינים מונדירן האָט סאַם באַמערקט, איינעם באַצייכנט מיט דעם רויטן אויג, דעם צווייטן מיט אַ לבֿנה פֿאַרקרימט מיט אַ מאַקאַבריש טויט־פּנים, אָבער ער האָט זיך ניט אָפּגעשטעלט אַ נעענטערן קוק צו טאָן. איבערן הויף איז אַ גרויסע טיר צופֿוסנס פֿון דעם טורעם געשטאַנען האַלב אָפֿן, און אַ רויטע ליכט איז געקומען דורך איר; אַ גרויסער אָרק איז געלעגן טויט אויפֿן שוועל. סאַם איז געשפּרונגען איבערן מת און איז אַרײַן, און דעמאָלט האָט ער זיך אַרומגעקוקט צעטומלט.

אַ ברייטער אָפּהילכנדיקער פּאַסאַזש האָט געפֿירט צוריק פֿון דער טיר צו דער באַרג־זײַט צו. ער איז שוואַך באַלויכטן מיט שטורקאַצן פֿלאַקערנדיק אין קלאַמערן אויף די ווענט, נאָר דער ווײַטערן עק איז פֿאַרלוירן געגאַנגען אין דער מראַקע. אַ סך טירן און עפֿענונגען האָט מען געקענט זען אויף דער זײַט און יענער, נאָר עס איז ליידיק געווען אַחוץ אַ צוויי דרײַ קערפּערס פֿאַרשפּרייט אויף דער פּאַדלאָגע. פֿון וואָס ער האָט געהערט פֿון די קאַפּיטאַנענס רייד האָט סאַם געוווּסט אַז צי טויט צי לעבעדיק וועט מען מסתּמא געפֿינען פֿראָדאָ אין אַ קאַמער ווײַט אויבן אינעם הויכן שיסטורעמל, נאָר ער וואָלט קענען זוכן אַ גאַנצן טאָג איידער ער געפֿינט דעם וועג.

"ס'וועט זײַן אויף הינטן, טרעף איך," האָט סאַם געמורמלט. "דער גאַנצער טורעם קריכט אַרויף הינטערשטעליק. און סײַ ווי סײַ זאָל איך בעסער פֿאָלגן אָט די ליכט."

ער איז ווײַטער געגאַנגען אַראָפּ דורכן פּאַסאַזש, נאָר איצט פּאַמעלעך, יעדער טראָט אַלץ מער אומוויליק. אימה האָט ווידער אָנגעהויבן אים כאַפּן. עס איז ניט געווען קיין קלאַנג אַחוץ דעם קלאַפּ פֿון די אייגענע פֿיס, וואָס האָט אים געקלונגען ווי ס'וואַקסט ביז אַן אָפּהילכנדיקן ליאַרעם, ווי פּאַטשן מיט גרויסע הענט אויף די שטיינער. די טויטע קערפּערס, די ליידיקייט; די פֿײַכטע שוואַרצע ווענט, וואָס אין דער שטורקאַץ־ליכט האָבן אויסגעזען ווי זיי טריפֿן מיט בלוט; די מורא פֿאַר פּלוצעמדיקן טויט לאָקערנדיק אין טיר צי שאָטן; און הינטערן גאַנצן מוח, די וואַרטנדיקע וואַכיקע בייזקייט בײַ דעם טויער: עס איז אים שיִער ניט מער ווי ער האָט געקענט אויסהאַלטן. עס וואָלט אים בעסער געווען אַ קאַמף – ניט מיט צו פֿיל שׂונאים אויף איין מאָל – ווי אָט די אימהדיקע דומענדיקע אומזיכערקייט. ער האָט זיך געצווונגען טראַכטן וועגן פֿראָדאָ, ליגנדיק צוגעבונדן אָדער צעמזיקט אָדער טויט ערגעץ ווו אין אָט דעם שרעקלעכן אָרט. ער איז ווײַטער געגאַנגען.

ער איז געגאַנגען הינטער דער שטורקאַץ־ליכט, שיִער ניט ביז די גרויסע געבויגענע טיר בײַם עק פּאַסאַזש, די אינעווייניקסטע זײַט פֿון דעם אונטערטויער, האָט ער ריכטיק געטראָפֿן, ווען ס'איז געקומען פֿון הויך אויבן אַ גרויליקער דערשטיקנדיקער קוויטש. ער האָט זיך מיט אַ מאָל אָפּגעשטעלט. דעמאָלט האָט ער דערהערט קומענדיקע פֿיס. עמעצער לויפֿט אין גרויס אײַלעניש אַראָפּ אויף אַן אָפּהילכנדיקער טרעפּ אויבן.

זײַן ווילן איז צו שוואַך געווען און צו פּאַמעלעך צו פֿאַרהאַלטן די האַנט. זי האָט געשלעפּט אויף דער קייט און געכאַפּט דאָס **פֿ**ינגערל. נאָר **ס**אַם האָט עס ניט אָנגעטאָן, וואָרן פּונקט אַז ער האָט עס געדריקט אויף דער ברוסט האָט אַן אָרק געטראַסקעט אַראָפּ. שפּרינגענדיק אַרויס פֿון אַ פֿינצטערער עפֿענונג אויף רעכטס איז עס צו אים צוגעלאָפֿן. עס איז ניט מער ווי זעקס שפּאַנען פֿון אים געווען ווען אויפֿהייבנדיק דעם קאָפּ האָט עס אים דערזען, און **ס**אַם האָט געקענט הערן זײַן סאָפּענדיקן אָטעם און זען דעם בליאַסק אין זײַנע אויגן פֿאַרלאָפֿן מיט בלוט. עס האָט זיך מיט אַ מאָל אָפּגעשטעלט, פֿאַרגאַפֿט. וואָרן וואָס עס האָט געזען איז ניט געווען קיין קליינעם דערשראָקענעם האָביט וואָס פּרוווט פֿעסט האַלטן אַ שווערד; עס האָט געזען אַ גרויס שטיל געשטאַלט, באַקליידט אין אַ גראָען שאָטן, הויך אויפֿגעהויבן אַנטקעגן דער וואַקלענדיקער ליכט אויף הינטן. אין איין האַנט האָט עס געהאַלטן אַ שווערד, וואָס די סאַמע ליכט דערפֿון איז אים געווען ביטער ווייטיקדיק, די צווייטע געכאַפּט אויף דער ברוסט, נאָר האָט געהאַלטן באַהאַלטן עפּעס אַ סכּנה אָן נאָמען פֿון שליטה און גורל.

אויף אַ רגע האָט דער אָרק געהויערט, און דעמאָלט, מיט אַ גרויליקן סקאָוווטשע פֿון שרעק, האָט עס זיך אַרומגעדרייט און איז אַנטלאָפֿן ווי עס איז געקומען. קיין מאָל ניט איז אַבי אַ הונט מער דערפֿרייט ווען דער שׂונא אַנטלויפֿט ווי **ס**אַם בײַ אָט דעם אומגעריכטן קאַמף. מיט אַ געשריי האָט ער זיך נאָכגעיאָגט.

"יאָ! דער **ע**לף־**ש**לאַכטמאַן איז אויף דער פֿרײַ!" האָט ער געשריגן. "איך קום. זאָלסט מיר באַווײַזן דעם וועג אַרויף אָדער איכ'ל דיך אָפּשינדן!"

נאָר דער אָרק איז געווען אינעם אייגענעם אָרט, פֿלינק און גוט־געקאָרמעט. **ס**אַם איז אַ פֿרעמדער געווען, הונגעריק און פֿאַרמאַטערט. די טרעפּ זײַנען געווען הויך און שטאָציק און שלענגלדיק. **ס**אַמס אָטעם איז געקומען אין פֿרײַכן. דער אָרק איז באַלד אַרויס פֿון אויגנגרייך און איצט האָט זיך נאָר געלאָזט הערן דאָס פּאַטשן פֿון די פֿיס בעת עס גייט

ווײַטער אַרויף. פֿון צײַט צו צײַט האָט עס אַ שרײַ געגעבן, און דאָסווידערקול איז געלאָפֿן לענג־אויס די ווענט. נאָר פֿאַמעלעך איז דער גאַנצער קלאַנג אָפּגעשטאָרבן.

סאַם האָט זיך ווײַטער געטאָפּטשעט. ער האָט געפֿילט אַז ער איז אויפֿן ריכטיקן וועג און עס איז אים גאָר לײַכטער אויפֿן האַרצן געווען. ער האָט אָוועקגעשטויסן דאָס פֿינגערל און אײַנגעצויגן דעם גאַרטל. "נו, נו!" האָט ער געזאָגט. "אויב נאָר זיי אַלע קריגן מיך אַזוי פֿײַנט, און שטאָך אויך, וועט דאָס אַלץ אויספֿאַלן בעסער ווי איך האָב געהאָפֿט. און סײַ ווי זעט אויס ווי שאַגראַט, גאָרבאַג, און די חבֿרה האָבן שיִער ניט אויפֿגעטאָן די אַרבעט מײַנע. אַחוץ פֿון אָט דעם קליינעם דערשראָקענעם שטשור, גלייב איך אַז ס'בײַלט ניט קיין לעבעדיקער אינעם אָרט!"

און דערמיט האָט ער זיך אָפּגעשטעלט, שווער געשלאָגן, גלײַך ווי ער האָט דעם קאָפּ געקלאַפּט אינעם שטיינערנעם וואַנט. דער פֿולקומער באַטײַט פֿון וואָס ער האָט געזאָגט האָט אים געשלאָגן מיט אַ זעץ. עס בלײַבן ניט קיין לעבעדיקע! ווער איז געווען וואָס האָט געגעבן אָט דאָס גרויליק שטאַרבנדיק געשריי? "פֿראָדאָ, פֿראָדאָ! האַר!" האָט ער אויסגעשריגן האַלב כליפּענדיק. "אויב זיי האָבן אײַך דערהרגעט, וואָס זאָל איך טאָן? נו, איך קום, סוף־כּל־סוף, פּונקט ביזן אויבן, צו זען וואָס איך מוז."

העכער און העכער איז ער געגאַנגען. עס איז פֿינצטער געווען אַחוץ אַ שטורקאַץ צײַטנווײַז פֿלאַקערנדיק בײַ אַן אויסדריי אָדער לעבן עפּעס אַן עפֿענונג וואָס פֿירט אַרויף צו די העכערע פֿלאַכן פֿון דעם טורעם. סאַם האָט געפּרוּווט ציילן די טריט, נאָר נאָך צוויי הונדערט האָט ער פֿאַרלוירן די רעכענונג. ער איז איצט שטיל געגאַנגען, וואָרן ער האָט געמיינט אַז ער קען הערן דעם קלאַנג פֿון רעדנדיקע קולער, נאָך אַלץ אַ היפּש ביסל אויבן. מער ווי איין שטשור איז געבליבן לעבן, האָט זיך געדאַכט.

מיט איין מאָל, ווען ער האָט זיך געפֿילט ווי ער קען מער ניט אָטעמען, ניט צווינגען די קני זיך צו בייגן נאָך אַ מאָל, האָט זיך די טרעפּ געענדיקט. ער איז שטיל געשטאַנען. די קולער זײַנען איצט געווען הויך און נאָענט. סאַם האָט זיך אַרומגעקוקט. ער איז געקראָכן פּונקט אויפֿן פֿלאַטשיקן דאַך פֿונעם דריטן און העכסטן פֿלאַך פֿון דעם טורעם: אַן אָפֿענער שטח, אַ צוואַנציק יאַרד אַריבער, מיט אַ נידעריקן פּאַרענטש. דאָרט איז די טרעפּ געווען באַדעקט מיט אַ קליינער קאַמער מיט אַ קופּאָל אין מיטן דאַך, מיט נידעריקע טירן אויף מיזרח און מערבֿ. אויף מיזרח האָט סאַם געקענט זען דעם פּליין פֿון מאָרדאָר, ריזיק און פֿינצטער אונטן, און דעם ברענענדיקן באַרג ווײַט אַוועק. אַ פֿרישע בהלה האָט זיך אויפֿגעהויבן אין זײַנע טיפֿע ברונעמס, און די טײַכן פֿײַער האָבן געברענט אַזוי רציחהדיק אַז אַפֿילו פֿון אַ סך מײַלן אַוועק האָט די ליכט פֿון זיי באַלויכטן דעם טורעם אויבן מיט אַ רויטן בליאַסק. אויף מערבֿ איז דער אויסבליק פֿאַרשטעלט געווען פֿונעם פֿונדאַמענט פֿון דעם גרויסן שיסטורעמל וואָס שטייט אויף הינטן אין אָט דעם אייבערשטן הויף און הייבט אויף זײַן האָרן הויך איבער דער הייך פֿון די אַרומרינגלענדיקע בערגלעך. ליכט האָט געשײַנט אין אַ פֿענצטער־שניט. די טיר זײַנע איז ניט געווען צען יאַרדן פֿון וווּ סאַם איז געשטאַנען. זי איז אָפֿן געווען נאָר פֿינצטער, און פֿון פּונקט אין זײַן שאָטן זײַנען געקומען די קולער.

תּחילת האָט זיך סאַם ניט צוגעהערט. ער איז איין טראָט געגאַנגען אַרויס פֿון דער מיזרחדיקער טיר און זיך אַרומגעקוקט. תּיכּף האָט ער באַמערקט אַז דאָ אויבן איז געווען דאָס רציחהדיקסטע קעמפֿן. דער גאַנצער הויף איז דערשטיקט געווען מיט טויטע אָרקס,

אָדער זייערע אָפּגעהאַקטע און צעשיטע קעפּ און אבֿרים. דער אָרט האָט געשטונקען מיט טויט. אַ קנורע און דערנאָך אַ קלאַפּ און אַ געשריי האָט אים גיך געשיקט צוריק אין באַהעלטעניש. אַן אָרק־קול האָט זיך אויפֿגעהויבן אין כּעס, און ער האָט עס תּיכּף דערקענט, האַרב, ברוטאַל, קאַלט. עס איז געווען **ש**אַגראַט וואָס רעדט, **ק**אַפּיטאַן פֿון דעם **ט**ורעם.

"דו וועסט ניט גיין נאָך אַ מאָל, זאָגסט? אַ קללה אויף דיר, **ס**נאַגאַ, דו קליינע מאָד! אויב דו מיינסט אַז איך בין אַזוי צעשעדיקט אַז דו קענסט מיך בשלום איגנאָרירן, האָסטו אַ טעות. קום אַהער, וועל איך דיר אויסקוועטשן די אויגן, ווי איך האָב נאָר וואָס געטאָן מיט **ר**אַדבוג. און ווען אַ פּאָר נײַע יאַטן קומען, וועל איך האַנדלען מיט דיר: איכ'ל דיך שיקן צו **ש**עלאָב."

"זיי וועלן ניט קומען, ניט איידער דו ביסט שוין טויט סײַ ווי סײַ," האָט **ס**נאַגאַ פֿאַרמרוקעט געענטפֿערט. "איך האָב דיר צוויי מאָל דערציילט ווי **ג**אָרבאַגס חזירים זײַנען געקומען פֿריִער צו דעם טויער, זײַנען קיינע אונדזערע ניט געקומען אַרויס. **ל**אַגדוף און **מ**וזגאַש זײַנען דורכגעלאָפֿן, נאָר מע האָט זיי דערשאָסן. איך האָב דאָס געזען פֿון אַ פֿענצטער, זאָג איך דיר. און זיי זײַנען געווען די לעצטע."

"מוזסטו דערפֿאַר גיין. איך מוז דאָ בלײַבן סײַ ווי סײַ. אָבער איך בין פֿאַרוווּנדיקט. די **ש**וואַרצע **ג**רובן נעמען דעם מיסטיקן בונטאַר **ג**אָרבאַג!" **ש**אַגראַטס קול איז ווײַטער געגאַנגען אין אַ ריי ברודיקע נעמען און קללות. "איך האָב אים געגעבן מער ווי איך האָב באַקומען, נאָר ער האָט מיך געשטאָכן, דאָס שטיקל מיסט, איידער איך האָב אים דערשטיקט. דו מוזסט גיין, אַניט וועל איך דיך אויפֿעסן. די ידיעות מוזן אָנקומען אין **ל**וגבורז, אָדער מיר ביידע וועלן אַרײַן אין די **ש**וואַרצע **ג**רובן. יאָ, אויך דו. דו וועסט זיך ניט אויסדרייען לאָקערן דאָ."

"איך וועל ניט גיין נאָך אַ מאָל אַראָפּ אויף די אָ טרעפּ," האָט געקנורעט **ס**נאַגאַ, "ביסטו קאַפּיטאַן צי ניט. גנאַר! כאַפּ ניט דײַן מעסער, וועל איך דיר געבן אַ פֿײַל אין די געדערעם. דו וועסט ניט לאַנג בלײַבן קיין קאַפּיטאַן ווען **ז**יי הערן פֿון דעם יאַריד דאָ. איך האָב געקעמפֿט פֿאַר דעם **ט**ורעם קעגן אָט די עיפּושדיקע **מ**אָרגול־שטשורעס, אָבער אַ פֿײַנעם באַלאַגאַן האָבן איר צוויי טײַערע קאַפּיטאַנען דאָ געשאַפֿן, ראַנגלען זיך איבערן רויב."

"שוין גענוג פֿון דיר," האָט **ש**אַגראַט געקנורעט. "איך האָב געהאַט מײַנע באַפֿעלן. ס'איז געווען **ג**אָרבאַג וואָס האָט דאָס אָנגעהויבן מיטן פּרוּוון גנבֿענען דאָס שיינע העמדל."

"נו, דו האָסט אים צערייצט, מיטן בלאָזן זיך און האַלטן זיך גרויס. און בײַ אים איז געווען מער שׂכל ווי בײַ דיר סײַ ווי. ער האָט דיר מער ווי איין מאָל געזאָגט אַז דער סכּנהדיקסטער פֿון די שפּיאָנען בלײַבט אויף דער פֿרײַ, האָסטו זיך ניט צוגעהערט. און איצט ווילסטו זיך ניט צוהערן. **ג**אָרבאַג איז געווען גערעכט, זאָג איך דיר. ס'איז דאָ אַרום אַ גרויסער קעמפֿער, איינער פֿון די פֿאַרבלוטיקטע **ע**לפֿן, אָדער איינער פֿון די ברודיקע *טאַרקס*[2]. ער קומט אַהער, זאָג איך דיר. דו האָסט געהערט דאָס גלעקל. ער איז פֿאַרבײַ די **וו**עכטערס און דאָס איז אַ *טאַרקס* אַרבעט. ער איז אויף די טרעפּ. און אַזוי לאַנג בלײַבט ער דאָרט, גיי איך ניט אַראָפּ. זאָלסטו זײַן אַפֿילו אַ **נ**אַזגול, גיי איך ניט."

---

[2] אַ גנאַי־נאָמען פֿאַר מענטשן פֿון **ג**אָנדאָר.

"אָט איז עס, איאָ?" האָט **ש**אַגראַט געשריגן. "דו וועסט דאָס טאָן און יענץ ניט? און ווען ער קומט טאַקע, וועסטו מאַכן פּליטה און מיך איבערלאָזן? ניין, דאָס וועסטו ניט טאָן! איכ'ל שטעכן פֿריִער רויטע מאָדן־לעכער אין דײַן בויך."

אַרויס פֿונעם טורעמל־טיר איז געקומען פֿליִען דער קלענערער אָרק. הינטער אים איז געקומען **ש**אַגראַט, אַ גרויסער אָרק מיט לאַנגע אָרעמס וואָס בײַם לויפֿן הויערנדיק דערגרייכן ביז דער ערד. נאָר איין אָרעם איז שלאַף געהאַנגען, האָט אויסגעזען ווי עס בלוטיקט; דער צווייטער האָט אַרומגעכאַפּט אַ גרויס שוואַרץ בינטל. אינעם רויטן בליאַסק האָט **ס**אַם, הויערנדיק הינטער דער טרעפּ־טיר, געכאַפּט אַ בליק פֿון יענעמס בייז פּנים בעת עס איז פֿאַרבײַ: עס איז צעקראַצט געווען ווי פֿון צערײַסנדיקע קרעלן און באַשמירט מיט בלוט; סלינע איז גערונען פֿון די אַרויסשטעקנדיקע שפּיץ־ציין; דער פּיסק האָט געקנורעט ווי אַ חיה.

אויף וויפֿל **ס**אַם האָט געקענט זען, האָט זיך **ש**אַגראַט נאָכגעיאָגט נאָך **ס**נאַגאַ אַרום דאַך, ביז מיט אַ סך אויסדרייען האָט דער קלענערער אָרק אים אויסגעמיטן און מיט אַ סקאַווטשע איז ער גיך אַרײַן אינעם טורעמל און פֿאַרשוווּנדן געוואָרן. האָט זיך דעמאָלט **ש**אַגראַט אָפּגעשטעלט. דורך דער מיזרחדיקער טיר האָט **ס**אַם אים איצט געקענט זען לעבן פֿאַרענטש, סאָפּענדיק, דער לינקער קרעל האָט זיך שוואַך צוגעבײַלט און געעפֿנט. ער האָט דאָס בינטל אַוועקגעזעצט אויף דער פּאַדלאָגע און מיטן רעכטן קרעל האָט ער אַרויסגעצויגן אַ לאַנגן רויטן מעסער און אויף אים געשפּיגן. איז ער געגאַנגען צו דעם פֿאַרענטש און זיך איבער אים געלענט, געקוקט אַראָפּ אויפֿן אויסנווייניקסטן הויף ווײַט אונטן. צוויי מאָל האָט ער געשריגן נאָר קיין ענטפֿער איז ניט צוריק.

מיט אַ מאָל, בעת **ש**אַגראַט האָט זיך איבערן פֿאַרענטש געבויגן מיטן רוקן צום דאַך צו, האָט **ס**אַם פֿאַרחידושט דערזען אַז איינער פֿון די פֿאַרשפּרייטע קערפּערס באַוועגט זיך. עס איז געקראָכן. עס האָט אַרויסגעשטעקט אַ קרעל און געכאַפּט דאָס בינטל. ער שאַטײַעט זיך אויף די פֿיס. אין דער צווייטער האַנט האָט עס געהאַלטן אַ שפּיז מיט אַ ברייטן קאָפּ און אַ קורצן צעבראָכענעם טראָניק, גרייט אויף אַ שטעכנדיקן שטויס. נאָר פּונקט דעמאָלט איז אַ צישע אַרויס דורך די ציין, אַ פֿרײַך פֿון ווייטיק צי שׂינאה. גיך ווי אַ שלאַנג האָט **ש**אַגראַט זיך גענומען אין אַ זײַט, זיך אַרומגעדרייט, און געטריבן דעם מעסער אַרײַן אינעם שׂונאס האַלדז.

"כ'האָב דיך, **ג**אָרבאַג!" האָט ער געשריגן. "ניט גאַנץ טויט, יאָ? נו, איצט וועל איך ענדיקן די אַרבעט." ער איז געשפּרונגען אויפֿן געפֿאַלענעם קערפּער, אים צעטראָטן מיט זײַן גרימצאָרן, צײַטנווײַז זיך אָנגעבויגן אים צו שטעכן און שנײַדן מיטן מעסער. סוף־כּל־סוף איז ער צופֿרידן געוואָרן, צוריקגעוואָרפֿן דעם קאָפּ, און איז אַרויס מיט אַ גרויליק ריזלענדיק געשריי פֿון נצחון. האָט ער דעמאָלט געלעקט דעם מעסער, אים געשטעקט צווישן די ציין, און כאַפּנדיק דאָס בינטל איז ער געקומען לויפֿן צו דער נעענטערער טיר פֿון די טרעפּ צו.

סאַם האָט ניט געהאַט קיין צײַט פֿאַר טראַכטן. אפֿשר וואָלט ער געקענט זיך גנבֿענען אַרויס דורך דער צווייטער טיר, נאָר קוים אומבאַמערקט, און ער האָט ניט געקענט לאַנג שפּילן זיך אין באַהעלטערלעך מיט דעם גרויליקן אָרק. ער האָט געטאָן וואָס איז מסתּמא געווען די בעסטע ברירה. ער איז געשפּרונגען אַרויס מיט אַ געשריי צו טרעפֿן **ש**אַגראַט. ער האָט מער ניט געהאַלטן דאָס **פֿ**ינגערל, נאָר עס איז דאָרט געווען, אַ באַהאַלטענע שליטה, אַן

אָנשרעקנדיקע סכּנה צו די שקלאַפֿן פֿון מאָרדאָר, און אין דער האַנט איז געווען שטאָך, וועמענס ליכט האָט געשלאָגן די אויגן פֿון די אָרקס ווי דער בלישטש פֿון רוצחישע שטערן אין די שרעקלעכע עלף־לענדער, וואָס דאָס חלומען דערפֿון איז געווען אַ קאַלטער פּחד צו דער גאַנצער גזע זייַנער. און שאַגראַט האָט ניט געקענט אי קעמפֿן אי האַלטן זייַן אוצר. ער האָט זיך אָפּגעשטעלט, געקנורעט און באַוויזן די שפּיץ־ציין. דעמאָלט, מעשׂה אָרק, איז ער ווידער געשפּרונגען אין אַ זייַט, און ווען סאַם איז אויף אים געשפּרונגען, האָט ער גענוצט דאָס שווערע בינטל ווי אַ שילד און אַ וואָפֿן, און דאָס שווער געשטויסן אין זייַן שׂונאס פּנים. סאַם האָט זיך שאַטייַעט, און איידער ער איז צו זיך געקומען, איז שאַגראַט געלאָפֿן פֿאַרבייַ און אַראָפּ מיט די טרעפּ.

סאַם איז נאָך אים נאָכגעלאָפֿן, מיט קללות, נאָר ער איז ניט ווייַט געגאַנגען. באַלד איז דער געדאַנק פֿון פֿראָדאָ צוריק אין מוח, האָט ער געדענקט אַז דער צווייטער אָרק איז געגאַנגען צוריק אין שיסטורעמל. נאָך אַלץ איז געווען פֿאַר אים אַ געפֿערלעכע ברירה, און ער האָט ניט קיין צייַט זי איבערצוטראַכטן. אויב שאַגראַט איז געלונגען אַנטלויפֿן וועט ער באַלד קריגן הילף און קומען צוריק. נאָר זאָל סאַם זיך נאָך אים נאָכיאָגן, וועט דער צווייטער אָרק אפֿשר טאָן עפּעס שרעקלעך שלעכטס דאָרט אויבן. און סייַ ווי סייַ וואָלט סאַם אפֿשר ניט כאַפּן שאַגראַט אָדער ווערן דערהרגעט פֿון אים. ער האָט זיך גיך אַרומגעדרייט און איז געלאָפֿן צוריק אַרויף אויף די טרעפּ. "נאָך אַ מאָל פֿאַלש, ריכט איך זיך," האָט ער געזיפֿצט. "נאָר ס'איז מייַן אַרבעט צו גיין פֿריִער פּונקט ביזן אויבן, אַבי וואָס זאָל שפּעטער ניט געשען."

ווייַט אונטן איז שאַגראַט געשפּרונגען אַראָפּ אויף די טרעפּ און אַרויס איבערן הויף און דורך דעם טויער, נאָך טראָגנדיק זייַן טייַערע לאַסט. אויב סאַם וואָלט אים געקענט זען און געוווּסט וואָס פֿאַר אַ צער זייַן אַנטלויף וואָלט ברענגען, וואָלט ער אַראָפּגעפֿאַלן. נאָר איצט איז זייַן מוח פֿאַרפֿעסטיקט געווען אויף דער לעצטער סטאַדיע פֿון זייַן זוכן. ער איז געקומען אָפּגעהיט צו דער טורעמל־טיר און אַ טראָט געטאָן אַרייַן. זי האָט זיך געעפֿנט אויף פֿינצטערניש. נאָר באַלד זייַנען די שטאַרנדיקע אויגן זייַנע געוווּיר געוואָרן פֿון אַ שוואַכער ליכט אויף רעכטס. זי איז געקומען אַרויס פֿון אַן עפֿענונג וואָס פֿירט צו אַ צווייטער טרעפּ, פֿינצטער און ענג: זי האָט אויסגעזען ווי זי שלענגלט פּאַזע דעם אינעווייניק פֿון דעם קייַלעכדיקן אויסנווייניקסטן מויער. אַ שטורקאַץ האָט געגלאַנצט אין ערגעץ אויבן.

שטיל האָט סאַם אָנגעהויבן אַרויפֿקריכן. ער איז אָנגעקומען בייַ דעם צאַנקענדיקן שטורקאַץ, צוגעפֿעסטיקט איבער אַ טיר אויף לינקס וואָס שטייט אַקעגן אַ פֿענצטער־שניט קוקנדיק מערבֿ צו: איינס פֿון די רויטע אויגן וואָס ער און פֿראָדאָ האָבן געזען פֿון אונטן בייַם מויל פֿון דעם טונעל. גיך איז סאַם פֿאַרבייַ דער טיר און האָט זיך געאייַלט צום צווייטן גאָרן, מוראוודיק אַז אַ ליאַדע מאָמענט אָנגעפֿאַלן צו ווערן, צו פֿילן דערשטיקנדיקע פֿינגער כאַפּן אים בייַם האַלדז פֿון הינטן. ער איז דערנאָך געקומען צו אַ פֿענצטער קוקנדיק מיזרח צו און נאָך אַ שטורקאַץ איבער דער טיר צו אַ פּאַסאַזש דורך דער מיט טורעמל. די טיר איז געווען אָפֿן, דער פּאַסאַזש פֿינצטער אַחוץ פֿון דער שייַן פֿונעם שטורקאַץ און דעם רויטן בליאַסק פֿון דרויסן פֿילטרירט דורך דעם פֿענצטער־שניט. אָבער דאָ האָט געענדיקט זיך די טרעפּ, איז מער ניט אויפֿגעשטיגן. סאַם איז געקראָכן אין פּאַסאַזש אַרייַן. אויף יעדער זייַט איז געווען אַ נידעריקע טיר; ביידע זייַנען געווען פֿאַרמאַכט און פֿאַרשלאָסן. עס איז ניט געווען לגמרי קיין קלאַנג.

"אַ זאַקגעסל," האָט סאַם געמורמלט, "און נאָך אַזוי פֿיל קריכן אַרויף! אָט דאָ קען ניט זײַן דער אויבן פֿונעם טורעם. נאָר וואָס קען איך איצט טאָן?"

ער איז געלאָפֿן צוריק צום אונטערשטן גאָרן און געפּרוּווט די טיר. זי האָט זיך ניט געלאָזט רירן. ער איז נאָך אַ מאָל אַרויפֿגעלאָפֿן, האָט דער שווייס אָנגעהויבן רינען אַראָפּ אויפֿן פּנים. ער האָט זיך געפֿילט ווי יעדע מינוט אַפֿילו איז טײַער, נאָר איינציקווײַז אַנטלויפֿן זיי, און ער האָט גאָרנישט ניט געקענט טאָן. אים איז גאָר ניט מער אָנגעגאַנגען שאַגראַט אָדער סנאַגאַ אָדער אַבי וואָס פֿאַר אַן אָרק עס זאָל ניט זײַן. ער האָט נאָר געבענקט נאָך זײַן האַר, נאָך איין קוק אויף זײַן פּנים אָדער אַ ריר פֿון זײַן האַנט.

צום סוף, פֿאַרמאַטערט און ווי צעקלאַפּט צום סוף, איז ער געזעסן אויף אַ טרעפּל אונטער דער הייך פֿון דער פּאַסאַזש־פּאַדלאָגע, און געלאָזט דעם קאָפּ אַראָפּ אין די הענט. עס איז שטיל געווען, שוידערלעך שטיל. דער שטורקאַץ וואָס האָט שוין שוואַך געברענט ווען ער איז ערשט אָנגעקומען האָט געצאַנקט און איז אויס, האָט ער געפֿילט ווי דאָס פֿינצטערניש האָט אים באַדעקט ווי אַ פֿלייץ. און דעמאָלט, ווייך, ווי אַ חידוש צו זיך אַליין, דאָרט בײַ דעם אומזיסטן סוף פֿון זײַן לאַנגער נסיעה און זײַן צער, גערירט פֿון אַ מחשבֿה אין האַרצן וואָס ער האָט ניט דערקענט, האָט סאַם אָנגעהויבן זינגען.

זײַן קול האָט געקלונגען דין און ציטערנדיק אין דעם קאַלטן פֿינצטערן טורעם: דאָס קול פֿון אַ פֿאַרלאָזענעם און פֿאַרמאַטערטן האָביט, וואָס קיין אָרק מיט אָנגעשטעלטע אויערן האָט ניט געקענט אָננעמען פֿאַר דעם קלאָרן ליד פֿון אַן עלף־לאָרד. ער האָט געמורמלט אַלטע קינדישע ניגונים פֿון דעם קאַנטאָן, און שטיקלעך פֿון מ"ר בילבאָס גראַמען וואָס קומען אים אַרײַן אין מוח ווי פֿליִענדיקע בליקן פֿון דעם לאַנד פֿון זײַן היים. און דעמאָלט מיט איין מאָל איז נײַער כּוח אַרויף אין אים, האָט זײַן קול אויסגעקלונגען, בעת ווערטער, די אייגענע, זײַנען אים אומגעבעטן געקומען פּאַסיק מיטן פּשוטן ניגון.

אין דעם מערבֿ אונטער העלער זון
מעגן בלומען בליִען פֿרילינגצײַט,
ביימער צעלאָזן זיך, וואַסערן שטראָמען,
די טשיזשיקעס פֿריילעך זינגען.
אָדער אפֿשר דאָרט איז לויטערע נאַכט
און וויגנדיקע בוכנביימער
טראָגן עלפֿן־שטערן ווי אײדלשטיינער
ווײַס אין די צווײַגן־האָר.

כאָטש דאָ סוף נסיעה ליג איך
אין פֿינצטערניש טיף באַגראָבן,
הינטער אַלע טורעמס, שטאַרקע, הויכע,
הינטער אַלע בערג, שטאָציקע,
איבער אַלע שאָטנס רײַט די זון
און לעבן אויף אייביק די שטערן:
איך וועל ניט זאָגן אַז דער טאָג איז פֿאַרטיק,
ניט זאָגן די שטערן אַדיע.

"הינטער אַלע טורעמס, שטאַרקע, הויכע," האָט ער אָנגעהויבן אויף ס'נײַ, און דעמאָלט זיך שאַרף אָפּגעשטעלט. ער האָט געמיינט אַז ער האָט געהערט אַ ווייך קול וואָס ענטפֿערט אים. אָבער איצט האָט ער גאָרנישט ניט געקענט הערן. יאָ, טאַקע האָט ער עפּעס געהערט, נאָר ניט קיין קול. טריט זײַנען נעענטער געקומען. איצט האָט זיך שטיל געעפֿנט אַ טיר אינעם פּאַסאַזש אויבן; די זאַוויסעס האָבן געסקריפּעט. סאַם האָט געהויערט אַראָפּ און זיך צוגעהערט. די טיר האָט זיך פֿאַרמאַכט מיט אַ טעמפּן ליש, און דערנאָך האָט אויסגעקלונגען אַ קנורענדיק אָרק־קול.

"האָ לאָ! דו אויבן, דו מיסטהײַפֿל שטשור! הער אויף מיטן סקריפּען, אַניט וועל'ך קומען דיר עפּעס באַווײַזן. הערסט?"

עס איז ניט געווען קיין ענטפֿער.

"נו גוט," האָט סנאַגאַ געוואָרטשעט. "נאָר איכ'ל קומען אַלץ איינס אויף דיר אַ קוק צו טאָן, זען וואָס דו טוסט."

די זאַוויסעס האָבן נאָך אַ מאָל געסקריפּעט, און סאַם, איצט קוקנדיק איבערן עק פֿונעם פּאַסאַזש־שוועל, האָט דערזען אַ צאַנק ליכט אין אַן אָפֿענער טיר, און דאָס אומקלאָרע געשטאַלט פֿון אַן אָרק וואָס קומט אַרויס. עס האָט געטראָגן עפּעס אַ לייטער. פּלוצעם איז דער ענטפֿער געקומען צו סאַם: די העכסטע קאַמער דערגרייכט מען דורך אַ כאַפּטירל אינעם דאַך פֿונעם פּאַסאַזש. סנאַגאַ האָט געשטויסן דעם לייטער אַרויף, אים פֿעסט געמאַכט, און איז דערנאָך אַרויף אַרויס פֿון אויגנגרייך. סאַם האָט געהערט דעם פֿאַררוקער צוריקגעצויגן. דעמאָלט האָט ער געהערט נאָך אַ מאָל דאָס גרויליקע קול.

"ליג שטיל, אָדער דו וועסט באַצאָלן! דיר בלײַבט ניט קיין סך צײַט לעבן בשלום, טרעף איך, אָבער אויב דו ווילסט ניט אַז דאָס שטיפֿערײַ זאָל זיך ניט אָנהייבן תּיכּף, מאַך צו דעם פּיסק, פֿאַרשטייי? אָט האָסטו אַ דערמאָנונג!" עס איז געקומען אַ קלאַנג ווי דער קנאַק פֿון אַ בײַטש.

דערמיט האָט דער צאָרן אין סאַמס האַרצן אויפֿגעפֿלאַמט ביז אַ פּלוצעמדיקער רציחה. ער איז אויפֿגעשפּרונגען, געלאָפֿן, איז ער אַרויף אויפֿן לייטער ווי אַ קאַץ. דער קאָפּ איז אַרויס אין מיטן פּאַדלאָגע אין אַ גרויסער קײַלעכדיקער קאַמער. אַ רויטער לאָמפּ איז געהאַנגען פֿון דאַך; דער מערבֿדיקער פֿענצטער־שניט איז געווען הויך און פֿינצטער. עפּעס איז געלעגן אויף דער פּאַדלאָגע לעבן דער וואַנט אונטערן פֿענצטער, נאָר דעריבער איז געשטאַנען צעגאָפּלט אַ שוואַרץ אָרק־געשטאַלט. עס האָט אַ צווייט מאָל אויפֿגעהויבן אַ בײַטש, נאָר דער זעץ איז קיין מאָל ניט געפֿאַלן.

מיט אַ געשריי איז סאַם געשפּרונגען איבער דער פּאַדלאָגע, מיט שטאָך אין דער האַנט. דער אָרק האָט זיך אַרומגעדרייט, נאָר איידער וואָס ווען האָט סאַם אָפּגעהאַקט די בײַטש־האַנט פֿון אָרעם. סקאַווועטשענדיק מיט ווייטיק און שרעק נאָר פֿאַרצווייפֿלט האָט דער אָרק געשטורעמט אויף אים מיטן קאָפּ אַראָפּ. סאַמס קומעדיקער שלאָג איז געגאַנגען אין אַ זײַט, און געוואָרפֿן פֿון די פֿיס איז ער געפֿאַלן צוריק, כאַפּנדיק אויפֿן אָרק בעת ער ספּאָטיקעט זיך איבער אים. איידער ער האָט זיך געקענט שטופּן אַרויף האָט ער געהערט אַ געשריי און אַ ליש. דער אָרק, אינעם הפֿקרדיקן אײַלעניש, האָט געשטאָמפּערט אויפֿן לייטער־קאָפּ און איז געפֿאַלן דורכן אָפֿענעם כאַפּטירל. סאַם האָט זיך געמאַכט ניט ווויסנדיק

וועגן אים. ער איז געלאָפֿן צו דעם געשטאַלט ליגנדיק צוגעטוליעט אויף דער פּאַדלאָגע. עס איז געווען **פֿ**ראָדאָ.

ער איז געווען נאַקעט, געלעגן ווי אין חלשות אויף אַ הייפֿל שמוציקע שמאַטעס: זײַן אָרעם האָט ער אַרויפֿגעוואָרפֿן צו באַשירעמען דעם קאָפּ און איבער זײַן זײַט איז געלאָפֿן אַ מיאוסער בײַטש־שראַם.

"**פֿ**ראָדאָ! **מ**"ר **פֿ**ראָדאָ טײַערער!" האָט **ס**אַם געוויינט, שיִער ניט פֿאַרבלענדט מיט טרערן. "דאָס איז **ס**אַם, איך בין געקומען!" ער האָט האַלב אויפֿגעהויבן דעם האַר און אים צוגעטוליעט צו זײַן ברוסט. **פֿ**ראָדאָ האָט געעפֿנט די אויגן.

"צי חלום איך נאָך אַלץ?" האָט ער געמורמלט. "נאָר די אַנדערע חלומות זײַנען געווען גרויליקע."

"איר חלומט גאָרנישט ניט, **ה**אַר," האָט **ס**אַם געזאָגט. "ס'איז אמת. איך בין געקומען."

"איך קען דאָס קוים גלייבן," האָט **פֿ**ראָדאָ געזאָגט, כאַפּנדיק אויף אים. "ס'איז דאָ געווען אַן אָרק מיט אַ בײַטש וואָס האָט זיך איבערגעביטן אויף **ס**אַם! איז, איך האָב ניט טאַקע געחלומט דאָס זינגען אונטן, און איך האָב געפּרוּווט ענטפֿערן? איז דאָס דו געווען?"

"יאָ, טאַקע, **מ**"ר **פֿ**ראָדאָ. איך האָב געהאַט איבערגעלאָזט די אַלע האָפֿענונגען, כּמעט. איך האָב אײַך ניט געקענט געפֿינען."

"אַך, איצט האָסטו יאָ, **ס**אַם, טײַערער **ס**אַם," האָט **פֿ**ראָדאָ געזאָגט, און ער האָט זיך אײַנגעוויגט אין **ס**אַמס לינדע אָרעמס, און פֿאַרמאַכט די אויגן, ווי אַ קינד וואָס רוט בשלום ווען עפּעס אַ באַליבט קול צי האַנט האָט אָוועקגעטריבן די נאַכט־שרעקן.

סאַם האָט זיך געפֿילט ווי ער וואָלט קענען דאָ זיצן אין אייביק גליק, נאָר דאָס איז אים ניט דערלויבט. עס איז ניט גענוג געווען נאָר צו געפֿינען דעם האַר, האָט ער נאָך אים געמוזט פּרווון ראַטעווען. ער האָט אַ קוש געטאָן אויף **פֿ**ראָדאָס שטערן. "קומט! וואַכט אויף, **מ**"ר **פֿ**ראָדאָ!" האָט ער געזאָגט, פּרוּוונדיק קלינגען אַזוי פֿריילעך ווי ווען ער ציט צוריק די פֿאָרהאַנגען אין **ב**אַג־**ע**ק אויף אַ זומער פֿרימאָרגן.

פֿראָדאָ האָט אַ זיפֿץ געגעבן און זיך אויפֿגעזעצט. "ווּ זײַנען מיר? ווי אַזוי בין איך אַהערגעקומען?" האָט ער געפֿרעגט.

"ס'איז ניט קיין צײַט פֿאַר מעשׂיות איידער מיר זײַנען ערגעץ אַנדערש, **מ**"ר **פֿ**ראָדאָ," האָט **ס**אַם געזאָגט. "אָבער איר זײַט אינעם אויבן פֿון דעם טורעם וואָס איר מיט מיר האָט געזען פֿון ווײַט אונטן בײַ דעם טונעל איידער די אָרקס האָבן אײַך פֿאַרכאַפּט. ווי לאַנג צוריק דאָס איז געווען ווייס איך ניט. מער ווי איין טאָג, טרעף איך."

"בלויז דאָס?" האָט **פֿ**ראָדאָ געזאָגט. "ס'פֿילט מיר ווי וואָכן. דו מוזסט מיר אַלץ דערציילן, זאָל קומען אַ געלעגנהייט. עפּעס האָט מיך געשלאָגן, איאָ? בין איך געפֿאַלן אַרײַן אין פֿינצטערניש און שלעכטע חלומות, און אויפֿגעוואַכט האָב איך געפֿונען אַז אַלץ איז נאָך ערגער. אָרקס האָבן מיך גאַנץ אַרומגערינגלט. איך מיין אַז זיי האָבן נאָר וואָס געהאַלטן אין גיסן עפּעס אַ שוידערלעך ברענענדיק געטראַנק אַראָפּ אין האַלדז. דער קאָפּ איז מיר קלאָר געוואָרן, נאָר איך בין ווייטיקדיק און פֿאַרמאַטערט געווען. זיי האָבן מיך אַראָפּגעצויגן די קליידער, אַלץ צוגענומען, און דעמאָלט זײַנען צוויי גרויסע אַכזרים געקומען און מיך אויסגעפֿרעגט, אויסגעפֿרעגט ביז איך האָב געמיינט איך וועט משוגע ווערן, שטייענדיק

איבער מיר, זיך גרויס געהאַלטן, אָנגעטאַפּט די מעסערס. איכ'ל קיין מאָל ניט פֿאַרגעסן די קרעלן און אויגן זייערע."

"איר וועט ניט, אויב איר רעדט דערוועגן, **מ**"ר **פֿ**ראָדאָ," האָט **ס**אַם געזאָגט. "און אויב מיר ווילן זיי ניט זען נאָך אַ מאָל, וואָס גיכער מיר זײַנען אַוועק, אַלץ בעסער. קענט איר גיין צו פֿוס?"

"יאָ, איך קען גיין צו פֿוס," האָט **פֿ**ראָדאָ געזאָגט, זיך פּאַמעלעך אויפֿהייבנדיק. "איך בין ניט צעמזיקט, **ס**אַם. איך פֿיל זיך נאָר פֿאַרמאַטערט און ס'טוט מיר ווי דאָ." ער האָט געשטעלט די האַנט הינטן אויפֿן נאַקן איבערן לינקן אַקסל. ער איז אויפֿגעשטאַנען און עס האָט **ס**אַם אויסגעזען ווי ער איז באַקליידט אין פֿלאַמען: די נאַקעטע הויט איז געווען שאַרלעך רויט אין דער ליכט פֿונעם לאָמפּ אויבן. צוויי מאָל האָט ער געשפּאַנט איבער דער פּאַדלאָגע.

"דאָס איז בעסער!" האָט ער געזאָגט, אַ ביסל לײַכטער אויפֿן האַרצן. "איך האָב זיך ניט דערוועגט זיך באַוועגן ווען מע האָט מיך געלאָזט איינעם אַליין, אָדער וואָלט קומען איינער פֿון די שומרים. ביז ס'האָבן זיך אָנגעהויבן די געשרייען און קעמפֿן. די צוויי גרויסע אַכזרים האָבן זיך צעקריגט, מיין איך. איבער מיר און מײַנע זאַכן. איך בין דאָ געלעגן דערשראָקן. און דעמאָלט איז אַלץ שטיל ווי טויט געוואָרן, וואָס איז מיר ערגער געווען."

"יאָ, זיי האָבן זיך צעקריגט, זעט אויס," האָט **ס**אַם געזאָגט. "ס'האָט געמוזט זײַן אַ פּאָר הונדערט פֿון די ברודיקע חפֿצים דאָ אין אָרט. אַ היפּש שטיקל אַרבעט פֿאַר **ס**אַם **ג**אַמדזשי, מעגט איר זאָגן. נאָר זיי אַליין האָבן אויפֿגעטאָן דאָס גאַנצע קײַלונג. וואָס איז אַ שטיק מזל, נאָר ס'איז צו לאַנג צו שאַפֿן אַ ליד דערוועגן איידער מיר זײַנען אַרויס פֿון דאַנען. איצט, וואָס זאָל מען טאָן? איר קענט ניט אומגיין אין דעם **ש**וואַרצן **ל**אַנד בלויז אין דער נאַקעטער הויט, **מ**"ר **פֿ**ראָדאָ."

"זיי האָבן אַלץ צוגענומען, **ס**אַם," האָט **פֿ**ראָדאָ געזאָגט. "אַלץ וואָס איך האָב געהאַט. דו פֿאַרשטייסט? *אַלצדינג!*" ער האָט ווידער געהויערט אויף דער פּאַדלאָגע מיט אַראָפּגעלאָזטן קאָפּ, אַז די אייגענע ווערטער האָבן אים באַוויזן די גאַנצקייט פֿון דער קאַטאַסטראָפֿע, און פֿאַרצווייפֿלונג האָט אים אָפּגעשלאָגן. "דאָס זוכעניש איז דורכגעפֿאַלן, **ס**אַם. אַפֿילו זאָלן מיר זיך אויסדרייען פֿון דאַנען קענען מיר ניט אַנטלויפֿן. נאָר די **ע**לפֿן קענען אַנטלויפֿן. אַוועק, אַוועק, אַרויס פֿון **מ**יטל־**ע**רד, ווײַט אַוועק איבער דעם **ים**. אויב דאָס אַפֿילו איז גענוג ברייט ניט אַרײַנצולאָזן דעם **ש**אָטן."

"ניין, *ניט* אַלצדינג, **מ**"ר **פֿ**ראָדאָ. און ס'איז נאָך ניט דורכגעפֿאַלן, נאָך ניט. איך האָב עס צוגענומען, **מ**"ר **פֿ**ראָדאָ, זײַט מיר מוחל. און איך האָב עס בשלום געהאַלטן. עס איז איצט אַרום מײַן האַלדז, און אַ שרעקלעכער עול איז עס אויך." **ס**אַם האָט געמאַצעט נאָך דעם **פֿ**ינגערל און זײַן קייט. "נאָר איך בין זיך משער אַז איר מוזט עס נעמען צוריק." איצט וואָס די צײַט איז אָנגעקומען האָט זיך **ס**אַם געשײַעט אָפּגעבן דאָס **פֿ**ינגערל, אָנוואַרפֿן אויף דעם האַר דעם עול נאָך אַ מאָל.

"דו האָסט עס?" האָט **פֿ**ראָדאָ געדעכעט. "דו האָסט עס דאָ? **ס**אַם, דו ביסט אַ וווּנדער!" דעמאָלט, גיך און מאָדנע, האָט זיך געביטן דער טאָן. "גיב עס מיר!" האָט ער אויסגעשריגן, איז ער אויפֿגעשטאַנען און אַרויסגעשטעקט אַ ציטערנדיקע האַנט. "גיב עס מיר תּיכּף! דו טאָרסט עס ניט האַלטן!"

"נו, גוט, **מ**"ר **פֿ**ראָדאָ," האָט **ס**אַם געזאָגט, שטאַרק אויפֿגעשראָקן. "אָט איז עס!" פֿאַמעלעך האָט ער אויסגעצויגן דאָס **פֿ**ינגערל און גענומען די קייט איבערן קאָפּ. "נאָר איר זײַט איצט אין דעם לאַנד פֿון **מ**אָרדאָר, סער, און ווען איר זײַט אַרויס וועט איר זען דעם **פֿ**ײַערדיקן **ב**אַרג און אַלץ. איר וועט געפֿינען אַז דאָס **פֿ**ינגערל איז איצט גאָר סכּנהדיק, און גאָר שווער צו טראָגן. אויב ס'איז צו שווער אַן אַרבעט, קען איך זיך אפֿשר זי מיט אײַך טיילן?"

"ניין, ניין!" האָט **פֿ**ראָדאָ געשריגן, כאַפּנדיק דאָס **פֿ**ינגערל און קייט פֿון **ס**אַמס הענט. "ניין, דו וועסט ניט, גנבֿ איינער!" ער האָט געסאָפּעט און געשטאַרט אויף **ס**אַם מיט אויגן ברייט מיט פּחד און שׂינאה. דעמאָלט, מיט אַ מאָל, כאַפּנדיק דאָס **פֿ**ינגערל אין איין געבײַלטער פֿויסט, איז ער געשטאַנען דערשראָקן. אַ נעפּל איז ווי אַרויס פֿון די אויגן, האָט ער גענומען אַ האַנט איבערן ווייטיקדיקן שטערן. די גרויליקע וויזיע האָט אים געפֿילט גאָר אמת, האַלב צעטומלט ווי ער איז געווען מיט וווּנד און פּחד. **ס**אַם איז פֿאַר זײַנע אויגן ווידער געוואָרן אַן אָרק, מאַטרענדיק און מאַצענדיק אויף זײַן אוצר, אַ ברודיק באַשעפֿעניש מיט גיריקע אויגן און גאַווערנדיק מויל. נאָר איצט איז די וויזיע אַוועק. דאָרט איז געווען **ס**אַם, אויף די קני פֿאַר אים, דאָס פּנים צעקנייטשט מיט ווייטיק, גלײַך ווי מע האָט אים געשטאָכן אין האַרצן; טרערן האָבן געגאָסן פֿון די אויגן.

"אָ, **ס**אַם!" האָט **פֿ**ראָדאָ אויסגערופֿן. "וואָס האָב איך געזאָגט? וואָס האָב איך געטאָן? זײַ מיר מוחל! נאָך אַלץ וואָס דו האָסט געטאָן. אָט דאָס איז די שרעקלעכע שליטה פֿון דעם **פֿ**ינגערל. איך ווינטש אַז מע האָט עס קיין מאָל, קיין מאָל ניט געפֿונען. נאָר זאָרג זיך ניט מיט מיר, **ס**אַם. איך מוז טראָגן דעם עול ביזן סוף. ס'איז ניט צו בײַטן. דו קענסט זיך ניט שטעלן צווישן מיר און דעם דאָזיקן גורל."

"אַדרבא, **מ**"ר **פֿ**ראָדאָ," האָט **ס**אַם געזאָגט, און ער האָט געווישט די אויגן מיטן אַרבל. "איך פֿאַרשטיי. נאָר איך קען נאָך אַלץ העלפֿן, יאָ? איך מוז אײַך נעמען אַרויס פֿון דאַנען, תּיכף, איר זעט? נאָר ערשט דאַרפֿט איר קליידער און געצײַג, און דערנאָך אַ ביסל עסן. די קליידער וועלן זײַן דאָס גרינגסטע. אַזוי ווי מיר זײַנען אין **מ**אָרדאָר, זאָלן מיר בעסער זיך אָנקליידן מעשׂה **מ**אָרדאָר, און סײַ ווי סײַ איז ניטאָ קיין ברירה. ס'מוז זײַן אָרק־קליידער פֿאַר אײַך, **מ**"ר **פֿ**ראָדאָ, האָב איך מורא. און פֿאַר מיר אויך. אַז מיר גייען צוזאַמען זאָלן מיר בעסער צונויפֿפּאַסן. איצט שטעלט אָט דאָס אַרום זיך!"

סאַם האָט אויסגעטאָן זײַן גראָען מאַנטל און אים געוואָרפֿן אויף **פֿ**ראָדאָס פּלייצעס. דעמאָלט האָט ער אויסגעטאָן דעם פּאַק און אים אַוועקגעלייגט אויף דער פּאַדלאָגע. ער האָט **ש**טאָך אַרויסגעצויגן פֿון שייד. קוים אַ צאַנק האָט מען געקענט זען אויף זײַן שאַרף. "איך האָב דאָס פֿאַרגעסן, **מ**"ר **פֿ**ראָדאָ," האָט ער געזאָגט. "ניין, זיי האָבן ניט אַלץ צוגענומען! איר האָט מיר געליגן **ש**טאָך, אויב איר געדענקט, און דער **ד**אַמעס פֿיאָל. איך האָב זייביידע נאָך. נאָר לאָזט זיי בײַ מיר נאָך אַ ווײַלע, **מ**"ר **פֿ**ראָדאָ. איך מוז גיין זען וואָס איך קען. בלײַבט דאָ. גייט אַרום אַ ביסל און פּרוּווט די פֿיס. איך וועל ניט לאַנג זײַן. איך דאַרף ניט ווײַט גיין."

"זײַ אָפּגעהיט, **ס**אַם!" האָט **פֿ**ראָדאָ געזאָגט. "און זײַ גיך! אפֿשר זײַנען נאָך אַלץ לעבעדיקע אָרקס, לאָקערנדיקע."

"איך מוז דאָס ריזיקירן," האָט **ס**אַם געזאָגט. ער איז געגאַנגען צום כּאַפּיטרל און זיך אַראָפּגעגליטשט אויפֿן לייטער. אין אַ מינוט אַרום האָט זײַן קאָפּ זיך ווידער באַוויזן. ער האָט געוואָרפֿן אַ לאַנגן מעסער אויף דער פּאַדלאָגע.

"אָט איז עפּעס וואָס וועט אפֿשר ניצלעך זײַן," האָט ער געזאָגט."ער איז טויט, דער וואָס האָט אײַך געשמײַסט. צעבראָכן דעם האַלדז, זעט אויס, אין זײַן אײַלעניש. איצט ציט אַרויף דעם לייטער, אויב איר קענט, **מ**"ר **פֿ**ראָדאָ, און לאָזט אים ניט ווידער אַראָפּ ביז איר הערט פֿון מיר דעם פּאַראָל. *עלבערעט* וועל איך רופֿן. ווי די **ע**לפֿן זאָגן. קיין אָרק וואָלט דאָס ניט זאָגן."

פֿראָדאָ איז אַ ווײַלע געזעסן און געציטערט, אימהדיקע פּחדים יאָגנדיק זיך נאָך אַנאַנד אין זײַן מוח. דעמאָלט איז ער אויפֿגעשטאַנען, געצויגן דעם גראָען עלף־מאַנטל אַרום זיך, און כּדי דער מוח זאָל בלײַבן פֿאַרנומען, האָט ער אָנגעהויבן גיין אַהין און צוריק, זיך אײַנקוקן און נישטערן אין יעדן ווינקל פֿון זײַן תּפֿיסה.

עס האָט ניט לאַנג געדויערט, כאָטש דער פּחד האָט געמאַכט פֿילן ווי אַ *שעה* אָדער מער, איידער ער האָט געהערט **ס**אַמס קול רופֿן ווייך אונטן: *עלבערעט, עלבערעט.* **פֿ**ראָדאָ האָט אַראָפּגעלאָזט דעם לײַכטן לייטער. אַרויף איז געקומען **ס**אַם, סאָפּענדיק, מיט אַ גרויס בינטל אויפֿן קאָפּ. ער האָט עס אַראָפּגעלאָזט מיט אַ ליש.

"גיך שוין, **מ**"ר **פֿ**ראָדאָ!" האָט ער געזאָגט. "איך האָב געדאַרפֿט אַ ביסל אַרומזוכן צו געפֿינען אַבי וואָס גענוג קליין פֿאַר עפּעס ווי אונדז. מילא, ס'וועט טויגן. אָבער מיר מוזן זיך אײַלן. איך האָב ניט אָנגעטראָפֿן אויף קיין לעבעדיקס, און כ'האָב גאָרנישט ניט געזען, נאָר איך בין אומרויִק. איך מיין אַז דעם אָרט באַוואַכט מען. איך קען דאָס ניט דערקלערן, נאָר, נו, עס פֿילט זיך מיר ווי איינער פֿון די אָ פֿאַרפֿוילטע פֿליִענדיקע **ר**ײַטערס גייט דאָ אַרום, אויבן אין דעם פֿינצטערניש וווּ ער איז ניט צו דערזען."

ער האָט געעפֿנט דאָס בינטל. **פֿ**ראָדאָ האָט געקוקט מיט עקל אויף דעם אינהאַלט, נאָר עס איז קלאָר געווען: אָדער ער ציט אָן די זאַכן אָדער ער גייט נאַקעט אַרום. ס'זײַנען געווען לאַנגע האָריקע הויזן פֿון עפּעס אַן אומרייַנער חיה־פֿעל, און אַ טוניק פֿון שמוציקן לעדער. ער האָט זיי אָנגעטאָן. איבערן טוניק איז געווען אַ מאַנטל פֿון דיקן רינגל־פּאַנצער, קורץ אויף אַ דערוואַקסענעם אָרק, צו לאַנג אויף **פֿ**ראָדאָ, און שווער. אַרום דעם האָט ער צוגעפֿעסטיקט אַ גאַרטל, וואָס פֿון אים הענגט אַ קורצער שייד מיט אַ ברייטער שטעכן־שווערד. **ס**אַם האָט געבראַכט עטלעכע אָרק־קאַסקעס. איינע האָט **פֿ**ראָדאָ גענוג גוט געפּאַסט, אַ שוואַרץ היטל מיט אַן אײַזערנעם ראַנד, און אײַזערנע רייפֿן באַדעקט מיט לעדער באַמאָלט מיט דער **ע**ין־**ה**רע אויף רויט איבער דעם שנאָבלדיקן נאָז־באַשיצער.

"די **מ**אָרגול זאַכן, **ג**אָרבאַגס געצײַג, האָט בעסער געפּאַסט און ס'איז בעסער געמאַכט," האָט **ס**אַם געזאָגט, "נאָר ס'טויג ניט, טרעף איך, גיין טראָגן זײַנע צייכנס אין **מ**אָרדאָר אַרײַן, ניט נאָך דעם וואָס איז דאָ געשען. נו, אָט זײַט איר, **מ**"ר **פֿ**ראָדאָ. אַ שלמותדיקער קליינער אָרק, אויב איך מעג אַזוי דרייסט רעדן – ווייניקסטנס וואָלט איר אַזוי זײַן, אויב מיר קענען באַדעקן דאָס פּנים מיט אַ מאַסקע, געבן אײַך לענגערע אָרעמס און קרומע פֿיס. אָט דאָס וועט באַהאַלטן עטלעכע פֿון די זאָגטערס." ער האָט געשטעלט אַ שוואַרצן מאַנטל אַרום **פֿ**ראָדאָס פּלייצעס. "איצט זײַט איר גרייט! איר קענט קריגן אַ שילד בײַם גיין."

"נאָר וואָס וועגן דיר, **סאַם**?" האָט **פֿראָדאָ** געזאָגט. "צי זאָלן מיר ניט שטימען מיט זיך?"

"נו, **מ**"ר **פֿראָדאָ**, איך האָב אַ טראַכט געטאָן," האָט **סאַם** געזאָגט. "בעסער זאָל איך ניט איבערלאָזן מײַן געצײַג, און מיר קענען דאָס ניט צעשטערן. און איך קען ניט טראָגן אָרק־פּאַנצער איבער די אַלע קליידער, קען איך? איכ'ל מוזן נאָר אַלץ באַדעקן."

ער איז אַראָפּ אויף די קני און פֿאָרזיכטיק געפֿעלבלט זײַן עלף־מאַנטל, וואָס האָט געפֿורעמט אַ וווּנדערלעך קליין בינטל. דאָס האָט ער אַוועקגעשטעקט אינעם פּאַק וואָס ליגט אויף דער פּאַדלאָגע. ער איז אויפֿגעשטאַנען און געוואָרפֿן דעם פּאַק אויפֿן רוקן, געשטעלט אַן אָרק־קאַסקע אויפֿן קאָפּ און געוואָרפֿן נאָך אַ שוואַרצן מאַנטל איבער די פּלייצעס. "אָט איז עס!" האָט ער געזאָגט. "איצט שטימען מיר, מער־וויניקער. און איצט מוזן מיר שוין זײַן אין וועג אַרײַן!"

"איך קען ניט גיין לויפֿן דעם גאַנצן וועג, **סאַם**," האָט **פֿראָדאָ** געזאָגט מיט אַ פֿאַרקרימט שמייכל. "איך האָף אַז דו האָסט נאָכגעפֿרעגט וועגן אַכסניות אויפֿן וועג? אָדער האָסטו פֿאַרגעסן עסנוואַרג און געטראַנק?"

"ראַטעוועט מיך, אָבער יאָ, איך האָב פֿאַרגעסן!" האָט **סאַם** געזאָגט. ער האָט פֿאַרצווייפֿלט אַ פֿײַף געגעבן. "אַ לעבן אויף מיר, **מ**"ר **פֿראָדאָ**, נאָר איר האָט מיך גאָר הונגעריק געמאַכט, און דאָרשטיק! איך ווייס ניט ווען אָדער אַ טראָפּן אָדער אַ ביס איז פֿאַרבײַ די ליפּן מײַנע. איך האָב געהאַט פֿאַרגעסן אין מיטן זוכן נאָך אײַך. נאָר לאָמיר אַ טראַכט טאָן! דאָס פֿריִערדיקע מאָל ווען איך האָב געקוקט האָב איך געהאַט גענוג פֿונעם וועגברויט, און פֿון וואָס **קאַ**פּיטאַן **פֿ**אַראַמיר האָט אונדז געגעבן, מיך צו האַלטן אויף די פֿיס אויף אַ פּאָר וואָכן אין אַ נויט. נאָר אויב ס'בלײַבט אַפֿילו אַ טראָפּן אינעם פֿלעשל, איז דאָ ניט מער ווי דאָס. דאָס וועט בשום־אופֿן ניט קלעקן פֿאַר צוויי. צי עסן אָרקס, און טרינקען? אָדער לעבן זיי נאָר אויף אומריינער לופֿט און סם?"

"ניין, זיי עסן און טרינקען, **סאַם**. דער **שאָ**טן וואָס האָט זיי געהאָדעוועט קען נאָר חוזק מאַכן, ניט שאַפֿן, ניט קיין אמתע נײַע אייגענע זאַכן. איך מיין אַז דאָס האָט ניט געגעבן לעבן צו די אָרקס, נאָר זיי חרובֿ געמאַכט און געקאָרטשעט, און אויב זיי זאָלן בלײַבן לעבן, מוזן זיי לעבן ווי אַנדערע לעבעדיקע באַשעפֿענישן. אומריינע וואַסערן און אומריין פֿלייש וועלן זיי נעמען אויב זיי קענען בעסערס ניט געפֿינען, אָבער ניט קיין סם. זיי האָבן מיך געשפּײַזט, בין איך אין אַ בעסערן מצבֿ ווי דו. עס מוז זײַן עסנוואַרג און וואַסער ערגעץ ווו אין אָט דעם אָרט."

"נאָר ס'איז ניט קיין צײַט נאָך זיי צו זוכן," האָט **סאַם** געזאָגט.

"נו, דער מצבֿ איז אַ ביסל בעסער ווי דו מיינסט," האָט **פֿראָדאָ** געזאָגט. "מיר איז געקומען אַ שטיקל מזל בעת דו ביסט אַוועק. זיי האָבן טאַקע ניט אַלץ צוגענומען. איך האָב געפֿונען מײַן עסן־זאַק צווישן עטלעכע שמאַטעס אויף דער פּאַדלאָגע. זיי האָבן דורך אים גענישטערט אַוודאי. נאָר איך טרעף אַז זיי האָבן פֿײַנד דעם סאַמע אויסזע און גערוך פֿון דעם *לעמבאַס*, ערגער ווי **גאָ**לום. ס'איז אַרומגעשפּרייט און אַ טייל איז צעטראָטן און צעבראָכן געוואָרן, אָבער איך האָב דאָס צונויפֿגעזאַמלט. ס'איז דאָ כמעט אַזוי פֿיל וואָס דו האָסט. נאָר זיי האָבן צוגענומען **פֿ**אַראַמירס עסנוואַרג, און זיי האָבן צעשניטן מײַן וואַסער־פֿלעשל."

"נו, ס'איז מער ניט אַרומצורעדן," האָט סאַם געזאָגט. "מיר האָבן גענוג פֿאַר אַן אָנהייב. נאָר דאָס וואַסער וועט זײַן אַ צרהדיקער ענין. נאָר קומט, מ"ר פֿראָדאָ! לאָמיר שוין גיין, אָדער אַ גאַנצע אָזערע וואַסער וועט גאָר ניט העלפֿן!"

"ניט איידער דו האָסט עפּעס גענומען אין מויל, סאַם," האָט פֿראָדאָ געזאָגט. "איך וועל זיך ניט באַוועגן. נאַ דיר, נעם אָט דעם עלף־לעקעך, און טרינק אויס אָט דעם לעצטן טראָפּן אין זײַן פֿלעשל! די גאַנצע זאַך איז גאָר אָן האָפֿענונג, אַזוי אַז ס'טויג ניט זאָרגן זיך מיט מאָרגן. מסתּמא וועט מאָרגן ניט קומען."

סוף־כּל־סוף האָבן זיי אָנגעהויבן. אַראָפּ זײַנען זיי געקראָכן אויפֿן לייטער, וואָס סאַם האָט דעמאָלט גענומען און אַוועקגעלייגט אינעם פּאַסאַזש לעבן דעם אײַנגעבויגענעם קערפּער פֿונעם געפֿאַלענעם אָרק. די טרעפּ איז פֿינצטער געווען, נאָר אויבן אויפֿן דאַך האָט זיך נאָך געלאָזט זען דער בליאַסק פֿון דעם באַרג, כאָטש עס האָט איצט אָפּגעשטאָרבן ביז אַ פֿאַרבייזטן רויט. זיי האָבן געקראָגן צוויי שילדן צו דערגאַנצן די פֿאַרשטעלונג, און דערנאָך ווײַטער געגאַנגען.

אַראָפּ מיט די גרויסע טרעפּ האָבן זיי זיך געטאָפּטשעט. די הויכע קאַמער פֿונעם שיסטורעמל הינטן וווּ זיי האָבן זיך ווידער געטראָפֿן, האָט אויסגעזען כּמעט היימיש: זיי זײַנען איצט געווען אינעם אָפֿן נאָך אַ מאָל, און אימה איז געלאָפֿן פּאַזע וועגט. אַלץ איז אפֿשר טויט אין דעם טורעם פֿון ציריט אונגאָל, נאָר עס איז נאָך אַלץ באַבריט אין פּחד און בייזס.

מיט דער צײַט זײַנען זיי געקומען צו דער טיר צו דעם דרויסנדיקן הויף און זיי האָבן זיך אָפּגעשטעלט. אפֿילו פֿון וווּ זיי שטייען האָבן זיי דערפֿילט די בייזקייט פֿון די וועכטערס שלאָגן אויף זיי, שוואַרצע שטילע געשטאַלטן אויף בײדע זײַטן טויער וואָס דורך אים האָט דער בליאַסק פֿון מאָרדאָר זיך שוואַך באַוויזן. בעת זיי האָבן זיך געדרייט צווישן די גרויליקע קערפּערס פֿון די אָרקס איז יעדער טראָט אַלץ שווערער געוואָרן. איידער זיי זײַנען געקומען אַפֿילו ביזן בויגן זײַנען זיי אָפּגעשטעלט געוואָרן. צו גיין ווײַטער נאָך איין צאָל האָט געבראַכט ווייטיק און מידקייט צו דעם ווילן און די אבֿרים.

פֿראָדאָ האָט ניט געהאַט קיין כּוח פֿאַר אַזאַ קאַמף. ער איז אַראָפּ אויף דער ערד. "איך קען ניט ווײַטער, סאַם," האָט ער געמורמלט. "איכ'ל חלשן. איך ווייס ניט וואָס איז מיט מיר."

"איך ווייס, מ"ר פֿראָדאָ. וואַרט נאָר! דאָס איז צוליב דעם טויער. ס'איז דאָ עפּעס אַ שטיקל קונץ דאָרט. נאָר איך בין דורך, און איך וועל גיין אַרויס. עס קען ניט זײַן מער סכּנהדיק ווי פֿריִער. לאָמיך ווײַטער!"

סאַם האָט נאָך אַ מאָל אַרויסגעצויגן דעם עלף־פֿיאָל פֿון גאַלאַדריעל. אַזוי ווי צו געבן כּבֿוד זײַן דרייסטקייט און צו באַדעקן מיט פּראַכט זײַן געטרײַע ברוינע האָביט־האַנט וואָס האָט אַזעלכע מעשׂים אויפֿגעטאָן, האָט דער פֿיאָל זיך צעפֿלאַמט מיט אַ מאָל, אַזוי אַז דער גאַנצער באַשאָטנטער הויף איז באַלויכטן געוואָרן מיט אַ פֿאַרבלענדעדיקן גלאַנץ ווי אַ בליץ, נאָר עס איז פֿעסט געבליבן, איז ניט אַוועק.

"*גילטאָניִעל, **אַ** עלבערעט!*" האָט **ס**אַם געשריגן. וואָרן, פֿאַר וואָס האָט ער ניט געוווּסט, זײַנען די געדאַנקען זײַנע מיט אַ מאָל געשפּרונגען צוריק צו די **ע**לפֿן אין דעם **ק**אַנטאָן, און דאָס געזאַנג וואָס האָט אַוועקגעטריבן דעם **ש**וואַרצן **ר**ײַטער אין די ביימער.

"*אײַיאַ עלעניאָן אַנקאַלימאַ!*" האָט **פֿ**ראָדאָ געשריגן, נאָך אַ מאָל הינטער אים.

דער ווילן פֿון די **ו**ועכטערס איז צעבראָכן געוואָרן אַזוי פּלוצעמדיק ווי אָפּהאַקן אַ שפּאַגאַט, האָבן **פֿ**ראָדאָ און **ס**אַם געשטאָמפּערט פֿאָרויס. דעמאָלט זײַנען זיי געלאָפֿן. דורך דעם טויער און פֿאַרבײַ די גרויסע זיצנדיקע פֿיגורן מיט די בלישטשענדיקע אויגן. עס איז געקומען אַ קנאַק. דער שליסלשטיין פֿונעם בויגן האָט אַראָפּגעקראַכט שיִער ניט אויף די פּיאַטעס, און דער מויער אויבן האָט זיך צעבראָקלט, און איז אַראָפּ אַ תּל. קוים זײַנען זיי אַנטלאָפֿן. אַ גלאָק האָט געקלונגען און פֿון די **ו**ועכטערס איז אַרויף אַ הויכע און אימהדיקע יללה. פֿון ווײַט אויבן אינעם פֿינצטערניש איז געקומען אַן ענטפֿער. אַרויס פֿונעם שוואַרצן הימל איז געקומען אַראָפּ ווי אַ בליץ אַ באַפֿליגלט געשטאַלט, די וואָלקנס צעריסן מיט אַ גרויליקן קוויטש.

קאַפּיטל צוויי

דאָס לאַנד פֿון שאָטן

סאַם איז געבליבן נאָר שׂכל גענוג אַוועקצושטעקן דעם פֿיאָל צוריק אין ברוסט. "לויפֿט, מ"ר פֿראָדאָ!" האָט ער געשריגן. "ניין, ניט אויף דעם וועג! דאָרט איז אַ שטאָציקער פֿאַל איבערן מויער. נאָך מיר!"

אַראָפּ אויפֿן וועג פֿונעם טויער זײַנען זיי געלאָפֿן. אין פֿופֿציק שפּאַנען, מיט אַ גיכן אויסדריי אַרום אַן אַרויסשטעקנדיקן באַסטיאָן פֿון דער סקאַלע, האָט עס זיי גענומען אַרויס פֿון אויגנגרייך פֿון דעם טורעם. זיי האָבן זיך אויסגעדרייט אויף דער רגע. הויערנדיק צוריק קעגן דעם שטיין האָבן זיי גענומען אָטעם און דערנאָך געכאַפּט אויף די הערצער. זיצנדיק איצט אויפֿן מויער לעבן דעם צעשטערטן טויער האָט דער נאַזגול אַרויסגעשיקט זײַנען טויטע געשרייען. די אַלע סקאַלעס האָבן אָפּגעהילכט.

דערשראָקן האָבן זיי ווײַטער געשטאָמפּערט. באַלד האָט זיך דער וועג געבויגן שאַרף מיזרח צו נאָך אַ מאָל און זיי אַנטפּלעקט פֿאַר דעם טורעם. בעת זיי זײַנען גיך אַריבער האָבן זיי אַ קוק צוריק געטאָן און געזען דאָס גרויסע שוואַרצע געשטאַלט אויפֿן פּאַרענטש. דערנאָך האָבן זיי זיך אַראָפּגעוואָרפֿן צווישן הויכע שטיין־ווענט אין אַן אײַנשניט וואָס פֿאַלט שטאָציק אַראָפּ ביז דעם מאָרגולוועג. זיי זײַנען געקומען צו דעם איבערשנײַד. עס איז נאָך אַלץ ניט געווען קיין סימן פֿון אָרקס, און אויך ניט קיין ענטפֿער אויפֿן געשריי פֿון דעם נאַזגול, נאָר זיי האָבן געוווּסט אַז די שטילקייט וועט ניט לאַנג געדויערן. אַ ליאַדע מאָמענט איצט וועט זיך דאָס געיעג אָנהייבן.

"דאָס טויג ניט, סאַם," האָט פֿראָדאָ געזאָגט. "אויב מיר וואָלטן געווען אמתע אָרקס, האָבן מיר געזאָלט לויפֿן צו דעם טורעם צו, ניט אַנטלויפֿן. דער ערשטער שׂונא וואָס מיר אָנטרעפֿן וועט אונדז דערקענען. מיר מוזן זיך נעמען ווי ניט איז אַוועק פֿון אָט דעם וועג."

"נאָר מיר קענען ניט," האָט סאַם געזאָגט, "ניט אָן פֿליגלען."

די מיזרחדיקע פּנימער פֿון דעם עפֿעל דוּאַט זײַנען שטאָציק געווען, אַראָפּ איבער סקאַלע און תּהום ביזן שוואַרצן טיפֿפּונקט וואָס ליגט צווישן זיי און דעם אינעווייניקסטן קאַם. ניט ווײַט הינטערן איבערשנײַד, נאָך אַ צווייטן שטאָציקן שיפּוע, איז אַ פֿליִענדיקע בריק פֿון שטיין געשפּרונגען איבערן תּהום און גענומען דעם וועג אַריבער איבער די קאַפּויערגעפּאַלענע שיפּועים און טאָלן פֿון דעם מאָרגײַ. מיט אַ פֿאַרצווייפֿלטן ריס זײַנען פֿראָדאָ און סאַם געלאָפֿן פּאַזע בריק, אָבער זיי זײַנען קוים אָנגעקומען בײַם ווײַטערן עק ווען זיי האָבן דערהערט דעם אָנהייב פֿון טומל. ווײַט הינטער זיי, איצט הויך איבער דער באַרג־זײַט, האָט זיך דערזען דער טורעם פֿון צירית אונגאָל, מיט טעמפּ גליִענדיקע שטיינער. מיט אַ מאָל האָט זײַן גרילציק גלאָק ווידער געקלונגען, און דעמאָלט אָנגעהויבן אַ צעשמעטערנדיקן בראַזג. הערנער האָבן געקלונגען. און איצט פֿון הינטערן עק בריק זײַנען געקומען געשרייען אין ענטפֿער. אַראָפּ אינעם פֿינצטערן טיפֿפּונקט, אָפּגעשניטן פֿונעם שטאַרבנדיקן בליאַסק פֿון אָראָדרויִן, האָבן פֿראָדאָ און סאַם ניט געקענט זען פֿאָרויס, נאָר זיי האָבן שוין דערהערט דאָס צעטרעטן פֿון אײַזן־באַשוכטע פֿיס, און אויפֿן וועג האָט געקלונגען דאָס גיכע געקלאַפּער פֿון טלאָען.

"גיך, **ס**אַם! לאָמיר אַריבער!" האָט **פֿ**ראָדאָ אויסגעשריגן. זיי האָבן זיך קאַראַפּקעט אויפֿן נידעריקן פּאַרענטש פֿון דער בריק. צום גליק איז מער ניט געווען קיין אימהדיקער פֿאַל אינעם תּהום אַריַין, ווייַל די שיפּועים פֿון דעם **מ**אָרגיַי זיַינען דאָרט שוין אַרויף שיִער ניט ביז דער הייך פֿונעם וועג. נאָר עס איז צו פֿינצטער געווען פֿאַר זיי צו טרעפֿן ווי טיף איז דער פֿאַל.

"נו, הייַדאַ, **מ**"ר **פֿ**ראָדאָ," האָט **ס**אַם געזאָגט. "זיַיט געזונט!"

ער האָט זיך אַראָפּגעלאָזט. **פֿ**ראָדאָ איז נאָך אים נאָכגעגאַנגען. און פּונקט ביַים פֿאַלן האָבן זיי געהערט דאָס געדראַנג פֿון רייַטערס גייענדיק גיך איבער דער בריק און דאָס געקלאַפּער פֿון אָרק־פֿיס לויפֿנדיק אויף הינטן. נאָר **ס**אַם וואָלט זיך צעלאַכט אויב ער האָט זיך דערוועגט. האַלב דערשראָקן פֿאַר אַ צעברעכנדיקן פֿאַל אויף אומזעיִקע שטיינער, זיַינען די האָביטס אַראָפּ נאָך אַ פֿאַל פֿון ניט מער ווי אַ טוץ פֿיס, מיט אַ ליש און אַ כראָמטשע אַריַין אין דער לעצטער זאַך וואָס זיי וואָלטן זיך געריכט געפֿינען: אַ פּלאָנטער פֿון דאָרן־קוסטן. דאָרט איז **ס**אַם שטיל געלעגן, ווייך געזויגט אויף אַ צעקראַצטער האַנט.

ווען דער קלאַנג פֿון טלאָ און פֿוס איז פֿאַרביַי האָט ער זיך דערוועגט שעפּטשען. "ווי איך לעב, **מ**"ר **פֿ**ראָדאָ, האָב איך ניט געוווּסט אַז אַבי וואָס וואַקסט אין **מ**אָרדאָר! נאָר וואָלט איך געוווּסט, איז דאָס פּונקט וואָס איך וואָלט זיך געריכט. אָט די דערנער מוזן זיַין אַ פֿוס אין דער לענג, פֿונעם געפֿיל; זיי האָבן דורכגעשטאָכן אַלץ וואָס איך טראָג. איך ווינטש איך וואָלט אָנגעטאָן דאָס פּאַנצער־העמדל!"

"אָרק־פּאַנצער האַלט ניט אָט די דערנער אַרויס," האָט **פֿ**ראָדאָ געזאָגט. "אַפֿילו אַ לעדערן רעקל איז ניט קיין הילף."

זיי האָבן געמוזט קעמפֿן אַרויסצוקומען פֿונעם געדיכטעניש. די דערנער און שטעכערס זיַינען געווען אַזוי שווערברעכיק ווי דראָט און אַזוי כאַפּנדיק ווי קרעלן. די מאַנטלען זייערע זיַינען צעריסן און געקאָדערט געוואָרן איידער זיי האָבן זיך צום סוף פֿריַי געשלעפּט.

"איצט גייען מיר אַראָפּ, **ס**אַם," האָט **פֿ**ראָדאָ געשעפּטשעט. "גיך אַראָפּ אינעם טאָל און פֿון דאָרט צפֿון צו, אַזוי באַלד ווי מיר קענען."

דער טאָג איז נאָך אַ מאָל געקומען צו דער וועלט אין דרויסן, און וויַיט הינטער די מראַקעס פֿון **מ**אָרדאָר איז די זון אַרויף איבערן מיזרחדיקן קאַנט פֿון **מ**יטל־**ע**רד, נאָר דאָ איז אַלץ געווען נאָך אַזוי פֿינצטער ווי ביַי נאַכט. דער **ב**אַרג האָט געטליִעט און די פֿיַיערן זיַינע זיַינען אויסגעלאָשן געוואָרן. דער בליאַסק האָט בליאַקירט פֿון די סקאַלעס. דער מיזרחדיקער ווינט, וואָס האָט געהאַלטן אין בלאָזן זינט זיי זיַינען אַרויס פֿון **א**יטיליען, האָט איצט טויט געפֿילט. פּאַמעלעך און ווייטיקדיק האָבן זיי זיך אַראָפּקאַראַפּקעט, מאַצענדיק, שטאָמפּערנדיק, זיך שטופּנדיק צווישן שטיין און שטעכערס און טויטעביימער אין די בלינדע שאָטנס, אַראָפּ און אַראָפּ ביז זיי קענען מער ניט וויַיטער.

סוף־כּל־סוף האָבן זיי זיך אָפּגעשטעלט און געזעסן זיַיט ביַי זיַיט, מיט די רוקנס אויף אַ שטיין. ביידע האָבן געשוויצט. "זאָל **ש**אַגראַט אַליין אָנבאָטן אַ גלעזל וואַסער, וואָלט איך אים דריקן די האַנט," האָט **ס**אַם געזאָגט.

"רעד ניט אַזוי!" האָט **פֿ**ראָדאָ געזאָגט. "ס'מאַכט אַלץ נאָר ערגער." האָט ער זיך דעמאָלט אויסגעצויגן, שווינדלדיק און מיד, און ער האָט מער ניט גערעדט אַ וויַילע.

סוף־כּל־סוף, מיט אַ קאַמף, איז ער ווידער אויפֿגעשטאַנען. ווי אַ חידוש האָט ער געפֿונען אַז סאַם שלאָפֿט. "וואַך אויף, סאַם!" האָט ער געזאָגט. "קום שוין! ס'איז צײַט נאָך אַ פּרוּוו צו טאָן."

סאַם איז אַרויף אויף די פֿיס. "ווי איך לעב!" האָט ער געזאָגט. "איך האָב געמוזט אײַנדרעמלען. ס'איז שוין אַ לאַנגע צײַט, מ"ר פֿראָדאָ, זינט איך האָב רעכט געשלאָפֿן, און די אויגן האָבן זיך אַליין פֿאַרמאַכט."

פֿראָדאָ איז איצט געגאַנגען בראָש, צפֿון צו אויף וויפֿל ער האָט געקענט טרעפֿן, צווישן די שטיינער און פֿעלדזן ליגנדיק געדיכט אויף דעם אונטן פֿונעם גרויסן יאַר. נאָר באַלד האָט ער זיך ווידער אָפּגעשטעלט.

"ס'טויג ניט, סאַם," האָט ער געזאָגט. "איך קען זיך ניט ספּראַווען דערמיט. מיט אָט דעם פּאַנצער־העמדל, מיין איך. ניט אינעם איצטיקן מצבֿ. דער מיטריל־מאַנטל אַפֿילו איז מיר שווער געווען ווען איך בין מיד. אָט דאָס איז גאָר שווערער. און אויף וואָס טויג עס? מיר קענען ניט דורכשלאָגן מיט קעמפֿן."

"נאָר אפֿשר וועלן מיר דאַרפֿן קעמפֿן," האָט סאַם געזאָגט. "און ס'זײַנען פֿאַראַן מעסערס און הפֿקרדיקע פֿײַלן. אָט דער גאָלום איז ניט טויט, פֿאַר איין זאַך. ס'געפֿעלט מיר גאָרנישט טראַכטן פֿון אײַך מיט בלויז אַ שטיקל לעדער צווישן אײַך און אַ שטאָך אין דער פֿינצטער."

"זע נאָר, סאַם טײַערער," האָט פֿראָדאָ געזאָגט. "איך בין מיד, פֿאַרמאַטערט, מיט קיין שום האָפֿענונג. נאָר איך מוז האַלטן אין פּרוּוון דערגרייכן דעם באַרג, אַזוי לאַנג ווי איך קען זיך באַוועגן. דאָס פֿינגערל איז גענוג. אָט די איבעריקע וואָג דערהרגעט מיך. ס'מוז גיין. נאָר האַלט מיך ניט פֿאַר אומדאַנקבאַר. איך וויל ניט טראַכטן וועגן דער ברודיקער אַרבעט פֿאַר דיר צווישן די קערפּערס דאָס פֿאַר מיר צו געפֿינען."

"רעדט ניט דערפֿון, מ"ר פֿראָדאָ. אַ לעבן אויף אײַך! איך וואָלט אײַך טראָגן אויפֿן רוקן, אויב איך וואָלט געקענט. לאָזט דאָס איבער דען!"

פֿראָדאָ האָט געלייגט דעם מאַנטל אין אַ זײַט און אויסגעטאָן דעם אָרק־פּאַנצער און אים אַוועקגעוואָרפֿן. ער האָט אַ ביסל געציטערט. "וואָס איך דאַרף טאַקע איז עפּעס וואַרעם," האָט ער געזאָגט. "ס'איז קאַלט געוואָרן, אָדער איך האָב זיך פֿאַרקילט."

"איר קענט טראָגן מײַן מאַנטל, מ"ר פֿראָדאָ," האָט סאַם געזאָגט. ער האָט אויסגעטאָן דעם פּאַק און אַרויסגענומען דעם עלף־מאַנטל. "ווי איז דאָס, מ"ר פֿראָדאָ?" האָט ער געזאָגט. "אַנטוויקלט זיך ענג אין דער אָ אָרק־שמאַטע, און שטעלט דעם גאַרטל אַרום. קען אָט דאָס דען גיין איבער אַלץ. ס'זעט אויס ניט אין גאַנצן מעשׂה אָרק, אָבער ס'וועט אײַך וואַרעמער האַלטן, און איך טרעף אַז ס'וועט אײַך האַלטן פֿון שאָדן בעסער ווי אַנדער געצײַג. ס'איז געשאַפֿן געוואָרן פֿון דער דאַמע."

פֿראָדאָ האָט גענומען דעם מאַנטל און פֿאַרפֿעסטיקט די בראָש. "דאָס איז בעסער!" האָט ער געזאָגט. "איך פֿיל זיך גאָר לײַכטער. איצט קען איך ווײַטער. נאָר אָט דאָס בלינדע פֿינצטערניש האָט ווי געקראָכן אַרײַן אין מײַן האַרץ. בעת איך בין געלעגן אין תּפֿיסה, סאַם, האָב איך געפּרוּווט געדענקען דעם ברענווײַן, און וואַלד־עק, און דאָס וואַסער שטראָמענדיק דורך דער מיל אין האָביטאָן. אָבער איצט קען איך זיי ניט זען."

"שאַ, שאַ, מ"ר פֿראָדאָ, איצט רעדט איר װעגן װאַסער!" האָט סאַם געזאָגט. "אױב נאָר די דאַמע װאָלט אונדז געקענט זען צי הערן, װאָלט איך איר זאָגן: 'דאַמע מײַנע, אַלץ װאָס װילט זיך אונדז איז ליכט און װאַסער: פּשוט רײן װאַסער און פּראָסטע טאָגליכט, בעסער װי אַלע אײדלשטײנער, זײַט מיר מוחל.' נאָר ס'איז אַ לאַנגער װעג קײן לאָריען." סאַם האָט געזיפֿצט און געמאַכט מיט דער האַנט צו די הײכן פֿון דעם עפֿעל דואַט צו, איצט קױם צו דערזען װי אַ טיפֿער פֿינצטערניש קעגן דעם שװאַרצן הימל.

זײ האָבן אָנגעהױבן גײן נאָך אַ מאָל. זײ זײַנען ניט װײַט געגאַנגען װען פֿראָדאָ האָט זיך אָפּגעשטעלט. "ס'איז דאָ איבער אונדז אַ שװאַרצע רײַטער," האָט ער געזאָגט. "איך קען אים פֿילן. מיר מוזן בעסער אַ װײַלע זיך שטיל האַלטן."

געהױערט אונטער אַ גרױסן פֿעלדז, זײַנען זײ געזעסן מיט די פּנימער צוריק מערבֿ צו און האָבן אַ היפּש ביסל צײַט געשװיגן. האָט פֿראָדאָ דעמאָלט געגעבן אַ זיפֿץ פֿון פֿאַרלײַכטערונג. "ס'איז פֿאַרבײַ," האָט ער געזאָגט. זײ זײַנען אױפֿגעשטאַנען און דעמאָלט האָבן בײדע געגאַפֿט מיט חידוש. אַװעק אױף לינקס, אױף דרום, אַנטקעגן אַ הימל װאָס װערט גראָ, האָבן זיך אָנגעהױבן באַװײַזן די שפּיצן און הױכע קאַמען פֿון דער גרױסער קײט, פֿינצטער און שװאַרץ, אָנזעװודיקע געשטאַלטן. די ליכט איז הינטער זײ געװאַקסן. פּאַמעלעך איז זי געקראָכן צפֿון צו. עס איז פֿאָרגעקומען אַ שלאַכט װײַט אױבן אין די הױכע ערטער אין דער לופֿטן. די כװאַליענדיקע װאָלקנס פֿון מאָרדאָר זײַנען צוריקגעטריבן געװאָרן, די קאַנטן זײערע צעקאָדערט פֿון אַ װינט פֿון דער לעבעדיקער װעלט װאָס האָט זיך פֿאַרשטאַרקט און אַװעקגעטריבן די גאַזן און רױכן צוריק צו דעם פֿינצטערן לאַנד פֿון זײער הײם. אונטער די אױפֿהײבנדיקע זױמען פֿון דעם טריבן באַלדאַכין איז אַ שװאַכע ליכט גערונען אין מאָרדאָר אַרײַן װי אַ בלאַסער פֿרימאָרגן דורך די שמוציקע פֿענצטער פֿון אַ תּפֿיסה.

"גיט אַ קוק, מ"ר פֿראָדאָ!" האָט סאַם געזאָגט. "גיט אַ קוק! דער װינט האָט זיך געביטן. עפּעס קומט פֿאָר. ער האָט ניט געקענט קריגן זײַנס װי ער װיל. זײַן פֿינצטערניש װערט צעבראָקלט דאָרט אין דער װעלט. אױב נאָר איך װאָלט קענען זען װאָס טוט זיך!"

עס איז געװען דער אינדערפֿרי דעם פֿופֿצנטן מאַרץ און איבער דעם טאָל פֿון דעם אַנדוין איז די זון אױפֿגעגאַנגען איבערן מיזרחדיקן שאָטן, האָט דער װינט געהאַלטן בלאָזן פֿונעם דרום־מערבֿ. טעאָדען איז געלעגן שטאַרבן אױף די פּעלענאָר פֿעלדער.

בעת פֿראָדאָ און סאַם זײַנען געשטאַנען און געגאַפֿט, האָט דער קאַנט ליכט זיך פֿאַרשפּרײט גאַנץ לענג־אױס דעם פּאַס פֿון דעם עפֿעל דואַט, און דעמאָלט האָבן זײ דערזען אַ פֿיגור, קומענדיק גאָר גיך אַרױס פֿון דעם מערבֿ, תּחילת בלױז אַ שװאַרצער פֿלעק קעגן דעם שימערירנדיקן פּאַס איבער די באַרג־שפּיצן, נאָר ס'איז געװאַקסן, ביז עס האָט זיך געװאָרפֿן װי אַ בליץ אַרײַן אינעם פֿינצטערן באַלדאַכין און איז פֿאַרבײַ הױך איבער זײ. בעת עס גײט האָט עס אַרױסגעגעבן אַ לאַנג קװיטשיק געשרײ, דאָס קול פֿון אַ נאַזגול. אָבער דאָס דאָזיקע געשרײ האָט מער ניט געהאַלטן קײן שרעק פֿאַר זײ: עס איז געװען אַ געשרײ פֿון צרה און אָפּהענטיקײט, בײזע ידיעות פֿאַר דעם פֿינצטערן טורעם. דער לאָרד פֿון די פֿינגערל־שדים האָט דעם גורל אָנגעטראָפֿן.

"װאָס האָב איך אײַך געזאָגט? עפּעס געשעט!" האָט סאַם אױסגעשריגן. "'די מלחמה גײט גוט,' האָט שאַגראַט געזאָגט, נאָר גאָרבאַג איז ניט אַזױ זיכער געװען. און אין דעם איז

ער אויך גערעכט געווען. ס'זעט אויס בעסער, מ"ר פֿראָדאָ. צי האָט איר ניט קיין האָפֿענונג איצט?"

"נו, ניט קיין סך, סאַם," האָט פֿראָדאָ געזיפֿצט. "דאָס איז ווײַט אַוועק הינטער די בערג. מיר גייען מיזרח צו, ניט מערבֿ צו. און איך בין גאָר מיד. און דאָס פֿינגערל איז אַזוי שווער, סאַם. און איך הייב אָן עס שטענדיק צו זען אין מוח, ווי אַ גרויסער ראָד פֿײַער."

סאַמס גיכע פֿאַרלײַכטערונג איז נאָך אַ מאָל אַראָפּ. ער האָט באַזאָרגט געקוקט אויף זײַן האַר און אים גענומען בײַ דער האַנט. "קומט, מ"ר פֿראָדאָ!" האָט ער געזאָגט. "איך האָב באַקומען איין זאַך וואָס איך האָב געוואָלט: אַ שטיקל ליכט. גענוג פֿאַר אַ הילף צו אונדז, און פֿאָרט מיין איך אַז ס'איז אויך סכּנהדיק. גיט אַ פּרוּוו אַ ביסל ווײַטער גיין און דעמאָלט וועלן מיר זיך ענג אַוועקלייגן און רוען. אָבער איצט נעמט אַ ביס עסן, אַ שטיקל פֿון די עלפֿנס עסנוואַרג; ס'וועט אײַך אפֿשר אויפֿמונטערן."

זיי האָבן זיך אײַנגעטיילט מיט אַ קיכל *לעמבאַס*, און קײַענדיק דאָס אויף וויפֿל זיי האָבן געקענט מיט די אויסגעטריקנטע מײַלער, האָבן פֿראָדאָ און סאַם זיך ווײַטער געטאָפּטשעט. די ליכט, כאָטש ניט מער ווי אַ גראָער פֿאַרנאַכט, איז איצט געווען גענוג פֿאַר זיי צו זען אַז זיי זײַנען טיף אינעם טאָל צווישן די בערג. עס איז לינד געגאַנגען באַרג־אַרויף צפֿון צו, און אונטן איז געווען דאָס געלעגער פֿון אַן איצט טרוקענער און פֿאַרדאַרטער ריטשקע. הינטער זײַן שטיינערנעם גאַנג האָבן זיי געזען אַן אָפּגעטראָטענע סטעשקע וואָס שלענגלט צופֿוסנס פֿון די מערבֿדיקע סקאַלעס. אויב זיי וואָלטן געוווּסט, וואָלטן זיי אים געקענט גרינגער דערגרייכן, וואָרן דאָס איז געווען אַ סטעשקע וואָס איז אַוועק פֿונעם הויפּט־מאָרגולוועג בײַם מערבֿדיקן עק בריק און איז אַראָפּ אויף לאַנגע טרעפּ אײַנגעשניטן אינעם שטיין ביזן אונטן פֿונעם טאָל. זי פֿלעגן ניצן פּאַטראָלן אָדער שליחים וואָס גייען גיך צו קלענערע פּאָסטן און פֿאַרפֿעסטיקונגען אויף צפֿון, צווישן ציריט אונגאָל און די ענגן פֿון דעם איסענמויל, די אײַזערנע קײַערס פֿון קאַראַך אַנגרען.

עס איז סכּנהדיק געווען אַז די האָביטס זאָלן ניצן אָט די סטעשקע, אָבער זיי מוזן גיין גיך, און פֿראָדאָ האָט זיך געפֿילט אַז ער האָט ניט גענוג כּוח צו קלעטערן צווישן די שטיינער אָדער גיין דורך די טאָלן פֿון דעם מאָרגײַ אָן סטעשקעס. און ער האָט גערעכנט אַז גיין צפֿון צו איז אפֿשר וואָס די יעגערס נאָך זיי וועלן זיך דערוויף דאָס ווייניקסטע ריכטן. דער וועג מיזרח צו צו דעם פּליין, אָדער דער אַריבערגאַנג צוריק מערבֿ צו, אָט די וועגן וועלן זיי ערשט דורכזוכן דורך און דורך. נאָר ווען ער איז ווײַט אויף צפֿון פֿון דעם טורעם האָט ער בדעה געהאַט זיך צו דרייען זוכן אַ וועג מיזרח צו, מיזרח צו אויפֿן לעצטן פֿאַרצווייפֿלטן עטאַפּ פֿון זײַן נסיעה. דערפֿאַר זײַנען זיי איצט אַריבער איבערן שטיינערנעם געלעגער און געגאַנגען אויף דער אָרק־סטעשקע, און אַ לאַנגע ווײַלע האָבן זיי פּאַזע אים מאַרשירט. די סקאַלעס אויף לינקס זײַנען אַרויסגעהאַנגען, האָט מען זיי ניט געקענט זען פֿון אויבן, אָבער די סטעשקע האָט געהאַט אַ סך אויסדרייען און בײַ יעדן אויסדריי האָבן זיי געכאַפּט די שווערט־העפֿטלעך און זײַנען אָפּגעהיט פֿאָרויס.

די ליכט איז ניט שטאַרקער געוואָרן, וואָרן אָראָדרוין האָט נאָך געהאַלטן אין גרעפּצן אַרויס אַ גרויסן גאַז וואָס צעשלאָגן אַרויף פֿון די אַנטקעגנגעשטעלטע ווינטן איז אַלץ העכער און העכער געשטיגן, ביז עס האָט דערגרייכט אַ ראַיאָן איבערן ווינט און האָט זיך פֿאַרשפּרייט אין אַן אומאויסמעסטלעכן דאַך, וועמענס מיטנדיקער זײַל האָט זיך אויפֿגעהויבן

פֿון שאָטנס ניט צו דערזען. זיי האָבן זיך וויַיטער געטאָפּטשעט מער ווי איין שעה ווען זיי האָבן אַ קלאַנג דערהערט וואָס האָט זיי אָפּגעשטעלט. קוים צו גלייבן נאָר אָן ספֿק. ריזלענדיק וואַסער. אַרויס פֿון אַ יאַרל אויף לינקס, אַזוי שאַרף און ענג אַז עס זעט אויס ווי עפּעס אַ ריזיקע האַק האָט עס איַינגעשניטן, האָט וואַסער געטריפֿט אַראָפּ: די לעצטע רעשטלעך אפֿשר פֿון אַ זיסן רעגן געזאַמלט פֿון זון־באַלויכטענע ימים, נאָר פֿאַרמישפּט צו פֿאַלן סוף־כּל־סוף אויף די מויערן פֿון דעם **ש**וואַרצן **ל**אַנד און זיך וואַלגערן אומזיסט אַריַין אינעם שטויב. דאָ איז עס אַרויס פֿונעם שטיין אין אַ קליינעם פֿאַלנדיקן ריטשקעלע, געשטראָמט אין דער קווער איבער דער סטעשקע און מיט אַ דריי דרום צו איז געלאָפֿן גיך אַוועק זיך צו פֿאַרלירן צווישן די טויטע שטיינער.

סאַם איז געשפּרונגען צו אים צו. "זאָל איך נאָך אַ מאָל זיך זען מיט דער **ד**אַמע, וועל איך זי דערציילן!" האָט ער געשריגן. "ליכט און איצט וואַסער!" האָט ער זיך דעמאָלט אָפּגעשטעלט. "לאָמיך טרינקען דער ערשטער, **מ**"ר **פֿ**ראָדאָ," האָט ער געזאָגט.

"נו, גוט, נאָר ס'איז אָרט גענוג פֿאַר צוויי."

"דאָס בין איך ניט אויסן," האָט **ס**אַם געזאָגט. "איך מיין, אויב ס'איז סמיק, אָדער עפּעס וואָס וועט גיך באַוויַיזן די שלעכטקייט, איז, נו, בעסער איך ווי איר, האַר, אויב איר פֿאַרשטייט מיך."

"יאָ, איך פֿאַרשטיי. אָבער איך מיין אַז מיר וועלן צוזאַמען פּרוּוון דאָס מזל, **ס**אַם, אָדער דאָס ברכה. נאָר זיַיט אָפּגעהיט, אויב ס'איז זייער קאַלט!"

דאָס וואַסער איז קיל געווען, נאָר ניט איַיזיק, און עס האָט אַן אומאיַינגענעמען טעם, ביטער און אייליק אין איינעם, אָדער אַזוי וואָלטן זיי געהאַלטן אין דער היים. דאָ איז עס זיי געווען איבער אַלע לויבן, און איבער פּחד צי באַרעכנטקייט. זיי האָבן געטרונקען צו זאַט און **ס**אַם האָט דערגאָסן זיַין וואַסער־פֿלעשל. דערנאָך איז **פֿ**ראָדאָ לייַכטער אויפֿן האַרצן, זיַינען זיי וויַיטער געגאַנגען נאָך אַ פּאָר מיַילן, ביז דער וועג איז ברייטער געוואָרן און דער אָנהייב פֿון אַ גראָבן מויער אויפֿן ברעג האָט זיי געוואָרנט אַז זיי קומען נאָענט צו נאָך אַן אָרק־פֿעסטונג.

"דאָ נעמען מיר זיך אין אַ זיַיט, **ס**אַם," האָט **פֿ**ראָדאָ געזאָגט. "און מיר מוזן גיין מיזרח צו." ער האָט אַ זיפֿץ געגעבן בעת ער קוקט אויף די אומעטיקע קאַמען איבערן טאָל. "איך האָב כּוח גענוג צו געפֿינען עפּעס אַ לאָך דאָרט אויבן. און דעמאָלט מוז איך רוען אַ ווײַלע."

דאָס געלעגער איז איצט געווען אַ ביסל נידעריקער פֿון דער סטעשקע. זיי האָבן זיך אַראָפּקאַראַפּקעט צו אים און אָנגעהויבן אַריבערגיין. ווי אַ חידוש האָבן זיי זיך אָנגעטראָפֿן אויף טונקעלע לוזשעס געקאָרמעט פֿון פֿעדעם וואַסער ריזלענדיק אַראָפּ פֿון עפּעס אַ מקור העכער אינעם טאָל. אויף די וויַיטערע קאַנטן אונטער די מערבֿדיקע בערג איז **מ**אָרדאָר געווען אַ שטאַרבנדיק לאַנד, נאָר עס איז נאָך ניט געווען טויט. און דאָ איז עפּעס נאָך געוואַקסן, האַרב, געקאָרטשעט, ביטער, קוים נאָך לעבעדיק. אין די טאָלן פֿון דעם **מ**אָרגיַי אויף דער צווייטער זיַיט טאָל האָבן נידעריקע קוסטלעכע ביימער געלאָקערט און זיך אָנגעכאַפּט, גראָבע גראָ גראָז־פּיַידעלעך האָבן זיך געראַנגלט מיט די שטיינער, זיַינען פֿאַרוועלקטע מאָכן געקראָכן אויף זיי, און אומעטום האָבן זיך צעשפּרייט גרויסע קאָרטשענדיקע, צעפּלאָנטערטע דאָרן־קוסטן. עטלעכע האָבן געהאַט לאַנגע שטעכנדיקע דערנער, עטלעכע מיט שטעכלקעס וואָס שניַידן ווי מעסערס. די ברוגזלעכע

אײַנגעשרומפּענע בלעטער פֿון אַ פֿריערדיק יאָר זײַנען נאָך אויף זיי געהאַנגען, שאַרכען און גראַגערן אין די טרויעריקע ווינטלעך, נאָר זייערע מאָדן־פֿאַרפֿלייצטע קנאָספּן האָבן נאָר געהאַלטן בײַם עפֿענען. פֿליגן, ברוין אָדער גראָ, אָדער שוואַרץ, באַצייכנט ווי אָרקס מיט אַ רויטן פֿלעק ווי אַן אויג, האָבן געזשומעט און געשטאָכן, און איבער די דאָרן־געדיכטענישן האָבן וואָלקנס הונגעריקע מוקן געטאַנצט און געווירבלט.

"אָרק־געצײַג טויג אויף כּפּרות," האָט סאַם געזאָגט מאַכנדיק מיט די אָרעמס. "אויב נאָר איך וואָלט געהאַט די פֿעל פֿון אַן אָרק!"

סוף־כּל־סוף האָט פֿראָדאָ ניט געקענט ווײַטער גיין. זיי זײַנען אַרויפֿגעקראָכן אין אַן ענגן משופּעדיקן יאַר, נאָר פֿאַר זיי איז נאָך געווען אַ לאַנגער וועג אײדער זיי קענען אַפֿילו קומען אין אויגנגרייך פֿונעם לעצטן שפּיציקן קאַם. "איך מוז איצט רוען, סאַם, און שלאָפֿן אויב איך קען," האָט פֿראָדאָ געזאָגט. ער האָט זיך אַרומגעקוקט, אָבער עס האָט אויסגעזען ווי אין ערגעץ ניט ווו אַפֿילו אַ חיה וואָלט געקענט אַרײַנקריכן אין אָט דעם וויסטן לאַנד אַרײַן. נאָך אַ ווײַלע, אויסגעמאַטערט, האָבן זיי זיך געשלײַכט אונטער אַ פֿאָרהאַנג פֿון דאָרן־קוסטן וואָס איז געהאַנגען ווי אַ מאַטע איבער אַ נידעריק שטיין־וואַנט.

דאָרט זײַנען זיי געזעסן און געמאַכט עפּעס אַ מאָלצײַט. זיי האָבן געהאַלטן דעם טײַערן *לעמבאַס* פֿאַר די קומעדיקע בייזע טעג, און האָבן געגעסן אַ העלפֿט פֿון וואָס בלײַבט אין סאַמס זאַק פֿון פֿאַראַמירס פּראָוויאַנט: אַ ביסל אויסגעטריקנט פּרוכט און אַ קליין שטיקל אײַנגעזאַלצט פֿלייש, און אַ פּאָר זופּן וואַסער. זיי האָבן געהאַט געטרונקען נאָך אַ מאָל פֿון די לוזשעס אינעם טאָל, נאָר זיי זײַנען נאָך אַ מאָל גאָר דאָרשטיק געווען. ס'איז געווען אַ ביטערע בײַסיקייט אין דער לופֿט פֿון מאָרדאָר וואָס טריקנט אויס דאָס מויל. ווען סאַם האָט געטראַכט פֿון וואַסער האָט אַפֿילו זײַן סטרי פֿון האָפֿענונג געציטערט. הינטער דעם מאָרגײַ איז געווען דער אימהדיקער פּליין פֿון גאָרגאָראָט אַריבערצוגיין.

"איצט לייגט זיך אַוועק שלאָפֿן ערשט, מ"ר פֿראָדאָ," האָט ער געזאָגט. "ס'ווערט נאָך אַ מאָל פֿינצטער. איך רעכן אַז דער דאָזיקער טאָג איז כּמעט פֿאַרטיק."

פֿראָדאָ האָט אַ זיפֿץ געטאָן און איז אײַנגעשלאָפֿן שיִער ניט אײדער די ווערטער זײַנען אַרויס פֿון מויל. סאַם האָט געקעמפֿט מיט דער אייגענער מידקייט און ער האָט גענומען פֿראָדאָס האַנט, און דאָרט איז ער שטיל געזעסן ביז טיף אין דער נאַכט. דעמאָלט צום סוף, כּדי זיך וואַך צו האַלטן, איז ער געקראָכן אַרויס פֿונעם באַהעלטעניש און געקוקט אַרויס. דאָס לאַנד האָט געקלונגען ווי אָנגעפֿילט מיט סקריפּענדיקע און קנאַקנדיקע און גנבֿישע קלאַנגען, נאָר ניט קיין קלאַנג פֿון קול צי פֿוס. ווײַט איבער דעם עפֿעל דואַט אין דעם מערבֿ איז דער נאַכט־הימל נאָך געווען אומקלאָר און בלאַס. דאָרט, קוקנדיק צווישן די רעשטלעך וואָלקנס איבער אַ פֿינצטערן שפּיץ הויך אין די בערג, האָט סאַם אַ ווײַלע באַטראַכט אַ פֿינקלענדיקן ווײַסן שטערן. די שיינקייט פֿון אים האָט אים געשלאָגן אין האַרצן, בעת ער קוקט אַרויף אַרויס פֿונעם פֿאַרלאָזענעם לאַנד, און האָפֿענונג איז אים צוריק. וואָרן ווי אַ שפּיז האָט די מחשבֿה, קלאָר און קאַלט, אים אויפֿגעשטאָכן אַז סוף־כּל־סוף איז דער שאָטן בלויז אַ קליינע און פֿאַרבײַגייענדיקע זאַך: עס איז פֿאַראַן ליכט און הויכע שיינקייט אויף אייביק אַרויס פֿון זײַן גרייך. זײַן לידל אין דעם טורעם איז געווען סטירדעס מער ווי האָפֿענונג, וואָרן דעמאָלט האָט ער זיך אַליין אין זינען. איצט, אויף אַ רגע, האָבן דער אייגענער גורל און דעם האַרס אַפֿילו, אויפֿגעהערט אים צו אַרן. ער איז געקראָכן צוריק

אַרײַן אין די דאָרן־קוסטן און זיך אַוועקגעלייגט בײַ פֿראָדאָס זײַט, און שטעלנדיק אַוועק די אַלע פּחדים, האָט ער זיך געוואָרפֿן אַרײַן אין טיפֿן אומבאַזאָרגטן שלאָף.

זיי האָבן אויפֿגעוואַכט צוזאַמען, האַנט אין האַנט. סאַם איז שיִער ניט פֿריש געווען, גרייט אויף נאָך אַ טאָג, נאָר פֿראָדאָ האָט געזיפֿצט. זײַן שלאָף איז אומרויִק געווען, אָנגעפֿילט מיט חלומות פֿון פֿײַער, און אויפֿוואַכן האָט אים קיין טרייסט ניט געבראַכט. פֿאָרט איז זײַן שלאָף ניט געווען אָן היילונג: ער איז שטאַרקער געווען, מער פֿעיִק צו טראָגן זײַן עול ווײַטער נאָך אַן עטאַפּ. זיי האָבן ניט געוווּסט וויפֿל איז דער זייגער, אָדער ווי לאַנג זיי האָבן געשלאָפֿן, אָבער נאָך אַ ביסן עסן און אַ זופּ וואַסער, זײַנען זיי ווײַטער אַרויף אינעם יאַר, ביז ער האָט זיך געענדיקט אין אַ שאַרפֿן שיפּוע פֿון זשוויר און גליטשנדיקע שטיינער. דאָרט האָבן די לעצטע לעבעדיקע חפֿצים אויפֿגעהערט קעמפֿן; די אויבנס פֿון דעם מאָרגײַ זײַנען אָן גראָז געווען, נאַקעט, געצאַקנט, ליידיק ווי אַ טאָוול.

נאָך אַ סך בלאָנדזשען און זוכן האָבן זיי געפֿונען אַ וועג וואָס זיי קענען דערויף אַרויפֿקריכן, און מיט אַ לעצטע הונדערט פֿיס זיך קראַצנדיק קאַראַפּקען זײַנען זיי אַרויף. זיי זײַנען געקומען צו אַ שניט צווישן צוויי פֿינצטערע שפּיצלעך און גייענדיק דורך דעם האָבן זיי זיך געפֿונען בײַם סאַמע קאַנט פֿונעם לעצטן פּלויט פֿון מאָרדאָר. אונטער זיי, אויפֿן אונטן פֿון אַ פֿאַל פֿון אַ פֿופֿצן הונדערט פֿוס, איז געלעגן דער אינעווייניקסטער פּליין פֿירנדיק אַוועק אַרײַן אין אַ מראַקע אָן פֿאָרעם אַרויס פֿון אויגנגרייך. דער ווינט פֿון דער וועלט איז איצט געבלאָזן פֿון דעם מערבֿ, זײַנען די גרויסע וואָלקנס הויך אויפֿגעהויבן געווען, שוועבנדיק אַוועק מיזרח צו, אָבער נאָך אַלץ איז נאָר אַ גראָע ליכט געקומען צו די אומעטיקע פֿעלדער פֿון גאָרגאָראָט. דאָרט האָבן זיך רויכן געוואַלגערט אויף דער ערד און געלאָקערט אין די שאָטנס, און גאַזן זײַנען אַרויס פֿון שפּאַלטן אין דער ערד.

נאָך אַלץ ווײַט אַוועק, וווייניקסטנס פֿערציק מײַלן, האָבן זיי געזען באַרג גורל, צופֿוסנס געגרינדט אויף חורבֿות פֿון אַש, מיטן ריזיקן קאָנוס אַרויף ביז אַ גרויסער הייך, ווו זײַן עיפּושדיקער קאָפּ איז אײַנגעוויקלט געווען אין וואָלקנס. די פֿײַערן זײַנע זײַנען איצט אָפּגעטונקלט געווען, איז ער געשטאַנען אין טליִענדיקן שלאָף, אַזוי דראָענדיק און סכּנהדיק ווי אַ שלאָפֿנדיקע חיה. הינטער אים איז געהאַנגען אַ ריזיקער שאָטן, אַזוי בייז־סימנדיק ווי אַ דונערוואָלקן, די שלייערס פֿון באַראַד־דור וואָס מע האָט אויפֿגעשטעלט ווײַט אַוועק אויף אַ לאַנגן אַרויסשטעק פֿון די אַשן־בערג אַראָפּגעשטויסן פֿון דעם צפֿון. די פֿינצטערע שליטה איז געווען טיף פֿאַרטראַכט, האָט דאָס אויג זיך געדרייט אינעווייניק, האָט איבערגעטראַכט ידיעות פֿון פּחד און סכּנה: אַ העלע שווערד, און אַן ערנסט און קיניגלעך פּנים האָט עס געזען, און אויף אַ ווײַלע האָט עס קוים געטראַכט פֿון עפּעס אַנדערש, און די גאַנצע פֿאַרפֿעסטיקונג זײַנע, טויער נאָך טויער, טורעם נאָך טורעם, איז אײַנגעוויקלט געווען אין אַ דומענדיקן אומעט.

פֿראָדאָ און סאַם האָבן געשטאַרט מיט צונויפֿגעמישטן שׂינאה און וווּנדער אויף אָט דעם פֿאַרהאַסטן לאַנד. צווישן זיי און דעם רייכערנדיקן באַרג, און אַרום אים אויף צפֿון און אויף דרום, האָט אַלץ אויסגעזען צעשטערט און טויט, אַ פֿאַרברענטע און דערשטיקטע מידבר. זיי האָבן זיך געוווּנדערט ווי דער לאָרד פֿון אָט דער מלוכה האָט אויפֿגעהאַלטן און געקאָרמעט די שקלאַפֿן און אַרמייען. און אַרמייען האָט ער יאָ געהאַט. אויף וויפֿל ווײַט זיי האָבן געקענט זען, לענג־אויס די זוימען פֿון דעם מאָרגײַ און אַוועק אויף דרום, זײַנען געווען לאַגערן, עטלעכע מיט געצעלטן, עטלעכע אויסגעסדרט ווי קליינע שטעטלעך. איינס פֿון די

גרעסטע פֿון זיי איז געווען פּונקט אונטער זיי. קוים אַרויס אַ מײַל אויפֿן פּליין האָט עס זיך געהײַפֿלט ווי עפּעס אַן אומגעהײַערע נעסט פֿון אינסעקטן, מיט גלײַכע טריבע גאַסן מיט כאַטעס און לאַנגע נידעריקע סומנע געבײַדעס. אַרום אים האָט די ערד געווימלט מיט לײַט גייענדיק אַהין און צוריק. אַ ברייטער וועג איז דערפֿון געלאָפֿן דרום־מיזרח צו זיך צו טרעפֿן מיט דעם **מ**אָרגולוועג, און אויף אים האָבן אַ סך רייען קליינע שוואַרצע געשטאַלטן זיך געאײַלט.

"אָט דער אויסבליק געפֿעלט מיר גאָרנישט ניט," האָט **ס**אַם געזאָגט. "גאָר אַן האָפֿענונג, רוף איך דאָס אָן – אַחוץ ווו ס'זײַנען אַזוי פֿיל לײַט מוזן אויך זײַן ברונעמס אָדער וואַסער, ניט צו דערמאָנען עסנוואַרג. און אָט די זײַנען **מ**ענטשן, ניט קיין **אָ**רקס, אָדער די אויגן מײַנע האָבן אַ טעות."

ניט ער ניט **פֿ**ראָדאָ האָט געוווּסט אַבי וואָס וועגן די גרויסע שקלאַף־געאַרבעטע פֿעלדער אַוועק אויף דרום אין אָט דער ברייטער מלוכה, הינטער די גאַזן פֿון דעם **ב**אַרג בײַ די פֿינצטערע טרויעריקע וואַסערן פֿון דער **אָ**זערע **נ**ורנען; אויך ניט געוווּסט פֿון די גרויסע וועגן וואָס פֿירן אַוועק מיזרח צו און דרום צו צו אָפּהענגיקע לענדער, וואָס דערפֿון האָבן די זעלנערס פֿון דעם **ט**ורעם געבראַכט לאַנגע צוגן וואָגנס מיט סחורה און רויב און פֿרישע שקלאַפֿן. דאָ אין די צפֿונדיקע געגנטן זײַנען געווען די גרובן און קוזניעס, און דאָס צונויפֿקום פֿון אַ לאַנג געפּלאַנעוועטער מלחמה, און דאָ האָט די **פֿ**ינצטערע **ש**ליטה, באַוועגנדיק די אַרמייען ווי שאָכפֿיגורן אויף אַ שאָכברעט, געהאַלטן אין זיי צונויפֿזאַמלען. די ערשטע געננג, די ערשטע פּרוּוון פֿון כּוח, זײַנען אָפּגעשטעלט געוואָרן אויפֿן מערבֿדיקן קאַנט, דרום צו און צפֿון צו. אויף דער רגע האָט זי זיי צוריקגעצויגן, פֿירגעבראַכט נײַע כּוחות, זיי געזאַמלט אַרום **צ**יריט **ג**אָרגאָר אויף אַ נקמהדיקן קלאַפּ. און אויב עס האָט אויך געהאַט אין זינען צו פֿאַרטיידיקן דעם **ב**אַרג אַנטקעגן אַלע צוגאַנגען, האָט עס קוים געקענט מער טאָן.

"אוי!" האָט **ס**אַם ווײַטער געזאָגט. "אַבי וואָס זיי האָבן פֿאַרן עסן און טרינקען, קענען מיר דאָס ניט קריגן. ס'איז ניט קיין וועג אַראָפּ, אויף וויפֿל איך קען זען. און מיר קענען ניט אַריבערגיין איבערן גאַנצן אָפֿענעם לאַנד פֿאַרשרצט מיט שׂונאים, אַפֿילו אויב מיר קומען אָן אונטן."

"פֿאָרט מוזן מיר פּרוּוון," האָט **פֿ**ראָדאָ געזאָגט. "ס'איז ניט ערגער ווי איך האָב זיך גערעכנט. איך האָב קיין מאָל ניט געהאָפֿט אַריבערצוקומען. איך קען ניט דערזען קיין האָפֿענונג איצט. נאָר איך מוז נאָך טאָן דאָס בעסטע. דערווײַל איז דאָס אויסמײַדן פֿאַרכאַפּט צו ווערן אַזוי לאַנג ווי מיגלעך. מוזן מיר דען נאָך גיין צפֿון צו, מיין איך, און זען ווי עס איז ווו דער אָפֿענער פּליין איז ענגער."

"איך קען טרעפֿן ווי עס וועט זײַן," האָט **ס**אַם געזאָגט. "ווו ס'איז ענגער וועלן די **אָ**רקס און די **מ**ענטשן בלויז זײַן ענגער אײַנגעפּאַקט. איר וועט זען, **מ**"ר **פֿ**ראָדאָ."

"ס'קער זײַן אַזוי, זאָלן מיר אַ מאָל אָנקומען טאַקע אַזוי ווײַט," האָט **פֿ**ראָדאָ געזאָגט און זיך אַוועקגעדרייט.

זיי האָבן באַלד געפֿונען אַז עס איז אוממיגלעך געפֿינען אַ וועג פֿאַזע קאַם פֿון דעם **מ**אָרגײַ, אָדער ערגעץ ווו אויף זײַן העכערע פֿלאַכן, גאַנץ אָן סטעשקעס און אײַנגעשניטן מיט טיפֿע טאָלכלעך. צום סוף האָבן זיי געמוזט גיין צוריק אַראָפּ אינעם יאַר וואָס זיי זײַנען

נאָר וואָס אַרויף, גיין זוכן אַ וועג פֿאַזע טאָל. עס איז געווען שווער גיין, ווײַל זיי האָבן זיך ניט דערוועגט אַריבערגיין צו דער סטעשקע אויף דער מערבֿדיקער זייט. נאָך אַ מײַל אָדער מער האָבן זיי געזען, צוגעטוליעט אין אַ חלל צופֿוסנס פֿון דער סקאַלע, די אָרק־פֿעסטונג וואָס זיי האָט געטראָפֿן איז נאָענט: אַ מויער און אַ רעדל שטיינערנע כאַטעס אַרום דעם פֿינצטערן מויל פֿון אַ הייל. עס איז ניט געווען קיין באַוועגונג צו דערזען, אָבער די האָביטס זײַנען אָפּגעהיט געקראָכן פֿאַרבײַ, האַלטנדיק זיך אויף וויפֿל איז מיגלעך לעבן די דאָרן־קוסטן וואָס זײַנען געדיכט געוואַקסן אין דעם אָרט אויף בײדע זײַטן פֿונעם אַלטן גערלעגער.

זיי זײַנען געגאַנגען אַ צוויי־דרײַ מײַלן ווײַטער און די אָרק־פֿעסטונג איז מער ניט געווען צו זען אויף הינטן, אָבער זיי האָבן קוים אָנגעהויבן פֿרײַער אָטעמען נאָך אַ מאָל ווען, גרילציק און הויך, האָבן זיי געהערט אָרק־קולער. גיך האָבן זיי זיך געשלײַכט אַרויס פֿון די אויגן הינטער אַ ברוינעם און אָפּגעהאַלטענעם קוסט. די קולער זײַנען נעענטער געקומען. באַלד האָבן זיך צוויי אָרקס געלאָזט זען. איינער איז געווען באַקליידט אין אָפּגעריבענעם ברוין, באַוואָפֿנט מיט אַ בויגן פֿון האָרן; ער איז געווען פֿון אַ קליינער גזע, מיט שוואַרצער הויט, און ברייטע שנאָרכצנדיקע נאָזלעכער: אַ פּנים אַ מין נאָכשפּירער. דער צווייטער איז געווען אַ גרויסער אָרק־קעמפֿער, ווי די אין **ש**אַגראַטס קאָמפּאַניע, טראָגנדיק דעם צייכן פֿון דעם **א**ויג. ער האָט אויך אַ בויגן געהאַט אויפֿן רוקן און געטראָגן אַ קורצע שפּיז מיט אַ ברייטן קאָפּ. ווי געוויינטלעך האָבן זיי זיך געאַמפּערט, און צוליב דעם וואָס זיי שטאַמען פֿון פֿאַרשיידענע גזעס, האָבן זיי גערעדט דאָס **אַ**לגעמיינע **ל**שון לויטן אייגענעם שטייגער.

קוים צוואַנציק שפּאַנען פֿון ווו די האָביטס לאָקערן האָט דער קליינער אָרק זיך אָפּגעשטעלט. "גנאַר!" האָט ער געקנורעט. "איך גיי אַהיים." עס האָט געטײַטלט איבערן טאָל צו דער אָרק־פֿעסטונג. "ס'טויג גאָר ניט אויסרײַבן די נאָז אויף שטיינער. ס'בלײַבט ניט קיין שפּור, זאָג איך. איך האָב פֿאַרלוירן דעם ריח ווען איך האָב אָפּגעטראָטן פֿאַר דיר. עס איז געגאַנגען אַרויף אין די בערגלעך, ניט פֿאַזע טאָל, זאָג איך דיר."

"אויף וואָס טויגט איר, איר קליינע שמעקערס!" האָט געזאָגט דער גרויסער אָרק. "איך רעכן אַז אויגן זײַנען בעסער ווי אײַערע שלײַמיקע נעז."

"וואָס זשע דען האָסטו געזען מיט זיי?" האָט געקנורעט דער צווייטער. "גאַרן! דו ווייסט אַפֿילו ניט וואָס דו זוכסט."

"און ווער איז שולדיק אין דעם?" האָט געזאָגט דער זעלנער. "איך ניט. דאָס קומט פֿון העכער **א**ויבן. פֿריִער זאָגן זיי ס'איז אַ גרויסער **ע**לף אין העלן פּאַנצער, דערנאָך עפּעס אַ קליינער שרעטל־מענטש, דערנאָך אַ טשאַטע בונטאַרישע **א**ורוק־**ה**ײַ. אָדער אפֿשר ס'איז אַלע אין איינעם."

"אַר!" האָט געזאָגט דער נאָכשפּירער. "זיי זײַנען אַראָפּ פֿון זינען, אָט איז עס. און טעלעכע פֿון די מאַכערס וועלן פֿאַרלירן די הויט אויך, טרעף איך, אויב וואָס איך הער איז אמת: דעם **ט**ורעם אָנגעפֿאַלן און אַלץ, און הונדערטער פֿון דײַנע יאַטן דערהרגעט, און דער געפֿאַנגענער אַנטלאָפֿן. אויב דאָס איז ווי איר קעמפֿערס פֿירן זיך אויף, איז קוים אַ חידוש וואָס שלעכטע ידיעות קומען פֿון די שלאַכטן."

"ווער זאָגט אַז ס'קומען שלעכטע נײַעס?" האָט געשריגן דער זעלנער.

"אַר! ווער זאָגט אַז ס'קומט ניט?"

"דאָס איז פֿאַרשאָלטענע בונטאַר־רייד, וועל איך דיך שטעכן אויב דו האַלטסט ניט דעם פּיסק, פֿאַרשטייסט?"

"נו, גוט, גוט!" האָט געזאָגט דער נאָכשפּירער. "איכ'ל זאָג מער ניט און טראַכטן ווײַטער. אָבער וואָס האָט צו טאָן דערמיט דער שוואַרצער שלײַכער? דער באַלעבעטשער מיט די פֿאָכענדיקע הענט?"

"איך ווייס ניט. אפֿשר גאָרנישט. נאָר ער האָט שלעכטס אין זינען, ווי ער שמעקט אַרום, וועל איך זיך וועטן. אַ קלאָג צו אים! פּונקט ווען ער האָט זיך פֿון אונדז אויסגעדרייט און איז אַנטלאָפֿן איז געקומען אַ בשׂורה אַז מע ווילט אים לעבעדיק, ווילט אים גיך."

"נו, איך האָף אַז זיי כאַפּן אים און אים גוט מוטשען," האָט דער נאָכשפּירער געקנורעט. "ער האָט צעשטערט דעם שפּור דאָרט הינטן, גנבֿענען דעם אָפּגעוואָרפֿענעם פּאַנצער־מאַנטל וואָס ער האָט געפֿונען, און פּאַטשן אומעטום אַרום דעם אָרט איידער איך האָב געקענט דאָרט אָנקומען."

"ס'האָט אים געראַטעוועט דאָס לעבן," האָט געזאָגט דער זעלנער. "איידער איך האָב געוווּסט אַז מע האָט אים געוואָלט זען האָב איך אים געשאָסן, אַ שיינער שאָס, ווײַט פֿופֿציק שפּאַנען, גלײַך אין רוקן, נאָר ער איז ווײַטער געלאָפֿן."

"גאָרן! דו האָסט אים פֿאַרבײַגעשאָסן," האָט געזאָגט דער נאָכשפּירער. "ערשט שיסטו ווילד, דערנאָך לויפֿסטו צו פּאַמעלעך, און דעמאָלט שיקסטו נאָך די שלעכטע נאָכשפּירערס. דו ביסט מיר נימאס געוואָרן." ער האָט אַוועקגעטליסעט.

"קום צוריק, דו," האָט געשריגן דער זעלנער, "אָדער איך וועל דיך פֿאַרמסרן!"

"צו וועמען? ניט צו דײַן טײַערן **ש**אַגראַט. ער וועט מער ניט זײַן קיין קאַפּיטאַן."

"כ'וועל דײַן נאָמען און נומער געבן די **נ**אַזגול," האָט געזאָגט דער זעלנער, זײַן קול שטילער ביז אַ צישע. "איינער פֿון זיי פֿירט אָן מיט דעם **ט**ורעם איצט."

דער צווייטער האָט זיך אָפּגעשטעלט און זײַן קול איז אָנגעפֿילט געוואָרן מיט שרעק און גרימצאָרן. "דו פֿאַרשאָלטענער מסרנדיקער גנבֿ!" האָט ער געשריגן. "דו קענסט ניט טאָן די אייגענע אַרבעט, און דו קענסט ניט אַפֿילו האַלטן בײַ די אייגענע לײַט. גיי צו דײַנע ברודיקע **ק**וויטשערס, זאָלן זיי דיר אויספֿירן די הויט! אויב דער שׂונא כאַפּט זיי ניט פֿריִער. זיי האָבן אומגעבראַכט **נ**ומער **א**יינס, האָב איך געהערט, און איך האָף אַז ס'איז אמת!"

דער גרויסער אָרק, מיט שפּיז אין האַנט, איז נאָך אים געשפּרונגען. אָבער דער נאָכשפּירער, שפּרינגענדיק הינטער אַ שטיין, האָט אים אַ פֿײַל געשטעקט אין אויג בעת ער לויפֿט, איז ער אַראָפּ מיט אַ טראַסק. דער צווייטער איז געלאָפֿן אַריבער איבערן טאָל און פֿאַרשוווּנדן געוואָרן.

אַ ווײַלע זײַנען די האָביטס געזעסן און געשוויגן. נאָך אַ ווײַלע האָט **ס**אַם זיך גערירט. "נו, דאָס רוף איך גאָר ציכטיק," האָט ער געזאָגט. "אויב אַזאַ שיינע פֿרײַנדשאַפֿט וואָלט זיך פֿאַרשפּרייטן אַרום אין **מ**אָרדאָר, וועט אַ העלפֿט פֿון אונדזערע צרות פֿאַרטיק זײַן."

"שטיל, **ס**אַם," האָט **פֿ**ראָדאָ געשעפּטשעט. "אפֿשר זײַנען נאָך אַנדערע אַרום. ס'איז קלאָר אַז מיר זײַנען ניצול געוואָרן און דאָס געיעג איז הייסער געווען אויף אונדזערע שפּורן

ווי מיר האָבן געטראָפֿן. נאָר אָט דאָס איז דער גײַסט פֿון **מ**אָרדאָר, **ס**אַם, און ער האָט זיך פֿאַרשפּרייט אין יעדן ווינקל. **אָ**רקס האָבן זיך אַלע מאָל אַזוי אויפֿגעפֿירט, אָדער אַזוי זאָגן די אַלע מעשׂיות, ווען זיי זײַנען בײַ זיך אַליין. נאָר מע קען ניט קריגן קיין סך האָפֿענונג דערפֿון. זיי האָבן אונדז אַ סך מער פֿײַנד, אין גאַנצן און שטענדיק. אויב אָט די צוויי וואָלט אונדז דערזען, וואָלטן זיי פֿאַרגעסן דאָס מחלוקת ביז מיר זײַנען טויט געווען."

עס איז געקומען נאָך אַ לאַנגע שטילקייט. **ס**אַם האָט דאָס נאָך אַ מאָל צעבראָכן, נאָר דאָס מאָל מיט אַ *שעפּטש*. "צי האָט איר געהערט וואָס זיי האָבן געזאָגט וועגן *דעם באַלעבעטשער*, **מ**"ר **פֿ**ראָדאָ? איך האָב אײַך געזאָגט אַז **ג**אָלום איז נאָך ניט טויט, יאָ?"

"יאָ, איך געדענק. און איך האָב זיך געוווּנדערט ווי אַזוי דו האָסט געוווּסט," האָט **פֿ**ראָדאָ געזאָגט. "נו, גיי, גיי! איך מיין אַז מיר זאָלן בעסער זיך ניט באַוועגן פֿון דאַנען נאָך אַ מאָל, איידער ס'איז שוין שטאָק פֿינצטער. איז, זאָלסטו מיר דערציילן ווי דו האָסט געוווּסט און אַלץ וואָס איז געשען. אויב דו קענסט דאָס ווייך טאָן."

"איכ'ל אַ פּרווו טאָן," האָט **ס**אַם געזאָגט, "נאָר ווען איך טראַכט פֿון אָט דעם **ש**טינקער, ווער איך אַזוי אויפֿגעהעצט אַז איך וויל שרײַען."

דאָרט זײַנען די האָביטס געזעסן אונטערן אָפּדאַך פֿונעם דאָרן־קוסט, בעת די טריבע ליכט פֿון **מ**אָרדאָר האָט פּאַמעלעך בליאַקירט ביז אַ טיפֿער נאַכט אָן שטערן, און **ס**אַם האָט דערציילט אין **פֿ**ראָדאָס אויער אַלץ וואָס ער האָט געקענט אַרויסברענגען וועגן **ג**אָלומס פֿאַררעטערישן אָנפֿאַל, די אימה פֿון **ש**עלאָב, און די אייגענע אַוואַנטורעס מיט די אָרקס. ווען ער איז געווען פֿאַרטיק, האָט **פֿ**ראָדאָ גאָרנישט ניט געזאָגט, נאָר געכאַפּט **ס**אַמס האַנט און זי געדריקט. סוף־כּל־סוף האָט ער זיך גערירט.

"נו, איך נעם אָן אַז מיר זאָלן גיין ווײַטער נאָך אַ מאָל," האָט ער געזאָגט. "איך וווּנדער זיך ווי לאַנג ס'וועט געדויערן איידער מיר ווערן אויף אַן אמת פֿאַרכאַפּט, און די אַלע טירחה און שלײַכן וועלן פֿאַרטיק זײַן, און אומזיסט." ער איז אויפֿגעשטאַנען. "ס'איז פֿינצטער, און מיר קענען ניט ניצן דער **ד**אַמעס פֿיאָל. האַלט אים זיכער פֿאַר מיר, **ס**אַם. איך האָב ניט קיין אָרט פֿאַר אים איצט אַחוץ אין דער האַנט, און איך וועל דאַרפֿן ביידע הענט אין אָט דער בלינדער נאַכט. נאָר **ש**טאָך גיב איך דיר. איך האָב אַן אָרק־שאַרף, אָבער איך מיין אַז ס'וועט ניט זײַן מײַן ראָלע נאָך אַ מאָל אַ שלאָג צו טאָן."

עס איז געווען שווער און סכּנהדיק גיין אין דער נאַכט אין דעם לאַנד אָן סטעשקעס, נאָר פּאַמעלעך און מיט אַ סך שטאָמפּערן האָבן די צוויי האָביטס געפּראַצעוועט ווײַטער שעה נאָך *שעה* צפֿון צו פֿאַזע דעם מיזרחדיקן קאַנט פֿונעם שטיינערדיקן טאָל. ווען אַ גראָע ליכט איז געקראָכן צוריק איבער די מערבֿדיקע הייכן, לאַנג נאָכן אָנהייב פֿון טאָג אין די ווײַטערע לענדער, האָבן זיי זיך ווידער באַהאַלטן און אַ ביסל געשלאָפֿן נאָך דער ריי. ווען ער איז געווען וואַך איז **ס**אַם געווען פֿאַרנומען מיט טראַכטן פֿון עסן. סוף־כּל־סוף ווען **פֿ**ראָדאָ האָט זיך אויפֿגעוועקט און גערעדט פֿון עסן און זיך צוגרייטן אויף נאָך אַן אָנשטרענג, האָט ער געשטעלט די פֿראַגע וואָס האָט אים האָט דאָס שטאַרקסטע געאַרט.

"זײַט מיר מוחל, **מ**"ר **פֿ**ראָדאָ," האָט ער געזאָגט, "אָבער האָט איר אַבי אַן אידעע ווי ווײַט מיר מוזן נאָך גיין?"

"ניין, ניט קיין קלאָרע אידעע, סאַם," האָט פֿראָדאָ געענטפֿערט. "אין ריוונדעל, איידער איך בין אין וועג אַרײַן, האָט מען מיך באַוויזן אַ קאַרטע פֿון מאָרדאָר געמאַכט איידער דער שׂונא איז אַהער צוריקגעקומען, אָבער איך געדענק זי נאָר אומקלאָר. דאָס קלאָרסטע געדענק איך אַז ס'איז אַן אָרט אויף צפֿון וווּ די מערבֿדיקע קייט און די צפֿונדיקע קייט שיקן אַרויס אַרויסשטעקן וואָס שיִער ניט זיך אָנטרעפֿן. דאָס מוז זײַן ווייניקסטנס אַ שאָק מײַלן פֿון דער בריק צוריק לעבן דעם טורעם. דאָס וועט אפֿשר זײַן אַ גוטער אָרט אַריבערצוגיין. אָבער פֿאַרשטייט זיך, אויב מיר קומען אָן דאָרט, וועלן מיר זײַן ווײַטער פֿון דעם באַרג ווי פֿריִער, זעכציק מײַלן דערפֿון, וואָלט איך טרעפֿן. איך מיין אַז מיר זײַנען שוין געגאַנגען אַ זעקס און דרײַסיק מײַלן פֿון דער בריק איצט. אַפֿילו אַז אַלץ גייט גוט, קען איך קוים אָנקומען בײַ דעם באַרג אין איין וואָך. איך האָב מורא, סאַם, אַז דער עול וועט גאָר שווער ווערן, וויל איך גיין נאָך מער פּאַמעלעך בעת מיר קומען נעענטער."

סאַם האָט אַ זיפֿץ געגעבן. "פּונקט ווי איך האָב מורא געהאַט," האָט ער געזאָגט. "נו, ניט צו רעדן פֿון וואַסער, מוזן מיר עסן ווייניקער, מ"ר פֿראָדאָ, אָדער גיין גיכער, על־כּל־פּנים בעת מיר זײַנען נאָך אין דעם דאָזיקן טאָל. נאָך איין ביס און דאָס גאַנצע עסנוואַרג איז אויס, אַחוץ די עלפֿנס וועגברויט."

"איכ'ל פּרוּוון גיין אַ ביסל גיכער, סאַם," האָט פֿראָדאָ געזאָגט, מיט אַ טיפֿן אײַנאָטעם. "קום שוין! לאָמיר אָנהייבן נאָך אַ מאַרש!"

עס איז נאָך ניט זייער פֿינצטער נאָך אַ מאָל. זיי האָבן זיך ווײַטער געטאָפּטשעט, אַרײַן אין דער נאַכט. די שעהען זײַנען פֿאַרבײַ אין אַ פֿאַרמאַטערנדיק שטאָמפּערנדיק שלעפּ מיט נאָר אַ געציילטע קורצע אָפּשטעלן. בײַם ערשטן סימן פֿון גראָער ליכט אונטער די זוימען פֿונעם באַלדאַכין פֿון שאָטן האָבן זיי זיך ווידער באַהאַלטן אין אַ טונקעלן חלל אונטער אַן איבערהענגענדיקן שטיין.

פּאַמעלעך איז די ליכט געוואַקסן, ביז אַלץ איז געווען קלאָרער ווי אַ מאָל פֿריִער. אַ שטאַרקער ווינט פֿון דעם מערבֿ האָט איצט געטריבן די גאַזן פֿון מאָרדאָר פֿון דער העכערער לופֿט. באַלד האָבן די האָביטס געקענט זען דעם פֿורעם פֿון דעם לאַנד אויף עטלעכע מײַלן אַרום. דער טיפֿפּונקט צווישן די בערג און דעם מאָרגײַ איז כּסדר קלענער געוואָרן בעת ער קריכט אַרויף, און דער אינעווייניקסטער קאַם איז איצט געווען ניט מער ווי אַ גזימס אויף די שטאָציקע פּנימער פֿון דעם עפֿעל דואַט. נאָר אויף מיזרח איז דאָס געפֿאַלן אַזוי תּהומיק ווי אַלע מאָל אַראָפּ אין גאָרגאָראָט אַרײַן. וואָרן אַרויס פֿון דער הויפּטקייט איז געשפּרונגען אַ הויכער נאַקעטער אַרויסשטעק, וואָס שטויסט זיך אַרויס מיזרח צו ווי אַ וואַנט. דאָרט זיך אָנצוטרעפֿן דערמיט האָט זיך אַרויסגעצויגן פֿון דער גראָער און נעפּלדיקער קייט פֿון ערעד ליטוי אַ לאַנגער אַרויסשטעקנדיקער אָרעם, און צווישן די עקן איז געווען אַן ענגער אײַנרײַס: קאַראַך אַנגרען, דאָס איסענמויל, און ווײַטער איז געלעגן דער טיפֿער טאָל פֿון אודון. אין דעם דאָזיקן טאָל הינטער דעם מאָראַנאָן זײַנען געווען די טונעלן און טיפֿע אַרסענאַלן וואָס די באַדינערס פֿון מאָרדאָר האָבן געבויט פֿאַר דער פֿאַרטיידיקונג פֿון דעם שוואַרצן טויער פֿון זייער לאַנד. און איצט האָט זייער לאָרד דאָרט געהאַלטן אין זאַמלען האַסטיק גרויסע כּוחות זיך צו שטעלן פֿאַרן אָנפֿאַל פֿון די קאַפּיטאַנען פֿון דעם מערבֿ. אויף די אַרויסגעשטעקטע הייכן האָט מען געבויט פֿאָרטן און טורעמס, און וואַך־פֿײַערן האָבן געברענט. און איבערן גאַנצן אײַנרײַס האָט מען אויפֿגעהויבן אַ וואַנט פֿון ערד, און אויסגעגראָבן אַ טיפֿן אַקאָפּע, וואָס דעריבער איז געווען נאָר איין בריק.

אַ פּאָר מײַלן אויף צפֿון, הויך אינעםווינקל ווו דער מערבֿדיקער אַרויסשטעק האָט זיך צעצווײַגט פֿון דער הויפּטקייט, איז געשטאַנען דער אַלטער שלאָס פֿון **ד**ורטאַנג, איצט איינער פֿון די סך אָרק־פֿעסטונגען וואָס האָבן זיך גרופּירט אַרום דעם טאָל **א**ודון. אַ וועג, שוין צו דערזען אין דער וואַקסנדיקער ליכט, איז געקומען שלענגלען אַראָפּ דערפֿון, ביז נאָר אַ מײַל צוויי פֿון ווו די האָביטס זײַנען געלעגן האָט ער זיך געדרייט מיזרח צו, געלאָפֿן אויף אַ פֿאַך אײַנגעשניטן אין דער זײַט פֿונעם אַרויסשטעק, און פֿון דאָרט אַראָפּ אויפֿן פֿליין, און ווײַטער קיין דער **א**יסענמויל.

צו די האָביטס קוקנדיק אַרויס האָט אויסגעזען אַז די גאַנצע נסיעה זייערע צפֿון צו איז געווען אומזיסט. דער פֿליין אויף רעכטס איז געווען אומקלאָר און רויכיק, און דאָרט האָבן זיי ניט געקענט זען קיין לאַגערן, קיין באַוועגנדיקע שלאַכטלײַט. אָבער דער גאַנצער געגנט איז געלעגן פֿאַר די אויגן פֿון די פֿאָרטן פֿון **ק**אַראַך **א**נגרען.

"מיר זײַנען אַרײַן אין אַ זאַקגעסל, **ס**אַם," האָט **פֿ**ראָדאָ געזאָגט. "אויב מיר גייען ווײַטער, וועלן מיר נאָר אָנקומען בײַ אָט דעם אָרק־טורעם, נאָר דער איינציקער וועג צו נעמען איז דער וועג וואָס קומט אַראָפּ פֿון אים – סײַדן מיר גייען צוריק. מיר קענען ניט קריכן אַרויף מערבֿ צו, אָדער קריכן אַראָפּ מיזרח צו."

"מוזן מיר דען נעמען דעם וועג, **מ**"ר **פֿ**ראָדאָ," האָט **ס**אַם געזאָגט. "מיר מוזן אים נעמען און האָפֿן אויף מזל, אויב ס'איז טאַקע פֿאַראַן מזל אין **מ**אָרדאָר. ס'וואָלט אַזוי גוט זײַן זיך אָפּגעבן ווי אומגיין ווײַטער אָדער פּרוּוון גיין צוריק. ס'וועט ניט קלעקן דאָס עסנוואַרג. מיר מוזן אַ לאָף טאָן!"

"נו, גוט, **ס**אַם," האָט **פֿ**ראָדאָ געזאָגט. "פֿיר מיך! כּל־זמן ס'בלײַבט דיר אַ שטיקל האָפֿענונג. מײַן איז אַוועק. אָבער איך קען ניט קיין לאָף טאָן, **ס**אַם. איכ'ל זיך טאָפּטשען נאָך דיר."

"איידער איר הייבט אָן מיט מער טאָפּטשען, דאַרפֿט איר שלאָף און עסן, **מ**"ר **פֿ**ראָדאָ. קומט און נעמט וואָס איר קענט פֿון זיי!"

ער האָט **פֿ**ראָדאָ געגעבן וואַסער און נאָך אַ קיכל וועגברויט, און ער האָט געמאַכט אַ קישן פֿונעם מאַנטל פֿאַרן האַרס קאָפּ. **פֿ**ראָדאָ איז צו פֿאַרמאַטערט געווען צו דעבאַטירן דעם ענין, און **ס**אַם האָט אים ניט געזאָגט אַז ער האָט געטרונקען דעם לעצטן טראָפּן וואַסער און געגעסן **ס**אַמס טייל פֿונעם עסן מיטן אייגענעם. ווען **פֿ**ראָדאָ איז אַנטשלאָפֿן געוואָרן האָט **ס**אַם זיך אָנגעבויגן איבער אים, זיך צוגעהערט צו זײַן אָטעמען און געקוקט אויף זײַן פּנים. עס איז פֿאַרקנייטשט געווען און דאַר, נאָר פֿאָרט אין שלאָף האָט עס אויסגעזען צופֿרידן, ניט דערשראָקן. "נו, הײַדאַ, **ה**אַר!" האָט **ס**אַם געמורמלט אונטער דער נאָז. "איך מוז אײַך איבערלאָזן אַ ווײַלע און האָפֿן אויף מזל. וואַסער מוזן מיר קריגן אָדער מיר קענען ניט ווײַטער."

סאַם איז אַרויסגעקראָכן, און שפּרינגענדיק פֿון שטיין צו שטיין מער אָפּגעהיט ווי בײַ אַ האָביט אַפֿילו, איז ער אַראָפּ צו דעם וואַסער־גאַנג, און איז נאָך דעם נאָכגעגאַנגען אַ היפּש מהלך בעת עס קריכט אַרויף צפֿון צו, ביז ער איז אָנגעקומען בײַ די שטיין־טרעפּ ווו לאַנג צוריק אָן ספֿק האָט זײַן מקור אַרויסגעגאָסן אין אַ קליינעם וואַסערפֿאַל. אַלץ איצט האָט אויסגעזען טרוקן און שטיל, נאָר אָפּזאָגנדיק זיך פֿון פֿאַרצווייפֿלונג האָט ער זיך אָנגעבויגן און צוגעהערט, און ס'האָט אים דערפֿרייט צו הערן דעם קלאַנג פֿון ריזלען. קריכנדיק אַ פּאָר

טריט אַרויף האָט ער געפֿונען אַ פּיצינקע ריטשקעלע טונקל וואַסער וואָס איז אַרויס פֿון דער בערגל־זײַט און אָנגעפּילט אַ קליינע נאַקעטע לוזשע, און דערפֿון ווידער אַרויסגעגאָסן און פֿאַרשווונדן געוואָרן אונטער די נאַקעטע שטיינער.

סאַם האָט פֿאַרזוכט דאָס וואַסער און עס האָט זיך אים געגוג גוט געדאַכט. האָט ער דעמאָלט טיף געטרונקען, אָנגעפּילט דאָס וואַסער־פֿלעשל, און זיך געדרייט צוריקצוגיין. פּונקט דעמאָלט האָט ער געכאַפּט אַ בליק פֿון אַ שוואַרץ געשטאַלט צי שאָטן שפּרינגענדיק צווישן די שטיינער נאָענט צו פֿראָדאָס באַהעלטעניש. פֿאַרבײַסנדיק די ליפּן אויף אַ געשריי איז ער געשפּרונגען אַראָפּ פֿונעם מקור און געלאָפֿן, געשפּרונגען פֿון שטיין צו שטיין. עס איז גאָר אַ געוואָרנט באַשעפֿעניש, קוים צו דערזען, אָבער סאַם האָט ניט קיין ספֿק געהאַט דערוועגן: ער האָט שטאַרק געוואָלט עס כאַפּן אַרום האַלדז. אָבער עס האָט אים געהערט קומען און האָט זיך גיך אַוועקגעגנבֿעט. סאַם האָט געמיינט אַז ער האָט געהאַט אַ לעצט פֿליִענדיק בליק פֿון אים, קוקנדיק צוריק איבערן קאַנט פֿון דעם מיזרחדיקן תּהום, איידער עס האָט זיך אַראָפּגעלאָזט און פֿאַרשווונדן געוואָרן.

"נו, דאָס מזל האָט מיך ניט פֿאַרלאָזן," האָט סאַם געמורמלט, "נאָר דאָס איז געווען אַ נאָענטע זאַך! צי איז ניט גענוג צו האָבן טויזנטער אָרקס אָן דעם פֿאַרעיפּושטן רשע שמעקנדיק אַרום? אויב נאָר מע האָט אים דערשאָסן!" ער האָט זיך אַוועקגעזעצט לעבן פֿראָדאָ נאָר האָט אים ניט אויפֿגעוועקט, אָבער ער האָט זיך ניט דערוועגט אַליין אײַנשלאָפֿן. סוף־כּל־סוף, ווען ער האָט געפֿילט ווי די אויגן פֿאַרמאַכן זיך און געוווּסט אַז זײַן קאַמף וואַך צו בלײַבן האָט ניט געקענט לאַנג ווײַטער געדויערן, האָט ער לינד אויפֿגעוועקט פֿראָדאָ.

"אָט דער גאָלום גייט אַרום נאָך אַ מאָל, האָב איך מורא, מ"ר פֿראָדאָ," האָט ער געזאָגט. "ווייניקסטנס אויב ס'איז אים ניט געווען, זײַנען דען צוויי פֿון אים. איך בין אַוועק געפֿינען וואַסער און האָט אים דערזען ווען איך בין צוריק. איך רעכן אַז ס'איז ניט זיכער אַז מיר ביידע שלאָפֿן, און זײַט מיר מוחל, אָבער איך קען ניט קיין סך לענגער האַלטן די לעדלעך אָפֿן."

"סאַם טײַערער!" האָט פֿראָדאָ געזאָגט. "לייג זיך אַוועק און שלאָף נאָך דער ריי! אָבער בעסער גאָלום ווי אָרקס. על־כּל־פּנים וועט ער אונדז ניט זיי פֿאַרראַטן — סײַדן ער אַליין איז פֿאַרכאַפּט געוואָרן."

"אָבער ער וועט אפֿשר אַליין אָפּטאָן אַ שטיקל גזלה און מאָרד," האָט סאַם געקנורעט. "האַלט אָפֿן די אויגן, מ"ר פֿראָדאָ! דאָרט איז אַ פֿלעשל וואַסער. טרינקט אויס. מיר קענען דאָס ווידער אָנפֿילן בײַם גיין." דערמיט איז סאַם אַרײַנגעפֿאַלן אין שלאָף.

די ליכט איז שוואַכער געווען ווען ער האָט זיך אויפֿגעכאַפּט. פֿראָדאָ איז געזעסן אָנגעלענט אינעם שטיין אויף הינטן, נאָר ער איז אַנטשלאָפֿן געוואָרן. דאָס וואַסער־פֿלעשל איז געווען ליידיק. עס איז ניט געווען קיין סימן פֿון גאָלום.

די מאָרדאָר־פֿינצטער איז צוריקגעקומען, און די וואַך־פֿײַערן אויף די הייכן האָבן געברענט רוצחיש און רויט, ווען די האָביטס זײַנען ווידער אין וועג אַרײַן אויף דעם סכּנהדיקסטן עטאַפּ פֿון דער גאַנצער נסיעה. זיי זײַנען ערשט געגאַנגען צו דעם קליינעם קוואַל, און דערנאָך קריכנדיק אָפּגעהיט אַרויף זײַנען זיי געקומען צו דעם וועג ווו ער נעמט זיך מיזרח צו צו דער איסענמויל אַוועק צוואַנציק מײַלן. ער איז ניט געווען קיין ברייטער וועג, און ער האָט ניט געהאַט קיין מויער צי פּאַרענטש אויפֿן קאַנט, און בעת ער גייט

ווײַטער איז דער שטאָציקער פֿאַל פֿונעם קאַנט אַלץ טיפֿער און טיפֿער געוואָרן. די האָביטס האָבן ניט געקענט הערן קיין באַוועגונגען, און נאָך אַ ווײַלע זיך צוהערנדיק זײַנען זיי געגאַנגען מיזרח צו אויף אַ פֿעסטן טעמפּ.

נאָך אַ צוועלף מײַלן האָבן זיי זיך אָפּגעשטעלט. אַ ביסל צוריק האָט דער וועג זיך אַ ביסל געבויגן צפֿון צו און דער מהלך וואָס זיי זײַנען נאָר וואָס אַריבער איז איצט פֿאַרשטעלט פֿון די אויגן. דאָס האָט זיך אַרויסגעוויזן פֿאַר קאַטאַסטראָפֿאַל. זיי האָבן גערוט עטלעכע מינוטן און דעמאָלט זײַנען ווײַטער, נאָר זיי זײַנען ניט ווײַט געגאַנגען ווען מיט אַ מאָל אין דער שטילקייט פֿון דער נאַכט האָבן זיי דערהערט דעם קלאַנג וואָס די גאַנצע צײַט האָבן זיי מורא געהאַט דערפֿאַר: דער קלאַנג פֿון מאַרשירנדיקע פֿיס. עס איז נאָך אַלץ אַ ביסל אויף הינטן, נאָר מיט אַ קוק צוריק האָבן זיי געקענט זען דאָס פֿינקלען פֿון שטורקאַצן וואָס קומען אַרום דעם אויסדריי ניט אַ מײַל צוריק, און זיי זײַנען גיך געקומען: צו גיך פֿאַר **פֿ**ראָדאָ צו אַנטלויפֿן פֿליִענדיק אויפֿן וועג פֿאָרויס.

"איך האָב מורא געהאַט דערפֿאַר, **ס**אַם," האָט **פֿ**ראָדאָ געזאָגט. "מיר האָבן זיך פֿאַרלאָזן אויפֿן מזל און עס האָט אונדז פֿאַרלאָזן. מיר זײַנען געכאַפּט אין אַ פּאַסטקע." ער האָט ווילד געקוקט אַרויף אויף דער דראָענדיקער וואַנט, ווו די וועגשאַפֿערס פֿון אַ מאָל האָבן אויסגעשניטן דעם שטיין גלאַט און שטאָציק אויף אַ סך קלאַפֿטער איבער זייערע קעפּ. ער איז געלאָפֿן צו דער צווייטער זײַט און געקוקט איבערן קאַנט אין אַ פֿינצטערן גרוב פֿון מראַקע אַרײַן. "סוף־כּל־סוף זײַנען מיר געכאַפּט געוואָרן!" האָט ער געזאָגט. ער איז אַראָפּ אויף דער ערד אונטער דער וואַנט פֿון שטיין און אַראָפּגעלאָזט דעם קאָפּ.

"ס'זעט אויס אַזוי," האָט **ס**אַם געזאָגט. "נו, מיר קענען נאָר וואַרטן און זען." און דערמיט האָט ער זיך אַוועקגעזעצט לעבן **פֿ**ראָדאָ אונטערן שאָטן פֿון דער סקאַלע.

זיי האָבן ניט געדאַרפֿט לאַנג וואַרטן. די אָרקס זײַנען געגאַנגען אויף אַ גרויסן טעמפּ. די אין די פֿאָדערשטע רייען האָבן געטראָגן שטורקאַצן. ווײַטער זײַנען זיי געקומען, רויטע פֿלאַמען אין דער פֿינצטער, וואַקסנדיק גיך. איצט האָט **ס**אַם אויך אַראָפּגעלאָזט דעם קאָפּ, האָפֿנדיק אַז ס'וועט באַהאַלטן דאָס פּנים ווען די שטורקאַצן קומען צו זיי, און ער האָט געשטעלט די שילדן פֿאַר די קני צו באַהאַלטן די פֿיס זייערע.

"אויב נאָר זיי אײַלן זיך און וועלן לאָזן אַ פּאָר מידע זעלנער צו רו און גיין פֿאַרבײַ!" האָט ער געטראַכט.

און עס האָט אויסגעזען אַז עס וועט זײַן אַזוי. די פֿאָדערשטע אָרקס זײַנען געקומען לויפֿן, סאָפּענדיק, מיט די קעפּ אַראָפּ. זיי זײַנען געווען אַ באַנדע פֿון די קלענערע גזעס, אומוויליק געטריבן צו די מלחמות פֿון דעם **ב**על־**ח**ושך. זיי האָט נאָר געאַרט ענדיקן דעם מאַרש און אויסמײַדן דעם בײַטש. לעבן זיי, לויפֿנדיק אַרויף און אַראָפּ, זײַנען געגאַנגען צוויי פֿון די גרויסע רציחהדיקע *אורוקס*, קנאַקן בײַטשן און שרײַען. ריי נאָך ריי זײַנען פֿאַרבײַ, און די אַנטפּלעקנדיקע שטורקאַץ־ליכט איז שוין ווײַט פֿאָרויס. **ס**אַם האָט געהאַלטן אָטעם. איצט איז שוין מער ווי אַ העלפֿט פֿון זיי פֿאַרבײַ. דעמאָלט מיט אַ מאָל האָט איינער פֿון די שקלאַפֿן־טרײַבערס דערזען די צוויי פֿיגורן בײַם קאַנט וועג. ער האָט געמאַכט מיט דעם בײַטש אויף זיי און געשריגן: "היי, איר צוויי! שטייט אויף!" זיי האָבן ניט געענטפֿערט און מיט אַ געשריי האָט ער אָפּגעשטעלט די גאַנצע קאָמפּאַניע.

"קומט שוין, איר פֿוילערס!" האָט ער אויסגעשריגן. "ס'איז ניט קיין צײַט פֿאַר פֿוילקייט." ער האָט אַ טראַט געטאָן צו זיי צו און אין דער מראַקע אַפֿילו האָט ער דערקענט די צייכנס אויף די שילדן זייערע. "דעזערטירן, הע?" האָט ער געקנורעט. "אָדער טראַכטן דערפֿון? אַלע אײַערע לײַט האָבן געזאָלט זיין אין אודון פֿאַר נעכטן אין אָוונט. איר ווייסט דאָס. שטייט אויף און נעמט די ערטער, אָדער איכ'ל נעמען די נומערן און אײַך פֿאַרמסרן."

זיי האָבן זיך אַרויפֿגעשלעפּט אויף די פֿיס, און נאָך אָנגעבויגן, הינקענדיק ווי זעלנערס מיט ווייטיקדיקע פֿיס, האָבן זיי געדרעפּטשעט צוריק צום הינטן פֿון דער ריי. "ניין, ניט אויף הינטן!" האָט דער שקלאַפֿן־טרײַבער געשריגן. "דרײַ רייען פֿאָרויס. און בלײַבט דאָרט, אָדער איר וועט מיט עפּעס קריגן, ווען איך קום לענג־אויס די רייען!" ער האָט געשיקט דעם לאַנגן בײַטש־שפּיץ קנאַקנדיק איבער די קעפּ זייערע, און דערנאָך מיט נאָך אַ קנאַק און אַ געשריי האָט ער אָנגעהויבן נאָך אַ מאָל די קאָמפּאַניע אויף אַ זשוואַווען טעמפּ.

עס איז געווען גענוג שווער פֿאַר סאַם, מיד ווי ער איז געווען, נאָר פֿאַר פֿראָדאָ איז דאָס געווען אַ מאַטערניש, און באַלד אַ קאָשמאַר. ער האָט אײַנגעקלעמט די ציין און געפּרוּווט אויפֿהערן טראַכטן, און ער האָט זיך ווײַטער געשלעפּט. דער עיפּוש פֿון די שוויצנדיקע אָרקס אַרום אים איז געווען דערשטיקנדיק, און ער האָט אָנגעהויבן דעכצן פֿון דאָרשט. ווײַטער, ווײַטער זײַנען זיי געגאַנגען, און ער האָט געווענדט דעם גאַנצן ווילן צו אָטעמען און צו דרינגען די פֿיס ווײַטער גיין, נאָר אויף וואָסערן בייזן ציל האָלט ער אין אַרבעטן, אויסהאַלטן, האָט ער זיך ניט דערוועגט טראַכטן. עס איז געווען קיין האָפֿענונג אָפּצוטרעטן אומבאַמערקט. צײַטנווײַז איז דער אָרק־טרײַבער צוריקגעקומען און זיי געהעצקעט.

"נאַט אײַך!" האָט ער געלאַכט, שנעלנדיק אויף זייערע פֿיס. " ווו ס'איז אַ בײַטש איז דאָ אַ ווילן, מײַנע פֿוילערס. האַלט זיך אײַן! איך וואָלט אײַך געבן אַ שיין שטיקל דערקוויקעניש איצט, נאָר איר וועט קריגן אַזוי פֿיל בײַטשן ווי די הויט קען דערטראָגן ווען איר פֿאַרשפּעטיקט זיך אַרײַנקומען אין לאַגער. ס'וועט אײַך גוט טאָן. צי ווייסט איר ניט אַז מיר האַלטן מלחמה?"

זיי זײַנען געגאַנגען עטלעכע מײַלן און דער וועג צום סוף איז געגאַנגען באַרג־אַראָפּ אויף אַ לאַנגן שיפּוע צו דעם פּליין, ווען פֿראָדאָס כּוח איז שיִער ניט אַוועק און זײַן ווילן האָט זיך געוואַקלט. ער האָט זיך ספּאָטיקעט און געשטאָמפּערט. פֿאַרצווייפֿלט האָט סאַם געפּרוּווט אים העלפֿן און אים אויפֿהאַלטן, כאָטש ער האָט זיך געפֿילט ווי ער אַליין האָט קוים געקענט לאַנג אויסהאַלטן דעם טעמפּ. אַ ליאַדע מאָמענט איצט, האָט ער געוווּסט, וועט קומען דער סוף : זײַן האַר וועט חלשן צי פֿאַלן און אַלץ וועט מען אַנטדעקן, וועט זייער ביטערע טירחה אומזיסט זײַן. "איכ'ל האָבן דעם גרויסן שקלאַפֿן־טרײַבנדיקן טײַוול סײַ ווי," האָט ער געטראַכט.

דעמאָלט, פּונקט אַז ער האָט די האַנט געשטעלט אויפֿן טראָניק פֿון זײַן שווערד, איז געקומען אַן אומגעריכטע הילף. זיי זײַנען איצט געווען אַרויס אויף דעם פּליין און נעענטער געקומען צו דעם אַרײַנגאַנג אין אודון. אַ ביסל פֿאַר דעם, פֿאַרן טויער בײַם עק בריק, איז דער וועג פֿון מערבֿ געקומען צונויף מיט אַנדערע וואָס קומען פֿונעם דרום און פֿון באַראַד־דור. אומעטום אויף די וועגן האָבן מיליטער זיך באַוועגן, וואָרן די קאַפּיטאַנען פֿון דעם מערבֿ זײַנען געקומען פֿאָרויס און דער בעל־חושך האָט געאײַלט די כּוחות צפֿון צו.

אַזוי האָט זיך געטראָפֿן אַז עטלעכע קאָמפּאַניעס זײַנען געקומען צוזאַמען בײַ דעם שנײַדפּונקט, אין דער פֿינצטער הינטער דער ליכט פֿון די וואַך־טורעמס אויפֿן מויער. מיט אַ מאָל איז געקומען אַ גרויסן שטופּן און זידלען אַז יעדע שאַר האָט געפּרוווט ערשט אָנקומען בײַם טויער און דעם סוף מאַרשירן. כאָטש די טרײַבערס האָבן געשריגן און געמאַכט מיט די בײַטשן, האָבן געשלעגן אויסגעבראָכן און עטלעכע שאַרפֿן אַרויסגעצויגן. אַ שאַר שווער־באַוואָפֿנטע *אורוקס* פֿון **ב**אַראַד־**ד**ור האָבן געשטורעמט אויף דער **ד**ורטאַנג־**פֿ**אָרמאַציע און זיי געוואָרפֿן אין אַ פּלאָנטער.

כאָטש פֿריטשמעליעט מיט ווייטיק און מידקייט, האָט **ס**אַם זיך אויפֿגעכאַפּט, גיך דערזען זײַן שאַנס, און האָט זיך אַראָפּגעוואָרפֿן אויף דער ערד, שלעפּנדיק **פֿ**ראָדאָ מיט זיך. אָרקס זײַנען געפֿאַלן איבער זיי, מיט קנורען און זידלען. פּאַמעלעך אויף אַלע פֿיר זײַנען די האָביטס אַוועקגעקראָכן אַרויס פֿון דער בהלה, ביז סוף־כּל־סוף האָבן זיי זיך אומבאַמערקט געלאָזט אַראָפּ איבערן ווײַטערן קאַנט וועג. דאָרט איז געווען אַ הויכער קאַנטשטיין וואָס מיט אים האָבן די שאַר־פֿירערס געקענט געפֿינען דעם וועג אין שוואַרצער נאַכט צי נעפּל, און ס'איז אָנגעקויפּט מיט ערד עטלעכע פֿיס איבער דער הייך פֿונעם אָפֿענעם לאַנד.

זיי זײַנען שטיל געלעגן אַ ווײַלע. עס איז געווען צו פֿינצטער צו זוכן אָפּדאַך, אויב טאַקע ס'איז עפּעס אַזוינס צו געפֿינען, אָבער **ס**אַם האָט געפֿילט אַז זיי זאָלן ווייניקסטנס זיך נעמען ווײַטער פֿון די הויפּטוועגן און אַרויס פֿון שטורקאַץ־ליכט.

"קומט, **מ**"ר **פֿ**ראָדאָ!" האָט ער געשעפּטשעט. "נאָך איין קריך, און איר קענט דעמאָלט שטיל ליגן."

מיט אַ לעצטער פֿאַרצווייפֿלטער אָנשטרענגונג האָט זיך **פֿ**ראָדאָ אויפֿגעהויבן אויף די הענט און זיך געשלעפּט ווײַטער אפֿשר אַ צוואַנציק יאַרדן. איז ער דעמאָלט אַרײַנגעפֿאַלן אין אַ פּלאַטשיק גריבל וואָס האָט זיך געעפֿנט אומגעריכט פֿאַר זיי, און דאָרט איז ער געלעגן ווי אַ טויטער חפֿץ.

קאַפּיטל דרײַ

באַרג גורל

סאַם האָט געשטעלט זײַן צעריסענעם אָרק־באַלאַכאָן אונטער דעם האַרס קאָפּ און זיי ביידע באַדעקט מיט דעם גראָען מאַנטל פֿון **ל**אָריען, און דערבײַ זײַנען די מחשבֿות געגאַנגען אַרויס צו אָט דעם שיינעם לאַנד, און צו די **ע**לפֿן, און ער האָט געהאָפֿט אַז דאָס טוך אויסגעוועבט פֿון זייערע הענט זאָל האָבן עפּעס אַ מעלה זיי צו באַהאַלטן איבער אַלע האָפֿענונג אין דער דאָזיקער ווילדעניש פֿון שרעק. ער האָט געהערט ווי די געשלעגן און שרײַען ווערט שוואַכער בעת די מיליטער איז געגאַנגען ווײַטער דורך דעם **א**יסענמויל. עס האָט זיך געדאַכט אַז אינעם טומל און צונויפֿמישן פֿון די סך קאָמפּאַניעס פֿון אַלערליי מינים האָט קיינער ניט באַמערקט אַז זיי פֿעלן, נאָך ניט על־כּל־פּנים.

סאַם האָט גענומען אַ זופּ וואַסער, נאָר ער האָט זיך געבעטן בײַ **פּ**ראָדאָ ער זאָל טרינקען, און ווען זײַן האַר איז געקומען אַ ביסל צו זיך האָט ער אים געגעבן אַ גאַנץ קיכל פֿון דעם טײַערן וועגברויט און אים געמאַכט עסן. דעמאָלט, צו אויסגעמאַטערט אַפֿילו צו פֿילן קיין סך פּחד, האָבן זיי זיך אויסגעצויגן. זיי האָבן אַ ביסל געשלאָפֿן ווען ניט ווען, וואָרן דער שווייס איז געוואָרן קאַלט אויף זיי, און די האַרטע שטיינער האָבן זיי געביסן, און זיי האָבן געציטערט. אַרויס פֿונעם צפֿון פֿון דעם **ש**וואַרצן **ט**ויער דורך **צ**יריט **ג**אָרגאָר האָט געשטראָמט שעפּטשענדיק איבער דער ערד אַ דינע קאַלטע לופֿט.

אין דער פֿרי איז אַ גראָע ליכט ווידער געקומען, וואָרן אין די הויכע געגנטן האָט נאָך געבלאָזן דער מערבֿ־ווינט, נאָר אַראָפּ אויף די שטיינער הינטער די פּלויטן פֿון דעם **ש**וואַרצן **ל**אַנד איז די לופֿט שיִער ניט ווי טויט, פֿרעסטלדיק נאָר דערשטיקנדיק. **ס**אַם האָט אַ קוק געטאָן אַרויס פֿונעם חלל. דאָס לאַנד אַרום איז געווען טריב, פּלאַטשיק, און סומנע געפֿאַרבט. אויף די נאָענטע וועגן האָט גאָרנישט זיך ניט באַוועגט איצט, נאָר **ס**אַם האָט מורא פֿאַר די וואַכיקע אויגן אויפֿן מויער פֿון דעם **א**יסענמויל, ניט מער ווי אַ פֿערטל מײַל אַוועק אויף צפֿון. אויף דרום־מיזרח, ווײַט אַוועק ווי אַ פֿינצטער שטייענדיקער שאָטן, האָט זיך דערזען דער **ב**אַרג. רויכן זײַנען דערפֿון אַרויסגעגאָסן, און בעת די וואָס האָבן זיך אויפֿגעהויבן אין דער אייבערשטער לופֿט האָבן געשטראָמט אַוועק מיזרח צו, האָבן גרויסע קײַקלענדיקע וואָלקנס געשוועבט אַראָפּ אויף די זײַטן און זיך פֿאַרשררייט איבערן לאַנד. אַ פּאָר מײַלן אויף צפֿון־מיזרח זײַנען געשטאַנען די פֿוסבערגלעך פֿון די **א**ַשן־**ב**ערג ווי טעמנע גראָע גײַסטער, און הינטער זיי האָבן די נעפּלדיקע צפֿונדיקע הייכן זיך אויפֿגעהויבן ווי אַ פּאַס ווײַטע וואָלקנס קוים מער פֿינצטער ווי דער כמאַריקער הימל.

סאַם האָט געפּרוּווט טרעפֿן די ווײַטקייטן און צו באַשליסן אויף וועלכן וועג זיי זאָלן גיין. "ס'זעט אויס ניט איין טראָט ווייניקער ווי פֿופֿציק מײַלן," האָט ער כמאַרנע געמורמלט, שטאַרנדיק אויף דעם דראָענדיקן באַרג, "און דאָס וועט געדויערן אַ וואָך, אויב עס געדויערט אַ טאָג, מיט **מ**"ר **פּ**ראָדאָ ווי ער איז." ער האָט דעם קאָפּ געשאָקלט און בעת ער האָט אַלץ אויסגערעכנט איז פּאַמעלעך געוואַקסן אין זײַן מוח אַ נײַער פֿינצטערער געדאַנק. אויף ניט קיין לאַנגע צײַט איז האָפֿענונג געשטאָרבן אין זײַן געטרײַ האַרץ, און אַלע מאָל פֿריִער האָט ער געהאַלטן אין זינען דעם צוריקקער זייערן. נאָר דער ביטער אמת איז אים סוף־כּל־סוף אײַנגעפֿאַלן: אין בעסטן פֿאַל וועט דער פּראָוויאַנט קלעקן אָנצוקומען בײַם ציל,

און ווען זייער גאַנג איז פֿאַרטיק, דאָרט וועט קומען זייער סוף, אָן אַ היים, אָן עסן, אין מיטן אַ שרעקלעכן מידבר. עס וועט ניט קומען קיין צוריקקער.

"איז, אָט דאָס איז געווען די אַרבעט וואָס איך האָב געפֿילט איך מוז טאָן בײַם אָנהייב," האָט **ס**אַם געטראַכט: "צו העלפֿן **מ**"ר **פֿ**ראָדאָ ביזן לעצטן טראָט און דעמאָלט מיט אים שטאַרבן? נו, אויב דאָס איז די אַרבעט, מוז איך זי טאָן. אָבער ס'גלוסט זיך מיר שטאַרק צו זען **ב**ײַוואַסער נאָך אַ מאָל, און **ר**ייזל **כ**אַטעשטאָט און אירע ברידער, און דעם **אַ**לטן און **ס**אַמעטקע און אַלץ. איך קען ניט גלייבן ווי ניט איז אַז **ג**אַנדאַלף וואָלט געשיקט **מ**"ר **פֿ**ראָדאָ אויף דעם דאָזיקן גאַנג אָן שום האָפֿענונג אַז ער וועט קומען צוריק. אַלץ איז שלעכט געגאַנגען ווען ער איז אַראָפּ אין **מ**אָריע. אויב נאָר דאָס האָט ניט געשען. ער וואָלט עפּעס געטאָן."

נאָר אַפֿילו אַז די האָפֿענונג איז געשטאָרבן אין **ס**אַם, אָדער האָט אַזוי אויסגעזען, איז דאָס געוואָרן אַ נײַער כּוח. **ס**אַמס פּראָסט האָביט־פּנים איז ערנסט געוואָרן, שיִער ניט פֿאַרביסן, בעת דער ווילן האָט זיך אין אים פֿאַרשטאַרקט, און ער האָט געפֿילט אין די אַלע אבֿרים אַ סקרוך, גלײַך ווי ער האַלט אין בײַטן זיך אין עפּעס אַ באַשעפֿעניש פֿון שטיין און שטאָל, וואָס ניט פֿאַרצווייפֿלונג, ניט מידקייט, ניט ליידיקע מײַלן אָן אַן עק האָט געקענט פֿאַרווייכערן.

מיט אַ נײַ געפֿיל פֿון אַחריות האָט ער געבראַכט די אויגן צוריק צו דער ערד נעענטער צו דער האַנט, שטודירט וואָס איצט צו טאָן. בעת די ליכט איז אַ ביסל געוואַקסן האָט ער געזען מיט חידוש אַז וואָס האָט אויסגעזען פֿון דער ווײַטנס ברייטע פּלאַטשיקעס אָן פֿאָרעם זײַנען אין דער אמתן געווען אין גאַנצן צעבראָכן און צעטומלט. טאַקע איז די גאַנצע איבערפֿלאַך פֿון די פּליינען פֿון **ג**אָרגאָראָט געשטופּלט געווען מיט גרויסע לעכער, גלײַך ווי ווען ס'איז נאָך געווען אַ וויסטעניש פֿון ווייכער בלאָטע איז עס געשלאָגן געוואָרן מיט אַ רעגן בליצן און ריזיקע וואַרפֿלקע־שטיינער. די גרעסטע פֿון די דאָזיקע לעכער זײַנען אײַנגערינגלט געווען מיט קאַמלעך צעבראָכענע שטיינער, און ברייטע שפּאַלטן זײַנען דערפֿון געלאָפֿן אין אַלע ריכטונגען. עס איז געווען אַ לאַנד וואָס אין אים איז מיגלעך צו קריכן פֿון באַהעלטעניש צו באַהעלטעניש אומבאַמערקט פֿון אַלע אַחוץ די וואַכיקסטע אויגן: מיגלעך ווייניקסטנס פֿאַר איינעם אַ שטאַרקן וואָס דאַרף זיך ניט אײַלן. פֿאַר די הונגעריקע און פֿאַרמאַטערטע, וואָס מוזן ווײַט גיין איידער דאָס לעבן איז דורכגעפֿאַלן, האָט עס בייז אויסגעזען.

מיט די אַלע זאַכן אין מוח איז **ס**אַם צוריק צו דעם האַר. ער האָט ניט געדאַרפֿט יענעם אויפֿוועקן. **פֿ**ראָדאָ איז געלעגן אויפֿן רוקן מיט אָפֿענע אויגן, געשטאַרט אויפֿן באַוואָלקנטן הימל. "נו, **מ**"ר **פֿ**ראָדאָ," האָט **ס**אַם געזאָגט, "איך האָב זיך אַרומגעקוקט און אַ ביסל געטראַכט. ס'איז גאָרנישט ניט אויף די וועגן, און מיר זאָלן בעסער אָפּגיין ווען ס'בלײַבט אַ געלעגנהייט. צי קענט איר דאָס באַהייבן?"

"איך קען דאָס באַהייבן," האָט **פֿ**ראָדאָ געזאָגט. "איך מוז."

נאָך אַ מאָל האָבן זיי אָנגעהויבן, געקראָכן פֿון חלל צו חלל, שפּרינגענדיק הינטער אַבי אַן אָפּדאַך ווען דאָס איז צו געפֿינען, אָבער שטענדיק גייענדיק אין דער קוואָר צו די פֿוסבערגלעך פֿאַר דער צפֿונדיקער קייט. נאָר בעת זיי גייען איז דער מיזרחדיקסטער פֿון די וועגן נאָך זיי נאָכגעגאַנגען, ביז ער איז אַוועק אין אַ זײַט, זיך טוליענדיק צו די זוימען פֿון די

בערג, אַוועק אַרײַן אין אַ וואַנט שוואַרצן שאָטן ווײַט פֿאָרויס. ניט מענטש ניט אָרק האָט זיך באַוועגט איצט אויף זײַנע גלײַכע גראָע שטחים, וואָרן דער **ב**על־**ח**ושך האָט כּמעט פֿאַרענדיקט די באַוועגונג פֿון זײַן מיליטער, און אַפֿילו אין דער פֿעסטונג פֿון דער אייגענער מלוכה האָט ער געזוכט די בסודיקייט פֿון נאַכט, האָט ער מורא געהאַט דערפֿאַר וואָס די ווינטן פֿון דער וועלט האָבן זיך געדרייט קעגן אים, האָבן אָפּגעריסן זײַנע שלייערס, און ער איז אומרויִק געווען פֿון ידיעות וועגן דרייסטע שפּיאָנען וואָס זײַנען דורך זײַנע פּלויטן.

די האָביטס זײַנען געגאַנגען עטלעכע מידע מײַלן ווען זיי האָבן זיך אָפּגעשטעלט. **פֿ**ראָדאָ איז ווי שיִער ניט אויסגעמאַטערט. **ס**אַם האָט געזען אַז ער קען ניט קיין סך ווײַטער גיין אַזוי, קריכנדיק, אָנגעבויגן, אַ מאָל אויסקלײַבן גאָר פּאַמעלעך אַ ספֿקדיקן וועג, אַ מאָל זיך אײַלן אין אַ שטאָמפּערנדיקן לויף.

"איך גיי צוריק אויפֿן וועג בעת ס'בלײַבט די ליכט, **מ**"ר **פֿ**ראָדאָ," האָט ער געזאָגט. "נאָך אַ מאָל פֿאַרלאָזן זיך אויפֿן מזל! עס האָט אונדז שיִער ניט אָפּגעלאָזט, נאָר ניט אין גאַנצן. אַ גלײַכער טעמפּ אויף אַ פּאָר מײַלן מער און דערנאָך רוען."

דאָס איז מער סכּנהדיק ווי ער האָט געוווּסט, אָבער **פֿ**ראָדאָ איז צו פֿאַרנומען געווען מיט דעם עול און מיטן קאַמף אין מוח צו דעבאַטירן און כּמעט צו פֿיל אָן האָפֿענונג אַכט דערויף צו לייגן. זיי זײַנען אַרויפֿגעקראָכן אויפֿן הויכוועג און זיך ווײַטער געטאָפּטשעט, אַראָפּ אויף דעם האַרטן רוצחישן וועג וואָס פֿירט צו דעם **פֿ**ינצטערן **ט**ורעם אַליין. נאָר דאָס מזל איז געהאַלטן און אויף וואָס בלײַבט פֿונעם טאָג האָבן זיי ניט געטראָפֿן קיין לעבעדיקן צי באַוועגנדיקן חפֿץ, און ווען די נאַכט איז אָנגעקומען זײַנען זיי פֿאַרשווּנדן געוואָרן אינעם פֿינצטערניש פֿון **מ**אָרדאָר אַרײַן. דאָס גאַנצע לאַנד האָט איצט געדומט ווי בײַם אָנקום פֿון אַ גרויסן שטורעם, וואָרן די **ק**אַפּיטאַנען פֿון דעם **מ**ערבֿ זײַנען פֿאַרבײַ דעם **ש**נײַדוועג און אָנגעצונדן פֿײַערן אין די טויט־פֿעלדער פֿון **א**ימלאַד **מ**אָרגול.

אַזוי איז די פֿאַרצווייפֿלטע נסיעה ווײַטער געגאַנגען, בעת דאָס **פֿ**ינגערל גייט דרום צו און די פֿאָנעס פֿון די קיניגן רײַטן צפֿון צו. פֿאַר די האָביטס איז יעדער טאָג, יעדער מײַל, מער ביטער ווי דער פֿריִערדיקער, בעת זייער כּוח ווערט פֿאַרשוואַכט און דאָס לאַנד ווערט בייזער. זיי האָבן קיין שׂונאים אָנגעטראָפֿן בײַ טאָג. צו מאָל בײַ נאַכט, בעת זיי האָבן געהויערט צי אומרויִק געדרעמלט אין עפּעס אַ באַהעלטעניש לעבן וועג, האָבן זיי געהערט געשרייען און דעם קלאַנג פֿון אַ סך פֿיס אָדער דאָס גיך פֿאַרבײַגיין פֿון עפּעס אַ רוצחיש געריטן פֿערד. נאָר גאָר ערגער ווי אַלע אַזעלכע סכּנות איז געווען די אַלץ נעענטער דראָונג וואָס שלאָגט אויף זיי בײַם גיין: די מאוימדיקע סכּנה פֿון דער **ש**ליטה וואָס וואַרט, דומעט אין טיפֿן טראַכטן און ניט־שלאָפֿנדיקער בייזקייט הינטערן פֿינצטערן שלייער אַרום זײַן **ט**ראָן. אַלץ נעענטער און נעענטער איז זי געקומען, זיך אַלץ שוואַרצער דערזען, ווי דער אָנקום פֿון אַ מויער פֿון נאַכט בײַם לעצטן סוף פֿון דער וועלט.

עס איז געקומען סוף־כּל־סוף אַ שוידערלעכער פֿאַרנאַכט, און אַפֿילו אַז די **ק**אַפּיטאַנען פֿון דעם **מ**ערבֿ זײַנען געקומען נאָענט צום סוף פֿון די לעבעדיקע לענדער, זײַנען די צוויי וואַנדערערס געקומען צו אַ שעה פֿון נאַקעטער פֿאַרצווייפֿלונג. פֿיר טעג זײַנען פֿאַרבײַ זינט זיי זײַנען אַנטלאָפֿן פֿון די אָרקס, נאָר די צײַט איז געלעגן הינטער זיי ווי אַן אַלץ מער פֿינצטערער חלום. דעם גאַנצן לעצטן טאָג האָט **פֿ**ראָדאָ ניט גערעדט, נאָר איז געגאַנגען האַלב אָנגעבויגן, אָפֿט געשטאָמפּערט, גלײַך ווי די אויגן זײַנע האָבן מער ניט געזען דעם וועג פֿאַר די פֿיס. **ס**אַם האָט געטראָפֿן אַז צווישן די אַלע ווייטיקן זייערע האָט ער דאָס

ערגסטע געטראָגן, דעם וואַקסנדיקן וואָג פֿון דעם פֿינגערל, אַ לאַסט אויפֿן קערפּער און אַ פּײַניקונג אין מוח. אומרויִק האָט סאַם באַמערקט ווי דעם האַרס לינקע האַנט אָפֿט הייבט זיך אויף ווי אָפּצוּווערן אַ קלאַפּ, אָדער צו פֿאַרשטעלן די מוראוודיקע אויגן פֿון אַן אימהדיק אויג וואָס האָט געפּרוּווט קוקן אין זיי אַרײַן. און פֿון צײַט צו צײַט קריכט די רעכטע האַנט צו דער ברוסט, כאַפּנדיק, און דערנאָך, פּאַמעלעך, בעת דער ווילן איז צוריק צו הערשן, איז זי צוריק.

איצט וואָס די שוואַרצקייט פֿון נאַכט איז צוריק איז פֿראָדאָ געזעסן, דער קאָפּ צווישן די קני, די אָרעמס מיד אַראָפּ אויף דער ערד ווו די הענט זײַנען געלעגן און שוואַך געצוקט. סאַם האָט אים באַטראַכט ביז די נאַכט האָט זיי ביידע באַדעקט און יעדן באַהאַלטן פֿונעם אַנדערן. ער האָט מער ניט געקענט געפֿינען וואָס צו זאָגן, האָט ער זיך גענומען צו די אייגענע פֿינצטערע מחשבֿות. וועגן זיך אַליין, כאָטש מיד און אונטער אַ שאָטן פֿון פּחד, האָט ער נאָך געהאַט אַ שטיקל כּוח. דער *לעמבאַס* האָט אַ מעלה וואָס אָן דעם וואָלטן זיי זיך מיט לאַנג צוריק אַוועקגעלייגט שטאַרבן. עס מאַכט ניט זאַט און פֿון צײַט צו צײַט איז סאַמס מוח אָנגעפֿילט געווען מיט גדאַנקען פֿון עסן, און בענקשאַפֿט נאָך פּשוט ברויט און פֿלייש. פֿונדעסטוועגן האָט אָט דאָס וועגברויט פֿון די עלפֿן געהאַט אַ שטאַרקייט וואָס וואַקסט בעת די פֿאָרערס האָבן זיך נאָר אויף אים אַליין פֿאַרלאָזן און אים ניט געמישט מיט אַנדער עסן. עס האָט געקאָרמעט דעם ווילן און געגעבן כּוח אויסצוהאַלטן, און צו הערשן שפּאַנאָדערן און אבֿרים איבער דער מאָס פֿון שטערבלעכע גזעס. אָבער איצט איז פֿאַר זיי אַ נײַע ברירה געווען. זיי קענען מער ניט פֿאָלגן דעם דאָזיקן וועג, וואָרן ער איז ווײַטער געגאַנגען מיזרח צו, אַרײַן אין דעם גרויסן שאָטן, נאָר דער באַרג האָט זיך איצט דערזען אויף רעכטס, שיִער ניט דירעקט דרום צו, און זיי מוזן זיך דרייען צו דעם צו. פֿאָרט נאָך אַלץ פֿאַר דעם האָט זיך געצויגן אַ ברייטער ראַיאָן פֿון פֿאַרעכדיק נאַקעט אַש באַדעקט לאַנד.

"וואַסער, וואַסער!" האָט סאַם געמורמלט. ער האָט זיך געזשאַלעוועט און אינעם אויסגעטריקנטן מויל האָט די צונג אים געפֿילט דיק און געשוואָלן. נאָר ניט קוקנדיק אויף זײַן זאָרג איז איצט נאָר זייער ווייניק זיי געבליבן, אפֿשר אַ האַלב פֿלעשל, און עס זײַנען נאָך אַלץ עטלעכע טעג ווײַטער צו גיין. אַלץ וואָלט געווען אָפּגעניצט מיט לאַנג צוריק אויב זיי האָבן זיך ניט דערוועגט גיין אויף דעם אָרק־וועג. וואָרן ווײַט צעשיידט אויף דעם אָ הויכוועג האָט מען געבויט פֿעסער פֿאַר דער נוץ פֿון מיליטער האַסטיק אָפּגעשיקט דורך די ראַיאָנען אָן וואַסער. אין איינעם האָט סאַם געפֿונען נאָך אַ ביסל וואַסער, פֿאַרלעגן, פֿאַרבלאָטיקט פֿון די אָרקס, נאָר נאָך גענוג גוט אין זייער פֿאַרצווייפֿלטן מצבֿ. אָבער דאָס איז איצט מיט איין טאָג צוריק. עס איז געווען ניט קיין האָפֿענונג מער צו געפֿינען.

סוף־כּל־סוף אויסגעמאַטערט מיט זאָרג האָט סאַם געדרעמלט, געלאָזט דעם מאָרגן איבער ביז ער קומט אָן; ער האָט מער ניט געקענט טאָן. חלום און וואַכיקייט האָבן זיך אומרויִק צעמישט. ער האָט געזען ליכט ווי זיך פֿראָלנדיקע אויגן, און פֿינצטערע קריכנדיקע געשטאַלטן, און ער האָט קלאַנגען געהערט ווי פֿון ווילדע חיות אָדער די שוידערלעכע געשרייען פֿון צעפּײַניקטע הפֿצים, און ער וועט אויפֿצאַפּלען צו געפֿינען די וועלט אַ גאַנץ פֿינצטערע און נאָר ליידיקע שוואַרצקייט אומעטום אַרום אים. נאָר איין מאָל, בעת ער שטייט און געשטאַרט ווילד אַרום, האָט זיך אים געדאַכט, כאָטש ער איז איצט וואַך, אַז ער האָט נאָך געקענט זען בלאַסע ליכט ווי אויגן, אָבער זיי האָבן באַלד געצאַנקט און פֿאַרשווונדן געוואָרן.

די פֿאַרהאַסטע נאַכט איז פֿאַרבײַ פּאַמעלעך און אומווילּיק. אַזאַ טאָגליכט וואָס איז דערנאָך געקומען איז געווען פֿינצטערלעך, וואָרן דאָ נעענטער צו דעם באַרג איז די לופֿט שטענדיק פֿאַרנעפּלט, בעת אַרויס פֿון דעם פֿינצטערן טורעם איז געקראָכן די שלייערס פֿון שאָטן וואָס סאַוראָן געוועבט אַרום זיך. פֿראָדאָ איז געלעגן אויפֿן רוקן אָן רירן. סאַם איז געשטאַנען לעבן אים, האָט ער זיך געשײַעט צו רעדן נאָר פֿאָרט האָט ער געוווּסט אַז דאָס וואָרט איצט ליגט מיט אים: ער מוז שטעלן דעם האַרס ווילן גרייט אויף נאָך אַן אַרבעט. נאָך אַ ווײַלע האָט ער זיך אָנגעבויגן און געגלעט פֿראָדאָס שטערן, און גערעדט אין זײַן אויער.

"וואַכט אויף, האַר!" האָט ער געזאָגט. "צײַט פֿאַר נאָך אַן אָנהייב."

גלײַך ווי דערוועקט מיט אַ פּלוצעמדיק גלעקל, האָט זיך פֿראָדאָ גיך אויפֿגעכאַפּט, און אויפֿגעשטאַנען און געקוקט דרום צו, אָבער ווען ער האָט דערזען דעם באַרג און דעם מידבר, איז אים געווען שווער אויפֿן האַרצן נאָך אַ מאָל.

"איך קען עס ניט באַהייבן, סאַם," האָט ער געזאָגט. "אַזאַ וואָג צו טראָגן איז עס, אַזאַ וואָג."

סאַם האָט געוווּסט איידער ער רעדט אַז עס איז אומזיסט, און אַז אַזעלכע ווערטער וועלן אפֿשר טאָן מער שלעכטס ווי גוטס, נאָר מיט רחמנות האָט ער ניט געקענט אײַנהאַלטן. "אויב אַזוי לאָמיך עס טראָגן אַ ווײַלע, האַר," האָט ער געזאָגט. "איר ווייסט אַז איך וואָלט דאָס טאָן, און גערן, כּל־זמן איך האָב דעם כּוח."

אַ ווילדע ליכט איז אַרײַן אין פֿראָדאָס אויגן. "שטעל זיך אַוועק! ריר מיך ניט אָן!" האָט ער געשריגן. "עס איז מײַנס, זאָג איך. אַוועק!" זײַן האַנט האָט זיך גענומען צו דעם שווערד־הענטל. אָבער דעמאָלט האָט זײַן קול זיך גיך געביטן. "ניין, ניין, סאַם," האָט ער טרויעריק געזאָגט. "נאָר דו מוזסט פֿאַרשטיין. עס איז מײַן עול, און קיין אַנדערער קען עס ניט טראָגן. עס איז איצט צו שפּעט, סאַם טײַערער. דו קענסט מיר ניט העלפֿן נאָך אַ מאָל אַזוי. איך בין שוין איצט שיִער ניט פֿון אים באַהערשט. איך וואָלט ניט קענען עס אָפּגעבן, און אויב דו פּרוווּסט עס צונעמען, וואָלט איך משוגע ווערן."

סאַם האָט געשאָקלט מיטן קאָפּ. "איך פֿאַרשטיי," האָט ער געזאָגט. "אָבער איך האָב אַ טראַכט געטאָן, מ"ר פֿראָדאָ, ס'זײַנען דאָ אַנדערע זאַכן וואָס מיר קענען זיך באַגיין אָן זיי. פֿאַר וואָס ניט פֿאַרלײַכטערן די לאַסט אַ ביסל? מיר גייען איצט אין אָט דער ריכטונג, אַזוי דירעקט ווי מיגלעך." ער האָט געטײַטלט אויף דעם באַרג. "ס'טויג ניט טראָגן אַבי וואָס מיר וועלן ניט זיכער דאַרפֿן."

פֿראָדאָ האָט נאָך אַ מאָל געקוקט אויף דעם באַרג. "ניין," האָט ער געזאָגט, "מיר וועלן זייער ווייניק דאַרפֿן אויף אָט דעם וועג. און בײַם סוף, גאָרנישט." ער האָט אויפֿגעהויבן זײַן אָרק־שילד און אים אַוועקגעוואָרפֿן און זײַן קאַסקע נאָך דעם. דעמאָלט, אויסטועענדיק דעם גראָען מאַנטל האָט ער אָפּגעבונדן דעם שווערן גאַרטל און אים געלאָזט אַראָפּ אויף דער ערד, און די שווערד אין דער שייד דערמיט. די דרויבלעך פֿונעם שוואַרצן מאַנטל האָט ער אָפּגעריסן און צעשיידט.

"אַ סוף! וועל איך מער ניט קיין אָרק זײַן," האָט ער אויסגערופֿן, "און איך וועל ניט טראָגן קיין וואָפֿן, צי אַ גוטער צי אַ שלעכטער. לאָז זיי מיך כאַפּן אויב זיי ווילן!"

סאַם האָט אַזוי אויך געטאָן, און געשטעלט אין אַ זײַט זײַן אָרק־געצײַג, און ער האָט אַרויסגענומען די אַלע זאַכן פֿון פּאַק. ווי ניט איז איז יעדער פֿון זיי אים געוואָרן טײַער, אויב

נאָר צוליב דעם וואָס ער האָט זיי אַזוי ווײַט געטראָגן מיט אַזוי פֿיל טירחה. דאָס שווערסטע פֿון אַלץ איז געווען אָפּלאָזן זײַן קאָכן־געצײַג. טרערן זײַנען אַרײַן אין די אויגן מיטן געדאַנק פֿון אַוועקוואַרפֿן דאָס.

"צי געדענקט איר דאָס שטיקל קיניגל, מ"ר פֿראָדאָ?" האָט ער געזאָגט. "און אונדזער אָרט אונטערן וואַרעמען ברעג אין קאַפּיטאַן פֿאַראַמירס לאַנד, דעם טאָג ווען איך האָב געזען אַן אָליפֿאַנד?"

"ניין, איך האָב מורא אַז ניין, סאַם," האָט פֿראָדאָ געזאָגט. "ווייניקסטנס ווייס איך אַז אַזעלכע זאַכן האָבן יאָ געשען, אָבער איך קען זיי ניט זען. ניט קיין טעם פֿון עסן, ניט קיין געפֿיל פֿון וואַסער, ניט קיין קלאַנג פֿון ווינט, ניט קיין געדאַנק פֿון בוים צי גראָז צי בלום, ניט קיין בילד פֿון לבֿנה צי שטערן זײַנען מיר געבליבן. איך בין נאַקעט אין דער פֿינצטער, סאַם, און ס'איז ניט קיין שלייער צווישן מיר און דער ראָד פֿון פֿײַער. איך הייב אָן דאָס צו זען מיט די אויפֿגעוועקטע אויגן, און אַלץ אַנדערש בליאַקירט."

סאַם איז צו אים געגאַנגען און געקושט זײַן האַנט. "אויב אַזוי, וואָס גיכער מיר ווערן פּטור פֿון אים, אַלץ גיכער צו רוען," האָט ער קווענקלדיק געזאָגט, האָט ער ניט קיין בעסערע ווערטער צו זאָגן. "רעדן וועט גאָרנישט ניט צו רעכט מאַכן," האָט ער געמורמלט צו זיך אַליין, בעת ער קלײַבט צונויף די אַלע זאַכן וואָס זיי האָבן באַשלאָסן אַוועקצוּוואַרפֿן. ער האָט זיי ניט געוואָלט לאָזן ליגן אָפֿן אין דער ווילדעניש פֿאַר אַנדערע אויגן צו דערזען. "שטינקער האָט אַ פּנים געגומען דעם אָרק־העמד, און ער וועט ניט צושטעלן צו דעם קיין שווערד. זײַנע הענט זײַנען גענוג שלעכט ליידיק. און ער וועט זיך ניט פּאַטשקען מיט מײַנע פֿאַנען!" דערמיט האָט ער געטראָגן דאָס גאַנצע געצײַג אַוועק צו איינעם פֿון די סך גאַפּיענדיקע שפּאַלטן וואָס האָבן געקראַצט דאָס לאַנד און וואַרפֿט דאָס אַרײַן. דאָס געקלאַפּער פֿון די טײַערע פֿאַנען זײַנע בײַם פֿאַלנדיק אַראָפּ אין דער פֿינצטער אַרײַן איז אים געווען ווי אַ טויט־קלאַנג אין זײַן האַרצן.

ער איז צוריק צו פֿראָדאָ און דעמאָלט פֿון זײַן עלף־שטריק האָט ער אָפּגעשניטן אַ קורץ שטיקל פֿאַר זײַן האַר צו ניצן ווי אַ גאַרטל, צוצובינדן דעם גראָען מאַנטל ענג אַרום זײַן טאַליע. דאָס איבעריקע האָט ער פֿאָרזיכטיק אויפֿגעוויקלט און צוריקגעשטעלט אין פּאַק. אַחוץ דעם האָט ער צוגעהאַלטן נאָר די רעשטלעך פֿונעם וועגברויט און דאָס וואַסער־פֿלעשל, און שטאָך, העגנענדיק נאָך אַלץ אויפֿן גאַרטל, און באַהאַלטן אין אַ קעשענע פֿון זײַן טוניק לעבן ברוסט דעם פֿיאָל פֿון גאַלאַדריעל און דאָס קליינע קעסטל וואָס זי האָט אים געגעבן פֿאַרן אייגענעם.

איצט צום סוף האָבן זיי געווענדט די פּנימער צו דעם באַרג און זײַנען אָפּגעגאַנגען, מער ניט טראַכטן פֿון באַהעלטעניש, אײַנבעטן די מידקייט און די דורכפֿאַלנדיקע ווילנס אויף דער איינציקער אַרבעט ווײַטער צו גיין. אין דעם אומקלאָרן טריבן טאָג וואָלטן נאָר ווייניקע זאַכן אַפֿילו אין אָט דעם לאַנד פֿון וואַכיקייט זיי געקענט דערשפּירן, אַחוץ פֿון זייער נאָענט. צווישן די אַלע שקלאַפֿן פֿון דעם בעל־חושך האָבן נאָר די נאַזגול אים געקענט וואָרענען וועגן דער סכּנה וואָס קריכט, קליין נאָר ניט גובֿר צו זײַן, אַרײַן אינעם סאַמע האַרצן פֿון זײַן באַוואַכטער מלוכה. נאָר די נאַזגול מיט די שוואַרצע פֿליגלען זײַנען אַוועק אויף אַן אַנדער גאַנג: זיי זײַנען צונויפֿגעקומען ווײַט אַוועק, נאָכשפּירנדיק דעם מאַרש פֿון די קאַפּיטאַנען פֿון דעם מערבֿ און אַהין האָבן זיך געווענדט די מחשבֿות פֿון דעם פֿינצטערן טורעם.

דעם טאָג האָט זיך **ס**אַם געדאַכט אַז זײַן האַר האָט געפֿונען אַ נײַעם כּוח, מער ווי קען זײַן צוליב דער קלײנער פֿאַרלײַכטערונג פֿון דער לאַסט וואָס ער האָט געמוזט טראָגן. אין די ערשטע מאַרשן זײַנען זיי ווײַטער געגאַנגען און גיכער ווי ער האָט געהאָפֿט. דאָס לאַנד איז האַרב געווען און פֿײַנדלעך, נאָר פֿאָרט זײַנען זיי גוט געגאַנגען און דער **ב**אַרג האָט זיך כּסדר נעענטער געצויגן. נאָר בעת דער טאָג האָט זיך ווײַטער געצויגן און צו באַלד האָט די אומקלאָרע ליכט אָנגעהויבן אָפּגיין, האָט זיך **פֿ**ראָדאָ נאָך אַ מאָל אָנגעבויגן און האָט אָנגעהויבן אונטערהאַקן די פֿיס, גלײַך ווי די באַנײַטע טירחה האָט צעבטלט דעם געבליבענעם כּוח.

בײַם לעצטן אָפּהאַלט האָט ער זיך אַראָפּגעלאָזט און געזאָגט: "איך בין דאָרשטיק, **ס**אַם," און האָט מער ניט גערעדט. **ס**אַם האָט אים געגעבן אַ מויל וואַסער; בלויז איין מויל וואַסער איז געבליבן. ער אַליין האָט ניט קיין וואַסער גענומען, און איצט וואָס די נאַכט פֿון **מ**אָרדאָר האָט זיך נאָך אַ מאָל פֿאַרמאַכט איבער זיי, דורך די אַלע מחשבֿות זײַנע איז געקומען דער געדאַנק פֿון וואַסער, און יעדע ריטשקע צי טײַכל צי פֿאָנטאַן וואָס ער האָט אַ מאָל געזען, אונטער גרינע ווערבע־שאָטנס אָדער פֿינקלענדיק אין דער זון האָט געטאַנצט און געקרײַזלט ווי אַ פּײַניקונג פֿאַר אים הינטער דער בלינדקייט פֿון די אויגן. ער האָט געפֿילט די קילע בלאָטע אַרום די פֿוס־פֿינגער בעת ער איז געשוווּמען אין דעם **ב**אַסיין אין **ב**ײַוואַסער מיט **פֿ**רײלעך **כּ**אָטעשטאָט און **ט**אָם און **נ**יבס, און דער שוועסטער זייערער **ר**ייזל. "נאָר דאָס איז געווען מיט יאָרן צוריק," האָט ער געזיפֿצט, "און ווײַט אַוועק. דער וועג צוריק, אויב ס'איז טאַקע אַזעלכער פֿאַראַן, גייט פֿאַרבײַ דעם באַרג."

ער האָט ניט געקענט שלאָפֿן און האָט געהאַלטן אַ דעבאַטע מיט זיך אַליין. "נו, קום שוין, מיר האָבן בעסער געטאָן ווי דו האָסט געהאָפֿט," האָט ער קרעפּקע געזאָגט. "ווויל אָנגעהויבן סײַ ווי. איך רעכן אַז מיר זײַנען פֿאַרבײַ אַ העלפֿט פֿון דעם מהלך איידער מיר האָבן זיך אָפּגעשטעלט. נאָך איין טאָג וועט דאָס ענדיקן." און דעמאָלט האָט ער זיך אָפּגעשטעלט.

"זײַ ניט קיין נאַר, **ס**אַם **ג**אַמדזשי," איז געקומען אַן ענטפֿער אינעם אייגענעם קול. "ער וועט ניט גיין נאָך אַ טאָג ווי יענער, אויב ער באַוועגט זיך לגמרי. און דו קענסט ניט לאַנג ווײַטער גיין, ווי דו גיסט אים דאָס גאַנצע וואַסער און ס'רובֿ עסן."

"איך קען גיין פֿאָרט אויף אַ היפּשן מהלך ווײַטער, און איך וועל."

"ווּהין?"

"צו דעם **ב**אַרג, אַוודאי."

"און דעמאָלט וואָס, **ס**אַם **ג**אַמדזשי, דעמאָלט וואָס? ווען דו קומסט אָן דאָרט, וואָס וועסטו טאָן? ער וועט ניט קענען טאָן אַבי וואָס פֿאַר זיך אַליין."

ווי אַ שאָקירטן חידוש איז **ס**אַם אײַנגעפֿאַלן אַז ער האָט ניט קיין ענטפֿער דערויף. ער האָט לגמרי ניט קיין קלאָרע אידעע. **פֿ**ראָדאָ האָט אים קוים דערקלערט דעם גאַנג, און **ס**אַם האָט נאָר אומקלאָר געוווּסט אַז דאָס **פֿ**ינגערל מוז מען ווי ניט איז שטעקן אַרײַן אינעם פֿײַער. "די **ש**פּאַלטן פֿון **ג**ורל," האָט ער געמורמלט, דער אַלטער נאָמען צוריק אין מוח. "נו, אויב דער **ה**אַר ווייסט ווי זיי צו געפֿינען, ווייס איך ניט."

"אָט האָסטו!" איז געקומען דער ענטפֿער. "ס'איז אַלץ גאָר אומזיסט. ער אַליין האָט אַזוי געזאָגט. דו ביסט דער נאַר, גייענדיק ווײַטער האָפֿן און האָדעווען. דו האָסט געקענט זיך

אָוועקלייגן שלאָפֿן צוזאַמען מיט טעג צוריק, אויב דו ביסט ניט געווען אַזוי עקשנותדיק. נאָר דו וועסט שטאַרבן אַלץ איינס, אָדער ערגער. כאָטש לייג זיך אַוועק איצט און אַלץ אָפּלאָזן. דו וועסט קיין מאָל ניט אָנקומען אויבן סײַ ווי."

"איכ'ל יאָ דאָרט אָנקומען, אויב איך לאָז איבער אויף הינטן אַלץ אַחוץ די ביינער," האָט **ס**אַם געזאָגט. "און איכ'ל אַליין טראָגן **מ**"ר **פֿ**ראָדאָ, זאָל עס אַפֿילו צעברעכן דעם רוקן און האַרץ. איז, הער אויף מיטן אַמפּערניש!"

פּונקט דעמאָלט האָט **ס**אַם דערפֿילט אַ ציטער אין דער ערד אונטער זיך, און האָט געהערט צי דערשפּירט אַ טיפֿן אָפּגעלעגן ברום ווי דונער פֿאַרשפּאַרט אונטער דער ערד. עס איז געווען אַ קורצער רויטער פֿלאַם וואָס האָט געצאַנקט אונטער די וואָלקנס און איז אָפּגעשטאָרבן. דער **ב**אַרג האָט אויך אומרויִק געשלאָפֿן.

דער לעצטער עטאַפּ פֿון זייער נסיעה איז געקומען, און דאָס איז געווען אַ פּײַניקונג גרעסער ווי **ס**אַם האָט געמיינט ער קען אויסהאַלטן. ער האָט זיך ווייטיקדיק געפֿילט און אַזוי דאָרשטיק אַז ער האָט ניט געקענט אַראָפּשלינגען אַ ביסן עסן אַפֿילו. עס איז געבליבן פֿינצטער, ניט נאָר צוליב די רויכן פֿון דעם **ב**אַרג: עס האָט אויסגעזען אַז אַ שטורעם קומט, און אַוועק אויף דרום־מיזרח איז געווען אַ שײַן פֿון בליץ אונטער די שוואַרצע הימלען. דאָס ערגסטע איז אַז די לופֿט איז אָנגעפֿילט געווען מיט גאַזן. דאָס אָטעמען איז געווען ווייטיקדיק און שווער, און אַ שווינדל איז אויף זיי געקומען, אַזוי אַז זיי האָבן זיך שאַטײַעט און אָפֿט געפֿאַלן. נאָר פֿונדעסטוועגן האָבן די ווילן זייערע ניט נאָכגעגעבן, און זיי האָבן ווײַטער געקעמפֿט.

דער **ב**אַרג איז אַלץ נעענטער געקראָכן ביז, אויב זיי האָט אויפֿגעהויבן די שווערע קעפּ, ער האָט געפֿילט דעם גאַנצן אויסבליק, זיך דערזען ריזיק פֿאַר זיי: אַן אומגעהײַערע מאַסע אַש און אָפּפֿאַל און צעברענטע שטיינער, וואָס אַרויס דערפֿון האָט אַ קאָנוס מיט תּהומיקע זײַטן זיך אויפֿגעהויבן אין די וואָלקנס אַרײַן. איידער דער פֿולטאָגיקער פֿאַרנאַכט האָט זיך געענדיקט און די אמתע נאַכט איז אָנגעקומען נאָך אַ מאָל, זײַנען זיי געקראָכן און געשטאָמפּערט ביז די סאַמע פֿיס פֿון אים.

מיט אַ פֿרײַד האָט **פֿ**ראָדאָ זיך אַראָפּגעוואָרפֿן אויף דער ערד. **ס**אַם איז געזעסן לעבן אים. ווי אַ חידוש האָט ער זיך געפֿילט מיד, נאָר לײַכטער, און דער קאָפּ האָט אים נאָך אַ מאָל קלאָר געפֿילט. קיין דעבאַטעס מער האָט ניט געשטערט דעם מוח. ער האָט געקענט די אַלע טענות פֿון פֿאַרצווייפֿלונג און האָט זיך ניט וויסנדיק געמאַכט פֿון זיי. זײַן ווילן איז באַשטימט און נאָר דער טויט וועט אים ברעכן. ער האָט מער ניט געפֿילט אָדער ווילעניש אָדער די נייטיקייט פֿון שלאָף, נאָר בלויז וואַכיקייט. ער האָט געוווּסט אַז די אַלע ריזיקעס און סכּנות האָבן זיך איצט צונויפֿגעצויגן אין אַ פּינטל: דער קומעדיקער טאָג וועט זײַן אַ טאָג פֿון גורל, דער טאָג פֿון דער לעצטער טירחה אָדער קאַטאַסטראָפֿע, דער לעצטער פּרײַך.

נאָר ווען וועט עס קומען? די נאַכט האָט זיך אויסגעוויזן ווי אָן אַ סוף און אָן צײַט, מינוט נאָך מינוט געפֿאַלן טויט און ניט צונויפֿרעכענען קיין פֿאַרבײַגייענדיקע שעה, קיין שינוי ניט געבראַכט. **ס**אַם האָט אָנגעהויבן זיך וווּנדערן צי אַ צווייט פֿינצטערניש האָט זיך אָנגעהויבן און קיין טאָג וועט זיך קיין מאָל ניט באַווײַזן. סוף־כּל־סוף האָט ער געמאַצעט נאָך **פֿ**ראָדאָס האַנט. זי איז געווען קאַלט און האָט געציטערט. זײַן האַר האָט געהאַלטן אין ציטערן.

"איך האָב ניט געזאָלט איבערלאָזן מײַן קאָלדרע אויף הינטן," האָט סאַם געמורמלט, און לייגנדיק זיך אַראָפּ האָט ער געפּרוּווט טרייסטן פֿראָדאָ מיט זײַנע אָרעמס און קערפּער. דעמאָלט האָט שלאָף אים גענומען, און די אומקלאָרע ליכט פֿונעם לעצטן טאָג פֿון זייער זוכעניש האָט זיי געפֿונען זײַט בײַ זײַט. דער ווינט איז שוואַכער געוואָרן נעכטן איידער ער האָט זיך געדרייט צו קומען פֿון דעם מערבֿ, און איצט איז ער געקומען פֿון דעם צפֿון און האָט אָנגעהויבן שטאַרקער ווערן, און פּאַמעלעך האָט די ליכט פֿון דער אומזעיִקער זון זיך דורכגעזײַט אַראָפּ אין די שאָטנס אַרײַן ווו די האָביטס זײַנען געלעגן.

"הײַדאַ! ס'איז צײַט פֿאַרן לעצטן פּרווו!" האָט סאַם געזאָגט, בעת ער האָט געקעמפּט אויף די פֿיס. ער האָט זיך אָנגעבויגן איבער פֿראָדאָ, אים מילד אויפֿגעוועקט. פֿראָדאָ האָט אַ קרעכץ געטאָן, נאָר מיט שטאַרקער מי פֿון ווילן האָט ער זיך געשטײַעט אַרויף, און דערנאָך איז ער ווידער געפֿאַלן אויף די קני. ער האָט מיט צרות אויפֿגעהויבן די אויגן אויף די פֿינצטערע שיפּועים פֿון באַרג גורל זיך טורעמענדיק איבער אים און דעמאָלט נעבעכדיק אָנגעהויבן קריכן פֿאָרויס אויף די הענט.

סאַם האָט אויף אים געקוקט און האָט זיך צעוויינט אין האַרצן, נאָר ניט קיין טרערן זײַנען געקומען צו די אויסגעטריקנטע און שטעכנדיקע אויגן. "איך האָב געזאָגט אַז איך וואָלט אים טראָגן אַפֿילו זאָל דאָס ברעכן דעם רוקן," האָט ער געמורמלט, "און איך וועל!"

"קומט, מ"ר פֿראָדאָ!" האָט ער אויסגערופֿן. "איך קען עס ניט טראָגן פֿאַר אײַך, אָבער איך קען טראָגן אײַך און עס דערצו. איז, שטייט אויף! קומט שוין, מ"ר פֿראָדאָ טײַערער! סאַם וועט אײַך געבן אַ יאַזדע. נאָר זאָגט אים וווהין צו גיין, וועט ער גיין."

ווען פֿראָדאָ האָט זיך געטוליעט צו זײַן רוקן מיט די אָרעמס לויז אַרום האַלדז און די פֿיס פֿעסט געכאַפּט אונטער זײַנע אָרעמס, האָט סאַם זיך שאַטײַעט אויף די פֿיס, און דעמאָלט ווי אַ חידוש, האָט די לאַסט אים לײַכט געפֿילט. ער האָט מורא געהאַט אַז ער וואָלט קוים געקענט אויפֿהייבן בלויז דעם האַר, און ווײַטער דערפֿון האָט ער זיך געריכט אַז ער וועט אויך מוזן אויפֿהאַלטן די אימהדיקע שלעפּנדיקע וואָג פֿון דעם פֿאַרשאָלטענעם פֿינגערל. נאָר עס איז ניט געווען אַזוי. צי דאָס איז צוליב דעם וואָס פֿראָדאָ איז געווען אַזוי אויסגעמאַטערט פֿון זײַנע לאַנגע יסורים, ווונדן פֿון מעסער און סמיקן שטאָך, און טרויער, פּחד, און זיך וואַלגערן אַרום אין דעם ווילד, אָדער צוליב עפּעס אַ מתּנה פֿון לעצטן כּוח אים געגעבן, האָט סאַם אויפֿגעהויבן פֿראָדאָ אַזוי גרינג ווי ער טראָגט אַ האָביט־קינד באַראַנטשיק אין עפּעס אַ שפּיל אויף די לאָנקעס צי היי־פֿעלדער אין דעם קאַנטאָן. ער האָט טיף אײַנגעאָטעמט און זיך געלאָזט גיין.

זיי זײַנען אָנגעקומען צופֿוסנס פֿון דעם באַרג אויף דער צפֿונדיקער זײַט, און אַ ביסל אויף מערבֿ. דאָרט זײַנען די לאַנגע גראָע שיפּועים, כאָטש צעבראָכן, ניט אַזוי תּהומיק געווען. פֿראָדאָ האָט ניט גערעדט, און סאַם האָט זיך ווײַטער געקעמפּט אַזוי גוט ווי ער האָט געקענט, מיט קיין פֿירשאַפֿט אַחוץ דעם ווילן אַרויפֿצוקריכן אַזוי הויך ווי ס'איז מיגלעך איידער ער איז אויס כּוח און מיט צעבראָכענעם ווילן. ווײַטער האָט ער געטוואָרעט, אַרויף און אַרויף, דרייענדיק פֿון זײַט צו זײַט צו פֿאַרלײַכטערן דעם שיפּוע, אָפֿט שטאָמפּערנדיק פֿאָרויס, און בײַם סוף קריכנדיק ווי אַ שנעק מיט אַ שווערער לאַסט אויפֿן רוקן. ווען דער ווילן האָט מער ניט אים געקענט ווײַטער טרײַבן און די אבֿרים זײַנע האָבן זיך אָפּגעלאָזט, האָט ער זיך אָפּגעשטעלט און לינד אַראָפּגעלאָזט דעם האַר.

פֿראָדאָ האָט די אויגן געעפֿנט און אײַנגעאָטעמט. דאָרט אויבן איז געווען גרינגער צו אָטעמען, איבערן עיפּוש וואָס ווירבלט און דרייט זיך אַרום אונטן. "אַ דאַנק דיר, **ס**אַם," האָט ער געזאָגט אין אַ הייזעריקן שעפּטש. "ווי ווײַט בלײַבט צו גיין?"

"איך ווייס ניט," האָט **ס**אַם געזאָגט, "ווײַל איך ווייס ניט ווּהין מיר גייען."

ער האָט געקוקט צוריק און דערנאָך געקוקט אַרויף, און ער איז פֿאַרחידושט געווען צו זען ווי ווײַט זײַן לעצטע טירחה האָט אים געבראַכט. דער **ב**אַרג, איצט שטייענדיק בייז־סימנדיק און איינער אַליין, האָט אויסגעזען העכער ווי ער איז. **ס**אַם האָט איצט געזען אַז ער איז ניט אַזוי הויך ווי די הויכע אַריבערגאַנגען פֿון דעם **ע**פֿעל **ד**ואַט, וואָס ער און **פֿ**ראָדאָ זײַנען אַריבער. די פֿאַרפּלאָנטערטע און אומגעפֿאַלענע אַקסלען פֿון זײַן גרויסן פֿונדאַמענט האָבן זיך אויפֿגעהויבן אפֿשר אַ דרײַ טויזנט פֿיס איבערן פּליין, און איבער זיי האָט זיך אויפֿגעהויבן מיט נאָך אַ העלפֿט אַזאַ הייך דער הויכער צענטראַלער קאָנוס, ווי אַ ריזיקער ברענאויוון אָדער קוימען באַקריינט מיט אַ געצאַקנטן קראַטער. נאָר **ס**אַם איז שוין געווען מער ווי אַ העלפֿט אַרויף פֿונעם גרונט, און דער פּליין פֿון **ג**אָרגאָראָט איז אים אומקלאָר געווען אונטן, אײַנגעוויקלט אין גאַז און שאָטן. בעת ער קוקט אַרויף וואָלט ער אַ שרײַ געגעבן, אויב דער פֿאַרטריקנטער האַלדז וואָלט דערלויבט, וואָרן צווישן די האַרבע האָרבן און אַקסלען איבער אים האָט ער קלאָר געזען אַ סטעשקע צי וועג. עס איז אַרויפֿגעקראָכן ווי אַן אויפֿהייבנדיקער גאַרטל פֿונעם מערבֿ און האָט זיך געדרייט ווי אַ שלאַנג אַרום דעם **ב**אַרג ביז, איידער עס איז אַרום אַרויס פֿון אויגנגרייך, איז עס אָנגעקומען צופֿוסנס פֿונעם קאָנוס אויף דער מיזרחדיקער זײַט.

סאַם האָט ניט געקענט זען דעם גאַנג פּונקט איבער זיך, ווו עס איז דאָס נידעריקסטע, ווײַל אַ שטאָציקער שיפּוע גייט אַרויף פֿון ווו ער שטייט, נאָר ער האָט געטראָפֿן אַז אויב נאָר ער וואָלט קענען קעמפֿן נאָך אַ ביסל ווײַטער אַרויף, וואָלטן זיי אָנטרעפֿן די אָ סטעשקע. אַ שטיקל האָפֿענונג איז אים צוריקגעקומען. אפֿשר וועלן זיי נאָך גובֿר זײַן דעם **ב**אַרג. "זע נאָר, אפֿשר איז דאָס דאָרט בכיוון אויפֿגעבויט!" האָט ער געזאָגט צו זיך אַליין. "אויב זי וואָלט ניט דאָרט געווען, וואָלט איך געמוזט זאָגן אַז צום סוף בין איך צעקלאַפּט געוואָרן."

מע האָט די סטעשקע דאָרט געשטעלט ניט צוליב **ס**אַמס צילן. ער האָט דאָס ניט געוווּסט, נאָר ער קוקט אויף **ס**אַוראָנס **וו**עג פֿון **ב**אַראַד־**ד**ור צו דעם **ס**אַמאַט **נ**אַור, די **ק**אַמערן פֿון **פֿ**ײַער. אַרויס פֿון דעם **פֿ**ינצטערן **ט**ורעמס ריזיקן מערבֿדיקן טויער איז ער געקומען איבער אַ טיפֿן תּהום אויף אַ גרויסער בריק פֿון אײַזן, און דערנאָך, אַרײַן אויפֿן פּליין, איז ער געלאָפֿן דרײַ מײַלן צווישן צוויי רייכערנדיקע תּהומען, און אַזוי איז ער אָנגעקומען צו אַ לאַנגן משופּעדיקן הויכוועג וואָס פֿירט אַרויף אויף דעם **ב**אַרגס מיזרחדיקער זײַט. דאָרט, דרייענדיק און רינגלענדיק אַרום דעם גאַנצן ברייטן אַרומנעם פֿון דרום צו צפֿון, איז עס סוף־כּל־סוף אַרויפֿגעקראָכן, הויך אויפֿן אייבערשטן קאָנוס, כאָטש נאָך אַלץ ווײַט פֿונעם שמוכטנדיקן שפּיץ, ביז אַ פֿינצטערן אַרײַנגאַנג וואָס שטאַרט צוריק מיזרח צו דירעקט צו דעם **פֿ**ענצטער פֿון דעם **א**ויג אין **ס**אַוראָנס באַשאָטנטער פֿעסטונג. אָפֿט מאָל פֿאַרשטעלט אָדער צעשטערט פֿון די מהומות פֿון דעם **ב**אַרגס הרובעס, האָט מען שטענדיק צו רעכט געמאַכט דעם וועג און אים אויפֿגעראַמט דורך דער טירחה פֿון אומצאָליקע אָרקס.

סאַם האָט טיף אײַנגעאָטעמט. עס איז יאָ געווען אַ סטעשקע, נאָר ווי אַזוי ער זאָל זיך נעמען אַרויף אויפֿן שיפּוע צו איר האָט ער ניט געוווּסט. ערשט מוז ער פֿאַרגרינגערן דעם ווייטיקדיקן רוקן. ער איז געלעגן פּלאַזעם לעבן **פֿ**ראָדאָ אַ ווײַלע. ניט דער ניט יענער האָט גערעדט. פּאַמעלעך איז די ליכט געוואַקסן. מיט אַ מאָל איז אויף **ס**אַם געקומען אַ געפֿיל פֿון געניטיקייט וואָס ער האָט ניט פֿאַרשטאַנען. עס איז געווען שיִער ניט ווי מע האָט צו אים צוגערופֿן: "איצט, איצט, אַניט וועט זײַן צו שפּעט!" ער האָט זיך געשטאַרקט און אויפֿגעשטאַנען. **פֿ**ראָדאָ, ס'האָט זיך אויסגעוויזן, האָט אויך געפֿילט דעם רוף. ער איז געווען קוים מיט צרות אויף די קני.

"איכ'ל קריכן, **ס**אַם," האָט ער געדעכעט.

און אַזוי פֿוס נאָך פֿוס, ווי קלײנע גראָע אינסעקטן, זײַנען זיי געקראָכן אַרויף אויפֿן שיפּוע. זיי זײַנען געקומען צו דער סטעשקע און געפֿונען אַז זי איז ברייט געווען, ברוקירט מיט צעבראָכן ברעך און אָנגעטראָטן אַש. **פֿ**ראָדאָ האָט געקלעטערט אַרויף אויף איר און דעמאָלט, ווי געריִרט פֿון עפּעס אַ צוואַנג, האָט ער זיך געדרייט פּאַמעלעך מיטן פּנים צו דעם **מ**יזרח. ווײַט אַוועק זײַנען געהאַנגען די שאָטנס פֿון **ס**אַוראָן, נאָר צעריסן פֿון עפּעס אַ פּלאָש ווינט אַרויס פֿון דער וועלט, אָדער געריִרט פֿון אַ מין גרויסער אומרו אין זיך, האָבן די אײַנוויקלענדיקע וואָלקנס געווירבלט, און אויף אַ רגע זיך געעפֿנט, און דעמאָלט האָט ער געזען, אויפֿהייבנדיק זיך שוואַרץ, מער שוואַרץ און מער פֿינצטער ווי די אומגעהײַערע שאָטנס וואָס זיי שטייען אין דער מיט פֿון זיי, די רוצחישע שפּיצן און אײַזערנע קרוין פֿון דעם העכסטן טורעם פֿון **ב**אַראַד־**ד**ור. נאָר אויף איין רגע האָט עס געשטאַרט אַרויס, נאָר ווי פֿון עפּעס אַ גרויסער פֿענצטער הויך אָן אַ ערך האָט געשטאָכן צפֿון צו אַ פֿלאַם אַ רויטער, דער צאַנק פֿון אַ דורכשטעכנדיק **א**ויג, און דעמאָלט זײַנען די שאָטנס ווידער צוגעמאַכט געוואָרן, איז די שרעקלעכע וויזיע פֿאַרשטעלט. דאָס **א**ויג איז ניט געווען אויף זיי געווענדט: עס האָט געשטאַרט צפֿון צו ווו די קאַפּיטאַנען פֿון דעם **מ**ערבֿ זײַנען געשטאַנען אין אַ קלעם און אַהין איז זײַן גאַנצע בייזקייט קאָנצענטרירט, בעת די **ש**ליטה האָט זיך צונויפֿגעקליבן אויף אַ טויט־שלאָג, נאָר **פֿ**ראָדאָ, מיט דעם אימהדיקן בליק, איז געפֿאַלן ווי דערשלאָגן אויף טויט. זײַן האַנט האָט געזוכט די קייט אַרום האַלדז.

סאַם איז געווען אויף די קני לעבן אים. שוואַך, קוים צו דערהערן האָט ער געהערט **פֿ**ראָדאָ שעפּטשען: "העלף מיר, **ס**אַם! העלף מיר, **ס**אַם! האַלט מײַן האַנט! איך קען זי ניט אָפּשטעלן." **ס**אַם האָט גענומען דעם האַרס הענט און זיי געשטעלט צוזאַמען, דלאָניע אויף דלאָניע, און זיי געקושט, און דעמאָלט זיי געהאַלטן צאַרט צווישן די אייגענע. דער געדאַנק איז אים מיט אַ מאָל אײַנגעפֿאַלן: "ער האָט אונדז דערזען! ס'איז אַלץ פֿאַרטיק אָדער וועט באַלד זײַן אַזוי. איצט, **ס**אַם **ג**אַמדזשי, איז דער סוף־שבסוף."

נאָך אַ מאָל האָט ער אויפֿגעהויבן **פֿ**ראָדאָ און זײַנע הענט געצויגן אַראָפּ אויף דער אייגענער ברוסט, געלאָזט די פֿיס באָמבלען. דעמאָלט האָט ער אַראָפּגעלאָזט דעם קאָפּ און זיך געשלעפּט ווײַטער אויפֿן אַרויפֿגייענדיקן וועג. דאָס גיין איז ניט געווען אַזוי גרינג ווי ס'האָט ערשט אויסגעזען. צום גליק האָבן די פֿײַערן וואָס האָבן אַרויסגעגאָסן אין די גרויסע מהומות ווען **ס**אַם איז געשטאַנען אויף **צ**יריט **א**ונגאָל געשטראָמט מערסטנס אַראָפּ אויף די דרומדיקע און מערבֿדיקע שיפּועים, און דער וועג אויף דער דאָזיקער זײַט איז ניט פֿאַרשטעלט געוואָרן. פֿאָרט אין אַ סך ערטער האָט עס זיך געבראָקלט אָדער איז איבערגעשניטן געווען מיט גאַפּיענדיקע שפּאַלטן. נאָך אַ ווײַלע קריכנדיק אַרויף מיזרח צו

האָט עס זיך געדרייט צוריק אויף זיך אַליין אין אַ שאַרפֿן ווינקל און איז געגאַנגען מערבֿ צו אַ ווײַלע. דאָרט בײַם אויסדריי איז עס טיף אײַנגעשניטן געווען דורך אַ שפּיץ אַלטן אָפּגעריבענעם שטיין אַ מאָל לאַנג צוריק אויסגעבראָכן פֿון דעם באַרגס אויוונס. סאָפּענדיק אונטער דער לאַסט איז סאַם אַרום דעם אויסדריי און פּונקט דעמאָלט, אינעם ווינקל פֿון אויג, האָט ער אַ בליק געכאַפּט פֿון עפּעס פֿאַלנדיק פֿונעם שפּיץ, ווי אַ קליין שטיקל שוואַרצער שטיין איבערגעקערט פֿון אויבן בעת ער גייט פֿאַרבײַ.

אַ פּלוצעמדיקע וואָג האָט אים געשלאָגן און ער האָט אַראָפּגעקראַכט פֿאָרויס און צעריסן די הינטנס פֿון די הענט וואָס האָבן נאָך געכאַפּט דעם האַרס. דעמאָלט האָט ער געוווּסט וואָס איז געשען, וואָרן איבער אים ווו ער איז געלעגן האָט ער געהערט אַ פֿאַרהאַסט קול.

"שאַלקהאַפֿטיקער האַר!" האָט עס געסיקעט. "שאַלקהאַפֿטיקער האַר נאַרט אונדז אָפּ, נאַרט אָפּ סמיאַגאָל, גאָלום. ער מוז־ז ניט גיין אויף דעם אָ וועג. ער מוז־ז ניט שאַטן טײַערסס. גיט עס צו סמיאַגאָל, יאָ, גיט עס אונדז! גיט עס אונדז־ז!"

מיט אַ גוואַלדיקן הייב איז סאַם אַרויף. תּיכּף האָט ער אויסגעצויגן די שווערד נאָר ער האָט גאָרנישט ניט געקענט טאָן. גאָלום און פֿראָדאָ האָבן זיך געכאַפּט. גאָלום האָט געקראַצט אויף זײַן האַר, געפּרוווט כאַפּן די קייט און דאָס פֿינגערל. אָט דאָס איז מסתּמא די איינציקע זאַך וואָס וואָלט געקענט אויפֿהעצן די שטאַרבנדיקע האָלעוועשקעס אין פֿראָדאָס האַרץ און ווילן: אַן אָנפֿאַל, אַ פּרווו פֿון אים צוצונעמען בגוואַלד זײַן אוצר. ער האָט געקעמפֿט מיט אַ פּלוצעמדיקן צאָרן וואָס האָט סאַם פֿאַרחידושט, און גאָלום בתוכם. אַפֿילו אַזוי וואָלט אַלץ אַנדערש פֿאָרגעקומען, אויב גאָלום אַליין האָט געבליבן ווי פֿריִער, נאָר אויף אַבי וואָסערע אימהדיקע וועגן, עלנט און הונגעריק און אָן וואַסער, איז ער געגאַנגען, געטריבן פֿון אַן אויפֿעסנדיקן באַגער און אַ שרעקלעכן פּחד, האָבן זיי אויף אים געלאָזט אָנגעווייטיקטע צייכנס. ער איז געווען אַ מאָגערער, פֿאַרהונגערטער, אויסגעדאַרטער חפֿץ, בלויז ביינער און אַ פֿעסט געצויגענער קרענקלעכער הויט. אַ ווילדע ליכט האָט געפֿלאַמט אין די אויגן, נאָר זײַן רישעות איז מער ניט באַלייטן געווען מיט זײַן אַלטן כאַפּנדיקן כּוח. פֿראָדאָ האָט אים אָפּגעוואָרפֿן און איז ציטערנדיק אויפֿגעשטאַנען.

"אַראָפּ, אַראָפּ!" האָט ער געדעכעט, כאַפּנדיק זײַן האַנט אויף דער ברוסט, אַזוי אַז אונטער דער דעקונג פֿון זײַן לעדערן העמדל האָט ער דאָס פֿינגערל געכאַפּט. "אַראָפּ, דו קריכנדיקער חפֿץ, און אַרויס פֿונעם וועג! דײַן צײַט איז פֿאַרטיק. דו קענסט מיך איצט ניט פֿאַרראַטן צי דערהרגענען."

דעמאָלט מיט אַ מאָל, ווי פֿריִער אונטער די קאַנטן פֿון דעם עמין מויִל, האָט סאַם געזען די צוויי קאָנקורענטן מיט אַן אַנדער ראיה. אַ הויערנדיק געשטאַלט, קוים מער ווי דער שאָטן פֿון אַ לעבעדיקער זאַך, אַ באַשעפֿעניש איצט אין גאַנצן צעשטערט און צעקלאַפּט, כאָטש אָנגעפֿילט מיט אַ גרויליקן באַגער און גרימצאָרן, און פֿאַר דעם איז געשטאַנען, ערנסט, איבער אַלע רחמנות, אַ פֿיגור באַקליידט אין ווײַס, נאָר בײַ דער ברוסט האָט עס געהאַלטן אַ ראָד פֿײַער. אַרויס פֿון דעם פֿײַער האָט גערעדט אַ באַפֿעלעריש קול.

"אַוועק, און טשעפּע מיך מער ניט! אויב דו רירסט מיך אָן אַפֿילו איין מאָל ווידער, וועט מען דיך אַרײַנוואַרפֿן אין דעם פֿײַער פֿון גורל אַרײַן."

דאָס הויערנדיקע געשטאַלט האָט זיך צוריקגעצויגן, מיט שרעק אין די פֿינטלענדיקע אויגן, און אין דער זעלבער רגע מיט אויך אַן אומדערזעטלעכן באַגער.

דעמאָלט איז די וויזיע אַוועק און סאַם האָט געזען פֿראָדאָ שטייענדיק מיט דער האַנט אויף דער ברוסט, דער אָטעם קומענדיק אין גרויסע פּרײַכן, און גאָלום בײַ זײַנע פֿיס, אויף די קני מיט די ברייטע הענט אויף דער ערד.

"היט זיך!" האָט סאַם אויסגעשריגן. "ער וועט שפּרינגען!" ער איז געטראָטן פֿאָרויס און געמאַכט מיט דער שווערד. "גיך, האַר!" האָט ער געדעכעט. "גייט ווײַטער! גייט ווײַטער! ניט קיין צײַט צו צערײַבן. איכ'ל אים באַהאַנדלען. גייט ווײַטער!"

פֿראָדאָ האָט אויף אים געקוקט ווי אויף איינעם איצט ווײַט אַוועק. "יאָ, איך מוז ווײַטער גיין," האָט ער געזאָגט. "אַדיע, סאַם! צום סוף איז דאָס פֿאַרטיק. אויף באַרג גורל וועט פֿאַלן דער גורל. אַדיע!" ער האָט זיך געדרייט און איז ווײַטער געגאַנגען, פּאַמעלעך נאָר אויפֿגעהאָדערט, אַרויף אויף דער אַרויפֿקריכנדיקער סטעשקע.

"איצט!" האָט סאַם געזאָגט. "צום סוף קען איך אָנגיין מיט דיר!" ער איז געשפּרונגען פֿאָרויס מיט דער אויסגעצויגענער שאַרף גרייט אויף קאַמף. נאָר גאָלום איז ניט געשפּרונגען. ער איז געפֿאַלן פֿלאַזעם אויף דער ערד און געפּכיקעט.

"טייט אונדז ניט," האָט ער זיך צעוויינט. "שאַט אונדז ניט מיט פּאַס-סקודנע רוצחיש שטאָל! לאָמיך בלײַבן לעבן, יאָ, לעבן נאָר אַ קורצע ווײַלע. פֿאַרלוירן, פֿאַרלוירן, מיר זײַנען פֿאַרלוירן. און ווען טײַערס גייט וועלן מיר שטאַרבן, יאָ, שטאַרבן אינעם שטויב." ער האָט געקראַצט אויף די אַשן פֿון דער סטעשקע מיט די לאַנגע ביינערדיקע פֿינגער. "ש-שטויב!" האָט ער געסיקעט.

סאַמס האַנט האָט זיך געוואַקלט. דער מוח איז געווען הייס מיט גרימצאָרן און געדאַנקען פֿון בייזקייט. עס וואָלט זײַן יושרדיק צו דערהרגענען אָט דאָס פֿאַררעטערישע, מערדערישע באַשעפֿעניש, יושרדיק און אַ סך מאָל פֿאַרדינט, און אויך האָט זיך געדאַכט ווי די איינציקע זיכערע זאַך צו טאָן. נאָר טיף אין האַרצן איז געווען עפּעס וואָס האָט אים צוריקגעהאַלטן: ער האָט ניט געקענט שלאָגן אָט דעם חפֿץ ליגנדיק אינעם שטויב, פֿאַרלאָזן, קאַטאַסטראָפֿאַל, גאַנץ צרהדיק. ער אַליין, כאָטש נאָר אויף אַ קורצע צײַט, האָט געטראָגן דאָס פֿינגערל, און איצט האָט ער אומקלאָר געטראָפֿן די יסורים פֿון גאָלומס אײַנגעשרומפּענעם מוח און קערפּער, אַ שקלאַף צו דעם פֿינגערל, קיין מאָל ניט ווידער צו געפֿינען שלום צי פֿאַרלײַכטערונג. אָבער סאַם האָט ניט געהאַט די ווערטער אַרויסצוברענגען ווי ער האָט זיך געפֿילט.

"אָ, אַ קללה אויף דיר, דו עיפּושדיקער חפֿץ!" האָט ער געזאָגט. "גיי אַוועק! גיי שוין! איך געטרוי דיר ניט, ניט אַזוי ווײַט ווי איך וואָלט געקענט אײַך בריקען, נאָר גיי שוין. אָדער איך *וועל* דיך שאַטן, יאָ, מיט פּאַסקודנע רוצחיש שטאָל."

גאָלום איז אַרויף אויף אַלע פֿיר, און האָט זיך צוריקגענומען עטלעכע שפּאַנען, און דעמאָלט זיך געדרייט, און בעת סאַם האָט אויף אים אַ בריקע געצילט איז ער אַנטלאָפֿן אַראָפּ אויף דער סטעשקע. סאַם האָט געלייגט מער ניט קיין אַכט אויף אים. ער האָט מיט אַ מאָל געדענקט דעם האַר. ער האָט געקוקט אַרויף אויף דער סטעשקע און אים ניט געקענט זען. אַזוי גיך ווי ער האָט געקענט האָט ער זיך געטאָפּטשעט ווײַטער אויפֿן וועג. אויב ער

האָט אַ קוק צוריק געטאָן, וואָלט ער אפֿשר געזען ניט ווײַט אונטן ווי **ג**אָלום האָט זיך נאָך אַ מאָל געדרייט און דעמאָלט, מיט אַ ווילדער ליכט פֿון משוגעת בלאַנקען אין די אויגן, איז ער געקומען קריכן גיך נאָר אָפּגעהיט אויף הינטן, אַ שלײַכנדיקער שאָטן צווישן די שטיינער.

די סטעשקע איז ווײַטער אַרויפֿגעקראָכן. באַלד האָט זי זיך נאָך אַ מאָל געדרייט און מיט אַ לעצטן גאַנג מיזרח צו איז פֿאַרבײַ אין אַן אײַנשניט אויפֿן פּנים פֿונעם קאָנוס און איז געקומען צו דער פֿינצטערן טיר אין דער זײַט פֿון דעם **ב**אַרג, די טיר פֿון דעם **ס**אַמאַט **נ**אַור. ווײַט אַוועק איצט גייענדיק אַרויף צו דעם **ד**רום צו האָט די זון, דורך די רויכן און נעפּל־שלייערס, געברענט בייז־סימנדיק, אַ מאַטער פֿאַרווישטער דיסק פֿון רויט, נאָר גאַנץ **מ**אָרדאָר איז געלעגן אַרום דעם **ב**אַרג ווי אַ טויט לאַנד, שטיל, שאָטן־באַפֿאַלבט, וואַרטנדיק אויף עפּעס אַן אימהדיקן קלאַפּ.

סאַם איז געקומען צו דעם גאַפּיענדיקן מויל און געקוקט אַרײַן. עס איז פֿינצטער געווען און הייס, און אַ טיפֿער ברום האָט געטרייסלט די לופֿט. "**פֿ**ראָדאָ! **ה**אַר!" האָט ער גערופֿן. עס איז ניט געקומען קיין ענטפֿער. אויף אַ רגע איז ער געשטאַנען, דאָס האַרץ קלאַפּנדיק מיט ווילדע פּחדים, און דעמאָלט האָט ער זיך אַרײַנגעוואָרפֿן. אַ שאָטן איז נאָך אים נאָכגעגאַנגען.

תּחילת האָט ער גאָרנישט ניט געקענט זען. אין דער גרויסער נויט האָט ער נאָך אַ מאָל אַרויסגעצויגן דעם פֿיאָל פֿון **ג**אַלאַדריעל, נאָר ער איז געווען בלאַס און קאַלט אין דער ציטערנדיקער האַנט, קיין ליכט ניט געוואָרפֿן אין דער דערשטיקנדיקער פֿינצטער אַרײַן. ער איז אָנגעקומען אין דעם האַרץ פֿון דעם מלכות פֿון **ס**אַוראָן און די קוזניעס פֿון זײַן אוראַלטער מאַכט, די גרעסטע אין **מ**יטל־**ע**רד; דאָ זײַנען אַלע אַנדערע שליטות פֿאַרשוואַכט. שרעקעוודיק האָט ער גענומען אַ פּאָר אומזיכערע טריט אין דער פֿינצטער, און דעמאָלט מיט איין מאָל איז געקומען אַ בליץ רויט וואָס איז געשפּרונגען אַרויף און געשלאָגן דעם הויכן שוואַרצן דאַך. האָט **ס**אַם דעמאָלט געזען אַז ער איז אין אַ לאַנגער הייל צי טונעל וואָס עקבערט אין דעם **ב**אַרגס רייכערנדיקן קאָנוס אַרײַן. אָבער נאָר אַ קורצער מהלך פֿאָרויס זײַנען די פּאַדלאָגע און די ווענט אויף ביידע זײַטן דורכגעשניטן געווען מיט אַ גרויסן שפּאַלט, וואָס אַרויס דערפֿון איז געקומען די רויטע שײַן, איצט שפּרינגענדיק אַרויף, איצט אָפּשטאַרבנדיק אין פֿינצטערניש, און די גאַנצע צײַט ווײַט אונטן איז געווען אַ קלאַנג און אַ גערודער ווי פֿון גרויסע מאָטאָרן טיאָכקענדיק און פּראַצעווענדיק.

די ליכט איז אַרויפֿגעשפּרונגען נאָך אַ מאָל, און דאָרט אויפֿן קאַנט פֿונעם תּהום, בײַ דעם סאַמע **ש**פּאַלט פֿון **ג**ורל, איז געשטאַנען **פֿ**ראָדאָ, שוואַרץ קעגן דעם בליאַסק, אָנגעשטרענגט, גלײַך, נאָר אַזוי שטיל ווי פֿאַרשטיינערט.

"**ה**אַר!" האָט **ס**אַם אויסגעשריגן.

דעמאָלט האָט **פֿ**ראָדאָ זיך גערירט און גערעדט מיט אַ קלאָר קול, טאַקע מיט אַ קול קלאָרער און שטאַרקער ווי **ס**אַם האָט פֿון אים אַ מאָל געהערט, און עס האָט זיך אויפֿגעהויבן איבערן טיאָך און בהלה פֿון **ב**אַרג **ג**ורל, אָפּגעהילכט אויפֿן דאַך און ווענט.

"איך בין געקומען," האָט ער געזאָגט, "אָבער איך וויל איצט ניט טאָן וואָס איך בין געקומען צו טאָן. איך וועל ניט טאָן די אָ טוונג. דאָס **פֿ**ינגערל געהערט צו מיר!" און מיט איין מאָל, ווען ער האָט עס געשטעלט אויפֿן פֿינגער, איז ער פֿאַרשווונדן געוואָרן פֿאַר

סאַמס אויגן. **ס**אַם האָט אַ פֿרײַך געגעבן, נאָר האָט ניט קיין געלעגנהייט אויסצושרײַען, וואָרן פּונקט דעמאָלט זײַנען אַ סך זאַכן געשען.

עפּעס האָט **ס**אַם געשלאָגן מיט גוואַלד אויפֿן רוקן, איז ער אָפּגעזעצט פֿון די פֿיס און געוואָרפֿן אין אַ זײַט, און אָנגעשלאָגן דעם קאָפּ אויף דער שטיינערנער פּאַדלאָגע, בעת אַ פֿינצטער געשטאַלט איז איבער אים געשפּרונגען. ער איז שטיל געלעגן און אויף אַ רגע איז אַלץ שוואַרץ געוואָרן.

און ווײַט אַוועק, ווען **פֿ**ראָדאָ האָט אָנגעטאָן דאָס **פֿ**ינגערל און עס גענומען פֿאַרן אייגענעם, אין **ס**אַמאַט **נ**אַור אַפֿילו, דעם סאַמע האַרץ פֿון זײַן מלכות, איז די **ש**ליטה אין **ב**אַראַד־**ד**ור געטרייסלט געוואָרן, און דער **ט**ורעם האָט געציטערט פֿונעם פֿונדאַמענט ביז דער שטאָלצער און ביטערער קרוין. דער **ב**על־**ח**ושך איז מיט אַ מאָל געוווּיר געוואָרן פֿון אים, און זײַן **א**ויג, דורך די אַלע שאָטנס, האָט געקוקט איבערן פּליין אויף דער טיר וואָס ער האָט געבויט, און די גרייס פֿון זײַן אייגענער נאַרישקייט איז אים אַנטפּלעקט געוואָרן אין אַ פֿאַרבלענדנדיקן בליץ, און די אַלע המצאָות פֿון די שׂונאים זײַנען סוף־כּל־סוף אָפֿן געמאַכט. דעמאָלט האָט זײַן גרימצאָרן אויפֿגעפֿלאַמט אין אויפֿעסנדיקן פֿלאַם, נאָר דער פּחד זײַנער האָט זיך אויפֿגעהויבן ווי אַ ריזיקער שוואַרצער רויך אים צו דערשטיקן. וואָרן ער האָט דערקענט זײַן טויט־סכּנה און דעם פֿאָדעם וואָס דערויף הענגט זײַן גורל.

פֿון די אַלע זײַנע פּאָליטיקן און געוועבן פֿון פּחד און בגידה, פֿון די אַלע מאַניפּאָרגעס און מלחמות, האָט זיך פֿרײַ געטרייסלט דעם מוח, און דורך זײַן גאַנצער מלוכה איז אַ ציטער געלאָפֿן, די שקלאַפֿן זײַנען דערשלאָגן געוואָרן, און די אַרמייען זײַנע האָבן זיך אָפּגעשטעלט, און די קאַפּיטאַנען, מיט אַ מאָל אָן פֿירשאַפֿט, גאַנץ אויס ווילן, האָבן זיך געוואַקלט און זײַנען פֿאַרצווייפֿלט געוואָרן. וואָרן זיי זײַנען פֿאַרגעסן געוואָרן. דער גאַנצער מוח און צוועק פֿון דער **ש**ליטה וואָס ניצט זיי האָט זיך איצט גענומען מיט פֿריטשמעליענדיקן כּוח אויף דעם **ב**אַרג. מיט זײַן אײַנרוף, זיך דרייענדיק מיט אַ רײַסנדיק געשריי, אין אַ לעצטן פֿאַרצווייפֿלטן געיעג, זײַנען געפֿלויגן, גיכער ווי די ווינטן, די **נ**אַזגול, די **פֿ**ינגערל־**ש**דים, און מיט אַ שטורעם פֿון פֿליגלען האָבן זיי זיך געוואָרפֿן דרום צו צו **ב**אַרג **ג**ורל.

סאַם איז אויפֿגעשטאַנען. ער איז פֿאַרדולט געווען, און בלוט שטראָמענדיק פֿונעם קאָפּ האָט געטריפֿט אין די אויגן. ער האָט געמאַצעט פֿאָרויס, און דעמאָלט באַמערקט עפּעס מאָדנע און שרעקלעך. **ג**אָלום, אויפֿן קאַנט פֿונעם תּהום, קעמפֿט ווי אַ משוגענער מיט אַן אומזעיִקן שׂונא. אַהין און צוריק האָט ער זיך געוויגט, איצט אַזוי נאָענט צום קאַנט אַז ער איז שיִער ניט אַרײַנגעפֿאַלן, איצט צוריקגעצויגן, געפֿאַלן אויף דער ערד, נאָך אַ מאָל אַרויף, און נאָך אַ מאָל געפֿאַלן. און די גאַנצע צײַט האָט ער געהאַלטן אין סיקען, נאָר ניט גערעדט קיין וואָרט.

די פֿײַערן אונטן האָבן אויפֿגעוואַכט אין כּעס, די רויטע ליכט האָט זיך צעפֿלאַמט, און די גאַנצע הייל איז אָנגעפֿילט געוואָרן מיט אַ גרויסן בליאַסק און היץ. מיט אַ מאָל האָט **ס**אַם געזען **ג**אָלומס לאַנגע הענט ציִענדיק זיך אַרויף צום מויל; די ווײַסע שפּיץ־ציין זײַנע האָבן געשײַנט, און דעמאָלט געקנאַקט בײַם בײַסן. **פֿ**ראָדאָ האָט אַ שרײַ געגעבן און אָט איז ער דאָרט געווען, געפֿאַלן אויף די קני בײַם קאַנט תּהום. נאָר **ג**אָלום, טאַנצנדיק ווי אַ

באַנומענער, האָט אויפֿגעהאַלטן דאָס **פֿ**ינגערל, מיט אַ פֿינגער נאָך דורכן קרײַז. עס האָט איצט געשײַנט ווי טאַקע געשאַפֿן פֿון לעבעדיקן פֿײַער.

"טײַערס, טײַערס, טײַערס!" האָט **ג**אָלום געשריגן. "**ט**ײַערס מײַנס! אָ, **ט**ײַערס מײַנס!" און דערמיט, פּונקט ווען די אויגן זײַנע האָבן געקוקט אַרויף זיך צו פֿרייען מיט זײַן געווינס, האָט ער צו ווײַט געטראָטן און איז אַראָפּ, זיך געוואַקלט אויפֿן קאַנט אַ רגע, און דעמאָלט מיט אַ קוויטש איז ער אַראָפּגעפֿאַלן. אַרויס פֿון די טיפֿן איז געקומען זײַן לעצטן יללה **ט**ײַערס, און ער איז אַוועק.

עס איז געקומען אַ רעווע און אַ גרויסע בהלה ליאַרעמס. פֿײַערן זײַנען אויפֿגעשפּרונגען און געלעקט דעם דאַך. דאָס טיאָכקען איז געוואַקסן ביז אַ גרויסן טומל, און דער **ב**אַרג האָט זיך געטרייסלט. **ס**אַם איז געלאָפֿן צו **פֿ**ראָדאָ און אים אויפֿגעהויבן און געטראָגן אַרויס צו דער טיר. און דאָרט, אויפֿן פֿינצטערן שוועל פֿון דעם **ס**אַמאַט **נ**אַור, הויך איבער די פּליינען פֿון **מ**אָרדאָר, איז אויף אים געקומען אַזאַ וווּנדער און שרעק אַז ער איז שטיל געשטאַנען און אַלץ אַנדערש פֿאַרגעסן, און געגאַפֿט ווי אַ פֿאַרשטיינערטער.

אַ גיכע וויזיע האָט ער געהאַט פֿון ווירבלענדיקע וואָלקנס, און אין דער מיט טורעמס און שלאַכט־מויערן, אַזוי הויך ווי בערגלעך, געגרינדט אויף אַ מאַכטיקן באַרג־טראָן איבער אומאויסמעסטלעכע גרובן; גרויסע הויפֿן און קאַרצערס, תּפֿיסות אָן אויגן אַזוי שטאָציק ווי סקאַלעס, און גאַפּיענדיקע טויערן פֿון שטאָל און דיאַמענט. און דעמאָלט איז אַלץ אַוועק. טורעמס פֿאַלן און בערג גליטשן זיך אַראָפּ; מויערן צעברעקלען און שמעלצן, פֿאַלן אַראָפּ מיט אַ טראַסק; ריזיקע טורעמשפּיצן פֿון רויך און שפּריצנדיקע פּאַרעס זײַנען אַרויף אין פּאַליעס, אַרויף, אַרויף, ביז זיי האָבן זיך איבערגעקערט ווי אַ פּריטשמעליענדיקע כוואַליע, און איר ווילדער קאָם האָט זיך געקרײַזלט און איז אַראָפּ שוימיק אויף דעם לאַנד. און דעמאָלט צום סוף איבער די מײַלן דערצווישן איז געקומען אַ ברום, אַלץ העכער ביז אַ פֿאַרטויבנדיקן טראַסק און בריל; די ערד האָט זיך געטרייסלט, דער פּליין האָט זיך אויפֿגעהויבן און איז צעשפּאָלטן געוואָרן, און **א**ָראָדרויִן האָט זיך געדרייט. פֿײַער האָט אויסגעבראָכן פֿונעם צעשפּאָלטענעם אויבן. די הימלען זײַנען צעפּלאַצט געוואָרן אין דונער פֿאַרברענט מיט בליץ. אַראָפּ ווי בײַסנדיקע בײַטשן איז געפֿאַלן אַ מבול שוואַרצער רעגן. און אַרײַן אין דעם האַרץ פֿון דעם שטורעם, מיט אַ געשריי וואָס האָט דורכגעשטאָכן די אַלע אַנדערע קלאַנגען, צערײַסנדיק די וואָלקנס, זײַנען געקומען די **נ**אַזגול, שיסנדיק ווי פֿלאַמענדיקע פֿײַלן; געכאַפּט אין דעם פֿײַערדיקן חורבן פֿון בערגל און הימל האָבן זיי געקנאַקלט, פֿאַרוועלקט געוואָרן, און אויסגעלאָשן.

"נו, אָט איז דער סוף, **ס**אַם **ג**אַמדזשי," האָט געזאָגט אַ קול בײַ דער זײַט. און דאָרט איז געווען **פֿ**ראָדאָ, בלאַס און פֿאַרמאַטערט, נאָר פֿאַרט געקעומען צו זיך נאָך אַ מאָל, און אין זײַנע אויגן איז איצט געווען שלום, ניט קיין אָנגעשטרענגטער ווילן, ניט קיין משוגעת, ניט קיין פּחד. זײַן לאַסט איז אַוועקגענומען געוואָרן. דאָרט איז געווען דער טײַער האַר פֿון די זיסע טעג אין דעם **ק**אַנטאָן.

"**ה**אַר!" האָט **ס**אַם געשריגן, און איז אַראָפּ אויף די קני. אין מיטן דעם חורבן פֿון דער וועלט האָט ער געפֿילט אויף דער רגע נאָר פֿרייד, גרויסע פֿרייד. די לאַסט איז אַוועק. זײַן האַר איז געראַטעוועט געוואָרן; ער איז צוריק צו זיך נאָך אַ מאָל, ער איז פֿרײַ. און דעמאָלט האָט **ס**אַם דערזען די צעמזיקטע און בלוטיקנדיקע האַנט.

"איַיער האַנט נעבעך!" האָט ער געזאָגט. "און איך האָב ניט מיט וואָס זי צו פֿאַרבינדן, אָדער באַקוועם צו מאַכן. איך וואָלט אים בעסער געגעבן אַ גאַנצע האַנט מיַינע. נאָר ער איז אַוועק, הינטער צוריקרוף, אַוועק אויף אייביק."

"יאָ," האָט פֿראָדאָ געזאָגט. "נאָר ציִ געדענקסטו גאַנדאַלפֿס ווערטער: **ג**אָלום *אַפֿילו וועט אפֿשר האָבן נאָך עפּעס צו טאָן?* אויב ניט פֿאַר אים, **ס**אַם, וואָלט איך ניט געקענט צעשטערן דאָס **פֿ**ינגערל. דאָס **ז**וכעניש וואָלט געווען אומזיסט, גלײַך בײַם ביטערן סוף. לאָמיר אים מוחל זיַין! וואָרן דאָס **ז**וכעניש איז אויסגעפֿירט, און איצט איז אַלץ פֿאַרטיק. ס'פֿרייט מיך וואָס דו ביסט דאָ מיט מיר. דאָ בײַ דעם סוף פֿון אַלע זאַכן, **ס**אַם."

קאַפּיטל פֿיר

דאָס פֿעלד פֿון קאָרמאַלען

אומעטום אַרום די בערגלעך האָבן די מחנות פֿון **מ**אָרדאָר געבושעוועט. די **ק**אַפּיטאַנען פֿון דעם **מ**ערבֿ גייען אונטער אין אַ וואַקסנדיקן ים. די זון האָט רויט געגלאַנצט און אונטער די פֿליגלען פֿון די **נ**אַזגול זײַנען די שאָטנס פֿון טויט געפֿאַלן פֿינצטער אויף דער ערד. **אַ**ראַגאָרן איז געשטאַנען אונטער דער פֿאָנע זײַנער, שטיל און ערנסט, ווי איינער פֿאַרנומען אין טראַכטן פֿון זאַכן לאַנג צוריק צי ווײַט אַוועק, נאָר די אויגן האָבן געגלאַנצט ווי שטערן וואָס שײַנען אַלץ העלער וואָס פֿינצטערער די נאַכט. אויבן אויפֿן בערגל איז געשטאַנען **ג**אַנדאַלף, און ער איז ווײַס געווען און קאַלט און קיין שאָטן איז אויף אים ניט געפֿאַלן. דער אָנפֿלייץ פֿון **מ**אָרדאָר האָט זיך צעבראָכן ווי אַ כוואַליע אויף די באַלעגערטע בערגלעך, קולער רעווענדיק ווי אַ פֿלייץ צווישן דעם וראַק און דעם קראַך פֿון כּלי־זיין.

גלײַך ווי צו זײַנע אויגן האָט מען געגעבן עפּעס אַ פּלוצעמדיקע וויזיע, האָט **ג**אַנדאַלף זיך גערירט, און האָט זיך געדרייט, געקוקט צוריק צפֿון צו וווּ די הימלען זײַנען בלאַס און קלאָר. האָט ער דעמאָלט אויפֿגעהויבן די הענט און געשריגן הויך אויף אַ קול, הילכנדיק איבערן טומל: די **אָ**דלערס *קומען!* און אַ סך קולער האָבן געענטפֿערט, געשריגן: די **אָ**דלערס *קומען!* די **אָ**דלערס *קומען!* די מחנות פֿון **מ**אָרדאָר האָבן געקוקט אַרויף און זיך געוווּנדערט וואָס דער דאָזיקער צייכן זאָל באַטײַטן.

דאָרט איז געקומען **ג**ווײַהיר דער **ו**וינט־**ה**אַר, און **ל**אַנדראָוואַל זײַן ברודער, די גרעסטע פֿון די אַלע **אָ**דלערס פֿון דעם **צ**פֿון, מאַכטיקסטע פֿון דעם שטאַם פֿון דעם אַלטן **ט**אָראָנדאָר, וואָס האָט געבויט זײַנע הויך־נעסטן אין שפּיצן ניט צו דערגרייכן אין די **אַ**ײַנרינגלענדיקע **ב**ערג ווען **מ**יטל־**ע**רד איז נאָך יונג געווען. הינטער זיי אין לאַנגע גיכע רייען זײַנען געקומען די אַלע וואַסאַלן זייערע פֿון די צפֿונדיקע בערג, פֿליִענדיק אויף אַ וואַקסנדיקן ווינט. גלײַך אַראָפּ אויף די **נ**אַזגול האָבן זיי זיך געצילט, פֿאַלנדיק פּלוצעם אַרויס פֿון די הויכע לופֿטן, און דער רעש פֿון זייערע ברייטע פֿליגלען בעת זיי גייען אַריבער איז געווען ווי אַ בורע.

נאָר די **נ**אַזגול האָבן זיך געדרייט און זײַנען אַנטלאָפֿן, פֿאַרשווונדן געוואָרן אין **מ**אָרדאָרס שאָטנס אַרײַן, האָבן זיי געהערט אַ פּלוצעמדיק געשריי אַרויס פֿון דעם **פֿ**ינצטערן **ט**ורעם, און אין דער זעלבער רגע האָבן געציטערט די אַלע מחנות פֿון **מ**אָרדאָר, ספֿק האָט געכאַפּט די הערצער, דאָס געלעכטער פֿאַרשטומט, די הענט האָבן געציטערט און די אבֿרים לויז געוואָרן. די **ש**ליטה וואָס האָט זיי אָנגעטריבן און זיי אָנגעפֿילט מיט שׂינאה און רציחה האָט זיך געוואַקלט, זײַן ווילן אַרויסגענומען פֿון זיי. און קוקנדיק אין די אויגן פֿון די שׂונאים האָבן זיי געזען אַ טויט־ליכט און זײַנען דערשראָקן געוואָרן.

האָבן דעמאָלט די אַלע **ק**אַפּיטאַנען פֿון דעם **מ**ערבֿ הויך אויסגעשריגן, וואָרן זייערע הערצער זײַנען אָנגעפֿילט מיט אַ נײַער האָפֿענונג אין מיטן פֿינצטערניש. אַרויס פֿון די באַלעגערטע בערגלעך האָבן ריטערס פֿון **ג**אָנדאָר, **ר**ײַטערס פֿון **ר**אָהאַן, **ד**ונעדיין פֿון דעם **צ**פֿון, ענג געהאַלטענע קאָמפּאַניעס, געטריבן אויף די וויגנדיקע שׂונאים, דורך דעם געדראַנג מיט שטויסן פֿון ביטערע שפּיזן. אָבער **ג**אַנדאַלף האָט אויפֿגעהויבן די אָרעמס און אויסגערופֿן נאָך אַ מאָל אין אַ קלאָר קול:

"האַלט, **מ**ענטשן פֿון דעם **מ**ערבֿ! האַלט און וואַרט! עס איז געקומען די שעה פֿון גורל."

און פּונקט בעת ער רעדט האָט די ערד זיך געטרייסלט אונטער די פֿיס. דעמאָלט גיך אַרויף, ווײַט איבער די טורעמס פֿון דעם שוואַרצן טויער, הויך איבער די בערג, איז אַ ריזיק שוועבנדיק פֿינצטערניש געשפּרונגען אין הימל אַרײַן, צאַנקענדיק מיט פֿײַער. די ערד האָט געקרעכצט און געציטערט. די טורעמס פֿון די ציין האָבן זיך געוויגט, געשאָקלט, און זײַנען אַראָפּגעפֿאַלן; די מאַכטיקער וואַל איז צעברעקלט געוואָרן, דער שוואַרצער טויער איז אַראָפּגעוואָרפֿן, אַ תּל געוואָרן, און פֿון ווײַט אַוועק, איצט אומקלאָר, איצט וואַקסנדיק, איצט אַרויף ביז די וואָלקנס, איז געקומען אַ טיאָכקענדיקער ברום, אַ בריל, אַ לאַנגע אָפּהילכנדיקע כוואַליע קאַטאַסטראָפֿאַלן קלאַנג.

"די ממשלה פֿון סאַוראָן איז פֿאַרטיק!" האָט גאַנדאַלף געזאָגט. "דער פֿינגערל־טרעגער האָט מקיים געווען דאָס זוכעניש זײַנס." און אַז די קאַפּיטאַנען האָבן געשטאַרט אויף דרום אויף דעם לאַנד פֿון מאָרדאָר, האָט זיי אויסגעזען אַז, שוואַרץ אַנטקעגן דעם מאַנטל וואָלקנס, האָט זיך אויפֿגעהויבן אַ ריזיק געשטאַלט פֿון שאָטן, ניט דורכצודרינגלען, באַקריינט מיט בליץ, וואָס פֿילט אָן דעם גאַנצן הימל. אומגעהײַער איז עס אַרויף איבער דער וועלט, און האָט זיך צו זיי צו אויסגעצויגן אַ ריזיקע דראָענדיקע האַנט, שרעקלעך נאָר אימפּאָטענט, וואָרן אַפֿילו אַז עס בייגט זיך איבער זיי האָט עס אַ גרויסער ווינט גענומען, איז עס אין גאַנצן אַוועקגעבלאָזן פֿאַרבײַ, און דעמאָלט איז אַ שטילקייט געפֿאַלן.

די קאַפּיטאַנען האָבן אַראָפּגעלאָזט די קעפּ און ווען זיי האָבן נאָך אַ מאָל אַרויפֿגעקוקט, זעט נאָר! די שׂונאים זייערע זײַנען אַנטלאָפֿן און די שליטה פֿון מאָרדאָר איז צעזייט געוואָרן ווי שטויב אינעם ווינט. אַזוי ווי ווען טויט קומט פֿאַר דעם אָנגעשוואָלענעם דומענדיקן חפֿץ וואָס וווינט אין זייער ווירבלענדיק בערגעלע און הערשט איבער זיי אַלע, וועלן די מוראַשקעס זיך אומוואַלגערן אָן שׂכל און אָן ציל און דערנאָך שלאַף שטאַרבן, אַזוי מיט די חפֿצים פֿון סאַוראָן, אָרק צי טראָל צי כּישוף־פֿאַרשקלאַפֿטע חיות, וואָס זײַנען אַרומגעלאָפֿן הפֿקר אַהין און צוריק, און עטלעכע האָבן זיך אַליין דערהרגעט, אָדער זיך געוואָרפֿן אַרײַן אין די גרובן, אָדער אַנטלאָפֿן מיט יללות צוריק זיך צו באַהאַלטן אין לעכער און פֿינצטערע ערטער אָן ליכט ווײַט אַוועק פֿון האָפֿענונג. נאָר די מענטשן פֿון רהון און פֿון האַראַד, מיזרחדיקער און דרומדיקער, האָבן געזען די צעשטערונג פֿון זייער מלחמה און די גרויסע מאַיעסטעט און גדולה פֿון די קאַפּיטאַנען פֿון דעם מערבֿ. און די וואָס זײַנען געווען די טיפֿסטע און לענגסטע אין בייזער קנעכטשאַפֿט, פֿײַנט געהאַט דעם מערבֿ, און פֿאָרט מענטשן שטאָלץ און דרייסט, האָבן זיך איצט אין זייער גאַנג געזאַמלט אויף אַ לעצטן ווידערשטאַנד אין פֿאַרצווייפֿלטער שלאַכט. נאָר ס'רובֿ זײַנען אַנטלאָפֿן מיזרח צו אַבי ווי זיי קענען, און עטלעכע האָבן אַראָפּגעוואָרפֿן די כּלי־זיין און געבעטן אויף רחמנות.

דעמאָלט איז גאַנדאַלף, איבערלאָזנדיק די אַלע ענינים פֿון שלאַכט און קאָמאַנדע צו אַראַגאָרן און די אַנדערע לאָרדן, געשטאַנען אויבן אויפֿן בערגל און גערופֿן, און אַראָפּ צו אים איז געקומען דער גרויסער אָדלער, גווײַהיר דעם ווינד־האַר, און פֿאַר אים געשטאַנען.

"צוויי מאָל האָט איר מיך געטראָגן, גווײַהיר מײַן פֿרײַנד," האָט גאַנדאַלף געזאָגט. "דאָס דריטע מאָל זאָל פֿאַר אַלץ באַצאָלן, אויב איר ווילט. איר וועט מיך געפֿינען ניט קיין גרעסערע לאַסט ווי ווען איר האָט מיך געטראָגן פֿון זיראַק־זיגיל, ווו דאָס אַלטע לעבן מײַנס איז אַוועקגעברענט געוואָרן."

"איך וואָלט אײַך טראָגן," האָט **ג**ויַיהיר געענטפֿערט, "וווהין איר ווילט, אַפֿילו אַז איר זײַט פֿון שטיין געמאַכט."

"אויב אַזוי, קומט, און אײַער ברודער זאָל קומען מיט אונדז, און עטלעכע אַנדערע פֿון אײַערע לײַט וואָס זײַנען די גיכסטע! וואָרן מיר דאַרפֿן גיין גיכער ווי דער ווינט, גיכער ווי די פֿליגלען פֿון די **נ**אַזגול."

"דער צפֿון־ווינט בלאָזט, נאָר מיר וועלן פֿליִען גיכער," האָט **ג**ויַיהיר געזאָגט. און ער האָט **ג**אַנדאַלף אויפֿגעהויבן און איז גיך אַוועק דרום צו, און מיט אים זײַנען געגאַנגען **ל**אַנדראָוואַל און **מ**ענעלדאָר, יונג און גיך. און זיי זײַנען געגאַנגען איבער **א**ודון און **ג**אָרגאָראָט און האָבן געזען דאָס גאַנצע לאַנד, צעשטערט און קאַפּויערגעפֿאַלן אונטער זיי און פֿאַר זיי, **ב**אַרג **ג**ורל, אויסגיסנדיק זײַן פֿײַער.

"ס'פֿרייט מיך וואָס דו ביסט דאָ מיט מיר," האָט **פֿ**ראָדאָ געזאָגט. "דאָ בײַ דעם סוף פֿון אַלע זאַכן, **ס**אַם."

"יאָ, איך בין דאָ מיט אײַך, **ה**אַר," האָט **ס**אַם געזאָגט, לייגנדיק **פֿ**ראָדאָס פֿאַרוווּנדיקטע האַנט אויף זײַן ברוסט. "און איר זײַט מיט מיר. און די נסיעה איז פֿאַרטיק. נאָר נאָך דעם וואָס מיר זײַנען געקומען אַזוי ווײַט וויל איך נאָך ניט זיך אונטערגעבן. ס'איז ווי ניט איז מײַן שטייגער, אויב איר פֿאַרשטייט."

"אפֿשר ניט, **ס**אַם," האָט **פֿ**ראָדאָ געזאָגט, "נאָר אַזוי איז עס מיט זאַכן אויף דער וועלט. האָפֿענונגען גייען אונטער, אַ סוף קומט. מיר האָבן איצט נאָר אַ קליין ביסל צײַט צו וואַרטן. מיר זײַנען פֿאַרלוירן אין חורבן און אונטערגאַנג, און ס'איז ניט קיין אַנטלויף."

"נו, **ה**אַר, קענען מיר וויניקסטנס נעמען זיך ווײַטער פֿון אָט דעם סכּנהדיקן אָרט דאָ, פֿון אָט דעם **ש**פּאַלט פֿון **ג**ורל, אויב ס'הייסט אַזוי. קענען מיר ניט איצט? קומט **מ**"ר **פֿ**ראָדאָ, לאָמיר גיין אַראָפּ אויף דער סטעשקע על־כּל־פּנים!"

"נו, גוט, **ס**אַם. אויב דו ווילסט גיין, וועל איך גיין מיט," האָט **פֿ**ראָדאָ געזאָגט, און זיי זײַנען אויפֿגעשטאַנען און זײַנען געגאַנגען פּאַמעלעך אַראָפּ אויפֿן שלענגלדיקן וועג, און פּונקט ווען זיי זײַנען געווען נאָענט צו דעם **ב**אַרגס ציטערנדיקע פֿיס האָבן אַ גרויסער רויך און פּאַרע געגרעפּצט אַרויס פֿון דעם **ס**אַמאַט **נ**אַור, און די זײַט פֿונעם קאָנוס איז אָפֿן געשניטן און אַן אומגעהײַער ברעכעכץ האָט זיך געקײַקלט אין אַ פּאַמעלעכן דונערדיקן פֿאַל אַראָפּ אויף דער מיזרחדיקער באַרג־זײַט.

פֿראָדאָ און **ס**אַם האָבן ניט געקענט ווײַטער גיין. דער לעצטער כּוח פֿון מוח און קערפּער איז גיך אָפּגעצאַפּט געוואָרן. זיי זײַנען אָנגעקומען בײַ אַ נידעריק אַשן בערגעלע אָנגעקויפּט צופֿוסנס פֿון דעם **ב**אַרג, נאָר פֿון דאָרט איז געווען מער ניט קיין אַנטלויף. עס איז איצט געווען אַן אינדזל, וואָס וועט ניט לאַנג געדויערן, אין מיטן דאָס מאַטערניש פֿון **א**ָראָדרויִן. אומעטום אַרום האָט די ערד געגאַפּיעט, און פֿון טיפֿע שפּאַלטן און גרובן זײַנען רויך און גאַזן אַרויפֿגעשפּרונגען. הינטער זיי איז דער **ב**אַרג צעטרייסלט געוואָרן. גרויסע שפּאַלטן האָבן זיך געעפֿנט אין דער זײַט. פּאַמעלעכע טײַכן פֿײַער זײַנען אַראָפּ אויף די לאַנגע שיפּועים צו זיי צו. באַלד וועלן זיי פֿאַרפֿלייצט ווערן. אַ רעגן הייס אַש איז געפֿאַלן.

זיי זײַנען איצט אויפֿגעשטאַנען, און **ס**אַם, נאָך האַלטנדיק דעם האַרס האַנט, האָט זי געגלעט. ער האָט אַ זיפֿץ געגעבן. "אַזאַ מעשׂה זײַנען מיר דורכגעגאַנגען, **מ**"ר **פֿ**ראָדאָ,

איאָ?" האָט ער געזאָגט. "אויב נאָר איך וואָלט זי געקענט הערן דערציילט! צי מיינט איר אַז זיי וועלן זאָגן: *איצט קומט די מעשׂה פֿון פֿראָדאָ מיט די ניין פֿינגער און דעם פֿינגערל פֿון גורל*? און דעמאָלט וועלן אַלע שווײַגן, ווי מיר האָבן געטאָן אין ריוונדעל, ווען זיי האָבן אונדז דערציילט די מעשׂה פֿון בערען איין־האַנט און דעם גרויסן איידלשטיין. אויב נאָר איך וואָלט געקענט דאָס הערן! און איך וווּנדער זיך ווי ס'וועט גיין ווײַטער נאָך אונדזער אָנטייל."

נאָר אַפֿילו בעת ער רעדט אַזוי, אַוועקצוהאַלטן דעם שרעק ביזן סאַמע סוף, זײַנען די אויגן זײַנע נאָך געקוקט אויף צפֿון, צפֿון גלײַך אינעם אויג פֿונעם ווינט אַרײַן, ווו דער הימל ווײַט אַוועק איז קלאָר געווען, בעת דער קאַלטער בלאָז, וואַקסנדיק ביז אַ בורע, נאָט צוריקגעטריבן דאָס פֿינצטערניש און דעם חורבֿות פֿון די וואָלקנס.

און אַזוי איז געווען אַז גווײַהיר האָט זיי דערזען מיט די שאַרפֿע ווײַט־זעענדיקע אויגן, בעת ער איז אַראָפּ אויף דעם ווילדן ווינט, און שטעלנדיק זיך אַנטקעגן דעם גרויסן סכּנה פֿון די הימלען איז ער אַרומגעפֿלויגן אין דער לופֿטן: צוויי קליינע טונקעלע געשטאַלטן, פֿאַרלאָזענע, האַנט אין האַנט אויף אַ קליין בערגעלע, בעת די ערד ציטערט אונטער די פֿיס און האָט געקײַכט, און טײַכן פֿײַער זײַנען נעענטער געקומען. און פּונקט ווען ער האָט זיי דערזען און האָט געהאַלטן בײַם זיך אַראָפּלאָזן, האָט ער געזען ווי זיי פֿאַלן, אויסגעמאַטערט אָדער דערשטיקט מיט גאַזן און היץ, אָדער דערשלאָגן פֿון פֿאַרצווייפֿלונג צום סוף, פֿאַרשטעלן די אויגן פֿאַר דעם טויט.

זײַט בײַ זײַט זײַנען זיי געלעגן, און גיך אַראָפּ איז גווײַהיר, אַראָפּ מיט לאַנדראָוואַל און מענעלדאָר דעם גיכן, און אין אַ חלום, אומוויסיק פֿון וואָס טרעפֿט זיך מיט זיי, זײַנען די וואַנדערערס אויפֿגעהויבן געוואָרן און געטראָגן ווײַט אַוועק אַרויס פֿון דעם פֿינצטערניש און דעם פֿײַער.

ווען סאַם איז ווידער וואַך האָט ער זיך געפֿונען ליגן אויף עפּעס אַ ווייך געלעגער, נאָר איבער אים האָבן זיך ווייך געוויגט ברייטע בוכנבוים־צווײַגן, און דורך די יונגע בלעטער האָט די זונענשײַן שימערירט, גרין און גאָלד. די לופֿט איז גאַנץ אָנגעפֿילט געווען מיט אַ זיס געמישט גערוך.

ער האָט געדענקט דעם ריח: דאָס גערוך פֿון איטיליען. "ווי איך לעב!" האָט ער געטראַכט. "ווי לאַנג האָב איך געשלאָפֿן?" וואָרן דאָס גערוך האָט אים געטראָגן צוריק צו דעם טאָג ווען ער האָט אָנגעצונדן דעם קליינעם פֿײַער אונטערן זוניקן ברעג, און אויף דער רגע איז אַלץ וואָס איז געשען אין צווישן אַרויס פֿונעם וואַכיקן זכּרון. ער האָט זיך אויסגעצויגן און טיף אײַנגעאָטעמט. "אײַ, אַזאַ חלום איז דאָס געווען!" האָט ער געזאָגט אונטער דער נאָז. "שוין גוט וואַך צו זײַן!" ער האָט זיך אויפֿגעזעצט און דעמאָלט געזען אַז פֿראָדאָ ליגט לעבן אים, האָט בשלום געשלאָפֿן, איין האַנט אונטערן קאָפּ, די צווייטע אויף דער קאָלדרע. זי איז די רעכטע האַנט געווען און עס פֿעלט איר דער דריטער פֿינגער.

דער גאַנצער זכּרון איז צו אים צוריקגעקומען, און סאַם האָט הויך אויסגעשריגן: "ס'איז ניט געווען קיין חלום! ווו זשע זײַנען מיר דען?"

און אַ קול האָט ווייך גערעדט הינטער אים: "אין דעם לאַנד פֿון איטיליען, און אונטער דער באַשיצונג פֿון דעם קיניג, און ער וואַרט אויף אײַך." דערמיט איז גאַנדאַלף פֿאַר אים

געשטאַנען, באַקליידט אין ווײַס, די באָרד איצט האָט געבלאַנקט ווי ריינער שניי אינעם פֿינקלען פֿון די זונענשײַן אין די בלעטער. "נו, האַר סאַמוויַיז, ווי גייט עס בײַ אײַך?" האָט ער געזאָגט.

נאָר סאַם האָט זיך צוריקגעלייגט און געשטאַרט מיט אָפֿן מויל, און אויף אַ רגע צווישן צעמישעניש און פֿרייד איבער פֿרייד האָט ער ניט געקענט ענטפֿערן. צום סוף האָט ער געפֿרײַכט: "גאַנדאַלף! איך האָב געמיינט איר זײַט טויט געווען! נאָר האָב איך אויך געמיינט אַז איך אַליין בין טויט געווען. צי וועט יעדע טרויעריקע זאַך פֿאַרקערט ווערן? וואָס איז געשען מיט דער וועלט?"

"אַ גרויסער שאָטן איז אָפּגעפֿאָרן," האָט גאַנדאַלף געזאָגט, און דעמאָלט האָר ער זיך צעלאַכט, איז דער קלאַנג געווען ווי מוזיק, אָדער ווי וואַסער אין אַן אויסגעטריקנט לאַנד, און בעת ער הערט זיך צו איז סאַם אײַנגעפֿאַלן אַז ער האָט ניט געהערט קיין געלעכטער, דעם ריינעם קלאַנג פֿון פֿריילעכקייט, שוין אויף טעג נאָך טעג אָן אַ צאָל. עס איז געפֿאַלן אויף זײַנע אויערן ווי דאָס ווידערקול פֿון די אַלע פֿריידן וואָס ער האָט אַ מאָל דערלעבט. אָבער ער אַליין האָט זיך צעוויינט. דעמאָלט, ווי אַ זיסער רעגן וואָס קומט אַראָפּ אויף אַ פֿרילינג־ווינטל, און די זון וועט שײַנען אַלץ קלאָרער, האָבן די טרערן אויפֿגעהערט, און אַ געלעכטער אַרויסגעקוואַלט, און לאַכנדיק איז ער געשפּרונגען פֿון בעט.

"ווי גייט עס בײַ מיר?" האָט ער אויסגערופֿן. "נו, איך ווייס ניט ווי אַזוי צו זאָגן. איך פֿיל זיך, איך פֿיל" – ער האָט געמאַכט מיט די אָרעמס אין דער לופֿט – "איך פֿיל ווי פֿרילינג נאָך דעם ווינטער, און זון אויף די בלעטער, און ווי טרומייטן און האַרפֿן און די אַלע לידער איך האָב אַ מאָל געהערט!" ער האָט זיך אָפּגעשטעלט און זיך געדרייט צו זײַן האַר. "נאָר ווי איז מ"ר פֿראָדאָ?" האָט ער געזאָגט. "ס'אַ שאָד מיט זײַן האַנט נעבעך. אָבער אַנדערש איז ער געזונט? ס'איז אים שוידערלעך געווען."

"יאָ, אַנדערש איז מיר גוט," האָט פֿראָדאָ געזאָגט, און זיך אויפֿגעזעצט און געלאַכט אין זיין גאַנג. "איך בין נאָך אַ מאָל אײַנגעשלאָפֿן וואַרטן אויף דיר, סאַם, פּעפּער. איך בין וואַך געווען פֿרי דעם אינדערפֿרי און איצט איז שיִער ניט האַלבער טאָג."

"האַלבער טאָג?" האָט סאַם געזאָגט, פּרווון רעכענען. "האַלבער טאָג אויף וועלכן טאָג?"

"דעם פֿערצנטן פֿון דעם נײַעם יאָר," האָט גאַנדאַלף געזאָגט, "אָדער, אויב ס'געפֿעלט אײַך בעסער, דעם אַכטן טאָג פֿון אַפּריל לויט דער קאַנטאָן־רעכענונג[3]. נאָר אין גאָנדאָר פֿון איצט אָן וועט דאָס נײַע יאָר זיך אָנהייבן מיט דעם פֿינף־און־צוואַנציקסטן מאַרץ ווען סאַוראָן איז געפֿאַלן און ווען איר זײַט אַרויסגעבראַכט פֿון דעם פֿײַער צו דעם קיניג. ער האָט אײַך צוגעזען און איצט וואַרט ער אויף אײַך. איר וועט מיט אים עסן און טרינקען. ווען איר זײַט גרייט וועל איך אײַך פֿירן צו אים."

"דער קיניג?" האָט סאַם געזאָגט. "וואָסערער קיניג, און ווער איז ער?"

---

[3] עס זײַנען געווען דרײַסיק טעג אין מאַרץ (אָדער רעטהע) אין דעם קאַנטאָן־לוח.

"דער קיניג פֿון גאָנדאָר און לאָרד פֿון די מערבֿדיקע לענדער," האָט גאַנדאַלף געזאָגט, "און ער האָט צוריקגענומען דאָס גאַנצע אַנטיקע מלכות זײַנס. ער וועט באַלד רײַטן אויף דעם קריינען, אָבער ער וואַרט אויף אײַך."

"וואָס זאָלן מיר טראָגן?" האָט סאַם געזאָגט, וואָרן ער האָט נאָר געקענט זען די אַלטע אָפּגעריבענע קליידער וואָס זיי האָבן געטראָגן אויף דער נסיעה, ליגנדיק געפֿעלבלט אויף דער ערד לעבן די בעטן.

"די קליידער וואָס איר האָט געטראָגן אויפֿן וועג אַרײַן אין מאָרדאָר," האָט גאַנדאַלף געזאָגט. "די אָרק־שמאַטעס וואָס איר האָט געטראָגן אין דעם שוואַרצן לאַנד, פֿראָדאָ, וועט מען אויפֿהיטן. קיין זײַדנס און לײַוונטנס, קיין פּאַנצער צי העראַלדיק, קענען ניט האָבן מער כּבֿוד. אָבער שפּעטער וועל איך אפֿשר געפֿינען אַנדערע קליידער."

האָט ער דעמאָלט אויסגעהאַלטן די הענט צו זיי און זיי האָבן געזען ווי איינע שײַנט מיט ליכט. "וואָס האָט איר דאָרט?" האָט פֿראָדאָ אויסגעשריגן. "צי קען עס זײַן—?"

"יאָ, איך האָב אײַך געבראַכט אײַערע צוויי אוצרות. מע האָט זיי געפֿונען אויף סאַם ווען איר זײַט געוווען געראַטעוועט. די מתּנות פֿון דער דאַמע גאַלאַדריעל: אײַער פֿיאָל, פֿראָדאָ, און אײַער קעסטל, סאַם. עס וועט אײַך פֿרייען וואָס די זאַכן זײַנען נאָך אַ מאָל זיכער."

ווען זיי האָבן זיך געוואַשן און די קליידער אָנגעטאָן, און אויפֿגעגעסן אַ קליינעם מאכל, זײַנען די האָביטס געגאַנגען נאָך גאַנדאַלף. זיי האָבן געטראָטן אַרויס פֿון דעם בוכנבוים געדיכטעניש וואָס דערין זײַנען זיי געלעגן, און געגאַנגען אויף אַ לאַנגער גרינער לאָנקע, גלײַענדיק אין דער זונענשײַן, באַברעמט מיט שטאַלטיקע טונקל־באַבלעטערטע ביימער אָנגעלאָדן מיט שאַרלאַכע בלומען. הינטער זיי האָבן זיי געקענט הערן דעם קלאַנג פֿון פֿאַלנדיק וואַסער, און אַ ריטשקע האָט געשטראָמט פֿאַר זיי צווישן באַבלומטע ברעגן, ביז ער איז געקומען צו אַ גרין וועלדל צופֿוסנס פֿון דער לאָנקע, און ווײַטער אונטער אַ בויגן פֿון ביימער, וואָס דורך אים האָבן זיי געזען די שײַן פֿון וואַסער ווײַט אַוועק.

ווען זיי זײַנען געקומען צו דער עפֿענונג אינעם וועלדל, איז זיי אַ חידוש געווען צו זען ריטערס אין העלן פּאַנצער און הויכע וועכטערס אין זילבער און שוואַרץ שטייענדיק דאָרט, וואָס האָבן זיי באַגריסט מיט כּבֿוד און זיך פֿאַרנייגט פֿאַר זיי. און דעמאָלט האָט איינער געבלאָזן אַ לאַנגן טרומייט, און זיי זײַנען ווײַטער געגאַנגען דורך דעם דורכגאַנג פֿון ביימער לעבן דעם זינגענדיקן שטראָם. אַזוי זײַנען זיי געקומען צו אַ ברייטן גרינעם לאַנד, און ווײַטער איז געווען אַ ברייטער טײַך אין אַ זילבערנעם נעפּל, וואָס אַרויס דערפֿון איז אַרויף אַ לאַנגער וואַלדיקער אינדזל, און אַ סך שיפֿן זײַנען געלעגן בײַ די ברעגן. נאָר אויף דעם פֿעלד ווו זיי זײַנען איצט געשטאַנען האָט מען צונויפֿגעצויגן אַ גרויסע מחנה, אין רייען און קאָמפּאַניעס פֿינקלענדיק אין דער זון. און בעת די האָביטס זײַנען נעענטער געקומען האָבן אַלע אַרויסגעצויגן די שווערדן און געשאָקלט די שפּיזן, און הערנער און טרומייטן האָבן געזונגען, און מענטשן האָבן געשריגן אין אַ סך קולער און אין אַ סך לשונות:

"לאַנג לעבן די האַלבלינגען! לויבט זיי אין הימל אַרײַן!
קויאָ אי פֿערײַין אַנאַן! אַגלאַר'ני פֿעריאַנאַט!
לויבט זיי אין הימל אַרײַן, פֿראָדאָ און סאַמוויַיז!
דאַור אַ בערהייל, קאָנין ען אַנון! עגלעריאָ!

לויבט זיי!
***ע**גלעריאָ!*
***אַ** לײַטאַ טע, לײַטאַ טע! **אַ**נדאַווע לײַטוּוואַלמעט!*
לויבט זיי!
***ק**אָרמאַקאָלינדאָר, אַ לײַטאַ טאַריענאַ!*
*לויבט זיי! די **פֿ**ינגערל־**ט**רעגערס, לויבט זיי אין הימל אַרײַן!"*

און אַזוי, מיט דעם רויטן בלוט פֿאַררייטלען די פּנימער און זייערע אויגן שײַנען מיט חידוש, זײַנען **פֿ**ראָדאָ און **ס**אַם געגאַנגען פֿאָרויס און געזען אַז אין מיטן די ליאַרעמדיקע מאַסע האָט מען אַוועקגעשטעלט דרײַ הויכע זיצערטער געשאַפֿן פֿון גרינעם טאָרף. הינטערן בענקל אויף רעכטס האָט געשוועבט, ווײַס אויף גרין, אַ גרויס פֿערד לויפֿנדיק פֿרײַ; אויף לינקס איז געווען אַ פֿאָנע, זילבער אויף בלאָ, אַ שיף מיט אַ פֿאָדערבאָרד ווי אַ שוואַן שווימענדיק אויפֿן ים; נאָר הינטערן העכסטן טראָן אין דער מיט פֿון אַלץ האָט זיך אַ גרויסע פֿאָן פֿאַרשפּרייט אינעם ווינטל, און אויף איר אַ ווײַסער בוים בליט אויף אַ סויבלן הינטערגרונט אונטער אַ שײַנענדיקער קרוין און זיבן בלישטשענדיקע שטערן. אויף דעם טראָן איז געזעסן אַ מענטש באַקליידט אין פּאַנצער, מיט אַ גרויסער שווערד ליגנדיק אויף די קני, נאָר מיט ניט קיין קאַסקע. בעת זיי קומען נעענטער איז ער אויפֿגעשטאַנען. און דעמאָלט האָבן זיי אים דערקענט, אומגעביטן ווי ער איז געווען, אַזוי הויך, מיט אַ פֿריילעך פּנים, קיניגלעך, אַ לאָרד פֿון **מ**ענטשן, מיט טונקעלע האָר און גראָע אויגן.

פֿראָדאָ איז געלאָפֿן אים צו טרעפֿן, מיט **ס**אַם נאָענט אויף הינטן. "אָ, איבער אַלע חידושים!" האָט ער געזאָגט. "**ש**פּרײַזער, אָדער איך שלאָף נאָך!"

"יאָ, **ס**אַם, **ש**פּרײַזער," האָט **אַ**ראַגאָרן געזאָגט. "ס'איז שוין אַ לאַנגער וועג, אַיאָ, פֿון **ב**רי, וווּ מײַן אויסזע איז אײַך ניט געפֿעלן? אַ לאַנגער וועג פֿאַר אונדז אַלע, נאָר פֿאַר אײַך איז געווען דער פֿינצטערסטער וועג."

און דעמאָלט, ווי אַ חידוש און אַ שטאַרקע צעמישונג פֿאַר **ס**אַם, האָט ער זיך פֿאַרנייגט אויף איין קני פֿאַר זיי און זיי גענומען בײַ די הענט, **פֿ**ראָדאָ אויף רעכטס און **ס**אַם אויף לינקס, האָט ער זיי געפֿירט צו די טראָנען, און זיי אַוועקגעשטעלט דערויף; האָט ער דעמאָלט זיך געווענדט צו די מענטשן און קאַפּיטאַנען וואָס שטייען דאָרט און גערעדט, אַזוי אַז זײַן קול האָט אָפּגעהילכט איבער דער גאַנצער מחנה, אויסשרײַענדיק:

"לויבט זיי אין הימל אַרײַן!"

און ווען דאָס פֿרייִלעכע געשריי האָט הויך געברומט און איז ווידער אָפּגעשטאָרבן, צו **ס**אַמס לעצטער און פֿולקומער צופֿרידנקייט און הוילער פֿרייד, האָט אַ מינעזינגער פֿון **ג**אָנדאָר געטראָטן פֿאָרויס און געקניט, און געבעטן דערלויבעניש צו זינגען. און הערט נאָר! ער האָט געזאָגט:

"הערט, לאָרדן און ריטערס און גבֿורהדיקע מענטשן אומפֿאַרשעמטע, קיניגן און פּרינצן, און די העלע לײַט פֿון **ג**אָנדאָר, און רײַטערס פֿון **ר**אָהאַן, און איר זין פֿון **ע**לראָנד, און די **ד**ונעדיין פֿון דעם **צ**פֿון, און **ע**לף און **ש**רעטל, און די גרויסהאַרציקע פֿון דעם **ק**אַנטאָן, און די אַלע פֿרײַע פֿעלקער פֿון דעם **מ**ערבֿ, איצט הערט זיך צו צו מײַן ליד. וואָרן איך וועל אײַך זינגען פֿון **פֿ**ראָדאָ מיט די **נ**ײַן **פֿ**ינגער און דעם **פֿ**ינגערל פֿון **ג**ורל."

און ווען **ס**אַם האָט דאָס געהערט, האָט ער זיך צעלאַכט הויך אויף אַ קול מיט הוילער פֿרייד, און ער איז אויפֿגעשטאַנען און אויסגעשריגן: "אָ, גרויסע גדולה און פּראַכט! און אַלע מײַנע ווינטשן זײַנען מקוים געוואָרן! און דעמאָלט האָט ער געוויינט.

און אַלע אין דער מחנה האָבן געלאַכט און געוויינט, און אין מיטן זייער פֿריילעכקייט און טרערן האָט זיך אויפֿגעהויבן דאָס קלאָרע קול פֿון דעם מינעזינגער ווי זילבער און גאָלד, און אַלע זײַנען שטיל געוואָרן. און ער האָט צו זיי געזונגען, איצט אינעם **ע**לף־**ל**שון, איצט אינעם לשון פֿון דעם **מ**ערבֿ, ביז די הערצער זייערע, פֿאַרוווּנדיקט מיט זיסע דיבורים, האָבן אָנגעקוואָלן, און זייער פֿרייד איז ווי שווערדן געווען, און אין מוח זײַנען זיי אַרײַן אין געגנטן ווו ווייטיק און פֿרייד גיסן זיך צוזאַמען און טרערן זײַנען דער סאַמע ווײַן פֿון הייליקייט.

און סוף־כּל־סוף, ווען די זון איז אַראָפּ פֿון האַלבן טאָג און די שאָטנס פֿון די ביימער זײַנען לענגער געוואָרן, האָט ער זיך געענדיקט. "לויבט זיי אין הימל אַרײַן!" האָט ער געזאָגט און געקניט. און דעמאָלט איז **א**ראַגאָרן אויפֿגעשטאַנען, און די גאַנצע מחנה אויך, און זיי זײַנען אַרײַן אין פּאַוויליאָנען שוין צוגעגרייט, צו עסן און טרינקען און זיך גוט פֿאַרברענגען בעת דער טאָג ציט זיך ווײַטער.

פֿראָדאָ און **ס**אַם האָט מען אַוועקגעפֿירט, געבראַכט צו אַ געצעלט, און דאָרט האָבן זיי אויסגעטאָן די אַלטע מלבושים, נאָר זיי געפֿאַלבט און אַוועקגעלייגט מיט כּבֿוד, און מע האָט זיי ריין וועש געגעבן. דעמאָלט איז **ג**אַנדאַלף אַרײַן און אין זײַנע אָרעמס, ווי אַ חידוש צו **פֿ**ראָדאָ, האָט ער געטראָגן די שווערד און דעם עלפֿישן מאַנטל און דאָס מיטריל־וועסטל וואָס מע האָט צוגענומען פֿון אים אין **מ**אָרדאָר. פֿאַר **ס**אַם האָט ער געבראַכט אַ מאַנטל פֿון באַגילטן פּאַנצער, און דעם עלפֿישן מאַנטל גאַנץ צו רעכטס געמאַכט פֿונעם שמוץ און שאָדנס וואָס דערפֿון האָט עס געליטן, און דעמאָלט האָט ער פֿאַר זיי אַוועקגעלייגט צוויי שווערדן.

"איך וויל ניט קיין שווערד," האָט **פֿ**ראָדאָ געזאָגט.

"הײַנט בײַ נאַכט וויניקסטנס זאָלט איר איינע טראָגן," האָט **ג**אַנדאַלף געזאָגט.

דעמאָלט האָט **פֿ**ראָדאָ גענומען די קליינע שווערד וואָס האָט געהערט צו **ס**אַם, און וואָס יענער האָט געלייגט בײַ זײַן זײַט אין **צ**יריט **א**ונגאָל. "**ש**טאָך גיב איך דיר, **ס**אַם," האָט ער געזאָגט.

"ניין, האַר! **מ**"ר **ב**ילבאָ האָט זי אײַך געגעבן, און זי פּאַסט מיט זײַן זילבערנעם מאַנטל. ער וואָלט ניט ווילן אַז עמעצער אַנדערש זאָל זי טראָגן איצט."

פֿראָדאָ האָט נאָכגעגעבן, און **ג**אַנדאַלף, גלײַך ווי ער איז זייער אַדיוטאַנט, האָט געקניט און פֿאַרשנאָלט די שווערד־גאַרטלען אַרום זיי, און דעמאָלט איז ער אויפֿגעשטאַנען און אַוועקגעשטעלט קרײַזלעך פֿון זילבער אויף די קעפּ זייערע. און ווען זיי זײַנען באַקליידט געווען, זײַנען זיי געגאַנגען צו דער גרויסע סעודה, און זיי זײַנען געזעסן בײַ דעם **ק**יניגס טיש מיט **ג**אַנדאַלף און **ק**יניג **ע**אָמער פֿון **ר**אָהאַן, און דעם **פּ**רינץ **א**ימראַהיל און די אַלע הויפּט־קאַפּיטאַנען, און אויך דאָרט זײַנען געווען **ג**ימלי און **ל**עגאָלאַס.

נאָר ווען, נאָך דער שטייענדיקער **ש**טילקייט, האָט מען ווײַן געבראַכט זײַנען אַרײַנגעקומען צוויי אַדיוטאַנטן צו דינען די קיניגן, אָדער אַזוי האָבן זיי אויסגעזען: איינער

איז געווען באַקליידט אינעם זילבער און סויבל פֿון דער וואַך פֿון מינאַס טיריט, און דער צווייטער אין ווײַס און גרין. נאָר סאַם נאָט זיך געוווּנדערט ווי אַזוי קומען אַזעלכע בחורים אין אַן אַרמיי פֿון מאַכטיקע מענטשן. דעמאָלט, מיט אַ מאָל אַז זיי קומען נעענטער און ער האָט זיי קלאָרער געקענט זען, האָט ער אויסגערופֿן:

"קוקט נאָר, מ"ר פֿראָדאָ! גיט אַ קוק דאָ! אָ, צי איז דאָס ניט פּיפּין? מ"ר פּערעגרין טוק, זאָל איך זאָגן, און מ"ר מערי! ווי זיי זײַנען געוואַקסן! ווי איך לעב! נאָר איך קען זען אַז ס'זײַנען דאָ מעשׂיות אַחוץ אונדזערער."

"ס'איז טאַקע אַזוי," האָט פּיפּין געזאָגט, מיט אַ דריי צו אים צו. "און מיר וועלן אָנהייבן זיי דערציילן באַלד ווי די סעודה איז פֿאַרטיק. דערווײַל קענסטו פּרוּוון בײַ גאַנדאַלף. ער האַלט זיך ניט אַזוי ענג ווי פֿריִער, כאָטש ער לאַכט איצט מער ווי ער רעדט. אויף אַ ווײַלע זײַנען מערי און איך פֿאַרנומען. מיר זײַנען ריטערס פֿון דער שטאָט און פֿון דעם מאַרק, ווי איר זאָלט זען."

צום סוף איז דער גליקלעכער טאָג פֿאַרטיק געווען, און ווען די זון איז אַוועק און די קײַלעכדיקע לבֿנה האָט געריטן פּאַמעלעך איבער די נעפּלען פֿון דעם אַנדויִן און געצאַנקט דורך די ווייגנדיקע בלעטער, זײַנען פֿראָדאָ און סאַם געזעסן אונטער די שעפּטשענדיקעביימער אין דעם גערוך פֿון שיינעם איטיליען, און געשמועסט טיף אין דער נאַכט אַרײַן מיט מערי און פּיפּין און גאַנדאַלף, און נאָך אַ ווײַלע אויך לעגאָלאַס און גימלי. דאָרט האָבן זיך פֿראָדאָ און סאַם דערוווּסט אַ סך פֿון וואָס איז געשען מיט דער קאָמפּאַניע נאָך דעם וואָס די חבֿרותא איז זיך צעגאַנגען דעם בייזן טאָג בײַ פּאַרט גאַלען לעבן די ראַוראָס־פֿאַלן. און ס'איז אַלע מאָל נאָך מער צו פֿרעגן און מער צו דערציילן.

אָרקס, און רעדנדיקע ביימער, און מײַל נאָך מײַל גראָז, און גאַלאָפּירנדיקע רײַטערס, און פֿינקלענדיקע היילן, און ווײַסע טורעמס און גאָלדענע זאַלן, און שלאַכטן, און הויכע זעגל־שיפֿן, די אַלע זאַכן זײַנען דורך סאַמס מוח ביז ער איז פֿריטשמעליעט געוואָרן. נאָר אין מיטן די אַלע וווּנדערס איז ער כּסדר צוריק צו זײַן חידוש איבער דער גרייס פֿון מערי און פּיפּין, און ער האָט זיי געמאַכט שטיין רוקן צו רוקן מיט פֿראָדאָ און זיך אַליין. ער האָט דעם קאָפּ געקראַצט. "כ'קען ניט פֿאַרשטיין, אין אײַער עלטער!" האָט ער געזאָגט. "נאָר אָט האָט איר דאָס: איר זײַט העכער מיט דרײַ צאָלן ווי איר זאָלט זײַן, אָדער איך בין אַ שרעטל."

"דאָס ביסטו זיכער ניט," האָט גימלי געזאָגט. "אָבער וואָס האָב איך געזאָגט? בשׂר־ודמס קענען ניט האַלטן אין טרינקען ענט־געטראַנק און ריכטן זיך אויף ניט מער ווי פֿון אַ טאָפּ ביר."

"ענט־געטראַנק?" האָט סאַם געזאָגט. "אָט רעדט איר פֿון ענטן נאָך אַ מאָל, נאָר וואָס זיי זאָלן ניט זײַן קען איך ניט טרעפֿן. זעט נאָר, ס'וועט וואָכן געדויערן איידער מיר פֿאַרשטייען די אַלע זאַכן!"

"וואָכן אויף אַן אמת," האָט פּיפּין געזאָגט. "און דעמאָלט וועט מען דאַרפֿן פֿראָדאָ פֿאַרשליסן אין אַ טורעם אין מינאַס טיריט דאָס אַלץ אָנצושרײַבן. אַניט וועלט ער אַ העלפֿט פֿאַרגעסן און דער אַלטער בילבאָ נעבעך וועט זײַן רעכט אַנטוישט."

נאָך אַ ווײַלע איז **ג**אַנדאַלף אויפֿגעשטאַנען. "די הענט פֿון דעם **ק**יניג זײַנען הענט פֿון היילונג, טײַערע פֿרײַנד," האָט ער געזאָגט. "נאָר איר זײַט געגאַנגען ביזן סאַמע קאַנט פֿון טויט איידער ער האָט אײַך צוריקגערופֿן, האָט געלאָזט פֿילן זײַן גאַנצע שליטה, און אײַך געשיקט אין דער זיסער פֿאַרגעסנהייט פֿון שלאָף. און כאָטש איר האָט טאַקע לאַנג און רויִק געשלאָפֿן, איז נאָך אַלץ נאָך אַ מאָל צײַט צו שלאָפֿן."

"און ניט נאָר **ס**אַם און **פֿ**ראָדאָ דאָ," האָט **ג**ימלי געזאָגט, "נאָר איר אויך, **פּ**יפּין. איך האָב אײַך ליב, אויב נאָר צוליב די יסורים וואָס איר האָט מיך געקאָסט, וואָס איך וועל קיין מאָל ניט פֿאַרגעסן. און אויך וועל איך ניט פֿאַרגעסן ווי איך האָב אײַך געפֿונען אויף דעם בערגל פֿון דער לעצטער שלאַכט. אויב ניט פֿאַר **ג**ימלי דעם **ש**רעטל וואָלט איר דעמאָלט פֿאַרלוירן געגאַנגען. נאָר איצט ווייניקסטנס קען איך דערקענען אַ האָביטס פֿוס, כאָטש ער איז אַלץ געווען וואָס צו זען אונטער אַ הײַפֿל קערפּערס. און ווען איך האָב אָפּגעשטויסן די גרויסע פּגירה פֿון אײַך, האָב איך זיך פֿאַרזיכערט אַז איר זײַט טויט געווען. איך וואָלט געקענט אויסרײַסן די באָרד. און ס'איז בלויז איין טאָג זינט איר זײַט ערשט אויף געווען און אומגעגאַנגען. איצט אין בעט אַרײַן גייט איר. און איך אויך."

"און איך," האָט **ל**עגאָלאַס געזאָגט, "וועל גיין שפּאַצירן אין די וועלדער אין אָט דעם שיינעם לאַנד, וואָס איז רו גענוג. אין די קומעדיקע טעג, אויב מײַן **ע**לף־**ל**אָרד דערלויבט, וועלן עטלעכע פֿון אונדזערע לײַט זיך דאָ באַזעצן, און ווען מיר קומען וועט עס געבענטשט ווערן אויף אַ ווײַלע. אויף אַ ווײַלע: אַ חודש, אַ לעבן, איין הונדערט יאָרן בײַ **מ**ענטשן. נאָר דער **אַ**נדויִן איז נאָענט, און דער **אַ**נדויִן פֿירט זיך אַראָפּ צו דעם ים. צו דעם **ים**. צו דעם **ים**!

*צו דעם **ים**, צו דעם **ים**! די ווײַסע מעוועס שרײַען,*
די ווינטן בלאָזן, און די ווײַסע שוימען פֿליִען.
מערבֿ, מערבֿ צו פֿאַלט אַראָפּ די קויל זון.
גראָע שיף, גראָ שיף, צי הערסט ווי זיי רופֿן,
די קולער פֿון מײַן שטאַם וואָס זײַנען פֿריִער געגאַנגען?
איך וועל איבערלאָזן די וועלדער וואָס האָבן מיך געבוירן;
וואָרן אונדזערע טעג קומען צום סוף און די יאָרן אונדז פֿאַרלאָזן.
איבער די ברייטע וואַסערן וועל איך עלנט זעגלען.
*לאַנג די כוואַליעס אויף דעם **ל**עצטן **ב**רעג פֿאַלן,*
*זיס די קולער פֿון דעם **פֿ**אַרלוירענעם **א**ינדזל רופֿן,*
*אין **ע**רעסייאַ, אין **ע**לף־**ה**יים וואָס קיין מענטש קען ניט אַנטדעקן,*
ווו די בלעטער פֿאַלן ניט: דאָס לאַנד פֿון מײַן פֿאָלק אויף אייביק!

און זינגענדיק אַזוי איז **ל**עגאָלאַס אַוועק אַראָפּ אויפֿן בערגל.

דעמאָלט זײַנען די אַנדערע אויך אָפּגעגאַנגען, און **פֿ**ראָדאָ און **ס**אַם האָבן זיך אַוועקגעלייגט שלאָפֿן. און אין דער פֿרי האָבן זיי זיך אויפֿגעכאַפּט נאָך אַ מאָל בשלום און מיט האָפֿענונג, און זיי האָבן פֿאַרבראַכט אַ סך טעג אין **א**יטיליען. וואָרן דאָס **פֿ**עלד פֿון **ק**אָרמאַלען, ווו די מחנה האָט זיך איצט געלאַגערט, איז נאָענט געווען צו **ה**ענעט **אַ**נון, און דאָס טײַכל וואָס שטראָמט פֿון די פֿאַלן האָט זיך געלאָזט הערן בעת עס האָט זיך געאײַלט אַראָפּ דורך זײַן שטיינערדיקן טויער, און איז דורך די באַבלומטע לאָנקעס אַרײַן אין די פֿלייצן פֿון דעם **אַ**נדויִן לעבן דעם **א**ינדזל פֿון **ק**ייר **אַ**נדראָס. די האָביטס האָבן זיך

אומגעוואַלגערט אַהין און צוריק, געגאַנגען נאָך אַ מאָל צו די ערטער וואָס זיי זײַנען דורך זיי פֿריִער, און סאַם האָט שטענדיק געהאָפֿט אַז אין עפּעס אַ שאָטן אינעם וואַלד אָדער באַהאַלטענעם טאָלכל וועט ער אפֿשר כאַפּן אַ בליק פֿון דעם גרויסן אָליפֿאַנד. און ווען ער האָט געהערט אַז בײַ דער באַלעגערונג פֿון גאָנדאָר זײַנען געווען אַ סך פֿון די דאָזיקע חיות, וואָס זײַנען אַלע צעשטערט געוואָרן, איז דאָס אים געווען אַ טרויעריקער אָנווער.

"נו, מע קען ניט זײַן אומעטום אין איין מאָל, גיב איך צו," האָט ער געזאָגט. "אָבער איך האָב אַ סך פֿאַרזאַמט, דאַכט זיך מיר."

דערווײַלע האָט די מחנה זיך געגרייט אויפֿן צוריקקער קיין מינאַס טיריט. די מידע האָבן זיך אָפּגערוט און די פֿאַרוווּנדיקטע אויסגעהיילט געוואָרן. וואָרן עטלעכע האָבן שווער געאַרבעט און געקעמפֿט אַ סך מיט די רעשטלעך פֿון די מיזרחדיקער און די דרומדיקער, ביז אַלע זײַנען אײַנגענומען געוואָרן. און צו לעצט זײַנען צוריקגעקומען די וואָס זײַנען געווען אַרײַן אין מאָרדאָר און צעשטערט די פֿעסטונגען אין דעם צפֿון פֿון דעם לאַנד.

נאָר צום סוף ווען חודש מײַ איז נאָענט געקומען, זײַנען די קאַפּיטאַנען פֿון דעם מערבֿ אָפּגעפֿאָרן נאָך אַ מאָל, האָבן זיי זיך גענומען אויף שיפֿן מיט די אַלע לײַט, און זיי האָבן געזעגלט פֿון קייר אַנדראָס אַראָפּ אויף דעם אַנדויִן קיין אָסגיליאַט, ווו זיי זײַנען געבליבן איין טאָג, און מיט אַ טאָג שפּעטער זײַנען זיי געקומען צו די גרינע פֿעלדער פֿון דעם פּעלענאָר און געזען נאָך אַ מאָל די ווײַסע טורעמס אונטער דעם הויכן מינדאָלויִן, דער שטאָט פֿון די מענטשן פֿון גאָנדאָר, דאָס לעצטע געדעכעניש פֿון מערבֿנעס, וואָס איז געגאַנגען דורך דעם פֿינצטערניש און פֿײַער צו אַ נײַעם טאָג.

און דאָרט אין דער מיט פֿון די פֿעלדער האָבן זיי אויפֿגעשלאָגן די פּאַווילּיאָנען און געוואַרט אויפֿן פֿרימאָרגן, וואָרן עס איז געווען ערבֿ מײַ און דער קיניג וועט גיין אַרײַן דורך זײַנע טויערן מיטן אויפֿגאַנג פֿון דער זון.

קאַפּיטל פֿינף

דער פֿאַרוואַלטער און דער קיניג

איבער דער שטאָט **ג**אָנדאָר זײַנען געהאָט געהאַנגען ספֿק און אַ גרויסע אימה. לויטערער וועטער און אַ קלאָרע זון האָט געפּילט ווי חוזק צו מענטשן וועמענס טעג האָבן זייער ווייניק האָפֿענונג זיי געבראַכט, און וואָס האָבן זיך געריכט יעדן פֿרימאָרגן אויף ידיעות פֿון אונטערגאַנג. זייער לאָרד איז טויט געווען און פֿאַרברענט, טויט איז געלעגן דער קיניג פֿון **ר**אָהאַן אין זייער ציטאַדעל, און דער נײַער קיניג וואָס איז צו זיי אָנגעקומען אין דער נאַכט איז נאָך אַ מאָל אַוועק אויף מלחמה מיט שליטות צו פֿינצטער און שרעקלעך פֿאַר אַבי וואָס פֿאַר אַ כּוח צי גבֿורה גובֿר צו זײַן איבער זיי. און ניט קיין נײַעס איז געקומען. נאָך דעם וואָס די מחנה איז אָפּגעפֿאָרן פֿון **מ**אָרגול **ט**אָל, גענומען דעם וועג צפֿון צו אונטערן שאָטן פֿון די בערג, איז ניט קיין שליח צוריק און אויך ניט קיין קלאַנג וועגן וואָס געשעט אין דעם דומענדיקער **מ**יזרח.

ווען די **ק**אַפּיטאַנען זײַנען אַוועק נאָך צוויי טעג האָט די **ד**אַמע **ע**אָווין געבעטן בײַ אירע באַדינערינס זיי זאָלן איר ברענגען קליידער, און זי האָט ניט געוואָלט הערן קיין אָפּלייקענען, נאָר איז אויפֿגעשטאַנען און ווען זיי האָבן זי באַקליידט און געשטעלט איר אָרעם אין אַ לײַוונטענער בינדע, איז זי געגאַנגען צו דעם **ש**ומר פֿון די **ה**ײַזער פֿון **ה**יילונג.

"סער," האָט זי געזאָגט, "איך בין שטאַרק אומרויִק, און איך קען מער ניט ליגן אַ פֿוילע."

"**ד**אַמע," האָט ער געענטפֿערט, "איר זײַט נאָך ניט אויסגעהיילט, און מע האָט מיך געהייסן אײַך צוצוזען מיט באַזונדער זהירות. איר האָט ניט געזאָלט אויפֿשטיין פֿון בעט אויף נאָך זיבן טעג, לויט וואָס מע האָט מיך געהייסן. איך בעט זיך בײַ אײַך צוריקצוגיין."

"איך בין אויסגעהיילט," האָט זי געזאָגט, "אויסגעהיילט ווייניקסטנס אין גוף אַחוץ נאָר דעם לינקן אָרעם, און ער איז ניט צרהדיק. אָבער איך וועל פֿאַרקרענקען נאָך אַ מאָל אויב ס'איז ניט וואָס איך קען טאָן. צי זײַנען געקומען ידיעות פֿון דער מלחמה? די פֿרויען קענען מיר גאָרנישט ניט דערציילן."

"ס'זײַנען ניט געקומען קיין ידיעות," האָט געזאָגט דער **ש**ומר, "אַחוץ אַז די **ל**אָרדן האָבן געריטן צו **מ**אָרגול **ט**אָל, און מע זאָגט אַז דער נײַער קאַפּיטאַן פֿון דעם **צ**פֿון איז זייער שעף. אַ גרויסער לאָרד איז ער, און אַ היילער, און עס איז מיר גאָר אַ מאָדנע זאַך וואָס אַ האַנט וואָס היילט זאָל אויך האַלטן אַ שווערד. עס איז ניט אַזוי איצט אין **ג**אָנדאָר, כאָטש אַ מאָל איז געווען אַזוי, אויב די אַלטע מעשׂיות זײַנען אמתע. נאָר שוין אויף לאַנגע יאָרן האָבן מיר היילערס נאָר געזוכט פֿאַרריכטן די שניטן געמאַכט פֿון מענטשן מיט שווערדן. נאָר מיר וואָלטן נאָך פֿאַרנומען זײַן אָן דעם: די וועלט איז גענוג פֿול מיט ווייטיקן און סיבות אָן מלחמות זיי צו פֿאַרמערן."

"ס'דאַרף נאָר איין שׂונא צו ברענגען מלחמה, ניט צוויי, **ה**אַר **ש**ומר," האָט **ע**אָווין געענטפֿערט. "און די אָן די שווערדן קענען נאָך אַלץ שטאַרבן אויף זיי. צי ווילט איר אַז די לײַט אין **ג**אָנדאָר זאָלן נאָר צונויפֿקלײַבן קרײַטעכצער פֿאַר אײַך, ווען דער **ב**על-**ח**ושך קלײַבט צונויף אַרמייען? און עס איז ניט אַלע מאָל גוט אויסגעהיילט צו ווערן אין גוף. און

אויך ניט אַלע מאָל בייז צו שטאַרבן אין שלאַכט, אַפֿילו מיט ביטערע יסורים. אויב מע דערלויבט מיך, אין אָט דער פֿינצטערער שעה וואָלט איך בעסער נעמען דעם צווייטן."

דער **ש**ומר האָט אויף איר געקוקט. אַ הויכע איז זי דאָרט געשטאַנען, די אויגן העל אין איר ווײַס פּנים, די האַנט געבײַלט בעת זי האָט זיך געדרייט און געקוקט אַרויס דורך זײַן פֿענצטער וואָס עפֿנט זיך אויף דעם **מ**יזרח. ער האָט אַ זיפֿץ געגעבן און געשאָקלט מיטן קאָפּ. נאָך אַ ווײַלע האָט זי זיך צו אים ווידער געווענדט.

"צי איז ניטאָ וואָס צו טאָן?" האָט זי געזאָגט. "ווער הערשט אין דער אָ **ש**טאָט?"

"איך ווייס ניט גענוי," האָט ער געענטפֿערט. "אַזעלכע זאַכן זײַנען ניט מײַן עסק. עס איז דאָ אַ מאַרשאַל איבער די רײַטערס פֿון **ר**אָהאַן, און דער **ל**אָרד **ה**ורין, האָב איך געהערט, קאָמאַנדירט מיט די לײַט פֿון **ג**אָנדאָר. נאָר דער **ל**אָרד **פֿ**אַראַמיר איז על־פּי יושר דער **פֿ**אַרוואַלטער פֿון דער **ש**טאָט."

"ווּ קען איך אים געפֿינען?"

"דאָ אין דעם דאָזיקן הויז, דאַמע. ער איז געווען אָנגעווייטיקט צעמזיקט, נאָר איצט קומט ער ווידער צו זיך. אָבער איך ווייס ניט —"

"צי וועט איר מיך ברענגען צו אים? דעמאָלט וועט איר וויסן."

דער **ל**אָרד **פֿ**אַראַמיר איז אַרומגעגאַנגען אינעם גאָרטן פֿון די **ה**ײַזער פֿון **ה**יילונג, און די זונענשײַן האָט אים געוואַרעמט, און ער האָט געפֿילט נײַ לעבן אין די אָדערן, נאָר אים איז געווען שווער אויפֿן האַרצן, און ער האָט געקוקט אַרויס איבער די מויערן מיזרח צו. און קומענדיק נאָענט האָט דער **ש**ומר אים גערופֿן בײַם נאָמען און ער האָט זיך געדרייט און געזען די **ד**אַמע **ע**אָווין פֿון **ר**אָהאַן, און ער איז גערירט מיט רחמנות, וואָרן ער האָט געזען אַז זי איז געגהרגט, און זײַנע שאַרפֿע אויגן האָבן דערזען איר לײַד און אומרו.

"מײַן לאָרד," האָט געזאָגט דער **ש**ומר, "אָט איז די **ד**אַמע **ע**אָווין פֿון **ר**אָהאַן. זי האָט געריטן מיט דעם קיניג און איז שווער גענהרגט געוואָרן און וווינט איצט אונטער מײַן השגחה. נאָר זי איז ניט צופֿרידן, און זי וויל רעדן מיט דעם **פֿ**אַרוואַלטער פֿון דער **ש**טאָט."

"איר זאָלט אים ניט פֿאַלש פֿאַרשטאַנען, לאָרד," האָט **ע**אָווין געזאָגט. "עס איז ניט קיין דוחק אין זאָרג וואָס עסט מיר אָפּ דאָס האַרץ. קיין אַנדערע הײַזער קענען ניט מער יושרדיק זײַן, פֿאַר די וואָס זוכן היילונג. אָבער איך קען ניט ליגן אַ פֿוילע, ליידיק, אין אַ שטײַג. איך האָב געזוכט טויט אין שלאַכט. אָבער איך בין ניט געשטאָרבן און די שלאַכט שטורעמט ווײַטער."

מיט אַ ווונק פֿון **פֿ**אַראַמיר האָט דער **ש**ומר זיך פֿאַרנייגט און איז אַרויס. "וואָס ווילט איר איך זאָל טאָן, דאַמע?" האָט **פֿ**אַראַמיר געזאָגט. "איך בין אויך אַ געפֿאַנגענער פֿון די היילערס." ער האָט אויף איר געקוקט, און ווי ער איז אַ מענטש טיף אָנגערירט פֿון רחמנות, האָט זיך אים געדאַכט אַז איר שיינקייט און איר צער וועלן אים דורכשטעכן דאָס האַרץ. און זי האָט אויף אים געקוקט און דערזען די ערנסטע צערטלעכקייט אין זײַנע אויגן, און פֿאָרט האָט דערקענט, ווײַל זי איז אויפֿגעוואַקסן צווישן שלאַכטלײַט, אַז דאָ איז איינער וואָס קיין רײַטער פֿון דעם **מ**אַרק איז ניט צו פֿאַרגלײַכן אין שלאַכט.

"וואָס ווילט איר?" האָט ער נאָך אַ מאָל געזאָגט. "אויב ס'איז מיר מיגלעך וועל איך דאָס טאָן."

"איך וויל אַז איר זאָלט הערשן איבער אָט דעם **ש**ומר און אים בעטן מיך לאָזן גיין," האָט זי געזאָגט, נאָר כאָטש אירע ווערטער זײַנען נאָך שטאָלץ געווען, האָט איר האַרץ זיך געוואַקלט, און דעם ערשטן מאָל האָט זי זיך געספֿקט. זי האָט געטראָפֿן אַז אָט דער הויכער מענטש, אי ערנסט אי לינד, וועט אפֿשר זי האַלטן פֿאַר בלויז קאַפּריזנע, ווי אַ קינד אָן דעם זיצפֿלייש ווײַטער צו גיין מיט אַ נודנער אַרבעט ביזן סוף.

"איך אַליין בין אונטער דער השגחה פֿון דעם **ש**ומר," האָט **פֿ**אַראַמיר געענטפֿערט. "האָב איך אויך ניט אָנגענומען מײַן רשות אין דער **ש**טאָט. נאָר וואָלט איך טאַקע אַזוי געטאָן, וואָלט איך נאָך אַלץ פֿאָלגן זײַנע עצות, ניט פֿאַרלייקענען זײַן ווילן אין שײַכות מיט זײַן פֿאַך, אַחוץ אין עפּעס אַ גרויסער נויט."

"אָבער איך וויל מער ניט קיין היילונג," האָט זי געזאָגט. "איך וויל רײַטן אויף מלחמה ווי מײַן ברודער **ע**אָמער, אָדער בעסער ווי **ט**עאָדען דער קיניג, וואָרן ער איז געשטאָרבן און האָט אי כּבֿוד אי פֿריד."

"עס איז צו שפּעט, דאַמע, צו גיין נאָך די **ק**אַפּיטאַנען, אַפֿילו זאָלט איר האָבן דעם כּוח," האָט **פֿ**אַראַמיר געזאָגט. "נאָר טויט אין שלאַכט וועט אפֿשר קומען צו אונדז אַלע, ווייליק צו אומווייליק. איר זאָלט זיך בעסער גרייטן זיך דאָס אַנטקעגן צו שטעלן אינעם אייגענעם שטייגער, אויב בעת ס'איז נאָך אַלץ צײַט טוט איר וואָס דער היילער פֿאָדערט. איר און איך, מיר מוזן פֿאַרטראָגן מיט געדולד די שעהען פֿון וואַרטן."

זי האָט ניט געענטפֿערט, נאָר בעת ער קוקט אויף איר האָט אים אויסגעזען אַז עפּעס אין איר איז ווייכער געוואָרן, ווי ביטערע פֿרעסט זײַנען אָפּגעטראָטן מיטן ערשטן שוואַכן סימן פֿון פֿרילינג. אַ טרער איז מיט אַ מאָל אין איר אויג און איז געפֿאַלן אויפֿן באַקן ווי אַ שימערירנדיקער רעגן־טראָפּן. איר שטאָלצער קאָפּ איז אַ ביסל אַראָפּ. דעמאָלט, שטיל, מער ווי זי רעדט צו זיך אַליין און ניט צו אים: "אָבער די היילערס ווילן איך זאָל בלײַבן אין בעט נאָך זיבן טעג," האָט זי געזאָגט. "און דער פֿענצטער מײַנער קוקט ניט אויף מיזרח." איר קול איז איצט געווען ווי פֿון אַ בתולה יונג און טרויעריק.

פֿאַראַמיר האָט געשמייכלט, כאָטש זײַן האַרץ איז אָנגעפֿילט געווען מיט רחמנות. "אײַער פֿענצטער קוקט ניט אויף מיזרח?" האָט ער געזאָגט. "דאָס קען מען צו רעכט מאַכן. איך וועל רעדן מיט דעם **ש**ומר וועגן דעם דאָזיקן ענין. אויב איר וועט בלײַבן אונטער אונדזער השגחה אין דעם אָ הויז, דאַמע, און זיך אָפּרוען, וועט איר דעמאָלט גיין אַרום אין אָט דעם גאָרטן אין דער זון ווי איר ווילט, און איר וועט קוקן אויף מיזרח, ווו די אַלע אונדזערע האָפֿענונגען זײַנען געגאַנגען. און דאָ וועט איר מיך געפֿינען, גייענדיק אַרום און וואַרטנדיק, און אויך קוקנדיק אויף מיזרח. עס וואָלט מײַן זאָרג פֿאַרלײַכטערן אויב איר וואָלט רעדן מיט מיר צי גיין צײַטנווײַז מיט מיר אַרום."

האָט זי דעמאָלט אויפֿגעהויבן דעם קאָפּ און אים געקוקט נאָך אַ מאָל אין די אויגן, און אַ ביסל פֿאַרב איז צוריק אין איר פּנים. "ווי אַזוי זאָל איך פֿאַרלײַכטערן אײַער זאָרג, מײַן לאָרד?" האָט זי געזאָגט. "און עס ווילט זיך מיר ניט, צו רעדן מיט די לעבעדיקע."

"צי ווילט איר מײַן פּשוטן ענטפֿער?" האָט ער געזאָגט.

"יאָ, איך וויל."

"אויב אַזוי, **ע**אָווין פֿון **ר**אָהאַן, זאָג איך אײַך אַז איר זײַט שיין. אין די טאָלן צווישן די בערגלעך אונדזערע זײַנען בלומען שיין און העל, און בתולות נאָך שענער, נאָר ניט קיין

בלום, ניט קיין דאַמע האָב איך געזען ביז איצט אין גאָנדאָר אַזוי שיין און אַזוי טרויעריק. עס קען אפֿשר זײַן אַז ס'בלײַבן נאָר אַ פּאָר טעג איידער דאָס פֿינצטערניש פֿאַלט אַראָפּ אויף אונדזער וועלט, און ווען עס קומט האָף איך זיך דאָס אַנטקעגנצושטעלן פֿעסט, נאָר ס'וואָלט מיר מאַכן לײַכטער אויפֿן האַרצן אויב ,בעת די זון שײַנט נאָך, וואָלט איך קענען אײַך זען נאָך אַלץ. וואָרן איר און איך זײַנען ביידע געגאַנגען אונטער די פֿליגלען פֿון דעם **ש**אָטן, און די זעלבע האַנט האָט אונדז צוריקגעצויגן."

"אַ שאָד, אָבער איך ניט, לאָרד!" האָט זי געזאָגט. "אַ שאָטן ליגט נאָך אויף מיר. זוכט ניט קיין היילונג פֿון מיר! איך בין אַ שילד־מויד און מײַן האַנט איז ניט קיין צאַרטע. נאָר אַ דאַנק אײַך וויניקסטנס וואָס איך דאַרף מער ניט בלײַבן אין קאַמער. איך וועל פֿרײַ אומגיין מיטן דערלויב פֿון דעם **פֿ**אַרוואַלטער פֿון דער **ש**טאָט." און זי האָט פֿאַר אים פֿאַרנייגט און איז געגאַנגען צוריק אין הויז. נאָר **פֿ**אַראַמיר איז נאָך אַ לאַנגע ווײַלע אומגעגאַנגען איינער אַליין אינעם גאָרטן, און זײַן בליק האָט איצט זיך גענומען פֿריִער צו דעם הויז ווי צו די מיזרחדיקע מויערן.

ווען ער איז צוריק אין קאַמער האָט ער צוגערופֿן דעם **ש**ומר, און האָט זיך צוגעהערט צו אַלץ וואָס ער האָט געקענט זאָגן וועגן דער **ד**אַמע פֿון **ר**אָהאַן.

"נאָר איך ספֿק ניט, לאָרד," האָט געזאָגט דער **ש**ומר, "אַז איר וועט זיך מער דערוויסן פֿון דעם **ה**אַלבלינג וואָס איז דאָ מיט אונדז, וואָרן ער איז געווען צווישן דעם קיניגס רײַטערס און איז געווען מיט דער **ד**אַמע בײַם סוף, זאָגט מען."

און אַזוי האָט מען געשיקט **מ**ערי צו **פֿ**אַראַמיר און במשך פֿון דעם טאָג האָבן זיי לאַנג גערעדט צוזאַמען, און **פֿ**אַראַמיר האָט זיך אַ סך דערוווּסט, מער אַפֿילו ווי **מ**ערי האָט טאַקע אַרויסגעזאָגט, און ער האָט געמיינט אַז ער פֿאַרשטייט איצט אַ ביסל פֿונעם צער און אומרו פֿון **ע**אָווין פֿון **ר**אָהאַן. און אינעם שיינעם אָוונט זײַנען **פֿ**אַראַמיר און **מ**ערי אומגעגאַנגען אינעם גאָרטן, נאָר זי איז ניט געקומען.

נאָר אויף צו מאָרגנס ווען **פֿ**אַראַמיר איז געקומען פֿון די **ה**ײַזער האָט ער זי דערזען ווי זי שטייט אויף די מויערן, און זי איז געווען גאַנץ באַקליידט אין ווײַס און האָט געגלאַנצט אין דער זון. און ער האָט זי גערופֿן, און זי איז געקומען אַראָפּ, און זיי זײַנען אומגעגאַנגען אויפֿן גראָז אָדער געזעסן צוזאַמען אונטער אַ גרינעם בוים, אַ מאָל שטיל, אַ מאָל רעדנדיק. און יעדן טאָג פֿון דעמאָלט אָן האָבן זיי אַזוי געטאָן. און דער **ש**ומר האָט אויף זיי געקוקט פֿון זײַן פֿענצטער און עס איז אים לײַכטער אויפֿן האַרצן, וואָרן ער איז אַ היילער, און זײַן השגחה איז גרינגער געוואָרן, און עס איז זיכער געווען אַז, ניט קוקנדיק אויף דער אימה און אומעט וואָס ליגן שווער די טעג אויף די הערצער פֿון מענטשן, האָבן די צוויי פֿון זײַנע חולים געבליט און געוואַקסן אין כּוח טאָג פֿאַר טאָג.

און אַזוי איז געקומען דער פֿינפֿטער טאָג זינט די **ד**אַמע **ע**אָווין איז ערשט געגאַנגען צו **פֿ**אַראַמיר, און זיי זײַנען איצט געשטאַנען צוזאַמען אויף די מויערן פֿון דער **ש**טאָט און געקוקט אַרויס. קיין נײַעס איז נאָך ניט געקומען, און די אַלע הערצער זײַנען פֿינצטער געווען. דער וועטער איז אויך מער ניט העל. עס איז געווען קאַלט. אַ ווינט וואָס איז אויפֿגעשפּרונגען אין דער נאַכט האָט איצט געבלאָזן פֿון דעם **צ**פֿון און איז שטאַרקער געוואָרן, נאָר די לענדער אַרום האָבן אויסגעזען גראָ און טריב.

זיי זײַנען געווען באַקליידט אין וואַרעמע מלבושים און שווערע מאַנטלען, און איבער אַלץ האָט די דאַמע עאָווין געטראָגן אַ גרויסן בלאָען מאַנטל געפֿאַרבט ווי אַ טיפֿע זומער־נאַכט, און אײַנגעפֿאַסט מיט זילבערנע שטערן בײַם זוים און האַלדז. פֿאַראַמיר האָט נאָכגעשיקט נאָך אָט דעם מלבוש און האָט עס אויף איר אָנגעוויקלט, און ער האָט געמיינט אַז זי זעט אויס גאָר שיין און קיניגינלעך שטייענדיק בײַ זײַן זײַט. דעם מאַנטל האָט מען געשאַפֿן פֿאַר זײַן מוטער, פֿינדויִלאַס פֿון אַמראָט, וואָס איז פּריצײַטיק געשטאָרבן, און וואָס איז צו אים בלויז אַ דערמאָנונג פֿון שיינקייט אין ווײַטע טעג און פֿון זײַן ערשטן צער, און די מאַנטיע אירע האָט אים געפֿילט ווי אַ מלבוש פּאַסיק צו דער שיינקייט און טרויער פֿון עאָווין.

נאָר איצט האָט זי געציטערט אונטערן באַשטערנטן מאַנטל און געקוקט אויף צפֿון איבער די גראָע נעענטערע לענדער, אַרײַן אין דעם אויג פֿון דעם קאַלטן ווינט ווו ווײַט אַוועק איז דער הימל האַרט און קלאָר.

"נאָך וואָס זוכט איר, עאָווין?" האָט פֿאַראַמיר געזאָגט.

"צי ליגט ניט דאָרט דער שוואַרצער טויער?" האָט זי געזאָגט. "און ער מוז שוין זײַן דאָרט, יאָ? עס איז איצט זיבן טעג זינט ער האָט אָפּגעריטן."

"זיבן טעג," האָט פֿאַראַמיר געזאָגט. "נאָר האָט ניט קיין פֿאַראיבל אויף מיר, וואָס איך זאָג אײַך: זיי האָבן מיר געבראַכט אי אַ פֿרייד אי אַ ווייטיק וואָס איך האָב זיך קיין מאָל ניט געריכט דערויף צו וויסן. אַ פֿרייד אײַך צו זען, נאָר ווייטיק ווײַל איצט זײַנען דער פּחד און דער ספֿק פֿון אָט דער בייזער צײַט טאַקע פֿינצטערער געוואַקסן. עאָווין, זאָל ניט קומען איצט קיין סוף וועלט, זאָל איך ניט פֿאַרלירן אַזוי גיך וואָס איך האָב נאָר וואָס געפֿונען."

"פֿאַרלירן וואָס איר האָט געפֿונען, לאָרד?" האָט זי געענטפֿערט, אָבער זי האָט אויף אים ערנסט געקוקט און אירע אויגן זײַנען צאַרט געווען. "איך ווייס ניט וואָס איר האָט געפֿונען צו פֿאַרלירן הײַנט צו טאָג. נאָר קומט, מײַן פֿרײַנד, לאָמיר ניט רעדן דערפֿון! לאָמיר ניט רעדן לגמרי! איך שטיי אויף עפּעס אַן אימהדיקן קאַנט, און עס איז שטאָק פֿינצטער אינעם תּהום פֿאַר מײַנע פֿיס, נאָר צי איז אפֿשר הינטער מיר אַ ליכט, דאָס קען איך ניט זאָגן. וואָרן איך קען זיך נאָך ניט דרייען. איך וואַרט אויף עפּעס אַ קלאַפּ גורל."

"יאָ, מיר וואַרטן אויף אַ קלאַפּ גורל," האָט פֿאַראַמיר געזאָגט. און דעמאָלט האָבן זיי מער ניט גערעדט, און עס האָט זיי געפֿילט שטייענדיק אויפֿן מויער אַז דער ווינט איז געשטאָרבן, און די ליכט ווערט פֿאַרשוואַכט, און די זון איז פֿאַרטושט, און די אַלע קלאַנגען אין דער שטאָט אָדער אין די לענדער אַרום זײַנען פֿאַרשטילט געוואָרן. עס האָט ניט געלאָזט הערן קיין ווינט, קיין קול, קיין פֿייגל־רוף, קיין שאָרך פֿון אַ בלאַט; אַפֿילו דאָס אייגענע אָטעמען האָט מען ניט געקענט הערן. דאָס סאַמע קלאַפּן פֿון די הערצער איז שטיל געוואָרן. די צײַט האָט זיך אָפּגעשטעלט.

און בעת זיי זײַנען אַזוי געשטאַנען האָבן די הענט זייערע זיך געטראָפֿן און געכאַפּט, כאָטש זיי האָבן דאָס ניט געוווּסט. און נאָך אַלץ האָבן זיי געוואַרט אויף עפּעס אומבאַקאַנט. און באַלד האָט זיי אויסגעזען אַז איבער די קאַמען פֿון די ווײַטע בערג האָט זיך אויפֿגעהויבן נאָך אַ ריזיקער באַרג פֿון פֿינצטערניש, אַרויף ווי אַ כוואַליע וואָס זאָל פֿאַרטרינקען די וועלט, און אַרום אים האָט בליץ געצאַנקט, און דעמאָלט איז אַ שוידער געלאָפֿן דורך דער

ערד, און זיי האָבן געפֿילט ווי די מויערן פֿון דער **ש**טאָט ציטערן. אַ קלאַנג ווי אַ זיפֿץ איז אַרויף פֿון די אַלע לענדער אַרום, און די הערצער זייערע האָבן נאָך אַ מאָל געקלאַפּט.

"עס דערמאָנט מיך אין **נ**ומענאָר," האָט **פֿ**אַראַמיר געזאָגט, און עס איז אים געווען אַ חידוש וואָס ער רעדט.

"אין **נ**ומענאָר?" האָט **ע**אָווין געזאָגט.

"יאָ," האָט **פֿ**אַראַמיר געזאָגט, "אין דעם לאַנד **מ**ערבֿנעס וואָס איז אונטערגעגאַנגען, און אין דער גרויסער פֿינצטערער כוואַליע וואָס קריכט איבער די גרינע לענדער און איבער די בערגלעך און קומט ווײַטער, אַ פֿינצטערניש ניט צו אַנטלויפֿן. עס איז מיר אָפֿט אין די חלומות."

"איר מיינט דען אַז דאָס **פֿ**ינצטערניש קומט?" האָט **ע**אָווין געזאָגט. "אַ **פֿ**ינצטערניש ניט צו אַנטלויפֿן?" און מיט אַ מאָל האָט זי זיך צו אים נאָענט גענומען.

"ניין," האָט **פֿ**אַראַמיר געזאָגט, קוקנדיק אויף איר פּנים. "עס איז געווען נאָר אַ בילד אין מוח. איך ווייס ניט וואָס געשעט. דער שׂכל אין מײַן וואַכיקן מוח זאָגט מיר אַז גרויס בייזס איז געקומען און מיר שטייען בײַ דעם סוף טעג. נאָר דאָס האַרץ מײַנס זאָגט ניין, און די אַלע אבֿרים זײַנען לײַכט און אַ האָפֿענונג און פֿרייד זײַנען געקומען צו מיר וואָס דער שׂכל קען ניט אָפּלייקענען. **ע**אָווין, **ע**אָווין, **ו**וײַסע **ד**אַמע פֿון **ר**אָהאַן, אין דער דאָזיקער שעה גלייב איך ניט אַז אַבי וואָס פֿאַר אַ פֿינצטערניש וועט אויסהאַלטן!" און ער האָט זיך פֿאַרנייגט און געקושט איר שטערן.

און אַזוי זײַנען זיי געשטאַנען אויף די מויערן פֿון דער **ש**טאָט **ג**אָנדאָר, און אַ גרויסער ווינט האָט זיך אויפֿגעהויבן און געבלאָזן, און די האָר זייערע, וואָראָן־שוואַרץ און גאָלדן, האָבן געשטראָמט אַרויס און זיך צונויפֿגעפֿלאָכטן אין דער לופֿטן. און דער **ש**אָטן איז אָפּגעגאַנגען, און די זון איז אָפּגעשלייערט געוואָרן און ליכט איז געשפּרונגען אַרויס, האָבן די וואַסערן פֿון דעם **אַ**נדוין געשײַנט ווי זילבער, און אין די אַלע הײַזער אין דער **ש**טאָט האָבן די לײַט געזונגען מיט דער פֿרייד וואָס האָט געקוואַלט אין די הערצער פֿון אַ מקור אומבאַקאַנט צו זיי.

און איידער די זון איז ווײַט אַראָפּ פֿון האַלבן טאָג אַרויס פֿון דעם **מ**יזרח איז געקומען פֿליִען אַ גרויסער אָדלער, און ער האָט געבראַכט ידיעות איבער אַלע האָפֿענונג פֿון די **ל**אָרדן פֿון דעם **מ**ערבֿ, האָט ער אויסגעשריגן:

*זינגט איצט, מענטשן פֿון דעם **ט**ורעם פֿון **אַ**נאָר,*
*וואָרן די **מ**משלה פֿון **ס**אַוראָן איז געענדיקט אויף אייביק,*
*און דער **פֿ**ינצטערער **ט**ורעם איז אַראָפּגעוואָרפֿן.*

*זינגט און פֿרייט זיך, מענטשן פֿון דעם **ט**ורעם פֿון **ו**ואַך,*
וואָרן אײַער שמירה איז ניט אומזיסט געווען,
*און דער **ש**וואַרצער **ט**ויער איז צעבראָכן,*
איז אײַער קיניג שוין דורך,
און ער איז מנצח.

*זינגט און זײַט גליקלעך, קינדער פֿון דעם **מ**ערבֿ,*
*וואָרן אײַער **ק**יניג וועט קומען נאָך אַ מאָל,*

און ער וועט וווינען מיט אײַך
די אַלע טעג פֿון אײַער לעבן.

*און דער **ב**וים פֿאַרדאַרטער זאָל ווערן באַנײַט,*
און ער וועט אים פֿלאַנצן אין די הויכע ערטער,
*און די **ש**טאָט זאָל זײַן געבענטשט.*

זינגט איר אַלע לײַט!

און די אַלע לײַט האָבן געזונגען אין די אַלע ערטער אין דער **ש**טאָט.

די קומעדיקע טעג זײַנען גאָלדן געווען, און פֿרילינג און זומער האָבן זיך צונויפֿגעשטעלט און האָבן געהוליעט אין איינעם אויף די פֿעלדער פֿון **ג**אָנדאָר. און ידיעות זײַנען איצט געקומען מיט גיכע רײַטערס פֿון **ק**ייר **אַ**נדראָס וועגן אַלץ וואָס מע האָט געטאָן, און די **ש**טאָט האָט זיך געגרייט פֿאַרן אָנקום פֿון דעם **ק**יניג. מע האָט צוגערופֿן **מ**ערי און ער האָט געריטן אַוועק מיט די וואָגנס וואָס טראָגן זאַפּאַסן קיין **אָ**סגיליאַט און פֿון דאָרט אויף שיפֿן קיין **ק**ייר **אַ**נדראָס. נאָר **פֿ**אַראַמיר איז ניט געגאַנגען, וואָרן איצט וואָס ער איז אויסגעהיילט געוואָרן האָט ער צוגענומען דעם רשות און די **פֿ**אַרוואַלטערשאַפֿט, כאָטש נאָר אויף אַ קורצער ווײַלע, איז זײַן חובֿ געווען אַלץ צוצוגרייטן פֿאַר דעם וואָס וועט אים פֿאַרבײַטן.

און **ע**אָווין איז ניט געגאַנגען, כאָטש איר ברודער האָט איר אַ בשׂורה געשיקט בעטנדיק בײַ איר זי זאָל קומען צו דעם פֿעלד פֿון **ק**אָרמאַלען. און **פֿ**אַראַמיר האָט זיך געוווּנדערט דערוועגן, נאָר ער האָט זי זעלטן געזען ווײַל ער איז פֿאַרנומען געווען מיט אַ סך ענינים, און זי האָט נאָך געוווינט אין די **ה**ײַזער פֿון **ה**יילונג און איז אומגעגאַנגען איינער אַליין אינעם גאָרטן, איז איר פּנים נאָך אַ מאָל בלאַס געוואָרן, און עס האָט אויסגעזען אַז אין דער גאַנצער **ש**טאָט איז נאָר זי געווען קראַנק און טרויעריק. איז דער **ש**ומר פֿון די **ה**ײַזער באַזאָרגט געווען און ער האָט גערעדט מיט **פֿ**אַראַמיר.

איז **פֿ**אַראַמיר דעמאָלט געקומען זי זוכן, און נאָך אַ מאָל זײַנען זיי געשטאַנען אויף די מויערן צוזאַמען, און ער האָט צו איר געזאָגט: "**ע**אָווין, פֿאַר וואָס הײַעט איר דאָ, און גייט ניט צו דער שׂימחה דאָרט אין **ק**אָרמאַלען הינטער **ק**ייר **אַ**נדראָס, ווו אײַער ברודער וואַרט אויף אײַך?"

און זי האָט געזאָגט: "צי ווייסט איר ניט?"

נאָר ער האָט געענטפֿערט: "צוויי סיבות זײַנען אפֿשר דאָ, נאָר וועלכע איז די אמתע ווײַס איך ניט."

און זי האָט געזאָגט: "איך וויל זיך ניט שפּילן אין רעטענישן. רעדט קלאָרער!"

"אויב איר ווילט אַזוי, דאַמע," האָט ער געזאָגט, "איר גייט ניט ווײַל נאָר דער ברודער האָט אײַך צוגערופֿן, און צו קוקן אויף דעם **ל**אָרד **אַ**ראַגאָרן, **ע**לענדילס יורש, אין זײַן נצחון וועט איר ברענגען ניט קיין פֿרייד. אָדער ווײַל איך גיי ניט און איר ווילט נאָך אַלץ מיר נאָענט צו בלײַבן. און אפֿשר צוליבביידע סיבות, און איר אַליין קען ניט אויסקלײַבן צווישן זיי. **ע**אָווין, צי האָט איר מיך ליב, צי ניט?"

"איך האָב געוואָלט אַז אַן אַנדערער זאָל מיך ליב האָבן," האָט זי געענטפֿערט. "אָבער איך וויל ניט קיין רחמנות פֿון אַבי וועמען."

"דאָס ווייס איך," האָט ער געזאָגט. "איר האָט געוואָלט די ליבע פֿון דעם **ל**אָרד **א**ראַגאָרן. ווײַל ער איז געווען הויך און מאַכטיק, און איר האָט אַ שם געוואָלט און גדולה, און אויפֿגעהויבן צו ווערן איבער די געמיינע זאַכן וואָס קריכן אַרום אויף דער וועלט. און ווי אַ גרויסער קאַפּיטאַן צו אַ יונגן זעלנער, האָט ער אײַך אויסגעזען ווי וווּנדערלעך. וואָרן אַזוי איז ער, אַ לאָרד צווישן מענטשן, דער גרעסטער וואָס איז דאָ איצט. נאָר ווען ער האָט אײַך געגעבן נאָר פֿאַרשטענדעניש און רחמנות, האָט איר גאָרנישט ניט געוואָלט, אַחוץ אפֿשר אַ גבֿורהדיקן טויט אין שלאַכט. קוקט אויף מיר, **ע**אָווין!"

און **ע**אָווין האָט אויף **פֿ**אַראַמיר געקוקט לאַנג און פֿעסט, און **פֿ**אַראַמיר האָט געזאָגט: "זײַט ניט ביטולדיק צו רחמנות וואָס איז די מתּנה פֿון אַ צאַרט האַרץ, **ע**אָווין! נאָר איך באָט ניט אָן קיין רחמנות. וואָרן איר זײַט אַ הויכע און גבֿורהדיקע דאַמע און איר אַליין האָט אַ שם געוווּנען וואָס וועט ניט פֿאַרגעסן ווערן, און איר זײַט אַ דאַמע אַ שיינע, האַלט איך, איבער אַפֿילו וואָס די דיבורים פֿון דעם **ע**לפֿישן **ל**שון קען אַרויסזאָגן. און איך האָב אײַך ליב. אַ מאָל האָב איך רחמנות געהאַט צוליב אײַער טרויער. נאָר איצט, וואָלט איר געווען אָן טרויער, אָן פּחד אָדער אַבי אַ דוחק, וואָלט איר געווען די הדרדיקע **מ**לכּה פֿון **ג**אָנדאָר, וואָלט איך אײַך נאָך ליבן. **ע**אָווין, צי ליבט איר מיך ניט?"

דעמאָלט האָט דאָס האַרץ פֿון **ע**אָווין זיך געביטן, אָדער זי האָט עס סוף־כּל־סוף פֿאַרשטאַנען. און מיט אַ מאָל איז אײַער ווינטער פֿאַרבײַ, האָט די זון אויף איר געשײַנט.

"איך שטיי אין **מ**ינאַס **א**נאָר, דעם **ט**ורעם פֿון דער **ז**ון," האָט זי געזאָגט, "און קוקט נאָר, דער **ש**אָטן איז אַוועק! וועל איך מער ניט זײַן קיין שילד־מויד, און זיך מער ניט פֿאַרמעסטן מיט די גרויסע **ר**ײַטערס, און זיך מער ניט פֿרייען נאָר מיט לידער פֿון דערהרגענען. איך וועל ווערן אַ היילערין, און ליב האָבן אַלץ וואָס וואַקסט און זײַנען ניט אומפֿרוכפּערדיק." און נאָך אַ מאָל האָט זי געקוקט אויף **פֿ**אַראַמיר. "מער ניט וויל איך ווערן אַ מלכּה," האָט זי געזאָגט.

האָט **פֿ**אַראַמיר דעמאָלט פֿריילעך געלאַכט. "דאָס איז גוט," האָט ער געזאָגט, "וואָרן איך בין ניט קיין קיניג. פֿאָרט וועל איך חתונה האָבן מיט דער **ו**וײַסער **ד**אַמע פֿון **ר**אָהאַן, אויב זי וויל. און אויב זי וויל, לאָמיר דען גיין אַריבער איבער דעם **ט**ײַך און אין גליקליכערע טעג לאָמיר וווינען אין שיינעם **א**יטיליען און דאָרט מאַכן אַ גאָרטן. אַלץ וועט דאָרט וואַקסן אין פֿרייד, אויב די **ו**וײַסע **ד**אַמע קומט."

"איז, מוז איך דען איבערלאָזן די אייגענע לײַט, מענטש פֿון **ג**אָנדאָר?" האָט זי געזאָגט. "און צי ווילט איר אײַערע שטאָלצע לײַט זאָלן זאָגן וועגן אײַך: 'אָט גייט אַ לאָרד וואָס האָט געצאַמט אַ ווילדע שילד־מויד פֿון דעם **צ**פֿון! צי איז ניט געווען קיין פֿרוי אינעם שטאַם פֿון **נ**ומענאָר אויסצוקלײַבן?'"

"אַזוי וויל איך," האָט **פֿ**אַראַמיר געזאָגט. און ער האָט זי גענומען אין די אָרעמס און זי געקושט אונטערן זון־באַלויכטענעם הימל, און עס האָט אים ניט געאַרט וואָס זיי שטייען הויך אויף די מויערן פֿאַר די אויגן פֿון אַזוי פֿיל. און טאַקע האָבן אַ סך זיי געזען און געזען די ליכט וואָס האָט אויף זיי געשײַנט בעת זיי קומען אַראָפּ פֿון די מויערן און זײַנען געגאַנגען האַנט אין האַנט צו די הײַזער פֿון **ה**יילונג.

און צו דעם **ש**ומר פֿון די **ה**ײַזער האָט **פֿ**אַראַמיר געזאָגט: "אָט איז די **ד**אַמע **ע**אָווין פֿון **ר**אָהאַן, און איצט איז זי אויסגעהיילט."

און דער **ש**ומר האָט געזאָגט: "אין דעם פֿאַל איז זי פֿרײַ פֿון מײַן השגחה און זאָגט איר אַדיע, און זאָל זי קיין מאָל ווידער לײַדן אויף ווייטיק צי קרענק. איך שטעל זי אין די הענט פֿון דעם **פֿ**אַרוואַלטער פֿון דער **ש**טאָט, ביז איר ברודער קומט צוריק."

נאָר **ע**אָווין האָט געזאָגט: "נאָר איצט וואָס איך האָב דערלויבעניש אָפּצוגיין, וויל איך בלײַבן. וואָרן דאָס דאָזיקע **ה**ויז איז מיר געוואָרן געבענטשט איבער אַלע אַנדער וווינונגען."
און זי איז דאָרט געבליבן ביז **ק**יניג **ע**אָמער איז אָנגעקומען.

אַלץ אין דער **ש**טאָט האָט מען איצט צוגעגרייט און איז געקומען אַ גרויסער עולם, וואָרן דאָס נײַעס איז אַרויס אין די אַלע ווינקלען פֿון **ג**אָנדאָר, פֿון **מ**ין־**ר**ימאָן ביז אַפֿילו צו **פּ**ינאַט **ג**עלין און די ווײַטע ברעגן פֿון ים, און אַלע וואָס האָבן געקענט קומען קיין דער **ש**טאָט האָבן זיך געאײַלט אַהין. און די **ש**טאָט איז נאָך אַ מאָל אָנגעפֿילט געוואָרן מיט פֿרויען און שיינע קינדער צוריק אין די היימען אָנגעלאָדן מיט בלומען; און פֿון **ד**אָל **א**מראָט זײַנען געקומען די האַרפֿערס, די בריהשסטע אינעם גאַנצן לאַנד; און אויך שפּילערס אויף וויאָלן און אויף פֿלייטן און אויף הערנער פֿון זילבער, און זינגערס פֿון די טאָלן אין **ל**עבענין מיט קלאָרע קולער.

סוף־כּל־סוף איז געקומען אַן אָוונט ווען פֿון די מויערן האָט מען געקענט זען די פּאַוויליאָנען אויפֿן פֿעלד, און אַ גאַנצע נאַכט האָבן ליכט געברענט בעת מע האָט געהאַלטן אַן אויג אויף דעם קאַיאָר. און ווען די זון איז אַרויף אינעם קלאָרן אינדערפֿרי איבער די בערג אין דעם **מ**יזרח, וואָס דערויף ליגן מער ניט קיין שאָטנס, האָבן די אַלע גלעקער געקלונגען, די אַלע פֿאָנעס זיך געעפֿנט און געשטראָמט אינעם ווינט, און אויף דעם **ו**ײַסן **ט**ורעם פֿון דעם **צ**יטאַדעל האָט מען אויפֿגעהויבן די פֿאָן פֿון די **פֿ**אַרוואַלטערס, העל זילבער־ווײַס ווי שניי אין דער זון, אָן שום צייכנס צי העראַלדיק, איבער **ג**אָנדאָר דאָס לעצטע מאָל.

איצט האָבן די **ק**אַפּיטאַנען פֿון דעם **מ**ערבֿ געפֿירט די מחנה צו דער **ש**טאָט צו, אַלע האָבן זיי געזען קומענדיק פֿאָרויס, ריי נאָך ריי, בלישטשענדיק און בלאַנקענדיק אין דעם זונאויפֿגאַנג און רונצלען זיך ווי זילבער. און אַזוי זײַנען זיי געקומען פֿאַר דעם **ט**ויער און האָבן זיך אָפּגעשטעלט אַ צוויי הונדערט יאַרדן פֿון די מויערן. ביז דעמאָלט האָט מען ניט נאָך אַ מאָל צוגעשטעלט קיין טויערן, נאָר אַ באַריער האָט מען געלייגט אין דער קווער פֿאַרן אַרײַנגאַנג צו דער **ש**טאָט, און דאָרט זײַנען געשטאַנען שלאַכטלײַט אין זילבער און שוואַרץ מיט לאַנגע אויסגעצויגענע שווערדן. פֿאַר דעם באַריער איז געשטאַנען **פֿ**אַראַמיר דער **פֿ**אַרוואַלטער, און **ה**ורין **ש**ומר פֿון די **ש**ליסלען און אַנדערע קאַפּיטאַנען פֿון **ג**אָנדאָר און די **ד**אַמע **ע**אָווין פֿון **ר**אָהאַן מיט **ע**לפֿהעלם דעם **מ**אַרשאַל און אַ סך ריטערס פֿון דעם **מ**אַרק, און אויף יעדער זײַט פֿון דעם **ט**ויער איז געווען אַ גרויס געדראַנג העלע לײַט באַקליידט אין אַ סך פֿאַרבן און מיט קראַנצן בלומען.

אַזוי איז איצט געווען אַ ברייטער שטח פֿאַר די מויערן פֿון **מ**ינאַס **ט**יריט, וואָס איז אײַנגעצאַמט געווען אויף אַלע זײַטן מיט די ריטערס און זעלנערס פֿון **ג**אָנדאָר און פֿון **ר**אָהאַן, און מיט די גאַנצע לײַט פֿון דער **ש**טאָט און פֿון די אַלע ראַיאָנען אין דעם לאַנד. אַלץ איז שטיל געוואָרן ווען אַרויס פֿון דער מחנה זײַנען געקומען די **ד**ונעדיין אין זילבער און גראָ, און פֿאַר זיי איז געקומען פּאַמעלעך צו פֿוס דער **ל**אָרד **אַ**ראַגאָרן. ער איז באַקליידט

געווען אין שוואַרצן רינג־פּאַנצער געגאַרטלט מיט זילבער, און ער האָט געטראָגן אַ לאַנגן מאַנטל פֿון ריין ווײַס, צוגעפּעסטיקט בײַם האַלדז מיט אַ גרויסן איידלשטיין פֿון גרין וואָס האָט געשײַנט פֿון דער ווײַטנס, נאָר מיט נאַקעטן קאָפּ אַחוץ אַ שטערן אויף זײַן שטערן געהאַלטן פֿון אַ דינעם פֿאָדעם זילבער. מיט אים זײַנען געווען עאָמער פֿון ראָהאַן, און דער פּרינץ אימראַהיל, און גאַנדאַלף גאַנץ באַקליידט אין ווײַס, און פֿיר קליינע פֿיגורן וואָס פֿאַר אַ סך אינעם עולם איז געווען אַ ווונדער צו זען.

"ניין, קוזינע! זיי זײַנען ניט קיין בחורים," האָט יאָרעט געזאָגט צו איר קרובֿה פֿון אימלאָט מעלוי, וואָס איז געשטאַנען לעבן איר. "אָט זיי זײַנען פּעריאַין, אַרויס פֿון דעם ווײַטן לאַנד פֿון די האַלבלינגען, וווּ זיי זײַנען פּרינצן מיט אַ גרויסן שם, זאָגט מען. איך זאָל וויסן ווײַל איך האָב געהאַט איינעם צוצוזען אין די הײַזער. זיי זײַנען קליין אָבער זיי זײַנען גבֿורהדיק. זע, קוזינע, איינער פֿון זיי איז געגאַנגען מיט נאָר זײַן באַדינער אין דעם שוואַרצן לאַנד אַרײַן און געקעמפֿט מיט דעם בעל־חושך איינער אַליין, און אָנגעצונדן זײַן טורעם, אויב דו קענסט גלייבן. ווייניקסטנס איז דאָס די מעשׂה אַרום אין דער שטאָט. אָט ער, דער וואָס גייט מיט אונדזער עלפֿשטיין. זיי זײַנען גוטע־פֿרײַנד, הער איך. יאָ, ער איז אַ ווונדער, דער לאָרד עלפֿשטיין: ניט צו ווייך אין די רייד, הערסט, אָבער ער האָט אַ האַרץ פֿון גאָלד, ווי מע זאָגט, און די הענט פֿון אַ היילער. 'די הענט פֿון דעם קיניג זײַנען די הענט פֿון אַ היילער,' האָב איך געזאָגט, און אַזוי איז אַלץ אַנטדעקט געוואָרן. און מיטראַנדיר, ער האָט מיר געזאָגט: 'יאָרעט, מע וועט לאַנג געדענקען אײַערע ווערטער,' און —"

נאָר מע האָט ניט יאָרעט דערלאָזט ווײַטער לערנען איר קרובֿה פֿון הינטער דער שטאָט, וואָרן אַן איינציקער טרומייט האָט געקלונגען, און דערנאָך אַ טויט־שטילקייט. דעמאָלט אַרויס פֿון דעם טויער איז געגאַנגען פֿאַראַמיר מיט הורין פֿון די שליסלען, און ניט קיין אַנדערע אַחוץ דעם וואָס הינטער זיי זײַנען געגאַנגען פֿיר מענטשן אין די הויכע קאַסקעס און פּאַנצער פֿון דעם ציטאַדעל, און זיי האָבן געטראָגן אַ גרויסן קאַסטן פֿון שוואַרצן *לעבעטראָן* אָנגעבונדן מיט זילבער.

פֿאַראַמיר האָט געטראָפֿן אַראַגאָרן אין דער מיט פֿון דעם געזאַמלטן עולם, און האָט זיך געשטעלט אויפֿן קני און געזאָגט: "דער לעצטער פֿאַרוואַלטער פֿון גאָנדאָר בעט רשות אָפּצוגעבן זײַן אַמט." און ער האָט געהאַלטן פֿאָרויס אַ ווײַס שטעקל, אָבער אַראַגאָרן האָט גענומען דאָס שטעקל און עס צוריקגעגעבן, און געזאָגט: "דער דאָזיקער אַמט איז ניט פֿאַרטיק, און ער וועט אײַך געהערן און אײַערע יורשים ווי לאַנג מײַן שטאַם זאָל געדויערן. דערפֿילט איצט אײַער אַמט!"

איז פֿאַראַמיר דעמאָלט אויפֿגעשטאַנען און גערעדט אין אַ קלאָר קול: "מענטשן פֿון גאָנדאָר, הערט זיך צו צו דעם פֿאַרוואַלטער פֿון דער דאָזיקער מלוכה! זעט נאָר! עס איז געקומען סוף־כּל־סוף איינער אָפּצונעמען די קיניגשאַפֿט נאָך אַ מאָל. אָט האָט איר אַראַגאָרן בן־אַראַטאָרן, שעף פֿון די דונעדיין פֿון אַרנאָר, קאַפּיטאַן פֿון דער מחנה פֿון דעם מערבֿ, טרעגער פֿון דעם שטערן פֿון דעם צפֿון, האַלטער פֿון דער שווערד איבערגעקאָוועט, נצחונדיק אין שלאַכט, וועמענס הענט ברענגען היילונג, דער עלפֿשטיין, עלעסאַר פֿון דעם שטאַם פֿון וואַלאַנדיל בן־איסילדור, עלענדילס זון פֿון נומענאָר. זאָל ער זײַן דער קיניג און קומען אַרײַן אין דער שטאָט און דאָרט וווינען?"

און די גאַנצע מחנה און די אַלע לײַט האָבן יאָ געשריגן מיט איין קול.

און יאָרעט האָט געזאָגט צו איר קרובֿה: "דאָס איז פּשוט אַ צערעמאָניע וואָס מיר פּראַוועון דאָ אין דער שטאָט, קוזינע, וואָרן ער האָט שוין געוועזן געגאַנגען אַרײַן, ווי איך האָב דיר געזאָגט, און ער האָט מיר געזאָגט —" און דעמאָלט האָט זי געמוזט שווײַגן נאָך אַ מאָל ווײַל פֿאַראַמיר האָט נאָך אַ מאָל גערעדט.

"מענטשן פֿון גאָנדאָר, די בעלי־וויסנס דערציילן ווי איז געווען דער מינהג פֿון אַ מאָל אַז דער קיניג זאָל באַקומען די קרוין פֿון זײַן פֿאָטער פֿאַרן טויט, אָדער, אויב דאָס איז ניט מיגלעך, אַז ער אַליין זאָל זי גיין נעמען פֿון דעם פֿאָטערס הענט אין קבֿר ווו ער ליגט. נאָר צוליב דעם וואָס הײַנט מוז מען אַנדערש טאָן, מיטן רשות ווי דער פֿאַרוואַלטער, האָב איך הײַנט אַהערגעבראַכט פֿון ראַט דינען די קרוין פֿון עאַרנאָר, דעם לעצטן קיניג, וועמענס טעג זײַנען פֿאַרבײַ אין די צײַטן פֿון די אוראַלטע געבוירערס."

דעמאָלט זײַנען די וועכטערס געטראָטן פֿאָרויס און פֿאַראַמיר האָט געעפֿנט דעם קאַסטן, און ער האָט אויפֿגעהויבן אַן אַנטיקע קרוין. זי איז געפֿורעמט ווי די קאַסקעס פֿון די וועכטערס פֿון דעם ציטאַדעל, נאָר העכער, און זי איז גאַנץ ווײַס געווען, און די פֿליגלען אויף יעדער זײַט זײַנען געשאַפֿן פֿון פּערל און זילבער אינעם געשטאַלט פֿון די פֿליגלען פֿון אַ ים־פֿויגל, וואָרן דאָס איז די עמבלעם פֿון די קיניגן געקומען פֿון איבער דעם ים, און זיבן איידלשטיינער פֿון דימענט האָט מען אײַנגעפֿאַסט אינעם קרײַזל און אויפֿן אויבן אַן איינציקער איידלשטיין וועמענס ליכט איז אַרויף ווי אַ פֿלאַם.

האָט אַראַגאָרן דעמאָלט גענומען די קרוין און זי אויפֿגעהויבן און געזאָגט:

עט עאַרעלאָ ענדאָרענאַ אוטוליען. סינאָמע מאַרוואַן אַר הילדיניאַר טענן' אַמבאַר־מעטאַ!

און דאָס זײַנען די ווערטער וואָס עלענדיל האָט געזאָגט ווען ער איז געקומען אַרויס פֿון דעם ים אויף די פֿליגלען פֿון דעם ווינט: "אַרויס פֿון דעם גרויסן ים צו מיטל־ערד בין איך געקומען. אין דעם אָרט וועל איך בלײַבן, און די יורשים מײַנע, ביז דעם סוף פֿון דער וועלט."

דעמאָלט, פֿאַר אַ סך אַ חידוש, האָט אַראַגאָרן ניט געשטעלט די קרוין אויף דעם קאָפּ, נאָר האָט זי צוריקגעגעבן צו פֿאַראַמיר און געזאָגט: "צוליב דער טירחה און גבֿורה פֿון אַ סך האָב איך באַקומען מײַן ירושה. דערפֿאַר וויל איך אַז דער פֿינגערל־טרעגער זאָל מיר ברענגען די קרוין, און מיטראַנדיר זאָל זי שטעלן אויף מײַן קאָפּ, אויב ער וויל; וואָרן ער איז געווען דער אימפּעט אין אַלץ אויפֿגעטאָן, אָט דאָס איז זײַן נצחון."

איז פֿראָדאָ דעמאָלט געקומען פֿאָרויס און גענומען די קרוין פֿון פֿאַראַמיר און זי געטראָגן צו גאַנדאַלף, און אַראַגאָרן איז אַראָפּ אויפֿן קני, און גאַנדאַלף האָט געשטעלט די ווײַסע קרוין אויף זײַן קאָפּ און געזאָגט:

"איצט קומען די טעג פֿון דעם קיניג, זאָלן זיי זײַן געבענטשט בעת די טראָנען פֿון די וואַלאַר געדויערן!"

נאָר ווען אַראַגאָרן איז אויפֿגעשטאַנען האָבן אַלע וואָס האָבן אים געזען שטיל געשטאַרט, וואָרן ער האָט זיי אויסגעזען ווי ער איז אַנטפּלעקט פֿאַר זיי דאָס ערשטע מאָל. אַזוי הויך ווי די ים־קיניגן פֿון אַ מאָל, איז ער געשטאַנען איבער די אַלע נאָענטע; אוראַלט האָט ער אויסגעזען נאָר נאָך אין פֿולן בלי פֿון זכרות, און חכמה איז געזעסן אויף זײַן

שטערן, און כּוח און היילונג אין די הענט, און אַ ליכט איז אַרום אים געווען. און דעמאָלט האָט פֿאַראַמיר אויסגעשריגן:

"קוקט נאָר אויף דעם קיניג!"

און אין דער אָ רגע האָבן די אַלע טרומייטן געבלאָזן, און דער קיניג עלעסאַר איז געגאַנגען פֿאָרויס און געקומען צו דעם באַריער, און הורין פֿון די שליסלען האָט דאָס צוריקגעשטויסן, און אין דער מיט פֿון מוזיק פֿון האַרף און פֿון וויאָל און פֿון פֿלייט און דעם זינגען פֿון קלאָרע קולער איז דער קיניג געגאַנגען דורך די בלומען־באַדעקטע גאַסן, און איז געקומען צו דעם ציטאַדעל, און איז אַריַין, און די פֿאָן פֿון דעם בוים און די שטערן האָט מען אָפּגעוויקלט אויף דעם העכסטן טורעם, און אַזוי האָט זיך אָנגעהויבן די ממשלה פֿון קיניג עלעסאַר, וואָס דערוועגן האָט מען געזונגען אַ סך לידער.

אין זײַן צײַט האָט מען די שטאָט שענער געמאַכט ווי אַ מאָל פֿריִער, אַפֿילו אין די טעג פֿון איר ערשטער גדולה, און זי איז אָנגעפֿילט געוואָרן מיט ביימער און מיט פֿאָנטאַנען, און די טויערן געשאַפֿן פֿון מיטריל און שטאָל, און די גאַסן ברוקירט מיט ווײַסן מאַרמער, און די באַרג־לײַט האָבן דאָרט געאַרבעט און די וואַלד־לײַט האָבן זיך דערפֿרייט דאָרט אַהינצוקומען, און אַלץ איז אויסגעהיילט געוואָרן און צו רעכט געמאַכט, זײַנען די הײַזער אָנגעפֿילט מיט מענטשן און פֿרויען און דעם געלעכטער פֿון קינדער, קיין פֿענצטער איז ניט פֿאַרבלענדט געווען און קיין הויף ניט ליידיק, און נאָך דעם סוף פֿון דער דריטער תּקופֿה פֿון דער וועלט אַרײַן אין דער נײַער תּקופֿה האָט זי אויפֿגעהיט די געדעכענישן און די גדולה פֿון די אָפּגעגאַנגענע יאָרן.

אין די טעג נאָך דער קריינונג איז דער קיניג געזעסן אויף זײַן טראָן אין דעם זאַל פֿון די קיניגן, און אַרויסגערעדט זײַנע מישפּטים. און שליחים זײַנען געקומען פֿון אַ סך לענדער און לײַט, פֿון דעם מיזרח און דעם דרום, און פֿון די גרענעצן פֿון כמאַרנע־וואַלד, און פֿון טונקלאַנד אין דעם מערבֿ. און דער קיניג האָט באַגנעדיקט די מיזרחדיקער וואָס האָבן זיך אונטערגעגעבן און זיי פֿרײַ אַוועקגעשיקט, און ער האָט שלום געשלאָסן מיט די מענטשן פֿון האַראַד, און די שקלאַפֿן פֿון מאָרדאָר האָט ער באַפֿרײַט און זיי געגעבן די אַלע לענדער אַרום נורנען אָזערע פֿאַרן אייגענעם. און אַ סך האָט מען פֿאַר אים געבראַכט צו באַקומען זײַן שבֿח און באַלוין צוליב דער גבֿורה זייערע, און צום סוף האָט דער קאַפּיטאַן פֿון דער וואַך געבראַכט בערעגאָנד פֿאַר אים אויף מישפּט.

און דער קיניג האָט געזאָגט צו בערעגאָנד: "בערעגאָנד, פֿון אײַער שווערד איז בלוט פֿאַרגאָסן געוואָרן אין די הייליקע ערטער, וווּ דאָס איז פֿאַרבאָטן. דערצו האָט איר איבערגעלאָזט אײַער פּאָסטן אָן דערלויב פֿון לאָרד צי פֿון קאַפּיטאַן. פֿאַר די אָ זאַכן איז די שטראָף אַ מאָל געווען טויט. איצט דערפֿאַר מוז איך אַרויסזאָגן אײַער גורל.

"די שטראָף איז אין גאַנצן אָפּגענומען צוליב אײַער גבֿורה אין שלאַכט, און נאָך מער ווײַל אַלץ וואָס איר האָט געטאָן איז געווען פֿאַר דער ליבע פֿון דעם לאָרד פֿאַראַמיר. פֿונדעסטוועגן מוזט איר איבערלאָזן די וואַך פֿון דעם ציטאַדעל, און איר מוזט גיין אַרויס פֿון דער שטאָט מינאַס טיריט."

איז דאָס בלוט דעמאָלט אַרויס פֿון בערעגאָנדס פּנים, איז ער דערשלאָגן געווען אין האַרצן און ער האָט אָפּגעלאָזט דעם קאָפּ. נאָר דער קיניג האָט געזאָגט:

"עס מוז זײַן אַזוי וואָרן איר זײַט באַשטימט צו דער **וו**ײַסער **ק**אָמפּאַניע, דער **וו**אַך פֿון **פֿ**אַראַמיר, **פ**רינץ פֿון **א**יטיליען, און איר וועט זײַן דער קאַפּיטאַן אירער און וווינען אין **ע**מין **אַ**רנען מיט כּבֿוד און פֿריד, ווי אַ באַדינער צו אים וואָס איר האָט מיט אַלץ ריזיקירט, אים צו ראַטעווען פֿון טויט."

און דעמאָלט איז **ב**ערעגאָנד, באַמערקנדיק די רחמים און יושר פֿון דעם **ק**יניג, דערפֿרייט געוואָרן, און אויף דעם קני האָט ער געקושט זײַן האַנט און איז אָפּגעפֿאָרן צופֿרידן און דערפֿרייט. און **אַ**ראַגאָרן האָט **פֿ**אַראַמיר געגעבן **א**יטיליען פֿאַר זײַן מלוכה און האָט אים געבעטן ער זאָל וווינען אין די בערגלעך פֿון **ע**מין **אַ**רנען אין אויגנגרייך פֿון דער **ש**טאָט.

"וואָרן," האָט ער געזאָגט, "**מ**ינאַס **א**יטיל אין **מ**אָרגול **ט**אָל זאָל אין גאַנצן צעשטערט ווערן, און כאָטש מיט דער צײַט וועט דאָס אפֿשר אויסגערייניקט ווערן מעג קיינער דאָרט ניט וווינען אויף אַ סך לאַנגע יאָרן."

און דעם לעצטן פֿון אַלע האָט **אַ**ראַגאָרן באַגריסט **ע**אָמער פֿון **ר**אָהאַן, און זיי האָבן געהאַלדזט, און **אַ**ראַגאָרן האָט געזאָגט: "צווישן אונדז קען ניט זײַן קיין וואָרט פֿון געבן צי צונעמען, און אויך ניט פֿון באַלוין, וואָרן מיר זײַנען ברידער. אין אַ גליקלעכער שעה האָט **י**אָרל געריטן פֿון דעם **צ**פֿון, און קיין מאָל פֿריִער איז אַ ליגע פֿון מלאָכות ניט אַזוי געבענטשט געווען, אַזוי אַז קיינער האָט ניט פֿאַרלאָזן דעם צווייטן, און וועט ניט פֿאַרלאָזן. איצט, ווי איר ווייסט, האָבן מיר אַוועקגעלייגט **ט**עאָדען דעם **ב**אַרימטן אין אַ קבֿר אין די הייליקע **ע**רטער, און דאָרט זאָל ער ליגן אויף אייביק צווישן די **ק**יניגן פֿון **ג**אָנדאָר, אויב איר ווילט. אָדער פֿאַרקערט אויב איר ווילט וועלן מיר קומען קיין **ר**אָהאַן און אים ברענגען צוריק צו ליגן מיט די אייגענע לײַט."

און **ע**אָמער האָט געענטפֿערט: "זינט דעם טאָג ווען איר האָט זיך אויפֿגעהויבן פֿאַר מיר אַרויס פֿונעם גרינעם גראָז פֿון די הויכלענדער האָב איך אײַך ליב געהאַט, און אָט די ליבע וועט קיין מאָל ניט אונטערגיין. אָבער איצט מוז איך אָפּפֿאָרן אַ ווײַלע צו דער אייגענער מלוכה, וווּ איז אַ סך צו היילן און צו רעכט צו שטעלן. נאָר וואָס שייך די **ג**עפֿאַלענע, ווען אַלץ איז גרייט געמאַכט וועלן מיר קומען צוריק נאָך אים. נאָר דערווײַל זאָל ער דאָ שלאָפֿן."

און **ע**אָווין האָט געזאָגט צו **פֿ**אַראַמיר: "איצט מוז איך גיין צוריק אינעם אייגענעם לאַנד און אויף אים קוקן נאָך אַ מאָל, און העלפֿן דעם ברודער מיט דער אַרבעט, אָבער ווען ער וואָס איך האָב לאַנג געליבט ווי אַ פֿאָטער איז צום סוף אינעם מקום־מנוחה, וועל איך קומען צוריק."

אַזוי זײַנען די גליקלעכע טעג פֿאַרבײַ און דעם אַכטן מײַ האָבן די רײַטערס פֿון **ר**אָהאַן זיך צוגעגרייט און האָבן אָפּגעריטן אויף דעם **צ**פֿונוועג, און מיט זיי זײַנען געגאַנגען די זין פֿון **ע**לראָנד. לענג־אויס דעם גאַנצן וועג זײַנען געווען רייען מענטשן זיי כּבֿוד אָפּצוגעבן און זיי צו לויבן, פֿון דעם **ט**ויער פֿון דער **ש**טאָט ביז די מויערן פֿון דעם **פּ**עלענאָר. דעמאָלט זײַנען די וואָס האָבן ווײַט אַוועק געוווינט דערפֿרייט געגאַנגען צוריק אַהיים, נאָר אין דער **ש**טאָט איז געווען אַ סך אַרבעט פֿאַר די ווויליקע הענט איבערצובויען און באַנײַען און אַוועקנעמען די אַלע שנאַרן פֿון מלחמה און די געדעכענישן פֿון דעם פֿינצטערניש.

די האָביטס זײַנען נאָך געבליבן אין מינאַס טיריט, מיט **ל**עגאָלאַס און **ג**ימלי, וואָרן **א**ראַגאָרן האָט ניט געוואָלט די חבֿרותא זאָל זיך צעגיין. "סוף־כּל־סוף מוזן אַלע אַזעלכע זאַכן האָבן אַ סוף," האָט ער געזאָגט, "נאָר איך וויל איר זאָלט בלײַבן נאָך אַ ווײַלע, וואָרן דער סוף פֿון די מעשׂים וואָס דערין האָט איר אָנטייל גענומען איז נאָך ניט אָנגעקומען. עס קומט נאָענט אַ טאָג וואָס דערויף האָב איך אַרויסגעקוקט די אַלע יאָרן פֿון מײַן דערוואַקסנשאַפֿט, און ווען ער קומט אָן, וויל איך די פֿרײַנד בײַ דער זײַט." נאָר וועגן דעם דאָזיקן טאָג וועט ער מער ניט זאָגן.

אין די אָ טעג האָבן די **ב**אַלייטערס פֿון דעם **פֿ**ינגערל געוווינט צוזאַמען אין אַ שיין הויז מיט **ג**אַנדאַלף, און זיי זײַנען פֿראַנק־און־פֿרײַ אַרומגעגאַנגען. און **פֿ**ראָדאָ האָט צו **ג**אַנדאַלף געזאָגט: "צי ווייסט איר וואָס איז דער טאָג וואָס דערוועגן רעדט **א**ראַגאָרן? וואָרן מיר זײַנען גליקלעך דאָ און איך וויל ניט אָפּגיין, נאָר די טעג לויפֿן אַוועק, און **ב**ילבאָ וואַרט, און דער **ק**אַנטאָן איז מײַן היים."

"וואָס שייך **ב**ילבאָ," האָט **ג**אַנדאַלף געזאָגט, "ער וואַרט אויך אויפֿן זעלביקן טאָג, און ער ווייסט וואָס האַלט אײַך דאָ. און וואָס שייך די פֿאַרבײַגייענדיקע טעג, איז איצט נאָר מײַ און דער הויכער זומער איז נאָך ניט אָנגעקומען, און כאָטש אַלץ זעט אויס גאַנץ געביטן, גלײַך ווי אַ תּקופֿה פֿון דער וועלט האָט זיך געענדיקט, פֿאָרט מיט די ביימער און דעם גראָז איז ווייניקער ווי אַ יאָר זינט איר זײַט אין וועג אַרײַן."

"**פּ**יפּין," האָט **פֿ**ראָדאָ געזאָגט, "צי האָסטו ניט געזאָגט אַז **ג**אַנדאַלף איז ניט אַזוי ענג־געהאַלטן ווי פֿריִער? ער איז דעמאָלט געווען מיד פֿון דער טירחה, מיין איך. איצט איז ער ווידער צו זיך."

און **ג**אַנדאַלף האָט געזאָגט: "אַ סך לײַט ווילן וויסן פֿריִער וואָס מע וועט דערלאַנגען צום טיש, נאָר די וואָס האָבן געאַרבעט צוצוגרייטן די סעודה האָבן ליב האַלטן בסוד וואָס קומט, וואָרן ווּנדער מאַכט העכער די שבֿחים. און **א**ראַגאָרן אַליין וואַרט אויף אַ סימן."

עס איז געקומען אַ טאָג ווען **ג**אַנדאַלף איז ניט צו געפֿינען, און די **ב**אַלייטערס האָבן זיך געוווּנדערט וואָס קומט פֿאָר. אָבער **ג**אַנדאַלף האָט **א**ראַגאָרן גענומען אַרויס פֿון דער **ש**טאָט בײַ נאַכט און ער האָט אים געבראַכט צו די דרומדיקע פּיס פֿון **ב**אַרג **מ**ינדאָלויִן, און דאָרט האָבן זיי געפֿונען אַ סטעשקע געשאַפֿן מיט יאָרן און יאָרן צוריק וואָס נאָר זייער ווייניק איצט דערוועגן זיך אָנצוטרעטן. וואָרן זי פֿירט אַרויף אויף דעם באַרג צו אַ הויכן הייליקן אָרט וווּ נאָר די קיניגן פֿלעגן גיין. און זיי זײַנען אַרויפֿגעגאַנגען אויף שטאָציקע וועגן, ביז זיי זײַנען געקומען צו אַ הויך פֿעלד אונטער די שנייען וואָס האָבן באַקליידט די הויכע שפּיצן, און עס קוקט אַראָפּ איבערן תּהום וואָס שטייט הינטער דער **ש**טאָט. און שטייענדיק דאָרט האָבן זיי אָנגעקוקט די לענדער, ווײַל דער פֿרימאָרגן איז געקומען, און זיי האָבן געזען די טורעמס פֿון דער **ש**טאָט ווײַט אונטן, ווי ווײַסע בלײַערס אָנגערירט פֿון דער זונענליכט, דער גאַנצער **ט**אָל פֿון דעם **א**נדויִן איז געווען ווי אַ גאָרטן, און די **ב**ערג פֿון **ש**אָטן זײַנען געווען פֿאַרשלייערט אין אַ גאָלדענעם נעפּל. אויף דער ערשטער זײַט האָבן זיי געקענט זען ביז דעם גראָען **ע**מין **מ**ויִל, און דער בלישטש פֿון **ר**אַוראָס איז געווען ווי אַ שטערן פֿינקלענדיק אין דער ווײַטן, און אויף דער צווייטער זײַט איז פֿאַר זיי געווען דער **ט**ײַך ווי אַ פּאַס אַראָפּגעלייגט קיין **פּ**עלאַרגיר, און ווײַטער איז געווען אַ ליכט אויף דעם זוים פֿון הימל וואָס רעדט פֿון דעם **י**ם.

און **ג**אַנדאַלף האָט געזאָגט: "אָט דאָס איז אײַער מלכות, און דאָס האַרץ פֿון דעם גרעסערן מלכות וואָס וועט קומען. די **ד**ריטע **ת**קופֿה פֿון דער וועלט ענדיקט זיך און אַ נײַע הייבט זיך אָן, איז אײַער עובֿדה זי אויססדרן דעם אָנהייב און אויפֿהיטן וואָס מע קען. וואָרן כאָטש מע האָט אַ סך געראַטעוועט, מוז איצט אַ סך פֿאַרגיין, און די שליטה פֿון די **ד**רײַ **פֿ**ינגערלעך איז אויך געקומען צו אַ סוף. און די אַלע לענדער וואָס איר זעט, און די וואָס ליגן אַרום זיי, וועלן זײַן די וווינונגען פֿון **מ**ענטשן. וואָרן עס קומט די צײַט פֿון דער **מ**משלה פֿון **מ**ענטשן, און די **ע**לטערע **ק**רובֿים וועלן אָפּשטאַרבן צי אָפּפֿאָרן."

"דאָס ווייס איך גוט, טײַערער פֿרײַנד," האָט **א**ראַגאָרן געזאָגט, "נאָר איך וויל נאָך אַלץ אײַער עצה."

"ניט אויף קיין לאַנגע צײַט איצט," האָט **ג**אַנדאַלף געזאָגט. "די **ד**ריטע **ת**קופֿה איז געווען מײַן צײַט. איך בין געווען דער **ש**ונא פֿון **ס**אוראָן און מײַן אַרבעט איז פֿאַרטיק. איך וועל באַלד אָפּגיין. דער עול מוז איצט ליגן אויף אײַך און אײַערע קרובֿים."

"אָבער איך וועל שטאַרבן," האָט **א**ראַגאָרן געזאָגט. "וואָרן איך בין אַ שטערבלעכער מענטשן, נאָר כאָטש צוליב דעם וואָס איך בין אַזוי און ווי איך בין ריין פֿון דער גזע פֿון דעם **מ**ערבֿ און וועל לעבן ווײַט לענגער ווי אַנדערע, פֿאָרט איז דאָס נאָר אַ קורצע ווײַלע, און ווען די וואָס נאָך אַלץ אין טראַכט פֿון די פֿרויען זײַנען געבוירן געוואָרן און אַלט געוואַקסן, וועל איך אויך אַלט ווערן. און ווער דען זאָל הערשן איבער **ג**אָנדאָר און איבער די וואָס האַלטן די דאָזיקע **ש**טאָט פֿאַר זייער מלכּה, אויב מײַן ווונטש איז ניט באַוויליקט געוואָרן? דער **ב**וים אין דעם **ה**ויף פֿון דעם **פֿ**אָנטאַן איז נאָך אויסגעדאַרט און אומפֿרוכפּערדיק. ווען וועל איך זען אַ צייכן אַז אַ מאָל וועט דאָס אַנדערש זײַן?"

"דרייט דאָס פּנים אַוועק פֿון דער גרינער וועלט און קוקט ווּ אַלץ זעט אויס נאַקעט און קאַלט!" האָט **ג**אַנדאַלף געזאָגט.

האָט **א**ראַגאָרן דעמאָלט זיך געדרייט, און הינטער אים איז געווען אַ שטיינערדיקער שיפּוע לויפֿנדיק אַראָפּ פֿון די זוימען פֿון דעם שניי, און בעת ער קוקט האָט ער באַמערקט אַז דאָרט, איינער אַליין אין דער וויסטעניש, איז געשטאַנען אַ וואַקסנדיקער חפֿץ. איז ער געקראָכן אַרויף צו אים און האָט געזען אַז אַרויס פֿונעם סאַמע קאַנט פֿונעם שניי איז געשפּרונגען אַ שפּראָצל־בוים ניט מער ווי דרײַ פֿוס אין דער הייך. שוין זײַנען אַרויס דערפֿון יונגע בלעטער, לאַנגע, שיין געפֿורעמטע, טונקל אויבן און זילבער אונטן, און אויף דער שלאַנקער קרוין האָט ער געטראָגן איין קליין געזעמל בלומען וועמענס ווײַסע קרוינבלעטלעך האָבן געשײַנט ווי דער זון־באַלויכטענער שניי.

דעמאָלט האָט **א**ראַגאָרן אויסגעשריגן: "*יע! אוטוווייעניעס!* איך האָב עס געפֿונען! זעט נאָר! אָט דאָ איז אַן אָפּשפּראָץ פֿון דעם **ע**לטסטן **ב**וים! נאָר ווי אַזוי איז עס דאָ אָנגעקומען? וואָרן ער אַליין איז נאָך ניט אַלט זיבן יאָר."

און **ג**אַנדאַלף איז געקומען אַ קוק צו טאָן און האָט געזאָגט: "אויף אַן אמת איז ער אַן אָפּשפּראָץ פֿונעם שטאַם פֿון **נ**ימלאָט דעם שיינעם, און דאָס איז געווען אַ פֿלאַנצלינג פֿון **ג**אַלאַטיליאָן, און דאָס אַ פֿרוכט פֿון **ט**עלפּעריאָן מיט די סך נעמען, דער **ע**לטסטער פֿון **ב**יימער. ווער זאָל זאָגן ווי אַזוי ער איז אַהערגעקומען אין דער באַשטימטער שעה? נאָר אָט דאָס איז אַן אַנטיקער הייליקער אָרט, און איידער די קיניגן זײַנען אונטערגעגאַנגען אָדער דער **ב**וים אויסגעדאַרט געוואָרן אין דעם הויף האָט מען געמוזט אַוועקשטעלן דאָ אַ פֿרוכט.

וואָרן מע זאָגט אַז כאָטש די פֿרוכט פֿון דעם **ב**וים ווערט זעלטן צײַטיק, קען דאָס לעבן ליגן אינעווייניק שלאָפֿן דורך אַ סך לאַנגע יאָרן און קיינער קען ניט פֿאָרויסזאָגן ווען עס וועט אויפֿוואַכן. געדענקט דאָס. וואָרן זאָל אַ מאָל אַ פֿרוכט ווערן צײַטיק מוז מען אים פֿלאַנצן, כּדי דער שטאַם זאָל ניט אויסגיין פֿון דער וועלט. דאָ איז עס געלעגן באַהאַלטן אויף דעם באַרג, פּונקט ווי די גזע פֿון **ע**לענדיל איז געלעגן באַהאַלטן אין דעם **צ**פֿון. פֿאָרט איז דער שטאַם פֿון **נ**ימלאָט גאָר עלטער ווי אײַער שטאַם, **ק**יניג **ע**לעסאַר."

האָט **אַ**ראַגאָרן דעמאָלט געלייגט די האַנט צאַרט אויף דעם אָפּשפּראָץ, און זעט נאָר! עס האָט זיך אויסגעוויזן אַז ער איז נאָר לײַכט געהאַלטן אין דער ערד, און איז צוגענומען געוואָרן אָן שאַטן, און **אַ**ראַגאָרן האָט אים געטראָגן צוריק צו דעם **צ**יטאַדעל. דעמאָלט האָט מען אויסגעוואָרצלט דעם פֿאַרדאַרטן בוים, נאָר מיט דרך־ארץ, און זיי האָבן אים ניט געברענט נאָר אים אַוועקגעלייגט צו רוען אין דער שטילקייט פֿון **ר**אַט **ד**ינען. און **אַ**ראַגאָרן האָט געפֿלאַנצט דעם נײַעם בוים אין דעם הויף לעבן דעם פֿאָנטאַן, און גיך און גערן האָט ער אָנגעהויבן וואַקסן און ווען עס איז געקומען דער חודש יוני איז ער אָנגעלאָדן מיט קווייטן.

"עס איז געקומען דער צייכן," האָט **אַ**ראַגאָרן געזאָגט, "און דער טאָג איז ניט ווײַט אַוועק." און ער האָט געשטעלט וועכטערס אויף די מויערן.

עס איז געווען דער טאָג פֿאַר **ה**אַלבזומער ווען שליחים זײַנען געקומען פֿון **אַ**מאָן **ד**ין צו דער **ש**טאָט, און זיי האָבן געזאָגט אַז עס קומט רײַטן אַ גרופּע שיינע לײַט אַרויס פֿון דעם **צ**פֿון, און זיי זײַנען איצט נאָענט געקומען צו די מויערן פֿון דעם **פּ**עלענאָר. און דער **ק**יניג האָט געזאָגט: "סוף־כּל־סוף זײַנען זיי געקומען. לאָזט די גאַנצע **ש**טאָט זיך צוגרייטן!"

פּונקט ערבֿ **ה**אַלבזומער, ווען דער הימל איז געווען בלאָ ווי אַ שאַפּיר און ווײַסע שטערן האָבן זיך געעפֿנט אין דעם **מ**יזרח, נאָר דער **מ**ערבֿ איז נאָך אַלץ געווען גאָלדן און די לופֿט איז געווען קיל און שמעקעדיק, זײַנען די רײַטערס געקומען אַראָפּ אויף דעם **צ**פֿונוועג צו די טויערן פֿון **מ**ינאַס **ט**יריט. בראָש האָט געריטן **ע**לראָהיר און **ע**לאַדאַן מיט אַ פֿאָן פֿון זילבער, און דערנאָך איז געקומען **ג**לאָרפֿינדל און **ע**רעסטאָר און דאָס גאַנצע הויזגעזינד פֿון **ר**יוונדעל, און נאָך דעם זײַנען געקומען **ד**י דאַמע **ג**אַלאַדריעל און **צ**עלעבאָרן, **ל**אָרד פֿון **ל**אָטלאָריען, רײַטנדיק אויף ווײַסע פֿערד און מיט זיי אַ סך שיינע לײַט פֿון זייער לאַנד, גראָ באַמאַנטלט מיט ווײַסע איידלשטיינער אין די האָר, און דער לעצטער איז געקומען **ה**אַר **ע**לראָנד, מאַכטיק צווישן **ע**לפֿן און **מ**ענטשן, טראָגנדיק דעם סקעפּטער פֿון **אַ**נומינאַס, און לעבן אים אויף אַ גראָ פֿערד האָט געריטן **אַ**רווען, זײַן טאָכטער, **אָ**וונטשטערן פֿון אירע לײַט.

און **פֿ**ראָדאָ, ווען ער האָט זי דערזען קומענדיק בלאַנקענדיק אין דעם אָוונט, מיט שטערן אויף איר שטערן און אַ זיס גערוך אַרום איר, איז גערירט מיט אַ גרויסן חידוש, און ער האָט געזאָגט צו **ג**אַנדאַלף: "צום סוף פֿאַרשטיי איך פֿאַר וואָס מיר האָבן געוואַרט! דאָס איז דער סוף. איצט וועט ניט נאָר דער טאָג באַליבט זײַן נאָר די נאַכט אויך זאָל זײַן שיין און געבענטשט און אַלע אירע פּחדים זאָלן אַוועקפֿאַלן!"

דעמאָלט האָט דער **ק**יניג באַגריסט די געסט און זיי האָבן אַראָפּגעשטיגן, און **ע**לראָנד האָט אָפּגעגעבן דעם סקעפּטער, און געלייגט די האַנט פֿון זײַן טאָכטער אין דער האַנט פֿון דעם **ק**יניג, און צוזאַמען זײַנען זיי געגאַנגען אַרײַן אין דער **ה**ויכער **ש**טאָט, און די אַלע שטערן האָבן געבליט אין דעם הימל. און **אַ**ראַגאָרן דער **ק**יניג **ע**לעסאַר האָט חתונה געהאַט

מיט **אַ**רוועון **א**ונדאָמיעל אין דער **ש**טאָט פֿון די **ק**יניגן דעם **ה**אַלבזומער־**ט**אָג, און די מעשׂה פֿון זייער לאַנג וואַרטן און טירחות איז מקוים געוואָרן.

קאַפּיטל זעקס

אַ סך געזעגענונגען

ווען די טעג פֿון שׂימחה זײַנען פֿאַרטיק סוף־כּל־סוף האָבן די באַלייטערס געטראַכט וועגן גיין צוריק אין דער היים. און פֿראָדאָ איז געגאַנגען צו דעם קיניג ווו ער איז געזעסן מיט דער מלכּה אַרווען לעבן דעם פֿאָנטאַן און זי האָט געזונגען אַ ליד וועגן וואַלינאָר, בעת דער בוים איז געוואַקסן און געבליט. זיי האָבן מקבל־פּנים געווען פֿראָדאָ און זײַנען אויפֿגעשטאַנען אים צו באַגריסן, און אַראַגאָרן האָט געזאָגט:

"איך ווייס וואָס איר זײַט געקומען זאָגן, פֿראָדאָ: איר ווילט גיין צוריק אין דער אייגענער היים. נו, טײַערסטער פֿרײַנד, דער בוים וואַקסט דאָס בעסטע אין דעם לאַנד פֿון זײַן געבוירערס, נאָר פֿאַר אײַך אין די אַלע לענדער פֿון דעם מערבֿ וועט אַלע מאָל זײַן אַ קבלת־פּנים. און כאָטש אײַערע לײַט האָבן קוים געהאַט קיין שם אין די לעגענדעס פֿון די גרויסע, וועלן זיי איצט ווערן מער באַרימט ווי אַ סך ברייטע מלוכות וואָס זײַנען מער ניט."

"עס איז אמת אַז איך וויל גיין צוריק צו דעם קאַנטאָן," האָט פֿראָדאָ געזאָגט. "נאָר ערשט מוז איך גיין קיין ריוונדעל. וואָרן אויב ס'איז דאָ עפּעס וואָס פֿעלט אין אַזאַ געבענטשטער צײַט, בענק איך נאָך בילבאָ, און איך בין זיך מצער וואָס צווישן דעם גאַנצן געזינד פֿון עלראָנד האָב איך געזען אַז ער איז ניט געקומען."

"צי איז דאָס אײַך אַ חידוש, פֿונגערל־טרעגער?" האָט אַרווען געזאָגט. "וואָרן איר קענט די שליטה פֿון דעם חפֿץ וואָס איז איצט צעשטערט געוואָרן, און אַלץ אָפּגעטאָן פֿון דער אָ שליטה גייט איצט אַוועק. אָבער אײַער קרובֿ האָט פֿאַרמאָגט אָט דעם חפֿץ לענגער ווי איר. ער איז איצט גאָר אַלט אין יאָרן, לויט זײַן גזע, און ער וואַרט אויף אײַך, וואָרן ער וועט מער ניט גיין אויף קיין לאַנגע נסיעות אַחוץ איינער."

"אין דעם פֿאַל בעט איך דערלויב באַלד אָפּצופֿאָרן," האָט פֿראָדאָ געזאָגט.

"אין זיבן טעג אַרום וועלן מיר גיין," האָט אַראַגאָרן געזאָגט. "וואָרן מיר וועלן מיט אײַך רײַטן ווײַט אויף דעם וועג, ווײַט אַפֿילו ביזן לאַנד פֿון ראָהאַן. אין דרײַ טעג אַרום וועט עאָמער קומען צוריק אַהער צו טראָגן טעאָדען צוריק צו רוען אין דעם מאַרק, און מיר וועלן מיט אים רײַטן ווי אַ כּבֿוד צו דעם געפֿאַלענעם. נאָר איצט איידער איר גייט אָפּ וועל איך צושטימען צו די ווערטער וואָס פֿאַראַמיר האָט אײַך געזאָגט, קענט איר גיין אַרום פֿראַנק־און־פֿרײַ אין דער מלוכה פֿון גאָנדאָר, און די אַלע באַלייטערס אײַערע אויך. און אויב ס'וואָלט זײַן פֿאַראַן אַבי אַ מתּנה וואָס איך קען אײַך געבן פּאַסיק צו אײַערע מעשׂים, זאָלט איר זי באַקומען, נאָר אַבי וואָס איר ווילט זאָלט איר מיטנעמען, און איר וועט רײַטן אין כּבֿוד באַקליידט ווי די פּרינצן פֿון דעם לאַנד."

נאָר די מלכּה אַרווען האָט געזאָגט: "אַ מתּנה וועל איך אײַך געבן. וואָרן איך בין די טאָכטער פֿון עלראָנד. איך וועל ניט גיין מיט אים ווען ער פֿאָרט אָפּ קיין דעם מקום־מיקלט, וואָרן איך קלײַב אויס ווי לוטיען און ווי זי האָב איך אויך באַשלאָסן, אי די זיסע אי די ביטערע. אָבער אין מײַן אָרט וועט איר גיין, פֿינגערל־טרעגער, ווען ס'קומט די צײַט און אויב איר ווילט. אויב אײַערע ווייטיקן עסן אײַך אָפּ נאָך אַלץ און דער געדאַנק פֿון דער לאַסט איז שווער, מעגט איר גיין אַרײַן אין דעם מערבֿ, ביז די אַלע וווּנדן און מידקייט

אײַערע זײַנען אויסגעהײלט געוואָרן. נאָר טראָגט דאָס איצט צום אָנדענק פֿון עלפֿשטײן און אָוונטשטערן וואָס מיט זײ איז אײַער לעבן צונויפֿגעפֿלאָכטן!"

און זי האָט גענומען אַ ווײַסן אײדלשטײן ווי אַ שטערן וואָס איז געלעגן אויף איר ברוסט אויף אַ זילבערנער קײט, און זי האָט געשטעלט די קײט אַרום פֿראָדאָס נאַקן. "ווען דער געדאַנק פֿון דעם פּחד און דעם פֿינצטערניש באַאומרויִקט אײַך," האָט זי געזאָגט, "וועט דאָס אײַך העלפֿן."

אין דרײַ טעג אַרום, ווי דער קיניג האָט געזאָגט, איז עאָמער פֿון ראָהאַן געקומען רײַטן צו דער שטאָט, און מיט אים איז געקומען אַן עאָרעד פֿון די שענסטע ריטערס אין דעם מאַרק. מע האָט אים באַגריסט און ווען זײ זײַנען אַלע צום טיש אין מערעטראָנד, דעם גרויסן זאַל פֿון סעודות, האָט ער דערזען די שײנקײט פֿון די פֿרויען פֿאַר די אויגן זײַנע און איז אָנגעפֿילט געוואָרן מיט אַ גרויסן וווּנדער. און אײדער ער איז אַוועק צו דער רו האָט ער געשיקט נאָך גימלי דעם שרעטל, און ער האָט צו אים געזאָגט: "גימלי בן־גלאָין, צי האָט איר די האַק צו דער האַנט?"

"ניין, לאָרד," האָט גימלי געזאָגט, "אָבער איך קען זי גיך קריגן, אין אַ נויט."

"איר וועט פּסקענען," האָט עאָמער געזאָגט. "וואָרן ס'זײַנען עטלעכע האַסטיקע ווערטער וועגן דער דאַמע אין דעם גאָלדענעם וואַלד וואָס ליגן נאָך אַלץ צווישן אונדז. און איצט האָב איך זי געזען מיט די אײגענע אויגן."

"נו, לאָרד," האָט גימלי געזאָגט, "און וואָס זאָגט איר איצט?"

"אַ שאָד!" האָט עאָמער געזאָגט. "איך וועל ניט זאָגן אַז זי איז די שענסטע דאַמע וואָס לעבט."

"אויב אַזוי מוז איך קריגן די האַק," האָט גימלי געזאָגט.

"נאָר ערשט וועל איך זיך פֿאַרענטפֿערן," האָט עאָמער געזאָגט. "אויב איך וואָלט זי געזען אין אַן אַנדער מסיבה, וואָלט איך געזאָגט אַלץ וואָס איר קענט ווינטשן. אָבער איצט וועל איך שטעלן די מלכּה אַרווען אָוונטשטערן בראָש, און איך בין גרייט אויף שלאַכט פֿאַר זיך אַליין מיט אַבי ווער עמען וואָס פֿאַרלײקנט מיך. זאָל איך רופֿן נאָך מײַן שווערד?"

האָט גימלי זיך דעמאָלט טיף פֿאַרנייגט. "ניין, פֿון מײַנט וועגן זײַט איר אַנטשולדיקט, לאָרד," האָט ער געזאָגט. "איר האָט אויסגעקליבן דעם אָוונט, נאָר מײַן ליבע גיב איך צו דעם אינדערפֿרי. און דאָס האַרץ זאָגט מיר פֿאָרויס אַז דאָס וועט באַלד אָפּגײן אויף אײביק."

סוף־כּל־סוף איז געקומען דער טאָג פֿון אָפּפֿאָר, און אַ גרויסע העלע קאָמפּאַניע האָט זיך צוגעגרייט רײַטן צפֿון צו פֿון דער שטאָט. דעמאָלט זײַנען די קיניגן פֿון גאָנדאָר און ראָהאַן געגאַנגען צו די הייליקע ערטער און געקומען צו די קבֿרים אין ראַט דינען, און זיי האָבן אַוועקגעטראָגן קיניג טעאָדען אויף אַ גאָלדענעם קאַטאַפֿאַלק, און זײַנען שטיל דורך דער שטאָט. דאָרט האָבן זיי אַוועקגעלייגט דעם קאַטאַפֿאַלק אויף אַ גרויסן וואָגן מיט די רײַטערס פֿון ראָהאַן אומעטום אַרום אים און זײַן פֿאָן געטראָגן פֿאָרויס, און מערי, ווי טעאָדענס אַדיוטאַנט האָט געריטן אויפֿן וואָגן און געהאַלטן די כּלי־זיין פֿון דעם קיניג.

פֿאַר די אַנדערע באַלייטערס האָט מען געפֿונען פֿערד לויט די גרייסן, און פֿראָדאָ און סאַמוויַיז האָבן געריטן בײַ אַראַגאָרנס זײַט, און גאַנדאַלף האָט געריטן אויף שאָטנפֿאַקס, און

פּיפּין האָט געריטן מיט די ריטערס פֿון גאָנדאָר, און לעגאָלאַס און גימלי, ווי אַלע מאָל, האָבן געריטן צוזאַמען אויף אַראָד.

אויך אין דער גרופּע האָט געריטן די מלכּה אַרווען, און צעלעבאָרן און גאַלאַדריעל מיט די לײַט זייערע, און עלראָנד מיט די זין, און די פּרינצן פֿון דאָל אַמראָט און פֿון איטיליען, און אַ סך קאַפּיטאַנען און ריטערס. קיין מאָל פֿריִער האָט קיין קיניג פֿון דעם מאַרק ניט געהאַט אַזאַ באַלייטונג אויף דעם וועג ווי וואָס איז געגאַנגען מיט טעאָדען בן־טענגעל צוריק צו דעם לאַנד פֿון זײַן היים.

אָן אײַלעניש און פֿרידלעך זײַנען זיי אַרײַן אין אַנאָריען, זײַנען זיי געקומען צו דעם גראָען וואַלד אונטער אַמאָן דין, און דאָרט האָבן זיי געהערט אַ קלאַנג ווי פּויקן שלאָגן אין די בערגלעך, כאָטש קיין לעבעדיקע זאַך האָט מען ניט געקענט זען. דעמאָלט האָט אַראַגאָרן געהייסן די טרומייטן בלאָזן און די שטאַפֿעטן האָבן אויסגעשריגן:

"זעט נאָר! דער קיניג עלעסאַר איז געקומען! דעם וואַלד־דרואַדאַן גיט ער צו כאַן־בורי־כאַן און צו זײַנע לײַט פֿאַרן אייגענעם אויף אייביק, און פֿון דעמאָלט אָן זאָל קיינער דאָרט ניט אַרײַנקומען אָן זייער דערלויב!"

האָבן די פּויקן דעמאָלט הויך געקלונגען און דערנאָך שטיל געוואָרן.

צום סוף נאָך פֿופֿצן טעג פֿאָרן איז דער וואָגן פֿון קיניג טעאָדען געגאַנגען דורך די גרינע פֿעלדער פֿון ראָהאַן און געקומען צו עדאָראַס, און דאָרט האָבן זיי אַלע גערוט. דער גאָלדענער זאַל איז באַדעקט געווען מיט שיינע פֿירהאַנגען און איז געווען אָנגעפֿילט מיט ליכט, און דאָרט האָט מען געפּראַוועט די פּראַכטיקסטע סעודה זינט די טעג פֿונעם ערשטן בויען. נאָך דרײַ טעג האָבן די מענטשן פֿון דעם מאַרק געגרייט די לוויה פֿון טעאָדען, האָט מען אים אַוועקגעלייגט אין אַ הויז פֿון שטיין מיט זײַן כּלי־זיין און אַ סך אַנדערע שיינע זאַכן פֿון זײַן פֿאַרמאָג, און איבער אים אויפֿגעהויבן אַ גרויסן קויפּ, באַדעקט מיט גרין גראָזיק טאָרף און ווײַסן אייביק־קאָפּ. און איצט זײַנען געווען אַכט קויפּן אויף דער מיזרחדיקער זײַט פֿון דעם קבֿר־פֿעלד.

דעמאָלט האָבן די רײַטערס פֿון דעם קיניגס הויז אויף ווײַסע פֿערד געריטן אַרום דעם קבֿר־קויפּ און געזונגען צוזאַמען אַ ליד וועגן טעאָדען בן־טענגעל וואָס גלעאָווײַן זײַן מינעזינגער האָט געשאַפֿן, און דערנאָך האָט ער געשאַפֿן מער ניט קיין לידער. די פּאַמעלעכע קולער פֿון די רײַטערס האָבן גערירט די הערצער פֿון די אַפֿילו וואָס האָבן ניט פֿאַרשטאַנען דאָס לשון פֿון די אָ לײַט, נאָר די ווערטער פֿון דעם ליד האָבן געבראַכט אַ ליכט אין די אויגן פֿון דעם פֿאָלק פֿון דעם מאַרק ווען זיי האָבן נאָך אַ מאָל געהערט אין דער ווײַטן דעם דונער פֿון טלאָען פֿון דעם צפֿון און דאָס קול פֿון יאָרל שרײַענדיק איבער דער שלאַכט אויף דעם פֿעלד פֿון צעלעבראַנט, און די מעשׂה פֿון די קיניגן האָט זיך ווײַטער געצויגן, און דער האָרן פֿון העלם האָט הויך אָפּגעהילכט אין די בערג, ביז דאָס פֿינצטערניש איז געקומען און קיניג טעאָדען איז אויפֿגעשטאַנען און געריטן דורך דעם שאָטן צו דער שׂרפֿה, און איז געשטאָרבן אין פּראַכט, פּונקט ווען די זון, צוריק איבער אַלע האָפֿענונגען, האָט געשײַנט אויף מינדאָלויִן אין דער פֿרי.

אַרויס פֿון ספֿק, אַרויס פֿון פֿינצטער, צו דעם אָנהייב טאָג
האָט ער געריטן, געזונגען אונטער דער זון, די שווערד אַרויס.
האָפֿענונג האָט ער ווידער אָנגעצונדן און מיט האָפֿענונג געענדיקט;

איבער טויט, איבער אימה, איבער גורל אויפֿגעהויבן
אַרויס פֿון אָנווער, אַרויס פֿון לעבן, אַרײַן אין לאַנגער גדולה.

נאָר **מ**ערי איז געשטאַנען צופֿוסנס פֿון דעם גרינעם קויפּ, און ער האָט געוויינט, און דאָס ליד האָט זיך געענדיקט איז ער אויפֿגעשטאַנען און אויסגעשריגן:

"**ט**עאָדען **ק**יניג, **ט**עאָדען **ק**יניג! אַדיע! ווי אַ פֿאָטער זײַט איר מיר געווען, אויף אַ קורצער ווײַלע. אַדיע!"

ווען די לוויה איז פֿאַרטיק און דאָס וויינען פֿון די פֿרויען האָט זיך פֿאַרשטילט, און **ט**עאָדען איז געבליבן סוף־כּל־סוף איינער אַליין אין דעם קויפּ, האָבן די אַלע לײַט זיך צונויפֿגענומען צו דעם **ג**אָלדענעם **ז**אַל פֿאַר דער גרויסער סעודה, און געשטעלט טרויער אין אַ זײַט, וואָרן **ט**עאָדען האָט לאַנג געלעבט און געענדיקט מיט כּבֿוד ניט ווייניקער ווי די גרעסטע צווישן די געבוירערס. און ווען ס'איז געקומען די צײַט לויט דעם שטייגער פֿון דעם **מ**אַרק צו טרינקען לחיים פֿאַר דעם אָנדענק פֿון די קיניגן, איז **ע**אָווין **ד**אַמע פֿון **ר**אָהאַן געקומען פֿאָרויס, גאָלדן ווי די זון און ווײַס ווי שניי, און זי האָט געטראָגן אַן אָנגעפֿילן כּוס צו **ע**אָמער.

דעמאָלט זײַנען אַ מינעזינגער און אַ בעל־וויסן אויפֿגעשטאַנען און האָבן דעקלאַמירט די אַלע נעמען פֿון די **ל**אָרדן פֿון דעם **מ**אַרק על־פּי סדר: **י**אָרל דער **י**ונגער; און **ב**רעגאָ שאַפֿער פֿון דעם זאַל; און **אַ**לדאָר ברודער פֿון **ב**אַלדאָר דעם שלימזל; און **פֿ**רעאַ און **פֿ**רעאַווײַן, און **ג**אָלדווײַן, און **ד**עאָר, און **ג**ראַם; און **ה**עלם וואָס איז געלעגן באַהאַלטן אין **ה**עלמס **ט**יף ווען דער **מ**אַרק איז אײַנגענומען געוואָרן; און אַזוי האָט זיך געענדיקט די נײַן קויפּן אויף דער מערבֿדיקער זײַט, וואָרן אין יענער צײַט איז דער שטאַם צעבראָכן געוואָרן, און דערנאָך זײַנען געקומען די קויפּן אויף דער מיזרחדיקער זײַט: **פֿ**רעאַלאַף, **ה**עלמס פּלימעניק, און **ל**עאָפֿאַ, און **וו**אַלדאַ, און **פֿ**אָלקאַ, און **פֿ**אָלקווײַן, און **פֿ**ענגעל, און **ט**ענגעל, און **ט**עאָדען דער לעצטער. און ווען מע האָט אויסגערופֿן **ט**עאָדענס נאָמען האָט **ע**אָמער אויסגעטרונקען דעם כּוס. דעמאָלט האָט **ע**אָווין געבעטן די דינער אָנצופֿילן די כּוסות, און די אַלע דאָרט געזאַמלט זײַנען אויפֿגעשטאַנען און געטרונקען לחיים צו דעם נײַעם קיניג, שרײַענדיק: "אַ גרוס, **ע**אָמער, **ק**יניג פֿון דעם **מ**אַרק!"

מיט דער צײַט, ווען די סעודה איז געקומען צום סוף, איז **ע**אָמער אויפֿגעשטאַנען און געזאָגט: "איצט איז די לוויה־סעודה פֿאַר **ט**עאָדען דעם **ק**יניג, אָבער איך וועל רעדן אײדער מיר אָפּפֿאָרן וועגן פֿריילעכע ידיעות, וואָרן ער וואָלט דאָס פֿאַרגינען, ווײַל ער איז אַלע מאָל געווען ווי אַ פֿאָטער צו **ע**אָווין מײַן שוועסטער. הערט דען, איר אַלע געסט, שיינע לײַט פֿון אַ סך מלוכות, דאָס גלײַכע קיין מאָל פֿריִער ניט צונויפֿגעזאַמלט אין דעם דאָזיקן זאַל! **פֿ**אַראַמיר, **פֿ**אַרוואַלטער פֿון **ג**אָנדאָר און **פֿ**רינץ פֿון **א**יטיליען, בעט אַז **ע**אָווין **ד**אַמע פֿון **ר**אָהאַן זאָל זײַן דאָס ווײַב זײַנס, און זי האָט דאָס פֿרײַ באַוויליקט. דערפֿאַר זאָלן זיי פֿאַרקנסט ווערן פֿאַר אײַך אַלע."

און **פֿ**אַראַמיר און **ע**אָווין זײַנען געשטאַנען פֿאָרויס האַנט אין האַנט, און אַלע דאָרט האָבן זיי געטרונקען אַ לחיים און זײַנען דערפֿרייט געוואָרן. "אַזוי," האָט **ע**אָמער געזאָגט, "איז די פֿרײַנדשאַפֿט צווישן דעם **מ**אַרק און **ג**אָנדאָר אָנגעבונדן מיט אַ נײַעם בונד, און איך פֿריי זיך אַלץ מער."

"קיין קאַרגער זײַט איר ניט, **ע**אָמער," האָט **אַ**ראַגאָרן געזאָגט, "אַזוי צו געבן צו **ג**אָנדאָר די שענסטע זאַך אין אײַער מלוכה!"

דעמאָלט האָט **ע**אָווין געקוקט אין די אויגן פֿון **אַ**ראַגאָרן און זי האָט געזאָגט: "ווינטשט מיר פֿרייד, מײַן לאָרד און היילער!"

און ער האָט געענטפֿערט: "איך האָב זי פֿרייד געוווּנטשן זינט דאָס ערשטע מאָל וואָס איך האָב דיך געזען. מײַן האַרץ איז איצט אויסגעהיילט דיך צו זען אַזוי דערפֿרייט."

ווען די סעודה איז פֿאַרטיק האָבן די וואָס וועלן אָפּפֿאָרן זיך געזעגנט מיט קיניג **ע**אָמער. **אַ**ראַגאָרן מיט זײַנע ריטערס, און די לײַט פֿון **ל**אָריען און פֿון **ר**יוונדעל האָבן זיך געגרייט אויף רײַטן, נאָר **פֿ**אַראַמיר און **א**ימראַהיל זײַנען געבליבן אין **ע**דאָראַס, און **אַ**רווען **אָ**ווּנטשטערן איז אויך געבליבן, און זי האָט זיך געזעגנט מיט די ברידער. קיינער האָט ניט געזען איר לעצטע זעונג מיט **ע**לראָנד איר פֿאָטער, וואָרן זיי זײַנען געגאַנגען אַרויף אין די בערגלעך און דאָרט לאַנג גערעדט צוזאַמען, און ביטער איז געווען זייער געזעגענונג וואָס זאָל געדויערן ווײַטער ווי די סוף פֿון דער וועלט.

סוף־כּל־סוף איידער די געסט זײַנען אָפּגעפֿאָרן, זײַנען **ע**אָמער און **ע**אָווין געקומען צו **מ**ערי און זיי האָבן געזאָגט: "אַדיע איצט, **מ**עריאַדאָק פֿון דעם **ק**אַנטאָן און **ה**אַלטוויַין פֿון דעם **מ**אַרק! רײַט אין אַ מזלדיקער שעה און רײַט צוריק און זײַט באַגריסט!"

און **ע**אָמער האָט געזאָגט: "די קיניגן פֿון אַ מאָל וואָלטן אײַך אָנגעלאָדן מיט מתּנות איבער וואָס אַ וואָגן קען טראָגן פֿאַר אײַערע מעשׂים אויף די פֿעלדער פֿון **מ**ונדבורג, נאָר איר וויל ניט נעמען גאָרנישט, איר זאָגט, אַחוץ די כּלי־זיין געגעבן צו אײַך. דאָס מוז איך לײַדן וואָרן טאַקע האָב איך ניט קיין ווערדיקע מתּנה, נאָר די שוועסטער מײַנע בעט איר זאָלט אָננעמען די דאָזיקע קליינע זאַך, ווי אַן אָנדענק פֿון **ד**ערנהעלם און פֿון די הערנער פֿון דעם **מ**אַרק בײַם אָנקום פֿון קאַיאָר."

דעמאָלט האָט **ע**אָווין געגעבן **מ**ערי אַן אַנטיקן האָרן, קליין נאָר כיטרע געשאַפֿן גאַנץ פֿון שיין זילבער מיט אַ רימען פֿון גרין, און די בעל־מלאָכות האָבן אײַנגראַווירט דערויף גיכע פֿערד־לײַט רײַטנדיק אין אַ ריי וואָס שלענגלט אַרום אים פֿון שפּיץ צו מויל, און זײַנען דאָרט אויך רונעס פֿון גרויסער מעלה.

"אָט דאָס איז אַן אַלט־ירושה פֿון אונדזער הויז," האָט **ע**אָווין געזאָגט. "ער איז געשאַפֿן געוואָרן פֿון די **ש**רעטלעך און איז געקומען פֿונעם מטמון פֿון **ס**קאַטאַ דעם **וו**אָרעם. **י**אָרל דער **י**ונגער האָט דאָס געבראַכט פֿון דעם **צ**פֿון. דער וואָס בלאָזט אים אין אַ נויט וועט דערשרעקן די הערצער פֿון די שׂונאים און ברענגען פֿרייד צו די פֿרײַנד, און זיי וועלן אים הערן און צו אים קומען."

דעמאָלט האָט **מ**ערי גענומען דעם האָרן, וואָרן מע טאָר זיך ניט אים אָפּזאָגן, און ער האָט געקושט **ע**אָווינס האַנט, און זיי האָבן אים געהאַלדזט, און אַזוי האָבן זיי זיך געזעגנט פֿאַר דער אָ צײַט.

איצט האָבן זיך די געסט צוגעגרייט און געטרונקען דעם געזעגענונג־כּוס, און מיט גרויסן לויב און פֿרײַנדשאַפֿט זײַנען זיי אין וועג אַרײַן, און מיט דער צײַט זײַנען זיי געקומען צו **ה**עלמס **ט**יף, און דאָרט האָבן זיי גערוט צוויי טעג. אין דער צײַט האָט **ל**עגאָלאַס אָפּגעצאָלט זײַן צוזאָג צו **ג**ימלי, און איז מיט אים געגאַנגען אין די **ב**לישטשענדיקע **ה**יילן,

און ווען זיי זײַנען צוריק איז ער שטיל געבליבן, וואָלט זאָגן נאָר אַז נאָר **ג**ימלי קען געפֿינען פֿאַסיקע ווערטער צו רעדן וועגן זיי. "און קיין מאָל פֿריִער האָט אַ **ש**רעטל אָפּגעהאַלטן נצחון איבער אַן **ע**לף אין אַ פֿאַרמעסט מיט דיבורים," האָט ער געזאָגט. "דערפֿאַר לאָזט אונדז גיין איצט קיין **פֿ**אַנגאָרן און צו רעכט מאַכן די רעכענונג!"

פֿון **ט**יף־**ט**אָל האָבן זיי געריטן קיין **א**יסענהויף, און האָבן געזען ווי די **ע**נטן האָבן זיך געפֿאָרעט. דעם גאַנצן שטיינקרײַז האָבן זיי אַראָפּגעוואָרפֿן און אַוועקגעטראָגן, און דאָס לאַנד אינעווייניק איז געוואָרן אַ גאָרטן אָנגעפֿילט מיט סעדער און ביימער, און אַ טײַכל האָט געשטראָמט דורך דעם, נאָר אין דער מיט פֿון אַלץ איז געווען אַן אָזערע קלאָר וואַסער, און אַרויס דערפֿון האָט זיך נאָך אויפֿגעהויבן דער **ט**ורעם פֿון **אָ**רטאַנק, הויך און אומאײַננעמיק, און דער שוואַרצער שטיין זײַנער איז געווען אָפּגעשפּיגלט אינעם באַסיין.

אַ ווײַלע זײַנען די פֿאָרערס געזעסן ווו אַ מאָל זײַנען געשטאַנען די אַלטע טויערן פֿון **א**יסענהויף, און איצט זײַנען געווען צוויי הויכע ביימער ווי וועכטערס בײַם אָנהייב פֿון אַ סטעשקע מיט גרינע ברעגן וואָס פֿירט קיין **אָ**רטאַנק, און זיי האָבן געקוקט מיט װוּנדער אויף דער אַרבעט שוין אויפֿגעטאָן, נאָר קיין לעבעדיקע זאַך איז ניט געווען צו דערזען צי ווײַט צי נאָענט. נאָר באַלד האָבן זיי דערהערט אַ קול רופֿנדיק *הוּם-האָם, הוּם-האָם*, און דאָרט איז געקומען שפּאַנען **ב**וימבאָרד אַראָפּ אויף דער סטעשקע זיי צו באַגריסן מיט **ג**יכבוים בײַ דער זײַט.

"ברוכים־הבאָים צו דעם **ב**וים־**ג**עהעפֿט פֿון **אָ**רטאַנק!" האָט ער געזאָגט. "איך האָב געוווּסט אַז איר קומט אָבער איך האָב געהאַט אַרבעט אַרויף אינעם טאָל. עס איז דאָ נאָך אַ סך צו טאָן. אָבער איר זײַט אויך ניט געווען פֿויל אַוועק אין דעם **ד**רום און דעם **מ**יזרח, הער איך, און אַלץ וואָס איך הער איז גוט, זייער גוט." דעמאָלט האָט **ב**וימבאָרד געלויבט די אַלע מעשׂים זייערע, וואָס דערוועגן האָט ער אַלץ געוווּסט אַ פּנים און געקוקט לאַנג אויף **ג**אַנדאַלף.

"נו, גייט, גייט!" האָט ער געזאָגט. "איר האָט זיך אַרויסגעוויזן פֿאַר דער מאַכטיקסטער, און אַלע אירע טירחות זײַנען גוט געגאַנגען. איצט גייט איר וווּהין? און פֿאַר וואָס זײַט איר אַהערגעקומען?"

"צו זען ווי עס גייט מיט אײַער אַרבעט, מײַן פֿרײַנד," האָט **ג**אַנדאַלף געזאָגט, "און אײַך צו דאַנקען פֿאַר אײַער הילף אין אַלץ וואָס איז אויפֿגעטאָן געוואָרן."

"*הוּם*, נו, דאָס איז טאַקע יושרדיק," האָט **ב**וימבאָרד געזאָגט, "וואָרן עס איז זיכער אַז **ע**נטן האָבן געשפּילט אַ ראָלע. און ניט נאָר באַגיין זיך מיט אָט דעם, *הוּם*, דעם פֿאַרשאָלטענעם בוים־מערדער וואָס האָט דאָ געוווינט. וואָרן עס איז געווען אַ גרויסער אָנפֿלייץ פֿון אָט די, *בוראַרום*, אָט די בייז־אויגיקע-שוואַרץ־הענטיקע-קדמא־ואַזלא־פֿוסיקע-קרעמען־האַרציקע-קרעל־באַפֿינגערטע-ברודיק־בויכיקע-בלוט־דאָרשטיקע, *מאָרימײַטע-סינקאַהאָנדאַ*, *הוּם*, נו, ווײַל איר זײַט אַ האַסטיקע פֿאָלק און דער גאַנצער נאָמען זייערער איז אַזוי לאַנג ווי יאָרן מיט יסורים, אָט די אָרקס, דאָס אומפֿלייט, און זיי זײַנען געקומען אַריבער איבער דעם **ט**ײַך און אַרויס פֿון דעם **צ**פֿון און אומעטום אַרום דעם וואַלד פֿון **לאָ**רעלינדאָרענאַן, וואָס אַרײַן אין אים האָבן זיי ניט געקענט קומען, אַ דאַנק צו די **ג**רויסע דאָ." ער האָט זיך פֿאַרנייגט פֿאַר דעם **ל**אָרד און **ד**אַמע פֿון **ל**אָריען.

"און אָט די זעלביקע ברודיקע חפֿצים זײַנען שטאַרק פֿאַרחידושט געוווען אונדז צו טרעפֿן דאָרט אויף דעם **ה**ויכלאַנד, וואָרן זיי האָבן פֿריִער ניט געוווּסט פֿון אונדז, כאָטש מע קען דאָס זאָגן אויך וועגן בעסערע לײַט. און ניט קיין סך וועלן אונדז געדענקען וואָרן זייער ווייניק זײַנען אַנטלאָפֿן לעבעדיקע, און דער **ט**ײַך האָט ס'רובֿ פֿון זיי גענומען. נאָר עס איז געווען גוט פֿאַר אײַך, וואָרן אויב זיי האָבן זיך אויף אונדז ניט אָנגעטראָפֿן, וואָלט דער קיניג פֿון דעם גראָזלאַנד ניט ווײַט געריטן, און אויב ער האָט דאָס יאָ געטאָן, וואָלט געווען ניט קיין היים צו איר צוריקצוגיין."

"דאָס ווייסן מיר גאַנץ גוט," האָט **א**ראַגאָרן געזאָגט, "און דאָס וועט מען קיין מאָל ניט פֿאַרגעסן אין **מ**ינאַס **ט**יריט צי אין **ע**דאָראַס."

"*קיין מאָל ניט* איז צו לאַנג, אַפֿילו פֿאַר מיר," האָט **ב**וימבאָרד געזאָגט. "ניט כּל־זמן אײַערע מלוכות בלײַבן, מיינט איר, נאָר זיי מוזן טאַקע לאַנג בלײַבן צו פֿילן לאַנג בײַ **ע**נטן."

"די נײַע **ת**קופֿה הייבט זיך אָן," האָט **ג**אַנדאַלף געזאָגט, "און אין דער דאָזיקער תּקופֿה וועט זיך אפֿשר אויסווײַזן אַז די מלוכות פֿון **מ**ענטשן וועלן אײַך איבערלעבן, **פֿ**אַנגאָרן מײַן פֿרײַנד. אָבער איצט קומט און זאָגט מיר: וואָס טוט זיך מיט דעם גאַנג וואָס איך האָב אײַך געגעבן? ווי גייט עס מיט **ס**אַרומאַן? צי איז ער נאָך ניט זאַט מיט **אָ**רטאַנק? וואָרן איך בין זיך ניט משער אַז ער וועט האַלטן אַז איר האָט בעסער געמאַכט דעם אויסבליק פֿון זײַנע פֿענצטער."

בוימבאָרד האָט לאַנג געקוקט אויף **ג**אַנדאַלף, *שיִער* ניט כיטרע, האָט **מ**ערי געמיינט. "אַך!" האָט ער געזאָגט. "איך האָב געמיינט איר וועט קומען צו דעם. זאַט מיט **אָ**רטאַנק? גאָר זאַט צום סוף, נאָר ניט אַזוי זאַט מיט זײַן טורעם ווי מיט מײַן קול. *הווּם!* איך האָב אים דערציילט עטלעכע לאַנגע מעשׂיות, אָדער וואָס וועט מען געהאַלטן פֿאַר לאַנגע אין אײַער לשון."

"פֿאַר וואָס דען איז ער געבליבן זיך צוצוהערן? צי זײַט איר אַרײַן אין **אָ**רטאַנק?" האָט **ג**אַנדאַלף געפֿרעגט.

"*הווּם*, ניין, ניט אַרײַן אין **אָ**רטאַנק!" האָט **ב**וימבאָרד געזאָגט. "נאָר ער איז געקומען צום פֿענצטער און זיך צוגעהערט, וואָרן ער האָט ניט געקענט קריגן נײַעס אין קיין אַנדער אופֿן, און כאָטש ער האָט פֿײַנט די נײַעס, איז ער געווען גיריק דאָס צו האָבן, און איך האָב געזען אַז ער האָט אַלץ געהערט. אָבער איך האָב צוגעגעבן אַ סך זאַכן צו די נײַעס וואָס ס'וועט אים גוט דערוועגן צו טראַכטן. ער איז גאָר אויסגעמאַטערט געוואָרן. ער איז אַלע מאָל געווען האַסטיק. דאָס איז געווען זײַן אונטערגאַנג."

"איך באַמערק, מײַן גוטער **פֿ**אַנגאָרן," האָט **ג**אַנדאַלף געזאָגט, "אַז איר האָט גאָר אָפּגעהיט געזאָגט *האָט געוווינט, איז געווען, איז געוואַקסן*. וואָס איז מיט *איז*? צי איז ער טויט?"

"ניין, ניט טויט, אויף וויפֿל איך ווייס," האָט **ב**וימבאָרד געזאָגט. "אָבער ער איז אַוועק. יאָ, ער איז אַוועק שוין זיבן טעג. איך האָב אים אָפּגעלאָזט. עס איז זייער ווייניק פֿון אים געבליבן ווען ער איז געקראָכן אַרויס, און וואָס שייך דעם וואָרעם־חפֿץ זײַנעם, ער איז געווען ווי אַ בלאַסער שאָטן. און זאָגט מיר ניט, **ג**אַנדאַלף, אַז איך האָב צוגעזאָגט אים זיכער צו האַלטן, וואָרן איך ווייס דאָס. אָבער זאַכן זײַנען איצט אַנדערש. און איך האָב אים געהאַלטן ביז ער איז זיכער געווען, זיכער פֿון טאָן מער שאָטן. איר זאָלט וויסן אַז מער ווי

אַלץ האָב איך פֿײַנט אײַנצאַמען לעבעדיקע זאַכן, און איך וועל ניט האַלטן אַפֿילו אַזעלכע ווי די פֿאַרשפּאַרט ווען ס'איז מער ניט קיין גרויסע נויט. אַ שלאַנג אָן שפּיץ־ציין מעג קריכן וווּ ער וויל."

"אפֿשר זײַט איר גערעכט," האָט **ג**אַנדאַלף געזאָגט, "נאָר די דאָזיקע שלאַנג האָט נאָך איין צאָן, מיין איך. ער האָט געהאַט דעם סם אין זײַן קול, און איך טרעף אַז ער האָט אײַך אײַנגערעדט, אַפֿילו איר **ב**וימבאָרד, ווײַל ער האָט דערקענט דעם ווייכן אָרט אין אײַער האַרצן. נו, ער איז אַוועק, און עס איז מער ניט צו זאָגן. נאָר דער **ט**ורעם פֿון **אָ**רטאַנק גייט איצט צוריק צו דעם **ק**יניג, געהערט צו אים. כאָטש אפֿשר וועל ער זיך ניט נייטיקן דערין."

"דאָס וועלן מיר שפּעטער זען," האָט **אַ**ראַגאָרן געזאָגט. "אָבער איך וועל געבן די **ע**נטן דעם גאַנצן טאָל, צו טאָן דערמיט וואָס זיי ווילן, כּל־זמן זיי האַלטן אָן אויג אויף **אָ**רטאַנק און זיך באַוואָרענען אַז קיינער זאָל ניט גיין אַרײַן אָן מײַן דערלויב."

"עס איז פֿאַרשלאָסן," האָט **ב**וימבאָרד געזאָגט. "איך האָב **ס**אַרומאַן געצוווּנגען עס פֿאַרשליסן און מיר געבן די שליסלען. **ג**יכבוים האָט זיי."

גיכבוים האָט זיך פֿאַרנייגט ווי אַ בוים וואָס בייגט זיך אין דער ווינט און האָט דערלאַנגט **אַ**ראַגאָרן צוויי גרויסע שליסלען פֿון אַ פֿאַרוויקלטער פֿאָרעם, צונויפֿגעהאַפֿטן אויף אַ רינג פֿון שטאָל. "איצט דאַנק איך אײַך נאָך אַ מאָל," האָט **אַ**ראַגאָרן געזאָגט, "און זאָג אײַך אַדיע. זאָל אײַער וואַלד וואַקסן נאָך אַ מאָל בשלום. ווען דער אָ טאָל וועט אָנגעפֿילט, איז דאָ אָרט איבערגענוג אויף מערבֿ פֿון די בערג, וווּ איר זײַט אַרומגעגאַנגען לאַנג צוריק."

בוימבאָרדס פּנים איז טרויעריק געוואָרן. "וועלדער מעגן וואַקסן," האָט ער געזאָגט. "וועלדער מעגן זיך פֿאַרשפּרייטן. נאָר **ע**נטן ניט. עס זײַנען ניטאָ קיין **ע**נטלינגען."

"פֿאָרט וועט איצט אפֿשר זײַן מער האָפֿענונג אין אײַער זוכן," האָט **אַ**ראַגאָרן געזאָגט. "לענדער וועלן אײַך אָפֿן ליגן אויף מיזרח וואָס פֿריִער זײַנען פֿאַרמאַכט געווען."

נאָר **ב**וימבאָרד האָט געשאָקלט מיטן קאָפּ און געזאָגט: "עס איז ווײַט צו גיין. און עס זײַנען דאָ צו פֿיל **מ**ענטשן דאָרט הײַנט צו טאָג. אָבער איך פֿאַרגעס דאָס תּרבות! צי ווילט איר דאָ בלײַבן און רוען אַ ווײַלע? און אפֿשר זײַנען דאָ עטלעכע וואָס ס'וואָלט זיי געפֿעלן גיין דורך **פֿ**אַנגאָרן **וו**אַלד און פֿאַרקירצן דעם וועג אַהיים?" ער האָט געקוקט אויף **צ**עלעבאָרן און **ג**אַלאַדריעל.

נאָר אַלע אַחוץ **ל**עגאָלאַס האָבן געזאָגט אַז זיי מוזן זיך איצט געזעגענען און אָפּפֿאָרן אָדער דרום צו אָדער מערבֿ צו. "קומט, **ג**ימלי!" האָט **ל**עגאָלאַס געזאָגט. "איצט מיט **פֿ**אַנגאָרנס דערלויב וועל איך גיין זען די טיפֿע ערטער אין דעם **ע**נטוואַלד, און זען אַזעלכע ביימער וואָס געפֿינען זיך אין ערגעץ ניט אַנדערש אין **מ**יטל־**ע**רד. איר וועט קומען מיט מיר און האַלטן וואָרט, און אַזוי וועלן מיר פֿאָרן ווײַטער צוזאַמען צו אונדזערע אייגענע לענדער אין **כ**מאַרנע־**וו**אַלד און ווײַטער." אויף דעם האָט **ג**ימלי מסכּים געווען, כאָטש קוים גליקלעך דערוועגן, ס'האָט אויסגעזען.

"דאָ קומט דען סוף־כּל־סוף דער סוף פֿון דער **ח**בֿרותא פֿון דעם **פֿ**ינגערל," האָט **אַ**ראַגאָרן געזאָגט. "פֿאָרט האָף איך אַז איר וועט באַלד קומען צוריק צו מײַן לאַנד מיט דער צוגעזאָגטער הילף."

"מיר וועלן קומען, אויב די לאָרדן אונדזערע דערלויבן," האָט **ג**ימלי געזאָגט. "נו, אַדיע, מײַנע האָביטס! איר זאָלט קומען בשלום אין דער היים איצט, וועל איך ניט בלײַבן וואַך מיט מורא פֿאַר אײַער סכּנה. מיר וועלן זיך פֿאַרבינדן ווען מיר קענען, און אפֿשר וועלן עטלעכע פֿון אונדז זיך אַ מאָל טרעפֿן, אָבער איך האָב מורא אַז מיר וועלן אַלע ניט זײַן נאָך אַ מאָל צוזאַמען."

האָט **ב**וימבאָרד דעמאָלט זיך געזעגנט מיט יעדן נאָך דער ריי, און ער האָט זיך דרײַ מאָל פֿאַמעלעך און מיט גרויסן אָפּשײַ פֿאַרנייגט פֿאַר **צ**עלעבאָרן און **ג**אַלאַדריעל. "עס איז לאַנג, לאַנג געווען זינט מיר האָבן זיך געטראָפֿן ערגעץ ווו אויף דער וועלט, **אַ** *וואַנימאַר, וואַנימאַליאָן נאָסטאַרי!*" האָט ער געזאָגט. "עס איז טרויעריק וואָס מיר זאָלן זיך טרעפֿן נאָר איצט בײַ דעם סוף. וואָרן די וועלט בײַט זיך: איך קען עס דערפֿילן אינעם וואַסער און אין דער ערד, און איך קען עס דערשמעקן אין דער לופֿט. איך מיין אַז מיר וועלן זיך ניט נאָך אַ מאָל טרעפֿן."

און **צ**עלעבאָרן האָט געזאָגט: "איך ווייס ניט, **ע**לטסטער." נאָר **ג**אַלאַדריעל האָט געזאָגט: "ניט אין **מ**יטל־**ע**רד, און ניט ביז די לענדער וואָס ליגן אונטער די כוואַליעס וועלן ווידער אויפֿגעהויבן. דעמאָלט אין די ווערבע־לאָנקעס פֿון **ט**אַסאַרינאַן וועלן מיר זיך אפֿשר טרעפֿן אין דעם פֿרילינג. אַדיע!"

די לעצטע פֿון אַלע האָבן **מ**ערי און **פּ**יפּין זיך געזעגנט מיט דעם אַלטן **ע**נט, און ער איז מער פֿריילעך געוואָרן בעת ער קוקט אויף זיי. "נו, מײַנע פֿריילעכע לײַט," האָט ער געזאָגט, "צי ווילט איר נעמען נאָך אַ טרונק מיט מיר איידער איר פֿאָרט אָפּ?"

"יאָ, אַוודאי," האָבן זיי געזאָגט, און ער האָט זיי גענומען אין אַ זײַט אינעם שאָטן פֿון איינעם אַ בוים, און דאָרט האָבן זיי געזען אַ גרויסער שטיינערנער סלוי. און **ב**וימבאָרד האָט אָנגעפֿילט דרײַ שיסלען, און זיי האָבן געטרונקען, און זיי האָבן דערזען זײַנע מאָדנע אויגן קוקנדיק אויף זיי איבערן קאַנט פֿון זײַן שיסל. "זײַט אָפּגעהיט, זײַט אָפּגעהיט!" האָט ער געזאָגט. "וואָרן איר זײַט געוואַקסן שוין זינט איך האָב אײַך פֿריִער געזען." און זיי האָבן זיך צעלאַכט און אויסגעטרונקען די שיסלען.

"נו, פֿאָרט געזונט!" האָט ער געזאָגט. "און פֿאַרגעסט ניט, אויב איר הערט אַבי וואָס פֿאַר נײַעס וועגן די **ע**נטפֿרויען אין אײַער לאַנד, וועט איר מיך לאָזן וויסן." האָט ער דעמאָלט געמאַכט מיט די גרויסע הענט צו דער גאַנצער קאָמפּאַניע און איז אַוועק אין די ביימער אַרײַן.

די פֿאָרערס האָבן איצט גיכער געריטן, אויפֿן וועג קיין דעם **א**ײַנרײַס פֿון **ר**אָהאַן, און **א**ראַגאָרן האָט זיי איבערגעלאָזט סוף־כּל־סוף נאָענט צו דעם סאַמע אָרט ווו **פּ**יפּין האָט געקוקט אַרײַן אין דעם **ש**טיין פֿון **אָ**רטאַנק. די האָביטס זײַנען גאָר טרויעריק געווען מיט דער אָ געזעגענונג, וואָרן **א**ראַגאָרן האָט זיי קיין מאָל ניט פֿאַרלאָזן און ער איז געווען דער פֿירער זייערער דורך אַ סך סכּנות.

"אויב נאָר מיר וואָלטן געהאַט אַ **ש**טיין וואָס דערין קענען מיר זען די אַלע פֿרײַנד," האָט **פּ**יפּין געזאָגט, "און רעדן מיט זיי פֿון ווײַט אַוועק!"

"עס בלײַבט נאָר איינער וואָס איר וואָלט קענען ניצן," האָט **א**ראַגאָרן געזאָגט, "וואָרן איר וואָלט ניט וועלן זען וואָס דער **ש**טיין פֿון **מ**ינאַס **ט**יריט וועט אײַך באַווײַזן. נאָר דער

פֿאַלאַנטיר פֿון אָרטאַנק וועט דער קיניג האַלטן, כּדי צו באַטראַכטן וואָס קומט פֿאָר אין זײַן מלוכה, און וואָס די באַדינערס טוען. וואָרן פֿאַרגעסט ניט, פֿערעגרין טוק, אַז איר זײַט אַ ריטער פֿון גאָנדאָר, און איך לאָז אײַך ניט פֿרײַ פֿון דינסט. איר גייט איצט פֿרײַ פֿון דיזשור, נאָר אפֿשר וועל איך אײַך צוריקרופֿן. און געדענקט, טײַערע פֿרײַנד פֿון דעם קאַנטאָן, אַז מײַן מלוכה ליגט אויך אין דעם צפֿון, און איך וועל דאָרט אַהינקומען אין איינעם אַ טאָג."

דעמאָלט האָט אַראַגאָרן זיך געזעגנט מיט צעלעבאָרן און גאַלאַדריעל, און די דאַמע האָט אים געזאָגט: "עלפֿשטיין, דורך דעם פֿינצטערניש זײַט איר געקומען צו אײַער האָפֿענונג, און איצט האָט איר אַלץ וואָס איר האָט געוואָלט. ניצט ווויל די טעג!"

נאָר צעלעבאָרן האָט געזאָגט: "קרובֿ, אַדיע! זאָל אײַער גורל זײַן אַנדערש פֿון מײַנעם, און אײַער אוצר בלײַבן מיט אײַך ביזן סוף!"

דערמיט האָבן זיי זיך געזעגנט און עס איז דעמאָלט געווען שקיעה, און ווען נאָך אַ ווײַלע האָבן זיי זיך געדרייט און צוריקגעקוקט, האָבן זיי געזען דעם קיניג פֿון דעם מערבֿ זיצנדיק אויפֿן פֿערד און די ריטערס אַרום, און די פֿאַלנדיקע זון האָט אויף זיי געשײַנט און געמאַכט דאָס גאַנצע געשפּאַן בלאַנקען ווי רויט גאָלד, און דער ווײַסער מאַנטל פֿון אַראַגאָרן איז אַ פֿלאַם געוואָרן. האָט אַראַגאָרן דעמאָלט גענומען דעם גרינעם שטיין און אים אויפֿגעהויבן, און עס איז געקומען פֿון זײַן האַנט אַ גרינער פֿײַער.

באַלד האָט די פֿאַרמינערנדיקע קאָמפּאַניע, גייענדיק לענג־אויס דעם איסען, אַ דריי געטאָן מערבֿ צו און האָט געריטן דורך דעם אײַנרײַס אַרײַן אין די וויסטע לענדער ווײַטער, און דעמאָלט צפֿון צו און אַריבער איבער די גרענעצן פֿון טונקלאַנד. די טונקלאַנדער זײַנען אַנטלאָפֿן און זיך באַהאַלטן, וואָרן זיי האָבן מורא געהאַט פֿאַר די עלפֿישע לײַט, כאָטש נאָר אַ געציילטע זײַנען אַ מאָל געקומען אין דעם לאַנד אַרײַן, נאָר די פֿאָרערס האָבן אויף זיי ניט קיין אַכט געלייגט, וואָרן זיי זײַנען נאָך געווען אַ גרויסע קאָמפּאַניע און זיי זײַנען געווען גוט פֿאַרזאָרגט מיט אַלץ וואָס זיי דאַרפֿן, און זיי זײַנען אויפֿן וועג געגאַנגען געלאַסן, אויפֿגעשלאָגן די געצעלטן ווען זיי ווילן.

אויפֿן זעקסטן טאָג נאָך דער געזעגענונג פֿון דעם קיניג זײַנען זיי געפֿאָרן דורך אַ וואַלד וואָס קריכט אַראָפּ פֿון די בערגלעך צופֿוסנס פֿון די נעפּלדיקע בערג וואָס האָבן איצט מאַרשירט אויף רעכטס. ווען זיי זײַנען נאָך אַ מאָל אַרויס אין דעם אָפֿענעם לאַנד בײַם זונפֿאַרגאַנג האָבן זיי איבערגעיאָגט אַ זקן אָנגעלענט אין אַ שטעקן, און ער איז געווען באַקליידט אין שמאַטעס פֿון גראָ צי שמוציק ווײַס, און אויף זײַנע פּיאַטעס איז געגאַנגען נאָך אַ בעטלער, אָנגעבויגן און פכיקענדיק.

"נו, סאַרומאַן!" האָט גאַנדאַלף געזאָגט. "וווּהין גייט איר?"

"ווי איז דאָס אײַער עסק?" האָט ער געענטפֿערט. "צי וועט איר נאָך הערשן איבער מײַנע באַוועגונגען, און זײַט איר ניט צופֿרידן מיט מײַן חורבן?"

"איר ווייסט די ענטפֿערס," האָט גאַנדאַלף געזאָגט, "ניין און ניין. נאָר אויף יעדן פֿאַל ציט זיך איצט די צײַט פֿון מײַנע טירחות צו אַ סוף. דער קיניג האָט אָנגענומען דעם עול. אויב איר האָט געוואַרט בײַ אָרטאַנק, וואָלט איר אים געזען, און ער וואָלט אײַך באַוויזן חכמה און רחמים."

"אַלץ שטאַרקער אַ סיבה אָפּצוגיין פֿריִער," האָט סאַרומאַן געזאָגט, "וואָרן איך וויל ניט דאָס, ניט יענץ פֿון אים. אויב אירווילט טאָקע אַן ענטפֿער אויף דער ערשטער פֿראַגע, זוך איך אַ וועג אַרויס פֿון זײַן מלוכה."

"אויב אַזוי, גייט איר נאָך אַ מאָל אויפֿן פֿאַלשן וועג," האָט גאַנדאַלף געזאָגט, "און איך קען זען ניט קיין האָפֿענונג אין אײַער נסיעה. אָבער וועט איר זיך אָפּזאָגן אונדזער הילף? וואָרן מיר באָטן זי צו אײַך."

"צו מיר?" האָט סאַרומאַן געזאָגט. "ניין, זײַט אַזוי גוט און שמייכלט ניט אויף מיר! מיר זײַנען בעסער אײַערע קרומע מינעס. און וואָס שייך דער דאַמע דאָ, איך געטרוי איר ניט: זי האָט מיך אַלע מאָל פֿײַנט געהאַט, און האָט אינטריגירט פֿון אײַערט וועגן. איך ספֿק ניט אַז זי האָט אײַך אַהערגעבראַכט צו קריגן די הנאה פֿון האַלטן זיך הויך איבער מײַן אָרעמקייט. וואָלט מען מיך געוואָרנט אַז איר קומט מיך נאָך, וואָלט איך אײַך אָפּגעזאָגט די הנאה."

"סאַרומאַן," האָט גאַלאַדריעל געזאָגט, "מיר האָבן אַנדערע געניג און אַנדערע זאָרגן וואָס זײַנען בײַ אונדז מער דרינגלעך ווי יאָגן זיך נאָך אײַך. האַלט בעסער אַז איר זײַט איבערגעיאָגט געוואָרן מיט מזל, וואָרן איצט האָט איר אַ לעצטע געלעגנהייט."

"אויב ס'איז באמת די לעצטע, פֿריי איך זיך," האָט סאַרומאַן געזאָגט, "וואָרן איך וויל זײַן פֿאַרשפּאָרט די טירחה זיך נאָך אַ מאָל אָפּצוזאָגן. אַלע מײַנע האָפֿענונגען זײַנען צעשטערט, נאָר איך וויל זיך ניט טיילן מיט אײַערע. אויב איר האָט אַזעלכע."

אויף אַ רגע האָבן זײַנע אויגן אויפֿגעפֿלאַמט. "גייט!" האָט ער געזאָגט. "איך האָב ניט פֿאַרבראַכט אַזוי פֿיל צײַט שטודירן די דאָזיקע ענינים אומזיסט. איר האָט זיך אַליין פֿאַרמישפּט, און איר ווייסט דאָס. און עס וועט מיך אַ ביסל טרייסטן בעת איך גיי אום צו טראַכטן אַז איר האָט צעוואָרפֿן דאָס אייגענע הויז ווען איר האָט מײַנס צעשטערט. און איצט, וואָסערע שיף וועט אײַך טראָגן צוריק איבער אַזאַ ברייטער ים?" האָט ער חוזק געמאַכט. "זי וועט זײַן אַ גראָע שיף, אָנגעפֿילט מיט גײַסטער." ער האָט געלאַכט, נאָר דאָס קול איז צעבראָכן געווען און גרויליק.

"שטיי אויף, דו נאַר!" האָט ער געשריגן צו דעם צווייטן בעטלער, וואָס האָט זיך אַוועקגעזעצט אויף דער ערד, און ער האָט אים געשלאָגן מיטן שטעקן. "דריי זיך אַרום! אויב אָט די שיינע לײַט גייען אויף אונדזער וועג, וועלן מיר נעמען אַן אַנדערן. ווײַטער, אַניט וועל איך דיר ניט געבן קיין סקאָרע פֿאַר דער וועטשערע!"

דער בעטלער האָט זיך געדרייט און געהויערט פֿאַרבײַ, פּכיקענדיק: "אַלטע נעבעכדיקע גרימאַ! אַלטע נעבעכדיקע גרימאַ! אַלע מאָל געשלאָגן און פֿאַרשאָלטן. ווי איך האָב אים פֿײַנט! אויב נאָר איך וואָלט קענען אים איבערלאָזן!"

"נו, לאָזט אים איבער!" האָט גאַנדאַלף געזאָגט.

נאָר שלאַנגצונג האָט נאָר אַ בליק געשאָסן פֿון די פֿאַרוויינטע אויגן אָנגעפֿילט מיט שרעק אויף גאַנדאַלף, און דעמאָלט גיך געשאַרט פֿאַרבײַ הינטער סאַרומאַן. בעת די בידנע פּאָר איז פֿאַרבײַ דער קאָמפּאַניע זײַנען זיי געקומען צו די האָביטס, און סאַרומאַן האָט זיך אָפּגעשטעלט און אויף זיי געשטאַרט, נאָר זיי האָבן אויף אים געקוקט מיט רחמנות.

"צי זײַט איר געקומען זיך הויך צו האַלטן אויך, מײַנע לאָבוסעס?" האָט ער געזאָגט. "ס'אַרט אײַך ניט וואָס פֿעלט אַ בעטלער, אַיאָ? וואָרן איר האָט אַלץ וואָס איר ווילט: עסן

און פֿײַנע קליידער, און דאָס בעסטע גראָז פֿאַר די ליולקעס. אַך, יאָ, איך ווייס פֿון וואַנען עס קומט. צי וואָלט איר ניט געבן גענוג פֿאַר אַ ליולקע צו אַ בעטלער, וואָלט איר?"

"איך וואָלט, אויב איך וואָלט דאָס געהאַט," האָט **פֿ**ראָדאָ געזאָגט.

"איר קענט האָבן וואָס בלײַבט בײַ מיר," האָט **מ**ערי געזאָגט, "אויב איר וועט וואַרטן אַ מאָמענט." ער איז אַראָפּ און האָט גענישטערט אינעם זאַק בײַם זאָטל. דעמאָלט האָט ער דערלאַנגט **ס**אַרומאַן אַ לעדערנעם בײַטל. "נעמט וואָס איז דאָ," האָט ער געזאָגט. "איר מעגט עס ווויל באַקומען; עס איז געקומען פֿון די רעשטלעך אין **א**יסענהויף."

"שוין מײַנס, מײַנס, יאָ, און טײַער געקויפֿט!" האָט **ס**אַרומאַן אויסגעשריגן, כאַפּנדיק אויפֿן בײַטל. "דאָס איז בלויז אַן אָפּצאָל שווה־כּסף, ווארן איר האָט מער גענומען, וועט איך זיך. פֿאָרט מוז אַ בעטלער דאַנקבאַר זײַן, אַז אַ גנבֿ גיט אים צוריק אַפֿילו אַ שטיקל פֿונעם אייגענעם. נו, אַ מיצווה אויף אײַך ווען איר קומט אַהיים, אויב איר געפֿינט זאַכן ניט אַזוי ווויל אין דעם **ד**רום־**ק**וואַרטאַל ווי איר וואָלט. לאַנג זאָל אײַער לאַנד לײַדן איבער דוחק אין ליולקע־גראָז!"

"אַ דאַנק אײַך!" האָט **מ**ערי געזאָגט. "אין דעם פֿאַל וועל איך האָבן צוריק דעם בײַטל, וואָס געהערט אײַך ניט און וואָס איז געוועז מיט מיר אויף ווײַטע נסיעות. וויקלט אײַן דאָס גראָז אין דער אייגענער שמאַטע."

"איין גנבֿ פֿאַרדינט אַ צווייטן," האָט **ס**אַרומאַן געזאָגט, און געדרייט דעם רוקן צו **מ**ערי, און געבריקעט **ש**לאַנגצונג, און איז אַוועק צו דעם וואַלד צו.

"אַ שיינע מעשׂה!" האָט **פּ**יפּין געזאָגט. "גנבֿ זאָגט ער! און וואָס מכּוח אונדזער תּבֿיעה פֿאַר איבערפֿאַלן, פֿאַרוווּנדיקן, און אונדז שלעפּן מיט אָרקס דורך **ר**אָהאַן?"

"אַ!" האָט **ס**אַם געזאָגט. "און *געקויפֿט* האָט ער געזאָגט. ווי אַזוי, וואָלט איך געוועלן וויסן? און ס'האָט מיר ניט געפֿעלן דער קלאַנג פֿון וואָס ער האָט געזאָגט וועגן דעם **ד**רום־**ק**וואַרטאַל. עס איז שוין צײַט צוריקצוגיין."

"ס'איז אַזוי, בין איך זיכער," האָט **פֿ**ראָדאָ געזאָגט. "אָבער מיר קענען ניט גיכער גיין, אויב מיר וועלן זיך זען מיט **ב**ילבאָ. ערשט גיי איך קיין **ר**יוונדעל, אַבי וואָס זאָל ניט געשען."

"יאָ, איך מיין אַז איר זאָלט דאָס זיכער טאָן," האָט **ג**אַנדאַלף געזאָגט. "אָבער אַ שאָד, **ס**אַרומאַן! איך האָב מורא אַז ס'איז ניט פֿאַראַן וואָס צו טאָן פֿאַר אים. ער איז אין גאַנצן אויסגעדאַרט געוואָרן. אַלץ איינס בין איך ניט זיכער אַז **ב**וימבאָרד איז גערעכט: איך קען זיך פֿאָרשטעלן אַז ער קען נאָך אָפּטאָן עפּעס שלעכטס אין אַ קליינעם געמיינעם אופֿן."

אויף מאָרגן זײַנען זיי אַרײַן אין צפֿונדיקן **ט**ונקלאַנד, וווּ איצט וווינט קיינער ניט, כאָטש עס איז געווען אַ גרין און אײַנגענעם לאַנד. סעפּטעמבער איז אַרײַן מיט גאָלדענע טעג און זילבערנע נעכט, האָבן זיי גרינג געריטן ביזן אָנקום בײַ דעם **ט**ײַך **ש**וואַנפֿלאָט, און געפֿונען דעם אַלטן איבערפֿאָר, אויף מיזרח פֿון די פֿאַלן וווּ ער איז מיט אַ מאָל אַראָפּ אין די נידערלענדער. ווײַט אויף מערבֿ אין אַ נעפּל זײַנען געלעגן די אָזערעס און וויספּעס וואָס דורך זיי האָט ער געשלענגלט אַ גאַנג צו דעם **ג**ראָפּלייך: דאָרט האָבן זיך באַזעצט שוואַנען אָן אַ צאָל אין אַ לאַנד פֿון אַיר.

אַזוי זײַנען זיי אַרײַן אין **ע**רעגיאָן, און סוף־כּל־סוף איז געקומען אַ שײנער באַגינען, שימערירנדיק איבער די גלאַנצנדיקע נעפּלען, און קוקנדיק פֿונעם לאַגער אויף אַ נידעריק בערגל האָבן די פֿאָרערס געזען ווײַט אויף מיזרח די זון כאַפּנדיק דרײַ שפּיצן וואָס שטעקן אַרויף אין הימל אַרײַן דורך שוועבנדיקע וואָלקנס: **ק**אַראַדראַס, **צ**עלעבדיל, און **פֿ**אַנוידאָל. זיי זײַנען געקומען נאָענט צו די **ט**ויערן פֿון **מ**אָריע.

דאָ האָבן זיי געהײַיעט זיבן טעג, וואָרן עס איז געקומען די צײַט פֿאַר נאָך אַ געזעגענונג וואָס זיי האָבן ניט געוואָלט טאָן. באַלד וועלן **צ**עלעבאָרן און **ג**אַלאַדריעל און די לײַט זייערע זיך דרייען מיזרח צו, און אַזוי פֿאַרבײַ דעם **ר**ויטהאָרן **ט**ויער און אַראָפּ אויף דעם **ש**אָטנבאָך **ט**רעפּ צו דעם **ז**ילבער־**ל**ויף און צו דעם אייגענעם לאַנד. זיי זײַנען געפֿאָרן ביז אַהער אויף די מערבֿ־וועגן, ווײַל זיי האָבן געהאַט אַ סך וואָס איבערצורעדן מיט **ע**לראָנד און מיט **ג**אַנדאַלף, און דאָ האָבן זיי געהײַיעט און געהאַלטן אין שמועסן מיט די פֿרײַנד. אָפֿט מאָל לאַנג נאָך דעם וואָס די האָביטס זײַנען אײַנגעוויקלט אין שלאָף, פֿלעגן זיי זיצן צוזאַמען אונטער די שטערן, דערמאָנענדיק די פֿאַרגאַנגענע תּקופֿות און די אַלע פֿריידן און טירחות אין דער וועלט, אָדער פֿרעגן אַן עצה וועגן די קומענדיקע טעג. וואָלט איינער אַ פֿאָרער פֿאַרבײַגעגאַנגען, וואָלט ער זייער ווייניק געזען צי געהערט, וואָלט עס אים אויסגעזען נאָר אַז ער זעט גראָע פֿיגורן, אויסגעשניצט אין שטיין, אָנדענקען פֿון פֿאַרגעסענע זאַכן איצט פֿאַרלוירן אין ניט באַפֿעלקערטע לענדער. וואָרן זיי האָבן זיך ניט באַוועגט אָדער גערעדט מיט מויל, האָבן געקוקט פֿון מוח צו מוח, און נאָר די שײַנענדיקע אויגן האָבן זיך גערירט און געפֿלאַמט בעת די מחשבֿות זײַנען געגאַנגען אַהין און צוריק.

אָבער נאָך אַ ווײַלע איז אַלץ געזאָגט געוואָרן, און זיי האָבן זיך צעשיידט אַ ווײַלע, ביז דער צײַט פֿאַר דעם פֿאַרגיין פֿון די **ד**רײַ **פֿ**ינגערלעך. גיך פֿאַרשווינדנדיק אין די שטיינער און די שאָטנס האָבן די גראָ־באַמאַנטלטע פֿאָלק פֿון **ל**אָריען געריטן צו די בערג צו, און די וואָס גייען קיין **ר**יוונדעל זײַנען געזעסן אויפֿן בערגל און געקוקט, ביז ס'איז געקומען אַרויס פֿון דעם נעפּל אַ בליץ, און דערנאָך האָבן זיי גאָרנישט מער ניט געזען. **פֿ**ראָדאָ האָט געוווּסט אַז **ג**אַלאַדריעל האָט אויפֿגעהויבן איר פֿינגערל ווי אַ צייכן פֿון געזעגענונג.

סאַם האָט זיך אָוועקגעדרייט און אַ זיפֿץ געגעבן: "איך ווינטש אַז איך וואָלט גיין צוריק קיין **ל**אָריען!"

אויף איינעם אַן אָוונט זײַנען זיי סוף־כּל־סוף אַריבער איבער די הויכלענדער, פּלוצעמדיק ווי עס האָט אַלע מאָל אויסגעזען בײַ פֿאָרערס, צו דעם קאַנט פֿון דעם טיפֿן טאָל **ר**יוונדעל און געזען ווײַט אונטן די לאָמפּן שײַנענדיק אין **ע**לראָנדס הויז. און זיי זײַנען אַראָפּגעגאַנגען, אַריבער איבער דער בריק און געקומען צו די טירן, און דאָס גאַנצע הויז איז אָנגעפֿילט געווען מיט ליכט און געזאַנג מיט פֿרייד בײַם **ע**לראָנדס קומען אַהיים.

קודם־כּל, איידער זיי האָבן געגעסן אָדער זיך געוואַשן אָדער אויסגעטאָן אַפֿילו די מאַנטלען, זײַנען די האָביטס געגאַנגען זוכן **ב**ילבאָ. זיי האָבן אים געפֿונען איינער אַליין אין זײַן קליינעם צימער. עס איז אָנגעוואָרפֿן געווען מיט פּאַפּירן און פֿעדערס און בלײַערס, נאָר **ב**ילבאָ איז געזעסן אין אַ פֿאָטעל פֿאַר אַ קליינעם העלן פֿײַער. ער האָט אויסגעזען גאָר אַלט, נאָר פֿרידלעך, און שלעפֿעריק.

ער האָט געעפֿנט די אויגן און געקוקט אַרויף בעת זיי קומען אַרײַן. "אַ גרוס, אַ גרוס!" האָט ער געזאָגט. "איז, איר זײַט צוריק? און מאָרגן איז מײַן געבוירן־טאָג דערצו. ווי געשײַט פֿון אײַך! צי ווייסט איר, איך וועל ווערן אַלט איין הונדערט מיט

ניין־און־צוואַנציק? און אין נאָך אַ יאָר אַרום, זאָל איך אַזוי לאַנג לעבן, וועל איך זיין גלייך צו דעם אַלטן טוק. עס וועט מיר געפֿעלן אים איבערצושטייגן, נאָר מיר וועלן זען."

נאָכן פּראַוועון בילבאָס געבוירן־טאָג זיינען די פֿיר האָביטס געבליבן אין ריוונדעל נאָך עטלעכע טעג, און זיי זיינען אָפֿט געזעסן מיט דעם אַלטן פֿריינד, וואָס איצט פֿאַרבראַכט ס'רובֿ צייט אין זיין צימער אַחוץ פֿאַר מאָלצייטן. פֿאַר זיי איז ער נאָך געווען געווייינטלעך פּינקטלעך און זעלטן האָט ער זיך ניט אויפֿגעכאַפּט ביי צייטנס פֿאַר זיי. זיצנדיק אַרום פֿייער האָבן זיי אים דערציילט נאָך דער ריי אַלץ וואָס זיי האָבן געקענט געדענקען פֿון די נסיעות און אַוואַנטורעס. תּחילת האָט ער געמאַכט אַן אָנשטעל אָנשרייבן נאָטיצן, אָבער ער איז אָפֿט אַנטשלאָפֿן געוואָרן און ווען ער האָט זיך אויפֿגעכאַפּט פֿלעגט ער זאָגן: "ווי פּראַכטיק! ווי וווּנדערלעך! נאָר ווו האָבן מיר געהאַלטן?" דעמאָלט פֿלעגן זיי ווייטער גיין מיט דער מעשׂה פֿונעם אָרט ווו ער האָט אָנגעהויבן דרעמלען.

דער איינציקער טייל וואָס האָט אים טאַקע באַגייסטערט און געהאַלטן זיין אויפֿמערק איז די באַשרייבונג פֿון דער קריינונג און חתונה פֿון אַראַגאָרן. "מע האָט מיך פֿאַרבעטן אויף דער חתונה, אַוודאי," האָט ער געזאָגט. "און איך האָב דערויף געוואַרט גענוג לאַנג. נאָר ווי עס איז, ווען ס'איז געקומען די צייט האָב איך געפֿונען אַז איך האָב דאָ גאָר אַ סך צו טאָן, און איינפּאַקן זיך איז אַזוי נודנע."

ווען כּמעט צוויי וואָכן זיינען פֿאַרביי האָט פֿראָדאָ געקוקט אַרויס פֿון פֿענצטער און געזען אַז אין דער נאַכט איז געקומען אַ פֿראָסט, און די געוועבן זיינען געווען ווי ווייסע נעצן. דעמאָלט מיט אַ מאָל האָט ער געוווּסט אַז ער מוז גיין, און זיך געזעגענען מיט בילבאָ. דער וועטער איז נאָך געווען שטיל און העל נאָך איינעם פֿון די שענסטע זומערן וואָס מע האָט געקענט געדענקען, נאָר אָקטאָבער איז שוין אָנגעקומען און עס מוז זיך באַלד ברעכן און אָנהייבן נאָך אַ מאָל רעגן און בלאָזן. און עס איז נאָך געבליבן גאָר אַ לאַנגער וועג צו גיין. נאָר עס איז ניט טאַקע דער געדאַנק פֿונעם וועטער וואָס האָט אים אויפֿגערודערט. ער האָט זיך געפֿילט אַז ס'איז צייט ער גייט צוריק קיין דעם קאַנטאָן. און סאַם אויך. פּונקט נעכטן ביי נאַכט האָט ער געזאָגט:

"נו, מ"ר פֿראָדאָ, מיר זיינען ווייט געפֿאָרן און אַ סך געזען, און פֿאָרט מיין איך אַז מיר האָבן ניט געפֿונען קיין בעסערן אָרט ווי דאָ. ס'איז דאָ אַ ביסל פֿון אַלץ דאָ, אויב איר פֿאַרשטייט מיך: דער קאַנטאָן און דער גאָלדענער וואַלד און גאָנדאָר און די הייזער פֿון קיניגן און אַכסניות און לאָנקעס און בערג אַלע צעמישט. און פֿאָרט, ווי ניט איז, פֿיל איך זיך ווי מיר זאָלן באַלד אָפּגיין. איך זאָרג זיך וועגן דעם אַלטן מיינעם, דעם אמת זאָגנדיק."

"יאָ, אַ ביסל פֿון אַלץ, סאַם, אַחוץ דעם ים," האָט פֿראָדאָ געענטפֿערט, און ער האָט דאָס איצט איבערגעחזרט צו זיך אַליין: "אַחוץ דעם ים."

דעם טאָג האָט פֿראָדאָ גערעדט מיט עלראָנד און זיי האָבן אָפּגעמאַכט אַז זיי זאָלן מאָרגן אָפּפֿאָרן. עס האָט זיי דערפֿרייט וואָס גאַנדאַלף האָט געזאָגט: "איך מיין אַז איך וועל אויך קומען. ווייניקסטנס ביז ברי. איך וויל זיך זען מיט פּוטערקע."

דעם אָוונט זיינען זיי געגאַנגען זיך געזעגענען מיט בילבאָ. "נו, אויב איר מוזט גיין, מוזט איר," האָט ער געזאָגט. "עס טוט מיר באַנג. איך וועל נאָך אייַך בענקען. אַ פֿאַרגעניגן בלויז צו וויסן אַז איר זייט אין ערגעץ דאָ. נאָר איך ווער גאָר שלעפֿעריק." דעמאָלט האָט

ער **פֿ**ראָדאָ געגעבן דעם מיטריל־מאַנטל און **ש**טאָך, האָט ער פֿאַרגעסן אַז ער האָט דאָס שוין פֿריִער געטאָן, און ער האָט אים אויך געגעבן דרײַ ביכער פֿון וויסן וואָס ער האָט געשריבן אויף פֿאַרשיידענע צײַטן, אָנגעשריבן אין זײַן דינעם כּתבֿ, און באַצעטלט אויף די רויטע רוקנס: "**א**יבערזעצונגען פֿון דעם **ע**לפֿיש, פֿון **ב.ב**.

צו **ס**אַם האָט ער געגעבן אַ קליין זעקל גאָלד. "שיִער ניט דער לעצטער טראָפּן פֿון דער לייז פֿון **ס**מאָוג," האָט ער געזאָגט. "ס'וועט אפֿשר ניצלעך זײַן, אויב דו טראַכטסט פֿון חתונה האָבן, **ס**אַם." **ס**אַם האָט זיך פֿאַררייטלט.

"איך האָב ניט קיין סך אײַך צו געבן, יונגע בחורים," האָט ער געזאָגט צו **מ**ערי און **פּ**יפּין, "אַחוץ גוטע עצות." און נאָך דעם וואָס ער האָט זיי געגעבן אַ שיינעם מוסטער דערפֿון, האָט ער צוגעגעבן איין לעצטן פּונקט מעשׂה **ק**אַנטאָן: "מײַדט אויס אַז די קעפּ אײַערע זאָלן ניט ווערן גרעסער ווי די הוטן! נאָר אויב איר ענדיקט ניט באַלד אויפֿוואַקסן, וועט איר געפֿינען הוטן און קליידער טײַער."

"נאָר אויב איר ווילט איבערשטײַגן דעם **א**לטן **ט**וק," האָט **פּ**יפּין געזאָגט, "פֿאַרשטיי איך ניט פֿאַר וואָס מיר זאָלן ניט פּרוּוון איבערשטײַגן דעם **ב**וק־**ב**רומער."

בילבאָ האָט געלאַכט און ער האָט אַרויסגענומען פֿון אַ קעשענע צוויי שיינע ליולקעס מיט פּיסקלעך פֿון פּערל און צוגעבונדן מיט זילבערנע פֿעדעם. "טראַכט פֿון מיר ווען איר רייכערט זיי!" האָט ער געזאָגט. "די **ע**לפֿן האָבן זיי פֿאַר מיר געשאַפֿן, אָבער איצט רייכער איך ניט." און דעמאָלט האָט ער מיט אַ מאָל אַראָפּגעלאָזט דעם קאָפּ און אַ ווײַלע געדרעמלט, און ווען ער איז ווידער וואַך געווען האָט ער געזאָגט: "איצט ווו זײַנען מיר געווען? יאָ, זיכער, געבן אַרויס מתּנות. וואָס דערמאָנט מיך: וואָס איז געשען מיט מײַן פֿינגערל, **פֿ**ראָדאָ, וואָס דו האָסט אַוועקגענומען?"

"איך האָב עס פֿאַרלוירן, **ב**ילבאָ טײַערער," האָט **פֿ**ראָדאָ געזאָגט. "איך בין פּטר געוואָרן דערפֿון, ווייסטו."

"אַזאַ שאָד!" האָט **ב**ילבאָ געזאָגט. "ס'וואָלט מיר געפֿעלן דאָס נאָך אַ מאָל צו זען. אָבער ניין, ווי נאַריש בין איך! דאָס איז פֿאַר וואָס דו ביסט געגאַנגען, איאָ? פּטור צו ווערן פֿון אים? אָבער ס'איז אַלץ אַזוי פֿאַרמישט, וואָרן גאָר אַ סך אַנדערע ענינים, זעט אויס, זײַנען אַרײַנגעקומען: **א**ראַגאָרנס עסקים, און דער **ו**ווײַסער **ר**אָט, און **ג**אָנדאָר, און די **ר**ײַטערס, און **ד**רומדיקער, און אָליפֿאַנדן – צי האָסטו טאַקע איינעם געזען, **ס**אַם? – און היילן און טורעמס און גאָלדענע ביימער, און מי־יודע וואָס נאָך.

"ס'איז קלאָר אַז איך בין צוריקגעקומען אויף אַ גאָר צו גלײַכן וועג פֿון מײַן נסיעה. איך מיין אַז **ג**אַנדאַלף האָט געזאָלט מיך אַ ביסל אַרומנעמען. אָבער אויב אַזוי וואָלט די ליציטאַציע פֿאַרטיק געווען איידער איך בין צוריק, וואָלט געווען אַפֿילו מער צרות ווי ס'איז געווען. סײַ ווי איז שוין צו שפּעט איצט, און טאַקע האַלט איך אַז ס'איז גאָר מער באַקוועם דאָ צו זיצן און הערן אַלץ דערוועגן. דער פֿײַער איז דאָ זייער היימיש, און דאָס עסן איז זייער גוט, און זײַנען דאָ **ע**לפֿן ווען מע ווילט זיי. וואָס מער קען מען ווילן?

*דער **ו**ועג גייט שטענדיק ווײַטער, ווײַטער*
אַרויס פֿון דער טיר בײַם אָנהייב.
*איצט ווײַט פֿאָרויס פֿירט דער **ו**ועג אַ באַפֿרײַטער,*
לאָז אַנדערע נאָכגיין, ווי איך לעב,

אַנדערע מיט די פּיס פּלינקע!
נאָר מיט מידע פּיס סוף־כּל־סוף
נעם איך זיך צו דער ליכטיקער אַכסניא,
זיך צו טרעפֿן מיט אָוונט־רו און שלאָף."

און בעת בילבאָ האָט די לעצטע ווערטער געמורמלט איז זײַן קאָפּ אַראָפּ אויף דער ברוסט און ער האָט טיף געשלאָפֿן.

דער אָוונט איז טיפֿער געוואָרן אינעם צימער און די פֿײַערליכט העלער געברענט, און זיי האָבן געקוקט אויף בילבאָ בעת ער שלאָפֿט און געזען אַז דאָס פּנים זײַנס שמייכלט. אַ ווײַלע זײַנען זיי שטיל געזעסן און דעמאָלט האָט סאַם, זיך קוקנדיק אַרום אויף דעם צימער און די שאָטנס צאַנקענדיק אויף די ווענט, האָט ווייך געזאָגט:

"איך מיין, מ"ר פֿראָדאָ, אַז ער האָט ניט קיין סך שרײַבן געטאָן בעת מיר זײַנען געווען אַוועק. ער וועט קיין מאָל ניט אָנשרײַבן אונדזער מעשׂה איצט."

דערמיט האָט בילבאָ געעפֿנט אַן אויג, שיִער ניט ווי ער האָט געהערט. האָט ער זיך דעמאָלט אויפֿגעוועקט. "איר זעט, איך ווער אַזוי שלעפֿעריק," האָט ער געזאָגט. "און ווען איך האָב די צײַט פֿאַר שרײַבן, געפֿעלט מיר נאָר שרײַבן לידער. איך וווּנדער זיך, פֿראָדאָ טײַערער, צי וועסטו אויפֿראַמען זאַכן אַ ביסל איידער דו גייסט אַפּ? צונויפֿזאַמלען אַלע מײַנע נאָטיצן און פּאַפּירן, און מײַן טאָגביכל אויך, און זיי מיט דיר מיטנעמען, אויב דו ווילסט. זעסטו, איך האָב ניט קיין סך צײַט פֿאַרן אויסקלײַבן און אַראַנזשירן און דאָס אַלץ. סאַם קען העלפֿן און ווען דו האָסט דאָס גוט אויסגעסדרט, קום צוריק און איך וועל אַ קוק טאָן. איך וועל ניט צו קריטיש זײַן."

"אַוודאי וועל איך דאָס טאָן!" האָט פֿראָדאָ געזאָגט. "און אַוודאי וועל איך באַלד צוריקקומען: ס'וועט מער ניט זײַן סכּנהדיק. ס'איז דאָ אַן אמתער קיניג איצט, וועט ער באַלד צו רעכט מאַכן די וועגן."

"אַ גרויסן דאַנק, מײַן טײַערער בחור!" האָט בילבאָ געזאָגט. "דאָס איז טאַקע אַ לאַסט אַראָפּ פֿון מײַן מוח." און דערמיט איז ער נאָך אַ מאָל טיף אײַנגעשלאָפֿן געוואָרן.

אויף מאָרגן האָבן גאַנדאַלף און די האָביטס זיך געזעגנט מיט בילבאָ אין זײַן צימער, וואָרן אין דרויסן איז געווען קאַלט, און דעמאָלט האָבן זיי זיך געזעגנט מיט עלראָנד און זײַן הויזגעזינד.

ווען פֿראָדאָ איז געשטאַנען אויפֿן שוועל האָט עלראָנד אים געווונטשן אַ פֿאָרט געזונט און אים געבענטשט, און ער האָט געזאָגט:

"איך מיין, פֿראָדאָ, אַז אפֿשר דאַרפֿט איר ניט צוריקקומען סײַדן איר קומט זייער באַלד. וואָרן אַרום אָט דער צײַט פֿונעם יאָר, ווען די בלעטער זײַנען גאָלדן איידער זיי פֿאַלן, זוכט נאָך בילבאָ אין די וועלדער פֿון דעם קאַנטאָן. איך וועל זײַן מיט אים."

אָט די ווערטער האָט קיין אַנדערער ניט געהערט, און פֿראָדאָ האָט זיי געהאַלטן פֿאַר זיך אַליין.

קאַפּיטל זיבן

צוריק אַהיים

סוף־כּל־סוף האָבן די האָביטס געדרייט די פּנימער אַהיים. זיי האָבן איצט שטאַרק געוואָלט זען דעם קאַנטאָן נאָך אַ מאָל, נאָר תּחילת האָבן זיי געריטן פּאַמעלעך ווײַל פֿראָדאָ איז אומרויִק געווען. ווען זיי זײַנען געקומען צו דעם איבערפֿאָר פֿון ברויִנען, האָט ער זיך אָפּגעשטעלט, און עס האָט אויסגעזען אַז ער האָט ניט געוואָלט רײַטן אין דעם שטראָם אַרײַן, און זיי האָבן באַמערקט אַז אַ ווײַלע האָט אויסגעזען אַז ער האָט זיי ניט געזען און אויך ניט אַלץ אַרום אים. דעם גאַנצן טאָג האָט ער געשוויגן. עס איז געווען דעם זעקסטן אָקטאָבער.

"צי עפּעס שנײַדט אײַך, פֿראָדאָ?" האָט גאַנדאַלף שטיל געזאָגט רײַטנדיק בײַ פֿראָדאָס זײַט.

"יאָ, טאַקע," האָט פֿראָדאָ געזאָגט. "ס'איז דער אַקסל. די ווונד טוט מיר וויי, און די דערמאָנונג פֿון פֿינצטערניש איז שווער אויף מיר. ס'איז געווען מיט אַ יאָר צוריק הײַנט."

"אַ שאָד! עס זײַנען דאָ אַזעלכע ווונדן וואָס מע קען זיי ניט גאַנץ אויסהיילן," האָט גאַנדאַלף געזאָגט.

"איך האָב מורא אַז ס'איז אפֿשר אַזוי מיט מײַנער," האָט פֿראָדאָ געזאָגט. "ס'איז טאַקע ניט קיין אמתדיק צוריקגיין. כאָטש איך וועל מסתּמא אָנקומען אין דעם קאַנטאָן, וועט ער ניט אויסזען דאָס זעלבע, ווײַל איך בין ניט דער זעלבער. איך בין פֿאַרוווּנדיקט געוואָרן מיט מעסער, שטאָך, און צאָן, און מיט אַ לאַנגן עול. ווו זאָל איך געפֿינען רו?"

גאַנדאַלף האָט ניט געענטפֿערט.

ווען ס'איז געקומען דער סוף פֿונעם קומעדיקן טאָג זײַנען דער ווייטיק און דער אומרו פֿאַרבײַ, און פֿראָדאָ איז נאָך אַ מאָל פֿריילעך געווען, אַזוי פֿריילעך אַז ס'האָט זיך געדאַכט אַז ער האָט ניט געדענקט די שוואַרצקייט פֿונעם פֿריִערדיקן טאָג. דערנאָך איז די נסיעה גוט געגאַנגען און די טעג זײַנען גיך פֿאַרבײַ, וואָרן זיי האָבן געלאָסן געריטן און אָפֿט האָבן זיי זיך געהײַעט אין די שיינע וועלדער ווו די בלעטער זײַנען רויט און געל אין דער אָסיענדיקער זון. צום סוף זײַנען זיי געקומען צו ווינט־שפּיץ, און דעמאָלט איז געווען נאָענט צו אָוונט און דער שאָטן פֿון דעם בערגל איז געלעגן פֿינצטער אויף דעם וועג. דעמאָלט האָט פֿראָדאָ זיי געבעטן גיין גיך, און ער האָט ניט געוואָלט קוקן אויף דעם בערגל, נאָר האָט געריטן דורך זײַן שאָטן מיט אַראָפּגעלאָזטן קאָפּ און מאַנטל ענג אַרום זיך. די נאַכט האָט דער וועטער זיך געביטן און אַ ווינט איז געקומען אַרויס פֿון דעם מערבֿ אָנגעלאָדן מיט רעגן, האָט טומלדיק און קאַלט געבלאָזן, און די געלע בלעטער האָבן געווירבלט ווי פֿייגל אין דער לופֿטן. ווען זיי זײַנען געקומען צו דעם טשעטוואַלד זײַנען די צווײַגן שוין שיִער ניט נאַקעט געווען, און אַ גרויסער פֿאָרהאַנג פֿון רעגן האָט פֿאַרשטעלט ברי בערגל פֿון זייערע אויגן.

אַזוי איז געווען אַז נאָענט צום סוף פֿון אַ ווילדן און נאַסן אָוונט אין די לעצטע טעג פֿון אָקטאָבער, האָבן די פֿינף פֿאָרערס געריטן אַרויף אויף דעם אַרויפֿקריכנדיקן וועג און געקומען צו דעם דרום־טויער פֿון ברי. ער איז פֿעסט פֿאַרשלאָסן, און דער רעגן האָט געבלאָזן אין זייערע פּנימער, און אין דעם אַלץ פֿינצטערערן הימל האָבן זיך נידעריקע

וואָלקנס געאײַלט פֿאַרביַי, און די הערצער זייערע זײַנען אַ ביסל אַראָפּ, וואָרן זיי האָבן זיך געריכט אויף אַ וואַרעמערער באַגריסונג.

ווען זיי האָבן אַ סך מאָל גערופֿן איז סוף־כּל־סוף געקומען דער **ט**ויער־**וו**עכטער, און זיי האָבן געזען אַז ער טראָגט אַ גרויסע בולאַווע. ער האָט אויף זיי געקוקט מיט פּחד און חשד, נאָר ווען ער האָט געזען אַז **ג**אַנדאַלף איז דאָרט געווען, און אַז זײַנע באַלייטערס זײַנען געווען האָביטס, ניט קוקנדיק אויף דעם מאָדנעם געצײַג, איז ער מער פֿרײַנדלעך געוואָרן און ער האָט זיי באַגריסט.

"קומט אַרײַן!" האָט ער געזאָגט, אויפֿשליסנדיק דעם טויער. "מיר וועלן ניט בלײַבן צוליב נײַעס דאָ אין דרויסן אין דער קעלט און נאַסקייט, אַ גראָבער אָוונט. אָבער דער אַלטער **ג**ערשט וועט אײַך אָן ספֿק באַגריסן אין *דעם פּאָני*, און דאָרט וועט איר אַלץ הערן."

"און דאָרט וועט איר הערן שפּעטער אַלץ וואָס מיר זאָגן און נאָך מער," האָט **ג**אַנדאַלף געלאַכט. "ווי גייט עס מיט **ה**ערשל?"

דער **ט**ויער־**וו**עכטער האָט אָנגעכמורעט דאָס פּנים. "אַוועק," האָט ער געזאָגט. "נאָר בעסער זאָלט איר פֿרעגן בײַ **ג**ערשטמאַן. אַ גוטן אָוונט!"

"אַ גוטן אָוונט אײַך!" האָבן זיי געזאָגט און זײַנען דורך, און דעמאָלט האָבן זיי באַמערקט אַז הינטערן לעבעדיקן פּלויט לעבן דעם פֿאָרוועג האָט מען אויסגעבויט אַ לאַנגע נידעריקע כאַטע, און עטלעכע מענטשן זײַנען אַרויסגעקומען און האָבן געהאַלטן אין שטאַרן אויף זיי איבערן פּלויט. ווען זיי זײַנען געקומען צו **ב**יל **פֿ**עדערגראָזעס הויז האָבן זיי געזען אַז דער לעבעדיקער פּלויט דאָרט איז געהאָדערט געווען און ניט־פֿאַרקעמט, און די פֿענצטער זײַנען געווען פֿאַרשלאָגן מיט ברעטער.

"צי מיינסטו אַז דו האָסט אים דערהרגעט מיט אָט דעם עפּל, **ס**אַם?" האָט **פּ**יפּין געזאָגט.

"איך בין ניט אַזוי פֿול מיט האָפֿענונג, **מ**"ר **פּ**יפּין," האָט **ס**אַם געזאָגט. "נאָר איך וואָלט וועלן וויסן וואָס איז געשען מיט דעם נעבעכדיקן פּאָני. ער איז מיר אָפֿט געקומען אויפֿן זינען, מיט דעם רעווען פֿון די וועלף און אַלץ."

סוף־כּל־סוף זײַנען זיי געקומען צו *דעם שפּרינגענדיקן פּאָני*, און דאָס, ווײַניקסטנס, האָט אין דרויסן אויסגעזען ניט געביטן, און עס זײַנען געווען ליכט הינטער די רויטע פֿירהאַנגען אין די אונטערשטע פֿענצטער. זיי האָבן געקלונגען אינעם גלעקל, און **נ**אָב איז געקומען צו דער טיר, און זי אויפֿגעגעפֿנט און געקוקט דורך איר, און ווען ער האָט זיי געזען שטייענדיק אונטערן לאָמפּ האָט ער געגעבן אַ שרײַ מיט חידוש.

"**מ**"ר **פּ**וטערקע! **ה**אַר!" האָט ער געשריגן. "זיי זײַנען צוריק!"

"אַזוי טאַקע? איכ'ל זיי עפּעס לערנען," איז געקומען צוריק **פּ**וטערקעס קול, און ער איז אַרויס אין אַ כאַפּעניש, און ער האָט געטראָגן אַ בולאַווע אין דער האַנט. נאָר ווען ער האָט געזען ווער זיי זײַנען האָט ער זיך ראַפּטעם אָפּגעשטעלט און זײַן שוואַרץ אָנגעכמורעט פּנים האָט איבערגעביטן אויף וווּנדער און פֿרייד.

"**נ**אָב, דו וואָלענער קאָפּ!" האָט ער געשריגן. "צי קענסטו ניט געבן אַלטע פֿרײַנד די נעמען? דו זאָלסט מיך ניט שרעקן אַזוי, אין אַזעלכע צײַטן. נו, נו! און פֿון וואַנען זײַט איר געקומען? איך האָב זיך גאָר ניט געריכט צו זען אַבי וועמען פֿון אײַער חבֿרה נאָך אַ מאָל,

און דאָס איז אמת: אַוועק אין דערווילדעניש אַרײַן מיט אָט דעם **ש**פּרײַזער, און די אַלע **ש**וואַרצע **מ**ענטשן אַרום. אָבער איך בין רעכט דערפֿרייט אײַך צו זען, און בפֿרט **ג**אַנדאַלף. קומט אַרײַן! קומט אַרײַן! די זעלבע צימערן ווי פֿריִער? זיי זײַנען פֿרײַ. טאַקע ס'רובֿ צימערן זײַנען פֿרײַ הײַנט צו טאָג, וואָס איך וועל ניט האַלטן בסוד פֿון אײַך, ווײַל איר וועט זיך דאָס דערוויסן שוין באַלד. און לאָמיך גיין זען וואָס איך קען טאָן וועגן וועטשערע, אַזוי באַלד ווי מיגלעך, נאָר ס'איז איצט בײַ מיר קנאַפּ מיט אַרבעטערס. היי, **נ**אָב, דו שנעק! זאָג **ב**אָב! אַ, נאָר דאָרט פֿאַרגעס איך, **ב**אָב איז אַוועק, גייט אַהיים צו די עלטערן יעדע שקיעה איצט. נו, נעם די פּאָניס פֿון די געסט אין די שטאַלן, **נ**אָב! און איר אַליין וועט פֿירן דאָס אייגענע פֿערד אין שטאַל אַרײַן, **ג**אַנדאַלף, ספֿק איך ניט. אַ פֿײַנע חיה, ווי איך האָב געזאָגט ווען איך האָב עס ערשט געזען. נו, קומט אַרײַן! זײַט ווי בײַ זיך אין דער היים!"

מ"ר **פּ**וטערקע האָט על־כּל־פּנים ניט געביטן דעם שטייגער רעדן, און האָט נאָך אַלץ אויסגעזען ווי ער לעבט נאָך אָן אָטעם אין אַ האַוועניש. און פֿאָרט איז דאָרט געווען קוים ווער צו זען, און אַלץ איז געווען שטיל; פֿון דעם **ע**ולם־**צ**ימער איז געקומען אַ ווייכן מורמל פֿון ניט מער ווי אַ צוויי־דרײַ קולער. און מיט אַ נעענטערן קוק אין דער שײַן פֿון די צוויי ליכט וואָס ער האָט אָנגעצונדן און געטראָגן פֿאַר זיך האָט דעם בעל־הביתעס פּנים אויסגעזען גאַנץ צעקנייטש און פֿאַרדאגהט.

ער האָט זיי געפֿירט אַראָפּ אויפֿן פּאַסאַזש צו דעם גאַסטצימער וואָס זיי האָבן געניצט יענע מאָדנע נאַכט מיט מער ווי אַ יאָר צוריק, און זיי זײַנען נאָך אים אומרויִק נאָכגעגאַנגען, וואָרן עס האָט זיי קלאָר אויסגעזען אַז דער אַלטער **ג**ערשטמאַן האָט אָנגעשטעלט אַ גבֿורהדיקע מינע אויף עפּעס צרהדיק. אַלץ איז ניט געווען ווי אַ מאָל. נאָר זיי האָבן גאָרנישט ניט געזאָגט און געוואַרט.

ווי זיי האָבן זיך געריכט איז **מ**"ר **פּ**וטערקע געקומען צו דעם גאַסטצימער נאָך דער וועטשערע צו זען אַז אַלץ איז ווי עס דאַרף צו זײַן. ווי עס איז טאַקע געווען: קיין בײַט אויף ערגער איז נאָך ניט געקומען צו דעם ביר צי עסנוואַרג בײַ *דעם פּאָני* על־כּל־פּנים. "איז, איך וועל ניט אַזוי דרייסט זײַן פֿירצולייגן אַז איר זאָלט קומען הײַנט בײַ נאַכט אינעם **ע**ולם־**צ**ימער," האָט **פּ**וטערקע געזאָגט. "איר זײַט מיד און ס'איז ניטאָ קיין סך לײַט דאָרט סײַ ווי דעם אָוונט. נאָר אויב איר קענט מיר אָפּשפּאָרן אַ האַלבע שעה איידער איר גייט אין בעט אַרײַן, וואָלט איך שטאַרק ווילן רעדן מיט אײַך, שטיל און נאָר מיט זיך אַליין."

"דאָס איז פונקט וואָס מיר ווילן אויך," האָט **ג**אַנדאַלף געזאָגט. "מיר זײַנען ניט מיד. מיר זײַנען גרינג געגאַנגען. מיר זײַנען געווען נאַס, קאַלט, און הונגעריק, נאָר דאָס אַלץ האָט איר אויסגעהיילט. קומט, זעצט זיך אַוועק! און אויב איר האָט אַ ביסל ליולקע־גראָז, אַ לעבן אויף אײַך."

"נו, אויב איר האָט געבעטן אַבי וואָס אַנדערש, וואָלט איך געווען גליקלעכער," האָט **פּ**וטערקע געזאָגט. "פּונקט אין דעם האָבן מיר טאַקע אַ דוחק, צוליב דעם וואָס מיר האָבן בלויז וואָס מיר אַליין קענען האָדעווען, און דאָס קלעקט ניט. גאָרנישט קומט איצט ניט הײַנט צו טאָג פֿון דעם **ק**אַנטאָן. נאָר איך וועל טאָן וואָס איך קען."

ווען ער איז צוריק האָט ער זיי געבראַכט גענוג אויף אַ טאָג צוויי, אַ זשמוט ניט־געשניטענער בלאַט. "**ד**רומגזימס," האָט ער געזאָגט, "און דאָס בעסטע וואָס מיר האָבן, נאָר ניט צו פֿאַרגלײַכן מיט דעם **ד**רום־**ק**וואַרטאַל, ווי איך האָב אַלע מאָל געזאָגט, כאָטש איך בין אַלע מאָל אַ בעלן פֿאַר **ב**רי אין ס'רובֿ ענינים, זײַט מיר מוחל."

זיי האָבן אים אַוועקגעזעצט אין אַ גרויסן פֿאָטעל לעבן דעם האָלץ־פֿײַער, און גאַנדאַלף איז געזעסן אויף דער צווייטער זײַט קאַמין, מיט די האָביטס אין נידעריקע שטולן צווישן זיי, און דעמאָלט האָבן זיי גערעדט אַ סך האַלבע שעהען, און האָבן איבערגעגעבן די אַלע נײַעס וואָס מ"ר פּוטערקע האָט געוואָלט הערן צי געבן. ס'רובֿ זאַכן וואָס זיי האָבן געהאַט צו דערציילן זײַנען געווען בלויז אַ חידוש און צעמישעניש צו זייער גאַסטגעבער, און ווײַט איבער זײַן קענטעניש, און זיי האָבן אַרויסגעקראָגן נאָר אַ געציילטע באַמערקונגען אַחוץ "איר זאָגט ניט אַזוי," אָפֿט איבערגעחזרט ניט קוקנדיק אויף די באַווײַזן פֿון מ"ר פּוטערקעס אייגענע אויערן. "איר זאָגט ניט אַזוי, מ"ר באַגינס, נאָר צי איז דאָס מ"ר אונטערבערגל? איך ווער אַזוי צעמישט. איר זאָגט ניט אַזוי, האַר גאַנדאַלף! אַזאַ וווּנדער! ווער וואָלט דאָס געטראַכט אין די צײַטן אונדזערע!"

נאָר ער האָט אַ סך געזאָגט אויפֿן אייגענעם חשבון. זאַכן זײַנען ווײַט ניט גוט, וואָלט ער זאָגן. מיסחר אין ניט אַפֿילו נישקשה געווען, נאָר גאַנץ שלעכט. "קיינער קומט איצט נאָענט צו ברי פֿון דעם אויסלאַנד," האָט ער געזאָגט. "און די היגע לײַט, בלײַבן זיי מערסטנס אין דער היים און האַלטן די טירן פֿאַרשפּאַרט. דאָס איז אַלץ צוליב די נײַגעקומענע און שלעפּערס וואָס האָבן אָנגעהויבן קומען אַרויף אויף דעם גרינוועג מיט אַ יאָר צוריק, ווי איר אפֿשר געדענקט, נאָר מער זײַנען געקומען שפּעטער. עטלעכע זײַנען געווען נאָר נעבעכדיקע נפֿשות וואָס אַנטלויפֿן פֿון צרות, נאָר ס'רובֿ זײַנען שלעכטע געווען, אָנגעפֿילט מיט גנבֿענען און שאָדן. און ס'זײַנען געווען צרות פּונקט דאָ אין ברי, שלעכטע צרות. הערט נאָר, מיר האָבן געהאַט אַן אמתדיק געראַנגל, און עטלעכע זײַנען דערהרגעט געוואָרן, טויט דערהרגעט! אויב איר וועט מיך גלייבן."

"איך וועל טאַקע," האָט גאַנדאַלף געזאָגט. "ווי פֿיל?"

"דרײַ און צוויי," האָט פּוטערקע געזאָגט, פֿאַררופֿנדיק זיך אויף די גרויסע לײַט און די קליינע. "ס'איז געווען מאַט עריקאַפּוס, נעבעך, און ראַולי עפּלבוים, און קליינער טאָם צידאָרן פֿון איבער דעם בערגל; און ווילי בערגזײַטן פֿון דאָרט אויבן, און איינער פֿון די אונטערבערגלעך פֿון שטאַל: גוטע יאַטן אַלע, און מע בענקט נאָך זיי. און הערשל ציגבלאַט וואָס איז אַ מאָל געווען דער וועכטער אויף דעם מערבֿ־טויער, און אָט דער ביל פֿעדערגראָז, זיי זײַנען אַרײַן אויף די פֿרעמדעס צד, און זיי זײַנען אָפּגעגאַנגען מיט זיי, און איך גלייב אַז זיי האָבן יענע אַרײַנגעלאָזט. אויף דער נאַכט פֿון דעם קאַמף, מיין איך. און דאָס איז נאָך דעם וואָס מיר האָבן זיי גענומען צו די טויערן און זיי אַרויסגעשטופּט, פֿאַרן סוף יאָר איז דאָס געווען, און דער קאַמף איז געווען פֿרי אין דעם נײַעם יאָר, נאָך דעם שווערן שניי וואָס בײַ אונדז.

"און איצט זײַנען זיי גנבֿים געוואָרן און וווינען אין דרויסן, זיך באַהאַלטן אין די וועלדער הינטער אַרכעט און אַוועק אין דער ווילדעניש אויף צפֿון. ס'איז עפּעס ווי די שלעכטע אַלטע צײַטן וואָס די מעשׂיות באַשרײַבן, זאָג איך. ס'איז ניט זיכער אויף די וועגן און קיינער גייט ניט ווײַט, און מע פֿאַרשליסט אַלץ פֿרי. מיר מוזן שטעלן וועכטערס אומעטום אַרום דעם פּלויט און אַ סך מענטשן בײַ די טויערן בײַ נאַכט."

"נו, קיינער האָט אונדז ניט געטשעפּעט," האָט פּיפּין געזאָגט, "און מיר זײַנען פּאַמעלעך געפֿאָרן, אָן שום וואַך. מיר האָבן געמיינט אַז מיר האָבן איבערגעלאָזט די צרות אויף הינטן."

"אַ, ס'איז ניט אַזוי, **ה**אַר, סאַראַ שאָד," האָט **פּ**וטערקע געזאָגט. "נאָר ס'איז קוים אַ חידוש וואָס זיי האָבן אײַך געלאָזט צו רו. זיי וואָלטן ניט אָנפֿאַלן אויף באַוואָפֿנטע לײַט, מיט שווערדן, און קאַסקעס און שילדן און אַלץ. ס'וועט זיי צווינגען איבערטראַכטן, וועט דאָס. און איך מוז זאָגן אַז ס'האָט מיך אַ ביסל דערשראָקן ווען איך האָב אײַך ערשט געזען."

עס איז די האָביטס מיט אַ מאָל אײַנגעפֿאַלן אַז אַלע האָבן אויף זיי געקוקט מיט חידוש ניט צוליב דעם וואָס זיי זײַנען צוריקגעקומען, נאָר צוליב זייער געצײַג. זיי אַליין האָבן זיך אַזוי צוגעוווינט צו מלחמה און צו רײַטן אין גוט־אויסגעריכטע קאָמפּאַניעס אַז זיי האָבן גאַנץ פֿאַרגעסן אַז דער העלער רינג־פּאַנצער וואָס קוקט אַרויס פֿון אונטער די מאַנטלען, און די קאַסקעס פֿון **ג**אָנדאָר און דעם **מ**אַרק, און די העלע צייכנס אויף די שילדן, אַז דאָס אַלץ וועט אויסזען גאַנץ אויסטערליש אינעם אייגענעם לאַנד. און **ג**אַנדאַלף אויך האָט איצט געריטן אויף זײַן הויך גראָ פֿערד, גאַנץ באַקליידט אין ווײַס מיט אַ גרויסן מאַנטל פֿון בלאָ און זילבער איבער אַלץ, און מיט דער לאַנגער שווערד **ג**לאַמדרינג בײַ דער זײַט.

גאַנדאַלף האָט געלאַכט. "נו, נו," האָט ער געזאָגט, "אויב זיי האָבן מורא פֿאַר נאָר פֿינף פֿון אונדז, האָבן מיר זיך אָנגעטראָפֿן ערגערע שׂונאים בײַם פֿאָרן. נאָר על־כּל־פּנים וועלן זיי אײַך לאָזן בשלום בײַ נאַכט כּל־זמן מיר בלײַבן דאָ."

"ווי לאַנג וועט דאָס זײַן?" האָט **פּ**וטערקע געזאָגט. "איכ'ל ניט לייקענען אַז ס'וועט אונדז פֿרייען וואָס איר זײַט דאָ אַ ווײַלע. איר זעט, אַזעלכע צרות זײַנען אונדז פֿרעמד און די **וו**אַנדערערס זײַנען אַלע אַוועק, זאָגט מען. איך מיין אַז מיר האָבן ניט ריכטיק פֿאַרשטאַנען ביז איצט וואָס זיי האָבן געטאָן פֿאַר אונדז. ווײַל ס'זײַנען דאָ געוועזן ערגערע ווי גנבֿים. וועלף האָבן געראַוועט אַרום די פּלויטן דעם פֿאַרגאַנגענעם ווינטער. און ס'זײַנען דאָ פֿינצטערע געשטאַלטן אין די וועלדער, אימהדיקע חפֿצים וואָס פֿאַרגליווערן דאָס בלוט אַז מע טראַכט פֿון זיי. ס'איז גאַנץ שטערנדיק, אויב איר פֿאַרשטייט מיך."

"אַזוי וואָלט איך זיך געריכט," האָט **ג**אַנדאַלף געזאָגט. "שיִער ניט אַלע לענדער זײַנען געשטערט געוואָרן לעצטנס, שטאַרק געשטערט. נאָר זײַט פֿריילעך, **ג**ערשטמאַן! איר זײַט געווען אויף דעם קאַנט פֿון גאָר גרויסע צרות, און איך בין פּשוט גליקלעך צו הערן אַז איר זײַט ניט געווען טיפֿער אַרײַן. נאָר בעסערע צײַטן קומען. אפֿשר בעסער ווי די וואָס איר קענט געדענקען. די **וו**אַנדערערס זײַנען צוריק. מיר זײַנען געקומען מיט זיי צוריק. און עס איז דאָ נאָך אַ מאָל אַ קיניג, **ג**ערשטמאַן. ער וועט באַלד ווענדן דעם מוח אַהער.

"דעמאָלט וועט דער **ג**רינוועג ווידער אָפֿן זײַן, וועלן זײַנע שליחים קומען צפֿון צו, און פֿאַרקער אַרויף און אַראָפּ, און מע וועט אַרויסטרײַבן די בייזע חפֿצים אַרויס פֿון די וויסטע לענדער. טאַקע מיט דער צײַט וועלן די וויסטע ערטער מער ניט וויסט זײַן, און עס וועלן זײַן לײַט און פֿעלדער וווּ אַ מאָל איז געווען אַ ווילדעניש."

מ"ר **פּ**וטערקע האָט געשאָקלט מיטן קאָפּ. "אַז ס'זײַנען עטלעכע אָרנטלעכע לײַטישע פֿאַרשוינען אויף די וועגן, שאַט ניט," האָט ער געזאָגט. "אָבער מיר ווילן מער ניט קיין המון און כוליגאַנעס. און מיר ווילן ניט קיין פֿרעמדע דאָ אין **ב**רי, און אויך ניט נאָענט צו **ב**רי לגמרי. מיר ווילן לעבן מיט זיך אַליין. איך וויל ניט אַז אַ גאַנצע חבֿרה פֿרעמדע זאָל זיך דאָ לאַגערן און זיך דאָרט באַזעצן און צערײַסן דאָס ווילדע לאַנד."

"מע וועט אײַך לאָזן צו רו, **ג**ערשטמאַן," האָט **ג**אַנדאַלף געזאָגט. "עס איז דאָ אָרט גענוג פֿאַר מלוכות צווישן דעם **א**יסען און דעם **ג**ראָ־**פֿ**לייץ, אָדער פּאַזע די ברעגן אויף דרום

פֿון דעם ברענוווּיַן, דאַרף קיינער ניט ווינען נעענטער ווי אַ סך טעג רײַטן פֿון ברי. און אַ סך האָבן געוווינט אויף צפֿון, אַ הונדערט מײַלן אָדער מער פֿון דאַנען, בײַ דעם ווײַטן עק פֿון דעם גרינוועג: אויף די צפֿונדיקע הויכלענדער אָדער לעבן עוועגדים־אָזערע."

"דאָרט אויבן בײַ די טויטעס דאַמבע?" האָט פֿוטערקע געזאָגט, מיט שטאַרקערן ספֿק. "דאָס איז שדים־לאַנד, זאָגט מען. קיינער חוץ אַ גנבֿ וואָלט דאָרט ניט גיין."

"די וואַנדערערס גייען דאָרט," האָט גאַנדאַלף געזאָגט. "די טויטעס דאַמבע, זאָגט איר. אַזוי האָט מען זי אָנגערופֿן שוין אויף לאַנגע יאָרן, נאָר דער אמתער נאָמען, גערשטמאַן, איז פֿאָרנאָסט ערײַן, קיניגנס־צפֿונשטאָט. און דער קיניג וועט קומען דאָרט אין איינעם אַ טאָג נאָך אַ מאָל, און דעמאָלט וועט איר האָבן עטלעכע שיינע לײַט רײַטנדיק דורך."

"נו, דאָס קלינגט מער צוזאָגנדיק, גיב איך צו," האָט פֿוטערקע געזאָגט. "און ס'וועט ברענגען מער געשעפֿט, אָן ספֿק. כּל־זמן ער לאָזט ברי צו רו."

"דאָס וועט ער טאָן," האָט גאַנדאַלף געזאָגט. "ער קענט עס און האָט עס ליב."

"טאַקע אַזוי?" האָט פֿוטערקע געפּלעפֿט געזאָגט. "כאָטש איך ווייס גאָר ניט פֿאַר וואָס ער זאָל דאָס טאָן, זיצנדיק דאָרט אויף זײַן גרויס בענקל אויבן אין זײַן גרויסן שלאָס אַוועק הונדערטער מײַלן. טרינקט ווײַן פֿון אַ גאָלדענעם כּוס, וואָלט איך זיך וועטן. ווי גייט אים אָן דער פּאָני אָדער קופּלען ביר? ניט וואָס מײַן ביר איז ניט גוט, גאַנדאַלף. ס'איז אומגעוויינטלעך גוט, זינט איר זײַט געקומען האַרבסט פֿאַר אַ יאָר און געזאָגט עפּעס גוטס אויף אים. און ס'איז אַ טרייסט געווען אין מיטן צרות, וועל איך זאָגן."

"אַ!" האָט סאַם געזאָגט. "אָבער ער זאָגט אַז אײַער ביר איז אַלע מאָל גוט."

"ער זאָגט?"

"אַוודאי זאָגט ער. ער איז שפּרײַזער. דער ראָש פֿון די וואַנדערערס. צי איז דאָס נאָך ניט אַרײַן אין קאָפּ?"

עס איז סוף־כּל־סוף אַרײַן, און פֿוטערקעס פּנים איז געווען אַ שטודיע אין חידוש. די אויגן אין זײַן ברייט פּנים זײַנען קײַלעכדיק געוואָרן, און דאָס מויל ברייט געעפֿנט, און ער האָט אַ פֿרײַך געגעבן. "שפּרײַזער!" האָט ער אויסגערופֿן ווען ער האָט נאָך אַ מאָל געכאַפּט דעם אָטעם. "ער מיט אַ קרוין און אַלץ און אַ גאָלדענעם כּוס! נו, וואָס זאָל קומען איצט?"

"בעסערע צײַטן, פֿאַר ברי על־כּל־פּנים," האָט גאַנדאַלף געזאָגט.

"איך האָף אַזוי, בין איך זיכער," האָט פֿוטערקע געזאָגט. "נו, דאָס איז געווען דער אײַנגענעמסטער שמועס פֿאַר מיר אין אַ יאָר מיט אַ מיטוואָך. און איך וועל ניט לייקענען אַז איך וועל גרינגער שלאָפֿן הײַנט בײַ נאַכט און לײַכטער אויפֿן האַרצן. איר האָט מיר געגעבן אַ היפּש ביסל איבערצוטראַכטן, נאָר דאָס וועל איך אָפּלייגן ביז מאָרגן. איך שטים פֿאַר בעט און איך ספֿק ניט אַז איר וועט זיך אויך פֿרייען מיט די בעטן. היי, נאָב!" האָט ער גערופֿן, גייענדיק צו דער טיר. "נאָב, דו שנעק!"

"נאָב!" האָט ער געזאָגט צו זיך אַליין מיט אַ פּאַטש אויפֿן שטערן. "הם, אין וואָס דערמאָנט מיר דאָס?"

"איר האָט ניט פֿאַרגעסן נאָך אַ בריוו, האָף איך, מ"ר פֿוטערקע?" האָט מערי געזאָגט.

"גייט, גייט, **מ**"ר **ב**רענבאַק, דערמאָנט מיר ניט דעריין! נאָר זעט, איר האָט אָפּגעהאַקט מײַן געדאַנקען־קייט. ווּ האָב איך געהאַלטן? **נ**אָב, שטאַלן, אַ, אָט איז עס געווען. איך האָב עפּעס וואָס געהערט צו אײַך. אויב איר געדענקט **ב**יל **פּ**עדערגראָז און דאָס פֿערד־גנבֿענען: זײַן פּאָני, וואָס איר האָט געקויפֿט, נו, ער איז דאָ. צוריקגעקומען איינער אַליין איז ער. נאָר פֿון וואַנען ער איז געקומען ווייסט איר בעסער ווי איך. ער איז געווען אַזוי צויטיק ווי אַן אַלטער הונט און אַזוי דאַר ווי אַ גרעטשטריק, נאָר ער לעבט נאָך. **נ**אָב האָט אים צוגעזען."

"וואָס! מײַן **ב**יל?" האָט **ס**אַם אויסגעשריגן. "נו, איך בין געבוירן געוואָרן אַ מזלדיקער, מילא וואָס דער **אַ**לטער מײַנער מעג זאָגן. דאָס איז נאָך אַ ווונטש מקוים געוואָרן! ווּ איז ער?" **ס**אַם וועט זיך ניט אַוועקלייגן שלאָפֿן ביז ער האָט געזען **ב**יל אינעם שטאַל.

די פֿאָרערס זײַנען געבליבן אין **ב**רי דעם גאַנצן טאָג מאָרגן, און **מ**"ר **פּ**וטערקע האָט זיך ניט געקענט באַקלאָגן וועגן מיסחר על־כּל־פּנים דעם קומעדיקן אָוונט. נײַגעריקייט איז בײַגעקומען די אַלע פּחדים, און זײַן הויז איז געווען קאָפּ אויף קאָפּ. אַ ווײַלע דעם אָוונט, צוליב העפֿלעכקייט, זײַנען די האָביטס געווען אין דעם **עולם־צ**ימער און געענטפֿערט גאָר אַ סך פֿראַגעס. **ב**רי זכּרונס זײַנען אַזוי אָנהאַלטנדיק, האָט מען בײַ **פֿ**ראָדאָ אַ סך מאָל געפֿרעגט אויב ער האָט שוין אָנגעשריבן זײַן בוך.

"נאָך ניט," האָט ער געענטפֿערט. "איך גיי איצט אַהיים אויסצוסדרן מײַנע נאָטיצן." ער האָט צוגעזאָגט אַז ער וועט האַנדלען מיט די חידושדיקע געשעענישן אין **ב**רי, און אַזוי האָט ער אָנגעצונדן אַ ביסל אינטערעס אין אַ בוך וואָס מסתּמא וועט מערסטנס האַנדלען מיט די אָפּגעלעגענע און ניט אַזוי וויכטיקע ענינים "אַוועק אויף דרום".

דעמאָלט האָט איינער פֿון די ייִנגערע לײַט געפֿאָדערט אַ ליד. נאָר דערמיט איז אַ שטילקייט אַראָפּ, און מע האָט אויף אים קרום געקוקט און די פֿאָדערונג איז ניט איבערגעחזרט געוואָרן. עס איז קלאָר געווען אַז קיינער וויל מער ניט קיין טשודנע געשעענישן אין דעם **עולם־צ**ימער נאָך אַ מאָל.

ניט קיין צרות בײַ טאָג און ניט קיין קלאַנגען בײַ נאַכט האָבן געשטערט דעם שלום אין **ב**רי בעת די פֿאָרערס זײַנען דאָרט געבליבן, נאָר אויף צו מאָרגנס האָבן זיי זיך פֿרי אויפֿגעכאַפּט, וואָרן עס איז נאָך געגאַנגען אַ רעגן און זיי האָבן געוואָלט אָנקומען אין דעם **ק**אַנטאָן פֿאַר דער נאַכט, און עס איז געווען אַ לאַנגער רײַט. די אַלע לײַט פֿון **ב**רי זײַנען דאָרט געווען מיט זיי זיך צו געזעגענען, און זײַנען געווען אין אַ מער פֿריילעך געמיט ווי אויפֿן גאַנצן יאָר, און די וואָס האָבן ניט געזען די פֿרעמדע פֿריִער אינעם גאַנצן געצײַג האָבן געגאַפֿט מיט חידוש אויף זיי: אויף **ג**אַנדאַלף מיט דעם ווײַסן באָרד, און די ליכט וואָס זעט אויס ווי זי שײַנט פֿון אים, ווי זײַן בלאָער מאַנטל איז בלויז אַ וואָלקן פֿאַר דער זונענשײַן, און אויף די פֿיר האָביטס ווי רײַטערס מעשׂה ריטער פֿון די שיִער ניט פֿאַרגעסענע מעשׂיות. אַפֿילו די וואָס האָבן געלאַכט אויף די אַלע רייד וועגן דעם **ק**יניג האָבן אָנגעהויבן טראַכטן אַז אפֿשר איז דאָס טאַקע אמת.

"נו, פֿאָרט אין אַ מזלדיקער שעה, און קומט אַהיים אין אַ מזלדיקער שעה!" האָט געזאָגט **מ**"ר **פּ**וטערקע. "איך האָב אײַך געזאָלט וואָרענען פֿריִער אַז אַלץ איז אויך ניט גוט אין דעם **ק**אַנטאָן, אויב וואָס מע הערט איז אמת. מאָדנע זאַכן קומען פֿאָר, זאָגט מען. אָבער איין זאַך טרײַבט אַוועק אַ צווייטן, און איך בין פֿאַרזאָרגט געווען מיט די אייגענע צרות. נאָר

אויב איך מעג זײַן אַזוי דרייסט, זײַט איר צוריק געביטן פֿונעם פֿאָרן, און איר זעט אויס איצט ווי די וואָס קענען זיך באַגיין גרינג מיט צרות. איך ספֿק ניט אַז איר וועט אַלץ צו רעכט מאַכן. זאָלט זײַן מיט מזל! און וואָס עפּעס איר קומט צוריק, אַלץ מער וועל איך זיך דערפֿרייען."

זיי האָבן אים געוווּנטשן זײַט געזונט און האָבן אָפּגעריטן, דורך דעם מערבֿ־טויער און ווײַטער צו דעם קאַנטאָן צו. בײַ דער פּאָני איז מיט זיי געווען, און ווי פֿריִער האָט ער געטראָגן אַ סך באַגאַזש, נאָר ער האָט געטליסעט ווײַטער לעבן סאַם און האָט אויסגעזען גאָר צופֿרידן.

"איך וווּנדער זיך וואָס דער אַלטער גערשטמאַן האָט געגעבן אָנצוהערן," האָט פֿראָדאָ געזאָגט.

"אַ טייל דערפֿון קען איך טרעפֿן," האָט סאַם אומעטיק געזאָגט. "וואָס איך האָב געזען אין דעם שפּיגל: אָפּגעהאַקטע ביימער און אַלץ, און דער אַלטער מײַנער אַרויסגעוואָרפֿן פֿון דעם געסל. איך האָב געזאָלט זיך אײַלן צוריק גיכער."

"און עפּעס שלעכטס טוט זיך אַ פּנים אין דעם דרום־קוואַרטאַל," האָט מערי געזאָגט. "ס'איז אַן אַלגעמיינער דוחק אין ליולקע־גראָז."

"וואָס עס זאָל ניט זײַן," האָט פּיפּין געזאָגט, "וועט לאָטאָ האָבן צו שטעקן דערין; דערוועגן קען מען זיכער זײַן."

"טיף אין דעם עסק, נאָר ניט אין גרונט," האָט גאַנדאַלף געזאָגט. "איר האָט פֿאַרגעסן סאַרומאַן. ער האָט זיך פֿאַראינטערעסירט אין דעם קאַנטאָן איידער מאָרדאָר האָט דאָס געטאָן."

"נו, איר זײַט מיט אונדז," האָט מערי געזאָגט, "וועט אַלץ באַלד ווערן צו רעכט."

"איך בין מיט אײַך איצט," האָט גאַנדאַלף געזאָגט, "נאָר באַלד וועל איך ניט דאָ זײַן. איך קום ניט קיין דעם קאַנטאָן. איר אַליין מוזט אויסגלײַכן די עסקים זײַנע; דערפֿאַר האָט איר זיך אויסגעשולט. צי פֿאַרשטייט איר נאָך ניט? מײַן צײַט איז פֿאַרטיק: עס איז מער ניט מײַן עובֿדה אַלץ צו רעכט שטעלן, אָדער אַנדערע העלפֿן דערמיט. און וואָס שייך אײַך, מײַנע טײַערע פֿרײַנד, וועט איר דאַרפֿן ניט קיין הילף. איר זײַט איצט אויפֿגעוואַקסן. אויפֿגעוואַקסן טאַקע גאָר הייך; צווישן די גרויסע זײַט איר, און איך האָב מורא לגמרי מער ניט פֿון אײַערט וועגן.

"נאָר אויב איר ווילט וויסן, וועל איך זיך באַלד נעמען אין אַ זײַט. איך גיי אויף אַ לאַנגן שמועס מיט באָמבאַדיל, אַ שמועס ווי איך האָב ניט געהאַט אינעם גאַנצן לעבן. ער איז אַ מאָך־קלײַבער און איך בין געווען אַ שטיין פֿאַרמישפּט אויף קײַקלען. נאָר די קײַקלענדיקע טעג מײַנע קומען צו אַ סוף און איצט וועלן מיר אַ סך האָבן וועגן וואָס צו רעדן."

אין אַ קורצער ווײַלע זײַנען זיי געקומען צו דעם אָרט אויף דעם מיזרח־וועג ווו זיי האָבן זיך געזעגנט מיט באָמבאַדיל, און זיי האָבן געהאָפּט און זיך האַלב געריכט אים צו זען שטייענדיק דאָרט זיי צו באַגריסן בעת זיי גייען פֿאַרבײַ. נאָר עס איז ניט געווען קיין סימן פֿון אים, און עס איז געווען אַ גראָער נעפּל אויף דעם קבֿר־הויכלאַנד אויף דרום, און אַ טיפֿער שלייער איבער דעם אַלטן וואַלד ווײַט אַוועק.

זיי האָבן זיך אָפּגעשטעלט און **פּ**ראָדאָ האָט קוקט אויף דרום פֿאַרבענקט. "איך וואָלט שטאַרק וועלן זען דעם אַלטן פֿאַרשוין נאָך אַ מאָל," האָט ער געזאָגט. "איך וווּנדער זיך ווי עס גייט מיט אים?"

"אַזוי וווּיל ווי אַלע מאָל, קענט איר זיכער זײַן," האָט **ג**אַנדאַלף געזאָגט. "גאָר ניט פֿאַרצרהט, און, וואָלט איך טרעפֿן, ניט זייער אינטערעסירט אין אַבי וואָס מיר האָבן געטאָן צי געזען, אַחוץ אפֿשר אונדזערע וויזיטן מיט די **ע**נטן. אפֿשר וועט זײַן אַ צײַט שפּעטער ווען איר קענט אים גיין זען. נאָר אין אײַער אָרט וואָלט איך איצט זיך יאָגן אַהיים, אָדער איר וועט ניט אָנקומען בײַ דער **ב**רענוויַין **ב**ריק איידער מע פֿאַרשליסט די טויערן."

"נאָר ס'זײַנען ניטאָ קיין טויערן," האָט **מ**ערי געזאָגט, "ניט אויף דעם **וו**עג. ס'איז דאָ אַוודאי די **ב**אָקלאַנד **ט**ויער אָבער זיי וועלן מיך לאָזן דורך אַבי ווען."

"עס זײַנען ניט געווען קיין טויערן, מיינט איר," האָט **ג**אַנדאַלף געזאָגט. "איך מיין אַז איצט וועט איר עטלעכע געפֿינען. און איר וועט אפֿשר האָבן מער צרות בײַ דער **ב**אָקלאַנד **ט**ויער אַפֿילו ווי איר מיינט. אָבער איר וועט זיך גוט אויסמיטלען. זײַט געזונט, טײַערע פֿרײַנד! ניט פֿאַר דעם לעצטן מאָל, נאָך ניט. זײַט געזונט!"

ער האָט **ש**אָטנפֿאַקס געדרייט אַוועק פֿון דעם **וו**עג, און דאָס גרויסע פֿערד איז געשפּרונגען אַריבער איבער דער גרינער דאַמבע וואָס דאָ פֿירט דערלעבן, און דעמאָלט מיט אַ רוף פֿון **ג**אַנדאַלף איז עס אַוועק, יאָגנדיק זיך צו דעם **ק**בֿר־**ה**ויכלאַנד צו ווי אַ ווינט פֿון דעם **צ**פֿון.

"דו, דאָ זײַנען מיר, בלויז די פֿיר פֿון אונדז וואָס האָבן אָנגעהויבן צוזאַמען," האָט **מ**ערי געזאָגט. "מיר האָבן די אַלע אַנדערע איבערגעלאָזט אויף הינטן, איינער נאָך אַנאַנד. עס פֿילט כּמעט ווי אַ חלום וואָס פּאַמעלעך וועבט זיך אויס."

"ניט פֿאַר מיר," האָט **פּ**ראָדאָ געזאָגט. "מיר פֿילט מער ווי אַנטשלאָפֿן ווערן נאָך אַ מאָל."

קאַפּיטל אַכט

דאָס אויסשײַערן פֿון דעם קאַנטאָן

עס איז שוין נאַכט געווען ווען, נאָס און מיד, זײַנען די פֿאָרערס געקומען סוף־כּל־סוף צו דעם **ב**רענדיווײַן, און זיי האָבן געפֿונען דעם וועג פֿאַרשפּאַרט. אויף יעדן עק פֿון דער **ב**ריק איז געווען אַ גרויסער שפּיציקער טויער, און אויפֿן ווײַטערן ברעג טײַך האָבן זיי געקענט זען אַז מע האָט אויפֿגעבויט עטלעך נײַע הײַזער, מיט צוויי שטאָק און ענגע פֿענצטער מיט גלײַכע זײַטן, נאַקעט און קוים באַלויכטן, אַלץ גאָר אומעטיק און גאָר ניט אינעם שטייגער פֿון דעם **ק**אַנטאָן.

זיי האָבן געהאַמערט אויף דעם אויסנווייניקסטן טויער און אויסגערופֿן, נאָר תּחילת איז ניט געווען קיין ענטפֿער, און דעמאָלט ווי אַ חידוש האָט עמעצער געבלאָזן אויף אַ האָרן און די ליכט אין די פֿענצטער זײַנען אויסגעלאָשן געוואָרן. אַ קול האָט געשריגן אין דער פֿינצטער:

"ווער איז דאָ? גייט אַוועק! איר קענט ניט קומען אַרײַן. צי קענט איר ניט לייענען די נאָטיץ: *אַרײַנגאַנג פֿאַרווערט צווישן זונפֿאַרגאַנג און זונאויפֿגאַנג?*"

"אַוודאי קענען מיר ניט לייענען דעם נאָטיץ אין דער פֿינצטער," האָט **ס**אַם צוריק געשריגן. "און אויב האָביטס פֿון דעם **ק**אַנטאָן מוזן בלײַבן נאַס אין דרויסן אויף אַזאַ נאַכט, וועל איך אַראָפּרײַסן אײַער נאָטיץ ווען ס'לאָזט זיך געפֿינען."

דערמיט האָט אַ פֿענצטער זיך פֿאַרהאַקט און אַ רעדל האָביטס מיט לאַמטערנס האָט געשטראָמט אַרויס פֿונעם הויז אויף לינקס. זיי האָבן געעפֿנט דעם ווײַטערן טויער, און עטלעכע זײַנען געקומען איבער דער בריק. ווען זיי האָבן דערזען די פֿאָרערס האָבן זיי אויסגעזען דערשראָקן.

"קומט שוין!" האָט **מ**ערי געזאָגט ווען ער האָט דערקענט איינעם פֿון די האָביטס. "אויב דו קענסט מיך ניט, **ה**אָב **פ**לויטוואַך, זאָלסטו יאָ. איך בין **מ**ערי **ב**רענבאָק, און איך וויל וויסן וואָס דאָס אַלץ איז אויסן און וואָס טוט אַ **ב**אָקלאַנדער ווי דו דאָ. דו פֿלעגסט זײַן בײַ דעם **פ**לויט־**ט**ויער."

"ווי איך לעב! עס איז **ה**אַר **מ**ערי, אויף זיכער, און גאַנץ באַקליידט אויף שלאַכט!" האָט געזאָגט דער אַלטער **ה**אָב. "איז, מע זאָגט אַז איר זײַט געווען טויט! פֿאַרלוירן געגאַנגען אין דעם **א**לטן **וו**אַלד, זאָגן אַלע. ס'פֿרייט מיך אײַך צו זען נאָך אַלץ אַ לעבעדיקער!"

"אויב אַזוי, הערסט אויף מיטן גאַפֿן דורך די קראַטעס און עפֿן דעם טויער!"

"זײַט מוחל, **ה**אַר **מ**ערי, נאָר מיר האָבן באַפֿעלן."

"וועמענס באַפֿעלן?"

"דעם **ש**עפֿס, פֿון **ב**אַג־**ע**ק."

"**ש**עף? **ש**עף? צי מיינסט **מ**"ר **ל**אָטאָ?" האָט **פ**ראָדאָ געזאָגט.

"אַזוי נעם איך אָן, **מ**"ר **ב**אַגינס, אָבער מיר מוזן זאָגן נאָר 'דער **ש**עף' די טעג."

"טאַקע אַזוי!" האָט **פֿ**ראָדאָ געזאָגט. "נו, ס'פֿרייט מיך וואָס ער האָט אָפּגעלאָזט דעם **ב**אַגינס על־כּל־פּנים. נאָר ס'איז קלאָר אָנגעקומען די צײַט ווען די משפּחה זאָל האָבן צו טאָן מיט אים און אים שטעקן צוריק אין אָרט."

אַ שטילקייט איז אַראָפּ אויף די האָביטס הינטערן טויער. "עס טויג ניט, רעדן אַזוי," האָט איינער געזאָגט. "ער וועט זיך דערוויסן וועגן דעם. און אויב איר מאַכט אַזאַ ליאַרעם וועט איר אויפֿוועקן דעם **ש**עפֿס **ב**ריטאַן."

"מיר וועלן אים אויפֿוועקן אין אַן אופֿן וואָס וועט אים דערשטוינען," האָט **מ**ערי געזאָגט. "אויב איר מיינט אַז אײַער טײַערער **ש**עף האָט געדונגען כוליגאַנעס פֿון דער ווילדעניש, זײַנען מיר ניט צו באַלד אַהיים געקומען." ער איז געשפּרונגען אַראָפּ פֿונעם פּאָני און זעענדיק דעם נאָטיץ אין דער ליכט פֿון די לאַמטערנס האָט ער אים אַראָפּגעריסן און געוואָרפֿן איבערן טויער. "קום שוין, **פּ**יפּין!" האָט **מ**ערי געזאָגט. "צוויי איז גענוג."

מערי און **פּ**יפּין האָבן זיך געדראַפּעט אויפֿן טויער, און די האָביטס זײַנען אַנטלאָפֿן. נאָך אַ האָרן האָט געבלאָזן. אַרויס פֿון דעם גרעסערן הויז אויף רעכטס האָט אַ גרויס, שווער געשטאַלט זיך באַוויזן אַקעגן אַ ליכט אין דער טיר.

"וואָס טוט זיך דאָ?" האָט ער געקנורעט בעת ער קומט פֿאָרויס. "צעברעכן דעם טויער? נעמט זיך אַוועק, אַניט וועל איך ברעכן די מיסטיקע קליינע נאַקנס!" דעמאָלט האָט ער זיך אָפּגעשטעלט, וואָרן ער האָט דערזען די שײַן פֿון שווערדן.

"**ב**יל **פֿ**עדערגראָז," האָט **מ**ערי געזאָגט, "אויב דו עפֿנסט ניט דעם טויער אין צען סעקונדעס, וועסטו חרטה האָבן. איך וועל שטעלן דאָס שטאָל אויף דיר, אויב דו פֿאָלגסט ניט. און ווען דו האָסט געעפֿנט די טויערן וועסטו זיי דורכגיין און קיין מאָל ניט קומען צוריק. דו ביסט אַ כוליגאַן און אַ פֿעלד־גזלן."

ביל **פֿ**עדערגראַז האָט צוריקגעווײַכט און געשאַרט צו דעם טויער אין אים געעפֿנט. "גיב מיר דעם שליסל!" האָט **מ**ערי געזאָגט. נאָר דער כוליגאַן האָט אים געוואָרפֿן אויף זײַן קאָפּ און דעמאָלט גיך אַוועקגעלאָפֿן אינעם פֿינצטערניש אַרײַן. ווען ער איז פֿאַרבײַ די פּאָניס האָט איינער פֿון זיי געלאָזט פֿליִען די פּיאַטעס און אים געשלאָגן בעת ער לויפֿט פֿאַרבײַ. ער איז אַוועק מיט אַ סקאַווטשע אין דער נאַכט אַרײַן און מע האָט פֿון אים קיין מאָל ניט ווידער געהערט.

"וויל געטאָן, **ב**יל," האָט **ס**אַם געזאָגט, בנוגע דעם פּאָני.

"שוין גענוג מיט אײַער **ב**ריטאַן," האָט **מ**ערי געזאָגט. "מיר וועלן זיך זען מיט דעם **ש**עף שפּעטער. דערווײַל דאַרפֿן מיר אַ נאַכטלעגער, און צוליב דעם וואָס איר האָט צעוואָרפֿן די **ב**ריק **אַ**כסניא און אין איר אָרט געבויט אָט דעם פֿאַראומערטן בנין, וועט איר אונדז דאַרפֿן באַהויזן."

"זײַט מיר מוחל, **מ**"ר **מ**ערי," האָט **ה**אָב געזאָגט. "דאָס איז ניט דערלויבט."

"וואָס איז ניט דערלויבט?"

"באַהויזן לײַט פֿון דער גרינג, און אויפֿעסן צו פֿיל עסנוואַרג, און אַזעלכע זאַכן," האָט **ה**אָב געזאָגט.

"וואָס איז דער מער מיטן אָרט?" האָט **מ**ערי געזאָגט. "צי איז געווען אַ שלעכט יאָר אָדער וואָס? איך האָב געמיינט אַז ס'איז געווען אַ שיינער זומער און שניט."

"נו, ניין, דאָס יאָר איז געווען נישקשה," האָט האָב געזאָגט. "מיר האָדעווען אַ סך עסן, אָבער מיר ווייסן ניט ווו עס גייט. עס איז די אַלע 'קלײַבערס' און 'טיילערס', רעכן איך, וואָס גייען אַרום אָפּציילן און מעסטן און נעמען אַוועק אין לאַגער. זיי טוען מער קלײַבן ווי טיילן, און ס'רובֿ זאַכן זייען מיר ניט נאָך אַ מאָל."

"אָ, גייט, גייט!" האָט פּיפּין געזאָגט מיט אַ גענעץ. "דאָס איז מיר צו נודנע הײַנט בײַ נאַכט. מיר האָבן עסן אין די זעק. גיט אונדז בלויז אַ צימער וואָס דערין זיך אַוועקצולייגן. ס'וועט בעסער זײַן ווי אַ סך ערטער וואָס איך האָב געזען."

די האָביטס בײַ דעם טויער האָבן נאָך אויסגעזען אומרויִק, אַ פּנים איז עפּעס אַ כּלל געבראָכן געוואָרן, נאָר מע האָט ניט געקענט אָפּהאַלטן פֿיר אַזוי מײַסטערישע פֿאָרערס, באַוואָפֿנטע, און צוויי אויסערגעוויינטלעך גרויס און שטאַרק אין אויסזע. פֿראָדאָ האָט געהייסן ווידער פֿאַרשליסן די טויערן. עס האָט אַ זינען על־כּל־פּנים שטעלן וועכטערס מיט כוליגאַנעס נאָך אַרום. דעמאָלט זײַנען די פֿיר באַלייטערס אַרײַן אין דעם האָביט קאַראַול און זיך געמאַכט אַזוי באַקוועם ווי מיגלעך. עס איז געווען אַ ליידיקער מיאוסער אָרט, מיט אַ געמיינער קליינער קראַטע וואָס וועט ניט דערלאָזן קיין גוטן פֿײַער. אין די אייבערשטע צימערן זײַנען געווען קליינע רייען האַרטע בעטן, און אויף יעדער וואַנט איז געווען אַ נאָטיץ און אַ רשימה כּללים. פּיפּין האָט זיי אַראָפּגעריסן. עס איז ניט געווען קיין ביר און קוים אַ ביסל עסן, אָבער מיט דעם וואָס די פֿאָרערס האָבן מיטגעבראַכט און אויסגעטיילט האָבן זיי געמאַכט אַ געשמאַקן מאָלצײַט, און פּיפּין האָט געבראָכן כּלל 4 ווען ער האָט אַוועקגעשטעלט ס'רובֿ האָלץ פֿונעם חלק פֿאַר מאָרגן אויפֿן פֿײַער.

"נו, גוט, וואָס זאָגסטו פֿון רייכערן בעת דו דערציילסט אונדז וואָס איז פֿאָרגעקומען אין דעם קאַנטאָן?" האָט ער געזאָגט.

"ס'איז ניטאָ קיין ליולקע־גראָז איצט," האָט האָב געזאָגט, "ווייניקסטנס נאָר פֿאַר דעם שעפֿס לײַט. דער גאַנצער אינוועטאַר איז אַוועק אַ פּנים. מע הערט אַז וואָגן־משׂאות דערמיט זײַנען אַוועק אַראָפּ אויף דעם אַלטן וועג אַרויס פֿון דעם דרום־קוואַרטאַל, דאָרט בײַ דעם סאַרן־איבערפֿאָר. דאָס איז געווען דעם סוף פֿונעם פֿאַרגאַנגענעם יאָר, נאָך דעם ווען איר זײַט אָפּגעגאַנגען. אָבער ס'האָט אָנגעהויבן שטיל אַוועקגיין פֿריִער, ביסלעכווײַז. יענער לאָטאָ —"

"האַלט'ס מויל, האָב פּלוטוואַך!" האָבן געשריגן עטלעכע פֿון די אַנדערע. "דו ווייסט אַזעלכע רייד זײַנען פֿאַרווערט. דער שעף וועט דאָס הערן, וועלן מיר אַלע האָבן צרות."

"ער וואָלט גאָרנישט ניט הערן, אויב ניט צוליב אַ פּאָר שלײַכערס דאָ," האָט זיך האָב היציק אָפּגעענטפֿערט.

"גוט, גוט!" האָט סאַם געזאָגט. "דאָס איז גאַנץ גענוג. איך וויל מער ניט הערן. ניט קיין ברוך־הבאָ, קיין ביר, קיין רויך, און אינעם אָרט אַ סך כּללים און אָרק־רייד. איך האָב געהאָפֿט האָבן אַ ביסל צײַט זיך אָפּצורוען, נאָר איך קען זען אַז ס'זײַנען טירחה און צרות פֿאַר אונדז. לאָמיר גיין שלאָפֿן און דאָס פֿאַרגעסן ביז מאָרגן!"

דער נײַער "שעף" האָט אַ פּנים געהאַט מיטלען קריגן נײַעס. עס איז געווען אַ פֿערציק מײַלן אָדער מער פֿון דער בריק צו באַג־עק, אָבער עמעצער האָט זיך רעכט געאײַלט. אַזוי זײַנען פֿראָדאָ מיט די פֿרײַנד באַלד געוווּיר געוואָרן.

זיי האָבן ניט געמאַכט קיין באַשטימטע פּלענער, נאָר האָבן אומקלאָר בדעה געהאַט גיין ערשט אַראָפּ קיין **ק**ריקטאָל צוזאַמען, און דאָרט אַ ווײַלע רוען. נאָר איצט וואָס זיי האָבן געזען ווי עס איז, האָבן זיי באַשלאָסן גיין דירעקט קיין **ה**אָביטאָן. דערפֿאַר אויף מאָרגן זײַנען זיי אין וועג אַרײַן אויף דעם **וו**עג און געטליסעט כּסדר ווײַטער. דער ווינט איז שוואַכער געוואָרן אָבער דער הימל איז גראָ געווען. דאָס לאַנד האָט אויסגעזען זייער טרויעריק און פֿאַרלאָזן, נאָר עס איז נאָך אַלץ געווען דער ערשטער נאָוועמבער און דאָס לעצטע שטיקל האַרבסט. פֿאָרט האָט זיך זיי געדאַכט אַז ס'איז דאָ אַרום אַן אויסערגעוויינטלעכער סכום ברענען, און רויך איז אַרויף פֿון אַ סך ערטער אומעטום אַרום. אַ גרויסער וואָלקן דערפֿון האָט זיך אויפֿגעהויבן ווײַט אַוועק אין דער ריכטונג פֿון דעם **ו**אַלד־**ע**ק.

בעת עס קומט אָן דער אָוונט זײַנען זיי נאָענט געקומען צו **פֿ**ראָשבאַגנע־**ש**טאָט, אַ דאָרף פּונקט אויף דעם **וו**עג, אַ צוויי־און־צוואַנציק מײַלן פֿון דער **ב**ריק. דאָרט האָבן זיי בדעה געהאַט איבערנעכטיקן; *דער **ש**ווימענדיקער **ה**אָלץ* אין **פֿ**ראָשבאַגנע־**ש**טאָט איז אַ גוטע אַכסניא געווען. אָבער ווען זיי זײַנען געקומען בײַ דעם מיזרחדיקן עק דאָרף האָבן זיי זיך אָנגעטראָפֿן אין אַ באַריער מיט אַ גרויסער ברעט וואָס דערויף איז אָנגעשריבן געווען **ניט קיין וועג** און הינטער איר איז געשטאַנען אַ גרויסע באַנדע **ק**אַנטאָן־**ב**אַאַמטערס מיט שטעקנס אין די הענט און פּעדערן אין די היטלען, אויסזעענדיק אי וויכטיק אי גאַנץ דערשראָקן.

"וואָס איז דען דאָס אַלץ?" האָט **פֿ**ראָדאָ געזאָגט, נוטה צו לאַכן.

"אָט איז עס, **מ**"ר **ב**אַגינס," האָט געזאָגט דער ראָש פֿון די **ב**אַאַמטערס, אַ האָביט מיט צוויי פּעדערן: "איר זײַט אַרעסטירט צוליב **ט**ויער־**ב**רעכן, **צ**ערײַסן **כּ**ללים, און **ב**אַפֿאַלן **ט**ויער־**וו**עכטערס, און **מ**סיג־**ג**בֿול זײַן, און **ש**לאָפֿן אין **ק**אַנטאָן־**ג**עבײַדעס אָן **ד**ערלויב, און **א**ונטערקויפֿן **ש**ומרים מיט **ע**סנוואַרג."

"און וואָס נאָך?" האָט **פֿ**ראָדאָ געזאָגט.

"דאָס זאָל דערווײַל טויגן," האָט געזאָגט דער **ר**אָש־**ב**אַאַמטערס.

"איך קען נאָך מער צוגעבן, אויב דו ווילסט," האָט **ס**אַם געזאָגט. "**מ**אַכן **ח**וזק פֿון דײַן **ש**עף, **וו**ינטשן אים זעצן אין זײַן **ב**אַפּרישטשעט **פּ**נים, און **ה**אַלטן אַז איר **ק**אַנטאָן־**ב**אַאַמטערס זייען אויס ווי אַ **ח**בֿרה **נ**אַראָנים."

"גייט, גייט, **מ**"ר, דאָס וועט טויגן. דער **ר**אָש האָט באַפֿעלן איר זאָלט שטיל מיטקומען. מיר וועלן אײַך ברענגען קיין **ב**ײַוואַסער און דאָרט אײַך איבערגעבן דעם **ר**אָשעס מענטשן, און ווען ער מישפּט אײַער ענין, מעגט איר זאָגן וואָס איר ווילט. נאָר אויב איר ווילט ניט בלײַבן אין די **ט**ורמע־**ל**עכער לענגער ווי נייטיק, וואָלט איך קורץ מאַכן דאָס רעדן, אין אײַער אָרט."

צו דער אומבאַקוועמלעכקייט פֿון די **ב**אַאַמטערס האָבן **פֿ**ראָדאָ מיט די באַלייטערס אַלע אויסגעבראָכן מיט אַ געלעכטער. "זײַ ניט ווילד!" האָט **פֿ**ראָדאָ געזאָגט. "איך וועל גיין וווּ איך וויל, און ווי איך וויל. ווי עס איז גיי איך קיין **ב**אַג־**ע**ק אויף געשעפֿט, נאָר אויב דו באַשטייסט אויף קומען מיט, נו, איז דאָס דײַן עסק."

"נו, גוט, **מ**"ר **ב**אַגינס," האָט געזאָגט דער ראָש, און געשטופּט דעם באַריער אין אַ זײַט. "נאָר פֿאַרגעסט ניט אַז איך האָב אײַך אַרעסטירט."

"איך וועל ניט," האָט פּראָדאָ געזאָגט. "קיין מאָל ניט. נאָר אפֿשר וועל איך דיר מוחל זײַן. איצט וועל איך הײַנט ניט ווײַטער גיין, וואָלט איך מחויבֿ זײַן אויב דו וועסט זײַן אַזוי גוט און מיך באַלייטן צו *דעם שווימענדיקן האָלץ*.

"דאָס קען איך ניט טאָן, מ"ר באַגינס. די אַכסניא איז פֿאַרמאַכט. עס איז דאָ אַ באַאַמטערס־הויז בײַ דעם ווײַטערן עק דאָרף. איך וועל אײַך פֿירן אַהין."

"נו, גוט," האָט פּראָדאָ געזאָגט. "גיי, וועלן מיר קומען נאָך."

סאַם האָט געהאַלטן אין קוקן אויף די באַאַמטערס פֿון קאָפּ ביז די פֿיס און האָט דערזען איינעם וואָס ער קען. "היי, קום אַהער, ראָבין קליינקאַנורע!" האָט ער אויסגערופֿן. "איך וויל אַ וואָרט מיט דיר."

מיט אַ קעלבערן בליק אויף זײַן שעף, וואָס האָט אויסגעזען ווי אין כּעס נאָר האָט זיך ניט דערוועגט אַרײַנמישן, איז באַאַמטער קליינקאַנורע זיך צוריקגעלאָזט און געגאַנגען לעבן סאַם, וואָס איז אַראָפּ פֿונעם פּאָני.

"זע נאָר, רב קאַנוראַ!" האָט סאַם געזאָגט. "דו ביסט דערצויגן געוווען אין האָביטאָן, און זאָלסטו בעסער פֿאַרשטיין, איבערפֿאַלן אויף מ"ר פּראָדאָ און אַלץ. און וואָס איז מיט דער פֿאַרמאַכטער אַכסניא?"

"זיי זײַנען אַלע פֿאַרמאַכט," האָט ראָבין געזאָגט. "דער ראָש האַלט ניט פֿון ביר. ווייניקסטנס איז דאָס געוווען דער אָנהייב. נאָר איצט רעכן איך אַז זײַנע לײַט האָבן דאָס אַלץ. און ער האַלט ניט פֿון זיך איבערציִען, און אויב זיי ווילן צי זיי מוזן, דאַרפֿן זיי גיין צו דעם באַאַמטערס־הויז און דערקלערן דעם עסק."

"דו זאָלסט זיך שעמען, וואָס דו האָסט צו טאָן מיט אַזאַ נאַרישקייט," האָט סאַם געזאָגט. "דו אַליין פֿלעגסט ליב האָבן דעם אינעווייניק פֿון אַן אַכסניא בעסער ווי דעם אויסנווייניק. דו פֿלעגסט זיך אַרײַנכאַפּן, צי אויף דיזשור צי פֿרײַ."

"און אַזוי וואָלט איך נאָך טאָן, סאַם, אויב איך וואָלט געקענט. נאָר זײַ ניט שווער אויף מיר. וואָס קען איך טאָן? דו ווייסט ווי איך האָב אָנגעגעבן אויף אַ קאַנטאָן־באַאַמטער מיט זיבן יאָר צוריק, איידער דאָס אַלץ האָט זיך אָנגעהויבן. עס האָט מיר געגעבן אַ געלעגנהייט אַרומצוגיין אַרום דעם געגנט, זיך טרעפֿן מיט לײַט, און זיך צוהערן צו די נײַעס, און קענען ווּ געפֿינט זיך דאָס בעסטע ביר. נאָר איצט איז אַלץ אַנדערש."

"נאָר דו קענסט דאָס אָפּלאָזן, אויפֿהערן דאָס באַאַמטערײַ, אויב ס'איז מער ניט קיין אָרנטלעכע שטעלע," האָט סאַם געזאָגט.

"מיר זײַנען ניט דערלויבט," האָט ראָבין געזאָגט.

"אויב איך הער *ניט דערלויבט* נאָך אַ פּאָר מאָל וועל איך ווערן אין כּעס."

"כ'קען ניט זאָגן אַז איך וואָלט דאָס פֿאַר שלעכטס האַלטן," האָט ראָבין געזאָגט אין אַ ווייכער קול. "אויב מיר אַלע וואָלטן ווערן צוזאַמען אין כּעס, וואָלט מען אפֿשר עפּעס קענען טאָן. נאָר עס איז אָט די מענטשן, סאַם, דעם ראָשעס מענטשן. ער שיקט זיי אומעטום אַרום, און זאָל איינער אַפֿילו פֿון אונדזערע קליינע לײַט באַשטיין אויפֿן אייגענעם, שלעפּן זיי אים אַוועק אין די טורמע־לעכער. זיי האָבן ערשט גענומען דעם אַלטן קנײדל, דעם אַלטן וויל

ווײַספּוס, דעם ראש־עירון, און דערנאָך אַ סך מער. לעצטנס איז ערגער געוואָרן. אָפֿט מאָל איצט שלאָגן זיי זיי."

"אויב אַזוי, פֿאַר וואָס דען אַרבעטסטו פֿאַר זיי?" האָט סאַם ברוגז געזאָגט. "ווער האָט דיך געשיקט קיין פֿראָשבאַגנע־שטאָט?"

"קיינער האָט ניט. מיר בלײַבן דאָ אין דעם גרויסן באַאַמטערס־הויז. מיר זײַנען דאָס ערשטע מיזרח־קוואַרטאַל מיליטער איצט. ס'זײַנען פֿאַראַן הונדערטער קאַנטאָן־באַאַמטערס אַ כּלל, און זיי ווילן נאָך מער, צוליב די אַלע נײַע כּללים. ס'רובֿ זײַנען אומווילִיק אַרײַן דערין, נאָר ניט אַלע. אַפֿילו אין דעם קאַנטאָן זײַנען דאָ עטלעכע וואָס האָבן ליב די עסקים פֿון אַנדערע און מאַכן זיך גרויס. און ס'איז אויך ערגער: ס'זײַנען דאָ אַ געציילטע וואָס שפּיאָנירן פֿאַר דעם ראָש און זײַנע מענטשן."

"אַ! אַזוי האָסטו באַקומען נײַעס פֿון אונדז, יאָ?"

"אָט איז עס. מיר מעגן איצט גאָרנישט ניט שיקן דערמיט, נאָר זיי ניצן דעם אַלטן גיך־פּאָסט, און האַלטן גרייט ספּעציעלע לויפֿערס אין פֿאַרשיידענע ערטער. איינער איז אַרײַן נעכטן בײַ נאַכט פֿון ווײַסגאַרעס מיט אַ 'בסודיקער בשׂורה', און אַ צווייטער האָט זי געטראָגן ווײַטער פֿון דאַנען. איז אַ בשׂורה צוריקגעקומען דעם נאָכמיטאָג וואָס זאָגט אַז מע זאָל אײַך אַרעסטירן און ברענגען קיין בײַוואַסער, ניט גלײַך צו די טורמע־לעכער. דער ראָש וויל אײַך זען תּיכּף אַ פּנים."

"ס'וועט זיך אים ניט אַזוי שטאַרק גלוסטן ווען מ"ר פֿראָדאָ איז פֿאַרטיק מיט אים," האָט סאַם געזאָגט.

דאָס באַאַמטערס־הויז אין פֿראָשבאַגנע־שטאָט איז געווען אַזוי שלעכט ווי דאָס בריק־הויז. עס האָט נאָר איין גאָרן געהאַט, נאָר מיט די זעלבע ענגע פֿענצטער, און עס איז געבויט געווען פֿון מיאוסע בלאַסע ציגל, שלעכט געמויערט. אינעווייניק איז געווען פֿײַכט און טריב, און מע דערלאַנגט וועטשערע אויף אַ לאַנגן נאַקעטן טיש וואָס איז שוין וואָכן אָן וואַשן. דאָס עסן האָט ניט פֿאַרדינט קיין בעסערן אָרט. די פֿאָרערס זײַנען גערן געווען איבערצולאָזן דעם אָרט. עס איז געווען אַ מײַל אַכצן קיין בײַוואַסער, און זיי האָבן אָפּגעריטן צען אַ זייגער אין דער פֿרי. זיי וואָלטן פֿריִער אָפּגעפֿאָרן נאָר עס איז קלאָר געווען אַז דער אָפּהאַלט מוטשעט דעם שעף־באַאַמטערס. דער ווינט פֿון מערבֿ האָט אָנגעהויבן בלאָזן פֿון צפֿון און איז קעלטער געוואָרן, אָבער עס האָט אויפֿגעהערט רעגענען.

עס איז געווען זייער אַ קאָמישער פּאַראַד וואָס האָט אָפּגעריטן פֿונעם דאָרף, כאָטש די געציילטע לײַט וואָס זײַנען אַרויס צו שטאַרן אויף דעם "אָנטועכץ" פֿון די פֿאָרערס האָבן אויסגעזען ווי זיי זײַנען ניט זיכער צי לאַכן איז דערלויבט. אַ טוץ באַאַמטערס האָט מען באַשטימט ווי אַ וואַך אויף די "געפֿאַנגענע" נאָר מערי האָט זיי געמאַכט מאַרשירן פֿאָרויס בעת פֿראָדאָ מיט די פֿרײַנד האָבן געריטן אויף הינטן. מערי, פּיפּין, און סאַם זײַנען באַקוועם געזעסן, לאַכן און רעדן און זינגען, בעת די באַאַמטערס האָבן ווײַטער געבראָדיעט און געפּרוּווט אויסצוזען ערנסט און וויכטיק. פֿראָדאָ, אָבער, האָט געשוויגן און האָט אויסגעזען רעכט טרויעריק און פֿאַרטראַכט.

דער לעצטער פֿאַרשוין וואָס זיי זײַנען פֿאַרבײַ איז געווען אַ קרעפּקער אַלטער יאַט וואָס שערט אויס אַ לעבעדיקן פּלויט. "אַלאָ! גיט אַ קוק!" האָט ער געשפּעט. "נו, ווער האָט אַרעסטירט ווענען?"

צוויי פֿון די **ב**אַאַמטערס האָבן תּיכּף איבערגעלאָזט די פּאַרטיע און זײַנען געגאַנגען צו אים צו. "פֿירער!" האָט **מ**ערי געזאָגט. "הייס דײַנע בחורים צוריק אין די ערטער תּיכּף, אויב דו ווילסט ניט אַז איך זאָל האָבן צו טאָן מיט זיי!"

די צוויי האָביטס נאָך אַ שאַרף וואָרט פֿון דעם פֿירער זײַנען ברוגז צוריק. "איצט ווײַטער!" האָט **מ**ערי געזאָגט, און דערנאָך האָבן די פּאָרערס געזען אַז די פּאָניס זאָלן גיין גענוג גיך צו שטויסן די **ב**אַאַמטערס ווײַטער אַזוי גיך ווי זיי האָבן געקענט. די זון איז אַרויס, און ניט קוקנדיק אויפֿן קאַלטן ווינט האָבן זיי באַלד אָנגעהויבן פּרײַכן און שוויצן.

בײַ דעם **ד**רײַ־**ק**וואַרטאַל **ש**טיין האָבן זיי זיך אונטערגעגעבן. זיי זײַנען געגאַנגען כּמעט פֿערצן מײַלן מיט נאָר איין צײַט רו האַלבן טאָג. איצט איז געווען דרײַ אַ זייגער. זיי זײַנען הונגעריק געווען און זייער אָנגעריסן אין די פֿיס און קענען מער ניט גיין אויף אַזאַ טעמפּ.

"נו, קומט נאָך ווען איר קענט!" האָט **מ**ערי געזאָגט. "מיר גייען ווײַטער."

"זײַט געזונט, **ר**ב **ק**אַנורע!" האָט **ס**אַם געזאָגט. "איכ'ל וואַרט אויף דיר אין דרויסן פֿון *דעם גרינעם* **ד**ראַקאָן, אויב דו האָסט ניט פֿאַרגעסן ווו עס איז. מאַרודיע ניט אויפֿן וועג!"

"איר ברעכט אַרעסט, דאָס טוט איר," האָט דער פֿירער טרויעריק געזאָגט, "און איך וועל ניט שולדיק זײַן דערין."

"מיר וועלן ברעכן נאָך אַ סך זאַכן און דיר ניט האַלטן שולדיק," האָט **פּ**יפּין געזאָגט. "מיטן רעכטן פֿוס!"

די פּאָרערס האָבן ווײַטער געטליסעט און ווען די זון האָט אָנגעהויבן גיין אַראָפּ צו די **ו**ײַסע **ה**ויכלענדער צו ווײַט אַוועק אויפֿן מערבֿדיקן האָריזאָנט זײַנען זיי געקומען צו **ב**ײַוואַסער לעבן זײַן ברייטן באַסיין, און דאָרט האָבן זיי באַקומען דעם ערשטן גאָר פּײַנלעכן קלאַפּ. דאָס איז געווען **פֿ**ראָדאָס און **ס**אַמס אייגענער געגנט, און זיי זײַנען איצט געוווּיר געוואָרן אַז ער איז זיי ליב מער ווי אַבי אַן אַנדער אָרט אויף דער וועלט. אַ סך פֿון די הײַזער וואָס זיי האָבן געקענט האָבן געפֿעלט. עטלעכע האָבן אויסגעזען ווי אָפּגעברענט. די אײַנגענעמע ריי אַלטע האָביט־לעכער אין דעם ברעג אויף דער צפֿונדיקער זײַט פֿון דעם **ב**אַסיין איז פֿאַרלאָזן געווען און די קליינע גערטנער וואָס אַ מאָל זײַנען העל אַראָפּגעלאָפֿן ביזן וואַסער־קאַנט זײַנען איצט געווען באַוואַקסן מיט ווילדגראָזן. ערגער איז געווען אַ גאַנצע ריי מיאוסע נײַע הײַזער פֿאַזע **ב**אַסיין **ז**ײַט, ווו דער **ה**אָביטאָן **ג**אַס גייט נאָענט צום ברעג. אַן אַלעעביימער איז אַ מאָל דאָרט געשטאַנען. זיי זײַנען אַלע געווען אַוועק. און קוקנדיק מיט שאָקירטן חידוש אַרויף אויף דעם וועג וואָס פֿירט צו **ב**אַג־**ע**ק האָבן זיי געזען אַ הויכן קוימען פֿון ציגל אין דער ווײַטן. ער האָט אַרויסגעגאָסן שוואַרצן רויך אין דער אָוונט־לופֿטן אַרײַן.

סאַם איז געווען אויסער זיך. "איך גיי איצט ווײַטער, **מ**"ר **פֿ**ראָדאָ!" האָט ער געשריגן. "איך וויל גיין זען וואָס טוט זיך. איך וויל געפֿינען מײַן אַלטן."

"בעסער זאָלן מיר ערשט זיך דערוויסן וואָס שטעלט זיך דאָרט אַנטקעגן, **ס**אַם," האָט **מ**ערי געזאָגט. "איך נעם אָן אַז דער '**שעף**' וועט האָבן צו דער האַנט אַ באַנדע כוליגאַנעס. מיר זאָלן בעסער געפֿינען עמעצן וואָס וועט אונדז זאָגן ווי עס גייט און שטייט דאָ."

נאָר אין דעם שטעטל **ב**ײַוואַסער זײַנען די אַלע הײַזער און לעכער פֿאַרמאַכט געווען, האָט קיינער זיי ניט באַגריסט. דאָס איז זיי טשיקאַווע געווען אָבער זיי האָבן באַלד אַנטדעקט די סיבה. ווען זיי זײַנען אָנגעקומען צו *דעם גרינעם דראַקאָן*, דעם לעצטן הויז אויף דער **ה**אָביטאָן זײַט, איצט אָן לעבן און מיט צעבראָכענע פֿענצטער, זײַנען זיי געשטערט געוואָרן צו זען אַ האַלבן טוץ גרויסע גראָבע **מ**ענטשן פֿוילעצן אויף דער אַכסניא־וואַנט, מיט שיקלדיקע אויגן און געלע פּנימער.

"ווי דער פֿרײַנד פֿון **ב**יל **פֿ**עדערגראָז אין **ב**רי," האָט **ס**אַם געזאָגט.

"ווי אַ סך וואָס איך האָב געזען אין **א**יסענהויף," האָט **מ**ערי געמורמלט.

די כוליגאַנעס האָבן געהאַט בולאַוועס אין די הענט און הערנער אין די גאַרטלען, נאָר ניט קיין אַנדער כּלי־זיין, אויף וויפֿל מע האָט געקענט זען. בעת די פֿאָרערס האָבן צוגעריטן האָבן זיי איבערגעלאָזט די וואַנט און געקומען אין דעם וועג אַרײַן, פֿאַרשטעלנדיק דעם גאַנג.

"וווּהין האָט איר אין זינען גיין?" האָט איינער געזאָגט, דער גרעסטער און בייזסטער אויסזעענדיקער אין דער חבֿרה. "פֿאַר אײַך איז ווײַטער ניט קיין וועג. און ווּ זײַנען אָט די טײַערע **ב**אַאַמטערס?"

"עס גייט זיי גוט," האָט **מ**ערי געזאָגט. "אַ ביסל אָנגעריסן אין די פֿיס, אפֿשר. מיר האָבן זיי צוגעזאָגט אַז מיר וועלן דאָ וואַרטן אויף זיי."

"גאַרן, וואָס האָב איך געזאָגט?" האָט געזאָגט דער כוליגאַן צו די חבֿרים. "איך האָב געזאָגט **ש**אַרקל עס טויג ניט געטרויען אָט די קליינע נאַראָנים. עטלעכע פֿון אונדזערע נאַשבראַטעס האָט מען געזאָלט שיקן."

"און וואָס פֿאַר אַ נפֿקא־מינה וואָלט דאָס געווען, זאָג מיר?" האָט **מ**ערי געזאָגט. "מיר האָבן זיך ניט צוגעוווינט צו גזלנים דאָ אין לאַנד אָבער מיר ווייסן וואָס צו טאָן מיט זיי."

"גזלנים, איי?" האָט געזאָגט דער מענטש. "דאָס איז דײַן טאָן, יאָ? בײַט אים אָדער מיר וועלן אים בײַטן פֿאַר דיר. איר קליינע לײַט מאַכן זיך צו גרויס. האָט ניט צו פֿיל צוטרוי צו דעם **ש**עפֿס גוטהאַרציקייט. **ש**אַרקל איז געקומען איצט, וועט יענער טאָן וואָס **ש**אַרקל פֿאָדערט."

"און וואָס מעג דאָס זײַן?" האָט **פֿ**ראָדאָ שטיל געזאָגט.

"דאָס לאַנד דאַרף מען אויפֿוועקן און צו רעכט מאַכן," האָט געזאָגט דער כוליגאַן, "און **ש**אַרקל וועט דאָס טאָן, און מאַכן שווער אויב איר טרײַבט אים דערצו. איר דאַרפֿט אַ גרעסערער **ב**על־**ה**בית. און איר וועט אַזאַ קריגן פֿאַרן סוף יאָר, אויב ס'קומען מער צרות. וועט איר דעמאָלט עפּעס אויסלערנען, איר קליינע שטשור־לײַט."

"טאַקע. עס פֿרייט מיך צו הערן דײַנע פּלענער," האָט **פֿ**ראָדאָ געזאָגט. "איך גיי איצט זיך צו זען מיט **מ**"ר **ל**אָטאָ, וועט ער זיך אפֿשר אינטערעסירן זיי אויך צו הערן."

דער כוליגאַן האָט זיך צעלאַכט. "**ל**אָטאָ! ער ווייסט גאַנץ גוט. נישט געדאגהט. ער'ט טאָן וואָס **ש**אַרקל זאָגט. ווײַל אַז אַ **ב**על־**ה**בית ברענגט צרות, קענען מיר אים פֿאַרבײַטן. זעט? און זאָלן די קליינע לײַט פּרוּוון זיך אַרײַנשטופּן ווו מע וויל זיי ניט, קענען מיר זיי נעמען אויס בילד. זעט?"

"יאָ, איך זע," האָט **פֿ**ראָדאָ געזאָגט. "פֿאַר איין זאַך זע איך אַז דאָ ביסטו הינטערשטעליק מיט ניט קיין הײַנטיקע נײַעס. אַ סך איז געשען זינט דו ביסט אַרויס פֿון דעם **ד**רום. דײַן טאָג איז פֿאַרטיק און אויך פֿאַר די אַלע אַנדערע כוליגאַנעס. דער **פֿ**ינצטערער **ט**ורעם איז געפֿאַלן און עס איז דאָ אַ **ק**יניג אין **ג**אָנדאָר. און **א**יסענהויף איז צעשטערט געוואָרן, און דײַן טײַערער האַר איז אַ בעטלער אין דער ווילדעניש. איך בין אים פֿאַרבײַ אויף דעם וועג. דעם **ק**יניגס שליחים וועלן רײַטן אויף דעם **ג**רינוועג איצט, ניט קיין בריטאַנעס פֿון **א**יסענהויף."

דער מענטש האָט אויף אים געשטאַרט און געשמייכלט. "אַ בעטלער אין דער ווילדעניש!" האָט ער געשפּעט. "אָ, איז ער טאַקע? גיי טשאַקען, טשאַקען, מײַן קליינע פּאַווע. נאָר דאָס וועט אונדז ניט פֿאַרהיטן וווינען אין אָט דעם דיקן קליינעם לאַנד ווו איר האָט פֿוילאַקעוועט געגונג לאַנג. און" – ער האָט געקנאַקט מיט די פֿינגער אין **פֿ**ראָדאָס פּנים – "דעם **ק**יניגס **ש**ליחים! אַזוי פֿאַר זיי! ווען איך זע איינעם, וועל איך אפֿשר אַכט לייגן."

דאָס איז געווען איבער דער מאָס פֿאַר **פּ**יפּין. זײַנע מחשבֿות זײַנען צוריק צו דעם **פֿ**עלד פֿון **ק**אָרמאַלען און דאָ שטייט אַ גזלן מיט פֿאַרזשמורעטע אויגן וואָס רופֿט אָן דעם **פֿ**ינגערל־**ט**רעגער אַ "קליינע פּאַווע". ער האָט צוריקגערוקט דעם מאַנטל, אַרויסגעצויגן די שווערד מיט אַ בליצט, און דער זילבער און סויבל פֿון **ג**אָנדאָר האָט אויף אים געגלאַנצט בעת ער האָט פֿאָרויס געריטן.

"איך בין אַ שליח פֿון דעם **ק**יניג," האָט ער געזאָגט. "דו רעדסט צו אַ פֿרײַנד פֿון דעם **ק**יניג און איינעם פֿון די באַרימטסטע אין די אַלע לענדער אין דעם **מ**ערבֿ. דו ביסט אַן אַפּאַש און אַ נאַר. אַראָפּ אויף די קני אין דעם וועג און בעט מחילה, אָדער איך וועל אַוועקשטעלן אין דיר אָט דעם טראָלס חורבן!"

די שווערד האָט געבלישטשעט אין דער מערבֿ־גייענדיקער זון. **מ**ערי און **ס**אַם האָבן אויך אויסגעצויגן די שווערדן און האָבן נעענטער געריטן אונטערצושטיצן **פּ**יפּין, נאָר **פֿ**ראָדאָ האָט זיך ניט באַוועגט. די כוליגאַנעס האָבן זיך אָפּגערוקט. דאָס שרעקן פֿון **ב**רי־**ל**אַנד פּויערים און דראָען צעמישטע האָביטס, דאָס איז געווען זייער אַרבעט. אומדערשראָקענע האָביטס מיט העלע שווערדן און פֿאַרביסענע פּנימער זײַנען געווען גאָר אַ חידוש. און ס'איז געווען אַ טאָן אין די קולער פֿון אָט די נײַ־געקומענע וואָס פֿריִער האָבן זיי ניט געהערט. עס האָט זיי פֿאַרפֿרוירן מיט פּחד.

"גייט!" האָט **מ**ערי **ג**עזאָגט. "אויב איר טשעפּעט זיך צו אָט דעם שטעטל נאָך אַ מאָל, וועט איר חרטה האָבן." די דרײַ האָביטס זײַנען נעענטער געקומען און דעמאָלט האָבן די כוליגאַנעס זיך געדרייט און אַנטלאָפֿן אַרויף אויף דעם **ה**אָביטאָן **ו**ועג, נאָר זיי האָבן די הערנער געבלאָזן בײַם לויפֿן.

"נו, מיר זײַנען ניט צו פֿרי צוריקגעקומען," האָט **מ**ערי געזאָגט.

"ניט מיט איין טאָג צו פֿרי. אפֿשר צו שפּעט, על־כּל־פּנים צו ראַטעווען **ל**אָטאָ," האָט **פֿ**ראָדאָ געזאָגט. "נעבעכדיקער נאַר, נאָר איך האָב רחמנות אויף אים."

"ראַטעווען **לאָ**טאָ? וואָס קענסטו מיינען?" האָט **פּ**יפּין געזאָגט. "אים צעשטערן, וואָלט איך געזאָגט."

"איך מיין אַז דו פֿאַרשטייסט ניט אין גאַנצן, **פּ**יפּין," האָט **פֿ**ראָדאָ געזאָגט. "**לאָ**טאָ האָט קיין מאָל ניט בדעה געהאַט אַז ס'זאָל קומען צו אַזאַ מצבֿ. ער איז געווען אַ בייזער נאַר, נאָר איצט איז ער געכאַפּט געוואָרן. די כוליגאַנעס האָבן די אייבערהאַנט, צונויפֿקלײַבן, גנבֿענען, און בריטאַנעווען, אָנפֿירן צי צעשטערן זאַכן ווי זיי ווילן, אין זײַן נאָמען. און ניט אין זײַן נאָמען אַפֿילו אויף קיין סך מער צײַט. ער איז אַ געפֿאַנגענער אין **ב**אַג־**ע**ק איצט, נעם איך אָן, און גאָר דערשראָקן. מיר זאָלן אַ פּרווו טאָן אים צו ראַטעווען."

"נו, איך בין פּריטשמעליעט!" האָט **פּ**יפּין געזאָגט. "פֿון די אַלע סופֿן פֿון אונדזער נסיעה איז דאָס דער סאַמע לעצטער וואָס איך וואָלט זיך געריכט דערויף: צו קעמפֿן מיט האַלב־אָרקס און פֿאַסקודניאַקעס אין דעם **ק**אַנטאָן אַליין – צו ראַטעווען **לאָ**טאָ **פּ**רישטש!"

"קעמפֿן?" האָט **פֿ**ראָדאָ געזאָגט. "אפֿשר וועט דאָס צו שטאַנד קומען. נאָר געדענקט: עס טאָר ניט זײַן קיין טייטן פֿון האָביטס, ניט אַפֿילו אויב זיי זײַנען אַריבער אויפֿן אַנדערן צד. אַריבער אין דער אמתן, מיין איך, ניט בלויז פֿאָלגן די באַפֿעלן פֿון די גזלנים צוליב שרעק. קיין האָביט האָט ניט אַ מאָל דערהרגעט אַן אַנדערן בכּיוון אין דעם **ק**אַנטאָן, און דאָס וועט זיך ניט איצט אָנהייבן. און קיינער זאָל ניט דערהרגעט ווערן אויב ס'איז אויסצומײַדן. באַהערשט זיך און האַלט צוריק די הענט ביזן לעצטן מיגלעכן מאָמענט!"

"אָבער אויב ס'זײַנען דאָ אַ סך פֿון אָט די גזלנים," האָט **מ**ערי געזאָגט, "וועט דאָס זיכער מיינען קעמפֿן. דו וועסט ניט ראַטעווען **לאָ**טאָ, אָדער דעם **ק**אַנטאָן, בלויז מיט זײַנען שאָקירט און טרויעריק, **פֿ**ראָדאָ טײַערער."

"ניין," האָט **פּ**יפּין געזאָגט. "ס'וועט ניט אַזוי גרינג זײַן, זיי דערשרעקן אַ צווייט מאָל. זיי זײַנען איבערגעראַשט געווען. דו האָסט געהערט דאָס בלאָזן מיט הערנער? אַ פּנים זײַנען אַנדערע כוליגאַנעס נאָענט. זיי וועלן שטאַרק דרייסטער זײַן ווען עס זײַנען מער פֿון זיי אין איינעם. מיר זאָלן טראַכטן פֿון אָפּדאַך אויף דער נאַכט. נאָך אַלעמען זײַנען מיר נאָר פֿיר, אַפֿילו באַוואָפֿנט."

"איך האָב אַן אידעע," האָט **ס**אַם געזאָגט. "לאָמיר גיין צו דעם אַלטן **ט**אָם **כ**אַטעשטאָט אין דער היים אויף **ד**רום **ג**עסל! ער איז אַלע מאָל געווען אַ קרעפּקער יאַט. און ער האָט אַ סך בחורים וואָס זײַנען אַלע געווען פֿרײַנד מײַנע."

"ניין!" האָט **מ**ערי געזאָגט. "ס'טויג ניט 'טראַכטן פֿון אָפּדאַך'. דאָס איז פּונקט וואָס אַלע האָבן געהאַלטן אין טאָן, און פּונקט וואָס די אָ פֿאַסקודניאַקעס האָבן ליב. זיי וועלן פּשוט קומען אויף אונדז בגוואַלד, און דעמאָלט אונדז טרײַבן אַרויס אָדער אונדז פֿאַרברענען אויפֿן אָרט. ניין, מיר מוזן עפּעס תּיכּף טאָן."

"וואָס עפּעס?" האָט **פּ**יפּין געזאָגט.

"אויפֿרודערן דעם **ק**אַנטאָן!" האָט **מ**ערי געזאָגט. "איצט! אויפֿוועקן די אַלע לײַט אונדזערע! זיי האָבן פֿײַנט דאָס אַלץ, ווי מע קען זען; זיי אַלע, אַחוץ אַ יונגאַטש צוויי און עטלעכע נאַראָנים וואָס ווילן וויכטיק זײַן, אָבער וואָס פֿאַרשטייען אין גאַנצן ניט וואָס טוט זיך אין דער אמתן. אָבער די **ק**אַנטאָן־**ל**ײַט זײַנען אַזוי לאַנג באַקוועם געווען אַז זיי ווייסן ניט וואָס צו טאָן. זיי דאַרפֿן בלויז אַ שוועבעלע אָבער און זיי וועלן הייס ברענען. דעם

ראָשעס **ל**ייַט זיכער ווייסן דאָס. זיי וועלן פּרוּוון אונדז צעטרעטן און מאַכן גיך אַ סוף פֿון אונדז. מיר האָבן נאָר אַ זייער קורצע צייַט.

"**ס**אַם, דו קענסט אַ לאָף טאָן צו **כ**אַטעשטאָטס פֿערמע, אויב דו ווילסט. ער איז דער הויפּטפֿאַרשוין דאָ אַרום און דער קרעפּקעסטער. קומט שוין! איך גיי בלאָזן דעם האָרן פֿון **ר**אָהאַן און זיי אַלע געבן אַ שטיקל מוזיק וואָס זיי האָבן קיין מאָל פֿריִער ניט געהערט."

זיי האָבן געריטן צוריק אין מיטן שטעטל. דאָרט האָט זיך **ס**אַם גענומען אין אַ זייַט און גאַלאָפּירט אַראָפּ אויפֿן געסל וואָס פֿירט דרום צו צו **כ**אַטעשטאָטס הויז. ער איז ניט וויַיט געגאַנגען ווען ער האָט געהערט אַ פּלוצעמדיקן האָרן־בלאָז אָפּהילכנדיק אין הימל אַרייַן. וויַיט איבער שטאָק און שטיין האָט עס אָפּגעהילכט, און אַזוי דרינגלעך איז געווען דער רוף אַז **ס**אַם אַליין האָט זיך שיִער ניט געדרייט און געאייַלט צוריק. זייַן פּאָני האָט זיך געשטעלט דיבעם און געגריזשעט.

"וויַיטער, יאַט! וויַיטער!" האָט ער געשריגן. "מיר וועלן גיין באַלד צוריק."

דעמאָלט האָט ער געהערט ווי **מ**ערי האָט געביטן דעם טאָן, און אַרויף איז געגאַנגען דעם **ה**אָרן־**ר**וף פֿון **ב**אָקלאַנד, טרייסלענדיק די לופֿט.

וואַכט אויף! וואַכט אויף! שרעק, פֿייַער, שׂונאים! וואַכט אויף!
פֿייַער, שׂונאים! וואַכט אויף!

הינטער זיך האָט **ס**אַם געהערט אַ הו־האַ פֿון קולער און אַ גרויסער טומל און פֿאַרהאַקן מיט טירן. פֿאַר אים זייַנען ליכט אַרויסגעשפּרונגען אין דעם בין־השמשות; הינט האָבן געבילט; פֿיס זייַנען געקומען לויפֿן. איידער ער איז געקומען צום עק געסל האָבן **פֿ**אַרמער **כ**אַטעשטאָט מיט דריַי פֿון די זין, יונגער **ט**אָם, דער **פֿ**ריילעכער, און **נ**יק, זיך געאייַלט צו אים צו. זיי האָבן געהאַלטן העק אין די הענט און האָבן פֿאַרשטעלט דעם וועג.

"ניין, ס'איז ניט פֿון יענע גזלנים," האָט **ס**אַם געהערט דער פֿאַרמער זאָגן. "ס'איז אַ האָביט לויט דער גרייס, נאָר גאָר מאָדנע באַקליידט. היי!" האָט ער אויסגעשריגן. "ווער ביסטו און וואָס איז מיט דעם יריד?"

"ס'איז **ס**אַם, **ס**אַם **ג**אַמדזשי. איך בין צוריק."

פֿאַרמער **כ**אַטעשטאָט איז געקומען נאָענט און אויף אים געשטאַרט אין דעם פֿאַרנאַכט. "נו!" האָט ער אויסגעשריגן. "דאָס קול פּאַסט און דאָס פּנים איז ניט ערגער ווי פֿריִער, **ס**אַם. נאָר איך וואָלט דיך אומוויסיק פֿאַרבייַגעגאַנגען אין גאָס אין אַזאַ געצייַג. אַ פּנים ביסטו געווען אין דער פֿרעמד. מיר האָבן מורא געהאַט אַז דו ביסט טויט."

"דאָס בין איך ניט!" האָט **ס**אַם געזאָגט. "און אויך ניט **מ**"ר **פֿ**ראָדאָ. ער איז דאָ און די פֿרייַנד. און דאָס איז דער יריד. זיי רירן אויף דעם **ק**אַנטאָן. מיר וועלן אַרויסוואַרפֿן אָט די כוליגאַנעס, און זייער **ש**עף בתוכם. מיר הייבן אָן איצט."

"גוט, גוט!" האָט **פֿ**אַרמער **כ**אַטעשטאָט אויסגעשריגן. "ס'האָט זיך סוף־כּל־סוף אָנגעהויבן! דאָס גאַנצע יאָר האָב איך געחלשט נאָך אַ שטיקל צרות, נאָר קיינער האָט ניט געוואָלט העלפֿן. און איך מוז האַלטן אין זינען די פֿרוי און **ר**ייזל. די אָ גזלנים וועלן אַבי וואָס טאָן. נאָר קומט שוין, קינדער! **ב**ייַוואַסער שטייט אויף! מיר מוזן זייַן אַריַין דערין!"

"און וואָס מיט **פּר' כ**אַטעשטאָט און **ר**ייזל?" האָט **ס**אַם געזאָגט. "ס'איז נאָך ניט זיכער פֿאַר זיי איינע אַליין צו בלײַבן."

"מײַן **נ**יבס איז מיט זיי. נאָר דו קענסט גיין אים העלפֿן, אויב ס'געפֿעלט דיר," האָט געזאָגט **פֿ**אַרמער **כ**אַטעשטאָט מיט אַ שמאָך. דעמאָלט זײַנען ער מיט די זין געלאָפֿן אַוועק צו דעם שטעטל צו.

סאַם האָט זיך געאײַלט אין הויז אַרײַן. לעבן דער גרויסער קײַלעכדיקער טיר אויפֿן אויבן פֿון די טרעפּ זײַנען געשטאַנען **פּר' כ**אַטעשטאָט און **ר**ייזל, און **נ**יבס פֿאַר זיי כאַפּנדיק אַווידלע אין דער האַנט.

"דאָס בין איך!" האָט **ס**אַם געשריגן בעת ער טליסעט נעענטער. "**ס**אַם **ג**אַמדזשי! איז, שטעך מיך ניט, **נ**יבס. סײַ ווי טראָג איך אַ רינגל־העמד."

ער איז געשפּרונגען אַראָפּ פֿונעם פּאָני און איז אַרויף אויף די טרעפּ. זיי האָבן אויף אים געגאַפּט און געשוויגן. "אַ גוטן אָוונט, **פּר' כ**אַטעשטאָט!" האָט ער געזאָגט. "גוטהעלף, **ר**ייזל!"

"גוטהעלף, **ס**אַם!" האָט **ר**ייזל געזאָגט. "ווו ביסטו געווען? מע האָט געזאָגט אַז דו ביסט טויט, נאָר איך האָב זיך אויף דיר געריכט זינט דעם פֿרילינג. דו האָסט זיך ניט געאײַלט, האָסטו?"

"אפֿשר ניט," האָט **ס**אַם פֿאַרשעמט געזאָגט. "אָבער איך אײַל זיך איצט. מיר פֿאַלן אָן אויף די כוליגאַנעס און איך מוז גיין צוריק צו **מ**"ר **פֿ**ראָדאָ. נאָר איך האָב געוואָלט אַ קוק טאָן כּדי צו זען ווי עס גייט מיט **פּר' כ**אַטעשטאָט, און דו, **ר**ייזל."

"בײַ אונדז איז נישקשה, אַ דאַנק," האָט געזאָגט **פּר' כ**אַטעשטאָט. "אָדער וואָלט זײַן אַזוי אויב ניט צוליב אָט די גנבֿישע כוליגאַנעס."

"נו, גיי שוין!" האָט **ר**ייזל געזאָגט. "אויב דו האָסט צוגעזען **מ**"ר **פֿ**ראָדאָ די גאַנצע צײַט, פֿאַר וואָס האָסטו אים איבערגעלאָזט פּונקט ווען ס'זעט אויס סכּנהדיק?"

דאָס איז געווען פֿאַר **ס**אַם איבער דער מאָס. עס האָט באַדאַרפֿט אַן ענטפֿער אויף אַ וואָך, אָדער קיין ענטפֿער ניט. ער האָט זיך אַוועקגעדרייט און אויפֿגעזעסן אויפֿן פּאָני. נאָר ווען ער האָט אָנגעהויבן גיין, איז **ר**ייזל געלאָפֿן אַראָפּ אויף די טרעפּ.

"מיר זעסטו אויס פֿײַן, **ס**אַם," האָט זי געזאָגט. "גיי איצט! נאָר זײַ אָפּגעהיט און קום גלײַך צוריק באַלד ווי דו ביסט פֿאַרטיק מיט די כוליגאַנעס!"

ווען **ס**אַם איז צוריק האָט ער געפֿונען אַז דאָס גאַנצע שטעטל איז אויפֿגעהעצט געוואָרן. שוין, אַחוץ פֿון אַ סך יוגנטן, האָבן זיך געזאַמלט מער ווי איין הונדערט קרעפּקע האָביטס מיט העק און שווערע האַמערס און לאַנגע מעסערס, און שטאַרקע שטעקנס, און אַ געציילטע מיט יעגער־בויגנס. נאָך מער זײַנען געקומען נאָך פֿון די ווײַטערע פֿערמעס.

עטלעכע פֿון די שטעטל־לײַט האָבן אָנגעצונדן אַ גרויסן פֿײַער, נאָר אַלץ אויפֿצומונטערן, און אויך צוליב דעם וואָס דאָס איז צווישן די זאַכן פֿאַרבאָטן פֿון דעם **ר**אָש. עס האָט העל געברענט מיטן אָנקום פֿון נאַכט. אַנדערע, נאָך **מ**עריס באַפֿעלן, האָבן געהאַלטן אין אויפֿשטעלן באַריערן אין דער קווער איבערן וועג בײַ יעדער עק שטעטל. ווען די קאַנטאָן־**ב**אַאַמטערס זײַנען געקומען צו דעם אונטערשטן זײַנען זיי געפּלעפֿט געוואָרן, נאָר

באַלד ווי זיי זײַנען געוווּיר געוואָרן ווי עס שטייט און גייט דאָרט, האָבן ס'רובֿ פֿון זיי אַראָפּגעוואָרפֿן די פֿעדערן און זײַנען אַרײַן אין דער מרידה. די אַנדערע האָבן זיך אַוועקגעשלײַכט.

סאַם האָט **פֿ**ראָדאָ מיט די פֿרײַנד געפֿונען בײַם פֿײַער רעדן מיט דעם אַלטן **ט**אָם **כ**אַטעשטאָט, בעת אַ באַוואונדערנדיקער עולם פֿון **ב**ײַוואַסער־**ל**ײַט זײַנען אַרומגעשטאַנען און געגאַפֿט.

"נו, וואָס איז איצט דער גאַנג?" האָט **פֿ**אַרמער **כ**אַטעשטאָט געזאָגט.

"איך קען ניט זאָגן," האָט **פֿ**ראָדאָ געזאָגט, "ביז איך זיך מער דערוויס. וויפֿל פֿון די דאָזיקע גזלנים זײַנען דאָ?"

"ס'איז שווער צו זאָגן," האָט **כ**אַטעשטאָט געזאָגט. "זיי באַוועגן זיך אַרום און קומען און גייען. ס'זײַנען אַ מאָל פֿופֿציק פֿון זיי אין זייערע סאַרײַען דאָרט אין **ה**אָביטאָן. נאָר זיי וואָגלען אַרום פֿון דאָרט, אויף גנבֿענען, אָדער 'קלײַבן' ווי זיי רופֿן דאָס אָן. פֿאָרט זײַנען געוויינטלעך וויניקסטנס צוויי צענדליק אַרום דעם **ב**על־**ה**בית, ווי זיי רופֿן אים אָן. ער איז אין **ב**אַג־**ע**ק, אָדער איז דאָרט געווען, נאָר ער גייט ניט אַרויס פֿון הויף איצט. אין דער אמתן האָט קיינער אים לגמרי ניט געזען, שוין אויף אַ וואָך צוויי, נאָר די **מ**ענטשן לאָזן קיינער ניט נאָענט."

"**ה**אָביטאָן איז ניט זייער איינציקער אָרט, יאָ?" האָט **פּ**יפּין געזאָגט.

"ניין, אַ שאָד," האָט **כ**אַטעשטאָט געזאָגט. "ס'זײַנען אַ היפּש ביסל דאָרט אויף דרום אין **ל**אַנגטאָל און בײַ **ס**אַרן **א**יבערפֿאָר, הער איך, און נאָך מער וואָס לאָקערן אין דעם **וו**אַלד־**ע**ק, און זיי האָבן סאַרײַען בײַ **ד**רײַוועגן. און ס'זײַנען אויך די **ט**ורמע־**ל**עכער, ווי זיי רופֿן זיי אָן: די אַלטע לאַגער־טונעלן אין **מ**יכל **ד**עלווינג וואָס זיי האָבן איבערגעבויט ווי תּפֿיסות פֿאַר די וואָס שטעלן זיך זיי אַנטקעגן. פֿאָרט רעכן איך אַז סך־הכּל זײַנען ניט מער ווי דרײַ הונדערט פֿון זיי אין דעם **ק**אַנטאָן, אפֿשר וויניקער. מיר קענען זיי בײַקומען אויב מיר האַלטן זיך צוזאַמען."

"זײַנען זיי באַוואָפֿנט?" האָט **מ**ערי געפֿרעגט.

"בײַטשן, מעסערס, און בולאַוועס, גענוג פֿאַר זייער פֿאַסקודנער אַרבעט; דאָס איז אַלץ וואָס זיי האָבן ביז איצט באַוויזן," האָט **כ**אַטעשטאָט געזאָגט. "נאָר איך וואָלט טרעפֿן אַז זיי האָבן נאָך מער געצײַג, זאָל עס קומען צו קעמפֿן. עטלעכע האָבן בויגנס, סײַ ווי. זיי האָבן געשאָסן אַ צוויי פֿון אונדזערע לײַט."

"אָט האָסטו דאָ, **פֿ**ראָדאָ!" האָט **מ**ערי געזאָגט. "איך האָב געוווּסט אַז מיר וועלן דאַרפֿן קעמפֿן. נו, זיי האָבן אָנגעהויבן דאָס טייטן."

"ס'איז ניט פּונקט אַזוי," האָט **כ**אַטעשטאָט געזאָגט. "וויניקסטנס ניט דאָס שיסן. די **ט**וקס האָבן דאָס אָנגעהויבן. איר זעט, אײַער פֿאָטער, **מ**"ר **פּ**ערעגרין, ער וויל גאָרנישט ניט האָבן צו טאָן מיט דעם **ל**אָטאָ, פֿון אָנהייב אָן; ר'האָט געזאָגט אַז אויב עמעצער וועט שפּילן די ראָלע פֿון שעף הײַנט צו טאָג, זאָל דאָס זײַן דער געהעריקער **ש**עף־**ק**לאַן פֿון דעם **ק**אַנטאָן און ניט קיין אויפֿגעקומענער. און ווען **ל**אָטאָ האָט זײַנע **מ**ענטשן געשיקט, האָבן זיי פֿון אים גאָרנישט ניט געקראָגן. די **ט**וקס האָבן מזל, זיי האָבן די אָ טיפֿער לעכער אין די **ג**רינע **ב**ערגלעך, די **ג**רויסע **ס**מיאַלס, און אַלץ, און די כוליגאַנעס קענען ניט קומען נאָענט צו

זיי, און זיי דערלאָזן ניט די כוליגאַנעס זאָלן קומען אויף זייער לאַנד. אויב אַזוי, יאָגן זיך די טוקס נאָך זיי. טוקס האָבן דרײַ געשאָסן צוליב זייער לוגן און גנבֿענען. נאָך דעם זײַנען די כוליגאַנעס מער פּאַסקודנע געוואָרן. און זיי קוקן אויף די פֿינגער אויף טוקלאַנד. קיינער גייט ניט אַרײַן צי אַרויס איצט.

"בראַוואָ פֿאַר די טוקס!" האָט פּיפּין אויסגעשריגן. "נאָר עמעצער וועט איצט טאַקע אַרײַנקומען נאָך אַ מאָל. איך גיי צו די סמיאַלס. ווער קומט מיט מיר קיין טוקבאָראָ?"

פּיפּין האָט אָפּגעריטן מיט אַ האַלבן טוץ יונגע לײַט אויף פּאָניס. "מיר וועלן זיך באַלד זען!" האָט ער געשריגן. "ס'איז בלויז אַ מײַל פֿערצן מער־ווייניקער איבער די פֿעלדער. איכ'ל ברענגען צוריק אַן אַרמיי טוקס אויף מאָרגן. מערי האָט אַ בלאָז געטאָן אויף אַ האָרן נאָך זיי בעת זיי האָבן אָפּגעריטן אין דער קומעדיקער נאַכט. די לײַט האָבן געשריגן הוראַ.

"אַלץ איינס," האָט פֿראָדאָ געזאָגט צו אַלע וואָס שטייען אים נאָענט, "איך ווינטש אַז ס'וועט ניט זײַן קיין טייטן, ניט אַפֿילו די כוליגאַנעס, סײַדן אין אַ נויט, כּדי זיי צו פֿאַרהיטן שאַטן האָביטס."

"נו, גוט!" האָט מערי געזאָגט. "נאָר איך מיין אַז די האָביטאָן באַנדע וועט אַ ליאַדע מינוט קומען צו גאַסט. זיי וועלן ניט קומען נאָר צו שמועסן. מיר וועלן פּרווון זיך באַגיין מיט זיי ציכטיק, נאָר מיר מוזן זײַן גרייט אויף דעם ערגסטן. איצט, האָב איך אַ פּלאַן."

"זייער גוט," האָט פֿראָדאָ געזאָגט. "זאָלסטו אַלץ אַראַנזשירן."

פּונקט דעמאָלט זײַנען עטלעכע האָביטס, וואָס מע האָט זיי געשיקט צו האָביטאָן צו, געקומען לויפֿן. "זיי קומען!" האָב זיי געזאָגט. "אַ צוויי צענדליק צי מער. נאָר צוויי זײַנען געגאַנגען מערבֿ צו איבער די פֿעלדער."

"קיין דרײַווועגן גייען זיי," האָט כאַטעשטאָט געזאָגט. "צו קריגן מער פֿון דער באַנדע. נו, ס'איז פֿופֿצן מײַלן אַהין, און אויך צוריק. מיר דאַרפֿן זיך ניט זאָרגן מיט זיי פּונקט איצט."

מערי איז אַוועקגעלאָפֿן געבן באַפֿעלן. פֿאַרמער כאַטעשטאָט האָט אויסגעליידיקט דעם גאַס, אַלע געשיקט אין די הײַזער אַחוץ די עלטערע האָביטס מיט עפּעס אַ וואָפֿן. זיי האָבן ניט געדאַרפֿט לאַנג וואַרטן. באַלד האָבן זיי דערהערט הויכע קולער, און דערנאָך דאָס טרעטן פֿון שווערע פֿיס. אין גיכן איז אַ גאַנצער אָפּטייל כוליגאַנעס געקומען אויף דעם וועג. זיי האָבן געזען דעם באַריער און זיך צעלאַכט. זיי האָבן זיך ניט געקענט פֿאָרשטעלן אַז עס איז פֿאַראַן עפּעס אין אָט דעם קליינעם לאַנד וואָס זאָל אויסהאַלטן קעגן צוואַנציק פֿון זייער מין אין איינעם.

די האָביטס האָבן געעפֿנט דעם באַריער און געשטאַנען אין אַ זײַט. "אַ דאַנק!" האָבן די מענטשן חוזק געמאַכט. "איצט לויפֿט אַהיים אין בעט אַרײַן איידער מע דאַרף אײַך שמײַסן." דערנאָך האָבן זיי מאַרשירט לענג־אויס דעם גאַס און געשריגן: "לעשט אויס די ליכט דאָרט! נעמט זיך אַרײַן און בלײַבט דאָרט! אַניט וועלן מיר נעמען פֿופֿציק פֿון אײַך אין די טורמע־לעכער אויף אַ יאָר. אַרײַן! דער בעל־הבית ווערט אומגעדולדיק."

קיינער האָט קיין אַכט געלייגט אויף די באַפֿעלן, נאָר בעת די כוליגאַנעס גייען פֿאַרבײַ, האָבן זיי זיך שטיל צונויפֿגענומען אויף הינטן און נאָך זיי נאָכגעגאַנגען. ווען די מענטשן

זײַנען אָנגעקומען בײַ דעם פֿײַער איז דאָרט געווען **פֿ**אַרמער **כ**אַטעשטאָט שטייענדיק איינער אַליין וואַרעמען די הענט.

"ווער ביסטו, און וואָס טוסטו דאָרט?" האָט געזאָגט דער הויפּט־כוליגאַן.

"**פֿ**אַרמער **כ**אַטעשטאָט האָט אויף אים פֿאַמעלעך געקוקט. "איך אַליין האָב געהאַלטן בײַם שטעלן די זעלבע פֿראַגע," האָט ער געזאָגט. "דאָס איז ניט אײַער לאַנד, און מע וויל אײַך דאָ ניט."

"נו, מע וויל דיך סײַ ווי," האָט דער פֿירער געזאָגט. "מיר ווילן דיך. כאַפּ אים, חבֿרים! אַרײַן אין די **ט**ורמע־**ל**עכער מיט אים, און גיט אים עפּעס ער זאָל האַלטן מויל!"

די **מ**ענטשן האָבן גענומען איין טריט פֿאָרויס און זיך תּיכּף אָפּגעשטעלט. עס האָט זיך אומעטום אַרום זיי אויפֿגעהויבן אַ ברום קולער, און מיט אַ מאָל זײַנען זיי געוווּיר געוואָרן אַז **פֿ**אַרמער **כ**אַטעשטאָט איז ניט געווען איינער אַליין. זיי זײַנען אַרומגערינגלט. אין דער פֿינצטער אויפֿן קאַנט פֿון דער פֿײַערליכט איז געשטאַנען אַ רינג האָביטס וואָס זײַנען אַרויסגעקראָכן פֿון די שאָטנס. עס זײַנען שיִער ניט צוויי הונדערט פֿון זיי, יעדער מיט אַ וואָפֿן אין דער האַנט.

מערי האָט געטראָטן פֿאָרויס. "מיר האָבן זיך פֿריִער געטראָפֿן," האָט ער געזאָגט צו דעם פֿירער, "און איך האָב דיך געוואָרנט ניט צוריק אַהערצוקומען. איך וואָרן דיך נאָך אַ מאָל: דו שטייסט אין דער ליכט און ביסט באַוואַכט פֿון פֿײַלן־בויגערס. לייג אַ פֿינגער אַפֿילו אויף דעם פֿאַרמער, אָדער אויף אַבי וועמען, וועסטו תּיכּף דערשאָסן ווערן. לייג אַראָפּ די אַלע וואָפֿן וואָס דו האָסט!"

דער פֿירער האָט זיך אַרומגעקוקט. ער איז אין אַ פּאַסטקע. אָבער ער איז ניט דערשראָקן, ניט מיט צוויי צענדליק זײַנע אייגענע אים צו שטיצן. ער האָט צו ווייניק געוווּסט וועגן האָביטס צו פֿאַרשטיין די סכּנה. נאַריש האָט ער באַשלאָסן צו קעמפֿן. עס זאָל זײַן גרינג אַרויסצוברעכן.

"אויף זיי, חבֿרים!" האָט ער געשריגן. "צעשלאָגט זיי!"

מיט אַ לאַנגן מעסער אין דער לינקער האַנט און אַ בולאַווע אין דער צווייטער האָט ער אַ לאָף געטאָן אויף דעם רינג, געפּרוּווט דורכברעכן צוריק קיין **ה**אָביטאָן. ער האָט געצילט אַ רציחהדיקן קלאַפּ אויף **מ**ערי וואָס איז געשטאַנען אין זײַן גאַנג. ער איז טויט געפֿאַלן מיט פֿיר פֿײַלן אין זיך.

דאָס איז גענוג געווען פֿאַר די אַנדערע. זיי האָבן נאָכגעגעבן. מע האָט די וואָפֿן פֿון זיי צוגענומען און זיי זײַנען אַלע צוגעבונדן געוואָרן און מאַרשירט אַוועק צו אַ ליידיקער כאַטע וואָס זיי אַליין האָבן געבויט, און דאָרט האָט מען זיי געבונדן די הענט און פֿיס און זיי פֿאַרשלאָסן און וועכטערס געשטעלט. דעם טויטן פֿירער האָט מען אַוועקגעשלעפּט און באַגראָבן.

"ס'האָט זיך אויסגעוויזן שיִער ניט צו גרינג, אַיאָ?" האָט **כ**אַטעשטאָט געזאָגט. "איך האָב געזאָגט אַז מיר וואָלטן זיי געקענט אונטערשלאָגן. נאָר מיר האָבן געדאַרפֿט אַן אויפֿרוף. איר זײַט געקומען צוריק פּונקט בײַ צײַטנס, **מ**"ר **מ**ערי."

"ס'איז נאָך אַ סך מער צו טאָן," האָט **מ**ערי געזאָגט. "אויב דו ביסט גערעכט געווען אין דער רעכענונג, האָבן מיר נאָר געהאַט צו טאָן מיט אַ צענטל פֿון זיי ביז איצט. נאָר ס'איז

שוין פֿינצטער. איך מיין אַז דער קומעדיקער קלאַפּ מוז וואַרטן אויף מאָרגן. דעמאָלט מוזן מיר קומען צו גאַסט בײַ דעם **ר**אָש."

"פֿאַר וואָס ניט איצט?" האָט **ס**אַם געזאָגט. "ס'איז ניט קיין סך שפּעטער ווי זעקס אַ זייגער. און איך וויל זיך זען מיט מײַן אַלטן. צי ווייסט איר וואָס איז מיט אים געשען, **מ**"ר **כ**אַטעשטאָט?"

"אים איז ניט צו גוט, און ניט צו שלעכט, **ס**אַם," האָט געזאָגט דער פֿאַרמער. "זיי האָבן אויסגעגראָבן **ב**אַגשאָס **ג**עסל, וואָס איז אים געווען אַ טרויעריקער זעץ. ער איז אין איינעם פֿון אָט די נײַע הײַזער וואָס דעם **ר**אָשעס **מ**ענטשן פֿלעגן בויען ווען זיי האָבן נאָך געטאָן אַפֿילו אַ ביסל אַרבעט אַחוץ ברענען און גנבֿענען: ניט מער ווי אַ מײַל פֿונעם עק **ב**ײַוואַסער. נאָר ער קומט צו מיר צו גאַסט ווען עס קומט אים די געלעגנהייט, און איך זע אַז ער איז בעסער געשפּײַזט ווי עטלעכע פֿון די אָרעמע לײַט נעבעך. אַלץ אַנטקעגן **ד**י *כּללים*, אַוודאי. איך וואָלט אים געהאַלטן דאָ בײַ מיר, נאָר ס'איז ניט דערלויבט."

"גאָר אַ שיינעם דאַנק, **מ**"ר **כ**אַטעשטאָט, און איך וועל דאָס קיין מאָל ניט פֿאַרגעסן," האָט **ס**אַם געזאָגט. "נאָר איך וויל אים זען. אָט דער **ב**על־**ה**בית און דער **ש**אַרקל, וואָס זיי האָבן דערמאָנט, זיי וועלן אפֿשר אָפּטאָן אַ ביסל שלעכטס דאָרט פֿאַרן מאָרגן."

"נו גוט, **ס**אַם," האָט **כ**אַטעשטאָט געזאָגט. "קלײַב אויס אַ בחור צוויי און גיי אים ברענגען צו מיר אין דער היים. דו דאַרפֿסט ניט גיין נאָענט צו דעם אַלטן **ה**אָביטאָן דאָרף איבער דעם **וו**אַסער. מײַן **פֿ**ריילעך דאָ וועט דיך ווײַזן."

סאַם איז אָפּגעגאַנגען. **מ**ערי האָט געשטעלט אויסקוקערס אַרום שטעטל און שומרים בײַ די באַריערן דורך דער נאַכט. דעמאָלט זײַנען ער און **פֿ**ראָדאָ אַוועקגעגאַנגען מיט **פֿ**אַרמער **כ**אַטעשטאָט. זיי זײַנען געזעסן מיט דער משפּחה אין דער וואַרעמער קיך, און די **כ**אַטעשטאָטס האָבן געשטעלט אַ פּאָר העפֿלעכע פֿראַגעס וועגן די נסיעות זייערע, נאָר האָבן זיך קוים צוגעהערט צו די ענטפֿערס: זיי זײַנען ווײַט מער באַזאָרגט געווען מיט וואָס איז געשען אין דעם **ק**אַנטאָן.

"ס'האָט זיך אַלץ אָנגעהויבן מיט דעם **פּ**רישטש, ווי מיר רופֿן אים," האָט געזאָגט **פֿ**אַרמער **כ**אַטעשטאָט, "און ס'האָט זיך אָנגעהויבן באַלד ווי איר זײַט אָפּגעפֿאָרן, **מ**"ר **פֿ**ראָדאָ. ער האָט מאָדנע אידעעס, האָט דער **פּ**רישטש. ס'האָט אויסגעזען אַז ער האָט געוואָלט אַלץ אַליין פֿאַרמאָגן, און דערנאָך הערשן איבער די אַלע אַנדערע לײַט. ס'איז באַלד קלאָר געוואָרן אַז ער האָט שוין פֿאַרמאָגט מער ווי וואָס איז גוט פֿאַר אים, און ער האָט שטענדיק געהאַלטן אין כאַפּן מער, כאָטש פֿון וואַנען ער האָט געקראָגן דאָס געלט איז געבליבן אַ רעטעניש: מילן און מאַלץ־סקלאַדן און אַכסניות, און פֿערמעס, און ליולקע־גראָז־פּלאַנטאַציעס. ער האָט שוין פֿריִער געהאַט געקויפֿט **ז**אַמדמאַנס מיל איידער ער איז געקומען צו **ב**אַג־**ע**ק אַ פּנים.

"זיכער האָט ער שוין אָנגעהויבן מיט אַ סך פֿאַרמאָג אין דעם **ד**רום־**ק**וואַרטאַל, וואָס ער האָט באַקומען פֿונעם פֿאָטער, און ס'האָט זיך אויסגעוויזן אַז ער האָט געהאַלטן אין פֿאַרקויפֿן אַ סך פֿונעם בעסטן בלאַט, און דאָס שטילערהייט אַוועקשיקן אויף אַ יאָר צוויי. נאָר בײַם סוף פֿונעם פֿאַרגאַנגענעם יאָר האָט ער אָנגעהויבן אַוועקשיקן משׂאות שטאָף, ניט נאָר בלאַט. ס'איז געקומען אַ דוחק אין אַ סך זאַכן און דערצו קומט דער ווינטער. די לײַט זײַנען אין כּעס געוואָרן, אָבער ער האָט געהאַט אַן ענטפֿער. אַ סך **מ**ענטשן, ס'רובֿ פֿון זיי

כוליגאַנעס, זײַנען געקומען מיט גרויסע וואָגנס, עטלעכע אַוועקצוטראָגן אַ סך סחורה דרום צו, און אַנדערע דאָ צו בלײַבן. און נאָך מער זײַנען געקומען. און אײדער וואָס ווען האָבן זײ זיך געפּלאַנצט דאָ און דאָרט אומעטום אַרום דעם קאַנטאָן, האָבן זײ געהאַלטן אין אָפּהאַקן ביימער און גראָבן און בויען פֿאַר זיך כאַטעס און הײַזער ווו און ווי זײ האָבן געוואָלט. תּחילת האָט דער **פּ**רישטש באַצאָלט פֿאַר דער סחורה און שאָדן, נאָר באַלד האָבן זײ אָנגעהויבן מאַכן זיך גרויס און צונעמען וואָס זײ ווילן.

"דעמאָלט איז געקומען אַ ביסל צרה נאָר ניט גענוג. אַלטער **ו**ויל דער **ר**אש־**ע**ירון האָט זיך גענומען קיין **ב**אַג־**ע**ק פּראָטעסטירן, אָבער ער איז ניט דאָרט אָנגעקומען. כוליגאַנעס האָבן אים געכאַפּט און אים גענומען און פֿאַרשלאָסן אין אַ לאָך אין **מ**יכל **ד**עלווינג, און דאָרט איז ער איצט. און דערנאָך, דאָס איז געווען באַלד נאָך דעם נײַעם יאָר, איז מער ניט קיין **ר**אש־**ע**ירון געווען, און דער **פּ**רישטש האָט אָנגעהויבן אָנרופֿן זיך אַליין דעם **ר**אָש־**ב**אַאַמטערס, אָדער פּשוט **ר**אָש, און ער טוט וואָס ער וויל, און זאָל עמעצער ווערן 'איבער זיך', ווי זײ האָבן דאָס גערופֿן, זײַנען זײ נאָכגעגאַנגען נאָך **ו**ויל. זײַנען זאַכן געגאַנגען פֿון שלעכט ביז ערגער. ס'איז מער ניט קיין רייכערן געווען אַחוץ פֿאַר די **מ**ענטשן, און דער **ר**אָש האָט ניט געהאַלטן פֿון ביר, אַחוץ פֿאַר זײַנע **מ**ענטשן, און האָט פֿאַרמאַכט די אַלע אַכסניות, און אַלץ אַחוץ די **כּ**ללים איז אַלץ מער קוים צו געפֿינען, סײַדן מע האָט געקענט באַהאַלטן אַ שטיקל אייגנס ווען די גזלנים זײַנען אַרומגעגאַנגען צונויפֿקלײַבן זאַכן 'פֿאַר אַ יושרדיקער אויסטיילונג' וואָס מיינט זײ באַקומען און מיר ניט, אַחוץ רעשטלעך וואָס מע קריגט פֿון די **ב**אַאַמטערס־**ה**ײַזער, אויב מע האָט זײ געקענט אויסהאַלטן. אַלץ גאָר שלעכט. נאָר זינט **ש**אַרקל איז אָנגעקומען, איז געקומען אַ חורבן."

"ווער איז אָט דער **ש**אַרקל?" האָט **מ**ערי געזאָגט. "איך האָב געהערט איינער אַ כוליגאַן אים דערמאָנען."

"דער גרעסטער כוליגאַן פֿון אַלע, אַ פּנים," האָט געענטפֿערט **כ**אַטעשטאָט. "ס'איז געווען די צײַט פֿונעם פֿריַערדיקן שניט, סוף סעפּטעמבער אפֿשר, ווען מיר האָבן ערשט פֿון אים געהערט. מיר האָבן אים קיין מאָל ניט געזען, נאָר ער איז דאָרט אין **ב**אַג־**ע**ק און ער איז איצט דער אמתער **ר**אָש, טרעף איך. די אַלע כוליגאַנעס טוען וואָס ער זאָגט, און ס'רובֿ וואָס ער זאָגט איז: אָפּהאַקן, פֿאַרברענען, און צעשטערן, און איצט ס'איז געקומען צו טייטן. ס'לייגט זיך מער ניט אויפֿן שׂכל אַפֿילו אין אַ שלעכטן זינען. זײ אָפּהאַקן ביימער און לאָזן זײ ליגן, זײ פֿאַרברענען הײַזער און בויען מער ניט.

"**ז**אַמדמאַנס מיל, למשל. דער **פּ**רישטש האָט אים אַנידערגעוואָרפֿן שיִער ניט דעם ערשטן מאָמענט ער איז געקומען צו **ב**אַג־**ע**ק. האָט ער דעמאָלט אַרײַנגעבראַכט אַ סך שמוציקע **מ**ענטשן אויפֿצובויען אַ גרעסערן און אים אָנצופֿילן מיט רעדער און אויסטערלישע המצאָות. וואָס איז נאָר געפֿעלן אָט דעם נאַר **ט**עד, און ער אַרבעט דאָרט רייניקן די רעדער פֿאַר די **מ**ענטשן, ווו זײַן טאַטע איז געווען דער מילנער און דער אייגענער בעל־הבית. דעם **פּ**רישטשעס געדאַנק איז געווען צו מאָלן מער און גיכער, אָדער אַזוי האָט ער געזאָגט. ער האָט אַנדערע מילן ווי דאָ. נאָר מע דאַרף האָבן תּבֿואה איידער מע קען מאָלן, און ס'זײַנען ניט געווען מער פֿאַרן נײַעם מיל צו טאָן ווי פֿאַרן אַלטן. נאָר זינט **ש**אַרקל איז געקומען מאָלן זײ לגמרי מער ניט קיין תּבֿואה. זײ האַלטן תּמיד אין האַמערן און אַרויסלאָזן רויך און אַן עיפּוש, און ס'איז ניט קיין שלום צו געפֿינען אין **ה**אָביטאָן בײַ נאַכט אַפֿילו. און זײ גיסן אַרויס בכיוון ברוד, זײ האָבן פֿאַרפּאַסקודיעט דאָס גאַנצן נידעריקן

וואסער, און עס קריכט אַרײַן אין דעם **ב**רענווײַן. אויב זיי ווילן איבערמאַכן דעם **ק**אַנטאָן אין אַ מידבר, ווייסן זיי דען מיט וואָס מע עסט דאָס. איך גלייב ניט אַז דער אָ נאַר פֿון אַ **פֿ**רישטש פֿירט דאָס אַלץ אָן. ס'איז **ש**אַרקל, זאָג איך."

"יאָ, ס'איז אַזוי!" האָט אַרײַנגעשטעקט יונגער **ט**אָם. "הערט נאָר, זיי האָבן גענומען דעם פֿרישטשעס אַלטע מאַמע, יענע **ל**אָבעליע, און ער האָט זי ליב געהאַט, מילא וואָס ער איז איינער אַליין דערין. עטלעכע צווישן די **ה**אָביטאָן לײַט, זיי האָבן דאָס געזען. זי קומט אַראָפּ אויפֿן געסל מיט איר אַלטן שיר'ם. עטלעכע כוליגאַנעס זײַנען געגאַנגען אַרויף מיט אַ גרויסער פֿור.

"'וווּ גייט איר?' זאָגט זי.

"'צו **ב**אַק־**ע**ק,' זאָגן זיי.

"'צו וואָס?' זאָגט זי.

"'אויפֿצובויען סאַרײַען פֿאַר **ש**אַרקל,' זאָגן זיי.

"'ווער האָט דערלויבט?' זאָגט זי.

"'**ש**אַרקל,' זאָגן זיי. 'איז, אַרויס פֿונעם וועג, אַלטע באַבע!'

"'איכ'ל אײַך געבן **ש**אַרקל, איר שמוציקע גנבֿישע פֿאַסקודניאַקעס!' זאָגט זי, און מאַכט מיט איר שיר'ם, און גייט אויף דעם פֿירער, שיִער ניט צוויי מאָל אַזוי גרויס. האָבן זיי זי גענומען, זי געשלעפּט אַוועק צו די **ט**ורמע־**ל**עכער, און אין איר עלטער דערצו. זיי האָבן אַנדערע גענומען וואָס נאָך זיי בענקען מיר מער, נאָר ס'איז ניט צו פֿאַרלייקענען אַז זי האָט באַוויזן מער קוראַזש ווי ס'רובֿ לײַט."

אין מיטן די אַלע רייד איז **ס**אַם פּלוצעם אַרײַן מיט זײַן אַלטן. דער אַלטער **ג**אַמדזשי האָט ניט אויסגעזען קיין סך עלטער, אָבער ער איז אַ ביסל טויבער געוואָרן.

"אַ גוטן אָוונט, **מ**"ר **ב**אַגינס!" האָט ער געזאָגט. "ס'פֿרייט מיך גאָר וואָס איר זײַט צוריק בשלום. אָבער איך האָב טענות צו אײַך, אַזוי צו זאָגן, אויב איך מעג זײַן אַזוי דרייסט. איר האָט קיין מאָל ניט געזאָלט גיין און פֿאַרקויפֿן **ב**אַג־**ע**ק, ווי איך האָב אַלע מאָל געזאָגט. דאָס האָט אָנגעהויבן דאָס גאַנצע שטיפֿערײַ. און בעת איר האָט זיך אָפּגעוואַלגערט אין פֿרעמדע מקומות, זיך געיאָגט נאָך **ש**וואַרצע **מ**ענטשן אַרויף אויף בערג, אַזוי זאָגט מײַן **ס**אַם, כאָטש צו וואָס האָט ער ניט קלאָר געמאַכט, האָבן זיי גענומען אויסגראָבן **ב**אַגשאָט **ג**עסל און צעשטערט מײַנע בולבעס!"

"עס טוט מיר שטאַרק באַנג, **מ**"ר **ג**אַמדזשי," האָט **פֿ**ראָדאָ געזאָגט. "נאָר איצט וואָס איך בין צוריק, וועל איך טאָן דאָס בעסטע אַלץ צו רעכט מאַכן."

"נו, ס'קען ניט זײַן מער יושרדיק," האָט געזאָגט דער אַלטער. "**מ**"ר **פֿ**ראָדאָ **ב**אַגינס איז טאַקע אַ לײַטישער האָביט, האָב איך תּמיד געזאָגט, אַבי וואָס איר מעג ניט האַלטן פֿון עטלעכע אַנדערע מיטן נאָמען, זײַט מיר מוחל. און איך האָף אַז מײַן **ס**אַם האָט זיך גוט אויפֿגעפֿירט און באַפֿרידיקט?"

"שלמותדיק באַפֿרידיקט, **מ**"ר **ג**אַמדזשי," האָט **פֿ**ראָדאָ געזאָגט. "טאַקע, אויב איר קענט גלייבן, איז ער איצט איינער פֿון די באַרימטסטע אין אַלע לענדער, און מע שאַפֿט לידער וועגן די מעשׂים זײַנע פֿון דאַנען ביז דעם **ים** און הינטער דעם **ג**רויסן **ט**ײַך." **ס**אַם

האָט זיך פֿאַררייטלט, נאָר ער האָט געקוקט מיט דאַנק אויף **פֿ**ראָדאָ, ווײַל רייזלס אויגן האָבן געשײַנט און זי שמייכלט אויף אים.

"ס'איז אַן אַרבעט צו גלייבן," האָט געזאָגט דער אַלטער, "כאָטש איך קען זען אַז ער האָט זיך אַרײַנגעמישט מיט מאָדנע לײַט. וואָס איז געשען מיט זײַן וועסטל? איך האַלט ניט מיט טראָגן פֿרעמד אײַזנוואַרג, צי עס האַלט אָן לאַנג צי ניט."

פֿאַרמער **כ**אַטעשטאָטס געזינד און די אַלע געסט האָבן זיך פֿרי אויף מאָרגן אויפֿגעכאַפּט. מע האָט גאָרנישט ניט געהערט אין דער נאַכט, נאָר מער צרה וועט זיכער קומען איידער דער טאָג ווערט אַלט. "אַ פּנים זײַנען מער ניט קיין כוליגאַנעס געבליבן אין **ב**אַג־**ע**ק," האָט **כ**אַטעשטאָט געזאָגט, "נאָר די באַנדע פֿון **ד**רײַיוועגן וועט קומען אַ ליאַדע מינוט."

נאָכן פֿרישטיק האָט אַ שליח פֿון **ט**וקלאַנד אַרײַנגעריטן. ער איז אויפֿגעלייגט געווען. "דער **ר**אָש־**ק**לאַן האָט אויפֿגעהעצט דאָס גאַנצע לאַנד," האָט ער געזאָגט, "און דאָס נײַעס פֿאַרשפּרייט זיך ווי פֿײַער אין אַלע ריכטונגען. די כוליגאַנעס וואָס האָבן באַוואַכט אונדזער לאַנד זײַנען אַנטלאָפֿן דרום צו, די וואָס זײַנען געבליבן לעבן. דער **ר**אָש־**ק**לאַן איז נאָך זיי נאָכגעגאַנגען, כּדי אַוועקצוהאַלטן די גרויסע באַנדע דאָרט, אָבער ער האָט געשיקט צוריק **מ**"ר **פּ**ערעגרין מיט די אַלע לײַט וואָס ער קען זיך באַגיין אָן זיי."

דערנאָך איז געקומען נײַעס ניט אַזוי גוט. **מ**ערי, וואָס איז אומגעגאַנגען די גאַנצע נאַכט, האָט געריטן אַרײַן אום צען אַ זייגער. "ס'איז דאָ אַ גרויסע באַנדע אַ פֿיר מײַלן אַוועק," האָט ער געזאָגט. "זיי קומען אויפֿן וועג פֿון **ד**רײַיוועגן, נאָר אַ סך הפֿקרדיקע גזלנים זײַנען אַרײַן אין דער באַנדע. ס'מוזן זײַן כּמעט אַ הונדערט פֿון זיי, און זיי ברענען בײַם קומען. אַ קלאָג צו זיי!"

"אַך! אָט די באַנדע וועט זיך ניט אָפּשטעלן שמועסן, וועלן זיי טייטן אויב זיי קענען," האָט **פֿ**אַרמער **כ**אַטעשטאָט געזאָגט. "אויב די **ט**וקס קומען ניט אָן פֿריִער, זאָלן מיר בעסער געפֿינען אָפּדאַך און שיסן אָן אַמפּערניש. ס'מוז קומען קעמפֿן איידער דאָס אַלץ איז פֿאַרטיק, **מ**"ר **פֿ**ראָדאָ."

די **ט**וקס זײַנען יאָ פֿריִער אָנגעקומען. באַלד האָבן זיי מאַרשירט אַרײַן, איין הונדערט אין צאָל, פֿון **ט**אָקבאָראָ און די **ג**רינע **ב**ערגלעך מיט **פּ**יפּין בראָש. **מ**ערי האָט איצט געהאַט גענוג קרעפֿקע האָביט־לײַט זיך צו שאַפֿן מיט די כוליגאַנעס. אויסקוקערס האָבן געמאָלדן אַז זיי האָבן זיך ענג צוזאַמען געהאַלטן. זיי האָבן געוווּסט אַז דער געגנט איז אויפֿגעשטאַנען קעגן זיי, און ס'איז קלאָר אַז זיי האָבן בדעה געהאַט זיך באַגיין מיט דער מרידה אַכזריותדיק, אין זײַן צענטער אין **ב**ײַוואַסער. נאָר אַבי ווי פֿאַרביסן זיי זאָלן ניט אויסזען, האָבן זיי ניט געהאַט קיין פֿירער וואָס פֿאַרשטייט מלחמה. זיי זײַנען ווײַטער געקומען אָן באַוואָרעניש. **מ**ערי האָט גיך געמאַכט זײַנע פּלענער.

די כוליגאַנעס זײַנען געקומען מאַרשירן אויף דעם **מ**יזרח־**וו**עג, און אָן אָפּהאַלט זיך געדרייט אויף דעם **ב**ײַוואַסער **וו**עג, וואָס פֿירט אַ היפּשן מהלך משופּעדיק אַרויף צווישן הויכע ברעגן מיט נידעריקע לעבעדיקע פּלויטן אויבן. אַרום אַן אויסדריי אַ פֿערטל מײַל פֿונעם הויפּט־וועג האָבן זיי געטראָפֿן אַ שטאַרקן באַריער פֿון אַלטע קאַפּויער־געוואָרפֿענע פֿערמע־פֿורן. דאָס האָט זיי אָפּגעשטעלט. אין דער זעלבער רגע האָבן זיי באַמערקט אַז די

פֿלויטן אויף ביידע זײַטן, אַ ביסל איבער די קעפּ זייערע, זײַנען אַלע באַלייגט געווען מיט האָביטס. הינטער זיי האָבן אַנדערע האָביטס אַרויסגעשטופּט נאָך מער פֿורן וואָס זײַנען באַהאַלטן געווען אין אַ פֿעלד, און אַזוי פֿאַרשטעלט דעם וועג צוריק. אַ קול האָט גערעדט צו זיי פֿון אויבן.

"נו, איר זײַט אַרײַן אין אַ פּאַסטקע," האָט **מ**ערי געזאָגט. "אײַערע חבֿרים פֿון **ה**אָביטאָן האָבן דאָס זעלבֿע געטאָן, און איינער איז טויט און די אַנדערע זײַנען געפֿאַנגענע. לאָזט אַראָפּ די וואָפֿן! און דערנאָך נעמט זיך צוריק צוואַנציק טריט און זעצט זיך אַוועק. ווער עס איז וואָס פּרוּווט אַנטלויפֿן וועט דערשאָסן ווערן."

נאָר די כוליגאַנעס וועלן איצט ניט אַזוי גרינג נאָכגעבן. עטלעכע פֿון זיי האָבן געפֿאָלגט, נאָר תּיכּף האָבן זייערע חבֿרים אויף זיי אָנגעפֿאַלן. אַ צוויי צענדליק אָדער מער האָבן זיך צוריקגעדרייט און געשטורעמט אויף די פֿורן. זעקס זײַנען דערשאָסן געוואָרן נאָר די איבעריקע האָבן אַרויסגעפּלאַצט, דערהרגעט צוויי האָביטס, און זיך צעגאַנגען אין דער ריכטונג פֿון דעם **ו**אַלד־**ע**ק. נאָך צוויי זײַנען געפֿאַלן בײַם לויפֿן. **מ**ערי האָט געגעבן אַ הויכן האָרן־בלאָז און בלאָז אין ענטפֿער זײַנען געקומען פֿון דער ווײַטנס.

"זיי וועלן ניט ווײַט גיין," האָט **פּ**יפּין געזאָגט. "אומעטום אין אָט דעם געגנט זײַנען איצט אונדזערע יעגערס."

אויף הינטן האָבן די געכאַפּטע **מ**ענטשן אינעם געסל, נאָך אַן אַכציק פֿון זיי, געפּרוּווט קריכן איבערן באַריער און די ברעגן, און די האָביטס האָבן געמוזט אַ סך פֿון זיי שיסן אָדער צעהאַקן מיט העק. נאָר אַ סך פֿון די שטאַרקסטע און פֿאַרצווייפֿלסטע זײַנען אַרויס אויף דער מערבֿדיקער זײַט, און האָבן רוצחיש אָנגעפֿאַלן אויף זייערע שׂונאים, איצט מער אינטערעסירט אין טייטן ווי אַנטלויפֿן. עטלעכע האָביטס זײַנען געפֿאַלן, און די איבעריקע האָבן זיך געוואַקלט, ווען **מ**ערי און **פּ**יפּין, וואָס זײַנען געווען אויף דער מיזרחדיקער זײַט, זײַנען געקומען אַריבער און געשטורעמט אויף די כוליגאַנעס. **מ**ערי אַליין האָט דערהרגעט דעם פֿירער, אַ גרויסן בריטאַן ווי אַ ריזיקער אָרק מיט פֿאַרזשמורעטע אויגן. דערנאָך האָט ער צוריקגעצויגן די כּוחות, אײַנגערינגלט דאָס לעצטע רעשטל **מ**ענטשן מיט אַ ברייטן קרײַז פֿײַלן־בויגערס.

סוף־כּל־סוף איז אַלץ פֿאַרטיק. כּמעט זיבעציק פֿון די כוליגאַנעס זײַנען געלעגן טויט אויפֿן פֿעלד און אַ טוץ זײַנען געפֿאַנגענע געווען. נײַנצן האָביטס זײַנען דערהרגעט געוואָרן און אַ דרײַסיק פֿאַרוווּנדיקט. די טויטע כוליגאַנעס האָט מען אָנגעלאָדן אויף וואָגנס און אַוועקגעשלעפּט צו אַן אַלטן נאָענטן זאַמד־גרוב באַגראָבן: אין דעם **ש**לאַכט־**ג**רוב, ווי עס האָט געהייסן פֿון דעמאָלט אָן. די געפֿאַלענע האָביטס האָט מען אַוועקגעלייגט אין אַ קבֿר אויף דעם בערגל־זײַט, ווו שפּעטער האָט מען אויפֿגעשטעלט אַ גרויסן שטיין מיט אַ גאָרטן אַרום. אַזוי האָט זיך געענדיקט די **ש**לאַכט פֿון **ב**ײַוואַסער, 1419, די לעצטע שלאַכט געקעמפֿט אין דעם **ק**אַנטאָן, און די איינציקע שלאַכט זינט די **ג**רינפֿעלדער, 1147, דאָרט אין דעם **צ**פֿון־**ק**וואַרטאַל. ווי אַ רעזולטאַט, כאָטש אַ גליק וואָס עס האָט געקאָסט נאָר זייער ווייניקע לעבנס, האָט עס אַן אייגענעם קאַפּיטל געהאַט אין דעם **ר**ויטן **ב**וך, און די נעמען פֿון די אַלע וואָס האָבן גענומען אַן אָנטייל האָט מען אָנגעשריבן אין אַ **ר**שימה, וואָס די **ק**אַנטאָן־**ה**יסטאָריקער לערנען זיך פֿון אויסנווייניק. דער גאָר גרויסער אויפֿהייב אין שם און מזל בײַ די **כ**אַטעשטאָטס איז דעמאָלט געבוירן געוואָרן, נאָר אויבנאָן שטייען די נעמען פֿון **ק**אַפּיטאַנען **מ**עריאַדאָק און **פּ**ערעגרין.

פֿראָדאָ איז געווען אין דער שלאַכט, נאָר ער האָט ניט אַרויסגעצויגן די שווערד און זײַן הויפּט־ראָלע איז געווען פֿאַרהיטן אַז די האָביטס, אין כּעס איבער די אָנווערן, זאָלן ניט דערהרגענען די פֿון די שׂונאים וואָס האָבן אַראָפּגעוואָרפֿן די וואָפֿן. ווען דאָס קעמפֿן איז פֿאַרטיק, און די טירחות צו קומען אַראַנזשירט, האָבן מערי, פּיפּין, און סאַם זיך באַהאָפּטן מיט אים, און זיי האָבן געריטן צוריק מיט די כּאַטעשטאָטס. זיי האָבן שפּעט געגעסן מיטאָג און דעמאָלט האָט פֿראָדאָ געזאָגט מיט אַ זיפֿץ: "נו, איך בין זיך משער אַז ס'איז איצט די צײַט זיך צו אָפּאָרען מיט דעם 'ראָש'."

"יאָ, טאַקע, וואָס גיכער אַלץ בעסער," האָט מערי געזאָגט. "און זײַ ניט צו צאַרט! ער איז שולדיק אין ברענגען אַרײַן די כוליגאַנעס, און פֿאַר אַלע בייזס וואָס זיי האָבן אָפּגעטאָן."

פֿאַרמער כּאַטעשטאָט האָט געזאַמלט אַ גרופּע צוויי טוץ קרעפּקע האָביטס. "ווײַל ס'איז ניט זיכער אַז ס'זײַנען מער ניט קיין כוליגאַנעס נאָך אין באַג־עק," האָט ער געזאָגט. "מיר ווייסן ניט." דעמאָלט זײַנען זיי אין וועג אַרײַן צו פֿוס. פֿראָדאָ, סאַם, מערי, און פּיפּין האָבן אָנגעפֿירט.

עס איז געווען איינע פֿון די טרויעריקסטע שעהען אין זייערע לעבנס. דער גרויסער קוימען האָט זיך אויפֿגעהויבן פֿאַר זיי און בעת זיי קומען נעענטער צו דעם אַלטן שטעטל איבער דעם וואַסער, דורך רייען נײַע געמיינע הײַזער אויף ביידע זײַטן וועג, האָבן זיי געזען דעם נײַעם מיל אין זײַן פֿולקומער קרומער און שמוציקער מיאוסקייט: אַ גרויסער בנין פֿון ציגל איבערן שטראָם, וואָס עס האָט פֿאַרפּעסטיקט מיט אַ פֿאַרעדיקן און עיפּושדיקן אויסגאָס. פֿאַזע דעם גאַנצן בײַוואַסער וועג האָט מען אָפּגעהאַקט די אַלע ביימער.

בעת זיי זײַנען אַריבער איבער דער בריק און געקוקט אַרויף אויף דעם בערגל האָבן זיי געקײַכט. סאַמס וויזיע אינעם שפּיגל אַפֿילו האָט אים ניט צוגעגרייט פֿאַר וואָס זיי האָבן געזען. דער אַלטער פֿערמע־זאַל אויף דער מערבֿדיקער זײַט האָט מען אַראָפּגעוואָרפֿן, און אינעם אָרט זײַנען געווען רייען פֿון פֿאַרסמאָלעטע סאַרײַען. די אַלע קאַשטאַנעס זײַנען אַוועק. די ברעגן און לעבעדיקע פּלויטן האָט מען צעבראָכן. גרויסע וואָגנס זײַנען געשטאַנען הפֿקר אין אַ פֿעלד צעטראָטן נאַקעט פֿון גראָז. באַגשאָס גאַסל איז געווען אַ גאַפּיענדיקע זאַמד און זשוויר שטיינערײַ. באַג־עק ווײַטער האָט מען ניט געקענט זען צוליב אַ פּלאָנטער גרויסע כּאַטעס.

"זיי האָבן אים אָפּגעהאַקט!" האָט סאַם געשריגן. "זיי האָבן אָפּגעהאַקט דעם שׂימחה־בוים!" ער האָט געטײַטלט אויפֿן אָרט וווּ דער בוים איז געשטאַנען וואָס אונטער אים האָט בילבאָ געגעבן זײַן געזעגענונג־רעדע. עס איז געלעגן צעהאַקט און טויט אינעם פֿעלד. גלײַך ווי דאָס איז געווען דאָס רעשטל צו די צרות האָט סאַם זיך צעוויינט.

אַ געלעכטער האָט דאָס געענדיקט. עס איז געווען אַ פֿאַרמרוקעטער האָביט לענענדיק איבערן נידעריקן מויערל פֿון דעם מיל־הויף. ער האָט געהאַט אַ קויטיק פּנים און פֿאַרשוואַרצטע הענט. "ס'געפֿעלט דיר ניט, סאַם?" האָט ער געשפּעט. "נאָר דו ביסט אַלע מאָל געווען ווייך. איך האָב געמיינט אַז דו ביסט אַוועק אויף איינער פֿון די שיפֿן וואָס דו פֿלעגסט פּלאַפּלען דערוועגן, זעגלען, זעגלען. פֿאַר וואָס ביסט' צוריק? מיר האָבן איצט אַרבעט צו טאָן אין דעם קאַנטאָן."

"דאָס קען איך זען," האָט סאַם געזאָגט. "ניט קיין צײַט פֿאַר וואַשן, נאָר גענוג צײַט אויפֿצוהאַלטן מויערן. אָבער זעט נאָר, האַר זאַמדמאַן, איך האָב אַ חשבון צו סיליקען אין אָט

דעם שטעטל און איר זאָלט ניט דערצו צוגעבן מיטן חוזק, אָדער איר וועט קריגן אַ חשבון צו גרויס פֿאַרן בײַטל."

טעד **ז**אַמדמאַן האָט געשפּיגן איבערן מויער. "גאַרן!" האָט ער געזאָגט. "דו קענסט מיך ניט אָנרירן. איך בין אַ פֿרײַנד פֿון דעם **ב**על־**ה**בית. נאָר ער וועט דיך אָנרירן, אויף געוויס אויב איך הער נאָך מער פֿון דײַן מויל."

"צעפּטר מער ניט קיין ווערטער אויף דעם אָ נאַר, **ס**אַם!" האָט **פֿ**ראָדאָ געזאָגט. "איך האָף אַז ניט קיין סך מער האָביטס זײַנען אַזוי געוואָרן. דאָס וואָלט זײַן ערגער ווי דעם גאַנצן שאָדן וואָס די **מ**ענטשן האָבן אָפּגעטאָן."

"ביסט' שמוציק און עזותדיק, **ז**אַמדמאַן," האָט **מ**ערי געזאָגט. "און דערצו גאַנץ פֿאַלש געגאַנגען אין דער רעכענונג. מיר גייען איצט אַרויף אויף דעם **ב**ערגל אַוועקראַמען דײַן טײַערן **ב**על־**ה**בית. מיר זײַנען פֿאַרטיק מיט זײַנע **מ**ענטשן."

טעד האָט געגאַפֿט, וואָרן פּונקט דעמאָלט האָט ער דערזען די גרופּע וואָס מיט אַ וווּנק פֿון **מ**ערי האָט איצט מאַרשירט אַריבער איבער דער בריק. לויפֿנדיק צוריק אין מיל אַרײַן איז ער אַרויס מיט אַ האָרן און אויף אים געגעבן אַ שטאַרקן בלאָז.

"שפּאָר אָפּ דעם אָטעם!" האָט **מ**ערי געלאַכט. "איך האָב אַ בעסערן." דעמאָלט האָט ער אויפֿגעהויבן זײַן זילבערנעם האָרן און געבלאָזן, און זײַן קלאָרער רוף האָט אָפּגעהילכט איבער דעם **ב**ערגל, און אַרויס פֿון די לעכער און כאַטעס און אָפּגעלאָזענע הײַזער פֿון **ה**אָביטאָן האָבן די האָביטס געענטפֿערט און האָבן אַרויסגעשטראָמט, און מיט וויוואַטן און הויכע געשרייען זײַנען זיי געגאַנגען נאָך דער קאָמפּאַניע אַרויף אויף דעם וועג צו **ב**אַג־**ע**ק.

אויפֿן אויבּ פֿונעם געסל האָט זיך די פּאַרטיע אָפּגעשטעלט, און **פֿ**ראָדאָ מיט די פֿרײַנד זײַנען ווײַטער געגאַנגען, און זיי זײַנען סוף־כּל־סוף געקומען צו דעם אַ מאָל באַליבטן אָרט. דער גאָרטן איז אָנגעפֿילט געווען מיט כאַטעס און סאַרײַען, עטלעכע אַזוי נאָענט צו די אַלטע מערבֿדיקע פֿענצטער אַז זיי האָבן אין גאַנצן פֿאַרשטעלט די ליכט. אומעטום זײַנען געווען קופּעס מיסט. די טיר איז צעקראַצט געווען, די גלעקל־קייט איז לויז געהאַנגען, און דאָס גלעקל קלינגט ניט. קלאַפּן האָט קיין ענטפֿער ניט געבראַכט. צום סוף האָבן זיי אַ שויס געגעבן און די טיר האָט זיך געעפֿנט. זיי זײַנען אַרײַן. דער אָרט האָט געשטונקען און איז אָנגעפֿילט געוואָרן מיט מיסט און שטערונג, אויסגעזען ווי מע האָט דאָס ניט גענוצט שוין אַ לאַנגע ווײַלע.

"וווּ האָט ער זיך באַהאַלטן, דער נעבעכדיקער **ל**אָטאָ?" האָט **מ**ערי געזאָגט. זיי האָבן דורכגעזוכט יעדן צימער און ניט געפֿונען קיין לעבעדיקע זאַך אַחוץ שטשורעס און מײַז. "זאָלן מיר האָבן די אַנדערע זוכן די סאַרײַען?"

"דאָס איז ערגער ווי **מ**אָרדאָר!" האָט **ס**אַם געזאָגט. "גאָר ערגער אין אַן אופֿן. עס קומט אַהיים אויף דיר, ווי מע זאָגט, ווײַל עס איז טאַקע די היים און דו געדענקסט זי פֿון פֿריִער פֿאַר דער צעשטערונג."

"יאָ, דאָס איז **מ**אָרדאָר," האָט **פֿ**ראָדאָ געזאָגט. "נאָר אַ שטיק פֿון זײַן אַרבעט. **ס**אַרומאַן האָט געאַרבעט פֿאַר אים די גאַנצע צײַט, אַפֿילו אַז ער האָט געהאַלטן אַז ער אַרבעט פֿאַר זיך אַליין. און דאָס זעלבע מיט די וואָס **ס**אַרומאַן האָט זיי אָפּגענאַרט, ווי **ל**אָטאָ."

מערי האָט זיך אַרומגעקוקט מיט עקל און שאָקירטן חידוש. "לאָמיר אַרויס!" האָט ער געזאָגט. "אויב איך וואָלט געוווּסט פֿון די אַלע שאָדנס ער האָט אָפּגעטאָן, וואָלט איך געשטופּט דעם בײַטל אַראָפּ אין **ס**אַרומאַנס האַלדז."

"אָן ספֿק, אָן ספֿק! אָבער איר האָט דאָס ניט געטאָן, און אַזוי קען איך אײַך באַגריסן אין דער היים." דאָרט שטייענדיק בײַ דער טיר איז געווען **ס**אַרומאַן אַליין, אויסזעענדיק גוט־געקאָרמעט און צופֿרידן. די אויגן זײַנע האָבן געשײַנט מיט בייזקייט און פֿאַרווײַלונג.

אַ פּלוצעמדיקע ליכט האָט געבראָכן אויף **פֿ**ראָדאָ. "**ש**אַרקל!" האָט ער אויסגעשריגן.

סאַרומאַן האָט געלאַכט. "איר האָט דען דעם נאָמען געהערט, יאָ? די אַלע מײַנע לײַט פֿלעגן מיר אַזוי אָנרופֿן אין **א**יסענהויף, גלייב איך. אַ סימן פֿון וואַרעמקייט אפֿשר[4]. נאָר ס'איז קלאָר אַז איר האָט זיך ניט גערעכט מיך דאָ צו זען."

"איך האָב ניט," האָט **פֿ**ראָדאָ געזאָגט. "נאָר איך האָב געזאָלט טרעפֿן. אַ שטיקל קונץ אין אַ געמיינעם אופֿן: **ג**אַנדאַלף האָט מיך געוואָרנט אַז איר האָט נאָך אַזוי געקענט טאָן."

"יאָ, איך קען," האָט **ס**אַרומאַן געזאָגט, "און מער ווי אַ שטיקל. איר האָט מיך געמאַכט לאַכן, איר האָביט־לאָרדלעך, רײַטנדיק צוזאַמען מיט די אַלע גרויסע לײַט, אַזוי זיכער און אַזוי צופֿרידן מיט זיך אַליין. איר האָט געמיינט אַז איר זײַט גאַנץ ווויל דערפֿון אַרויסגעקומען און איצט קענט איר פּשוט שליאָנדערן צוריק און פֿאַרברענגען אַן אײַנגענעמע פֿרידלעכע צײַט אינעם געגנט. **ס**אַרומאַנס היים קען מען גאַנץ צעשטערן און אים אַרויסוואַרפֿן, נאָר קיינער זאָל ניט אײַערע אָנרירן. אַך, ניין! **ג**אַנדאַלף וועט צוזען אײַערע עסקים."

סאַרומאַן האָט נאָך אַ מאָל געלאַכט. "ניט ער! ווען זײַנע מכשירים האָבן זייערס אויפֿגעטאָן, לאָזט ער זיי אַראָפּ. נאָר איר האָט געמוזט זיך נאָך אים באָמבלען, מאַרודיען און שמועסן, און רײַטן אַרום צוויי מאָל אַזוי ווײַט ווי נייטיק. 'נו,' האָב איך געטראַכט, 'אויב זיי זײַנען אַזעלכע נאַראָנים, וועל איך פֿאַר זיי אָנקומען און זיי עפּעס אויסלערנען. איין רעה פֿאַרדינט אַ צווייטע.' ס'וואָלט געווען אַ שאַרפֿערע אָנלערנונג, אויב נאָר איר האָט מיר געגעבן אַ ביסל מער צײַט און מער **מ**ענטשן. פֿאָרט האָב איך שוין געטאָן אַ סך וואָס איר וועט שווער געפֿינען צו פֿאַרריכטן און אויסמעקן אין אײַערע לעבנס. און ס'וועט מיר זײַן אײַנגענעם דערוועגן צו טראַכטן און צו שטעלן קעגן מײַנע עוולות."

"נו, אויב דאָס איז וואָס איר האַלט פֿאַר הנאה," האָט **פֿ**ראָדאָ געזאָגט, "האָב איך רחמנות אויף אײַך. עס וועט זײַנען הנאהדיק נאָר אין זכּרון, האָב איך מורא. גייט תּיכּף און קומט קיין מאָל ניט צוריק!"

די האָביטס פֿון די שטעטלעך האָבן געהאַט געזען **ס**אַרומאַן קומען אַרויס פֿון איינער פֿון די כאַטעס, און תּיכּף זײַנען זיי געקומען זיך שטופּן ביז דער טיר פֿון **ב**אַג־**ע**ק. ווען זיי האָבן געהערט **פֿ**ראָדאָס באַפֿעל, האָבן זיי אין כּעס געמורמלט:

"לאָזט אים ניט אָפּגיין! דערהרגעט אים! ער איז אַ רשע און אַ מערדער. דערהרגעט אים!"

---

[4] מסתּמא שטאַמט דאָס פֿון דעם **אָ**רקיש: *שאַרקו*, "זקן".

סאַרומאַן האָט זיך אַרומגעקוקט אויף זייערע פֿײַנדלעכע פּנימער און האָט געשמייכלט. "דערהרגעט אים!" האָט ער געשפּעט. "דערהרגעט אים, אויב איר מיינט אַז ס'איז דאָ גענוג פֿון אײַך, מײַנע גבֿורהדיקע האָביטס!" ער האָט זיך אויפֿגעצויגן און געשטאַרט פֿינצטער אויף זיי מיט די שוואַרצע אויגן. "נאָר האַלט ניט אַז ווען איך האָב פֿאַרלוירן דאָס האָב־און־גוטס האָבן איך אויך פֿאַרלוירן מײַן שליטה! ווער זאָל מיך שלאָגן וועט זײַן פֿאַרשאָלטן. און זאָל מײַן בלוט באַפֿלעקן דעם **ק**אַנטאָן, וועט ער אויסגעדאַרט ווערן און קיין מאָל ניט אויסגעהיילט."

די האָביטס זײַנען צוריקגעשפּרונגען. נאָר **פֿ**ראָדאָ האָט געזאָגט: "גלייבט אים ניט! ער האָט פֿאַרלוירן די גאַנצע שליטה אַחוץ דעם קול וואָס קען נאָך אַלץ אײַך דערשרעקן און אָפּנאַרן, אויב איר דערלויבט. אָבער איך וויל ניט דערלאָזן מע זאָל אים דערהרגענען. עס איז אומזיסט צו געבן נקמה פֿאַר נקמה: עס וועט גאָרנישט ניט היילן. גייט, **ס**אַרומאַן, אויפֿן גיכסטן אופֿן!"

"**וו**אָרעם! **וו**אָרעם!" האָט **ס**אַרומאַן גערופֿן, און אַרויס פֿון אַ נאָענטער כאַטע איז געקומען קריכן **ש**לאַנגצונג, שיִער ניט ווי אַ הונט. "נאָך אַ מאָל אין וועג אַרײַן, **וו**אָרעם!" האָט **ס**אַרומאַן געזאָגט. "אָט די שיינע לײַט און לאָרדלעך וואַרפֿן אונדז ווידער אַרויס. קום שוין!"

סאַרומאַן האָט זיך געדרייט אָפּצוגיין און **ש**לאַנגצונג האָט נאָך אים געשאָרכעט. נאָר פּונקט ווען **ס**אַרומאַן איז נאָענט געגאַנגען צו **פֿ**ראָדאָ האָט אַ מעסער געבליצט אין זײַן האַנט, און ער האָט גיך געשטאָכן. די שאַרף האָט אַ דריי געטאָן אויף דעם באַהאַלטענעם רינג־מאַנטל און איז צעבראָכן געוואָרן. אַ טוץ האָביטס, געפֿירט פֿון **ס**אַם, זײַנען געשפּרונגען פֿאָרויס און געוואָרפֿן דעם רשע אויף דער ערד. **ס**אַם האָט אַרויסגעצויגן די שווערד.

"ניין, **ס**אַם!" האָט **פֿ**ראָדאָ געזאָגט. "דערהרגע אים ניט איצט אַפֿילו. וואָרן ער האָט מיך ניט געשאַט. און אויף יעדן פֿאַל וויל איך אַז ער זאָל ניט דערהרגעט ווערן אין אָט דעם בייזן געמיט. אַ מאָל איז ער גרויס געווען, פֿון אַן איידלן מין וואָס מיר זאָלן זיך ניט דערוועגן שטעלן אַנטקעגן. ער איז געפֿאַלן און אים אויסהיילן איז איבער אונדז, נאָר איך וואָלט אים נאָך אײַנשפּאָרן, מיט דער האָפֿענונג אַז ער וועט דאָס אפֿשר געפֿינען."

סאַרומאַן איז אויפֿגעשטאַנען אויף די פֿיס און געשטאַרט אויף **פֿ**ראָדאָ. עס איז געווען אַ מאָדנע אויסזע אין די אויגן זײַנע, פֿון צעמישטן וווּנדער און דרך־ארץ און שׂינאה. "איר זײַט געוואַקסן, **ה**אַלבלינג," האָט ער געזאָגט. "יאָ, איר זײַט זייער אַ סך געוואַקסן. איר זײַט קלוג און רוצחיש. איר האָט באַגנבֿעט די זיסקייט פֿון מײַן נקמה און איצט מוז איך ביטער אָפּגיין, אַ לווה צו אײַער רחמים. איך האָב דאָס פֿײַנט און אײַך! נו, איך גיי, און איך וועל אײַך מער ניט טשעפּען. אָבער ריכט זיך ניט אַז איך וועל אײַך ווינטשן געזונט און אַ לאַנג לעבן. איר וועט ניט האָבן ניט דאָס, ניט יענץ. נאָר דאָס איז ניט מײַן אַרבעט. פּשוט זאָג איך פֿאָרויס."

ער איז אַוועקגעגאַנגען און די האָביטס האָבן געמאַכט אַ דורכגאַנג ער זאָל קענען גיין, נאָר די קנעכלעך זייערע זײַנען ווײַס געוואָרן אַז זיי האָבן געכאַפּט די וואָפֿן. **ש**לאַנגצונג האָט זיך געוואַקלט און דערנאָך נאָכגעגאַנגען נאָך זײַן האַר.

"שלאַנגצונג!" האָט פֿראָדאָ אויסגערופֿן. "איר דאַרפֿט ניט נאָך אים נאָכגיין. איך ווייס ניט פֿון קיין בייזן וואָס איר האָט מיך געטאָן. איר קענט דאָ האָבן רו און עסן אַ ווײַלע, ביז איר זײַט שטאַרקער און קענט גיין אויף די אייגענע וועגן."

שלאַנגצונג האָט זיך אָפּגעשטעלט און געקוקט צוריק אויף אים, האַלב גרייט דאָ צו בלײַבן. סאַרומאַן האָט זיך אַרומגעדרייט. "קיין בייזן?" האָט ער גאַגאָטשעט. "אַך, ניין! אַפֿילו ווען ער גייט גנבֿיש אַרויס בײַ נאַכט, איז נאָר צו קוקן אויף די שטערן. אָבער האָב איך געהערט אַז מע פֿרעגט וועגן ווו לאָטאָ נעבעך האָט זיך באַהאַלטן? דו ווייסט, יאָ, וואָרעם? צי ווילסטו זיי דערציילן?"

שלאַנגצונג האָט געהויערט אַראָפּ און געפּכיקעט: "ניין, ניין!"

"אויב אַזוי, וועל איך," האָט סאַרומאַן געזאָגט. "וואָרעם האָט דערהרגעט אײַער שעף, דעם קליינעם נעבעכדיקן יאַט, אײַער שיינעם קליינעם בעל־הבית. ס'איז אמת, יאָ, וואָרעם? אים געשטאָכן בעת ער שלאָפֿט, גלייב איך. אים באַגראָבן, האָף איך, כאָטש וואָרעם איז די טעג געווען שטאַרק הונגעריק. ניין, וואָרעם איז טאַקע ניט קיין שיינער. איר זאָלט אים בעסער לאָזן צו מיר."

אַ מינע פֿון ווילדע שׂינאה איז אַרײַן אין שלאַנגצונגס רויטע אויגן. "איר האָט מיך געפֿאָדערט, איר האָט געמאַכט איך זאָל דאָס טאָן," האָט ער געסיקעט.

סאַרומאַן האָט געלאַכט. "דו טוסט וואָס שאַרקל זאָגט, תּמיד, אמת, וואָרעם? נו, איצט זאָגט ער: קום נאָך!" ער האָט אַ בריקע געטאָן שלאַנגצונג אינעם פּנים ווו ער צאַפּלט אויף דער ערד, און זיך געדרייט און געשפּאַנט אַוועק. נאָר פּונקט דערמיט האָט זיך עפּעס צעבראָכן: מיט איין מאָל איז שלאַנגצונג אויפֿגעשטאַנען און אַרויסגעצויגן אַ באַהאַלטענעם מעסער, און דעמאָלט מיט אַ קנורע ווי אַ הונט איז ער געשפּרונגען אויף סאַרומאַנס רוקן, אַ שלעפּ געטאָן דעם קאָפּ צוריק, אים געשניטן דעם האַלדז, און מיט אַ געשריי געלאָפֿן אַראָפּ אויפֿן געסל. איידער פֿראָדאָ האָט געקענט קומען צו זיך אָדער אַרויסברענגען אַ וואָרט, האָבן דרײַ האָביט־בויגנס געקלונגען און שלאַנגצונג איז טויט געפֿאַלן.

ווי אַ שאָקירטן חידוש פֿאַר די צוקוקערס איז אַרום דעם קערפּער פֿון סאַרומאַן אַ גראָער נעפּל צונויפֿגעקומען, און גייענדיק פּאַמעלעך אַרויף ביז אַ גרויסער הייך ווי רויך פֿון אַ פֿײַער, ווי אַ בלאַס פֿאַרדעקט געשטאַלט, האָט עס זיך דערזען איבער דעם בערגל. אויף אַ רגע האָט עס זיך געוואַקלט, קוקנדיק אויף דעם מערבֿ, נאָר אַרויס פֿון דעם מערבֿ איז געקומען אַ קאַלטער ווינט, און עס בייגט זיך אַוועק און מיט אַ זיפֿץ איז זיך צעגאַנגען אין גאָרנישט אַרײַן.

פֿראָדאָ האָט געקוקט אַראָפּ אויף דעם קערפּער מיט רחמנות און שרעק, וואָרן בעת ער קוקט האָט אויסגעזען אַז לאַנגע טויטע יאָרן האָבן זיך פּלוצעם דערויף באַוויזן, און עס איז אײַנגעשרומפּן געוואָרן, און דאָס אײַנגעדאַרט פּנים איז געוואָרן שמאַטעס הויט אויף אַ מיאוס שיידל. אויפֿהייבנדיק דעם זוים פֿון דעם שמוציקן מאַנטל וואָס ליגט אויסגעצויגן דערלעבן, האָט ער עס באַדעקט, און זיך אַוועקגעדרייט.

"און ס'האָט זיך געענדיקט," האָט סאַם געזאָגט. "אַ הינטישער סוף, און איך ווינטש איך וואָלט עס ניט געזען, נאָר אַ גוטן שליטוועגס."

"און דער סאַמע סוף פֿון דער מלחמה, האָף איך," האָט מערי געזאָגט.

"איך האָף אַזוי," האָט פֿראָדאָ געזאָגט מיט אַ זיפֿץ. "דער סאַמע לעצטער מאַך. נאָר טראַכט נאָר אַז ס'איז געשען פּונקט דאָ פֿאַר דער סאַמע טיר פֿון באַג־עק! פֿון די אַלע האָפֿענונגען און פּחדים מײַנע האָב איך זיך קוים־קוים דערויף גערעכט.

"איך וועל ניט אָנזאָגן קיין סוף, איידער מיר האָבן אויפֿגעראַמט דאָס חזירײַ," האָט סאַם סומנע געזאָגט. "און דאָס וועט באַדאַרפֿן אַ סך צײַט און אַרבעט."

קאַפּיטל נײַן

דער גראָער מקום־מיקלט

דאָס אויפֿראַמען האָט זיכער באַדאַרפֿט אַ סך אַרבעט, אָבער עס האָט ניט געדויערט אַזוי לאַנג ווי סאַם האָט פֿאָרויסגעזאָגט. אויפֿן טאָג נאָך דער שלאַכט האָט פּראָדאָ געריטן קיין מיכל דעלווינג און באַפֿרײַט די געפֿאַנגענע פֿון די טורמע־לעכער. צווישן די ערשטע וואָס זיי האָבן געפֿונען איז געווען פּרעדעגאַר פּאָנצן נעבעך, מער ניט דער דיקער. ער איז פֿאַרכאַפּט געוואָרן ווען די כוליגאַנעס האָבן געפֿונען אַ באַנדע בונטאַרן וואָס ער האָט געפֿירט פֿון זייער באַהעלטעניש אין די טאַקסטונעלן אין די בערגלעך פֿון שטיינסקאַלע.

"ס'וואָלט דיר בעסער געגאַנגען נאָך אַלעמען אַז דו ביסט מיט אונדז געקומען, נעבעכדיקער אַלטער פּרעדעגאַר!" האָט פּיפּין געזאָגט, בעת זיי האָבן אים אַרויסגעטראָגן, צו שוואַך צו גיין אַליין צו פֿוס.

ער האָט איין אויג געעפֿנט און גבֿורהדיק געפּרוווט שמייכלען. "ווער איז אָט דער יונגער ריז מיטן הויכן קול?" האָט ער געשעפּטשעט. "ניט דער קליינער פּיפּין! וואָס איז איצט די גרייס פֿון דײַנע הוטן?"

דערנאָך איז געווען לאָבעליע. די נעבעכדיקע, האָט זי אויסגעזען זייער אַלט און דין ווען זיי האָבן זי געראַטעוועט פֿון אַ פֿינצטערער און ענגער קאַמער. זי איז באַשטאַנען אויף קוליען אַרויס אויף די אייגענע פֿיס, און זי האָט באַקומען אַזאַ באַגריסונג און עס איז געווען אַזאַ פּאַטשן און וויוואַטן ווען זי האָט זיך באַוויזן, אָנגעלענט אין פּראָדאָס אָרעם נאָר נאָך אַלץ כאַפּנדיק איר שירעם, אַז זי איז שטאַרק גערירט געוואָרן, און איז אַוועקגעפֿאָרן וויינען. קיין מאָל פֿריִער אין לעבן איז זי ניט געווען פּאָפּולער. נאָר זי איז צעדריקט געוואָרן מיטן נײַעס וועגן לאָטאָס מאָרד, און זי האָט ניט געוואָלט גיין צוריק אין באַג־עק. דאָס האָט זי צוריקגעגעבן פּראָדאָ, און איז אַוועק צו אירע אייגענע לײַט, די ענגגאַרטלען פֿון שטיינהויז.

ווען דאָס נעבעכדיקע נפֿש איז געשטאָרבן דעם קומעדיקן פֿרילינג – זי איז געווען נאָך אַלעמען אַלט מער ווי איין הונדערט יאָר– איז פּראָדאָ פֿאַרחידושט געווען און שטאַרק גערירט: זי האָט איבערגעלאָזט אַלץ וואָס בלײַבט פֿון איר געלט און פֿון לאָטאָס פֿאַר אים צו ניצן ווי אַ הילף פֿאַר האָביטס וואָס האָבן פֿאַרלוירן די היימען אין די צרות. אַזוי האָט דער סיכסוך זיך געענדיקט.

דער אַלטער וויל ווײַספֿוס איז געווען אין די טורמע־לעכער לענגער ווי אַלע, און כאָטש מע איז מיט אים באַגאַנגען ניט אַזוי שטרענג ווי עטלעכע, האָט ער געדאַרפֿט אַ סך קאָרמען איידער ער זעט אויס ווי אַ ראש־עירון, און דערפֿאַר האָט פּראָדאָ מסכּים געווען זיך צו פֿירן ווי זײַן פֿאַרטרעטער, ביז מ"ר ווײַספֿוס איז נאָך אַ מאָל ווי ער דאַרף צו זײַן. די איינציקע זאַך וואָס ער האָט אויפֿגעטאָן ווי דעם ראש־עירונס פֿאַרטרעטער איז געווען צו מינערן די קאַנטאָן־באַאַמטערס צו די געהעריקע פֿונקציעס און צאָלן. די אַרבעט פֿון יאָגן זיך נאָך דאָס לעצטע רעשטל פֿון די כוליגאַנעס איז געווען פֿאַר מערי און פּיפּין, און עס איז באַלד פֿאַרטיק געווען. די דרומדיקע באַנדעס, נאָך דעם וואָס זיי האָבן געהערט די נײַעס פֿון דער שלאַכט פֿון בײַוואַסער, זײַנען אַנטלאָפֿן פֿונעם לאַנד און האָבן ניט אויסגעהאַלטן קעגן דעם ראָש־קלאַן. איידער דאָס יאָר איז פֿאַרטיק געווען האָבן זיי אויפֿגעקליבן די עטלעכע

לעבן־געבליבענע אין די וועלדער, און די וואָס האָבן זיך אונטערגעגעבן האָט מען געשיקט צו די גרענעצן.

דערווײַל איז די אַרבעט פֿון פֿאַרריכטן גיך ווײַטער געגאַנגען און **ס**אַם איז געווען זייער פֿאַרנומען. די האָביטס קענען אַרבעטן ווי בינען ווען דער געמיט און אַ נויט קומען אויף זיי. איצט זײַנען געווען טויזנטער גערן־ווילִיקע הענט פֿון אַלע עלטערן, פֿון די קליינע נאָר פֿלינקע בײַ די האָביט בחורים און מיידלעך ביז די גוט־געניצטע און פֿאַרהאַרטעוועטע פֿון די זקנים און זקנות. פֿאַרן ניטל איז ניט קיין איינציק ציגל געבליבן שטיין פֿון די נײַע **ב**אַאַמטערס־**ה**ײַזער אָדער אַבי וואָס אויפֿגעבויט פֿון "**ש**אַרקלס **מ**ענטשן," נאָר מע האָט די ציגל געניצט צו פֿאַרריכטן אַ סך אַלטע לעכער, זיי געמאַכט מער באַקוועם און טרוקן. גרויסע זאַפּאַסן סחורה און עסנוואַרג, און ביר, האָט מען געפֿונען, וואָס די כוליגאַנעס האָבן באַהאַלטן אין סאַרײַען און שײַערן און אָפּגעלאָזענע לעכער, און בפֿרט אין די טונעלן אין **מ**יכל **ד**עלווינג, און אין די אַלטע שטיינערײַען אין **ש**טיינסקאַלע, אַזוי אַז דעם ניטל איז געווען מער פֿריילעך ווי מע האָט געהאָפֿט.

איינע פֿון די ערשטע זאַכן געטאָן אין **ה**אָביטאָן, איידער אַפֿילו אַראָפּוואַרפֿן דעם נײַעם מיל, איז געווען דאָס אָפּראַמען פֿון דעם **ב**ערגל און **ב**אַג־**ע**ק, און אויפֿריכטן **ב**אַגשאָס **ג**עסל. מע האָט אויסגעגליכן דעם פֿאָרנט פֿון דעם נײַעם זאַמדגרוב און דערפֿון געמאַכט אַ גרויסן באַשיצטן גאָרטן, און אויסגעגראָבן נײַע לעכער אין דער דרומדיקער זײַט, צוריק אַרײַן אין דעם **ב**ערגל, און אונטערגעשלאָגן מיט ציגל. דער **אַ**לטער איז צוריק געווען און **נ**ומער **ד**רײַ, און ער האָט אָפֿט געזאָגט און מילא ווער האָט אים געהערט:

"ס'אַ בייזער ווינט וואָס ברענגט גאָר נישט קיין גוטס, ווי איך אַלע מאָל זאָג. און **אַ**ל'ץ איז גוט וואָס ענדיקט זיך **ב**עסער!"

מע האָט אַרומגערעדט אַ נאָמען פֿאַרן נײַעם געסל. ***ש**לאַכט **ג**ערטנער* האָט איינער פֿירגעלייגט, אָדער ***ב**עסערע **ס**מיאַלס*. נאָר נאָך אַ ווײַלע, אין אַ שׂכלדיקן האָביט־שטייגער, האָט מען דאָס אָנגערופֿן פּשוט *נײַ געסל*. עס איז געבליבן נאָר אַ וויצל אין **ב**ײַוואַסער דאָס צו דערמאָנען ווי **ש**אַרקלס **ס**וף.

די ביימער זײַנען געווען דער ערגסטער אָנווער און שאָדן, וואָרן לויט **ש**אַרקלס באַפֿעלן האָט מען זיי הפֿקר אָפּגעהאַקט ווײַט און ברייט איבער דעם **ק**אַנטאָן, און דאָס האָט **ס**אַם אָפּגעעסן דאָס האַרץ מער ווי אַל'ץ אַנדערש. פֿאַר איין זאַך וועט דאָס באַדאַרפֿן גאָר אַ סך צײַט אויסצוהיילן, און נאָר זײַנע אוראייניקלעך, האָט ער געמיינט, וועלן זען דעם **ק**אַנטאָן ווי ער דאַרף צו זײַן.

דעמאָלט, מיט אַ מאָל אויף איינעם אַ טאָג, ווײַל ער איז צו פֿאַרנומען געווען צו טראַכטן פֿון די אַוואַנטורעס, האָט ער געדענקט די מתּנה פֿון **ג**אַלאַדריעל. ער האָט דעם קאַסטן אַרויסגעבראַכט און אים געוויזן די אַנדערע **פֿ**אָרערס (אַזוי האָבן אַלע זיי איצט אָנגערופֿן), און געפֿרעגט אַן עצה בײַ זיי.

"איך האָב זיך געוווּנדערט ווען דו וועסט אים געדענקען," האָט **פֿ**ראָדאָ געזאָגט. "עפֿן אים!"

אינעווייניק איז ער געווען אָנגעפּילט מיט אַ גראָען שטויב, פּיַין און ווייך, און אין דער מיט איז געווען אַ זריעה, ווי אַ קליינער נוס מיט אַ זילבערן שאָל. "וואָס קען איך טאָן מיט דעם?" האָט **ס**אַם געזאָגט.

"וואַרף עס אַרויף אין דער לופֿטן אויף אַ ווינטיקן טאָג און לאָז עס אַרבעטן!" האָט **פּ**יפּין געזאָגט.

"אויף וואָס?" האָט **ס**אַם געזאָגט.

"קלײַב אויס איין אָרט ווי אַ ביימערשול, און האַלט אַן אויג אויף וואָס געשעט דאָרט," האָט **מ**ערי געזאָגט.

"נאָר איך בין זיכער אַז די **ד**אַמע וואָלט ניט האַלטן איך זאָל דאָס אַלץ ניצן אינעם אייגענעם גאָרטן, איצט וואָס אַזוי פֿיל האָבן געליטן," האָט **ס**אַם געזאָגט.

"ניץ דעם אייגענעם שׂכל און וויסן, **ס**אַם," האָט **פֿ**ראָדאָ געזאָגט, "און דערנאָך ניץ די מתּנה ווי אַ הילף אין דער אַרבעט און זי צו פֿאַרבעסערן. און זשאַלעווע דאָס. ס'איז ניט קיין סך דאָ און איך האַלט אַז יעדעס קערל האָט אַ מעלה."

דערפֿאַר האָט **ס**אַם געפֿלאַנצט שפּראָצלעך אין די אַלע ערטער ווו עקסטרע שיינע צי באַליבטע ביימער זיַינען צעשטערט געוואָרן, און ער האָט געשטעלט אַ קערל פֿונעם טײַערן שטויב אין דער ערד ביַי די וואָרצלען פֿון יעדן. ער איז געגאַנגען אומעטום אַרום דעם **ק**אַנטאָן מיט דער אַרבעט, נאָר אויב ער האָט מער אַכט געלייגט אויף **ה**אָביטאָן און **ב**יַיוואַסער, האָט קיינער אים ניט באַשולדיקט. און צום סוף האָט ער געפֿונען אַז עס בלײַבט נאָך אַ ביסל פֿונעם שטויב, איז ער געגאַנגען צו דעם **ד**רײַ־**ק**וואַרטאַל **ש**טיין, וואָס איז ביז אַ האָר אינעם צענטער פֿון דעם **ק**אַנטאָן, און דאָס געוואָרפֿן אַרויף אין דער לופֿטן מיט זיַין ברכה. דער קליינער זילבערנער נוס האָט ער געפֿלאַנצט אין דעם **ש**ימחה־**פֿ**עלד ווו דער בוים איז אַ מאָל געווען, און ער האָט זיך געוווּנדערט וואָס וועט קומען דערפֿון. דעם גאַנצן ווינטער איז ער געבליבן אַזוי געדולדיק ווי ער האָט געקענט, און האָט געפּרוּווט זיך צוריקהאַלטן פֿון אומגיין כּסדר אַ קוק צו טאָן צי עפּעס געשעט.

דער פֿרילינג האָט איבערגעשטיגן זײַנע ווילדסטע האָפֿענונגען. זיַינע ביימער האָבן אָנגעהויבן שפּראָצן און וואַקסן גלײַך ווי די צײַט אַליין האָט זיך געאײַלט, און האָט געוואָלט אַז איין יאָר זאָל דינען פֿאַר צוואַנציק. אין דעם **ש**ימחה־**פֿ**עלד איז אַ שיין יונג שפּראָצל אויפֿגעשפּרונגען: עס האָט געהאַט זילבערנע קאָרע און לאַנגע בלעטער און האָט אויסגעפּלאַצט מיט גאָלדענע בלומען אין אַפּריל. עס איז טאַקע געווען אַ *מאַלאָרן*, און עס איז געווען דער וווּנדער פֿונעם געגנט. אין די קומעדיקע יאָרן, בעת עס איז געוואַקסן אין חן און שיינקייט, איז עס באַרימט געוואָרן וויַיט און ברייט און מענטשן פֿלעגן קומען אויף לאַנגע נסיעות דאָס צו זען: דער איינציקער *מאַלאָרן* אויף מערבֿ פֿון די **ב**ערג און אויף מיזרח פֿון דעם **ים**, און איינער פֿון די פֿיַינסטע אויף דער וועלט.

סך־הכּל איז דאָס יאָר 1420 אין דעם **ק**אַנטאָן געווען וווּנדערלעך. ניט נאָר איז געווען וווּנדערלעכע זונענשיַין און געשמאַקער רעגן, צו די געהעריקע צײַטן און פּונקט צו דער מאָס, אָבער עס האָט זיך געפֿילט ווי ס'איז עפּעס מער: אַ געפֿיל פֿון רײַכקייט און וווּקס, און אַ גלאַנץ פֿון אַ שיינקייט איבער דער מאָס פֿון שטערבלעכע זומערן וואָס צאַנקען און אָפּגיין אויף אָט דער **מ**יטל־**ע**רד. די אַלע קינדער געבוירן אָדער מוליד געווען אין אָט דעם יאָר, און

ס'זײַנען געווען אַ סך, זײַנען שיין געווען צו זען, און שטאַרק, און ס'רובֿ האָבן געהאַט רײַכע גאָלדענע האָר, וואָס פֿריִער איז געווען זעלטן צווישן האָביטס. די פֿרוכט איז געווען אַזוי בשפֿע אַז יונגע האָביטס האָבן זיך שיִער ניט געבאָדן אין טרוסקאַפֿקעס און שמאַנט, און שפּעטער זײַנען זיי געזעסן אויף די לאָנקעס אונטער די פֿלױם־ביימער און געגעסן ביז זיי האָבן געמאַכט קופּעס קערלעך ווי קליינע פּיראַמידן אָדער די אָנגעקויפּטע שאַרבנס פֿון אַ בעל־נצחון, און דערנאָך ווײַטער געגאַנגען. און קיינער איז ניט קראַנק געוואָרן, און אַלע זײַנען געווען צופֿרידן, אַחוץ די וואָס האָבן געמוזט אונטערשנײַדן דאָס גראָז.

איך דעם **ד**רום־קוואַרטאַל זײַנען די ווײַנשטאָקן אָנגעלאָדן געווען און דער שניט פֿון "בלאַט" איז געווען חידושדיק, און אומעטום איז געווען אַזוי פֿיל תּבֿואה אַז שניטצײַט איז יעדער שײַער אָנגעשטאָפּט געווען. די גערשטן אין דעם **צ**פֿון־קוואַרטאַל איז אַזוי פֿײַן געווען אַז דאָס ביר פֿון דעם מאַלץ פֿון 1420 איז געווען לאַנג דערמאָנט און ווײַט באַרימט. טאַקע מיט אַ דור שפּעטער האָט מען געקענט הערן איינעם אַן אַלטן בחור אין אַן אַכסניא נאָך אַ גוטן פֿינט גוט־פֿאַרדינטן אייל, ווי ער שטעלט אַוועק דעם קופֿל מיט אַ זיפֿץ: "אַ! דאָס איז געווען אַן עכטער פֿערצן־צוואַנציקער איז דאָס!"

סאַם האָט ערשט איבערגענעכטיקט בײַ די **כ**אַטעשטאָטס מיט **פֿ**ראָדאָ, נאָר ווען דאָס **נ**ײַע **ג**עסל איז גרייט געווען איז ער געגאַנגען מיט דעם **אַ**לטן. ווי אַ צוגאָב צו די אַלע אַנדערע טירחות איז ער פֿאַרנומען געווען מיטן אויפֿראַמען און צו רעכט שטעלן **ב**אַג־**ע**ק, נאָר ער איז אָפֿט מאָל געווען אַוועק אין דעם **ק**אַנטאָן אויף זײַן וועלדערײַ אַרבעט. אַזוי איז ער ניט געווען אין דער היים פֿרי אין מאַרץ און האָט ניט געוווּסט אַז **פֿ**ראָדאָ איז געווען קראַנק. אויפֿן דרײַצנטן פֿונעם חודש האָט **פֿ**אַרמער **כ**אַטעשטאָט געפֿונען **פֿ**ראָדאָ ליגנדיק אין בעט. ער האָט געכאַפּט אַ ווײַסן איידלשטיין וואָס הענגט אויף אַ קייט אַרום זײַן האַלדז און האָט אויסגעזען האַלב ווי אין אַ חלום.

"עס איז אַוועק אויף אייביק," האָט ער געזאָגט, "און איצט איז אַלץ פֿינצטער און ליידיק."

נאָר דער אָנפֿאַל איז פֿאַרבײַ און ווען **ס**אַם איז צוריק דעם פֿינף־און־צוואַנציקסטן איז **פֿ**ראָדאָ צו זיך געקומען און ער האָט גאָרנישט ניט געזאָגט וועגן זיך אַליין. דערווײַל איז **ב**אַג־**ע**ק געווען ווידער צו רעכט געמאַכט און **מ**ערי און **פּ**יפּין זײַנען געקומען פֿון **ק**ריקטאָל און צוריקגעבראַכט די אַלע אַלטע מעבל און געצײַג, אַזוי אַז די אַלטע לאָך האָט אויסגעזען שיִער ניט ווי אַלע מאָל פֿריִער.

ווען אַלץ איז סוף־כּל־סוף גרייט האָט **פֿ**ראָדאָ געזאָגט: "ווען וועסטו קומען זיך אַרײַנציִען מיט מיר, **ס**אַם?"

סאַם האָט אויסגעזען אַ ביסל ווי פֿאַרשעמט.

"ס'איז ניט נייטיק צו קומען איצט, אויב דו ווילסט ניט," האָט **פֿ**ראָדאָ געזאָגט. "נאָר דו ווייסט אַז דער **אַ**לטער איז נאָענט און וועט גאַנץ גוט צוגעזען געווען פֿון דער **אַ**למנה **ב**רומל."

"ס'איז ניט דאָס, **מ**"ר **פֿ**ראָדאָ," האָט **ס**אַם געזאָגט, און ער איז זייער רויט געוואָרן.

"נו, וואָס איז דען?"

"עס איז **ר**ייזל, **ר**ייזל **כּ**אַטעשטאָט," האָט **ס**אַם געזאָגט. "אַ פּנים איז איר גאָרנישט ניט געפֿעלן וואָס איך בין אַוועקגעגאַנגען, די נעבעכדיקע מויד, אָבער צוליב דעם וואָס איך האָב ניט געהאַט גערעדט, האָט זי ניט געקענט דאָס אַרויסזאָגן. און איך האָב ניט געהאַט גערעדט ווײַל איך האָט ערשט געהאַט אַרבעט צו טאָן. נאָר איצט האָב איך יאָ גערעדט און זי זאָגט: 'איז, דו האָסט צעריבן אַ יאָר, פֿאַר וואָס זאָלן מיר לענגער וואַרטן?' 'צעריבן?' האָב איך געזאָגט. 'איך וואָלט דאָס ניט אַזוי אָנרופֿן.' פֿאָרט פֿאַרשטיי איך וואָס זי איז אויסן. איך פֿיל זיך ווי צעריסן אין צווייען, מעגט איר זאָגן."

"איך זע," האָט **פֿ**ראָדאָ געזאָגט, "דו ווילסט חתונה האָבן, און פֿאָרט ווילסט ווינען מיט מיר אין **ב**אַג־**ע**ק אויך? נאָר **ס**אַם טײַערער, דאָס איז גרינג! האָב חתונה אַזוי באַלד ווי דו קענסט און דערנאָך צי זיך איבער מיט **ר**ייזל. ס'איז גענוג אָרט אין **ב**אַג־**ע**ק פֿאַר אַ משפּחה אַזוי גרויס ווי דו ווילסט."

און אַזוי איז אַלץ געווען אָפּגעמאַכט. **ס**אַם **ג**אַמדזשי האָט חתונה געהאַט מיט **ר**ייזל **כּ**אַטעשטאָט אינעם פֿרילינג פֿון 1420 (באַרימט אויך צוליב די חתונות דעמאָלט), און זיי האָבן זיך איבערגעצויגן און געוווינט אין **ב**אַג־**ע**ק. און אויב **ס**אַם האָט זיך געהאַלטן פֿאַר מזלדיק, האָט **פֿ**ראָדאָ געוווּסט אַז ער אַליין איז טאַקע מער מזלדיק, וואָרן עס איז ניט געווען קיין האָביט אין דעם גאַנצן **ק**אַנטאָן בעסער צוגעזען ווי ער. ווען די טירחות פֿון רעפּאַרירן זײַנען געפֿלאַנעוועט געווען און אָנגעהויבן האָט ער זיך גענומען צו אַ שטיל לעבן, געהאַלטן אין שרײַבן אַ סך און איבערקוקן די אַלע נאָטיצן זײַנע. ער האָט אָפּגעגעבן די שטעלע פֿון **וו**יצע־**ר**אש־**ע**ירון בעת דעם **פֿ**רײַען **י**ריד דעם האַלב־זומער און דער טײַערער אַלטער **וו**יל **וו**ײַספֿוס האָט געהאַט נאָך זיבן יאָר זײַן דער פֿאָרזיצער בײַ **ב**אַנקעטן.

מערי און **פּ**יפּין האָבן געווווינט צוזאַמען אַ לאַנגע ווײַלע אין **ק**ריקטאָל, און עס איז געווען אַ סך פֿאַרקער צווישן **ב**אָקלאַנד און **ב**אַג־**ע**ק. די צוויי יונגע **פֿ**אָרערס האָבן געמאַכט אַ גרויסן רושם אין דעם **ק**אַנטאָן מיט זייערע לידער און זייערע מעשׂיות און זייער פּוץ, און זייערע ווונדערלעכע שׂימחות. "פֿריציש" האָט מען זיי אָנגערופֿן, מיט נאָר גוטס אין זינען, ווײַל עס איז אַלע געווען לײַכטער אויפֿן האַרצן זיי צו זען רײַטנדיק פֿאַרבײַ אין די העלע רינגל־העמדער און די פּראַכטיקע שילדן, לאַכנדיק און זינגענדיק לידער פֿון ווײַט אַוועק, און אויב זיי זײַנען איצט געווען גרויס און פּראַכטיק, האָבן זיי זיך ניט געביטן אין אַנדערע אופֿנים, סײַדן טאָקע זיי זײַנען איצט מער העפֿלעך געווען און פֿריילעכער און מער אָנגעפֿילט מיט פֿריילעכקייט ווי אַ מאָל פֿריִער.

פֿראָדאָ און **ס**אַם אָבער זײַנען צוריק צו געוויינטלעכע קליידער, אַחוץ אין אַ נויט ווען זיי האָבן בײדע געטראָגן לאַנגע גראָע מאַנטלען, פֿײַן געוועבט און צוגעהאַלטן בײַם האַלדז מיט שיינע בראָשן, און מ"ר **פֿ**ראָדאָ האָט שטענדיק געטראָגן אַ ווײַסן איידלשטיין אויף אַ קייט וואָס ער פֿלעגט אָפֿט אָנטאַפּן מיט די פֿינגער.

אַלץ איז איצט גוט געגאַנגען, מיט אַ האָפֿענונג אַז עס וועט נאָך בעסער ווערן, און **ס**אַם איז געווען אַזוי פֿאַרנומען און אָנגעפֿילט מיט פֿרייט ווי אַ האָביט אַפֿילו וואָלט געקענט ווילן. פֿאַר אים האָט גאָרנישט ניט צעשעדיקט דאָס גאַנצע יאָר, אַחוץ עפּעס אַן אומקלאָרער אומרו וועגן דעם האַר. **פֿ**ראָדאָ האָט זיך שטיל אָפּגעלאָזט פֿון די אַלע אַקטיוויטעטן אין דעם **ק**אַנטאָן, און עס האָט **ס**אַם ווי געטאָן צו באַמערקן ווי ער האָט אַזוי ווייניק כּבֿוד אינעם אייגענעם לאַנד. בלויז אַ געציילטע מענטשן האָבן געוווּסט אָדער געוואָלט וויסן וועגן די

מעשׂים זײַנע און די אַוואַנטורעס; זייער באַוווּנדערונג און דרך־ארץ האָבן זיי מערסטנס געגעבן **מ**"ר **מ**עריאַדאָק און **מ**"ר **פּ**ערעגרין און (אויב **ס**אַם האָט דאָס געוווּסט) צו אים אַליין. דערצו איז געקומען אינעם האַרבסט אַ שאָטן פֿון אַלטע צרות.

אין איינעם אַן אָוונט איז **ס**אַם אַרײַן אין קאַבינעט און געפֿונען דעם האַר אויסזעענדיק גאָר מאָדנע. ער איז זייער בלאַס געווען און די אויגן זײַנע האָבן אַ פּנים געקוקט אויף עפּעס ווײַט אַוועק.

"וואָס איז דער מער, **מ**"ר **פֿ**ראָדאָ?" האָט **ס**אַם געזאָגט.

"איך בין פֿאַרווונדיקט," האָט ער געענטפֿערט, "פֿאַרווונדיקט; ס'וועט קיין מאָל ניט אויסגעהיילט ווערן."

נאָר דערנאָך איז ער אויפֿגעשטאַנען און עס האָט אויסגעזען אַז דער אָנפֿאַל איז פֿאַרבײַ און ער איז נאָך אַ מאָל צו זיך דעם קומעדיקן טאָג. עס איז ניט געווען ביז שפּעטער אַז **ס**אַם האָט געדענקט אַז די דאַטע איז געווען דעם זעקסטן אָקטאָבער. מיט צוויי יאָר צוריק אויף דער זעלבער דאַטע איז פֿינצטער געווען אינעם טאָל אונטער **ו**ינט־**ש**פּיץ.

די צײַט האָט זיך ווײַטער געצויגן און 1421 איז אָנגעקומען. **פֿ**ראָדאָ איז נאָך אַ מאָל קראַנק געווען אין מאַרץ נאָר מיט גרויסער מי האָט ער דאָס באַהאַלטן, ווײַל **ס**אַם האָט אַנדערע זאַכן געהאַט דערוועגן צו טראַכטן. דאָס ערשטע פֿון **ס**אַמס און **ר**ייזלס קינדער איז געבוירן געוואָרן דעם פֿינף־און־צוואַנציקסטן מאַרץ, אַ דאַטע וואָס **ס**אַם האָט באַמערקט.

נו, **מ**"ר **פֿ**ראָדאָ," האָט ער געזאָגט. "איך בין אין עפּעס אַ קלעם. **ר**ייזל און איך האָבן באַשטימט אים צו רופֿן **פֿ**ראָדאָ, מיט אײַער דערלויב, נאָר ס'איז ניט קיין ער, ס'איז אַ זי. כאָטש אַזאַ שיין מיידל ווי מע האָט געקענט ווילן, מער געראָטן אין **ר**ייזל ווי אין מיר, צום גליק. נאָר מיר ווייסן ניט וואָס צו טאָן."

"איז, **ס**אַם," האָט **פֿ**ראָדאָ געזאָגט, "וואָס האָסטו קעגן די אַלטע מינהגים? קלײַב אויס אַ בלומען־נאָמען ווי **ר**ייזל. אַ העלפֿט פֿון די מיידלעך אין דעם **ק**אַנטאָן האָבן אַזעלכע נעמען, און וואָס זאָל בעסער זײַן?"

"מסתּמא זײַט איר גערעכט, **מ**"ר **פֿ**ראָדאָ," האָט **ס**אַם געזאָגט. "איך האָב געהערט עטלעכע שיינע נעמען אויף די נסיעות, אָבער איך מיין אַז זיי זײַנען אַ ביסל צו געהויבן פֿאַר טאָגטעגלעכן אָפּניץ, אַזוי צו זאָגן. דער **א**לטער, ער זאָגט: 'מאַך עס אַ קורצער, און דו וועסט עס ניט דאַרפֿן פֿאַרקירצן פֿאַרן ניצן.' נאָר אויב ס'זאָל זײַן אַ בלומען־נאָמען, ס'מאַכט מיר ניט אויס די לענג; ס'מוז זײַן אַ שיינע בלום, ווײַל, איר זעט, איך מיין אַז זי איז זייער שיין, און וועט זײַן נאָך מער שענער."

פֿראָדאָ האָט אַ מאָמענט געטראַכט. "נו, **ס**אַם, וואָס דען מיט עלאַנאָר, דער זון־שטערן, דו געדענקסט די קליינע גאָלדענע בלום אינעם גראָז אין **ל**אָטלאָריען?"

"איר זײַט נאָך אַ מאָל גערעכט, **מ**"ר **פֿ**ראָדאָ!" האָט **ס**אַם דערפֿרייט געזאָגט. "אָט דאָס האָב איך געזוכט."

די קליינע **ע**לאַנאָר איז געווען אַלט כּמעט זעקס חדשים, און 1421 איז שוין אין האַרבסט אַרײַן, ווען **פֿ**ראָדאָ האָט **ס**אַם צוגערופֿן אין קאַבינעט.

"עס וועט זײַן בילבאָס געבוירן־טאָג דעם דאָנערשטיק, סאַם," האָט ער געזאָגט. "און ער וועט איבערשטײַגן דעם אַלטן טוק. ער וועט זײַן אַלט איין הונדערט איין־און־דרײַסיק!"

"טאַקע וועט ער!" האָט סאַם געזאָגט. "ער איז אַ ווונדער!"

"נו, סאַם," האָט פֿראָדאָ געזאָגט, "איך וויל דו זאָלסט גיין זען רייזל און זיך דערוויסן צי זי קען זיך באַגיין אָן דיר, אַזוי אַז דו און איך קענען גיין פֿאָרן צוזאַמען. דו קענסט איצט ניט ווײַט גיין צי לאַנג, אַוודאי," האָט ער געזאָגט אַ ביסל פֿאַרבענקט.

"נו, ס'איז ניט זייער גרינג, מ"ר פֿראָדאָ."

"אַוודאי ניט. נאָר מילא. דו קענסט מיך שטעלן אין וועג אַרײַן. זאָג רייזל אַז דו וועסט ניט זײַן לאַנג אַוועק, ניט מער ווי צוויי וואָכן, וועסטו קומען צוריק גאַנץ בשלום."

"איך ווינטש איך וואָלט קענען קומען מיט אײַך דעם גאַנצן וועג קיין ריוונדעל, מ"ר פֿראָדאָ, און זען מ"ר בילבאָ," האָט סאַם געזאָגט. "נאָר פֿאָרט איז דאָ דער איינציקער אָרט ווו איך וויל טאַקע זײַן. איך בין אַזוי אין צווייען צעריסן."

"נעבעכדיקער סאַם! ס'וועט פֿילן אַזוי, האָב איך מורא," האָט פֿראָדאָ געזאָגט. "נאָר דו וועסט ווערן אויסגעהיילט. דו ביסט באַשערט צו זײַן פֿעסט און גאַנץ, און דו וועסט."

אין דעם קומעדיקן טאָג צוויי האָט פֿראָדאָ באַקוקט זײַנע פּאַפּירן און שריפֿטן מיט סאַם, און ער האָט איבערגעגעבן די שליסלען. עס איז געווען אַ גרויס בוך מיט פּראָסטע רויטע לעדערנע טאָוולען; זײַנע הויכע בלעטער זײַנען שיִער ניט אָנגעפֿילט געווען. בײַם אָנהייב זײַנען געווען אַ סך בלעטער באַדעקט מיט בילבאָס דינעם וואַנדערנדיקן כּתבֿ־יד, נאָר ס'רובֿ איז געווען אָנגעשריבן אין פֿראָדאָס פֿעסטן פֿליסנדיקן שריפֿט. עס איז געווען צעטיילט אין קאַפּיטלעך, אָבער קאַפּיטל 80 איז ניט פֿאַרטיק געווען, און דערנאָך זײַנען געווען עטלעכע ליידיקע בלעטער. דער שער־בלאַט האָט געהאַט אַ סך טיטלען אויף זיך, דורכגעשטראָכן נאָך אַנאַנד, אַזוי:

מײַן טאָגביכל. מײַן אומגעריכטע נסיעה. אַהין און ווידער צוריק. און וואָס איז שפּעטער געשען.

די אַוואַנטורעס פֿון פֿינף האָביטס. די מעשׂה פֿון דעם גרויסן פֿינגערל, צונויפֿגעזאַמלט פֿון בילבאָ באַגינס פֿון די אייגענע אָבסערוואַציעס און די באַריכטן פֿון זײַנע פֿרײַנד. וואָס מיר האָבן געטאָן אין דער מלחמה פֿון דעם פֿינגערל.

דאָ האָט זיך געענדיקט בילבאָס כּתבֿ־יד און פֿראָדאָ האָט אָנגעשריבן:

דער אונטערגאַנג
פֿון דעם
האַר פֿון די פֿינגערלעך
און דער
צוריקקער פֿון דעם קיניג

(ווי באַטראַכט פֿון די קליינע לײַט, די זכרונות פֿון
בילבאָ און פֿראָדאָ פֿון דעם קאַנטאָן
דערגאַנצט מיט די באַריכטן פֿון
די פֿרײַנד זייערע און דעם וויסן פֿון די חכמים.)

צוזאַמען מיט אויסצוגן פֿון די **ס**פֿרים **ח**כמה
איבערגעזעצט פֿון **ב**ילבאָ אין **ר**יווענדעל.

"זעט נאָר, איר זײַט ניט שיִער ניט פֿאַרטיק מיט אים, **מ**"ר **פֿ**ראָדאָ!" האָט **ס**אַם אויסגערופֿן. "נו, איר האָט געהאַלטן בײַ דער אַרבעט, מוז איך זאָגן."

"איך בין גאַנץ פֿאַרטיק, **ס**אַם," האָט **פֿ**ראָדאָ געזאָגט. "די לעצטע בלעטער זײַנען פֿאַר דיר."

דעם איין־און־צוואַנציקסטן סעפּטעמבער זײַנען זיי אָפּגעפֿאָרן צוזאַמען, **פֿ**ראָדאָ אויף דעם פּאָני וואָס האָט אים געטראָגן דעם גאַנצן וועג פֿון **מ**ינאַס **ט**יריט און וואָס מע האָט אים איצט אָנגערופֿן **ש**פּרײַזער, און **ס**אַם אויף זײַן באַליבטן **ב**יל. עס איז געווען אַ שיינער גאָלדענער פֿרימאָרגן און **ס**אַם האָט ניט געפֿרעגט וווּהין זיי גייען; ער האָט געמיינט ער קען טרעפֿן.

זיי האָבן גענומען דעם **ש**טאָק **ו**ועג איבער די בערגלעך און צו דעם **ו**ואַלד־**ע**ק צו, און זיי האָבן געלאָזט די פּאָניס גיין ווי זיי ווילן. זיי האָבן זיך געלאַגערט אין די **ג**רינע **ב**ערגלעך, און דעם צוויי־און־צוואַנציקסטן סעפּטעמבער האָבן זיי גרינג אַראָפּגעריטן אינעם אָנהייב פֿון דיביימער אַרײַן ווען דער נאָכמיטאָג קומט צום סוף.

"אײַ, צי איז דאָס ניט דער סאַמע בוים וואָס הינטער אים האָט איר זיך באַהאַלטן ווען דער **ש**וואַרצער **ר**ײַטער האָט זיך ערשט באַוויזן, **מ**"ר **פֿ**ראָדאָ!" האָט **ס**אַם געזאָגט, טײַטלענדיק אויף לינקס. "ס'פֿילט מיר איצט ווי אַ חלום."

עס איז געווען אָוונט און די שטערן האָבן שימערירט אינעם מיזרחדיקן הימל ווען זיי זײַנען פֿאַרבײַ דעם צעשטערטן דעמב און זיך געדרייט ווײַטער צו גיין אַראָפּ אויפֿן בערגל צווישן די האָזנבוים־געדיכטעניש. **ס**אַם איז געווען שטיל, טיף אין די זכרונות. באַלד איז ער געוווּיר געוואָרן אַז **פֿ**ראָדאָ זינגט שטיל צו זיך אַליין, זינגט דעם אַלטן שפּאַציר־ליד, נאָר די ווערטער זײַנען געווען אַ ביסל אַנדערש.

אַרום דעם ראָג קענען פֿאָרט לויערן
אפֿשר נײַע וועגן צי בסודיקע טויערן,
און כאָטש איך בין זיי פֿאַרבײַ אָפֿט
וועט קומען אַ טאָג ווען איך סוף־כּל־סוף
וועל נעמען די באַהאַלטענע וועגן, קומען
אויף מערבֿ פֿון דער לבֿנה, אויף מיזרח פֿון דער זון.

און ווי אַן ענטפֿער, פֿון אונטן קומענדיק אַרויף אויפֿן וועג אַרויס פֿונעם טאָל, האָבן קולער געזונגען:

***אָ! ע**לבערעט **ג**ילטאָניִעל!*
סיליוורען פּעננאַ מיריעל
אָ מענעל אַגלאַר עלענאַט,
***ג**ילטאָניִעל, **אָ! ע**לבערעט!*
מיר געדענקען נאָך, מיר וואָס וווינען
אין דעם ווײַטן לאַנד אונטער די ביימער,
*די שטערנליכט אויף די **מ**ערבֿדיקע ימים.*

פֿראָדאָ און סאַם האָבן זיך אָפּגעשטעלט און זײַנען שטיל געזעסן אין די ווייכע שאָטנס, ביז זיי האָבן דערזען אַ שימער בעת די פֿאָרערס זײַנען געקומען נעענטער צו זיי.

דאָרט זײַנען געווען גילדאָר און אַ סך העלע עלפֿישע לײַט, און דאָרט, ווי אַ וווּנדער פֿאַר סאַם, האָבן געריטן עלראָנד און גאַלאַדריעל. עלראָנד האָט געטראָגן אַ מאַנטל פֿון גראָ און האָט אַ שטערן געהאַט אויפֿן שטערן, און אַ זילבערנע האַרף אין דער האַנט, און אויף זײַן פֿינגער איז געווען אַ פֿינגערל פֿון גאָלד מיט אַ גרויסן בלאָען שטיין, וויליאַ, דאָס מאַכטיקסטע פֿון די דרײַ. נאָר גאַלאַדריעל איז געזעסן אויף אַ ווײַס פֿערד און איז געווען גאַנץ באַקליידט אין שימערירנדיקן ווײַס, ווי וואָלקנס אַרום דער לבֿנה, וואָרן זי האָט אויסגעזען ווי זי אַליין שײַנט מיט אַ ווייכער ליכט. אויף איר פֿינגער איז געווען נעניאַ, דאָס פֿינגערל געשאַפֿן פֿון *מיטריל*, וואָס טראָגט אַן איינציקן ווײַסן שטיין וואָס האָט געצאַנקט ווי אַ פֿרעסטלדיקער שטערן. רײַטנדיק פּאַמעלעך אויף הינטן אויף אַ קליינעם גראָען פּאָני, און אויסזעענדיק ווי ער דרעמלט, איז געווען בילבאָ אַליין.

עלראָנד האָט זיי באַגריסט ערנסט און חסדימדיק, און גאַלאַדריעל האָט אויף זיי געשמייכלט. "נו, האַר סאַמווײַז," האָט זי געזאָגט. "איך הער און זע אַז איר האָט גוט געניצט מײַן מתּנה. דער קאַנטאָן וועט איצט זײַן מער ווי אַ מאָל געבענטשט און באַליבט." סאַם האָט זיך פֿאַרנייגט אָבער ער האָט גאָרנישט ניט געפֿונען צו זאָגן. ער האָט פֿאַרגעסן ווי שיין די דאַמע איז.

האָט זיך בילבאָ דעמאָלט אויפֿגעכאַפּט און געעפֿנט די אויגן. "גוטהעלף, פֿראָדאָ!" האָט ער געזאָגט. "נו, הײַנט האָב איך איבערגעשטיגן דעם אַלטן טוק! און דאָס איז פֿאַרטיק. און איצט מיין איך אַז איך בין גאַנץ גרייט אויף נאָך אַ נסיעה. צי קומסטו?"

"יאָ, איך קום," האָט פֿראָדאָ געזאָגט. "די פֿינגערל־טרעגערס זאָלן גיין צוזאַמען."

"וווּהין גייט איר, האַר?" האָט סאַם אויסגעשריגן, כאָטש סוף־כּל־סוף האָט ער פֿאַרשטאַנען וואָס געשעט.

"צו דעם מקום־מיקלט, סאַם," האָט פֿראָדאָ געזאָגט.

"און איך קען ניט קומען."

"ניין, סאַם. נאָך ניט, סײַ ווי, ניט ווײַטער ווי דעם מקום־מיקלט. כאָטש דו ביסט אויך געווען אַ פֿינגערל־טרעגער, אויב נאָר אויף אַ קורצער ווײַלע. דײַן צײַט וועט אפֿשר קומען. זײַ ניט צו טרויעריק, סאַם. דו קענסט ניט אַלע מאָל זײַן צעריסן אין צווייען. דו דאַרפֿסט זײַן איינער אַ גאַנצער אויף יאָרן און יאָרן. דו האָסט אַזוי פֿיל דעריבער הנאה צו האָבן, און צו זײַן, און צו טאָן."

"אָבער," האָט סאַם געזאָגט, און טרערן זײַנען געקומען אין די אויגן, "איך האָב געמיינט אַז איר וועט אויך האָבן הנאה פֿון דעם קאַנטאָן, אויף יאָרן און יאָרן, נאָך אַלץ וואָס איר האָט אויפֿגעטאָן."

"אַזוי האָב איך אויך אַ מאָל געמיינט. אָבער איך בין צו טיף פֿאַרוווּנדיקט, סאַם. איך האָב געפּרוּווט ראַטעווען דעם קאַנטאָן, און ס'איז טאַקע געראַטעוועט געוואָרן, נאָר ניט פֿאַר מיר. ס'מוז אָפֿט זײַן אַזוי, סאַם, ווען זאַכן שטייען פֿאַר סכּנה: עמעצער מוז זיי אָפּגעבן, זיי פֿאַרלירן, אַזוי אַז אַנדערע זאָלן קענען זיך אין זיי אָנהאַלטן. נאָר דו ביסט מײַן יורש: אַלץ וואָס איך האָב געהאַט אָדער וואָלט געהאַט לאָז איך דיר איבער. און דערצו האָסטו רייזל,

און **ע**לאַנאָר, און אַ בחור **פֿ**ראָדאָ וועט קומען, און אַ מיידל **ר**ייזל, און **מ**ערי, און **ג**אָלדנלאָקן און **פּ**יפּין, און אפֿשר נאָך מער וואָס איך קען ניט זען. דײַנע הענט און שׂכל וועט מען דאַרפֿן אומעטום. דו וועסט זײַן דער **ר**אש־**ע**ירון, אַוודאי, אַזוי לאַנג ווי דו ווילסט, און דער באַרימטסטע גערטנער אין דער גאַנצער געשיכטע, און דו וועסט לייענען פֿון דעם **ר**ויטן **ב**וך, און האַלטן לעבעדיק די געדעכענישן פֿון דער תּקופֿה וואָס איז פֿאַרבײַ, אַזוי אַז מענטשן זאָלן געדענקען די גרויסע סכּנה און דערפֿאַר האָבן וואָס מער ליב זייער באַליבט לאַנד. און דאָס אַלץ וועט דיך פֿאַרנעמען און האַלטן אַזוי גליקלעך ווי מיגלעך, כּל־זמן דײַן טייל פֿון דער **מ**עשׂה גייט ווײַטער.

"קום שוין, רײַט מיט מיר!"

דעמאָלט האָבן **ע**לראָנד און **ג**אַלאַדריעל ווײַטער געריטן, וואָרן די **ד**ריטע **ת**קופֿה איז פֿאַרטיק געווען און די **ט**עג פֿון די **פֿ**ינגערלעך זײַנען פֿאַרבײַ, און אַ סוף איז געקומען צו דער מעשׂה און געזאַנג פֿון די דאָזיקע צײַטן. מיט זיי זײַנען געגאַנגען אַ סך **ע**לפֿן פֿון דער **ה**ויכער **מ**שפּחה וואָס וועלן מער ניט בלײַבן אין **מ**יטל־**ע**רד, און צווישן זיי, אָנגעפֿילט מיט אַ טרויער וואָס איז נאָך געבענטשט און אָן גאַל, האָבן געריטן **ס**אַם, און **פֿ**ראָדאָ, און **ב**ילבאָ, און עס האָט די **ע**לפֿן דערפֿרייט זיי אָפּצוגעבן כּבֿוד.

כאָטש זיי האָבן געריטן דורך דער מיט פֿון דעם **ק**אַנטאָן דעם גאַנצן אָוונט און נאַכט, האָט קיינער זיי ניט געזען גיין פֿאַרבײַ, אַחוץ די ווילדע באַשעפֿענישן, אָדער דאָ און דאָרט האָט עפּעס אַ פֿאָרער דערזען אַ גיכן שימער אונטער דיביימער, אָדער אַ ליכט און אַ שאָטן שטראָמען דורכן גראָז בעת די לבֿנה גייט ווײַטער מערבֿ צו. און ווען זיי זײַנען אַרויס פֿון דעם **ק**אַנטאָן, אַרום די דרומדיקע זוימען פֿון דעם **ו**ײַסן **ה**ויכלאַנד, זײַנען זיי געקומען צו דעם **ו**ײַטערן **ה**ויכלאַנד, און צו די **ט**ורעמס, און האָבן געקוקט אַראָפּ אויף דעם ווײַטן **י**ם, און אַזוי האָבן זיי סוף־כּל־סוף געריטן אַראָפּ צו **מ**יטלאָנד, צו דעם **ג**ראָען **מ**קום־**מ**יקלט אין דעם לאַנגן אײַנגאָס פֿון **ל**ון.

ווען זיי זײַנען געקומען צו די טויערן איז **צ**ירדאַן דער **ש**יפֿבויער געקומען פֿאָרויס זיי צו באַגריסן. זייער הויך איז ער געווען, און די באָרד איז אַ לאַנגע געווען, און ער איז געווען גראָ און אַלט, נאָר די אויגן זײַנע זײַנען געווען אַזוי שאַרף ווי שטערן, און ער האָט אויף זיי געקוקט און זיך פֿאַרנייגט, און געזאָגט: "אַלץ איז איצט צוגעגרייט."

דעמאָלט האָט **צ**ירדאַן זיי געפֿירט צו דעם **מ**קום־**מ**יקלט און דאָרט האָט אַ ווײַסע שיף געוואַרט, און אויף דעם דאָק לעבן אַ גרויס גראָ פֿערד איז געשטאַנען אַ פֿיגור גאַנץ באַקליידט אין ווײַס וואָס האָט אויף זיי געוואַרט. ווען ער האָט זיך געדרייט און איז געקומען צו זיי צו האָט **פֿ**ראָדאָ דערזען אַז **ג**אַנדאַלף האָט איצט אָפֿן געטראָגן אויף דער האַנט דאָס **ד**ריטע **פֿ**ינגערל, **נ**אַריאַ דאָס **ג**רויסע, און דער שטיין דערויף איז געווען רויט ווי פֿײַער. דעמאָלט זײַנען די וואָס וועלן אָפּפֿאָרן דערפֿרייט געוואָרן, וואָרן זיי האָבן געוווּסט אַז **ג**אַנדאַלף וועט אויך אָפּזעגלען מיט זיי.

נאָר עס איז **ס**אַם איצט שווער אויפֿן האַרצן, און עס האָט אים געפֿילט אַז אויב די געזעגענונג וועט ביטער זײַן, נאָך מער ביטער וועט זײַן דער לאַנגער וועג אַהיים איינער אַליין. נאָר פּונקט בעת זיי זײַנען דאָרט געשטאַנען, און די **ע**לפֿן זײַנען געגאַנגען אויף דער שיף, און אַלץ האָט מען צוגעגרייט אָפּצופֿאָרן, האָבן צוגעריטן **מ**ערי און **פּ**יפּין אין אַ גרויס אײַלעניש. און צווישן די טרערן האָט זיך **פּ**יפּין צעלאַכט.

"דו האָסט אַ מאָל פֿריִער געפּרוּווט זיך אַוועקמאַכן אומבאַמערקט און ס'איז דורכגעפֿאַלן, **פֿ**ראָדאָ," האָט ער געזאָגט. "דאָס מאָל איז דיר שיִער ניט געלונגען, נאָר נאָך אַ מאָל דורכגעפֿאַלן. ס'איז אָבער ניט **ס**אַם געווען וואָס האָט אויסגעזאָגט אויף דיר, נאָר **ג**אַנדאַלף אַליין!"

"יאָ," האָט **ג**אַנדאַלף געזאָגט, "וואָרן ס'וועט זײַן בעסער רײַטן צוריק זאַלבע דריט ווי איינער אַליין. נו, דאָ סוף־כּל־סוף, טײַערע פֿרײַנד, אויף די ברעגן פֿון דעם **ים**, קומט דער סוף פֿון אונדזער חבֿרותא אין **מ**יטל־**ע**רד. גייט בשלום! איך וועל ניט זאָגן: וויינט ניט, וואָרן ניט אַלע טרערן זײַנען עפּעס בייזס."

האָט **פֿ**ראָדאָ דעמאָלט געקושט **מ**ערי און **פּ**יפּין, און צולעצט **ס**אַם, און איז געגאַנגען אויף דער שיף, און מע האָט אויפֿגעשלאָגן די זעגלען, און דער ווינט האָט געבלאָזן און פּאַמעלעך איז די שיף געשוווּמען אַראָפּ אויף דעם לאַנגן גראָען אײַנגאָס, און די ליכט פֿון דעם פֿיאָל פֿון **ג**אַלאַדריעל האָט שימערירט און איז אויס. און די שיף איז אַרויס אויף דעם **הויכן ים** און ווײַטער אין דעם **מ**ערבֿ אַרײַן, ביז אויף אַ נאַכט פֿון רעגן האָט **פֿ**ראָדאָ דערשמעקט אַ זיס גערוך אין דער לופֿטן און דערהערט דעם קלאַנג פֿון געזאַנג קומענדיק איבערן וואַסער. און דעמאָלט האָט זיך אים געדאַכט אַז, ווי אין זײַן חלום אינעם הויז פֿון **ב**אָמבאַדיל, דער גראָער רעגן־פֿירהאַנג האָט איבערגעביטן אויף זילבער גלאָז און איז צוריקגעצויגן געוואָרן, און ער האָט געקוקט אויף ווײַסע ברעגן און הינטער זיי אַ ווײַט גרין לאַנד אונטער אַ גיכן זונאויפֿגאַנג.

נאָר פֿאַר **ס**אַם איז דער אָוונט פֿינצטער געוואָרן בעת ער שטייט בײַ דעם **מ**קום־**מ**יקלט, און בעת ער האָט געקוקט אויפֿן גראָען ים האָט ער געזען נאָר אַ שאָטן אויף די וואַסערן וואָס איז באַלד פֿאַרשווּנדן געוואָרן אין דעם **מ**ערבֿ. דאָרט איז ער שטיל געשטאַנען ווײַט אין דער נאַכט אַרײַן, הערנדיק נאָר דאָס זיפֿצן און מורמלען פֿון די כוואַליעס אויף די ברעגן פֿון **מ**יטל־**ע**רד, און דער קלאַנג דערפֿון איז געזונקען טיף אַרײַן אין זײַן האַרצן. לעבן אים זײַנען געשטאַנען **מ**ערי און **פּ**יפּין און זיי האָבן געשוויגן.

סוף־כּל־סוף האָבן די דרײַ באַלייטערס זיך אַוועקגעדרייט און אָן שום קוקן צוריק האָבן זיי פּאַמעלעך געריטן אַהיים, און זיי האָבן אַלע ניט קיין איינציק וואָרט אַרויסגערעדט ביז זיי זײַנען צוריק אין דעם **ק**אַנטאָן, נאָר יעדער האָט באַקומען גרויסן טרייסט פֿון די פֿרײַנד אויף דעם לאַנגן גראָען וועג.

סוף־כּל־סוף האָבן זיי געריטן איבער די הויכלענדער און גענומען דעם **מ**יזרח **ו**וועג, און פֿון דאָרט האָבן **מ**ערי און **פּ**יפּין ווײַטער געריטן קיין **ב**אָקלאַנד, און שוין האָבן זיי געזונגען בײַם רײַטן נאָך אַ מאָל. נאָר **ס**אַם האָט זיך געווענדט קיין **ב**ײַוואַסער, און אַזוי איז צוריק אַרויף אויף דעם **ב**ערגל, פּונקט בײַם סוף טאָג. און ער איז ווײַטער געגאַנגען און עס איז געווען אַ געלע ליכט און אַ פֿײַער אינעווייניק, און די וועטשערע איז שוין גרייט געווען און מע האָט זיך אויף אים געריכט. און **ר**ייזל האָט אים אַרײַנגעצויגן און אים אַוועקגעזעצט אין זײַן שטול, און געשטעלט די קליינע **ע**לאַנאָר אויף זײַן שויס.

ער האָט טיף אײַנגעאָטעמט. "נו, איך בין צוריק," האָט ער געזאָגט.

הוספֿות

[זײַט מיר מוחל, אָבער די הוספֿות האָב איך ניט איבערגעזעצט. זיי האָבן מערסטנס צו טאָן מיט געשיכטע, לינגוויסטיק, גענעאַלאָגיע, כראָנאָלאָגיע, און אַזוי ווײַטער. אונטן זײַנען נאָר די טיטלען. אויב ס'איז דאָ אַ לייענער וואָס וויל זיי (אָדער אַ טייל פֿון זיי) איבערזעצן, לאָזט וויסן, וועל איך דאָס אפֿשר אַרײַננעמען אין אַ קומעדיקער אויפֿלאַגע. – ב.ג.]

הוספֿה א

די קראָניקעס פֿון די קיניגן און די הערשער

די נומענאָרער קיניגן

דאָס הויז פֿון יאָרל

דורינס פֿאָלק

הוספֿה ב

די מעשׂה פֿון די יאָרן (כראָנאָלאָגיע פֿון די מערבֿלענדער)

הוספֿה ג

גענעאַלאָגיע (האָביטס)

הוספֿה ד

קאַלענדאַרן

הוספֿה ה

שרײַבן און אויסלייג

אַרויסרעד פֿון ווערטער און נעמען

שרײַבן

הוספֿה ו

די שפּראַכן און פֿאָלק פֿון דער דריטער תּקופֿה

וועגן איבערזעצונג

זוכצעטל פֿון נעמען

דער איבערזעצער אין גרינלאַנד

בעריש גאָלדשטיין איז אַ פּענסיאָנירטער קאָמפּיוטער־פּראָגראַמירער, וואָס פֿאַרברענגט גוט די צײַט איצט מיט ייִדיש, מיט שרײַבן, מיט פֿאָרן אין צפֿונדיקע לענדער, און אַוודאי מיט די אייניקלעך. ער וווינט אין ניוטאָן, מאַס. אַ טייל פֿון זײַן שרײַבעכץ קען מען געפֿינען דאָ:
http://www.bgoldstein.org

ISBN-13 978-0001517654474
ISBN-10 1517654475

28 January 2022

The Yiddish Return of the King

being the third part of

The Lord of the Rings

J. R. R. Tolkien

Yiddish translation by
Barry Goldstein

Made in United States
Troutdale, OR
02/14/2024